ULLSTEIN

Das Buch

Seit zwölf Jahren arbeitet Mack als Manager im exklusiven kleinen Strandhotel der Familie Elliott auf Nantucket Island. Doch dieser zwölfte Sommer, das spürt Mack, wird ein Sommer der Entscheidungen: Soll er endlich dem Drängen seiner Freundin Maribel nachgeben, ihr einen Heiratsantrag machen und nach Iowa zurückkehren? Oder das Hotel übernehmen, das ihm ans Herz gewachsen ist, und für immer in Nantucket bleiben? Und nebenbei wollen nicht nur die anspruchsvollen Gäste versorgt werden, Mack hat auch noch mit den ständigen Anfeindungen des Hausmeisters Vance zu kämpfen, dem er vor zwölf Jahren den Job weggeschnappt hat.
Dabei ist Mack nicht der Einzige, den Sorgen umtreiben: Der alte Mr Elliott grämt sich über das offensichtliche Desinteresse seiner 18-jährigen Tochter Cecily am Hotelgeschäft; ein anonymer Briefeschreiber bietet Unsummen für den Erwerb des Hotels; die Rezeptionsdame Love sucht verzweifelt nach einem potentiellen Vater für das lang ersehnte Kind – und obendrein kündigt sich ein zerstörerischer Hurrikan an …

Die Autorin

Elin Hilderbrand hat bereits mehrere Erzählungen in amerikanischen Zeitschriften veröffentlicht. *Das Strandhotel* ist ihr erster Roman. Die Autorin lebt mit ihrem Mann und ihrem Sohn das ganze Jahr auf der idyllischen Ferieninsel Nantucket Island.

Elin Hilderbrand

Das Strandhotel

Roman

Aus dem Amerikanischen
von Karin König

Ullstein

Ullstein Taschenbuchverlag
Der Ullstein Taschenbuchverlag ist ein Unternehmen
der Econ Ullstein List Verlag GmbH & Co. KG, München
Deutsche Erstausgabe
1. Auflage 2002

Titel der amerikanischen Originalausgabe:
The Beach Club (St. Martin's Press, New York)
Übersetzung: Karin König
Redaktion: lüra – Klemt & Mues GbR/Ulrike Streubel
Umschlagkonzept: Lohmüller Werbeagentur GmbH & Co. KG, Berlin
Umschlaggestaltung: Grafikhaus, München
Titelabbildung: ZEFA/Hapke
Gesetzt aus der Sabon
Satz: Buch-Werkstatt GmbH, Bad Aibling
Druck und Bindearbeiten: Elsnerdruck, Berlin
Printed in Germany
ISBN 3-548-25311-3

Für Chip
der mir jeden Tag genügend Liebe
für ein ganzes Leben gab
und niemals das Vertrauen verlor.

Danksagungen

Meinen herzlichsten und aufrichtigsten Dank an folgende Personen:

An Michael Carlisle, mein Agent und Gefährte aus Nantucket, weil er diesen Traum hat wahr werden lassen.

An meine ganze Familie.

An meine »Nantucketfamilie«, deren Wesen in dieses Buch eingeflossen ist: Rob, Nickie, Eric, Margie, Ginny, John, Jeff, Richard und Amanda, Jeffrey und Sue, Suki, Justin und Forest, »G« und »D«, Vanessa, Keith, Misha, Sally, Brooks und Parker, John und Kelly, Martha, Glenn, J. L. N. und an die großartige Mary Baker.

Für ihre überaus große Hilfsbereitschaft und ihre Freundschaft Dank an John und Nancy, Paul, Rita und Palmer, Tal, Jonnie, Pat und Doris, Fred, Irene, Jim, Barbie und die übrigen Mitglieder der »Veranda-Nachtcrew« sowie Tim und Mary.

Dank an Richard und Teena, weil sie mir den besten Teilzeitjob auf der Insel gegeben haben.

Besonderer Dank an Heather, deren Wissen und Kritik von unschätzbarem Wert waren.

Meine Liebe für Nantucket Island ist stark und grenzenlos, aber letztendlich gibt es nur einen Grund, warum ich geblieben bin. Sein Name ist Chip Cunningham, er ist mein Ehemann und mein Held und dieses Buch ist ihm gewidmet.

1

Die Eröffnung

1. Mai

Lieber Bill,
auf dem wunderschönen Nantucket Island bricht wieder einmal ein Sommer an. Ich bin gerade aus meinem Winterdomizil zurückgekehrt. Nevis, Vail, Saipan – Sie dürfen raten, wo ich gewesen bin. Wichtig ist nur, dass ich zurück und bereit bin, Ihnen mein Angebot, das Hotel zu kaufen, schmackhaft zu machen. Ich weiß, dass Sie Ihre eigenen Vorstellungen von Familienloyalität haben und den Betrieb an Ihre Tochter übergeben wollen, aber es entwickelt sich nicht immer alles so, wie wir es gern hätten. Das habe auch ich schon schmerzlich erfahren müssen. Wenn Sie also diese Sonne-und-Sand-Saison beginnen, überlegen Sie sich mein Angebot: zweiundzwanzig Millionen. Das ist ein hübsches Geschäft, und wenn Sie es mir nicht übel nehmen, möchte ich noch hinzufügen, dass auch Sie nicht jünger werden. Schreiben Sie mir gern jederzeit an meine übliche Postfachadresse in der Stadt. Ich warte auf Ihre Nachricht.

Wie immer
S. B. T.

Am ersten Mai fuhr Mack Petersen den Jeep zum Beginn seiner zwölften Sommersaison als Manager, fast als Boss, schwungvoll auf den Parkplatz des Nantucket Beach Club and Hotel. Zwölf ist in Verbindung mit meinem Namen eine bedeutsame Zahl, dachte Mack. Ein Dutzend. Seine zwölf Arbeitsjahre im Hotel waren wie Eier in einem Korb, oder wie die Bostoner Creme-Doughnuts, die im Hotel beim kontinentalen Frühstück serviert wurden – das eine vom anderen praktisch nicht zu unterscheiden. Es gab zwölf Monate im Jahr, zwölf Zeichen im Tierkreis, zwölf Stunden am Tag und zwölf Stunden in der Nacht. Zwölf ergaben einen vollen Kreis, einen vollständigen Zyklus. Vielleicht hatte Maribel Recht. Vielleicht war dies das Jahr, in dem sich alles ändern würde.

Mack schlenderte über den Parkplatz, um sich Nantuckets malerischsten Strand anzusehen. Im Winter wehten Winde aus Nordosten den Sand zu glatten, hügeligen Dünen auf, an manchen Stellen zwei bis drei Meter hoch. Mack stapfte auf eine der Dünen hinauf und blickte über das Wasser. Der Beach Club lag an der Nordküste der Insel, am Nantucket Sound, wo das Wasser so flach und ruhig war wie ein Fischteich. Der weiße saubere Sand erstreckte sich weit, obwohl durch Erosion Strand verloren ging, in manchen Jahren sogar bis zu acht Metern. Im letzten Jahr hatte man jedoch Strand dazugewonnen und der Besitzer des Hotels, Bill Elliott, war darüber so glücklich gewesen, dass er Mack den Arm um die Schultern gelegt und gesagt hatte: »Siehst du? Wir werden das Hotel doch nicht verlieren.« Als gehörte Beach Club and Hotel ihnen beiden. Was natürlich nicht der Fall war.

Mack war mit seiner Freundin Maribel den Winter über auf Nantucket geblieben, aber er hatte nicht ein einziges Mal nach dem Hotel gesehen. Diese Regel hatte er sich im Laufe der Jahre zu Eigen gemacht: Ich werde im Winter nicht an das Hotel denken. Fielen die Ziegel vom Dach? Blätterte die Farbe ab? Ging Strand verloren? Das waren Fragen, die sich eigentlich Bill und seine Frau Therese stellen mussten, aber sie verbrachten die Winter mit Skilaufen in Aspen, und wenn jemand ein Auge auf das Hotel hätte haben können, dann wäre es Mack gewesen. Aber er tat es nicht. Wenn ihm das Hotel gehörte, würde es für ihn bestimmt zu einer Besessenheit und es triebe ihn in den Wahnsinn.

Der am häufigsten fotografierte Teil des Hotels war der Pavillon – eine überdachte Veranda mit fünf bequemen blauen Sitzmöbeln aus Holz, die zum Wasser gewandt standen. Den ganzen Sommer über saßen dort Gäste, die Füße auf dem Geländer, tranken Kaffee und lasen Zeitung. Und dieses Bild sommerlicher Wonnen gelangte jedes Jahr als Foto in den offiziellen Hotelführer Nantuckets.

Das Hotelfoyer war ein eigenständiges, frei stehendes Gebäude mit einer Reihe Fenster, die auf den Pavillon und den Strand hinausgingen. Die Hotelzimmer erstreckten sich hinter der rückwärtigen Tür des Foyers: zwanzig ebenerdige, mit Zedernschindeln verkleidete Zimmer, die ein großes L bildeten. Eine Reihe von zehn Zimmern lief aufs Wasser zu, die anderen zehn Zimmer lagen mit der Frontseite zum Wasser. Alle Zimmer besaßen kleine Veranden, weshalb sie durch die Bezeichnungen »Seitenveranda« und »Vorderveranda« unterschieden wurden. Therese hatten den Vorderveranda-Zimmern zudem den Spitznamen »Goldküste« gegeben, weil sie so teuer waren.

Zwanzig Zimmer schienen auf den ersten Blick nicht viel zu sein, aber der Strand bot zusätzlich einen privaten Beach Club: Einhundert Mitglieder bezahlten Jahresbeiträge, um im Sommer zehn Wochen lang unter Sonnenschirmen zu sitzen. Sie hätten sich das Geld sparen und zum westlich gelegenen Stepp's Beach oder zum östlich gelegenen Jetties Beach fahren können, aber der Beach Club war Jahr für Jahr ausgebucht. Macks Job bestand hauptsächlich darin, die Gäste und die Mitglieder des Beach Club wie Könige zu behandeln. Er arrangierte Dinner-Reservierungen und die Anlieferung von Blumen, Wein, gekochtem Hummer und Geburtstagskuchen. Er besaß zu jeder Tür einen Schlüssel und wusste, wo sich jedes Verlängerungskabel, jeder Staubsaugerbeutel, jedes Federkissen befand. Er stellte das Personal ein und entließ es und stellte den wöchentlichen Arbeitsplan auf. Er kannte die Namen jedes Mitglieds des Beach Club auswendig, wie auch die Namen aller Kinder. Mack führte Hotel und Club. Bill und Therese besaßen beides schon seit zwanzig Jahren, aber Mack wusste genauer Bescheid und kannte die Fehler, Schwachpunkte und ungenutzten Ecken besser als jeder andere. Das war nun schon seit zwölf Jahren sein Studienobjekt. Während der nächsten sechs Monate würden eintausend Gäste das Foyer betreten. Einige besuchten das Hotel schon so lange, wie Mack dort arbeitete. Die Baseballmanager (im Juli, während der Profipause), Leo Hearn, ein Anwalt aus Chicago (am Memorial Day), Mrs Ford, eine Witwe, die den September über kam und jeden Tag in ihrem Zimmer eine Packung Zigaretten rauchte. Schließlich war da noch Andrea Krane, eine Frau, in die Mack verliebt zu sein glaubte. Andrea traf im Juni ein und blieb mit ihrem autistischen Sohn James für drei Wochen. Mack stellte sich ihr langes, honigfarbenes, zu einem Knoten geschlungenes oder geflochtenes Haar vor. Und ihr seltenes Lächeln, denn wenn sie im Beach Club ankam, war sie glücklich. Sie hatte dann drei lange Wochen vor sich, einundzwanzig Tage, die wie aufgereihte Diamanten funkelten.

Mack beobachtete, wie sich die Fähre aus der Ferne näherte. Sie war voll besetzt mit Menschen, die während der Saison hier arbeiten würden – Kellner und Kellnerinnen, Eisverkäufer, Rettungsschwimmer, Landschaftsmaler, Kindermädchen, Zimmermädchen, Pagen. Vor zwölf Jahren war Mack auf diesem Boot gewesen – seine erste Fahrt auf dem Meer –, und seit er bei Steamship Wharf von Bord gegangen war, hatte sich sein Leben geändert. Nantucket hatte ihn gerettet.

Vor zwölf Jahren war Mack, ein Farmersohn, erst achtzehn Jahre alt gewesen. Er war in Swisher, Iowa, geboren und aufgewachsen, wo sein Vater eine Farm mit 530 Morgen Land besaß – Getreide und Sojabohnen, Mastschweine und Hühner. Die Farm hatte ursprünglich Macks Großvater gehört, danach seinem Vater, und auch Mack wuchs mit der Gewissheit auf, dass sie eines Tages ihm gehören würde. Die Schule kam ihm wie Zeitverschwendung vor, außer dass sie ein Ort geselligen Umgangs war. Mack unterhielt sich gern – die Belohnung für all die Stunden, die er allein auf einem Mähdrescher verbrachte, bestand darin, dass sein Vater ihn zu einem aus fettem Schinken und Eiern bestehenden Frühstück mit ins The Alibi nahm, oder mit zum Lebensmittelladen, wo immer viel erzählt wurde.

Macks Mutter arbeitete zeitweise in einem Antiquitätengeschäft in Swisher – ein ruhiger Job rund um Kristallfiguren und klassische Musik. Macks Eltern gehörten zu den Presbyterianern von Swisher, aber sie gingen nicht regelmäßig zur Kirche und schrieben Mack auch nicht vor, was er glauben sollte.

Einmal sagte seine Mutter sogar zu ihm, sie glaube nicht ans Paradies.

»Ich glaube einfach nicht daran«, sagte sie, während sie am Spülstein Kartoffeln schälte und Mack an dem langen Erntetisch aus Eiche über seinen Trigonometrie-Hausaufgaben brütete. »Ich glaube, wenn du stirbst, dann stirbst du einfach und kommst wieder dahin, wo du warst, bevor du geboren wurdest. Man könnte es wohl als Gnade bezeichnen.«

Zwei Monate vor Macks Highschool-Abschluss gingen seine Eltern zu ihrer samstagabendlichen Verabredung zum Abendessen aus. Auf dem Heimweg auf der Route 380 streifte sie ein LKW-Anhänger seitlich. Sie krachten in die Leitplanke und starben. Das Wetter war nicht schlecht gewesen – kein Regen, kein Eis. Nur Unachtsamkeit seitens des LKW-Fahrers und, möglicherweise, von Macks Vater, der härter hätte in die Bremsen steigen sollen, als der LKW vor ihm herauszog. (Hatte sein Vater etwas getrunken? Einen Cocktail vor dem Abendessen? Wein?) Für Mack war das unwichtig. Es änderte nichts an der Tatsache, dass zwei gute Menschen tot waren. Mack blieb verwaist zurück, obwohl niemand das Wort *verwaist* benutzte und auch Mack es nicht oft so empfand. Er war immerhin schon achtzehn. Ein Erwachsener.

Mack überließ die Farm dem Anwalt seines Vaters, David Pringle, und seiner rechten Hand Wendell sowie den dortigen Farmarbeitern. Er holte sein Highschool-Diplom ab, bestieg einen Bus nach Osten und fuhr bis zur Endstation – eine romantische Vorstellung, eine, die seiner Mutter gefallen hätte. Als der Bus in Hyannis, Massachusetts, anhielt, glaubte Mack noch, er würde sich eine kleine Wohnung und einen Job suchen, aber dann erblickte er zum ersten Mal das Meer und erfuhr, dass ein Schiff ihn noch weiter nach Osten bringen konnte, zu einer Insel. Nantucket Island.

Mack erhielt den Job im Beach Club zufällig. Als die Fähre in Steamship Wharf einlief, stand Bill Elliott wartend am Kai, und als Mack das Boot verließ, tippte Bill ihm auf die Schulter.

»Bist du wegen des Jobs im Beach Club hier?«, fragte Bill.

Mack dachte nicht lange nach. »Ja, Sir, das bin ich.« Er folgte Bill zu einem olivfarbenen Jeep. Bill hievte Macks Seesack auf den Rücksitz und sie fuhren schweigend vom Kai die North Beach Road hinab. Als sie auf den Parkplatz des Hotels einbogen, sah Mack den Ausblick aufs Wasser – er war noch immer nicht an so viel Wasser gewöhnt –, und dann hörte er ein Brausen.

»Was ist das für ein Geräusch?«, fragte Mack.

»Die Seemöwen«, sagte Bill. »Sie können ganz schön laut sein. Woher kommst du?«

»Aus Iowa«, antwortete Mack.

Bill runzelte die Stirn. »Ich dachte, du kämst aus New Jersey.«

Das bestätigte Macks Befürchtung: Irgendein Junge aus New Jersey stand jetzt am Kai und wartete darauf, dass Bill ihn abholte.

»Nein, Sir, ich komme aus Swisher, Iowa.« Er hörte das Brausen erneut. Zu Hause – es klang, als würde eine Stimme gerade sagen *zu Hause*. »Hören Sie das nicht?«, fragte Mack.

Bill lächelte. »Es gibt wahrscheinlich dort draußen in Iowa nicht allzu viele Seemöwen. Das ist vermutlich alles brandneu für dich.«

»Ja, Sir«, bestätigte Mack. Die Stimme sagte gerade

erneut *zu Hause, zu Hause.* Mack konnte es deutlich hören. Er streckte die Hand aus. »Ich bin Mack Petersen.«

Bill runzelte erneut die Stirn. »Mack Petersen ist nicht der, den ich abholen wollte.«

»Ich weiß. Aber Sie haben gefragt, ob ich wegen eines Jobs hier wäre, und das bin ich.«

»Weißt du irgendwas über Hotels?«, fragte Bill.

»Vermutlich bald«, erwiderte Mack. Und er hörte es erneut. Das war drollig. *Zu Hause.*

Mack glaubte nicht an Gurus, Wiedergeburt, Wahrsager, Tarotkarten oder Kristallkugeln. Er glaubte an Gott und an ein Paradies, ungeachtet dessen, was seine Mutter ihm gesagt hatte. Aber Mack hörte nicht die Stimme Gottes. Die Stimme kam nicht vom Himmel. Sie kam von dem Land unter seinen Füßen.

Mack hatte die Stimme im Lauf der vergangenen zwölf Jahre immer wieder gehört, zu häufig, um es noch zu zählen. Er hatte über solcherlei Phänomene gelesen – Taos Summen, das Flüstern des Karmel –, aber nie über eines auf Nantucket. Einmal fand Mack den Mut, Maribel zu fragen: »Hörst du auf dieser Insel jemals Dinge? *Von* dieser Insel? Hörst du jemals eine Stimme?« Maribel sah ihn mit ihren blauen Augen verwundert an und sagte: »Ich glaube, die Insel hat eine Stimme. Es sind die Wellen, die Vögel, das Raunen des Dünengrases.«

Mack erwähnte die Stimme niemals wieder gegenüber anderen.

Mack verweilte auf der Düne und lauschte auch dort der Stimme. Vor vier Tagen erst hatte er einen Anruf von David Pringle bekommen, dem Anwalt, der die Farm in Iowa all die Jahre seit Macks Weggang beaufsichtigte. David rief hin und wieder an und drängte

Mack, das Farmhaus zu verpachten, oder setzte ihn von Gewinnen und Verlusten, von Steuern und vom Wetter in Kenntnis. Aber er hatte noch nie so ernst geklungen wie vor vier Tagen.

»Wendell hat seinen Weggang angekündigt«, verkündete David. »Er setzt sich nach der Ernte zur Ruhe.«

»Ach ja?«, fragte Mack. Wendell, die rechte Hand von Macks Vater, führte schon die Aufsicht, seit Mack fortgegangen war.

»Ich hab dir gesagt, dass es so kommen würde, Mack. Ich sagte dir, du solltest dir ein paar Gedanken darüber machen.«

»Stimmt«, bestätigte Mack. »Das haben Sie wahrhaftig.«

»Aber du hast dir keine Gedanken darüber gemacht.«

»Nein«, erwiderte Mack. »Eigentlich nicht.« Wann hatte Mack das letzte Mal mit David gesprochen? Nach der Ernte letzten November? Hatte er eine Weihnachtskarte geschickt? Mack konnte sich nicht erinnern, außer vage an eine Unterhaltung darüber, dass Wendell bald gehen wollte.

»Wir brauchen jemanden, der sich um alles kümmert«, sagte David.

»Setzen Sie einen der anderen Arbeiter an diese Aufgabe. Ich vertraue Ihrem Urteil, David.«

David seufzte ins Telefon. Er war ein guter Mann und weniger der typische Anwalt als jeder andere Mensch, dem Mack an der Ostküste begegnet war, wo sich sogar Leute, die keine Anwälte waren, wie Anwälte benahmen. »Seit die Oral-B-Firma eröffnet hat, haben wir viele Hilfskräfte verloren«, sagte David. »Kein Arbeiter war länger als sechs Monate hier. Willst du, dass ich einem solchen Wanderarbeiter die Verantwortung für die Farm deines Vaters übertrage?«

»Sind alle nur Wanderarbeiter? Gibt es nicht ein paar hart arbeitende junge Leute, die auf eine Chance warten?«

»Wendell und ich glauben es nicht«, sagte David. »Wir haben darüber gesprochen. Wenn deine kleine Liebesaffäre mit dieser Insel nicht vorbei ist, Mack, ich meine, wenn du im Osten bleiben willst, dann stimmen Wendell und ich darin überein, dass es an der Zeit wäre, die Farm anzubieten.«

»Sie meinen, zum Verkauf?«

David brummte ins Telefon. »Hmm-hmm.«

»Ich glaube nicht, dass ich das kann«, entgegnete Mack.

»Du hast den Sommer über Zeit, es dir zu überlegen. Wenn du sie nicht verkaufen willst, dann solltest du nach Hause kommen und den Job selbst übernehmen. Du warst schon sehr lange dort draußen.«

»Zwölf Jahre«, sagte Mack.

»Zwölf Jahre.« Mack konnte förmlich sehen, wie David ungläubig den Kopf schüttelte. »Es ist deine Entscheidung, und dein Vater hat dir die Farm hinterlassen. Ich sähe lieber, wenn du sie verkaufst, als wenn du sie verfallen lässt.«

»Okay«, erwiderte Mack. »Dann spreche ich also in ein paar Monaten wieder mit Ihnen.«

»Wir bleiben in Verbindung.«

Mack konnte sich nicht vorstellen, die Farm seiner Familie zu verkaufen, aber er konnte sich auch nicht vorstellen, Nantucket zu verlassen. Die Farm war der letzte Ort, an dem er die Wange seiner Mutter geküsst hatte, dort war er geboren und aufgezogen worden und hatte Seite an Seite mit seinem Vater gearbeitet. Die Farm verkaufen? Nantucket verlassen? Eine unmögliche Entscheidung. Auch zwölf Jahre später wusste Mack noch nicht, wo seine Heimat war. Und so lauschte er, als er auf der Düne stand. Er wollte, dass die Stimme ihm sagte, was zu tun sei.

Der erste Mai war Bill Elliotts ungeliebtester Tag im Jahr. Es war einer der wenigen Morgen, an denen er nicht mit seiner Frau Therese schlief. Der erste Mai war Thereses Tag, an dem sie ungestört ausschlafen konnte, und Bill versuchte, nicht in Panik zu geraten. Der Doktor hatte ihm gesagt, Panik sei schlecht für sein Herz, und Stress jeglicher Art könne ihm Monate seines Lebens nehmen. (Bill bemerkte den Gebrauch dieses Wortes »Monate«, und es erfüllte ihn mit Entsetzen. Sein Leben war auf einen Zuwachs von jeweils dreißig Tagen beschränkt worden).

Bei Tagesanbruch verließ er sein Haus zu einem Spaziergang auf der Hulbert Avenue. Erleichtert nahm er wahr, dass die Gästehäuser entlang der Straße mit Brettern vernagelt waren. Sie wirkten wie im Schlaf. Also war noch viel Zeit, das Hotel in Ordnung zu bringen. Das Reservierungsbuch füllte sich etwa Mitte März. Aber Reservierungen anzunehmen war noch der leichtere Fall. Der schwere Teil stand jetzt an, heute Morgen, wenn er an all die Arbeit dachte, die auf Erledigung wartete. Die gewaltigen, hügeligen Dünen am Strand mussten begradigt werden. Zwanzig Zimmer, in denen die Möbel auf den Betten aufgestapelt und mit weißen Tüchern bedeckt waren, mussten in Ordnung gebracht werden. Staubige, unaufgeräumte Zimmer.

Bill kam keuchend zu Hause an. Er war sechzig Jahre alt und aufgrund seines schwachen Herzens bereits ein alter Mann. Die vergangenen Winter in Aspen konnte er weder die mittelschweren noch die leichteren Hänge befahren. Er war peinlicherweise auf die sanften Hänge des Buttermilk Mountain beschränkt geblieben. Sein Haar war von Grau durchzogen, seine Knie schmerzten abends, und er brauchte gutes Licht zum Lesen. Letzte Woche, auf dem Rückflug von Aspen, musste er viermal zur Toilette. Aber das Schlimmste war: Kurz nach Neujahr waren er und Therese mit einem anderen Ehepaar, einem Arzt (wenn auch nicht Bills Arzt) und seiner Frau, bei Guido's gewesen und hatten Käsefondue gegessen, als Bill einen Druck in der Brust verspürte, als wäre sein Herz ein Ballon, der gleich platzen würde. Der Arzt am Tisch übernahm es, einen Krankenwagen zu rufen. Es war die Rede davon, Bill mit einem Hubschrauber nach Denver zu fliegen, aber Gott sei Dank war es nicht nötig, und letztendlich ging es Bill wieder gut. Es war eine Herzattacke gewesen, eine Angina Pectoris, ein Herzmuskelschmerz, eine Warnung. Der Doktor empfahl den Ruhestand. Noch vor wenigen Jahren, sogar noch im letzten Jahr, wäre das undenkbar gewesen, aber jetzt klang es verlockend. Bills Tochter Cecily würde in wenigen Wochen den Highschool-Abschluss machen und hatte ihren achtzehnten Geburtstag bereits hinter sich. Also war es nur eine Frage der Zeit, bis er die Leitung des Hotels Cecily übergeben könnte. Als Bill die Haustür öffnete, flatterte ihm ein weißer Umschlag vor die Füße: Jetzt kam wieder Post! Bill riss den Umschlag auf und las den Brief – wie immer von dem geheimnisvollen S.B.T., ein Angebot, das Hotel auf der Stelle zu kaufen. Der gute alte S.B.T. schrieb schon seit vielen Jahren Briefe, um Bill zum Verkauf zu überreden. Zweiundzwanzig Millionen? *Bring mich heute nicht in Versuchung, S.B.T.*, dachte Bill. Er antwortete gelegentlich an die Postfachadresse – er war dem Mann (oder der Frau) nie begegnet, und im Postamt wollten sie keinen Namen nennen, als Bill sich erkundigte. Es gab auch im Telefonbuch keine S.B.T.s. Soweit Bill wusste, waren die Initialen erfunden. Das Geheimnisvolle daran war ebenso frustrierend wie faszinierend, so als hätte er eine heimische Verehrerin. Und das in seinem Alter! Bill zerknüllte den Brief und warf ihn in die Mülltonne neben dem Haus. *Siehst du zu, S.B.T.? Siehst du zu?*

Als Bill die Küche erreichte und sich die erste Tasse koffeinfreien Kaffee eingoss, hörte er einen Wagen auf den Parkplatz fahren, und die Enge in seiner Brust ließ ein wenig nach. *Mack*. Bill war so glücklich, dass er Therese zurufen wollte: *Liebling, Mack ist hier!* Auf diese Weise hatte er ihren Erster-Mai-Schlummer schon mehr als einmal unterbrochen. Aber dieses Mal schwieg Bill. Er schloss die Augen und rezitierte »Stopping by Woods on an Snowy Evening«, wie ein Gebet. *And miles to go before I sleep*. Es war erstaunlich, wie ihm die Worte zuflossen. Nach dem Vorfall im Restaurant hatte sich Bill der Poesie zugewandt, den Worten eines alten Mannes, eines Neuengländers. Es war unwichtig, dass Frosts Vermont weit von dieser Insel entfernt lag (es gab auf Bills gesamtem Besitz nicht einen einzigen Baum). Aus unerklärlichen Gründen hatte ihm Frosts Poesie geholfen. Sie war ihm Trost und wie Balsam für die alternde Seele.

Mack sah genauso aus wie immer: das gesunde, lächelnde Gesicht und das buschige, rotblonde Haar. Bill kannte Mack so gut, wie er vielleicht einen Sohn gekannt hätte. Er schüttelte Mack die Hand und konnte sich nicht beherrschen, ihn auch zu umarmen.

»Du hast also beschlossen, zurückzukommen«, hob Bill an. Das war ihr langjähriger Scherz. Mack sagte nie, dass er im Mai zurückkehren würde, und Bill fragte nie danach. Aber jedes Jahr am ersten Mai erschien Mack auf dem Parkplatz, und jedes Mal begrüßte Bill ihn mit diesen Worten. Bill wollte noch etwas sagen. Er wollte sagen. »Danke, dass du zurückgekommen bist«, aber er tat es nicht. Es würde Mack in Verlegenheit bringen, und es wäre vielleicht besser, wenn Mack nicht wusste, wie sehr er ihn brauchte. »Wie war dein Winter?«

»Nicht schlecht. Ich hab für Casey Miller an einem großen Projekt in Cisco gearbeitet. Es hat zwei Mal geschneit, und beide Male bekam ich den Tag frei und bin Schlittenfahren gegangen.«

»Wie geht es Maribel?«, fragte Bill.

»Wie immer«, antwortete Mack. »In der Bibliothek mögen sie sie sehr. Und im Postamt und bei der Bank und im *Stop & Shop*. Sie kennt jeden. Es ist so, als würde man mit dem Bürgermeister herumlaufen.«

»Sie will bestimmt heiraten, oder?«, fragte Bill.

»Das kann ich ihr kaum vorwerfen«, antwortete Mack. »Wir sind schon lange zusammen.«

»Ist das denn das Jahr, in dem Mack heiraten wird?«

Mack zuckte die Achseln. Bill konnte erkennen, dass er verlegen war. Er schlug ihm auf die Schulter. »Wie wäre es, wenn wir uns zunächst rasch das Gelände ansehen?«

Mack wirkte erleichtert. »In Ordnung.«

Bill Elliott konnte sein Hotel nicht objektiv betrachten. Es war ihm so vertraut und lieb wie das Gesicht seiner Frau. Am ersten Mai allerdings wirkte es stets schrecklich und abweisend, mit Brettern vernagelt wie eine Geisterstadt in einem alten Western, und heute war es nicht anders. Das Hotel war, wie fast jedes Gebäude auf Nantucket, mit grauen Zedernschindeln gedeckt. Die

Türen und Fenster waren mit Sperrholz vernagelt, und Farbe blätterte von deren Rahmen. Bill stellte sich das Hotel in der Hochsaison vor. Das war die einzige Art, zu verhindern, dass sein Blutdruck sprunghaft anstieg. Der Verputz wäre dann so weiß wie frische Eier, die Fenster würden funkeln, und Thereses Geranien und Springkraut wären voll erblüht – rot, weiß, rosafarben. Die Wassertemperatur betrüge vierunddreißig Grad, der Himmel wäre klar mit leichtem Südwestwind, der die bogenförmigen Ränder der Strandschirme kaum bewegen würde. Wer könnte sich dann beklagen? Selbst heute liebte Bill, was er sah. Trotz der vernagelten Türen und Fenster, der abblätternden Farbe und des aufgeschütteten Strandes war es das wunderschönste Hotel der Welt. Er würde es ebenso wenig verkaufen, wie er sich das Herz herausschneiden würde.

Bill und Mack gingen an den Seitenveranda-Zimmern entlang und wandten sich bei den Vorderveranda-Zimmern nach links. Zimmer 21 bis Zimmer 1, wobei sie das Zimmer 13 natürlich ausgelassen hatten. Alle waren selbstverständlich da, obwohl Bill im Winter Alpträume gehabt hatte, dass die Zimmer im Nordostwind davonflogen wie etwas aus dem *Zauberer von Oz*. Bill betrat jede Veranda und stampfte mit den Füßen, um möglicherweise verrottete Bohlen zu entdecken. Mack überprüfte derweil das Dach auf fehlende Schindeln und die Fensterläden auf undichte Stellen. »Es ist heil«, sagte Mack. Sie gingen über den Strand zum Parkplatz zurück, wo Bill Schlüssel aus seiner Tasche nah. Er schloss die Türen zum Foyer auf, und sie traten ein.

»Home, sweet home!«, rief Bill aus.

»O Mann!«

»Bist du bereit?«, fragte Bill. Er wünschte, Mack wäre zuversichtlicher, eifriger. Vielleicht hatte der Winter seinen Tribut gefordert. »Ich werde duschen und mich umziehen«, sagte er. »Und du kannst anfangen. Wir haben ein Hotel zu führen.«

Der Beach Club war für Therese Elliott Leinwand und Tonklumpen. Jeder Mai bot dieselbe Herausforderung – das Hotel prächtiger wirken zu lassen als im Vorjahr. Therese hatte schon nach Schönheit gesucht, als sie als Mädchen auf Long Island aufwuchs – in Bilbo, der vielleicht reizlosesten Stadt in ganz Amerika. Thereses Familie lebte in einem der ersten Vororte, in einer Sackgasse, deren Häuser in drei Stilrichtungen erbaut waren: Ranchhäuser, Halbgeschossbauten und bizarre Holzhäuser im Stil des 18. Jahrhunderts. Das Haus ihrer Eltern (ab dem Alter von zehn Jahren sah sie es als das Haus ihrer Eltern an, nie als ihres) war ein Ranchhaus aus Fasergipsplatten mit weißen, golddurchzogenen Resopal-Anrichten und Küchenschränken mit Holzfurnier. Das Haus hatte einen grünen Rasen, und ein Zaun markierte die Begrenzungslinien an den Seiten und an der Rückseite.

Nun, da Therese im Hotelgeschäft war, verglich sie die Umgebung, in der sie aufgewachsen war, mit einem Holiday Inn – jedes Fleckchen glich sich in seiner Sterilität und mangelnden Anmut. Als Heranwachsende empfand sie Bestürzung, wenn sie von der Schule an den eintönigen Häusern und Höfen vorbei nach Hause ging und erkannte, dass die Menschen aus irgendeinem Grund *die Wahl trafen*, so zu leben – ohne Unterscheidungsmerkmale, ohne Schönheit. Die Umgebung konnte nicht einmal als *hässlich* bezeichnet werden, weil hässlich zumindest hätte interessant sein können. Die beste Beschreibung der Umgebung in Thereses Kindheit lautete *wenig poetisch*. Sie konnte sich nicht vorstellen, dass zwischen der schwarz-weißen, golddurchzogenen

»Resopalität« dieses Ortes etwas Bemerkenswertes oder Romantisches geschehen könnte.

Und so verließ die ihn mit achtzehn.

Sie ging nach Manhattan, voller Farben und Lärm, wo Schönes und Hässliches nebeneinander existierten. Sie flog nach zwei Semestern vom Hunter College, weil sie, anstatt zu studieren, Stunden damit verbrachte, durch Chinatown, Chelsea, Clinton, den Sutton Place, die Upper West Side und Harlem zu schlendern. Als ihre Eltern von ihren schlechten Noten erfuhren, bestanden sie darauf, dass sie nach Bilbo zurückkehren und sich an der Katie Gibbs-Schule einschreiben sollte, aber sie weigerte sich. Sie fand einen Job als Kellnerin in einem deutschen Restaurant an der Achtundsechzigsten, wo dicke alte Männer ihre Haarfarbe bewunderten und ihr großzügige Trinkgelder gaben. Sie sparte sich genug Geld zusammen, um die Stadt den Sommer über mit einer Freundin zu verlassen, deren Familie ein Strandhaus auf Nantucket besaß. Nantucket übertraf alles Bisherige an Schönheit – die heranrollenden Wogen an der Südküste, graue Reiher, die auf einem Bein im Coskata Pond standen, der Great-Point-Leuchtturm im Sonnenuntergang. Therese nahm in der Stadt im Jared Coffin House einen Job als Zimmermädchen an, und als der Sommer in den Herbst überging und ihre Freundin in die Stadt zurückkehrte, blieb Therese da. Nach über dreißig Jahren liebte sie Nantucket immer noch. Sie heiratete einen Einheimischen, brachte zwei Kinder zur Welt, von denen eines starb, und sie und Bill verwandelten den Beach Club in ein Hotel. Ein wunderschöner Ort, an dem die Liebe gedieh.

Bill und Therese lebten am Rande des Hotelgeländes in einem aufgestockten Haus. Im ersten Stock befanden sich zwei geräumige Schlafzimmer – eines für ihre Tochter Cecily und eines für das Baby, das gestorben war. Im zweiten Stock befand sich ein gerundeter Erker, der auf das Hotel, den Strand und die Meerenge hinausging. Therese stand am ersten Maitag an diesem Fenster, aber sie konnte nur ein Spiegelbild ihrer Selbst sehen. Es war eine schlechte, eitle Angewohnheit, sich in Spiegeln und Fenstern und im Glas von Bilderrahmen zu betrachten, aber sie konnte es nicht lassen. Was sah sie? Sie passte mit ihren achtundfünfzig Jahren noch immer in einen Seidenrock, den sie gekauft hatte, bevor Cecily geboren wurde. Ihr Haar hatte die Farbe von reifen Pfirsichen und war nur vorne von einer weißen Strähne durchzogen, die auftrat, nachdem sie ihr totes Baby geboren hatte. Ihr Zeichen der Willenskraft und Weisheit, der Mutterschaft. Therese war vor allem Ehefrau und Mutter. Aber nun drohte ihre Familie zu zerbrechen. Ihr Mann litt unter Herzproblemen, und ihre Tochter schloss die Highschool ab und wollte aufs College. Plötzlich stellte Therese sich vor, wie sie allein wäre, einsam. Bill im Sterben, Cecily im Fortgehen begriffen, bis es in ihrem Leben nichts mehr gäbe als das eigene Spiegelbild.

Sie musste sich zwingen, vom Fenster fortzutreten und ins Hotelfoyer hinunterzugehen. Als sie die Türen öffnete, hab sich ihre Stimmung. Mack kroch auf den frei liegenden Balken des Foyers herum und wischte sie mit einem feuchten Lappen ab. Mack in den Dachsparren: Das war ein sicheres Zeichen für den Frühling.

»Du hast angefangen zu arbeiten, bevor ich dich umarmen und küssen konnte«, brachte sie hervor. »Du hast angefangen zu arbeiten, bevor ich dir sagen konnte, was zu tun ist.«

Mack wandte sich schwungvoll um und setzte sich mit herunter baumelnden Beinen auf. »Ich weiß schon, was zu tun ist«, entgegnete er. »Ich bin schließlich nicht neu hier.«

Therese ließ sich auf ein Sofa plumpsen, das mit einem der Hoteltücher abgedeckt war, und legte die Füße auf eine staubige Seemannskiste. »Du könntest das Hotel vermutlich auch allein führen. Wir anderen sind dir nur im Weg.« Sie kannte Mack seit zwölf Jahren, und er stand ihr näher als jeder andere Mensch außer Bill und Cecily. Sie konnte ihm fast alles erzählen.

»Du klingst melancholisch«, sagte Mack. »Wo ist die energische Frau, die ich kenne und liebe? Was ist aus dem niemals endenden Streben nach Reinlichkeit geworden?«

»Ich mache mir Sorgen um Bill. Er hatte diesen Winter Herzprobleme. Hat er es dir erzählt?«

»Nein«, erwiderte Mack. »Was für Probleme?«

Es war tröstlich, eine Stimme von oben zu hören. »Probleme, die auftauchen, wenn Menschen älter werden«, sagte Therese. »Sein Arzt hat ihm beim Skilaufen nur noch die Anfängerhügel erlaubt. Es war kein guter Winter für Bill.«

»Er wirkt okay«, bemerkte Mack. »Ein bisschen blass vielleicht, aber sonst okay. Und er ist gut drauf.«

»Findest du?« Therese war auch besorgt darüber, dass Bill sich mit Robert Frost befasste – er hatte die Poesie in sich aufgenommen, wie ein Sterbender vielleicht die Religion aufnimmt –, obwohl ihm das Lesen und Rezitieren anscheinend half.

»Wie geht es Cecily?«, fragte Mack.

»Sie weiß nichts von den Herzproblemen ihres Vaters«, antwortete Therese. »Also ist es gut, dass sie auswärts zur Schule geht. Sie muss sich keine Sorgen machen. Und da sie sich keine Sorgen macht, geht es ihr recht gut.«

»Sie hat zu Weihnachten geschrieben und etwas von einem Brasilianer erzählt, den sie getroffen hat, aber seitdem habe ich nichts mehr von ihr gehört«, sagte Mack. »Macht sie ihren Abschluss oder ist sie nach Rio abgehauen?«

Der brasilianische Freund Gabriel war noch ein Stolperstein. Cecily hatte ihn jedoch bei ihren letzten Anrufen nicht mehr erwähnt, und Therese hoffte, dass sich ihre Verliebtheit jetzt, wo das Schuljahr zu Ende ging, verlor. »Ob du es glaubst oder nicht – sie macht ihren Abschluss.«

»Und geht aufs College?«, fragte Mack.

»Auf die Universität von Virginia. Es war schwer genug, dort aufgenommen zu werden, und das hat ihre Freunde beeindruckt. Es ist auch reichlich teuer, und das hat ihren Vater beeindruckt. Wir sind begeistert.«

»Wird sie diesen Sommer an der Rezeption arbeiten? Es wird *höchste* Zeit, Therese. Wenn sie das Hotel eines Tages leiten soll, muss sie es lernen.«

»Nicht die Rezeption«, widersprach Therese. Mack verdrehte die Augen. Er konnte denken, was er wollte, auch dass sie ihre Tochter verzärtelte, aber Cecily war schließlich noch immer ein Kind. Sie brauchte wirklich keinen Job auszuüben, der selbst einen reifen, ausgeglichenen Erwachsenen in den Wahnsinn treiben konnte. »Bill hat für die Tagesrezeption eine Frau eingestellt, die er im Fitnessraum in Aspen kennen gelernt hat. Sie heißt Love.«

»Love?«

»Ja. Wir brauchen hier mehr Liebe. Da wir gerade davon reden – hast du bemerkt, dass ich nicht nach deiner Freundin gefragt habe?«

»Das hatte ich auch nicht von dir erwartet«, erwiderte Mack.

»Aber ich kann nicht widerstehen. Wie läuft es mit euch? Seid ihr noch zusammen? Noch immer glücklich?«

»Ja.«

»Noch immer glücklich, aber du wirst sie nicht heiraten, oder?«

»Wir haben keine Heirat geplant, nein«, antwortete er.

»Warte, bis du Cecily siehst. Ganz erwachsen. Eine Frau. Und so wunderbar. Lebensprühend. Unwiderstehlich.«

Und dickköpfig, eigensinnig, schwierig, ihre Cecily. Therese nahm die Füße von der staubigen Kiste und stand auf. »Wenn du Cecily heiratest, wird das alles dir gehören. Bill wäre so erleichtert. Er liebt dich wie einen Sohn, weißt du. Wirklich.«

»Bei dir klingt es so, als lebten wir in einem Märchen«, entgegnete Mack. »Wenn ich die schöne Tochter heirate, bekomme ich das ganze Königreich.«

»Du könntest das Königreich des Beach Club regieren.«

»Ich heirate Cecily nicht, Therese.«

»Also, du heiratest Maribel nicht.« Therese und Mack führten jedes Jahr genau diese Unterhaltung, und sie wusste, dass es Mack ärgerte, aber sie konnte nicht anders. Für sie ergab nur einen Sinn, wenn Mack Cecily heiratete und die beiden dort weitermachten, wo Bill und Therese aufhören würden. Sie wusste aber auch, dass die Menschen selten das taten, was sinnvoll war.

»Ich habe mich überhaupt noch nicht wegen einer Heirat entschieden«, sagte Mack. »Aber sollte ich jemals heiraten, kann ich dir sagen, dass es nicht Cecily sein wird. Und wenn du mir nicht glaubst, dann frag sie. Sie würde lieber Glas fressen, wie sie wortwörtlich sagte.«

»Ich werde nicht aufgeben«, gab Therese zurück. Sie sah ihr Abbild in einem trüben Spiegel, und dann nahm sie einige Utensilien aus der Gerätekammer – Staubsauger, Eimer, Reinigungsmittel und Staubwedel – und machte sich an die Arbeit.

Maribel Cox wusste, dass über die geklatscht wurde – unter den Freunden ihrer Mutter in der Christlichen Kalenderfabrik, unter ihren Arbeitskollegen in der Bibliothek, unter Macks Mitarbeitern und bei Bill und Therese unten im Beach Club. Sie wusste, dass sie alle tuschelten: »Wann werden Mack und Maribel das *Richtige* tun? Wann werden sie *heiraten?*«

Die Wahrheit war: Maribel wollte leidenschaftlich gerne heiraten, aber der einzige Mensch, der das wusste, war Maribels Mutter, Tina. Jeden Mittwochabend rief Maribel bei Tina an, und jeden Mittwochabend fragte Tina: »Und?« Was bedeutete: Und, hat Mack endlich diese fünf kleinen Worte ausgesprochen: *Maribel, willst du mich heiraten?* Und jeden Mittwochabend antwortete Maribel: »Und nichts.« Und ihre Mutter riet ihr: »Vertrau auf Gott.«

Maribel und Mack gingen schon seit sechs Jahren miteinander aus und lebten seit drei Jahren zusammen. Maribel hatte einen Mann mit Bindungsangst gefunden.

»Wie die Mutter, so die Tochter«, verkündete Tina. Maribel stellte sich ihre Mutter vor: zwanzig Pfund Übergewicht, dauergewelltes Haar, eine Zigarette rauchend, während sie telefonierte. Tina selbst war nie verheiratet gewesen. Sie traf Maribels Vater bei einem Open-Air-Konzert, und Maribel wurde in den nahe gelegenen Wäldern an einem Baum gezeugt. Ihre Mutter sah den Mann nie wieder: Sie hatte ihn nur einen Tag gekannt.

»Wenn er dir auch nur im Entferntesten ähnlich ist, dann muss er ein großartiger Bursche sein«, sagte Tina gern. Maribel liebte ihre Mutter sehr, obwohl diese Liebe von Scham und Mitleid beeinträchtigt war. Tina arbeitete als Kontrolleurin in der Christlichen Kalenderfabrik in Unadilla, New York. Sie gehörte keiner Kirche an und schnappte dennoch gewisse Sätze auf: »Vertrau auf Gott«, und »Gottes Segen«, und »Wir sind alle seine Schäfchen«. Maribel hatte immer nur mit ihrer Mutter gelebt. Es gab niemals jemanden, der sie unterstützt hätte, keinen Mann in der Zeit, als Maribel aufwuchs. Mack verlor seine Eltern bei einem Autounfall, und Maribel versuchte zu glauben, dass es dasselbe sei wie der fehlende Vater in ihrem Leben, aber in Wirklichkeit war es vollkommen anders. Wenn Maribel an ihren Vater dachte, konnte sie sich niemanden vorstellen. Es war nur ein leerer Fleck in ihr, es fehlte etwas. Da war eine Lücke.

Als Maribel dreizehn war, bat sie Tina, ihren Vater zu beschreiben. »Erinnere dich, Mama, erinnere dich, so gut du kannst.« Tina zog an ihrer Zigarette und schloss die Augen: *Sein Name war Stephen, er hatte einen angenehmen, schokoladenartigen Atem und eine hauchdünne Narbe über der Augenbraue. Ich erinnere mich daran, wie die Rinde an meinem Rücken kratzte. Es wurde dunkel, der Himmel schimmerte rötlich und lavendelfarben durch die Bäume. Eigentlich kannte ich deinen Vater nicht. Aber als ich mit ihm zusammen war, hatte ich das Gefühl, dass etwas daraus entstehen könnte.*

Maribel wollte nicht nur für sich selbst heiraten, sondern auch für ihre Mutter. Sie wollte, dass Mack sich um sie beide kümmerte, so wie Stephen es vielleicht getan hätte. Mack machte ebenso viele Bemerkungen über die Zukunft wie Maribel, wenn nicht sogar mehr. Es bestand Maribels Meinung nach kein Zweifel daran, dass Mack sein restliches Leben mit ihr verbringen wollte. Er liebte sie.

Was war dann das Problem?

Nach jahrelangem Studium von Selbsthilfebüchern aus der Bibliothek kam Maribel zu dem Schluss: Mack hatte Angst, erwachsen zu werden. Der Anruf, den er letzte Woche von David Pringle erhalten hatte, bewies es. Mack besaß eine riesige Farm in Iowa, aber er wollte nicht zurückgehen und sie leiten, und er wollte sie auch nicht verkaufen. Beide Möglichkeiten beinhalteten zu viele Verpflichtungen, zu viel Verantwortung. Es war, als wünschte er sich, die Farm würde wie durch Magie eigenständig existieren, während er auf Nantucket blieb und das blöde Hotel leitete. Bill Elliott könnte jeden Augenblick tot umfallen, und dann würde Cecily das Hotel erben und Mack hätte Pech gehabt. Aber Mack liebte seinen Job im Hotel – sechs Monate arbeiten, sechs Monate frei, ohne Bill jemals zu sagen, ob er wiederkäme oder nicht –, weil er ihm Freiheit ermöglichte. Weil Mack ihn nicht allzu ernst nehmen musste.

Maribel war der Meinung, Mack solle von Bill Elliott eine Gewinnbeteiligung fordern. Dreißig Prozent vom Gewinn des Hotels sollten jedes Jahr Mack zustehen. Viele der Gäste, die Mack und Maribel zum Essen einluden, gestanden (nach einigen Cocktails), dass sie nicht mehr kämen, wenn Mack seinen Job jemals aufgebe. Es war ein reizendes Hotel, sagten sie (aber teuer, und die Preise zogen Jahr für Jahr an), aber es war der *Service*, der sie immer wieder kommen ließ – ins Foyer zu kommen und Mack dort mit seiner freundlichen, dröhnenden Stimme anzutreffen: »*Hal-lo*, Mr Page! Schön, dass Sie wieder da sind! Wie haben Sie den Winter verbracht?« Mack nahm die Page-Kinder hoch und wirbelte sie herum, während er Mrs Page ein Kompliment über ihren neuen Haarschnitt machte. Und das war es, wofür die Leute bezahlten. Sie wollten verhätschelt werden. Sie wollten hofiert werden.

Maribel war davon überzeugt, dass eine Gewinnbeteiligung die Antwort wäre. Dann würde Mack seinen Job ernst nehmen. Und sein Leben. Er könnte es sich leisten, jemand wirklich Fähigen zur Leitung der Farm einzustellen. Sein Haus wäre bestellt. Er würde ihr einen Heiratsantrag machen. Und der leere Fleck in Maribels Innerem würde kleiner werden, schrumpfen, verschwinden.

Am ersten Mai waren Maribel und Mack gerade in ihr »Sommerdomizil« gezogen – eine Parterrewohnung mitten auf der Insel. Es war die einzige Unterkunft, die sie sich im Sommer leisten konnten, wenn sich die Mieten auf der Insel verdoppelten und verdreifachten. Im Winter lagen die Dinge anders. Im Winter lebten sie auf dem Sunset Hill, ganz in der Nähe von Nanatucket's Oldest House. Das Haus auf dem Sunset Hill war nur klein, aber Maribel und Mack nannten es den Palast und liebten ihn – seine niedrigen Türen und schiefen Decken und Böden. An ruhigen, kalten, grauen Januarmorgen zündeten sie in der Küche Feuer an und bereiteten sich Zimttoast und Hafergrütze, bevor sich Mack aufmachte, Nägel einzuschlagen. An den Abenden schlenderten sie durch die verlassenen Straßen der Stadt, vorbei an Häusern, die den Winter über geschlossen waren, manchmal ohne einem einzigen Menschen zu begegnen. Sie liebten den Palast, und es war jedes Jahr ein trauriger Moment, wenn sie ihre Sachen packen und in die Mitte der Insel ziehen mussten.

Maribel wartete damit, das Thema der Gewinnbeteiligung anzuschneiden, bis Mack drei Tage im Beach Club gearbeitet hatte. Bis dahin hatte er eine Vorstellung davon gewonnen, wie viel Mühe für das Hotel nötig war, und hatte die Gelegenheit, über den vor ihm liegenden, verrückten Sommer nachzudenken. Am vierten Morgen machte Maribel Rührei mit frischen Kräutern für Mack. Sie saßen am Esstisch, umgeben von Stapeln noch nicht ausgepackter Kisten und Plastiktüten. Der Einzig ging langsam vonstatten.

»Ich habe über Geld nachgedacht«, sagte sie. »Und über unsere Unterkunft.«

»Ich weiß, dass du sie nicht ausstehen kannst«, entgegnete Mack. »Aber du gewöhnst dich jedes Jahr daran.«

»Ich habe eine Idee, Mack.« Ihre bloßen Zehen krallten sich in die Fasern des zottigen Teppichs. »Ich denke, du solltest Bill nach einer Gewinnbeteiligung fragen.«

Es folgte langes Schweigen, während Mack aß. »Hast du mit deiner Mutter gesprochen?«, fragte Mack. »Hast du eines dieser ›Auf dem Mars leben Menschen‹-Bücher gelesen?«

»Du musst dir eine Zukunft im Club sichern. Du arbeitest schon zwölf Jahre hier. Es ist an der Zeit, Bill nach einer Gewinnbeteiligung zu fragen.« Sie spreizte ihre Hände mit den pinkfarben bemalten Fingernägeln und zählte zwölf Jahre und dann noch einmal sechs Jahre für ihr Zusammensein mit Mack daran ab.

»Ich kann nicht«, erwiderte er.

»Warum nicht?«

»Weil ich ersetzbar bin. Wenn ich um eine Gewinnbeteiligung bitte, könnte Bill ablehnen und mich feuern. Er könnte jemand anders einstellen.«

Maribel verkrampfte die Hände und beugte sich vor. Sie aß nicht. Sie war zu nervös. »Er würde dich niemals feuern. Er liebt dich. Und du sagst, dass es ihm nicht gut geht. Meinst du nicht, er will sich vergewissern, dass du hier bist und dich um das Hotel kümmerst, wenn er stirbt?«

»Das Hotel wird Cecily gehören«, erwiderte Mack mit vollem Mund.

»Sie ist ein Kind.«

»Sie ist achtzehn. Sie wird es schaffen.«

»Was ist dann mit dir?«, fragte Maribel. »Mit uns? Was machen wir, wenn Bill stirbt? Ich weiß, das ist etwas, worüber du nicht nachdenken willst …«

»Stimmt. Er steht nicht an der Schwelle des Todes, Maribel. Er ist nur ein wenig angeschlagen.«

»Es ging ihm noch nie gut. Jetzt ist er dem nur ein Jahr näher gerückt.«

Mack aß sein Rührei auf und bestrich sich eine Scheibe Toast mit Butter. Maribel brachte ihm ein Glas Grapefruit-Marmelade. Dann sagte er: »Ich will ihn nicht fragen.«

»Warum nicht?«, erwiderte Maribel. Sie tauchte einen Finger in die Marmelade und probierte sie.

»Weil es sein Betrieb ist, den er an Cecily weitergeben muss. Mein Vater hat mir einen Betrieb hinterlassen. Ich weiß, wie das funktioniert. Ich werde Bill nicht in die unangenehme Lage bringen, einen Teil seiner Gewinne abtreten zu müssen, um mich bei Laune zu halten.«

»Du könntest das Geld dazu benutzen, jemanden zur Leitung deiner Farm einzustellen«, schlug Maribel vor. Mack strich dick Marmelade auf seinen Toast, während Maribel jede seiner Bewegungen beobachtete. Er war ihr ein Rätsel. »Du sollst ihn ja nicht knallhart bitten, dir den Betrieb zu übergeben. Du würdest nur um einen Anteil an den Gewinnen bitten. Meinst du nicht, dass du Einfluss auf diese Gewinne hast?«

»Natürlich«, antwortete Mack. »Aber ich werde ihn nicht fragen. Ich arbeite schon lange für Bill. Es würde uns beide in eine peinliche Lage bringen.«

»Also gut. Wenn du Bill nicht fragen willst, dann lass uns nach Iowa ziehen. Lass uns die Farm selbst leiten.«

»Du willst nicht nach Iowa ziehen«, erwiderte Mack.

»Doch, das will ich«, behauptete Maribel. Es war eigentlich keine Lüge. Wenn es nötig wäre, nach Iwoa zu ziehen, damit Mack sie heiratete, dann würde sie es tun. Sie dachte an das Leben ihrer Mutter – achtundzwanzig Christliche Kalenderjahre Alleinsein. So würde Maribels Leben nicht verlaufen.

»Aber ich liebe Nantucket. Ich bin hier glücklich.«

»Also wirst du die Farm verkaufen?«, fragte Maribel. »Hast du dich entschieden?«

»Nein«, antwortete Mack. Maribel fühlte sich ein wenig schuldig, weil er vollkommen verlegen wirkte. Er wischte mit der Toastrinde seinen Teller leer. »Warum muss ich mich jetzt entscheiden?«

»Weil du dreißig Jahre alt bist, Mack. Weil du mehr Geld willst, mehr Ansehen. Willst du nicht, dass sich etwas ändert?«

»Ich denke schon.«

Maribel griff über den Tisch hinweg nach seiner Hand. Er vertraute ihr. Er wusste, dass sie für sie beide dachte. »Bitte Bill um eine Gewinnbeteiligung. Wenn er nein sagt, können wir nach Iowa gehen.«

Mack brachte seinen leeren Teller zum Spülstein. Er drehte den Wasserhahn auf, dann wieder zu, dann wieder auf, ließ sich ein Glas Wasser einlaufen und trank es langsam und bedächtig. Maribel hätte am liebsten geschrien. Er ließ sie immer warten!

»Lass mich darüber nachdenken«, erwiderte er.

»Meinst du nicht, es ist an der Zeit, den nächsten

Schritt zu tun? Meinst du nicht, es ist an der Zeit, dass du bekommst, was du verdienst?«

»Meinst du?«, fragte Mack.

»Also dann«, sagte Maribel.

Maribel beobachtete vom Wohnzimmerfenster aus, wie Mack zum Jeep hinausging und davonfuhr. *Ich möchte, dass du dich in deiner Haut wohl fühlst*, dachte sie. *Ich möchte, dass du mich bittest, dich zu heiraten!*

Der erste Gedanke Jem Crandalls bei seiner Ankunft zum Vorstellungsgespräch für den Job des Pagen im Beach Club war, dass es wie eine Filmszene wirkte – das Meer, der Sand und dann der Manager – starker Händedruck, sonnengebräunte Haut eines Segellehrers, der sich Mack nannte und sagte: »Warum unterhalten wir uns nicht im Pavillon?« Der Pavillon! Nantucket war der phantastischste Ort, den Jem je gesehen hatte, und er hatte gewiss noch nie zuvor ein Vorstellungsgespräch in einem Pavillon geführt.

Der Pavillon erwies sich als überdachte Veranda mit blauen Sitzmöbeln, die dem Wasser zugewandt standen.

»Das ist wie eine kleine Terrasse«, stellte Jem fest, als er sich auf einem der Stühle niederließ.

»Was meinen Sie?«, fragte Mack. Halb saß und halb lehnte er mit dem Rücken zum Wasser auf dem Geländer, so dass er Jem ansehen konnte. Jem blickte auf Macks Fuß, der wie ein Pendel hin und her schwang. Er trug Badeschuhe, ohne Socken.

»Es ist verdammt großartig«, sagte Jem. Er schloss die Augen. Was hatte er gerade gesagt? *Verdammt?* Fluchen, und das bei einem Vorstellungsgespräch! »Ich meinte nur …«

»Ich weiß, was Sie gemeint haben«, erwiderte Mack. Er notierte etwas auf seinem Klemmbrett, wahrscheinlich: *Unterschicht, überhaupt nicht für den Job geeignet.* Jem richtete sich in seinem Stuhl auf, aber durch die Form der Rückenlehne war es schwer, eine wirklich perfekte Haltung einzunehmen.

»Tut mir Leid«, sagte Jem.

Mack sah auf seine Ironman-Sportuhr. Er war wie ein J.-Crew-Model gekleidet – marineblauer Baumwollsweater, Kakihose, fleecegefütterte Helly-Hansen-Goretex-Weste. Jem bemühte sich, nicht ständig auf Macks Fuß zu schauen.

»Also, Sie wollen Page werden«, sagte Mack. »Dazu habe ich zwei Fragen. Sie lange können Sie bleiben? Und haben Sie eine Bleibe?«

Jem ordnete seine Gedanken. Bei der Berufsberatung auf der William-and-Mary-Schule hatte er gelernt, dass der Schlüssel zu einem guten Vorstellungsgespräch darin lag, die Wahrheit zu sagen, und nicht das, wovon man glaubte, dass der Leiter des Vorstellungsgesprächs es hören wollte. »Ich kann bis zum Saisonende bleiben«, antwortete Jem. »Ich habe gerade letzte Woche erst das College abgeschlossen.«

»Auf welchem College waren Sie?«, fragte Mack.

»Auf dem William and Mary.«

»Okay, Sie haben also abgeschlossen. Und Sie haben für den Herbst keinen anderen Job in Aussicht?«

»Nicht direkt im Anschluss, nein.«

»Was haben sie vor?«

Jem versuchte, sich noch weiter aufzurichten. »Ich gehe nach Kalifornien. Ich möchte Agent werden.« Agent: Es war das erste Mal, dass er die Worte laut ausgesprochen hatte. Das klang gut. *Ich möchte Agent werden.* Jem hatte Angst, seinen Eltern von diesen Plänen zu erzählen, weil sie die Vorstellung »Los Angeles« rundweg ablehnen würden. Sie würden argumentieren, dass es zu weit von zu Hause fort wäre. Jems Eltern lebten in Falls Church, Virginia. Sie waren Kleinstädter und mussten schon den Atlas hervornehmen, um Nantucket ausfindig zu machen.

»Agent?«

»Ja«, erwiderte Jem. Seine Füße juckten, und er fragte sich, ob er Sand in den Schuhen hatte. Er sah Macks bloßen Fuß an und wandte den Blick dann gewaltsam ab. »Künstleragent.«

»Sind Sie selbst Schauspieler?«

»Ich bin nicht sehr gut darin, aber ich habe im College ein wenig als Model gearbeitet. Ich war Mister November im College-Kalender.« Mister November: Es war ein gutes, ansehnliches Foto – Jem in Jeans, im historischen Williamsburg auf einem Palisadenzaun sitzend. Aber jetzt klang Mister November lächerlich. Dinge, die auf dem College anscheinend in Ordnung waren, konnte man nicht immer auf die reale Welt übertragen. Jem hätte den Mund halten sollen. Von jetzt an würde er nur noch die Fragen beantworten.

Mack presste die Lippen zu einer dünnen Linie zusammen, als verbeiße er sich das Lachen. »Wie sieht's aus mit einer Bleibe?«

»Ich habe eine Bleibe.« Jem hatte bei der Tante eines College-Freundes, die ein Haus an der North Liberty Street besaß, ein Zimmer mieten können. Das Zimmer war bestens, aber ohne Küchenbenutzung. Als Jem die Tante seines Freundes fragte, wie er essen sollte, sagte sie: »Ich vermiete meist an Leute aus dem Gaststättengewerbe.« Jems Vater besaß in Falls Church eine Bar – ein Pub in englischem Stil, das *The Locked Tower* hieß. Wenn er Kellner spielen wollte, wäre er zu Hause geblieben. »Das Zimmer ist annehmbar«, erzählte er Mack. »Aber es hat keine Küche. Und ich muss Geld sparen, damit ich nach Kalifornien gehen kann.« Er streckte seine Wirbelsäule. »Ich suche freie Kost. Was ich wirklich brauche, ist eine Freundin, die gern kocht.«

»Meine Freundin kocht gerne«, entgegnete Mack. »Und sehen Sie, was es mir eingebracht hat!« Er tätschelte seinen Bauch. »Liebe geht durch den Magen.«

Jem lächelte höflich.

»Sind Sie geschickt?«, fragte Mack. »Können Sie eine Glühbirne auswechselnd? Einen Wecker stellen? Wissen Sie, was ein Ausschalter ist? Wenn ein Gast bei der Rezeption anruft und sagt, er hätte keinen Strom – könnten Sie das richten?«

»Wahrscheinlich. Ich kann eine Glühbirne auswechseln und einen Wecker stellen. Und ich kenne mich mit Sicherungskästen aus.«

»Sie wären überrascht, wie viele Leute keinen Wecker stellen können«, sagte Mack.

»Nun, ich kann es«, erwiderte Jem. »Wie ich schon sagte, ich habe gerade das College abgeschlossen.« Er lachte. Mack notierte wieder etwas.

»Hoffentlich werden Sie daran denken, Ihren eigenen Wecker zu stellen. Der Tagespage muss um acht Uhr morgens hier sein.«

»Also habe ich den Job?«

»Ich brauche jemanden für drei Tagesschichten und drei Nachtschichten, ein Tag frei. Es ist nicht viel Zeit zum Herumsitzen. Wenn Sie nicht die Zimmer für die Zimmermädchen vorbereiten oder einem Gast mit dem Gepäck helfen, dann werden Sie von mir Aufgaben übertragen bekommen. Kleine Instandhaltungsjobs, die Pflanzen wässern, den Fitnessraum reinigen, Muscheln auf dem Parkplatz auffegen. Und ein Teil der Arbeit besteht darin, das Hotel bis zum Memorial Day für die

Eröffnung vorzubereiten, jeden Tag von acht bis vier, außer sonntags. Ich kann Ihnen zehn Dollar die Stunde bieten, plus Trinkgelder. Wollen Sie den Job?«

Trinkgelder. Ein Weltklasse-Seebad. Die Möglichkeit, Kontakte zu knüpfen – Jem hätte den Mann küssen können. »Ja, ich will ihn. Absolut.«

Mack streckte die Hand aus. Und Jem bemühte sich um einen festen Händedruck, der zeigen sollte, dass er es ernst meinte.

»Sie haben den Job. Willkommen im Nantucket Beach Club and Hotel. Sie werden mit einem Pagen namens Vance Robbins zusammenarbeiten, der schon seit zwölf Jahren hier ist, genauso lange wie ich. Vance wird Ihnen alles zeigen. Kommen Sie morgen um acht, und stellen Sie sich darauf ein, zu graben.«

Jem sprang auf. »Ich werde da sein«, erwiderte er. Er klang wahrscheinlich etwas übereifrig, aber es war aufregend – einen Job zu bekommen und den Sommer auf dieser Insel zu verbringen. Er konnte es kaum erwarten, seinen Eltern zu schreiben und es ihnen mitzuteilen. Aber zuerst musste er ein Lebensmittelgeschäft suchen, etwas Brot und ein Glas Erdnussbutter kaufen und hoffen, dass es keine Ameisen anlockte.

Mack führte ihn zur Vorderveranda des Foyers. »Dann sehen wir Sie morgen«, sagte Mack.

»Gehört Ihnen das alles hier?«, fragte Jem. Eine Seemöwe ließ eine Muschel auf den Asphalt des Parkplatzes fallen und stürzte dann herab, um den Inhalt zu fressen.

»Nein«, antwortete Mack. Er zog abwehrend an seiner Weste.

»Oh. Nun, es ist großartig.«

»Verdammt großartig«, entgegnete Mack. »Sie haben vollkommen Recht.«

Vance Robbins war eins vierundachtzig groß, wie auch Mack Petersen. Er war am zweiundzwanzigsten März dreißig Jahre alt geworden, wie auch Mack Petersen. Sie waren genau gleich groß und genau gleich alt.

»Wie Zwillinge«, sagte Maribel einmal, was jedoch falsch war. Vance und Mack waren keine Zwillinge. Zunächst einmal war Vance schwarz und Mack weiß. Zweitens war Vance Page und Mack der Manager.

Vance hasste Mack schon seit zwölf Jahren. Damals war Vance Highschool-Abgänger gewesen, wollte im Herbst auf die Fairleigh Dickinson-Universität gehen und hatte sich bei Bill Elliott telefonisch für eine leitende Stellung im Beach Club beworben. Bill wollte ihn an der Fähre abholen, aber Mack mischte sich ein und übernahm seinen Platz. Es war reines Narrenglück – Mack stieg zuerst vom Schiff. Er hatte das richtige Alter, sah richtig aus, und Bill nahm ihn statt Vance mit zum Hotel. Erst eine Stunde später kehrte Bill zum Kai zurück, um Vance zu holen – und bis dahin hatte Mack seinen Platz schon besetzt. Bill behauptete, Mack hätte mehr Erfahrung, weil er auf einer Farm gearbeitet hatte – auf einer *Farm*, um Gottes willen –, und er ging im September auf keine Schule, so dass Mack den Managerjob bekam. Vance kam Mack in Größe und Alter gleich, aber immer wenn er im Frühjahr zum Beach Club zurückkehrte und Mack sah, war er sich nur allzu bewusst, wie ungleich sie waren. Vance war ein schwarzes Schaf, ein schlechter Zwilling, der dreißig Sekunden zu spät vom Schiff gestiegen war. Ein Page.

»Hey, Vance! Schön, dich zu sehen, Mann! Wie war dein Winter?«

Da war Mack nun, klopfte Vance auf den Rücken und schüttelte ihm kräftig die Hand. Mack fuhr mit der

Handfläche über Vances glatten Schädel. »Du hast dir den Kopf rasiert ... sieht großartig aus. Du wirkst, ich weiß nicht ... einschüchternd.«

»Danke.« Vance konnte nicht umhin zu lächeln. Er hätte erwartet, dass Mack sagen würde, rasierte Köpfe seien im Beach Club nicht tragbar. Vance fing sich wieder und bemühte sich um eine finstere Miene. So verlief es jedes Jahr. Den ganzen Winter über verachtete er Mack, und dann, wenn er im Frühjahr auftauchte, war Mack entwaffnend nett, sogar *cool*, und Vance war gezwungen, seinen Hass zu vergessen. Aber dieses Jahr nicht. Dieses Jahr würde Vance mit beiden Händen an seinem Hass festhalten.

»Mann, wie war dein Winter?«, fragte Mack. »Wie war Thailand? Hast du dich ausgetobt?«

»Natürlich«, antwortete Vance und konnte wieder mal nicht umhin zu lächeln. Wenn er sich vorstellte, wie er in Koh Samui am Strand oder unter den gekonnt massierenden Händen Pans gelegen hatte, einem neunzehnjährigen Thai-Mädchen mit langem, glänzend schwarzen Haar, dann hätte er am liebsten jedes Detail erzählt. Mack hatte, wie er wusste, den ganzen Winter auf seinem düsteren Felsen verbracht. »Thailand war spitze. Ich hatte einen Bungalow für scchs Mäusc dic Nacht gemietet.« Er deutete mit dem Kopf auf das Hotel. »Näher am Wasser als Zimmer elf und nur ein Hundertstel des Preises. Ich habe mich bis weit in die Nacht hinein massieren lassen und jeden Tag Bananenpfannkuchen und gegrillten Fisch gegessen.«

Ein junger Bursche mit dunklem, lockigem Haar kam mit einer Schaufel in der Hand heran. »Das klingt wie das Paradies«, bemerkte er. »Wo waren Sie, in Kalifornien?«

»Thailand«, sagten Mack und Vance gleichzeitig. Ihrer Stimmen waren nicht zu unterscheiden. Vance schüttelte den Kopf.

»Thailand«, sagte er noch einmal, allein. Er empfand wieder den vertrauten, brennenden Hass und zerbiss knirschend zwei Kautabletten gegen Sodbrennen. Im Sommer, wenn Mack um ihn war, aß er Hunderte davon.

»Vance, das ist Jem. Ich habe Jem gestern eingestellt. Jem, Vance Robbins, der erste Page.«

Vance betrachtete den Jungen noch einmal, während er kaute. Er sah sehr gut aus, war aber wahrscheinlich leicht zu beeindrucken. Leicht herumzukommandieren.

»Jem, wie in *Wer die Nachtigall stört?*«, fragte Vance.

Jem nickte. »Nicht viele Leute erkennen den Bezug.«

Vance streckte eine Hand aus. »Freut mich.«

Mack fuhr erneut mit der Handfläche über Vances Birne. »Ich habe dich vermisst, Mann. Wieso hast du mir keine Postkarte geschickt?«

Vance zuckte die Achseln. Warum zum Teufel mochte Mack ihn so? Warum konnte er einen Wink nicht verstehen?

Vance und Jem begannen, den Schneezaun auszugraben. Die Sonne schien, und es war schon recht warm. Um die Mittagszeit würden sie wahrscheinlich ohne Hemd arbeiten können. Vance gefiel die Eröffnungs- und Abschlussarbeit am besten, denn es war ruhige und ehrliche Arbeit. Er hatte in Thailand mit Joggen sowie Sit-ups und Push-ups begonnen und war jeden Nachmittag geschwommen. Sein Arm- und Schulterbereich war jetzt kräftiger. Irgendwann in diesem Sommer würde er Mack schlagen – ihn zu Brei schlagen, nur einmal, damit Mack wüsste, dass Vance ihm nie verziehen hatte, dass er ihn ausgebootet und ihm den Job weggeschleppt hatte, der rechtmäßig ihm zustand.

Vance und Jem arbeiteten friedlich Seite an Seite, wobei Jem nur einmal aufblickte und fragte: »He, kriegt man hier mittags was zu essen? Ich sterbe vor Hunger.«

Vance schaute auf seine Uhr. Es war halb elf.

»Manchmal kommt der Boss dafür auf«, antwortete Vance. »Bill Elliott, der Besitzer. Hast du ihn schon kennen gelernt?«

»Nein.«

»Man sollte sich immer daran erinnern, dass Mack nicht *wirklich* der Boss ist. Bill ist es.«

»Also besorgt Bill uns was zu essen?«, fragte Jem.

»Manchmal, wenn wir hart arbeiten. Aber nicht jeden Tag.«

»Wird hier Frühstück angeboten?«, fragte Jem.

»Kontinentales Frühstück, von halb neun bis zehn. Wenn du Tagesschicht hast, ist es deine Aufgabe, es aufzutragen und abzuräumen. Hat Mack dir das nicht gesagt?« Vance war verärgert. Mack war nachlässig darin, neuen Angestellten ihre Pflichten zu erklären. Es fiel stets Vance zu, die ganze Wahrheit zu vermitteln, und manchmal wurde ein neuer Page wütend, weil er glaubte, dass Vance ihm zusätzliche Arbeit aufbürdete. Aber dieser Junge, Jem, strahlte nur.

»Nein«, entgegnete Jem, »er hat nichts von Frühstück gesagt. Das ist großartig!«

Vance hörte seinen Namen rufen, und Maribel joggte über den Stand heran. Sie trug Shorts und einen roten Sport-BH und hatte eine Windjacke um die Taille gebunden. Das blonde Haar war zu einem Pferdeschwanz zusammengenommen. Sie warf Vance die Arme um den Hals und küsste ihn auf die Wange. So sehr Vance Mack auch hasste, konnte er Maribel gegenüber doch nur sprachlose Vernarrtheit empfinden.

»Du siehst göttlich aus!«, sagte sie. »Entschieden exotisch. Ich liebe Männer ohne Haare. Du siehst aus wie Michael Jordan. Wie war Thailand?«

»Gut«, antwortete er. Er konnte sich auch nicht erklären, was Maribel an ihm fand. Jedes Mal, wenn sie mit ihm sprach, kostete es ihn Mühe, einen vollständigen Satz zustande zu bringen.

»Du hast einen unglaublichen Körper. Also findest du dieses Jahr eine Freundin, hm?«

Vance umklammerte den Griff seiner Schaufel und hoffte, sie würde sehen, wie sich seine Unterarmmuskeln bewegten. Er war froh, dass er das Hemd ausgezogen hatte. Bevor Vance antworten konnte, sagte Jem: »Wir sind uns noch nicht begegnet. Ich bin Jem Crandall.«

»Jem?«, fragte Maribel. Sie schüttelte Jem die Hand und Vance empfand ein vertrautes Gefühl der Angst. Jem hatte sein Hemd ebenfalls ausgezogen und setzte ein breites Ladykiller-Lächeln auf. »Jem, wie in *Wer die Nachtigall stört?*«

»Genau. Nicht viele Leute erkennen den Bezug. Aber Vance schon.«

Maribel wandte sich Vance zu. »Nun, natürlich. Vance ist unser Literaturkenner.«

Vance zuckte die Achseln. Maribel nannte ihn so, weil er an der Farleigh-Dickinson-Universität in amerikanischer Literatur promoviert und einmal in einer kleinen Zeitschrift eine Geschichte mit dem Titel *Die Abwärtsspirale* veröffentlicht hatte.

»Ich bin Maribel Cox. Mack ist mein Freund.« Sie hielt inne, um diese Information wirken zu lassen. Es war, als wollte sie Jem sagen: *Ich bin wichtig, ich gehöre zu Mack.*

»Maribel arbeitet in der Bibliothek«, erläuterte Vance.

»Das erklärt, warum Sie über Bücher Bescheid wissen«, sagte Jem.

»Fangen Sie heute gerade hier an?«, fragte Maribel.

»Ja.« Jem stützte sich mit gekreuzten Armen auf seine Schaufel. »Und man lässt mich bereits Gräben ausheben.«

Maribel wandte sich an Vance. »Ihr Jungs solltet zum Abendessen rüberkommen. Ich werde ein Hähnchen braten und diese echten französischen *pommes frites* machen, die du so magst.«

»Ich kann nicht«, erwiderte Vance. Eine der Regeln, die er für sich aufgestellt hatte, lautete: kein geselliger Umgang mehr mit Mack.

»Aber ich«, sagte Jem eifrig, doch Maribel ignorierte ihn.

»Dann vielleicht nächste Woche«, schlug sie vor. »Ist Mack in der Nähe?«

»Sieh hinten nach«, sagte Vance. »Oder im Büro. Er könnte bei Bill im Büro sein.«

»Okay.« Maribel berührte Vances angespannten Unterarm. »Hey, es ist schön, dich zu sehen.« Sie joggte aufs Hotel zu. »Und es war nett, Sie kennen zu lernen Jem!«

Als sie außer Hörweite war, bemerkte Jem: »Die Frau ist eine Wucht! Und sie kann kochen!«

»Stimmt«, bestätigte Vance. Seine Bemerkung könnte vielleicht so ausgelegt werden, als wollte er Mack beschützen. Aber Vance wollte nur, dass Jem Mockingbird erkannte, dass auch niemand sonst sie haben konnte, wenn er selbst Maribel nicht haben konnte.

Love O'Donnell kam mit der Schnellfähre auf der Insel an. Obwohl es schon Mitte Mai war, war das Wetter grau, und es nieselte. Und es war kalt. Love stand im Bug des Bootes, die Polarfleece-Jacke fest um sich gezogen. Sie wollte sehen, wie sich die Fähre Nantucket näherte. Sie wollte die Meeresgischt auf ihrem Gesicht spüren. Doch nun war sie nicht sicher, ob die Feuchtigkeit, die sie auf dem Gesicht spürte, Meeresgischt oder Regen war, und durch die dichte Nebeldecke konnte sie Nantucket erst unmittelbar vor Erreichen des Hafens sehen. Da erhaschte sie einen Blick auf den roten Strahl des Brant-Point-Leuchtturms, die dahinter liegenden, grau gedeckten Häuser der Stadt und den weißen Turm der Gemeindekirche, die sie schon auf Bildern gesehen hatte. Der Beach Club, wo sie arbeiten würde, lag irgendwo westlich, und das Häuschen, das sie die Saison über gemietet hatte, befand sich mitten auf der Insel, wo die Einheimischen lebten.

Love war kein Mensch, der spontan irgendwo hinging. Diese kurze Seereise konnte zu Recht als das Spontanste bezeichnet werden, was sie je unternommen hatte. Sie hatte die vergangenen sieben Jahre in Aspen gelebt und bei einer bekannten Outdoor-Zeitschrift gearbeitet. Doch dann wir sie im Fitnessraum Bill Elliott begegnet. Sie lagen Seite an Seite auf den Matten und waren mit den Bauchtrainern zugange. Love warf einen heimlichen Blick auf Bills Spiegelbild, denn das tat man in Fitnessräumen in Aspen – man betrachtete prüfend das andere Geschlecht. Besonders Love. Seit ihrem vierzigsten Geburtstag suchte Love einen Mann, der sie schwängern könnte.

Sie lächelte Bill im Spiegel zu. »Manchmal frage ich mich, ob das hier tatsächlich wirkt«, sagte sie und deutete auf den Bauchtrainer.

Bill lachte. »Vermutlich sieht jeder, der damit trainiert, recht gut aus.«

Love machte noch zwei Züge und fragte dann: »Leben Sie hier in Aspen?«

»Nur den Winter über«, antwortete Bill. »Und Sie?«

»Einheimisch. Wo leben Sie im Sommer?«

»Auf Nantucket«, sagte Bill. Er beendete seine Übungen am Bauchtrainer und stand auf. Love erhob sich ebenfalls und folgte Bill zu den StairMasters. Eine Bedingung bei Loves Suche nach einem potentiellen Vater war, dass der Mann nicht ortsansässig war, weil sie ein Kind, aber absolut keinen Ehemann wollte.

»Was machen Sie in Nantucket?«, fragte Love. Sie stemmte ihre Gewichte, jeweils einhundert Pfund, in die Halterungen des StairMasters.

»Meine Frau und ich besitzen ein Hotel«, antwortete er.

»Oh, Sie sind verheiratet«, bemerkte Love. Das war nicht unbedingt ein Hindernis. Nach sieben Jahren in Aspen wusste Love, dass er dennoch an eine Affäre denken konnte.

»Ja, und ich habe eine achtzehnjährige Tochter, die im Internat ist. Sie macht gerade den Abschluss.« Love betätigte sich nun am StepMaster. Sie war so froh zu hören, dass Bill bereits ein Kind hatte, dass sie sich fast schuldig fühlte. Ortsfremd, ein früherer Zeugungserfolg, Hotelbesitzer – Love ging ihre geistige Checkliste durch und sah sich im Fitnessraum um. Zwei sichtbar schwangere Frauen waren an den Gewichten, und wer weiß, wie viele noch schwanger waren, ohne dass man es schon sah. Viele von Loves Freundinnen, Arbeitskolleginnen und Bekannten waren jetzt schwanger, gründeten mit Ende dreißig oder Anfang vierzig Familien. Love hatte in den vergangenen achtzehn Monaten einen Crashkurs in moderner Elternschaft gemacht: Siebenkorn-Zwiebackcracker, Kinderwagen mit Mountainbike-Reifen für jedes Gelände. Sie sah im Fitnessraum und auf den Laufbändern Frauen mit gesunden, dicken Bäuchen. Loves Wunsch, Mutter zu sein, war ein körperliches, schmerzliches Verlangen. Seit ihrem vierzigsten Geburtstag konnte sie an nichts anderes mehr denken. Love wollte ein Baby, Fleisch und Blut, das ihr restliches Leben mit ihr verbunden wäre, und sie wollte das Kind allein aufziehen. Es gab in Aspen eine Gruppe, die sich Freiwillig Allein Erziehende Mütter nannte. Love sah im Naturkostladen ihre Flugblätter. Wenn sie schließlich schwanger wäre, würde sie sich dieser Gruppe anschließen.

Am Ende der Übungseinheit lächelte sie Bill an und sagte: »Sie sind gut in Form.«

Bill zwinkerte. »Ich tue nur, was der Doktor sagt: Ich trainiere viel und schlafe mit meiner Frau. Gut für den Geist!«

Loves Hoffnungen sanken rapide. Es war für sie in Ordnung, wenn ein Mann zugab, dass er verheiratet war, aber über sein Sexleben zu reden, war tabu. Sie hoffte, dass er ihre Enttäuschung nicht bemerkte. Andererseits bot Bill beim Verlassen des Fitnessraums an, Love etwas an der Saftbar zu spendieren.

Love nippte an einem Karotten-Himbeer-Saft und Bill erzählte ihr von dem Hotel auf Nantucket.

»Es begann 1924 als Beach Club. Die Männer trugen Seidenanzüge und Zylinderhüte und die Frauen hatten Sonnenschirme bei sich. Es gab über vierhundert Holzumkleideräume, die zweimal am Tag vergeben wurden, um den Bedarf zu decken. Mein Vater hat die Anlage 1952 gekauft, und ich habe auf dem Grundstück Hotelzimmer gebaut, als er sich vor zwanzig Jahren zur Ruhe setzte.«

»Das klingt wunderbar«, erwiderte Love. »Ich habe Neuengland schon immer kennen lernen wollen.«

»Nun, dann möchte ich Ihnen einen Vorschlag machen.«

Love spannte die Oberschenkel an. »Was denn?«, fragte sie.

»Warum arbeiten Sie diesen Sommer nicht für mich? Wir brauchen eine Vollzeitmitarbeiterin an der Rezeption. Es ist ein wunderschönes Hotel, das verspreche ich Ihnen.« Love war sein Tonfall vertraut. Sie hörte ihn immer heraus. Er wollte sie zu einem Blind Date überreden. Es war vielleicht dennoch der perfekte Plan: Aspen den Sommer über verlassen und im Herbst schwanger zurückkehren.

Sie trank ihren Saft aus und leckte die Himbeerkerne von ihren Zähnen. »Ich habe bereits einen Job«, entgegnete sie. »Aber es ist eine Überlegung wert.«

Bill bot Love den Job jedes Mal wieder an, wenn er sie im Fitnessraum sah. »Was würden Sie in sechs Monaten schon verpassen?«, fragte er sie. »Würden Sie jemanden zurücklassen?«

Diese Frage kränkte sie. Sie war sich sicher, dass Bill die Antwort kannte. Sie würde niemanden und nichts zurücklassen. Nicht einmal einen Hund, wie so viele andere sportliche, unverheiratete Frauen in Aspen. Sie war allergisch gegen Hunde.

»Nein«, antwortete sie.

»Hören Sie«, sagte Bill, »ich werde mich bald zur Ruhe setzen, ob es mir gefällt oder nicht. Ich würde gerne noch einen guten Sommer verleben. Wenn Sie daran teilhaben möchten, würde ich mich freuen, wenn Sie für uns arbeiten.«

Seine von Leberflecken übersäten Hände zitterten, und seine Haut wirkte, trotz all seines Trainings, leicht grau. Er betrachtete sie forschend, als glaubte er, dass wirklich irgendwo in ihr eine talentierte Rezeptionistin steckte. Und so nahm Love Anfang April, als die Schließung der Skihänge bevorstand, den Job an. Also ein Sommer am Strand, auf Nantucket.

Das Nebelhorn der Fähre erklang. Sie war da.

Love O'Donnell war gut organisiert. Sie hatte drei Landkarten dabei sowie ein Buch mit dem Titel *Einmaliges Nantucket*, das sie von Anfang bis Ende gelesen hatte. Sie trat von der Fähre auf den Straight Wharf und nahm ihr Gepäck auf: ein North-Face-Matchsack und ihr Mountainbike, das sie überallhin mitnahm. Sie atmete tief die Seeluft ein. Es roch nach Salz und Fisch, wie sie es erwartet hatte. Dagegen hatte sie nicht erwartet, wie kräftig, wie üppig sie war. Die Luft war sauerstoffschwanger. Sie wäre auch zufrieden damit, den ganzen Sommer hier zu leben und diese Luft zu atmen.

Loves Taxifahrerin war ein großes, dünnes Mädchen mit schwarz gefärbten Haaren, einem Nasenring und sieben oder acht Ohrringen in jedem Ohr.

»Wohin wollen Sie?«, fragte das Mädchen. Auf ihrem T-Shirt stand *Regenpfeifer schmecken wie Hähnchen*.

»Hooper Farm Road. Aber ich würde zuerst gerne ein bisschen was sehen, wenn Sie nichts dagegen haben. Wie heißen Sie?«

»Tracey«, antwortete das Mädchen. »Und ich bin keine Fremdenführerin.«

»Leben Sie auf der Insel?«, fragte Love.

Das Mädchen betrachtete die Reihe Taxis hinter sich. Sie warf Loves Fahrrad hinten in ihren Kombi, setzte sich auf den Fahrersitz, wartete darauf, dass Love einsteigen würde, und fuhr dann an. »Ich bin nur im Sommer hier.«

»Ihr erster Sommer?«, fragte Love.

Tracey nickte. Sie fuhren langsam über die Pflastersteine der Main Street.

»Meiner auch.« Loves Stimme vibrierte und hüpfte mit den Reifen. »Wussten Sie, dass diese Pflastersteine von den frühen Siedlerin als Ballast auf ihren Schiffen hierher gebracht wurden?«

Tracey antwortete nicht. Love betrachtete durchs Fenster die Namen der Geschäfte und Restaurants: Murray's Liquors Espresso Café, Congdon's Pharmacy, Mitchell's Book Corner. Dann erreichten sie ein Backsteingebäude mit prächtigen weißen Säulen: die Pacific National Bank.

Love tippte an das Glas. »Man nennt diese Bank *Pacific* Bank, weil die Walfangschiffe Nantuckets auf den Pazifischen Ozean hinaussegeln mussten, um Wale zu jagen. Sie fuhren den ganzen Weg ums Kap Hoorn herum. Manchmal waren Schiffe fünf Jahre unterwegs. Aber daher kam das Geld, vom Pazifischen Ozean.«

»Sie sind das reinste wandelnde Lexikon«, bemerkte Tracy.

Love ignorierte den Sarkasmus. Sie wollte nicht, dass ihre erste Annäherung an Nantucket negativ verlief. Sie betrachtete ihre Karte. »Fahren wir weiter bis ans Ende der Main Street.«

Sie näherten sich langsam dem Greek Revival Hawden House, das Love in den nächsten Tagen zu besichtigen gedachte. »In diesem großen weißen Gebäude befindet sich oben ein Ballsaal«, erläuterte Love. »Er wurde mit einem zurückziehbaren Dach ausgestattet, so dass die Menschen unter den Sternen tanzen konnten.«

»Wirklich?«, sagte Tracey. Sie verringerte das Tempo. »Sie meinen, das Dach rollt nach innen?«

»Es ist so eine romantische Vorstellung, unter den Sternen zu tanzen.« Love lehnte sich in den Sitz zurück.

»Ich muss Ihnen etwas gestehen, Tracey. Ich bin auf diese Insel gekommen, um schwanger zu werden.«

»Halt, Lady, das ist mehr, als ich zu wissen brauche«, sagte Tracey. »Wenn Sie mir etwas über Geschichte erzählen wollen, ist das in Ordnung. Das sind Sachen, die ich vielleicht bei jemand anderem weiterverwenden kann, aber erzählen Sie mir bitte nichts Persönliches. Dafür zahlt man mir nicht genug.«

Love lachte. »Jeder kommt aus einem bestimmten Grund nach Nantucket. Einige Leute kamen, um Wale zu jagen, und die Quäker kamen, um der religiösen Verfolgung zu entkommen. Und ich komme, um schwanger zu werden. Es ist ein gutes Gefühl, Ihnen zu erzählen, dass ich hierher komme, um ein Kind zu bekommen. Jetzt, wo es jemand weiß, habe ich das Gefühl, dass ich verantwortlich bin.«

»Sie brauchen sich vor mir nicht zu verantworten«, entgegnete Tracey. »Glauben Sie mir, das brauchen Sie nicht.«

»Würden Sie mich ansehen?«, fragte Love.

»Was?«

»Würden Sie sich umdrehen und mich ansehen?«

Tracey wandte sich langsam um. Ihre Augenbraue zuckte vor Unbehagen.

»Ich bin auf diese Insel gekommen, um schwanger zu werden«, verkündete Love. »Ich werde schwanger werden.«

»Okay, und was wollen Sie jetzt von mir? Dass ich ›Amen‹ sage?«

»Nein, es genügt, wenn Sie mich einfach ansehen, wenn ich es ausspreche.« Love sah wieder auf ihre Karte. »Fahren wir zur Old Mill. Ich weiß den Weg.«

Am nächsten Tag fuhr Love auf Rollerblades zum Beach Club. Ein freundlich wirkender Mann mit rotblondem Haar stand auf einer großen Trittleiter und richtete den Laternenpfahl. Love fuhr in schwungvollem Halbkreis bis in die Nähe der Leiter und stoppte dann mühelos.

»Ich bin Love O'Donnel«, sagte sie. »Sind Sie Mack?«

»Ja.« Er schraubte die Glaskugel wieder auf und klopfte leicht darauf. »Ich hoffe, es funktioniert.« Er stieg von der Leiter und schüttelte Love die Hand. »Schön, Sie kennen zu lernen.«

»Ebenso«, erwiderte sie. Er hatte hübsche blaue Augen und Love schätzte ihn auf Anfang dreißig. Zu jung.

»Ich muss mir noch die Hände waschen, und dann fangen wir an«, sagte Mack. »Sehen Sie sich nur schon um. Da ist der Eingang zum Foyer.« Er deutete über den Parkplatz hinweg. Bill hatte erklärt, das Hotel sei L-förmig angelegt, und genau das sah Love nun: einfache, grau gedeckte Zimmer, von denen einige aufs Wasser zu verliefen und einige mit der Frontseite zum Wasser lagen. Von außen war nichts Besonderes daran, außer dass sie alle in den Sand gebaut waren und Blick auf das Meer hatten, das heute schiefergrau war. Love spürte Enttäuschung aufkommen. Sie hatte Weltklasse erwartet, etwas Grandioses. Was hatte Bill gesagt, was er berechnete? Sechshundert Dollar pro Nacht?

Love rollte zur Treppe, die zum Foyer führte. Sie zog die Rollerblades aus und dachte, dass sie hineingehen und mit diesem Typ, Mack, reden würde. Sollte es sich nicht ergeben, könnte sie wahrscheinlich einen Job in der Stadt bekommen. Vielleicht im Jared Coffin House oder an anderer gehobenerer Stelle. Das Foyer bot jedoch eine erfreuliche Überraschung. Eigentlich entschied Love nach ungefähr dreißig Sekunden, dass es der reizvollste Raum war, den sie je gesehen hatte. Das

Erste, was sie bemerkte, waren sechs Quilts, die von frei liegenden Balken herabhingen. Sie fühlte sich an Leintücher erinnert, die sich auf einer Wäscheleine bauschen. Der Boden war aus glänzendem Holz mit jägergrünem Teppich, in den Love mit ihren Strümpfen an den Füßen einsank. An einer Wand war ein aus Backsteinen gemauerter Kamin, und die gegenüberliegende Wand wies riesige Fenster auf, die zum Strand hinausgingen. Der Raum war mit weißen Korbmöbeln, Pflanzen und Bäumen, einem großen schwarzen Klavier und Spielzeug eingerichtet: Miniaturfahrräder, winzige Sitzmöbel, ein Schaukelpferd. Love trat zur Rezeption, die aus dem gleichen glänzenden, honigfarbenen Holz bestand wie der Boden. Sie hob eine kleine Messingglocke an und ließ sie versuchsweise schwingen. Mack erschien von der Rückseite.

»Kommen sie herum«, sagte er.

Er zeigte Love die Tür, die zum Büro führte. Das Büro war ein beengter, voll gestopfter Raum mit einer Stereoanlage, einem Faxgerät und einem schrecklich unordentlichen Schreibtisch, bot jedoch denselben tollen Ausblick aufs Wasser. Dann sah Love eine rissige Tür und bemerkte, dass sich dahinter noch ein weiteres Büro befand. Bills Büro? Love klopfte zaghaft an und öffnete die Tür ein kleines Stück. Bill saß an einem großen, wunderschönen Schreibtisch und las.

»Hi, Bill«, sagte Love.

Bill schaute auf. Er ging ungeschickt mit dem Buch um, und es fiel ihm zu Füßen.

»Oh, hi«, erwiderte er. »Hallo. Sie sind da. Sie sind gekommen.«

»Ja, natürlich« Wäre es vermessen, sich einzubilden, dass ihn ihre Gegenwart nervös machte? »Ich sagte Ihnen, dass ich kommen würde.«

Bill hob das Buch unter seinem Schreibtisch auf.

»Nun, okay«, sagte er. »Gut. Was meinen Sie?«

»Das Foyer ist hübsch«, antwortete sie »Die Zimmer habe ich noch nicht gesehen.«

»Sie sind noch nicht ganz fertig.« Bill blätterte die Buchseiten durch, und es entstand ein raschelndes Geräusch, wie schlagende Vogelschwingen. »Mack wird Ihnen alles zeigen. Es ist schön, dass Sie da sind. Ich werde Sie vermutlich noch weitaus häufiger sehen.«

»Ja«, erwiderte Love. »Vermutlich.«

»Das Geheimnis ihres Jobs als Rezeptionistin liegt darin, peinlich genau zu sein«, sagte Mack. »Schreiben Sie alles auf. Ein Gast will einen Tisch reservieren: Schreiben Sie es auf. Ein Gast bekommt ein Fax: Tragen Sie es ins Faxjournal ein. Ein Gast braucht um sechs Uhr morgens ein Taxi zum Flughafen: Schreiben Sie es für Tiny auf. Tiny machte die Nachtschicht. Sie wird das Taxi am Abend vorher bestellen und sich versichern, dass der Gast seine Rechnung bezahlt. Es darf nie passieren, dass ein Gast hier abfährt, ohne seine Rechnung zu begleichen, weil ein Rezeptionist vergessen hat, es aufzuschreiben. Das ist nicht gut.«

Love nahm ein Notizbuch aus der Vordertasche ihres Anoraks und notierte einiges. »Tiny«, wiederholte Love.

»Tiny beantwortet keine persönlichen Fragen, also stellen Sie ihr kein. Sie ist wahrscheinlich die Geschäftstüchtigste von uns allen. Sie wäscht keine schmutzige Wäsche. Wir anderen, nun, wir arbeiten so viel zusammen, dass wir manchmal nicht anders können. Wir sind fast wie eine Familie.«

»Familie«, notierte Love.

»Sie haben ein Notizbuch mitgebracht«, stellte Mack

fest. »Das gefällt mir. Ich habe im Laufe der Zeit mindestens fünfzehn Rezeptionisten ausgebildet. Es waren gute und schlechte dabei. Gute Rezeptionisten sind auf Details ausgerichtet. Sie sind achtsam. Sie hören zu. Sie sind diskret.«

»Diskret.« In Großbuchstaben. Unterstrichen.

»Viele unserer Gäste sind sehr reich«, erklärte Mack. »Sie sind es gewohnt, dass ihnen einiges abgenommen wird. Beispielsweise wollen manche Leute kein Taxi in die Stadt. Sie erwarten, dass sie hingebracht werden.«

»Was sage ich ihnen?«

»Erklären Sie ihnen, dass wir üblicherweise keine Chauffeurdienste bieten, dass Sie ihnen aber überaus gern ein Taxi rufen.«

»Gesunder Menschenverstand«, fasste Love zusammen.

»Es wird Gäste geben, die sagen, dass sie das Obst beim Frühstück nicht mögen. Sie werden Pfirsiche statt Bananen wollen. Wenn jemand nach Pfirsichen fragt, schreiben Sie es auf. Ich kaufe das Frühstück und bin bekannt dafür, Fragen nach Pfirsichen zu berücksichtigen. Wir bieten keinen Zimmerservice, so dass wir beim Frühstück unser Bestes zu geben versuchen.«

»Kein Zimmerservice«, wiederholte Love. Sie notierte es.

»Sie arbeiten jeden Tag von acht bis fünf, außer Dienstag, Ihrem freien Tag. Das bedeutet viel Zeit an der Rezeption. Im Juli und August kann es ziemlich hektisch werden. Sie werden mit Wünschen, Fragen, Anreisen und Abreisen bombardiert werden. Wenn es zu viel wird, geben Sie mir Bescheid. Informieren Sie Therese, informieren Sie Bill. Versuchen Sie nicht, alle Probleme der Gäste sofort zu lösen. Das wird nicht funktionieren.«

»Ich war bei einer Zeitschrift jeden Monat für die Einhaltung der Termine verantwortlich. Ich kann mit den Anforderungen von zwanzig Hotelzimmern umgehen.«

»Der Beach Club eröffnet Mitte Juni«, sagte Mack. »Wir haben einhundert Mitglieder, die für die Benutzung des Strandes Beiträge zahlen. Sie alle haben Schließfächer. Sie alle haben Schlüssel. Sie alle brauchen Stühle und Handtücher. Die Kinder wollen Eimer und Schaufeln. An einem heißen Tag im August, wenn Sie dreizehn Abreisen und zwölf Anreisen haben und fünfundzwanzig Kinder mit sandigen Füßen durch das Foyer rennen und ein Gast in Zimmer zwölf Ihnen sagt, dass seine Toilette verstopft ist, und die alte Mrs Stanford den Schlüssel zu ihrem Schließfach verloren hat, *dann* werden Sie wissen, was Anforderungen bedeuten.«

Er versuchte eindeutig, ihr Angst einzujagen. »Vermutlich«, erwiderte Love.

Mack senkte seine Stimme. »Noch etwas über die Gäste. Ich habe in zwölf Jahren gelernt, dass man üblicherweise ... Ressentiments empfindet.« Er sah sich im Foyer um, als könnten sich ein oder zwei Gäste hinter den Korbsofas verbergen. »Die Leute, die hier wohnen, die Leute, die den Strand benutzen, haben alle viel Geld. Und sie sehen Sie nicht als Gleichgestellte an, sondern als jemanden, der für sie arbeitet. Also – jemand kommt aus New York, hat zwei Wochen im Jahr frei und bringt diese kostbare Zeit und eine Bootsladung Geld hier ins Hotel. Er will, dass alles perfekt läuft. Verstehen Sie? Es wird manchmal schwierig, mit Egos umzugehen. Hier werden eine Menge finanzstarker Gäste auftreten.«

Love lächelte. Wusste er nicht, dass sie aus *Aspen* kam? »Ich verstehe.«

»Ich habe auch gelernt, dass wohlhabende Menschen häufig traurige Menschen sind«, stellte Mack fest.

»Das habe ich auch schon festgestellt«, erwiderte Love. »Geld kann nicht alles bewirken. Es kann weder Krebs heilen noch Liebe erzwingen. Es kann keine Fruchtbarkeit bewirken.«

Mack lächelte. »Fruchtbarkeit?«

Love errötete. Ihr Privatleben schlich sich bereits ein, zeigte sich wie ein BH-Träger. »Ja, man kann mit Geld kein Kind erkaufen. Kein eigenes Kind.«

»Genau«, sagte er. »Sie werden Ihre Sache großartig machen. Das weiß ich.«

Nachdem Love alles über die Telefone, das Faxgerät und das Kreditkartengerät gelernt und nachdem sie Mack mit ihrem Wissen über die Insel beeindruckt hatte, ging er davon, um sich in einem der Zimmer um ein Schloss zu kümmern. Love trommelte mit den Fingern auf die glänzende Holzoberfläche der Rezeption, blickte auf die Telefonkonsole hinab, schaute ins Foyer hinaus und dachte: *Hier werde ich den Vater meines Kindes treffen.*

Sie hörte im rückwärtigen Büro eine Stimme. Sie schlich auf Zehenspitzen durch Macks chaotisches Büro und lauschte an Bills Tür, die noch immer angelehnt war.

Love hielt den Atem an und klopfte. Bill räusperte sich und sagte dann: »Herein!«

Er war allein im Raum. »Ich habe Sie reden gehört«, sagte sie und lächelte ihn an. »Führen Sie immer Selbstgespräche? Ich schon.«

»Ich habe Robert Frost zitiert«, erwiderte er. »Ich hatte nicht bemerkt, dass noch jemand hier ist.«

»Tut mir Leid, wenn ich Sie erschreckt habe. Das Gedicht, das Sie zitiert haben – gehört das zu Ihren Lieblingsgedichten?«

»Es sind alles Lieblingsgedichte«, antwortete Bill, und schlug das Buch zu. »Eines heißt ›Hingabe‹. Ich bin gerade erst zufällig darauf gestoßen.«

Love trat weiter ins Büro, an dessen Fenstern zwei Korbsessel standen. Sie setzte sich hin. »Lesen Sie es mir vor. Ich lese bei weitem nicht genug Gedichte.«

Bill schloss die Augen und lehnte sich in seinem cremefarbenen Ledersessel zurück. Er war so dünn, dass seine Handgelenkknochen hervorstachen. »›Die höchste Ergebenheit des Herzens bedeutet, Strand zu sein für die Wogen des Meeres, ihm standzuhalten im ewigen Walten.‹« Er öffnete die Augen wieder. »Sie wissen, was das bedeutet, nicht wahr?«

Mein erster Arbeitsgag – und ein Mann liest mir Gedichte vor.

»Was bedeutet es?«, fragte sie.

»Er spricht über die Liebe. Er sagt, der stärkste Liebesbeweis sei die Ergebenheit, Tag für Tag für den geliebten Menschen da zu sein. Waren Sie je verheiratet?«

»Nein«, antwortete Love.

»Ich bin seit dreißig Jahren verheiratet und ich liebe meine Frau jetzt mehr denn je. Es ist so, als seien all jene Tage, auch die wirklich langweiligen, schrecklichen Tage, sinnvoll. Ich liebe sie von Tag zu Tag mehr.« Er klappte das Buch zu. »Also bin ich vermutlich das, was Frost als ergeben bezeichnet.«

»Klingt so«, sagte Love. Ihre Gefühle wurden etwas gedämpft.

»Und Sie? Sind Sie irgendetwas ergeben?«, fragte Bill. »Irgendjemandem?«

»Ich bin dem Wunsch nach einem Kind ergeben«, entgegnete Love. »Ich bin dem Wunsch ergeben, jemanden zu finden, der mit mir ein Kind zeugt.«

Bill wölbte die Augenbrauen und sein Mund formte ein lautloses O. Loves Privatleben war eine Überraschungstorte!

»Es ist sicher eine große Aufgabe, sich einem Kind hinzugeben«, bemerkte er.

Love stützte die Hände auf die Oberschenkel und erhob sich. »Zu schade, dass *Sie* mir nicht helfen können.«

Bill lachte nervös. »Ewige Ergebenheit.« Als Love an seinem Schreibtisch vorbeiging, um zur Tür zu gelangen, streckte er die Hand aus. Es war eine gebrechliche Hand, aber warm und herzlich. »Jemand wird großes Glück haben«, sagte er.

Mack führte den Beach Club schon seit zwölf Jahren, und Bill besaß ihn bereits ganze zwanzig Jahre, aber Lacey Gardner, die Grand Old Lady von Beacon Hill und Nantucket, konnte sich wahrhaftig rühmen, schon länger hier zu sein als jeder anderer. Sie war dem Beach Club im Sommer 1945 beigetreten – vor dreiundfünfzig Jahren –, musste sie es extra erwähnen? Sieben Jahre, bevor Bills Vater, Big Bill Elliott, das Gelände überhaupt gekauft hatte.

Mit achtundzwanzig war sie die älteste lebende Absolventin des Radclife College, was ihr einen ständigen Sitz in der ersten Reihe der Harvard-Abschlussfeier eingebracht hatte. Jedes Jahr fuhr sie am Tag nach der Feier mit dem Wagen von ihrer Wohnung in Boston nach Hyannis auf die Fähre, die um Viertel vor zehn nach Nantucket abging.

Laceys Aufenthalt nach Nantucket erschien ihr wie viele verschiedene Lebensspannen. Ihre Eltern hatten sie bereits 1920, als sie zehn Jahre alt war, mit auf die Insel genommen. Sie erinnerte sich an das Andocken der Fähre und daran, dass die Hoteliers am Kai standen und die Namen ihrer Häuser ausriefen: Sec Clif Inn, Beach House, Point Breeze. Jahre später kam sie mit ihren Zimmergenossinnen von Radclife nach Nantucket. An Sommerabenden tanzten sie auf der offenen Veranda des Moby Dick in 'Sconset. Damals war 'Sconset eine Zuflucht für Schauspieler und Schauspielerinnen, wenn der Broadway den Sommer über geschlossen hatte. Lacey erinnerte sich noch an die Produktionen von *Our Town, Candida* und *The Bride the Sun Shines On* draußen im Kasino von 'Sconset. Auf der Veranda tanzen, Hummer- und Hähnchenessen für einen Dollar fünfzig pro Teller, Modenschauen im Kabarett – das waren die aufregenden sorgenfreien Sommer auf Nantucket in Laceys Jugendzeit. Und sie war als Einzige noch übrig geblieben, um die Erinnerungen zu pflegen. Im Jahre 1941 hatte ein galanter Freund, Maximilian Gardner, ihr am Strand von Madaket einen Heiratsantrag gemacht. Lacey war einunddreißig Jahre alt, noch unverheiratet und arbeitete bei der Gesundheitsbehörde von Massachusetts. Männer nannten sie lebhaft und unabhängig und Frauen bezeichneten sie als Karrieristin und Snob. Doch sie liebte Maximilian Gardner. Zunächst war er nur einer der vielen jungen Männer in ihrem lebenslustigen Freundeskreis, aber mit der Zeit merkte sie, wie er sie ansah. Dann empfand sich Lacey am intensivsten als Frau.

Lacey und Max heirateten im November 1941 vor einem Friedensrichter am Strand von Madaket, einen Monat, bevor die Bombe auf Pearl Harbor fiel, eine Woche, bevor Max zur Grundausbildung musste. Als er drei Jahre danach aus dem Krieg zurückkehrte, fand die kirchliche Trauung statt, aber damals war Lacey bereits vierunddreißig und zu alt, um mit dem Kinderkriegen anzufangen.

Lacey und Maximilian wurden zum festen Sommerinventar auf Nantucket. Sie traten dem Beach Club bei – ebenso dem Yacht Club und dem Sankaty Golf Club –, und Lacey eröffnete auf der Main Street einen Hutladen, der einfach Lacey's hieß. Sie und Max kauften ein Haus an der Cliff Road und sie teilten ihre Zeit zwischen diesem Haus und ihrem Stadthaus auf dem Beacon Hill. Sie waren fünfundvierzig Jahre verheiratet und sie hielten sich jede Nacht beim Einschlafen bei der Hand. Lacey hielt Max' Hand auch am 14. Februar 1986, in jener Nacht, in der er starb. Sie war nic rührselig gewesen und doch war ihr Herz an jenem Valentinstag gebrochen.

So kam es, dass ihr Leben auf Nantucket in Phasen unterteilt schien: ihr Leben vor Max, ihr Leben mit Max, ihr Leben nach Max. Nach Max verkaufte sie das Haus an der Cliff Road und das Stadthaus in Boston. Sie mietete eine Wohnung in Boston und bat Big Bill Elliott um ein Zimmer auf Lebenszeit im Hotel.

»Vergiss nicht«, sagte sie zu ihm, »ich bin schon länger hier als du.«

Big Bill vergaß es nicht. Er gab Lacey ihr eigenes Häuschen hinter dem Foyer des Hotels. Es bot keine großartige Aussicht – es ging auf die Wäscherei und die Rückseite des Parkplatzes hinaus –, aber es hatte Schlafräume und, was das Wichtigste war, es war ihr Eigentum, mit reiner Langlebigkeit gekauft und bezahlt. Big Bill hatte Lacey das Häuschen in seinem Testament vermacht. Sie sollte es weitergeben, wenn sie starb.

Nun, sie war noch nicht tot. Sie war lebendig genug, ihren neuen Buick von der Fähre zu lenken. Dieser Moment erregte sie jedes Mal neu. Sie mochte es, die Rampe hinabzusausen und zu spüren, wie die Reifen auf Steamship Wharf auftrafen. Vom Kai war es genau eine Meile zum Beach Club.

Als sie auf den Parkplatz fuhr, sah sie Mack auf der kleinen Veranda ihres Häuschens stehen, der sie mit demselben Lächeln erwartete wie auf einem Foto, das sie den ganzen Winter über an ihrem Kühlschrank hatte. Im ersten Sommer, als Mack im Beach Club arbeitete, hatte er an Laceys Tür geklopft, um sich vorzustellen. Damals war Maximilian erst vier Monate zuvor gestorben. Als der Junge seinen Namen nannte: »Hi, ich bin Mack«, fiel Lacey fast vom Stuhl. Weil sie natürlich: »Hi, ich bin Max« verstand, als wäre ihr Mann in Gestalt dieses Jungen zu ihr zurückgekehrt. Jetzt wusste sie es besser, aber sie glaubte an göttliches Eingreifen. Sie glaubte, dass Maximilian ihr Mack irgendwie geschickt hatte.

Lacey hupte wie toll. Sie betätigte den elektrischen Fensterheber und plötzlich befanden sich Lacey und Mack von Angesicht zu Angesicht. Er gab ihr durchs offene Fenster einen Kuss, noch bevor sie auf ihrem Parkplatz zum Stehen kam.

»He, Gardner«, sagte er. »Willkommen daheim.«

Tränen stiegen in ihr auf und sie verscheuchte Macks Gesicht. Sie stellte den Wagen auf ihrem Parkplatz ab, schloss das Fenster und atmete tief durch. Mack öffnete die Tür und half ihr beim Aussteigen.

»Du siehst wunderbar aus, Lacey. Ich schwöre – du wirst immer jünger.«

»Unsinn!«, erwiderte sie. Aber sie nahm Macks Gesicht in beide Hände und gab ihm einen Kuss, weil er es gesagt hatte. Die Wahrheit war, dass sie sich so lebendig und vital fühlte wie eh und je.

»Achtundachtzig und noch immer lebendig.«

»Ein neuer Wagen?«, fragte Mack und hob ihre Koffer aus dem Kofferraum.

Lacey nickte. »Bei der Bank hat man gezögert, mir einen Kredit zu geben. Ich sagte ihnen, ich würde ihn in zwei Jahren zurückbezahlen. Das hat gewirkt. Also werde ich mit neunzig schuldenfrei sein.«

Mack lachte und ging mit Lacey auf das Häuschen zu. »Alle sind wieder da. Wir haben eine neue Mitarbeiterin an der Rezeption und einen neuen Ausrufer. Der Page sieht sehr gut aus, Lacey, also pass auf. Er will nach Kalifornien.«

»Erzähl mir nicht, dass es einen weiteren Goldrausch gegeben hat. Wenn man lange genug lebt, fängt nämlich alles von vorne an.«

»Vance ist wieder da. Er war in Thailand und hat sich den Kopf rasiert. Ich warne dich vor, damit du keine Bemerkung darüber machst. Du weißt, wie empfindlich er ist.«

»Du liebe Güte, ja.«

»Bill und Therese geht es gut«, erzählte Mack. »Cecily wurde an der Universität von Virginia angenommen, aber sie hat einen brasilianischen Freund, also wer weiß.« Mack öffnete die Tür ihres Häuschens.

»Da sind wir«, sagte Lacey. Es roch vertraut, eine Mischung aus Desinfektionsreiniger und ihrem parfümierten Talkumpuder. Sie stellte ihre Handtasche ab und sah sich um – das verzierte Porzellangeschirr auf den Küchenregalen, ihre Maggie-Meredith-Drucke. Das Originalschild von ihrem Hutladen, das über dem Ledersofa hing, schien ihre Ankunft anzukündigen: Lacey's. »Gieß uns einen Drink ein. Oh, warte, das habe ich vergessen – im Kofferraum meines Wagens ist eine Kiste Whisky.«

»Bin gleich zurück.«

Lacey ging unbeholfen über den Flur zu ihrem Schlafzimmer. Sie berührte den gestärkten weißen Kissenbezug. Es beunruhigte sie jedoch, das Bett anzusehen. Sie dachte: Das ist vielleicht das Bett, in dem ich sterben werde. Sie vermutete, dass das für jeden Menschen zutraf, nur waren ihre Chancen größer.

Mack mixte einen Whisky mit Wasser und goss sich selbst eine Cola ein, während Lacey sich in ihren Lehnstuhl setzte.

»Das Haus sieht großartig aus, mein Lieber«, sagte Lacey.

»Die neuen Zimmermädchen haben versucht, es sauber zu machen, aber sie wussten nicht, dass sauber in Thereses Wortschatz etwas Absolutes ist – wie Wahrheit oder Frieden. Ich musste danach herkommen und es selbst zu Ende bringen.«

»Dann fühle ich mich noch besser«, bemerkte Lacey. Sie versuchte, den Rocksaum um ihre Knie gerade zu ziehen. Das war das Verflixte daran, sich als alte Frau hinzusetzen – es war fast unmöglich, es sich bequem zu machen und dabei gut auszusehen. »Du hast mir eine Menge über alle anderen erzählt, aber ich habe noch nichts über dich gehört. Wie geht es dir, Mack Petersen?«

Mack reichte ihr den Drink und setzte sich aufs Sofa. Er wollte ihr etwas erzählen, wie sie sofort erkannte. Lacey war für Mack eine Vertraute, wie auch für praktisch alle anderen auf dem Gelände. Sie machte stets Scherze darüber, dass sie ein Schild anbringen würde, aber insgeheim teilte sie ihre Weisheit gerne mit. Was nützte es, wenn sie das, was sie gelernt hatte, nicht weitergab? Sie hatte achtundachtzig Jahre Erfahrung in sich aufgenommen wie die Bände einer Enzyklopädie.

»Stimmt was nicht?«, fragte sie.

»Mir geht es gut«, antwortete er, mied aber ihren Blick. Er war noch nicht bereit, ihr zu erzählen, was los war, aber sie konnte warten. Sie hatten den ganzen Sommer Zeit.

Am Tag bevor die ersten Gäste eintrafen, nahm Mack sich einige Zeit frei und machte in seinem Jeep mit heruntergelassenem Verdeck eine Spazierfahrt. Er fuhr über die holprigen Kopfsteinpflasterstraßen der Stadt und betrachtete die historischen Häuser: rote Geranien in Blumenkästen vor den Fenstern, altmodische zwiebelförmige Lampen, Fahnen, die im Wind flatterten. Anstreicher waren an Hauswänden und Landschaftsgärtner pflanzten Hortensien. Die Luft roch üppig nach frisch gemähtem Gras, das ihn von ferne an Iowa erinnerte, und Macks offener Jeep wirkte beinahe wie ein Traktor. Da er in Iowa aufgewachsen war, hatte er die Jahreszeiten schätzen gelernt, und der Frühling auf Nantucket entsprach der Pflanzzeit. Das Land vorbereiten, aussäen und auf Wachstum warten.

Er kurvte durch die engen Straßen, bis er das Ende der Main Street erreichte, und fuhr dann in westlicher Richtung auf Madaket zu. Er trat aufs Gaspedal und beschleunigte, genoss den Wind und die Sonne auf dem Gesicht. Er dachte über das nach, was Maribel über die Gewinnbeteiligung gesagt hatte. Es bereitete Mack Angst, Bill um eine Gewinnbeteiligung zu bitten. Vielleicht glaubte er ja, Mack erhoffte seinen Tod. Vielleicht würde Bill mit dem Gedanken sterben, dass Mack nicht dankbar wäre für alles das, was Bill für ihn getan hatte. Schlimmer noch – vielleicht würde Bill nein sagen. Bill, sein Beinahe-Vater. Aber nicht sein Vater. Mack war dreißig Jahre, und er dachte, dass es an der Zeit sei, mehr von sich selbst zu erwarten. Wenn er nicht mutig genug war, Bill um eine Gewinnbeteiligung zu bitten, wenn er nicht mutig war, Nantucket zu seiner Heimat zu machen, dann sollte er zu seinen fünfhundertdreißig Morgen in Iowa zurückkehren.

Als Mack Madaket erreichte, hielt er an der Holzbrücke an, die nach der Madaket Mühle benannt war. Ein Streifen blaues Meer schimmerte weit hinter dem Dünengras zu seiner Linken, und Madaket Harbor, mit tanzenden Segelbooten an ihren leuchtend roten Liegeplätzen, lag zu seiner Rechten. *Sprich zu mir*, dachte er. *Sprich jetzt zu mir.* Doch so funktionierte es nicht. Er bat nie darum, die Stimme zu hören. Sie meldete sich einfach, wie es an seinem ersten Tag auf Nantucket gewesen war. Mack lauschte und hoffte. Er brauchte Hilfe – das war leicht zu erkennen. Aber Nantucket war ruhig. Mack hörte nur den Wind in seinen Ohren.

2

Memorial Day

25. Mai

Lieber S. B. T.,
also besprechen wir das Thema dieses Jahres erneut! Es stimmt zwar, dass ich nicht jünger werde, aber ich habe noch immer kein Interesse daran, das Hotel zu verkaufen. Meine Mitarbeiter sind an ihrem Platz, Mack ist wieder da und schmeißt den Laden, und meine Frau, Therese, sitzt neben mir am Ruder. Das Hotel wurde auf Vordermann gebracht und glänzt, und wir freuen uns auf eine Spitzensaison. Ich möchte Sie, wie immer, bitten, mir Ihre Identität zu offenbaren und mich in meinem Büro aufzusuchen, den Ausblick zu genießen und zu reden. Ich habe das Gefühl, wir könnten vieles gemeinsam haben, und vielleicht werden Sie nach ein oder zwei gemeinsamen Stunden verstehen, warum meine Antwort auf Ihr Angebot lauten muss: »Nein, danke.« Es geht uns gut.

Mit herzlichen Grüßen
Bill Elliott

Therese Elliott hatte nur Interesse an den unglücklichen Menschen, die in ihrem Hotel logierten. Wie Tolstoi fand sie, dass glückliche Menschen sehr ähnlich sind, nämlich langweilige Dummköpfe. Also kümmerte sich Mack um die glücklichen Gäste (aber auch um Andrea, die Frau mit dem autistischen Sohn, doch Therese spürte, dass das etwas völlig anderes war) und überließ Therese die Geschädigten und Verletzten, die Gäste, die litten, obwohl sie Geld hatten. Sie hatten eine Ehefrau oder ein Kind oder ihr Bein oder ihre Brüste an den Krebs verloren. Sie übernahmen Verantwortung für ein Elternteil mit Alzheimer. Sie waren geschieden, verwitwet, verheiratet, aber einsam. Sie waren missbraucht worden. Sie kämpften gegen Selbstmordgedanken, Depressionen und Alkoholismus an.

Therese nahm im Winter in Aspen telefonisch die Reservierungen entgegen und hörte währenddessen alle möglichen Geschichten. Sie erinnerte sich lebhaft an den Tag, an dem sie mit Leo Hearn gesprochen hatte – am 6. Februar. In der Nacht davor hatte es fast dreißig Zentimeter geschneit, frischen Pulverschnee, und Bill verließ das Haus um halb zehn zum Buttermilk Mountain. Thereses Tochter, Cecily, rief um zehn Uhr an – an der Ostküste, wo sie aufs Internat ging, war es Mittag – und erzählte, sie habe Grippe und müsse ständig erbrechen. Therese war ebenso bestürzt wie verärgert – bestürzt, weil Cecily krank und so weit weg war, und verärgert, weil Bill nicht zu Hause war, um sich mit Therese zu sorgen, weil er zu sehr damit beschäftigt war, auf Skiern die Hänge hinabzufahren. Der Gedanke an Bill, der einst mit den Besten den Jackpot hinabgejagt und nun darauf beschränkt war, mit unbeholfenen Anfängern Ski zu laufen, machte sie schrecklich traurig. »Warum bleibst du nicht mit mir zu Hause?«, hatte Therese gefragt. »Wir könnten Karten spielen oder einkaufen gehen.« Aber Bill begeisterte das Gefühl seiner durch den Schnee schneidenden Skier, nur ein paar sanfte Schwünge. Therese stellte sich vor, wie Bill hinfiel und sein Körper wie eine Teetasse zerbrach. Sie bliebe mit der Erziehung einer eigensinnigen Tochter im Teenageralter und der Führung des Hotels allein zurück. In Thereses Unterbewusstsein, unmittelbar hinter ihrem gesunden Menschenverstand, lauerten stets tragische Möglichkeiten. Um ein Uhr rief Leo Hearn an.

Leo Hearn war kein neuer Gast. Er kam seit vier oder fünf Jahren ins Hotel und hatte stets Macks Obhut unterstanden – er war gesund, robust, ein ganzer Kerl. Er war Anwalt und hatte in den späten Fünfzigern eine zweite Familie gegründet: eine junge Frau, zwei kleine Kinder. Kurz, er war für Therese, bis zu diesem Anruf, kaum interessant. Doch sie bemerkte sofort eine Veränderung in seiner Stimme. Eine überraschende Nachgiebigkeit, gepaart mit Achtung.

»Hallo, ich möchte bitte Zimmer für das Memorial-Day-Wochenende reservieren«, sagte er. »Ich bin vielleicht zu spät dran, aber verdammt, ich hoffe nicht. Hier ist Leo Hearn aus Chicago.«

»Leo *Hearn*?«, fragte Therese. Der Mann, dessen Stimme durch das Foyer dröhnte und die Angestellten einschüchterte? Der Mann, der Mack mit seinem vernichtenden Händedruck einen Finger gebrochen hatte? »Leo, hier ist Therese Elliott.« Sie blätterte das Reservierungsbuch bis zum Memorial Day im Mai durch. »Ich habe gerade den Memorial Day vor mir, und es ist noch jede Menge Platz. Was brauchen Sie?«

»Ich brauche einen besseren Psychiater und ein besseres Kindermädchen«, antwortete er. »Eigentlich glaube ich, dass ich in Wahrheit einen Neuanfang brauche. Sie wissen schon, für mein Leben.«

Therese schaute aus dem ebenerdigen Fenster auf die Rückseite des Aspen Mountain. »Ich verstehe.«

»Meine Frau ist gegangen«, erzählte Leo. »Erinnern

Sie sich an Kelly? Sie hat mich verlassen. Und ich meine *verlassen*. Sie ist ohne einen Pfennig Geld und ohne die Kinder gegangen.«

»Und die Kinder?«, fragte Therese.

»Whitney ist zehn Monate alt und Cole fast vier Jahre«, sagte er. »Sie hat sie zurückgelassen.«

Thereses Kehle zog sich zusammen, als sie an Cecily dachte, die sich gerade zweitausend Meilen entfernt in irgendeinem schrecklichen Wohnheimzimmer in einen Plastikeimer erbrach. Das war schon schlimm genug. Sie konnte sich nicht vorstellen, dass eine Mutter ihre Kinder für immer aufgab.

»Mein Arzt sagt, ich sollte so normal wie möglich weitermachen. Darum rufe ich an. Ich möchte die Kinder auf die Insel bringen. Alle meine Kinder. Ich habe auch noch zwei ältere Jungs. Wussten Sie das? Jungs, ha! Es sind erwachsene Männer. Natürlich habe ich in den Achtzigern, als ich von ihrer Mutter geschieden wurde, mit ihnen alles verdorben. Aber sie sagen, sie kämen mit nach Nantucket. Wahrscheinlich, um mir einen Gefallen zu tun. Ich glaube, mein ältester Sohn ist schwul. Er ist Anwalt, beschäftigt sich mit Schwulenrechten und hatte nie eine Freundin, von der ich wüsste. Mein anderer Sohn, Fred, studiert im dritten Jahr Jura in Harvard, aber mit Fred ist es schwierig, verstehen Sie, weil er wegen dem, was mit seiner Mutter passiert ist, noch immer böse auf mich ist. Ich habe die Hoffnung, dass die Kinder vielleicht aufhören zu weinen, wenn sie einige Zeit mit ihren älteren Brüdern verbringen.«

Therese blickte auf den Berg hinaus und dachte: *Bitte, Bill, komm nach Hause.* »Ich verstehe.«

Leo räusperte sich. »Haben Sie drei Zimmer frei?«

Am Freitag des Memorial-Day-Wochenendes werkelte Therese gerade in der Eingangshalle herum und legte den letzten Schliff für das Eröffnungswochenende an, als Leo Hearn und seine Kinder ankamen.

»Leo«, rief sie aus und ging hinüber. »Ich bin froh, dass Sie heil gelandet sind.«

»Therese«, erwiderte Leo. Er umarmte sie und küsste sie unbeholfen auf die Wange. Dann wandte er sich seiner Familie zu. »Das sind sie. Sie kennen Cole und das Baby. Die ist unser Kindermädchen Chantal und das sind meine Söhne Bart und Fred. Wir sind eine hübsche Gesellschaft.«

Wirklich eine hübsche Gesellschaft. Eine attraktive Blondine hielt das kleine Mädchen auf dem Arm. Dann die Söhne: Bart, groß und dünn, im Anzug, und der zweite Sohn, Fred, eine jüngere Ausgabe von Leo Hearn selbst – breitschultrig und stämmig. Zwischen den Beinen aller Anwesenden wuselte Cole, der kleine Junge, herum. Therese hockte sich hin und sagte: »Hallo, Cole. Schön, dass du wieder da bist.«

Cole hielt eine Sekunde inne und sah sie mit misstrauischen braunen Augen an. Dann war er wieder auf Achse. Ein unglückliches Kind war das Zeichen einer unglücklichen Familie. Niemand konnte Therese von etwas anderem überzeugen.

»Komm her, Cole«, rief Leo. Cole lief davon und versteckte sich unter dem Klavier. Leo zuckte die Achseln. Er sah seine beiden anderen Söhne an und rieb die Hände aneinander. »Also, was meint ihr, Jungs, wollen wir heute Nachmittag ein bisschen Tennis spielen?«

»Ich weiß nicht«, antwortete Fred, die jüngere Ausgabe von Leo. »Wir sind gerade erst angekommen. Vielleicht könnten wir ausspannen.«

»Vielleicht. Oder vielleicht könnten wir Tennis spielen, wie ich es vorgeschlagen habe. Du willst doch sicher spielen, oder, Bart?«, fragte Leo.

Bart lockerte seine Krawatte. »Klar, Dad, ich spiele mit.«

»Nun, dann brauchen wir einen vierten Mann«, erwiderte Leo.

Langsam, Leo, hör auf, es so bemüht zu versuchen. Thereses Mutterinstinkte durchströmten sie wie Adrenalin. Sie wässerte weiterhin ihre Pflanzen.

»Wir brauchen einen vierten Mann«, wiederholte Leo. Er warf einen prüfenden Blick durch das Foyer, als könnte vielleicht jemand wie durch Magie erscheinen.

»Ich muss nicht spielen«, sagte Fred. »Ich würde wirklich lieber ausspannen. Du kannst mit Bart spielen.«

»Das ist ein Familienwochenende«, erklärte Leo. »Ich würde gern mit euch beiden Tennis spielen. Wir brauchen nur einen vierten Mann.«

»Ich war 1958 in der High School in Bilbo Dritte im Nachwuchseinzel«, bemerkte Therese. »Aber wahrscheinlich wollen Sie nicht mit einer alten Frau spielen.«

Leo lächelte. »Nein, das ist großartig, das ist perfekt! Wir würden uns freuen, wenn Sie sich uns anschließen, Therese. Nicht wahr, Jungs?«

Fred und Bart taten sehr beschäftigt und nickten schließlich vage.

»Sagen wir, vier Uhr?«, fragte Leo.

»Dann haben Sie noch Zeit auszuspannen«, erwiderte Therese. »Am besten melden Sie sich an, damit Vance Sie zu Ihren Zimmern bringen kann.« Sie stellte die Gießkanne auf dem Klavier ab. Darunter lag Cole ausgestreckt auf dem Teppich und gab vor, zu schlafen. Therese flüsterte ihm zu: »Wenn du aufwachst, habe ich ein paar Strandspielzeuge für dich, die dir vielleicht gefallen.« Sie wartete einige Sekunden und Cole hob den Kopf.

»Was für Spielzeuge?«, fragte er.

»Spielzeuge, mit denen man Burgen bauen kann«, antwortete sie. »Willst du sie sehen?«

»Ich will meine Mom zurück. Sie kommt nicht wieder.« Er hatte dichte, schwarze Wimpern, um die ihn manche erwachsene Frau beneiden würde.

»Ich weiß, dass du deine Mom sehen willst«, sagte Therese. »Aber ich habe nur Strandspielzeug. Möchtest du das Strandspielzeug sehen?«

Cole nickte.

Therese streckte die Hand aus. »Dann komm mit mir.«

Nachdem Therese Cole einen Eimer, eine Schaufel und einen großen, aufblasbaren Hummer gegeben und ihn sicher zu seinem Zimmer gebracht hatte, ging sie in Bills Büro und sank in einen der Korbstühle am Fenster. Bill arbeitete an seinem Computer.

»Die Hearns sind da«, sagte sie. »Erinnerst du dich? Ich hatte dir erzählt, dass die Frau verschwunden ist und ihn mit den zwei kleinen Kindern allein gelassen hat. Plus zwei erwachsenen Söhnen aus der ersten Ehe.« Sie war froh, als sie durchs Fenster sah, wie Bart und Fred Strandtücher unter einem Sonnenschirm ausbreiteten. »Erinnerst du dich, dass ich es dir erzählt hatte? Nun, ich werde heute Nachmittag mit ihnen Tennis spielen.«

Bill hielt inne. »Nenn mich ruhig verrückt, aber das klingt, als würdest du dich einmischen, Therese. Oder als hättest du es zumindest vor.«

Cole und das Kindermädchen stapften den Strand entlang. Cole lief mit seinem Eimer und der Schaufel zum Rand des Wassers. Einfach ein normaler kleiner

Junge. Thereses Mutterinstinkte gerieten in Wallung. Sie schaute zu Bill und zu dem Band mit Gedichten von Robert Frost auf seinem Schreibtisch. Sie hatten beide so viel Schmerz erlebt. Thereses Art, damit umzugehen, bestand darin, bei anderen Menschen wunde Stellen aufzuspüren und zu versuchen, sie zu heilen. Bills Art bestand darin, Robert Frosts Gedichte zu lesen.

»Ich mische mich ein«, erwiderte sie. »Aber sie brauchten einen vierten Mann.«

»Sei vorsichtig«, mahnte Bill. »Es geht bei deiner Einmischung um das Leben von Menschen. Nicht um Versuchstiere für eines deiner psychologischen Experimente.«

Therese erhob sich und glättete die Falten ihres Seidenrocks. »Damit kränkst du mich sehr.«

»Ich weiß«, sagte er. »Aber sei bitte vorsichtig, ja?«

»Ich bin immer vorsichtig«, gab sie zurück.

»Wann warst du denn je vorsichtig?«, fragte Bill. »Ich bin noch nie jemandem begegnet, der sich bereitwilliger als du in das Durcheinander im Leben anderer Menschen hineinziehen lässt. Das ist dein unersättliches Bedürfnis danach, alles zu glätten, zu ordnen, alles wieder schön zu machen. Du kannst es nicht ertragen, Chaos zu sehen.«

»Ich möchte helfen. Ich habe nie etwas anderes getan, als versucht zu helfen.«

»Wie war's denn mit Mrs Ling, die ihren Mann letztes Jahr am Ende ihres Aufenthalts verlassen hat? Willst du mir erzählen, dass du damit nichts zu tun gehabt hättest? Was ist damit, dass du die Avermans davon überzeugt hast, ihren Sohn zur Militärschule zu schicken? Und die Hochzeit, die du im Foyer für die Frau arrangiert hast, die an der Schmetterlingsflechte sterben würde?«

»Sie wollte heiraten!«, entgegnete Therese. »Ich habe dazu beigetragen, das Leben dieser Frau abzurunden. Und Mrs Ling ist ohne ihren Mann glücklicher – du hast die Karte gelesen, die sie uns aus den Ferien geschickt hat.«

Bill hob die Hände. »Therese, ich bitte dich nur, darüber nachzudenken, dich dieses Jahr ein wenig zurückzuhalten. Überleg erst mal, ob Leo Heran sich nicht besser allein um seine Familienprobleme kümmern sollte. Meinst du nicht?«

Therese stemmte die Hände in die Hüften. Sie und Bill waren grundverschieden: Bill mochte Zahlen und die kühlen, hochtrabenden Bilder, die er in der Poesie fand – nicht nur in der Poesie allgemein, sondern speziell in der von Robert Frost, der über die Wälder, Seen, Pfade, Blätter schrieb. Frost: allein der Name klang eiskalt. Bill war einfach nicht dazu gemacht, sich um die Gäste zu kümmern – ob sie glücklich oder unglücklich waren.

»Tennis ist um vier«, sagte sie. »Wenn also jemand nach mir sucht, werde ich dort sein.«

»Sei vorsichtig!«, mahnte Bill.

Nantucket war im Mai vom Wetter her merkwürdig. Den ganzen Tag über war es schön und windig gewesen, aber um vier Uhr nachmittags zog Nebel auf. Therese legte ihre weiße Tenniskluft an und stand bereits auf der vorderen Veranda der Eingangshalle, als Fred plötzlich aus dem grauen Nebel auftauchte.

»Dad und Bart brauchen noch eine Minute«, sagte er. »Sie wollten spielen und jetzt sind sie noch nicht einmal so weit.«

Therese ließ den Tennisschläger an ihrem Knie abfedern. Sie benutzte noch immer einen Schläger mit Holzrahmen. »Waren Sie vorher schon mal auf Nantucket?«, fragte sie.

»Nein«, antwortete Fred. »Nantucket war ein Ort, an den Dad seine neue Familie mitnahm. Wir wurden dieses Jahr nur eingeladen, weil es kriselt.«

»Es kriselt?«

»Dads Frau Kelly hat ihn und die Kinder sitzen lassen. Ich sage es nicht gern, aber das kommt davon, wenn man jemanden heiratet, der fünfundzwanzig Jahre jünger ist. Dad hat es verdient. Im Leben fällt halt alles wieder auf einen zurück.« Zorn stieg in Fred hoch.

»Was machen Sie so, Fred?«, fragte Therese.

»Ich? Ich habe gerade die juristische Fakultät beendet. Ich studiere Jura.«

»Sie werden also Anwalt«, stellte Therese fest.

Fred streckte die Hände in die Taschen seiner weißen Shorts und senkte den Kopf. »Ich weiß nicht«, erwiderte er. Er sah sie an. »Sind Sie jemals einem Anwalt begegnet, den Sie mochten?«

Therese lachte. »Was für eine Frage! Wenn ich Anwälte nicht mögen würde, wäre ich aus dem Geschäft.«

»Ich mag Anwälte nicht«, bemerkte Fred. »Mein Bruder ist eigentlich in Ordnung und er ist Anwalt. Aber er ist anders.« Er wandte sich um und schaute ins Foyer. »He, gehört dieses Hotel Ihnen?«

»Meinem Mann und mir.«

»Mann, das muss eine Goldmine sein.«

»Genau!« Fred lächelte, wie sie gehofft hatte. Und dann kamen Leo und Bart mit Chantal, Cole und dem Baby um die Ecke.

»Die Kinder kommen mit«, eröffnete Leo. »Ich dachte, ich könnte dies zu einer richtigen Familienangelegenheit machen. Cole kann die Bälle holen.«

Cole fing an zu weinen. »Am Strand war es gerade so schön!«

Fred kickte die Schale eines Einsiedlerkrebses quer über den Parkplatz.

»Toll!«, sagte er. »Einfach toll!«

Sie erreichten die Tennisplätze um Viertel nach vier. Der Nebel verdichtete sich.

»Lohnt sich das überhaupt noch?«, fragte Fred. »In ein paar Minuten werden wir den Ball nicht mehr sehen können.«

Leo öffnete eine Balldose und schlug einen Ball über das Netz vor Freds Füße. »Du musst deine Einstellung ändern, Kumpel.«

Chantal saß in der Nähe des Netzes im Gras, während das Baby um sie herumwatschelte. Cole weinte.

»Das ist sensationell«, sagte Fred. Er wandte sich zu Therese um. »Haben Sie jemals eine glücklichere Familie gesehen?«

»Möchten Sie mit mir spielen?«, fragte sie.

»Okay.« Er rief über das Netz: »He, Dad, wir spielen gemischtes Doppel. Ich und Therese gegen dich und Bart.«

»Leck mich am Arsch, Fred«, konterte Bart.

»Hüte deine Zunge«, mahnte Leo.

»Das war unangebracht, Fred«, sagte Bart.

»Ich habe nur Spaß gemacht«, entgegnete Fred. »Ich habe nur versucht, etwas Leichtigkeit in diese kleine Angelegenheit zu bringen, in diesen jämmerlichen Versuch, Familienbande zu knüpfen. Tut mir Leid, wenn ich dich verletzt habe.«

»Dad hat Recht«, sagte Bart. »Du musst lockerer werden.«

»Warum kriechst du Dad in den Arsch, Bart?«, stichelte Fred.

Leo wurde lauter. »Ich *sagte* bereits, hüte deine Zunge. Wir haben die Kinder dabei.«

Dann wandte sich Bart zu seinem Vater um. »Warum nennst du sie ›die Kinder‹? Fred und ich sind auch deine Kinder.«

»Das ist eine Sache des Alters«, erklärte Leo.

»Also bin ich jetzt, wo ich achtundzwanzig bin, nicht mehr dein Kind? Bin ich etwa dein Kollege geworden?«

Chantal erhob sich. »Ich kann das nicht ertragen«, rief sie.

Therese hatte nicht einmal gemerkt, dass das Mädchen Englisch sprach. War Chantal nicht ein französischer Name? Das Mädchen sprach eindeutig mit einem Akzent aus dem Mittleren Westen.

»Dieser primitive Schlagabtausch macht mich wahnsinnig! Ihr solltet nicht Tennis spielen. Ihr solltet euch um eure Probleme kümmern. Ich gehe zum Hotel zurück.«

Sie hob Whitney hoch und nahm Cole am Arm. Er protestierte, und Chantal sagte: »Gut, du willst bleiben, dann bleib.« Und sie marschierte davon.

Therese sah ihr nach. Sie könnte wahrscheinlich auch gehen. Bill glaubte, dass sie einzigen Menschen, die Familienprobleme bewältigen konnten, die Familienmitglieder selbst waren. Aber Therese sorgte sich um Cole. Die Haut um seine Augen war vom vielen Weinen gerötet und fleckig. Er trug ein kleines weißes Polohemd und kleine Tennisschuhe. Er saß mit ausgestreckten Beinen und gekreuzten Armen im Gras.

»Ich gehe wohl besser auch«, sagte Therese. »Ich gehöre nicht hierher.«

»Bitte bleiben Sie, Therese.« Das war Fred. »Ich glaube, wir können nicht damit umgehen, wenn noch eine Frau geht.«

»Ja«, echote Leo. »Bitte bleiben Sie. Wir werden uns benehmen, nicht wahr, Jungs?«

»Okay. Ich bleibe.« Therese blinzelte Cole zu. Er hatte einen Schluckauf.

Therese konzentrierte sich auf ihr Spiel – auf den grünen Ball und ihren altmodischen Schläger –, aber sie konnte nicht umhin, das Schweigen zu bemerken, das sich wie der Nebel auf die Männer herabsenkte. Sie brachten kaum den Spielstand heraus. War das ihre Vorstellung von gutem Benehmen? Wenn man nichts Nettes sagen kann, sagt man eben gar nichts? Wussten sie nicht, dass es ungesund war, Gefühle zu unterdrücken?

Um kurz vor sechs Uhr hatten sie je sechs Spiele gewonnen.

»Wollen wir es zu einem Tie-Break kommen lassen, um zu sehen, wer den Satz gewinnt?«, fragte Leo.

»Ich bin unter einer Bedingung einverstanden«, entgegnete Therese. »Sie müssen miteinander reden.«

»Reden?«, sagte Fred.

»Ja, Sie wissen schon, miteinander reden wie normale Menschen«, erklärte Therese. »Chantal hatte Recht. Sie müssen sich einander mitteilen.«

Fred machte sich zum Aufschlag bereit. »Okay. Ich würde gerne über etwas reden. Ich habe beschlossen, dass ich kein Anwalt werden will.« Er schmetterte den Ball übers Netz, der an Leo vorbeipfiff.

»Was?«, fragte Leo. »Was hast du gesagt?«

Fred und Therese wechselten die Seiten und Fred nahm einen weiteren Ball aus der Tasche. Er warf ihn hoch, fing ihn wieder auf und sah seinen Vater an. »Ich will kein Anwalt werden.«

»Du hast gerade dein Jurastudium in Harvard beendet und willst kein Anwalt werden? Nach einer Investition von neunzigtausend Dollar plötzlich diese Sinneswandlung?«

»Es geht um mehr als neunzigtausend Dollar«, entgegnete Fred. »Es geht um mein Leben.«

»Nun, ich bin schwul«, eröffnete Bart.

»Warte mal«, sagte Leo und wischte sich mit dem Hemdsärmel über die Stirn. »Immer nur eine Bombe auf einmal. Du willst kein Anwalt werden?«

»Nimm mich ernst, Dad«, sagte Bart. »Tu nicht so, als wäre es ein Geheimnis, dass ich schwul bin.«

»Nein«, wiederholte Fred. »Ich will kein Anwalt werden.«

Der Nebel war so dicht, dass Therese Cole am Rande des Platzes kaum ausmachen konnte. Aber er saß dort und hörte zu.

Leo sah Bart an. »Du bist schwul. Ich weiß nicht, was ich damit anfangen soll. Sagen, dass es großartig ist? Dass es wunderbar ist? Dass ich mich für dich freue? Was ist angemessen?«

»Wie wäre es mit ›Danke, dass du es mir gesagt hast‹?«

»Okay«, sagte Leo. »Danke, dass du es mir gesagt hast. Und, Fred, wenn du kein Anwalt werden willst – was willst du *dann* werden?«

»Ich weiß es nicht«, erwiderte Fred. »Bulle auf dem Motorrad. Unabhängiger Filmemacher. Hausmann.«

Bart schaute auf seine Uhr. »Unsere Zeit ist um«, verkündete er. »Wir müssen den Platz räumen.«

»Und niemand hat gewonnen«, sagte Fred.

Durch den Nebel hatte es den Anschein, als löse sich

der Nachmittag in Wohlgefallen auf. Therese war selbst schuld, dass sie sich eingemischt hatte. Als sie zum Hotel zurückgingen, griff Cole nach ihrer Hand. »Ich will meine Mom«, flüsterte er.

Therese drückte ihn an sich. »Ich weiß«, sagte sie. »Ich weiß.«

Am nächsten Morgen folgte Therese den Zimmermädchen mit ihrer Checkliste und kontrollierte deren Reinigungsarbeiten. Funktionierte die Toilette? Hatte das Wasser in der Toilettenschüssel dir richtige Temperatur? Mussten die Fliesen im Zugang geschrubbt werden? Funktionierten die Glühbirnen? Therese hatte vierundzwanzig Punkte auf ihrer Liste vermerkt. All die Jahre, die das Hotel nun schon bestand, hatte sich nie jemand über unsaubere Zimmer beschwert. Nicht ein einziges Mal.

Therese beobachtete eines der neuen Zimmermädchen – ein Mädchen aus Darien namens Elizabeth –, während sie mit dem Bad in Zimmer 7 begann. »Sieh unter dem Spiegel nach Dreck«, sagte Therese. »Das ist eine von vielen Schmutzecken.«

Die Hände in Gummihandschuhen, wischte sich Elizabeth mit dem Handrücken über die Stirn. »Okay«, sagte sie. Sie scheuerte den Toilettendeckel weiter und wandte sich dann zu Therese zu »Muss ich denn wirklich die Temperatur des Wassers in der Toilettenschüssel prüfen?«

»Wir müssen sicherstellen, dass die Mischventile richtig arbeiten. Wenn das Wasser zu heiß ist, pfeift die Toilette, und die Gäste werden die ganze Nacht wach gehalten. Wenn das Wasser zu kalt ist ... Nun, hast du je auf einer Toilette gesessen, die mit eiskaltem Wasser gefüllt war?«

Elizabeth schüttelte den Kopf.

»Das ist kein Vergnügen«, erklärte Therese. »Zieh einfach deine Handschuhe aus und halt den Finger ins Wasser. Prüfe, ob es sich angenehm anfühlt.«

Auf Elizabeths Stirn zeigten sich zwei sehr deutliche Sorgenfalten. »Aber die Leute kacken in dieses Wasser.«

»Inzwischen ist die Kacke meilenweit entfernt. Es ist sauberes Wasser, das versichere ich dir.« Therese beobachtete, wie Elizabeth ihre Gummihandschuhe Finger für Finger abzog und dann eine Fingerspitze ins Wasser hielt.

»Es ist angenehm«, versicherte Elizabeth.

»Um Himmels willen!« Therese stieß Elizabeth beiseite und zog ihre Hand durchs Wasser. »Du hast Recht«, sagte Therese.

Therese ging weiter zu Zimmer 8. Ihr war klar, dass Elizabeth frustriert die Augen verdrehen und sicherlich ihrer Mutter nach Hause schreiben würden, um sich über die Chefin zu beschweren, die sie das Wasser in der Toilettenschüssel prüfen ließ. Die Hälfte der Zimmermädchen, die Therese einstellte, kündigten wieder, aber diejenigen, die blieben, wurden die besten Haushälterinnen der Welt.

In Zimmer 8 saß Leo Hearn auf dem ungemachten übergroßen Bett. Therese schaute auf ihr Klemmbrett.

»Das ist nicht Ihr Zimmer«, stellte sie klar. »Was machen Sie hier drinnen? Sie haben hier nichts zu suchen.«

»Ich habe auf Sie gewartet«, sagte er.

»Ich habe zu arbeiten«, erwiderte Therese. »Warum sind Sie nicht bei Ihren Kindern?«

»Meine Kinder hassen mich. Ich mache nichts richtig. Das Kindermädchen hasst mich und sie ist nicht einmal mit mir verwandt. Kein Wunder, dass mich meine Frau verlassen hat.«

»Ihre Kinder hassen Sie nicht«, sagte Therese. »Sie machen einfach eine schwere Zeit durch.«

»Und wie! Ein Junge ist Anwalt in einer guten Kanzlei, aber er ist schwul. Er mag Männer. Der andere Junge ist normal, aber er will kein Anwalt werden. Er will *Hausmann* werden. Ich habe ihnen gesagt, wenn ich Barts Anwaltsjob nähme und ihn mit Freds heterosexuellem Teil verbände, ergäbe das den perfekten Sohn.«

»Oh, Leo!«, sagte Therese.

»Diesen schlauen Spruch habe ich gestern Abend nach vier Tonics beim Abendessen von mir gegeben. Jetzt sprechen sie alle nicht mehr mit mir. Es ist so, als wäre ich Luft.«

»Sie haben sie verletzt. Sie müssen sich bei ihnen entschuldigen.«

»Als ich es gesagt habe, dachte ich, sie würden es vielleicht als Kompliment auffassen. Sie haben es beide halbwegs richtig gemacht.«

»Nein«, sagte Therese. »Denn Sie sagen ihnen, dass sie Ihrer Meinung nach beide nur halbe Menschen sind. Sie akzeptieren ihre Entscheidungen nicht.«

»Ich weiß nicht, was ich tun soll«, klagte Leo und seine breiten Schultern sackten herab.

Therese setzte sich neben ihn. »Wollen Sie einen Rat von einer alten Frau?«

»Sie sind nicht älter als ich«, erwiderte er. »Aber Sie haben Recht. Ich fühle mich alt.«

Therese bemerkte ihr Abbild im Spiegel über der Frisierkommode. Wenn Bill sie jetzt sehen könnte, würde er die Augen verdrehen. Er würde ihr sagen, sie solle Leo die Hand tätscheln und ihm viel Glück wünschen. Aber Therese wollte helfen. »Ich habe vor achtundzwanzig Jahren ein Kind verloren. Einen Sohn. Eine Totgeburt.« Therese spürte, wie Leo auf der Matratze leicht von ihr abrückte. »Und ich würde alles dafür geben, nur einen Ihrer drei Söhne zu haben. Sie sind stark, gesund und klug, kurz: gute Kerle, und Sie sind dafür verantwortlich, sie zu lieben. Sie müssen sie einfach nur lieben, Leo.«

»Es tut mir Leid, dass Sie ihren Sohn verloren haben«, sagte Leo.

»Mir auch. Aber es tut mir noch mehr Leid, wenn ich sehe, wie sich jemand wie Sie mir vier wunderbaren Kindern wie ein Dummkopf verhält.«

»Ich bin ein Dummkopf«, erwiderte Leo. »Wirklich ein gewaltiger Dummkopf. Kein Wunder, dass mich meine Frau verlassen hat.«

»Hören Sie auf, über sich nachzudenken, Leo. Eltern dürfen nicht über sich nachdenken.«

»Haben Sie irgendein Handbuch, das ich nicht habe?«, fragte er.

»Mein Handbuch waren achtundzwanzig Jahre Schmerz um meinen Sohn. Und das lässt mich Dankbarkeit für das empfinden, was ich habe, meinen Mann, meine Tochter Cecily.« Thereses Augen umwölkten sich. Sie winkte ab. »Suchen Sie Ihre Kinder«, riet sie ihm.

Leo verließ das Zimmer und Therese sah ihm nach. Dann schaute sie auf ihre Checkliste, die ihr im Moment so lächerlich erschien, dass sie sie am liebsten aus dem Fenster geworfen hätte. Ein paar Tränen liefen ihre Wangen hinab und dann hörte sie ein Klopfen an der Tür. Es war Elizabeth.

»Sind Sie in Ordnung?«, fragte Elizabeth.

Therese wischte sich übers Gesicht und schaute in den Spiegel. Die weiße Strähne in ihrem rötlichen Haar stach hervor wie ein Schrei in einem Kinderzimmer, wie etwas, das nicht in Ordnung war und das fehlte. Ihr kleiner Junge war tot. Wie entsetzt sie gewesen war, sich nach dreizehn zermürbenden Stunden Wehen im Spiegel anzusehen und festzustellen, dass sie eine alte Frau geworden war, mit weißem Haar. Weißes Haar, das man nicht färben konnte, das keine Farbe annehmen wollte. Damit sie nicht vergessen würde.

Am Sonntag kam Leo während des Frühstücks zu Therese. Er senkte die Stimme. »Es läuft jetzt besser. Ich habe Ihren Vorschlag befolgt und meine Worte über den perfekten Sohn zurückgenommen.«

»Prima!«, erwiderte Therese.

Leo schaute auf seine Uhr. »Cole hat seit zwanzig Stunden nicht mehr geweint. Ein neuer Rekord. Aber ich fühle mich immer noch, als würde ich ein Tablett mit teurem Porzellan auf dem Kopf balancieren.«

»Das wird im Elternhandbuch als Teures-Porzellan-Balancier-Gefühl erwähnt«, entgegnete Therese. »Alle Eltern fühlen sich manchmal so.«

»Ich gehe heute Abend mit Bart und Fred allein aus«, sagte Leo. »Ein Männerabend, wissen Sie, große, saftige Steaks, Rotwein, Zigarren und alles, was dazugehört.«

»Lieben Sie sie einfach, Leo!«

»Ich lasse Chantal bei den Kindern und bestelle ihnen Shrimps und gebackene Muscheln. Könnten Sie vielleicht nach ihnen sehen? Falls Cole anfängt zu weinen. Ich weiß, dass er Sie mag.«

»Ich sehe gerne nach ihnen, wenn Sie sich dadurch besser fühlen.«

Leo drehte seine Kaffeetasse in den Händen. »Wissen Sie, ich habe darüber nachgedacht, was Sie gesagt haben, und es tut mir wirklich Leid wegen Ihres Sohnes.«

»Ich habe Ihnen diese Geschichte nicht erzählt, um Ihr Mitleid zu erregen, Leo«, sagte Therese.

»Ich weiß.« Leo errötete und blickte auf den Teppich. »Ich wollte nur, dass Sie wissen, dass es mich nachdenklich gemacht hat.«

»Gut.« Es hatte ihn nachdenklich gemacht, aber er würde niemals wissen, wie es sich anfühlte, ein totes Baby im Arm zu halten. Dieser Glückspilz! »Ich werde ein Auge auf Ihre Kinder haben«, sagte sie. »Machen Sie sich keine Sorgen.«

Später würde sich Therese an bestimmte Bilder erinnern: die Hearn-Männer mit marineblauen Blazern, weißen Hemden und farbenfrohen Krawatten, die auf der Vorderveranda des Foyers standen, während Chantal sie fotografierte. Sie hatten die Arme umeinander gelegt und wirkten nicht so sehr wie Vater und Söhne, sondern eher wie Mitglieder einer Brüderschaft, wie Mannschaftskameraden oder Freunde. Dann ein anderes Bild mit Leo, der Cole hielt, und Bart und Fred mit dem kleinen Mädchen. Therese beobachtete all das vom Fenster ihres Hauses aus, das zur Bucht hinausging, und sie empfand in dem Moment Stolz. Stolz! Sie hatte geholfen! Therese bemerkte die Ankunft des Auslieferers von Meals on Keels, der Styroporkartons mit Essen brachte. Sie dachte: Ich werde nach ihnen sehen, wenn sie gegessen haben. Therese durchsuchte ihre leeren Küchenschränke nach geeigneten Dingen für das Abendessen. Sie war eine großartige Hausfrau, aber eine schreckliche Köchin, und sie dachte schuldbewusst an all die Male, wenn die heranwachsende Cecily sich beklagt hatte: »Es ist nichts zu essen in diesem Haus!« Therese arrangierte zwei Gurken und Sandwiches mit Frischkäse sowie eine Hand voll Brezeln. Sie goss sich ein Glas Chardonnay ein und für Bill einen Preiselbeersaft. Sie brachte zuerst die Gläser und dann die Teller ins Schlafzimmer, wo Bill mit einem Waschlappen über den Augen in fast völligem Dunkel lag und schnarchte. Es war sieben Uhr.

Dann läutete das Telefon, und Therese ließ die Teller neben dem schlafenden Bill am Bett stehen, als sie zum Telefon ging. Sie erinnerte sich, dass sie gehofft hatte, es wäre Cecily. Aber es war Tiny, ihre normalerweise gelassene Stimme schrill wie der höchste Ton einer Gitarrenseite. »Wir haben hier unten Probleme. Ich habe einen Krankenwagen gerufen.«

Therese flog fast die Treppe hinunter, aus dem Haus und über den Parkplatz, und ihr langer Rock bauschte sich hinter ihr. Sie hatte nicht fragen müssen, was oder wo. Ihr Mutterinstinkt schrillte wie eine Sirene. Es waren die Hearn-Kinder.

Chantal stand mit Cole auf dem Arm im Foyer. Seine Arme und Beine waren gerötet und angeschwollen, sein Gesicht wie ein hochroter Ballon.

Chantal zitterte. »Er erstickt nicht, das habe ich verhindert. Ich kann den Heimlichgriff und er erstickt nicht. Ich weiß nicht, was passiert ist.«

Therese nahm ihr Cole ab. Er war schwerer, als sie erwartet hatte. »Holen Sie das Baby.«

Therese legte ihr Ohr an Coles Mund. Cole atmete rau und keuchend. Seine Augen waren zugeschwollen. »Kannst du mich hören?«, fragte Therese. Dann hörte sie Sirenen. »Rufen Sie ein Taxi für das Mädchen«, sagte Therese zu Tiny. »Und rufen Sie Leo Hearn im Club Car an. Ich fahre mit dem Jungen ins Krankenhaus.«

Therese eilte aus dem Foyer zum Krankenwagen. Coles Körper erschlaffte in ihren Armen. Der Sanitäter sprang aus dem Wagen und nahm ihr Cole ab.

»Er ist ohnmächtig geworden«, sagte Therese. Coles Haut wurde scharlachrot. Er sah aus wie ein gekochter Hummer. »Wird er sterben?«

Der Fahrer des Krankenwagens riss die hinteren Türen auf, legte Cole auf eine Trage und schob ihn hinein. »Fahren Sie mit uns?«, fragte er Therese. »Sind Sie die Großmutter des Jungen?«

»Nein«, sagte sie. Ihr Herz sank bei dem Wort »Großmutter«, obwohl sie gewiss alt genug war. *Mutter. Mutter.* »Aber ich fahre mit Ihnen.« Therese raffte ihren Rock und stieg hinten in den Krankenwagen. Die Sirene erklang und sie jagten die North Beach Road hinab.

Der Sanitäter hob Coles Augenlider. »Der Junge hat einen Schock«, stellte er fest. Er breitete eine Decke über ihn und maß seinen Blutdruck. Dann nahm er eine Nadel aus einer Tasche und stach sie in Coles Arm.

»Was tun Sie?«, fragte Therese. »Ich sagte, ich bin nicht die Mutter oder die Großmutter des Jungen. Müssen Sie nicht erst ein Einverständnis einholen oder so?«

»Wir haben hier einen kleinen anaphylaktischen Schock«, erklärte der Sanitäter. »Eine schwere allergische Schwellung, begleitet von Nesselausschlag, niedrigem Blutdruck und Ohnmacht. Und der Junge hat Atemprobleme, weil seine Kehle zuschwillt. Hat er vielleicht Nüsse gegessen? Oder Schalentiere?«

»Muscheln, soviel ich weiß«, antwortete Therese. Sie fragte sich, ob die Formulierung »ein kleiner anaphylaktischer Schock« ähnlich war wie die Formulierung »ein wenig Krebs« oder »ein kleiner Herzanfall«. Niedriger Blutdruck, Schock, Ohnmacht – das klang alles so ernst. »Also ist er allergisch?«

»Sehen Sie ihn sich an«, erwiderte der Sanitäter. »Das ist mehr als eine Magenverstimmung.

»Wird er sterben?«, fragte Therese erneut. Sie könnte die schlimmste Art Nachricht abwehren, wenn sie ihr mutig entgegentrat. *Würde der Junge sterben?* Vor kaum sechs Monaten war sie in einem anderen Krankenwagen mitgefahren, als es Bill war, der auf der Trage lag mit bleichem Gesicht und vor Schweiß schimmernder Stirn. Der Sanitäter damals sprach davon, Bill mit einem Hubschrauber, den sie vermutlich für sterbende bereithielten, nach Denver zu fliegen. Sie hatte damals zu große Angst gehabt, um die Worte auch nur auszusprechen. Aber nun merkte sie, dass es leichter war, mit der schlimmsten Möglichkeit zu beginnen. Vielleicht könnte sie den Tod überlisten, indem sie vorgab, keine Angst zu haben.

Der Sanitäter hatte ebenso rotes Haar wie Cecily, und er war jung, vielleicht nur wenige Jahre älter als Cecily. Er lächelte und tätschelte Thereses Schulter.

»Nein«, sagte er, »er wird nicht sterben.«

Im Krankenhaus brachte man Cole auf einer Krankenbahre fort, und die Krankenschwester versuchte, Therese Formulare zum Ausfüllen auszuhändigen. »Ich bin nicht seine Mutter oder Großmutter. Wir sind überhaupt nicht verwandt. Ich weiß weder sein Geburtsdatum noch sonst etwas. Aber sein Vater wird bald hier sein«, erklärte sie.

Eine Minute darauf kam Chantal in den Warteraum gelaufen. Sie hielt das schlafende Baby im Arm.

»Bestimmt werde ich jetzt entlassen«, sagte sie.

Therese nahm Chantal das Baby ab und bedeutete ihr mit einer Kopfbewegung, sich zu setzen. Therese küsste die niedliche, duftende Kopfoberseite des Babys. Sie erinnerte sich an Cecily in diesem Alter: Sie war so leicht und fest gewesen. Der Geruch eines Babys, die Weichheit eines Babys. *Baby. Baby.*

Sie flüsterte Chantal zu: »Es ist nicht Ihr Fehler, Liebes. Cole war gegen das allergisch, was Sie gegessen haben. Hatten Sie Muscheln?«

Chantal schniefte. »Muscheln und Shrimps. Und dann schwoll er an wie eine Kaugummiblase. Das Ganze war ein Alptraum.«

Nun stürmte Leo mit Bart und Fred im Schlepptau in den Warteraum. Er hatte die Krawatte gelockert, blutunterlaufende Augen und stank nach Rauch.

»Was ist passiert?«, fragte er. »Wo ist Cole? Ich will meinen Sohn sehen.«

Therese legte einen Finger auf die Lippen. »Cole hatte eine allergische Reaktion auf die Muscheln. Sie müssen mit der Krankenschwester sprechen. Sie sollen einige Formulare ausfüllen.«

»Ich will keine gottverdammten Formulare ausfüllen! Ich will meinen Sohn sehen! Ich habe in dem gottverdammten Restaurant einen Anruf bekommen, in dem man mir mitteilte, dass mein Kind überstürzt in die Notaufnahme gebracht wurde, und ich will ihn sehen!« Leo starrte Therese so finster an, als wäre sie dafür verantwortlich. Wie konnte sie es ihm vorwerfen? Sie hatte Leo die Erlaubnis gegeben, seine Kinder zu lieben, ohne ihn davor zu warnen, dass man sich dieser Art Schmerz, dieser Art unglaublicher Angst auslieferte, sobald man sich gestattete, sie vollkommen zu lieben. Leo ging zum Empfang.

»Was ist passiert?«, fragte Fred.

»Es war wohl eine allergische Reaktion auf die Muscheln«, antwortete Therese. Sie erinnerte sich mit Unbehagen, dass es in Notaufnahmen einfach so war: Man wiederholte die wenigen Informationen, die man hatte, immer wieder, bis man schließlich weitere Informationen bekam. »Er wurde rot und kurzatmig, und unmittelbar, bevor der Krankenwagen eintraf, wurde er in meinen Armen ohnmächtig. Der Sanitäter hat ihm eine Spritze gegeben. Er glaubte, Cole käme wieder in Ordnung.«

Leo kehrte mit einem Klemmbrett vom Empfang zurück. »Sie wollen nicht, dass ich ihn sehe«, sagte er. »Sie sagen, der Doktor wird bald herauskommen, was auch immer das bedeutet. Cole hatte eine allergische Reaktion auf Schalentiere.« Leo sah Fred an. »Wusstest du, dass er auf Schalentiere allergisch ist?«

Fred schüttelte den Kopf.

»Bart, wusstest du, dass er auf Schalentiere allergisch ist?«

»Nein, Dad, das wusste ich nicht.«

»Ich wusste es auch nicht«, sagte Chantal. »Sonst hätte ich ihn die Muscheln nicht essen lassen. Aber er sagte, er *wollte* welche. Ich habe sie ihm einfach gegeben, ohne darüber nachzudenken.«

»Ich wusste auch nicht, dass er allergisch ist. Ich bin der Vater des Jungen, und ich wusste nicht, dass er auf Schalentiere allergisch reagiert.« Leo sank auf einen körpergerecht geformten Plastikstuhl.

Bart tätschelte ihm den Rücken. »Es ist okay, Dad.«

»Es ist nicht okay«, erwiderte Leo. »Weil ich sicher bin, dass seine Mutter es wusste, und seine Mutter nicht hier ist. Sie hat diese wichtige Information mitgenommen, genauso wie sie alle anderen wichtigen Informationen mitgenommen hat. Ich wusste nicht, dass Cole allergisch ist, und ich weiß nicht, wie man erreichen an, dass Cole aufhört zu weinen, und ich weiß bestimmt nicht, wie man sich um ein kleines Mädchen kümmert. Ich hatte nur Jungen und ich weiß auch über sie nicht viel.«

Sie schwiegen einige Zeit und dann räusperte sich

Fred. »Vielleicht ist es das erste Mal, dass Cole je Schalentiere gegessen hat, und niemand konnte wissen, dass er allergisch ist, weil er es noch nie vorher probiert hat.«

»Möglich«, sagte Chantal. »Ich habe Cole nie etwas anderes als Hotdogs und Nudeln essen sehen.«

Fred zauste das graue Haar des Vaters. »Mit anderen Worten, selbst Kelly hätte auch nicht gewusst, dass er allergisch ist.«

»Du denkst wie ein Anwalt«, sagte Bart. »Also war Harvard doch nicht verschwendet.«

Ein kahlköpfiger Mann in blauem Jogginganzug kam in den Warteraum. »Mr Hearn? Mrs Hearn?«

»Sind Sie der Arzt?«, fragte Leo.

»Dr. Maniscalco«, antwortete er und streckte die Hand aus. »Nett, Sie kennen zu lernen. Cole kommt wieder in Ordnung. Er hatte eine allergische Reaktion auf die Muscheln, die er gegessen hat, aber wir haben ihm eine Spritze mit Adrenalin und Kortikosteroiden gegeben, damit die Schwellung zurückgeht. Das sollte genügen. Er darf nie wieder irgendwelche Schalentiere essen. Er sollte sich in keinem Raum aufhalten, in dem Muscheln gekocht werden, und sollte nicht einmal am Stand eine Muschel aufheben. Wenn Sie ihn nicht rechtzeitig hierher gebracht hätten, wären ernsthafte Komplikationen möglich gewesen.«

»Aber er ist in Ordnung, nicht wahr, Herr Doktor?«, fragte Leo. »Können wir ihn mit nach Hause nehmen?«

Der Arzt nickte und Leo folgte ihm den Gang hinab. Mehrere Minuten später kehrte er mit Cole auf dem Arm zurück, dessen braune Augen mit den dichten Wimpern weit geöffnet waren. Er lutschte am Daumen. Therese später den kühlen Wind der Erleichterung. Sie betrachtete ihr Spiegelbild in den beiseite gleitenden

Glastüren, während sie das Baby hin und her wiegte. Es schien so natürlich, ein Baby im Arm zu halten.

Bill war noch auf, als sie nach Hause kam.

»Ich möchte wissen, ob man uns verklagen wird«, sagte er.

»Nein«, erwiderte Therese.

»Gut. Wir haben es hier mit einer Anwaltsfamilie zu tun. Daher war ich unruhig. Ich wachte auf und sah die Sandwiches. Mir war nicht klar, warum ich allein essen musste, also rief ich Tiny an. Ich habe die Sirenen vermutlich verschlafen.« Er nahm Thereses Hand, und sie setzte sich vor seinem Sessel auf den Boden, damit er ihr die Schultern massieren konnte. »War es schlimm?«, fragte er.

»Ich habe schon Schlimmeres gesehen«, antwortete Therese. »Aber ich hatte doch eine Zeit lang Angst. Letztendlich geht es dem kleinen Jungen jedoch gut, und ich glaube, die Familie wird es auch schaffen.«

»Sie haben die Einmischung von Thereses Elliott überlebt«, sagte Bill.

Therese wünschte sich im Moment mehr als alles andere, dass Cecily nach Hause käme. Sie wollte ihre eigene Tochter ansehen und sich vergewissern, dass sie unversehrt war. Und sie wollte eine Nacht lang gut schlafen.

»Wir haben morgen vierzehn Abreisen«, sagte Therese. »Und nur drei Zimmermädchen. Und als wäre das noch nicht schlimm genug, ist morgen Memorial Day.«

Bill Elliott vergaß den Memorial Day niemals. Am Morgen liebte er Therese so sanft und zärtlich wie möglich. Er küsste ihre Lider, von denen sich Tränen lösten.

Therese klammerte sich an ihn, und als Bill in sie eindrang, verklang ihr Schluchzen. Therese war seit dreißig Jahren seine Frau, und Bill konnte noch immer nicht glauben, welche Liebe zu ihr ihn manchmal erfasste. An diesem Morgen des Memorial Day vermischten sich Liebe und Traurigkeit.

»Ich liebe dich«, sagte Bill.

»Ich weiß.«

Eine Stunde im Bett, und sie durchlebten erneut die volle Last des Schmerzes, der sie vor so langer Zeit bestürmt hatte, auch wenn Bill vielleicht allein die Hauptlast des Schmerzes empfand. Für Therese war er während der Jahre vielleicht verblasst. Er hoffte es um ihretwillen.

Vor achtundzwanzig Jahren war Therese dreißig und Bill zweiunddreißig gewesen. Therese war mit ihrem ersten Kind im achten Monat schwanger und Bill arbeitete für seinen Vater im Beach Club. Die Hotelzimmer waren noch nicht gebaut, obwohl Bill und Therese einen Architekten aufsuchen und Big Bill die Idee nahe bringen wollten – ein Beach Club und ein *Hotel*. Zimmer zum Wasser hin. Der Gedanke, ihrem Kind etwas so Konkretes weitergeben zu können, war aufregend. Und es war aufregend, darüber nachzudenken, das Hotel einem Sohn zu übergeben. Niemand konnte ihnen je erklären, was schief gegangen war. Therese bekam eines Tages in der Stadt beim Einkaufen heftige Schmerzen. Sie rief von der Imbissbar in Congdon's Pharmacy aus den Arzt an, und er riet ihr scherzhaft, den Jeep nicht über Pflastersteine zu lenken. In jener Nacht bat Therese Bill, ihren Bauch zu fühlen. Trat das Baby? *Sag mir, dass du spürst, wie das Baby tritt.* Bill breitete beide Hände über Thereses nacktem Bauch aus, die Finger gespreizt, und rieb ihn, als wäre er eine Kristallkugel. Er glaubte, ein fernes Pochen zu spüren, aber dann erkannte er, dass es Thereses rasender Herzschlag war. Nein, er spürte nichts.

Therese rief mitten in der Nacht erneut den Arzt an, und er erklärte sich einverstanden, sie im Krankenhaus zu treffen. Bill erinnerte sich an die Fahrt zum Krankenhaus – kein Krankenwagen, keine Sirenen –, nur die ruhigen, dunklen Minuten im Jeep, und Bill stellte sich vor, wie er sich bei Dr. Stevenson dafür entschuldigen würde, ihn ohne Grund aus dem Bett geholt zu haben. *Es ist unser erstes Mal*, würde er sagen. *Wir sind einfach ein bisschen nervös.*

Doch die Entschuldigung erübrigte sich: Das Baby war tot. Dr. Stevenson leitete die Geburt ein und Therese presste dreizehn Stunden lang. Bill war an ihrer Seite und beide weinten. Therese schrie auf. *Es ist nicht fair!*, dachte Bill, und vielleicht auch Therese (Bill würde es nie erfahren). *Was ist, wenn sich der Doktor irrt? Was ist, wenn das Baby lebt?* Therese schlug gegen die Metallstangen des Bettes, versuchte, sich selbst zu verletzen. *Es ist nicht fair!*, schrie sie, und niemand – weder Bill noch die Krankenschwestern, noch Dr. Stevenson – sagten ihr, dass sie sich irrte.

Das Baby war ein Junge. Ein perfekt gestalteter, normal aussehender kleiner Junge. Lediglich seine Haut war grau, und der fühlte sich kühl an, als Bill ihn hielt – wie ein Baby aus Porzellan. Die Krankenschwester ließ sie mit dem Baby in dem Raum allein. Sie forderte Bill auf, sie sollten es so lange halten, wie sie wollten. »Das erleichtert die Trauer«, erklärte sie. »Die meisten Paare, die eine Fehlgeburt erleiden, bekommen nie die Gelegenheit, ihr Baby zu halten.« Bill und Therese hielten beide das Baby. Sie hielten ihn getrennt. Sie hielten ihn gemeinsam – ein paar Minuten waren sie eine vollständige Familie.

Bill konnte unmöglich glauben, dass es seine Trauer erleichtern sollte, das Baby zu halten. Selbst jetzt, achtundzwanzig Jahre später, als er seine Frau in den Armen hielt, in ihrem warmen Bett, konnte er sich daran erinnern, wie es sich angefühlt hatte, seinen toten Sohn zu halten. Sie nannten ihn W.T. Elliott – William Therese Elliott – und begruben ihn auf einer Grabstelle auf dem Friedhof an der Somerset Road, obwohl in Bills Familie alle Verstorbenen eingeäschert worden waren. Es war undenkbar für sie, das Baby einzuäschern. Was würde dann sein? Eine Hand voll Asche, ins Meer gestreut? Es wäre zu entsetzlich, die Asche davontreiben zu sehen. So, als hätte er nie existiert.

Nachdem sie das Baby begraben hatten, schwor Bill, jeden Morgen mit Therese Liebe zu machen. Zunächst musste er sich zwingen, die Bewegungen auszuführen. Er hatte Angst, Therese wieder zu schwängern – und er hatte Angst, sie nicht wieder zu schwängern. Aber Therese körperlich zu lieben, war die beste, ihm erkennbare Möglichkeit, seine innige Zuneigung zu zeigen, und es wurde so selbstverständlich für ihn, wie aufzuwachen und die Augen zu öffnen.

Zehn Jahres später, als Therese vierzig und Bill zweiundvierzig war und zumindest Bill die Hoffnung auf ein Kind aufgegeben hatte, wurde Therese erneut schwanger. Sie konnten unmöglich Freude über diese Schwangerschaft empfinden – es waren, wie Bill sich erinnerte, neun Monate unausgesprochene Angst. Endlich bekamen sie Cecily, die mit dem gleichen roten Haar wie ihre Mutter geboren wurde. Sie trat und schrie und war unleugbar lebendig.

Nachdem sie sich geliebt hatten, stand Therese auf, putzte sich mit einem Papiertaschentuch die Nase und sagte: »Ich liebe ihn. Heute ist Memorial Day. Ich denke an ihn.«

Bill erwiderte: »Ich weiß. Ich auch.«

Er blieb noch ein paar Minuten im Bett liegen, lauschte den Geräuschen seiner Frau unter der Dusche und rezitierte flüsternd:

»›Sie können mich mit ihren leeren Räumen nicht erschrecken
Zwischen den Sternen – auf den Sternen, wo keine Menschen stecken.
Ich habe es in mir um so vieles näher nach Hause
Um mich mit meinen eigenen verwaisten Orten zu grausen.‹«

»Meine eigenen verwaisten Orte.« Bill liebte seine Frau und seine Tochter, bis sich Herz und Lungen und Leber und Gehirn streckten, schmerzten und zu ihren Grenzen stießen. Doch auch er besaß einen verwaisten Ort: Er wollte einen Sohn. Manchmal hörte Bill Macks Stimme oder sah, wie Mack den Kopf zurückwarf und lachte, und dachte: *Mein Sohn wäre fast in seinem Alter. Es könnte mein Sohn sein, der den Laternenpfahl richtet, der den Jeep fährt. Es könnte mein Sohn sein. Warum könnte er nicht mein Sohn sein?*

Mack hatte am Memorial Day keine Stunde, nicht einmal eine Viertelstunde Zeit, seiner Eltern zu gedenken, aber er dachte zumindest häufiger an sie als üblich. Maribel hatte ihn eines späten Abends gefragt: »Wenn du deine Eltern für eine Stunde zurückbekommen könntest – würdest du es wollen?« Die Frage brachte ihn so sehr aus der Fassung, dass er sich im Dunkeln von ihr abwandte. Mack wollte seine Eltern aus der Vergessenheit hervorholen und ihnen von Angesicht zu Angesicht sagen: *Ich vermisse euch, jeden Tag vermisse ich euch, und ich liebe euch.* Wer würde das nicht wollen? Aber selbst wenn es möglich wäre, würde er es niemals tun. Seine Eltern für eine Stunde zurückzubekommen, würde bedeuten, dass er sie nach einer Stunde wieder aufgeben müsste, und das wäre ein Verlust, von dem er sich nie wieder erholen würde. Er könnte den Gedanken nicht ertragen, sie wieder zu verlieren.

Maribel war die Einzige, die jemals Fragen über die Unfallnacht stellte. Mack war mit einigen Freunden im Kino gewesen. Als sein Freund Josh Pavel die lange, unbefestigte Straße hinabfuhr, die durch Kornfelder zu Petersens Farmhaus führte, sah Mack den Wagen des Sheriffs in der Einfahrt. Das Blaulicht war nicht eingeschaltet, und der Sheriff, ein Mann, den Mack von Schulversammlungen her kannte, saß auf den Stufen zur Veranda, den Hut auf den Knien. Dann stand er auf, legte seine Hände auf Macks Schultern und sagte: »Deine Mutter und dein Dad sind fort. Sie sind ums Leben gekommen.«

»Und wie hast du dich in dem Moment gefühlt?«, fragte Maribel ihn.

Mack sah sie ausdruckslos an. »In welchem Moment?«

»In dem Moment, als du erfuhrst, dass sie tot waren.«

Er schluckte. »Ich weiß es nicht. Ich kann mich an den genauen Moment nicht erinnern. Ich denke nicht darüber nach. Es war der schlimmste Moment meines Lebens. Ich will nicht wieder darüber nachdenken.«

»Du hast es verdrängt«, sagte sie.

»Ich erinnere mich, dass ich mich erbrochen habe. Ich habe mich in die Rhododendronbüsche meiner Mutter übergeben. Ich erinnere mich, dass ich deshalb verlegen war, vor dem Sheriff.«

»Hast du geweint?«, fragte Maribel.

»Ich weiß es nicht.«

»Du musst geweint haben.«

»Ich weiß nicht, ob ich in dem Moment geweint habe. Ich sage dir doch, ich kann mich nicht mehr an viel erinnern. Aber ich erinnere mich, dass der Sheriff auf der Veranda auf mich gewartet hat, den Hut auf den Knien.«

Seit David Pringles Anruf merkte Mack, dass er an die Farm dachte – an den Geruch der Erde, der Scheune, des Schweinepferchs. An die raue, borstige Haut eines Saurückens und an die Art, wie Schweine quiekten wie Kinder. Macks Haus war bis heute genau so geblieben, wie es war – Macks Schlafzimmer mit den Wimpeln der Iowa Hawkeyes und dem Badeanzug-Kalender von *Sports Illustrated* von 1985 an der Wand. Und an seiner Pinnwand hing noch immer ein Valentinsgruß von Michele Waikowski.

Auch das Zimmer seiner Eltern war geblieben, wie es gewesen war – die Charhartt-Anzüge seines Vaters im Schrank und die Kleider seiner Mutter. Die hellen Haare seiner Mutter waren noch immer an der Bürste. Die Lebensmittel in der Küche waren, bis auf die Gewürzgurken seiner Mutter im Kühlschrank, fortgeräumt worden.

»Lassen Sie die Gewürzgurken stehen«, hatte Mack David Pringle gebeten. Seine Mutter sagte immer, sie würden ewig reichen. Mack war sich bewusst, dass es seltsam war, die Dinge so zu belassen, wie sie waren. Es war sogar verrückt. Er vermutete, dass die Farmarbeiter über das Haus redeten, wie auch die Leute in Swisher und die Durchreisenden. Es war inzwischen eine Legende. *Das Farmhaus ist unberührt, seit das Ehepaar vor zwölf Jahren bei einem Autounfall umkam. Spukte es dort? Die Haare der Frau noch immer an der Bürste.*

David Pringle hatte Mack jahrelang gedrängt, das Haus leer zu räumen und zu vermieten, aber Mack weigerte sich. Macks Leben mit seinen Eltern war gewissermaßen eingefroren. Das Haus war fast ein Museum, das Mack besuchen könnte, wenn er jemals das Verlangen oder den Mut verspüren würde, zurückzukehren.

Weil Memorial Day war, ließ Mack Love früh nach Hause gehen – sie hatte sich das ganze Wochenende nicht vor Arbeit retten können –, übernahm die Rezeption und stellte sich vor, dass seine Eltern mit ihm dort stünden. *Hier ist das Foyer*, die Quilts, die Mack jedes Jahr aufhängte. *Seht euch das Meer dort draußen an*, die Fähre, die eine Menschenmenge zum Festland zurückbringt. *Hört dem Paar hier zu, das abreist.* Ihre Wangen waren sonnengebräunt und Fahrradhelme steckten in ihren Matchbeuteln.

»Es war großartig!«, rief der Mann aus und schob seine American-Express-Karte herüber. (Mack würde nicht wollen, dass seine Eltern den Preis des Zimmers erführen.)

»Vielen Dank.«

»Ja, und wir danken Ihnen, dass Sie uns die Radtour nach Altar Rock empfohlen haben«, fiel die Frau ein. »Es war sensationell.«

Das Paar ging zum bestelltem Taxi und berührte unterwegs einige von Thereses Holzspielzeugen, als sollten sie ihnen Glück bringen.

Seht ihr? Ich habe sie glücklich gemacht. Ich habe sie zum Lächeln gebracht. Doch als Mack sich umwandte, war natürlich niemand da.

Memorial Day: ein Tag der Erinnerung. Dennoch gab es für Lacey Gardner bessere Tage, sich an Maximilian zu erinnern – sein Geburtstag am 18. August oder ihr

Hochzeitstag am 11. November, sogar der Valentinstag, weil das traurigerweise der Tag war, an dem Maximilian gestorben war. Außerdem war der Memorial Day für Veteranen gedacht, oder? Oder war der Veterans' Day für Veteranen gedacht und der Memorial Day für die übrigen Gotteskinder? Verflixt, Lacey konnte sich nicht erinnern, und es kümmerte sie auch nicht sonderlich, außer dass sie den neuen Pagen zu einem Drink eingeladen hatte. Er hatte ihr alle möglichen Fragen über Maximilian gestellt und Lacey praktisch gezwungen, sich an ihn zu erinnern.

»Was war Ihr Mann von Beruf?«, fragte Jeremy. (Er hatte sich als Jem vorgestellt, aber Jem war nach Laceys Meinung kein richtiger Name, und das sagte sie ihm auch. Sie würde ihn Jeremy nennen.)

»Banker«, antwortete Lacey. Der Junge nahm einen Scotch an, ein Punkt zu seinen Gunsten. Lacey goss zwei Drinks ein und brachte sie zum Couchtisch. Jeremy saß auf dem Sofa und betrachtete gerade ein Foto von Maximilian, aufgenommen im Sommer vor seinem Tod. Er war braun gebrannt und sah gesund aus, wie er da auf der Veranda ihres Hauses in der Cliff Road stand.

»Ist er das?«, fragte Jeremy.

»Genau«, antwortete Lacey. »Das ist Maximilian Percy Gardner.« Sie ging zur Küche zurück – obwohl in diesem kleinen Häuschen Wohnzimmer, Esszimmer und Küche in einem Raum waren –, durchsuchte ihren Kühlschrank nach Käse und legte dann etwas Brie mit einigen Crackers auf einen Teller. Dann klopfte es an der Fliegentür. Es war Vance mit ihrem Eiskühler. Gütiger Himmel, sie hatte vergessen, Eis in die Cocktails zu geben, und es nicht einmal bemerkt.

»Der Eismann kommt«, verkündete Lacey. Vance lächelte nicht – sein Gesicht behielt stets denselben angespannten Ausdruck. Es würde dem jungen Mann unendlich gut tun, hin und wieder zu lächeln, aber das hatte sie ihm schon vor Jahren gesagt, und es war sinnlos gewesen. Jetzt hatte sich Vance auch noch den Kopf geschoren. »Wozu, um alles auf der Welt?«, fragte Lacey ihn. »Für irgendeine Clique?«

»Wegen der Freiheit«, belehrte Vance sie. Er mochte es, die kühle Brise auf seinem Schädel zu spüren.

Vance spähte ins Wohnzimmer und sah Jem auf dem Sofa sitzen.

»Ich würde Sie ja bitten hereinzukommen«, sagte Lacey rasch, »aber ich weiß, dass Sie Dienst haben. Nichts kann eine Cocktailstunde mehr stören als die Arbeit.«

»Schon okay«, erwiderte Vance. Er stellte den Eiskühler auf die anrichte. »Bis dann.«

»Danke, Vance!«, rief Lacey. Sie brachte den Käse und die Crackers zum Tisch und holte dann den Eiskühler. Gesellschaft zu haben bedeutete, viel herumzulaufen. Hätte sie ihren Mund gehalten, könnte sie jetzt im Sessel sitzen und *Dan Rather* schauen.

Als Lacey mit dem Eiskühler zum Couchtisch kam, hatte Jeremy sich bereits über den Käse hergemacht. Lacey konnte sich in ihren Sessel fallen lassen und eine Minute entspannen, während er zu Ende kaute. Sie bemerkte, dass er das Bild von Maximilian mit dem Gesicht nach unten aufs Sofa gelegt hatte. Das war eindeutig ein Punkt zu seinen Ungunsten.

»Erzählen Sie von sich. Woher kommen Sie? Ihre Familie?«

»ich bin in Falls Church, Virgina, aufgewachsen«, antwortete er. »Mein Vater besitzt dort eine Bar.«

»Ach, tatsächlich? Haben Sie Geschwister?«

Jem belegte einen weiteren Cracker. »Eine jüngere

Schwester«, entgegnete er. »Sie hat Bulimie. Meine Eltern gehen mit ihr zur Beratung. Sie wissen doch, was Bulimie ist? Sie stopft Essen in sich hinein und dann erbricht sie alles wieder.« Jeremy steckte den Cracker in den Mund.

Lacey nippte an ihrem Drink. Das Foto erregte erneut Jems Aufmerksamkeit. »Das ist also Ihr Mann. Er sieht aus wie Douglas Fairbanks, der alte Schauspieler. Wie lange waren Sie verheiratet?«

»Fünfundvierzig Jahre. Ich habe spät geheiratet, mit einunddreißig. Ich habe Karriere gemacht, wissen Sie, und viele Leute, mein Vater inklusive, glaubten, damit würde ich auch noch den letzten Nagel in den Sarg meiner Ehelosigkeit schlagen. Aber Maximilian hat mich trotzdem geheiratet.«

»Sie waren also fünfundvierzig Jahre verheiratet«, sagte Jem. »Wie viele Kinder haben Sie?«

Lacey fragte sich, ob es eine Formel gab, um zu bestimmen, wie viele Fragen jemand stellte, bevor er genau die falsche Frage traf, die Frage, die das Schweigen eine Sekunde zu lang werden ließ, die Frage, welche die Stimme des Kummers antworten ließ. Jeremy hatte sie rasch gefunden. Lacey verabscheute es, diese Frage zu beantworten.

»Keine«, antwortete sie. »Wie ich Ihnen bereits sagte, haben wir spät geheiratet.«

Jeremy belegte sich noch einen Cracker. »Sie sagten, Sie waren einunddreißig. Das ist nicht zu alt, um Kinder zu bekommen.«

»Für uns schon«, entgegnete Lacey. Sie hatte ihre Unfruchtbarkeit immer ihrem fortgeschrittenen Alter angelastet – vierunddreißig, als Maximilian aus dem Krieg zurückkehrte –, obwohl sie jetzt Berichte über kinderlose Ehepaare im Fernsehen sah und erkannte, dass jede

Menge Komplikationen daran schuld gewesen sein könnten. Tatsache war, dass sie nicht schwanger geworden war und ein Kind adoptieren wollte. Aber Maximilian weigerte sich – es war das einzige Mal in fünfundvierzig Jahren, dass sie sich gestritten hatten. Sie würden kein Kind adoptieren! Er war in diesem Punkt so unbeugsam, dass Lacey kaum glauben konnte, er sei noch derselbe Mann, den sie geheiratet hatte. Zur Erklärung erzählte Maximilian ihr von einem früheren Kameraden, der ein Baby adoptiert hatte, das, wie sich später herausstellte, zu einem Viertel japanisches Blut hatte. Wen kümmerte es denn, wenn das Baby zu einem Viertel japanisch war?, hatte Lacey gefragt. Sie war nicht im Krieg gewesen, hatte Maximilian gesagt. Das stimmte, Lacey war nicht im Krieg gewesen. Aber das hatte wenig mit der vorliegenden Sache zu tun. Lacey hatte einfach ein Baby gewollt.

Sie betrachtete das Foto von Maximilian, das Jeremy wieder aufrecht hingestellt hatte. Sie und Maximilian hatten ein gutes Leben gehabt – ein reiches und abwechslungsreiches Leben, angefüllt mit Arbeit, Reisen und belesenen Menschen. Aber Maximilian hatte es nicht mir ihr durchgehalten, wie er es versprochen hatte. Er war im Schlaf gestorben. Er war nicht einmal krank gewesen. Es war, als wäre er einfach zu müde gewesen, um weiterzuleben. Zu müde! Sie schliefen zusammen ein, hielten sich bei den Händen, aber Lacey wachte allein auf. Maximilian hatte, als er seine Entscheidung wegen der Adoption getroffen hatte, eindeutig nicht erkannt, wie allein sie sein würde.

»Möchten Sie noch einen Drink?«, fragte Lacey.

»Ich kann sie machen«, bot Jem an.

»Gut«, sagte sie und lehnte sich im Sessel zurück. »Denn ich werde bequem.«

Jeremy mischte die Drinks, und als er Lacey ihren reichte, probierte sie ihn. »Sehr gut. Nun erzählen Sie mir von Ihren Karriereplänen, Jeremy. Wie ich höre, ist Nantucket für Sie nur eine Zwischenstation auf dem Weg nach Hollywood.«

Jeremy nickte. »Das stimmt. Ich will im Herbst nach Westen. Ich möchte Agent werden.«

Agent, dachte Lacey, wie beim FBI? Nein, das konnte nicht stimmen. Es gab diese alte Bezeichnung, Agenturmann – was hatte das noch bedeutet?

»Agent?«, fragte sie.

»Ich dachte immer, ich wollte Schauspieler werden«, antwortete Jem. »Ich habe es im College probiert, aber es funktionierte nicht. Doch ich mag das Gewerbe, also werde ich wohl nach L. A. gehen und Menschen helfen, die schauspielern können. Sie repräsentieren. Sie zum Erfolg bringen. Ihr Freund sein.«

Die Welt hatte bestimmt an Wert verloren, wenn man nun Geld dafür bekam, ein Freund zu sein. »Das klingt wunderbar!«, sagte Lacey.

Jeremy belegte sich noch einen Cracker. Nun, er hatte den ganzen Tag gearbeitet – es war verständlich, dass der Junge hungrig sein musste. Lacey würde sich zum Abendessen eine Schwertfischpastete aufwärmen. Sie erzog, Jeremy zu fragen, ob er bleiben wolle, aber das schien ihr übertrieben.

»Wie denken Ihre Eltern über all das?«, fragte sie.

Ein Stück Cracker blieb Jem in der Kehle stecken und er hustete. Vielleicht war sie auf seinen wunden Punkt gestoßen. Vielleicht war die bulimiekranke Schwester ein weitaus sichereres Thema als seine Eltern.

»Sie wissen nichts von Kalifornien«, erwiderte er. »Meine Eltern wollen mich gerne in der Nähe haben, besonders wegen meiner Schwester. Sie wollen in D. C.

oder so einen Praktikumsplatz suchen. Also wissen sie noch nichts von Kalifornien. Glauben Sie, das ist falsch?«

»Um ehrlich zu sein, habe ich noch nie verstanden, warum Kinder meinen, sie bräuchten für etwas die Genehmigung ihrer Eltern. Ich glaube, je eher man aufhört, darauf zu hoffen, desto glücklicher wird man sein. Sehen Sie mich an – mein Vater hat alle möglichen Mühen auf sich genommen, um mich nach Radcliffe zu schicken, aber dann rümpfte er die Nase, als ich eine Karriere anstrebte. Wovon ich mich nicht aufhalten ließ. Ich hatte eine Karriere, die mir gefiel, und auch einen Ehemann.«

Jem strahlte. »Ja, ich denke, die Idee wird ihnen zunächst auch nicht gefallen, aber wenn ich es erst geschafft habe, werden sie mit der ganzen Sache zurechtkommen.«

»Sie wären vielleicht besser beraten, wenn Sie sich überhaupt nicht darum kümmern würden, was Ihre El tern denken. Nie.«

»Sie sind meine Eltern«, wandte Jem ein. »Sie haben mich großgezogen.«

»Eltern können nur hoffen, das Beste zu tun«, entgegnete Lacey. Das war die Philosophie, die sie wahrscheinlich bei einem Kind angewandt hätte. Es so gut aufziehen wie möglich und es dann gehen lassen. Jeremy sah sie eigenartig an. Vielleicht begriff er nicht, wie viel achtundachtzig Jahre Leben einen Menschen lehren konnten. Sie war erleichtert, als er aufstand.

»Ich gehe jetzt besser«, sagte er. Er beugte sich zu ihr und küsste sie auf die Wange, ein weiterer Punkt zu seinen Gunsten. »Danke für den Drink und den Käse und alles.«

»Schon gut, mein Lieber. Kommen Sie ruhig wieder.«

Jem verließ das Häuschen und schloss die Schutztür leise hinter sich. Lacey blieb sitzen. Sie könnte die Fernbedienung nehmen und *Dan Rather* einschalten, oder sie könnte aufstehen und die Schwertfischpastete aus dem Gefrierschrank nehmen. Jetzt tat sie keines von beidem. Sie war vor Einsamkeit und Zorn über diese Einsamkeit wie gelähmt. Sie trat gegen den Couchtisch und das Bild von Maximilian fiel klappernd um. Das befriedigte sie einen Augenblick lang und dann war sie verärgert. Es gab bestimmt bessere Tage als diesen, den Memorial Day, um auf ihren geliebten, verstorbenen Maximilian verflixt zornig zu werden.

3

Die Goldküste

5. Juni

Lieber Bill,
ich weiß nicht, warum Sie sich unbedingt quälen wollen und das Hotel weiterführen. Stellen Sie sich vor: Mit dem Geld, das ich Ihnen biete, könnten Sie sich ein riesiges Haus hier auf Nantucket kaufen – gleich nebenan! – und noch ein Haus in Aspen – und Ihr Leben zur Abwechslung genießen. Ich verfolge keine bö sen Absichten damit, dass ich das Hotel kaufen will. Ich versuche nur, die Fehler wieder gutzumachen, die ich in meinem Leben gemacht habe.
Ich habe Sie in den vergangenen drei Wochen ein- oder zweimal gesehen, und ich muss sagen, Sie sehen gequält aus. Schleppen dieses dicke Buch überallhin mit sich! Was für ein Buch ist das überhaupt, die Bibel? Wenden Sie sich nicht der Religion zu, Bill – wenden Sie sich mir zu. Mein Angebot steht.

S.B.T.

Liebe war keine sichere Sache, aber sie glaubte, dass Mr Beebe von Zimmer 8 an ihr interessiert war. Er und seine Frau trafen mit dem eigenen Flugzeug auf Nantucket ein. Das war nichts Besonderes – Love kannte auch in Aspen Leute, die Jets besaßen, und einige waren einfach ganz normale Menschen, die sie bei einer Imbissbude im La Cocina Schlange stehen sah. Aber Mr Beebe *telefonierte* von seinem Jet aus. Love schloss daraus, dass er nicht auf den Wert von Geld achtete. Dasselbe empfand sie gegenüber Leuten, die das Telefon in Linienflugzeugen benutzten. Es schien absurd, so viel Geld für etwas so Flüchtiges zu bezahlen. Obwohl Love Mr Beebe seinen Jet nicht missgönnte, ärgerte sich ein Teil von ihr über den Anruf.

Mr Beebes Frage lautete: »Werden wir am Flughafen von einem Wagen abgeholt?«

»Tut mir Leid, Sir«, sagte sie laut (die Verbindung war schlecht). »Sie werden ein Taxi nehmen müssen. Vor dem Flughafengebäude ist ein Taxistand, an dem immer viele Wagen warten.«

»Ich treffe mit dem eigenen Flugzeug ein«, erwiderte Mr Beebe.

Love war mit der Politik des Beach Club einverstanden. Alle Gäste waren wichtig, aber niemand war so wichtig, dass er am Flughafen abgeholt wurde. Weder Michael Jackson noch George Bush, und ebenso wenig dieser Mann, Mr Beebe.

»Ja, Sir, ich verstehe. Wir freuen uns auf Ihre Ankunft.«

Mr Beebe war ein sehr gut aussehender Mann. Er war über einsachtzig groß, hatte wunderbar breite Schultern, und sein dunkles Haar begann vorne zu ergrauen. Er trug eine weiße Freizeithose, ein frisches blaues *Façonnable-Hemd*, einen marineblauen Blazer und Mokassins von Gucci. Mrs Beebe war mattblond und bereits tief gebräunt. Sie trug ein aufreizendes, pinkfarbenes Leinenkleid und ungefähr dreißig goldene Armreifen, die beim Gehen klimperten. Sie waren ein tolles Paar.

Mr Beebe lächelte breit, als er sich der Rezeption näherte.

»Sie sind die junge Dame, mit der ich telefoniert habe?«, fragte er.

Love widerstand dem Bedürfnis, ihn anzufauchen. Sie war wohl *kaum* eine junge Dame. Reiche nahmen oft an, dass jeder, der nicht so reich war wie sie, ihnen auch in anderen Bereichen unterlegen war – jünger, kleiner, weniger intelligent. Es machte Love verrückt. »Ja, genau. Mein Name ist Love O'Donnell.«

»Love!«, rief Mr Beebe aus. »Welch ein wunderschöner Name. Love.«

»Und Sie sind die Beebes?«, fragte Love. Sie sprach den Namen hart aus. »Sie bekommen Zimmer 8, an der Goldküste.«

»Die Goldküste«, bemerkte Mr Beebe. »Das sind wir.«

Mrs Bebe lachte schrill auf. Love sah sie bestürzt an.

»Meine Frau ist nervös«, sagte Mr Beebe. »Allgemein, aber jetzt ganz besonders. Ein neuer Ort und all das.«

Love rief in der Wäscherei an, weil sie wusste, dass Vance dort auf einem der Trockner sitzen und lesen würde. »Rezeption«, sagte sie.

Mrs Beebe lachte schon wieder. Ihr Lachen klang fast unmenschlich, wie der Lockruf irgendeines exotischen Vogels. Dann sagte sie: »Der Flug hat mich wirklich geschafft.«

»Brauchen Sie Reservierungen fürs Abendessen?«, fragte Love.

»Ja«, antwortete Mr Beebe. »Ich komme später wieder und dann werden wir darüber reden. Jetzt muss ich meine Frau erst zum Strand bringen.«

Vance erschien und nahm das Gepäck der Beebes. Als

Mrs Beebe Vance sah, brach sie erneut in Lachen aus, und Love fröstelte. Lachte Mrs Beebe über Vance, weil er schwarz war? Oder weil er sich den Kopf geschoren hatte? Nun ja, sie hoffte es nicht.

Kurz darauf kehrte Vance zur Rezeption zurück und sagte: »Diese Lady war betrunken, falls du dich gewundert hast. Also, betrunken oder high. Reiche Leute kommen an Drogen, von denen wir nur träumen können. Wie dem auch sein – er hat mir fünfzig Dollar gegeben und gesagt, er würde in ungefähr einer Stunde mir dir reden.«

Genau eine Stunde später tauchte Mr Beebe wieder an der Rezeption auf. Er hatte seinen Blazer abgelegt und die Hemdsärmel hochgekrempelt. Er kam ohne Schuhe ins Foyer. Seine Füße wirkten bleich und ungeschützt.

Er stützte sich überraschend nachlässig und vertraut aufs Pult.

»Meine Frau hat es sich am Strand bequem gemacht«, sagte er.

»Gut«, erwiderte Love. In der Stunde, in der er fort gewesen war, hatte sie die Karteien nach einer Kopie seiner Reservierungsbestätigung durchgesehen. Auf dem Brief war keine Adresse vermerkt, nur eine Fax-Nummer mit der Vorwahl 212: Manhattan. An den Brief war eine Kopie von Mr Beebes Barscheck abgeheftet, aber auch dort stand keine Adresse, sondern nur der Name – Arthur Beebe. Arthur. Love fragte sich, ob er wohl Art oder Artie genannt wurde. »Wollten Sie die Reservierungen fürs Abendessen besprechen?«, fragte sie.

»Ja«, antwortete er. »Wir sind für sechs Übernachtungen hier.«

»Das *Twenty-one Federal* ist ein Muss. Und das *Ame-*

rican Seasons. Einmal werden Sie vielleicht draußen in 'Sconset essen wollen, vielleicht im *Chanticleer*. Mögen Sie die klassische französische Küche?«

»Nein. Die mag ich nicht.« Er beugte sich vor. »Wie vertrauenswürdig sind Sie, Love?«

»Oh, ich weiß nicht«, entgegnete Love rasch. Wie vertrauenswürdig war sie? Mr Beebes Augen waren tiefgrün, und sie fragte sich, ob er vielleicht auch betrunken oder high war. Vielleicht hatten er und seine Frau sich im Flugzeug dem Kokaingenuss hingegeben. Und wen kümmerte es, wenn sie es getan hätten? Es stand Love gewiss nicht an zu urteilen, solange Mr Beebe ihr nicht verriet, woher er die Drogen bezogen hatte – oder, schlimmer noch, ihr irgendeine persönliche Information über seine Frau mitteilte. »Ich würde sagen, ich bin recht vertrauenswürdig.«

Mr Beebes Blick wanderte Loves Körper in dem Tempo entlang, in der eine Feder durch die Luft schwebt. »Sie sehen aus, als wären Sie in guter Kondition. Wollen Sie morgen früh mit mir joggen gehen?«

»Joggen?«, fragte Love. Sie sollte ihm natürlich eine Absage erteilen. Mack sagte, es dürften keine Verabredungen mit Gästen getroffen werden, obwohl das Joggen mit einem verheirateten Mann sicher nicht als Verabredung gälte. Es klang für Love jedoch nach einer Verabredung, weil sie die wichtigen Männer in ihrem Leben immer beim Training traf.

»Ich brauche einen Jogging-Partner«, erwiderte Mr Beebe. »Vielleicht könnten wir laufen, bevor Ihre Arbeit beginnt?«

Morgen vor der Arbeit. Loves Gedanken wirbelten wie verrückt umher, gleich einem Ballon, der Luft verliert. Sie musste um halb neun an der Rezeption sein. Sie könnte vielleicht Kleidung zum Wechseln mitbringen und sich bei den Umkleidekabinen duschen. Wenn sie um sieben hier wäre, könnte sie es ermöglichen. Aber was wäre, wenn jemand sie sähe? Mack? Bill? Ein anderer Gast? Konnte das Joggen mit einem Gast als Sonderleistung angesehen werden? Wenn sie morgen mit Mr Beebe joggte, würde sie dann mit jedem Gast joggen müssen, der fragte? Was würde Mrs Beebe denken? Würde dieses Joggen einfach wie eine weitere Portierspflicht aussehen? Und was sollte dieses Gerede über Loves Vertrauenswürdigkeit? Wenn solch eine einfache Bitte so viele Fragen aufwarf, dann war die Bitte vielleicht doch nicht so einfach. Was Loves Entscheidung *nicht* beeinflussen durfte, war die Tatsache, dass sie mit Mr Beebe Joggen gehen *wollte*. Sie wollte eine Stunde mit ihm allein verbringen, während sich ihrer beider Herzfrequenz beschleunigte und ihre Beine erschöpften. Loves Verlangen machte ihr Sorgen. Ihre Antwort sollte definitiv nein lauten.

»Danke für das Angebot, aber ich glaube nicht, dass ich das tun kann. Ich fürchte, es wäre mit der Arbeit und allem zu viel.«

»Ach, kommen Sie schon!«, sagte Mr Beebe. »Kommen Sie, Love. Wie sieht's bei Ihnen nach Feierabend aus?«

Love wünschte, es würde noch jemand ins Foyer kommen. Mack war beim Essen. Bill saß hinter geschlossener Tür in seinem Büro. Love fühlte sich geschmeichelt wie unangenehm berührt. Was bildete dieser Mann sich ein, darauf zu beharren, dass Love für ihn in ihrer privaten Zeit Ausnahmen machen sollte?

»Tut mir Leid«, sagte Love mit, wie sie hoffte, entschiedener Stimme. »Nun, was ist mit den Reservierungen zum Abendessen? Wollten Sie das American Seasons ausprobieren, oder …«

Mr Beebe richtete sich auf und vollführte eine scharfe Handbewegung. »Sie machen die Reservierungen«, fauchte er. »Überraschen Sie mich. Aber keine klassische französische Küche. Sagen Sie, haben Sie jemals einen Tag frei?«

»Dienstag«, antwortete Love. »Mein freier Tag ist Dienstag. Aber ...«

»Ich werde am Montag kommen und dann werden wir für Dienstag Pläne schmieden. Wie klingt das?«

»Ich werde sehen«, sagte Love. »Ich meine, ich werde darüber nachdenken. Vielleicht. Ich weiß es nicht.«

»Ich glaube allmählich, dass Sie mich nicht mögen«, entgegnete er. »Ich fühle mich langsam wirklich gekränkt.«

»Bitte seien Sie nicht gekränkt«, versicherte Love. Sie mochte seine grünen Augen und sein von Grau durchzogenes Haar. Sie verspürte den Drang, seinen Namen auszusprechen: Arthur, Art, aber genug davon! Sie senkte den Blick. »Ich werde dann also die Reservierungen zum Abendessen vornehmen.« Sie nahm den Telefonhörer ab, um Mr Beebe zu zeigen, dass sie es ernst meinte, und um ihn zum Gehen zu veranlassen, was er tat – Love hörte das Geräusch seiner bloßen Füße, als er über den Flur schlenderte. Als sich der Mitarbeiter vom Twenty-One Federal meldete, der die Reservierungen entgegennahm, war Loves Kehle trocken, und sie brauchte eine Sekunde, um sich zu erinnern, was sie hatte sagen wollen.

Love dachte den ganzen Nachmittag bis in den Abend hinein über Arthur Beebe nach. Es war nicht zu leugnen, dass sie sich von ihm angezogen fühlte. Er war sexy. Sie konnte nicht sagen, was ihn sexy machte – vielleicht seine grünen Augen, vielleicht seine freundliche, fast vertraute Art ihr gegenüber an der Rezeption. Vielleicht sein Flugzeug. Oder vielleicht, dachte Love, war sie einfach ungeduldig. Durch die Notwendigkeit, einen Erzeuger für ihr Baby zu finden, kam Love sich vor wie ein Heckenschütze oder Meuchelmörder. Sie konzentrierte ihr Fadenkreuz auf jeden Mann, den sie sah. Aber sie arbeitete jetzt schon seit zwei Wochen an der Rezeption und nicht ein geeigneter Gentleman in ihrem Alter hatte das Foyer betreten. Auch Arthur Beebe war natürlich kein geeigneter Gentleman. Er trat nur so auf.

Nach der Arbeit fuhr Love auf Rollerblades zu ihrem gemieteten Haus an der Hooper Farm Road. Sie lebte mit zwei anderen Leuten zusammen. Randy und Alison waren ein Paar in den Zwanzigern und arbeiteten beide im *21 Federal*. Alison unterstand das Reservierungsbuch, und so konnte Love leicht für die Beebes dort einen Tisch bekommen, auch wenn die Anfrage in letzter Minute kam. Alison ermunterte Love oft, auf einen Drink im Restaurant vorbeizuschauen. *Du kannst keine Leute treffen, wenn du nicht ausgehst!*, sagte sie.

Love genoss es, wenn sie das Haus für sich hatte, obwohl sie manchmal einsam war. Ihr Haus war klein, hatte aber einen schönen, grasbewachsenen Hof mit einem Picknicktisch draußen an der Rückseite. Wenn Love von der Arbeit kam, versuchte sie zu schlafen, aber heute gelang es ihr nicht. Sie dachte an Arthur Beebe. Lächerlich, sogar jämmerlich, aber wahr. Sie zwang sich, zwanzig Minuten still zu liegen, zog dann ihre Trainingshose an und fuhr mit dem Mountainbike nach Madaket hinaus. Sie mochte das Training gerade bei Dämmerung. Dann war es angenehm, nach Hause zu kommen, eine kleine Speise zu bereiten und draußen zu essen, ein Buch zu lesen und einzuschlafen. Es war eine angenehme Routine, wenn auch wenig aufregend.

Aber als Love heute Abend von ihrer Fahrradtour zurückkehrte, war sie unruhig und aufgekratzt. Sie duschte, zog einen kurzen schwarzen Rock an und rief sich ein Taxi, das sie zum *21 Federal* brachte. Alison begrüßte sie am Eingang.

»Love!«, rief sie. »Das wird dir gut tun. Bist du auf einen Cocktail oder zum Essen hier?«

»Auf einen Cocktail«, antwortete Love. Sie hatte Angst, sich im Restaurant umzusehen. »Kannst du mir Gesellschaft leisten?«

Alison schaute auf ihre Uhr. »Ich kann in einer halben Stunde zu dir kommen«, sagte sie. »Setz dich an die Bar. Ich werde dich dort treffen.«

Die Bar im *21* war ein geselliger Ort, mit viel Messing und dunklem Holz. Love wählte einen Platz gegenüber dem Speiseraum. Sie bestellte beim Barkeeper Champagner. Als Love den Kelch an die Lippen führte, bemerkte sie, dass Mr Beebe sie von seinem Tisch im Dinner Room aus ansah. Love tat so, als bemerkte sie ihn nicht. Sie schlug die Beine übereinander und wünschte, sie würde rauchen, damit sie etwas anderes mit ihren Händen zu tun hätte, als müßig ihr Champagnerglas zu drehen.

Normalerweise nahm sie ein Buch oder das *Time Magazine* mit, wenn sie allein in Restaurants ging. Aber mal ehrlich – war das nicht altmodisch von ihr? Schreckte das andere Menschen nicht ab? Love beobachtete, wie der Barkeeper Highball-Gläser ins Seifenwasser tauchte, und warf heimliche Blicke zum Tisch der Beebes. Mrs Beebe wandte Love den Rücken zu. Sie schien den Großteil der Unterhaltung zu bestreiten. Artuhr Beebe sagte nur sehr wenig. Er nickte ab und zu und nahm sein Abendessen zu sich. Love kreuzte die Beine wieder übereinander. Sie spürte, dass Arthur sie ansah. Sie winkte dem Barkeeper.

»Ich hätte gerne die Speisekarte«, sagte sie.

Dann spürte sie, wie ihr jemand auf die Schulter tippte, und wandte sich in der Erwartung um, dass es Alison wäre, aber stattdessen sah sie Vance.

»Vance!«, rief sie. »Was machst du denn hier?« Er trug Jeans, ein Tweed-Sakko und eine Flieger-Sonnenbrille. Sein kahler Kopf schimmerte wie poliertes Holz.

Vance setzte sich neben sie. »Ich komme immer hierher«, antwortete er. »Bestellst du etwas?«

Warum trug er drinnen eine Sonnenbrille? Und das abends! Er hatte offensichtlich emotionale und vielleicht sogar psychische Probleme. Love wollte nicht, dass er blieb und mit ihr aß. Arthur Beebe hatte sie und Vance zusammen im Beach Club gesehen. Wenn er sie heute Abend zusammen essen sähe, würde er vielleicht denken, sie wären verabredet.

»Ich weiß nicht«, sagte sie und legte die Speisekarte wieder hin. »Ich habe nicht so großen Hunger.«

»Nimm die Portobello-Pilze«, riet Vance. »Sie sind hervorragend. Eigentlich möchte ich dir deine ersten *21*-Portobelli spendieren. Ich verspreche dir – du wirst sie niemals vergessen.«

»Nicht nötig«, erwiderte sie. Es war jedoch komisch – sie liebte Portobello-Pilze, fast mehr als alles andere auf der Welt.

»Ich bestehe darauf«, sagte Vance. Er winkte dem Barkeeper.

»Ich nehme jetzt einen Whisky und wir hätten gerne zwei Mal Portobello-Pilze.«

»Und ich nehme noch ein Glas Champagner«, fügte Love hinzu. Sie spähte zu den Beebes hinüber und begegnete unbeabsichtigt Arthurs Blick. Love wölbte die Augenbrauen, und Arthur zwinkerte, was sie fast vom Barhocker riss.

Vance wandte sich um. »Wie ich sehe, sind die Drogis hier«, sagte er.

»Wer?«, fragte Love.

»Na die Leute, die heute Nachmittag für Zimmer 8 angekommen sind. Die Frau mit dem entsetzlichen Lachen.«

Love nippte an ihrem Champagner. »Meine Mitbewohnerin arbeitet hier«, sagte sie. Sie drehte sich auf dem Hocker um, noch immer verwirrt durch das Zwinkern, und suchte Alison, die am Empfangspult stand. Sie deutete auf Vance und hob den Daumen. Love verdrehte die Augen. Sogar Alison dachte, sie wäre mit Vance verabredet! Wie kam es, dass sie auf dieser Insel nur eine Hand voll Leute kannte und sie alle hier zusammentrafen?

Vance beugte sich zu ihr und sagte: »Ich möchte gern etwas wissen.«

Love wich zurück. »Ich auch. Warum trägst du diese Sonnenbrille?«

»Ich bin inkognito hier«, antwortete Vance und rückte die Brille zurecht. »Unsere Gäste sind überall. Ich möchte nicht, dass sie mich erkennen.«

Das Erste, was jemand an Vance bemerken würde, war, dass er ein großer Afrikaner mit geschorenem Kopf war, und das konnte auch keine Sonnenbrille verbergen. »Warum nicht?«, fragte sie.

»Ich fühle mich unwohl, wenn ich Arbeit und Vergnügen vermische.«

»Oh«, erwiderte Love. »Nun, was wolltest du wissen?«

»Ich möchte wissen, wie du über Mack denkst.«

»Wenn du Arbeit und Vergnügen nicht vermischen willst, warum fragst du dann nach Mack?«

»Vergiss die Arbeit«, entgegnete Vance. »Wie denkst du über Mack als Mensch?«

»Ich kenne ihn als Mensch nicht richtig. Er scheint in Ordnung zu sein. Er hat diese umwerfende Friede-Freude-Eierkuchen-Mentalität des Mittleren Westens. Er ist ein guter Chef. Er hat eine nette Freundin. Man könnte sagen, dass ich ihn als Mensch mag.«

Vance schüttelte den Kopf. »Also bist du auch reingefallen.«

»Worauf reingefallen?«

»Auf die Fassade, die Mack zeigt«, antwortete Vance. »Niemand auf der Welt ist immer glücklich. Diese verdammte Freundlichkeit. Seine ganze Einstellung, keine Einstellung zu haben. Es überrascht mich, dass du das nicht durchschaust.«

»Tut mir Leid. Ich durchschaue es wirklich nicht.« Auf der anderen Seite des Raumes bekamen die Beebes ihre Rechnung und erhoben sich kurz darauf. Arthur Beebe nahm seine Frau beim Arm und verließ das Restaurant. Er sah nicht einmal in ihre Richtung. Love empfand vertrauten Schmerz. Das war wirklich lächerlich! Wie konnte ihr Arthur Beebe, den sie gerade heute erst kennen gelernt hatte, so wichtig sein, dass sie diese verrückte Sehnsucht verspürte?

Die Portobello-Pilze kamen und dankenswerterweise schien Vance nun weniger an der Unterhaltung als am Essen interessiert. Love nahm einen Bissen von ihren Pilzen. Sie waren köstlich. Wenigstens etwas.

Die Frühstückszeit war für Love die geschäftigste Zeit des Tages. Als sie bei der Arbeit ankam, hatte Jem das Buffet schon aufgebaut: die Thermoskannen mit Kaffee und heißem Wasser, die Karaffen mit Orangen- und Preiselbeersaft in einem Eiskübel, die Glasschüsseln mit Müsli, Frühstücksflocken und Getreideflocken, Milch, Zucker, Butter, Frischkäse, Besteck, Teller, Schalen, Servietten. Um halb neun kam Mack mit frischen Doughnuts, Bagels, Muffins und fünf Laiben irgendeines natürlichen Brots herein. Einige wenige Leute standen herum, während Jem aufbaute. Es waren die Leute, die ihren Kaffee brauchten. Macks Ankunft verkündete den offiziellen Beginn des Frühstücks, und die Eingangshalle füllte sich mit Gästen, die vorgaben, geduldig auf ihre bestimmten Doughnuts zu warten. Es erstaunte Love immer wieder, was das Warten aufs Essen bei Menschen bewirkte. Sie wurden vollkommen unvernünftig.

Arthur Beebe balancierte drei Doughnuts auf seinem Teller und goss sich ein Glas Orangensaft ein. Mrs Beebe trank nur Kaffee. Sie gingen mit ihrem Frühstück zu einem der Korbsofas. Einige Gäste nahmen ihre Mahlzeiten gerne draußen im Pavillon ein und einige aßen lieber auf ihren Zimmern. Aber zum Glück frühstückte Arthur Beebe im Foyer. Er stellte Teller und Glas auf dem Teppich ab und suchte dann einen bestimmten Teil der Zeitung.

Der Run auf die Zeitungen erfolgte unmittelbar nach dem Run auf die Doughnuts. Das Hotel bot Freiexemplare von *New York Times, Boston Globe, Wall Street Journal* und *USA Today*. Aber jeder wollte nur die *New York Times*, und da Arthur Beebe aus Manhattan kam, war auch er natürlich *Times*-Leser. Love beobachtete ihn beim Lesen. Sie wollte, dass er zu ihr schaute! Sie hatte immerhin ihr aufreizendstes Kleid angezogen – ein kurzes, geblümtes Sommerkleid mit Spaghettiträgern. Schließlich ging ihr Wunsch in Erfüllung. Mrs Beebe leerte ihre dritte Tasse Kaffee, sagte mit ihrer schrillen Stimme: »Ich gehe *baden*, Arthur«, und verließ das Foyer. Wenige Sekunden später legte Arthur Beebe die Zeitung beiseite und kam im Cha-Cha-Cha-Schritt auf die Rezeption zu.

»Gerade ist etwas sehr Ulkiges passiert«, sagte er.

Love warf einen abschätzenden Blick durch die Eingangshalle. Noch immer füllten einige wenige Nachzügler ihre Kaffeetassen nach, aber überwiegend waren die Gäste in ihre Zimmer zurückgekehrt.

»Und was?«, fragte sie.

»Ich wollte heute Morgen einen Kokosnuss-Doughnut. Und am Buffet war nur einer. Also griff ich danach. Aber ein anderer Mann schnappte ihn mir weg.«

»So was kommt vor«, entgegnete Love.

»Also schaue ich diesen Burschen finster an, um ihm zu bedeuten, dass er meinen Doughnut genommen hat. Dann nehme ich mir die *Times* und wer, glauben Sie, ist auf der ersten Seite des Wirtschaftsteils abgebildet? Genau dieser Bursche.« Arthur Beebe hielt die Zeitung hoch. Love betrachtete blinzelnd das Bild. Es zeigte Mr Songttha aus Zimmer 17.

»Sie haben Recht«, sagte Love. »Nun, wenn Sie sich dadurch besser fühlen – der Mann wohnt nicht einmal an der Goldküste, sondern nur in einem Seitenveranda-Zimmer.«

Sobald sie die Worte ausgesprochen hatte, drang ein menschliches Geräusch aus dem rückwärtigen Büro: Mack, der sich räusperte. Love hatte nicht bemerkt, dass er dort hinten saß. Es war verboten, Informationen über andere Gäste preiszugeben, besonders wenn Love zu verstehen gab, dass Mr Songttha nicht so viel für sein Zimmer bezahlt wie Mr Beebe. Love wippte nervös auf den Fußballen. Welche Wirkung hatte Artuhr Beebe nur auf sie? Ihr gutes Urteilsvermögen war völlig geschwunden. Sie war so mit Selbstvorwürfen beschäftigt, dass sie nicht mitbekam, was Arthur Beebe als Nächstes sagte.

»Wie bitte?«

»Ich habe gefragt, ob Sie sich gestern Abend im Restaurant gut amüsiert haben.«

»Ich habe nur auf einen Drink hereingeschaut und habe dann zufällig einen Kollegen getroffen«, erwiderte Love. Das war ihre einstudierte Taktik – ihm zu vermitteln, dass sie und Vance *Kollegen* waren und dass sie sich nicht *verabredet* hatten –, aber eigentlich beantwortete es seine Frage nicht. »Und Sie und Mrs Beebe? Haben Sie Ihr Essen genossen?«

»Es war fabelhaft«, antwortete er. Er legte seine Hand auf Loves. Sie hielten sich einen Augenblick an den Händen. Dann zwinkerte Mr Beebe ihr erneut zu. »Machen Sie weiter so.«

Love beobachtete, wie er das Foyer verließ. Sie atmete einige Male tief durch, machte auf einem Zettel eine Notiz, und ging ins rückwärtige Büro, wo Mack an seinem chaotischen Schreibtisch saß.

»Ich habe eben einen Fehler gemacht«, gestand Love. »Es tut mir Leid.«

»Zumindest haben Sie es selbst gemerkt«, sagte Mack. »Diskretion ist wichtig. Sprechen Sie niemals über Gäste, besonders nicht mit anderen Gästen.«

Love dachte über das nach, was Vance ihr gestern Abend gesagt hatte. War Mack ein Schauspieler? Als Love jetzt darüber nachdachte, empfand sie es als ein wenig beunruhigend, dass er hinter ihr saß und wie Big Brother lauschte.

»Ich soll einen Wunsch weitergeben«, sagte sie.

»Und was?«, fragte Mack.

»Mehr Kokosnuss-Doughnuts.« Love reichte ihm den Zettel. Es war erstaunlich, wie sehr es sie freute, Arthur Beebe diesen kleinen Dienst zu erweisen. »Hier, ich habe es aufgeschrieben.«

Nachmittags kam Arthur Beebe in Badehose und einem frischen weißen Polohemd ins Foyer. Love saß auf ihrem hohen Stuhl und las *Die Herren der Insel* von Pat Conroy.

Er stützte sich mit gekreuzten Armen aufs Pult, wobei die Vorderseite seiner TAG-Heuer-Uhr aufblitzte. »Hallo, Love. Wie geht es Ihnen?«

Love legte als Lesezeichen eine Hotelbroschüre in ihr Buch ein und lächelte. Arthur sah sie an und Love erwiderte den Blick ungeniert. Dann klingelte das Telefon und überraschte sie beide.

Mario Cuomi rief für Mr Songttha an. Love ergriff den Telefonhörer fester und sagte mit ihrer nüchternsten Stimme: »Ich werde Sie zu seinem Zimmer durchstellen.« Sie schaltete den Anruf weiter und legte den Hörer rasch auf. Arthur lächelte sie an. Sie wünschte, sie könnte ihm sagen, dass sie gerade mit Mario Cuomo gesprochen hatte, aber sie hatte ihre Lektion heute Morgen gelernt. Sie fühlte sich von Arthur Beebe zwar angezogen, aber sie war nicht bereit, seinetwegen ihren Job zu verlieren.

»Brauchen Sie etwas Bestimmtes?«, fragte Love. »Strandtücher oder so?«

»Nein, nein, nichts dergleichen«, sagte Arthur Beebe. »Meine Frau sitzt eifrig in der Sonne. Ich kann es nur ungefähr eine Stunde aushalten, bevor ich mich langweile. Ich bin zum Reden hergekommen.«

Zum Reden. Mit ihr. Er hatte es auf sie abgesehen. Das Telefon klingelte erneut. Love schaute auf die Konsole und sah, dass es derselbe Anruf war – Mario Cuomo –, der zurückgeleitet worden war.

»Tut mir Leid, Sir, Mr Songttha ist nicht in seinem Zimmer. Möchten Sie eine Nachricht hinterlassen?« Sie notierte Mario Cuomos Namen und Telefonnummer, wobei sie den Notizblock mit ihrem Körper abschirmte.

Dann legte sie auf und steckte die Nachricht in das Brieffach von Zimmer 17.

»Songttha? Das ist der Bursche aus der Zeitung, stimmt's?«, fragte Arthur. »Wer hat für ihn angerufen – Alan Greenspan?«

Love lachte als fände sie das absurd. »Nein, nein, nicht Alan Greenspan.« Sie musste das Gespräch von Mr Songttha ablenken! Sie setzte sich wieder auf ihren Stuhl. »Also, Mr Beebe, womit verdienen Sie Ihren Lebensunterhalt?«

»Mal hiermit, mal damit. Ich wünschte, ich könnte sagen, dass ich an der Rezeption dieses Hotels arbeite. Dann wäre ich wahrscheinlich viel glücklicher.«

»Es hat seine Vor- und Nachteile«, sagte Love. »Sind Sie heute Morgen gejoggt?«

»Ja. Ich bin durch die Stadt gelaufen.«

»Sie sollten den Fahrradweg ausprobieren«, schlug Love vor. »Weniger Verkehr und schöner.«

»Sie können mir den Weg selbst zeigen, wenn wir am Dienstag laufen. Das haben Sie mir versprochen, erinnern Sie sich? An Ihrem freien Tag, Dienstag.«

Love wusste, dass sie ganz entschieden *nicht* versprochen hatte, am Dienstag mit ihm zu joggen. Sie konnte sich nicht mehr an ihre genauen Worte erinnern, aber sie war sich ziemlich sicher, dass sie nicht einmal zugestimmt hatte. Das war mal wieder typisch für reiche Leute: Sie nahmen an, dass alles so verliefe, wie sie es wollten. Was wäre, wenn Arthur Beebe für sein Geld gar nicht arbeitete? Was wäre, wenn er der typische müßige Reiche war, der mit seinem Flugzeug durch die Gegend jettete und an Stränden herumsaß? Love wusste, dass ihr Verstand dafür sorgte, dass diese Einwände ihm weniger anziehend erscheinen lassen sollten. Aber dem war nicht so.

»Okay«, sagte sie. »Dienstag.«

»Da ist eine Verabredung«, stellte Arthur fest. »Wo essen wir also heute Abend?«

Love sah in ihrem Notizbuch nach, obwohl sie die Antwort bereits kannte. »*Ships Inn*. Um acht Uhr.«

»Und werden wir Sie dort treffen?«, fragte Arthur.

Love zögerte eine Sekunde. Glaubte Arthur Beebe, Love wäre ihm gestern Abend absichtlich ins *21 Federal* gefolgt?

»Nein«, antwortete sie. »Heute Abend bleibe ich zu Hause.«

Arthur Beebe richtete sich auf. »Pech!«, sagte er.

Aber tatsächlich konnte Love dem *Ships Inn* nicht fern bleiben. Nach einem Fisch-Burrito zu Hause, sagte Love zu sich, würde sie einen Spaziergang durch die Stadt unternehmen, Schaufenster ansehen und sich eine Eistüte kaufen. Genau das tat sie. Sie verbrachte eine halbe Stunde in Mitchell's Book Corner, bevor sie das Buch *Was Sie erwartet, wenn Sie Erwartungen haben* kaufte. Sie verbrachte im *Top Drawer* fünfundvierzig Minuten damit, sich Damenunterwäsche anzusehen und einen weißen Spitzen-BH und ein Miederhöschenset zu kaufen, nachdem ihr klar wurde, dass all ihre Unterwäsche praktische Sportunterwäsche war. Sie ging in die *Juice Bar* und bestellte sich einen Kinderbecher Almond-Joy-Eiscreme, weil sie Kokosnuss auch mochte.

Und um zehn Uhr befand sie sich auf dem Heimweg die Fair Street entlang, als sie vor dem *Ships Inn* verweilte. Sie überquerte die Straße zur St. Paul's Episcopal Church und las das Programm der letzten Woche, obwohl sie nicht in die Kirche ging. Dann hörte sie dieses irre, schrille, schmetternde Lachen. Mrs Beebe. Love sah die Beebes vor dem Restaurant stehen und auf ein Taxi warten. Es war unwahrscheinlich, dass sie Love in der Dunkelheit ausmachen könnten, und so setzte sie sich auf die Kirchentreppe und beobachtete die beiden. Sie beobachtete, wie Arthur mit den Händen in den Taschen dastand, während Mrs Beebe einen Stepptanz um ihn herum vollführte. Sie war betrunken und glücklich.

Love beobachtete sie, bis das Taxi kam. Arthur half Mrs Beebe hinein. Er zögerte, bevor er auch selbst einstieg. Es schien Love, als schaue er zu ihr. Love saß da und umklammerte das Päckchen auf ihrem Schoß, während Arthur ihr eine Kusshand zuwarf.

Am nächsten Morgen fragte Arthur Beebe: »Waren Sie das gestern Abend? Vor der Kirche?«

Love hatte die ganze Nacht mit sich gerungen, wie sie diese Frage beantworten sollte. »Ja.«

»Gut.« Arthur senkte die Stimme. »Ich wollte keiner Fremden einen Kuss schicken.«

»Keine Sorge, das haben Sie nicht«, erwiderte sie.

»Genau. Ich habe ihn Ihnen geschickt.«

Love errötete. Sie war froh, dass Mack draußen seinen Jeep wusch.

»Nun, danke«, sagte Love.

»Sagten Sie nicht, Sie wollten gestern Abend zu Hause bleiben?«

»Ich bin einkaufen gegangen«, antwortete Love. »Ich habe mir ein Buch gekauft.« Sie zögerte. »Und Unterwäsche.«

Arthur verengte die Augen. »Wissen Sie, was ich schon immer wollte?«

»Was?«, fragte Love.

»Mit meinem Flugzeug in die Antarktis fliegen. Was halten Sie davon? Meine Frau meint, es wäre zu kalt. Denken Sie das auch?«

»Es kommt darauf an, mit wem Sie da sind«, erwiderte sie. Verlangen durchströmte sie. Ihre Oberschenkel schmerzten. »Ich würde gerne in die Antarktis fliegen.«

»Ja, das dachte ich mir. Ich dachte, Sie wirken wie eine Frau, die Abenteuer sucht. Also vielleicht Dienstag? Ein kleines Abenteuer?«

»Ein Abenteuer«, sagte Love.

Abends saßen die Beebes im Summer House draußen in 'Sconset, und Love gelang es, Gott sei Dank fernzubleiben. Stattdessen fuhr sie mit ihrem Mountainbike zum Flughafen. Sie begutachtete die Privat-Jets und fragte sich, welches wohl Arthur Beebe gehörte. Sie entschied sich für ein graues Flugzeug mit einem roten Zierstreifen. Der Rumpf des Flugzeugs war lang und phallisch. Love stellte sich vor, wie sie das Flugzeug zu einem Flug in die Antarktis oder zu anderen unbekannten Plätzen bestieg.

Ihre Gespräche mit Arthur Beebe wirkten wie Aphrodisiaka. Arthur legte seine Hand auf ihre und sagte wieder: »Machen Sie weiter so!« Arthur Beebe bat sie, sich ihr Buch ansehen zu dürfen, damit er einen Vorwand hätte, ihre Finger oder die Innenseite ihrer Arme zu berühren. Arthur Beebe fragte sie, ob sie noch mehr Unterwäsche gekauft hätte. Er erinnerte Love an ihre Verabredung am Dienstag. Ihre Verabredung zum Joggen am Dienstag. Ihre Verabredung am Dienstag. Am Dienstag, ihrem freien Tag. Damit wurde jedoch alles nur beschönigt. Dienstag bedeutete für Love nur eins: Sie würde mit Arthur Beebe Sex haben.

Und wie fühlte sich Love bei dem Gedanken? Zu gewissen Zeiten – beispielsweise in den wenigen unbesonnenen Momenten, wenn Arthur das Foyer verließ – erregte er sie. Sie stellte sich vor, wie sie und Arthur die Cliff Road entlangjoggten, während Love tief die sauerstoffreiche Luft einatmete. Zu Hause könnte sie Arthur Zitronenlimonade, eine Mimose und eine erfrischende Dusche anbieten. Randy und Alison hatten angekündigt, dass sie am Dienstag nicht auf der Insel wären, was Love nur weiterhin davon überzeugte, dass das Schicksal Sex mit Arthur vorsah. Sie hätten das Haus für sich. Es würde leidenschaftlich geschehen, dachte Love, vielleicht auch unter Zeitdruck. Er würde zum Hotel zurückkehren müssen. Gespannt, köstlich, heimlich – das waren die Worte, die Love mit der Vorstellung verband, Sex mit Arthur Beebe zu haben.

Aber Love fielen auch andere Worte ein. Töricht, unverantwortlich, ganz zu schweigen von dem Wort unmoralisch. Wie konnte sie mit Arthur Beebe schlafen? Er war ein verheirateter Mann und ein Hotelgast. Sie könnte seine Ehe zerstören und ihren Job gefährden. Die Beebes reisten am Mittwoch ab, bezahlten ihre Rechnung, bestiegen das Flugzeug und flogen nach Manhattan zurück. Abreise. Würde Arthur ihr ein *Trinkgeld* hinterlassen? Das war eine zu entsetzliche Vorstellung.

Am Montagnachmittag bekräfigten Love und Arthur ihre Pläne. Sie würden sich am folgenden Morgen um Viertel vor acht vor dem Foyer treffen und losjoggen.

»Wir werden dorthin gehen, wohin der Tag uns führt«, sagte Arthur augenzwinkernd.

Dorthin gehen, wohin der Tag uns führt. Das schien eine gute Art, es zu betrachten. Love plante ständig, aber warum eigentlich? Warum sich nicht treiben lassen und immer der Nase nach improvisieren? Es gab keinen Grund, warum Love im Vorhinein entscheiden musste, Sex mit Arthur Beebe zu haben. Sie musste es langsam angehen lassen. Entspannen. Um fünf Uhr, nach der Arbeit, ging Love auf dem Weg nach Hause am Hadwen House vorbei. Das Hadwen House mit seinem Tanzsaal unter den Sternen. Mit seinen Träumen von Romantik.

Am Dienstagmorgen stieg Love um fünf nach halb acht am Beach Club aus einem Taxi. Sie war gerne früh dran. Dadurch blieben ihr ein paar Minuten, die Beine zu strecken und aufs Meer zu schauen. Die Fähre, die um halb sieben abgelegt hatte, war ein weißer Fleck am Horizont. Love betrachtete, wie die Seemöwen Schalen von Einsiedlerkrebsen auf den Parkplatz fallen ließen. Sie schaute zum Haus von Bill und Therese und dachte, dass sie vermutlich im Bett lag und sich liebten, aber heute empfand Love keine Eifersucht. Heute wäre sie einfach eine der vielen Liebenden auf Nantucket. Mehr wollte sie nicht – der Mittelpunkt eines anderen Menschen sein, wenn auch nur für einen Tag, für wenige Stunden. Love war sich selbst gegenüber ehrlich genug, um zu erkennen, dass dies der beste Teil der ganzen Affäre wäre, abgesehen von der Empfängnis: die süße, köstliche Erwartung.

Aber nach weiteren zehn, zwölf Minuten wurde die Erwartung von Nervosität getrübt. Ihre Sportuhr zeigte 7:48. Dann 7:50 und dann 7:53. Love joggte vor dem Hotel hin und her. Sie spähte durch die Fenster des Foyers und dachte, dass Arthur vielleicht drinnen auf sie wartete. Aber das Foyer war dunkel und verwaist.

Um acht Uhr bog Mack auf den Parkplatz ein. Er kam früh! Sie verschwand um die Ecke und wartete, bis er die Kartons mit dem heutigen Frühstück ausgeladen und in die Eingangshalle gebracht hatte. Dann schlich sie hinter dem Pavillon und den Seitenveranda-Zimmern entlang zum Wasser. Sie joggte an der Goldküste entlang. Einige wenige Gäste saßen draußen auf ihren Veranden und lasen, und eine Frau machte auf einer Matte Yoga-Übungen. Love lief an Zimmer 10 vorbei, an Zimmer 9, an Zimmer 8. Die Tür von Zimmer 8 war geschlossen, die Veranda unbesetzt. Love lief den ganzen Weg zu Zimmer 1 hinab und hinter die Goldküsten-Zimmer. Auch die Hintertür von Zimmer 8 war geschlossen. Love kehrte vor die Eingangshalle zurück, für den Fall, dass sie Arthur irgendwo verpasst hätte. Sie schaute auf ihre Uhr. Es war 8:06. Sie beschattete die Augen und spähte in die Eingangshalle. Jem und Mack trugen das Frühstück auf und die üblichen Leute standen herum. Tiny war hinter der Rezeption. Aber kein Arthur Beebe war zu sehen.

Eine Minute später öffneten sich die Eingangstüren des Foyers. Mack schleppte Thereses Pflanzen auf die Veranda. Es war keine Zeit mehr, sich zu verstecken. Mack sah sie.

»He, Love, was machst du hier?«, fragte er.

»Ich bin gerade ... gelaufen«, antwortete sie. Sie konnte Mack keinesfalls fragen, ob er Arthur Beebe gesehen hätte, obwohl sie es wollte.

»Ein schöner Tag dafür«, sagte Mack. Er war auf Gäste eingestellt: plaudernd, unterhaltsam, zu jedem Gesprächsthema aufgelegt. Sie könnte in Tränen aufgelöst sein und er würde es nicht merken.

»Ich bin schon weg«, rief sie.

Love lief so schnell sie konnte nach Hause. Sie trieb sich immer schneller und schneller an, war schneller als bei ihrem Meilenrekord. Sie kam außer Atem und schwitzend zu Hause an, ihr Herz pochte in Kehle und Gesicht. Zunächst war sie froh, dass Randy und Alison fort waren, weil sie auf keinen Fall wollte, dass jemand Zeuge ihrer Demütigung wurde. Aber das leere Haus war auch schrecklich – der Wind blies unmittelbar hindurch –, und sie wünschte sich Gesellschaft.

Love wartete bis zehn Uhr, der üblichen Zeit für ihre erste Unterhaltung mit Arthur Beebe, und rief dann an der Rezeption an.

Tiny meldete sich. »Guten Morgen, Nantucket Beach Club.«

Love räusperte sich. »Ja, ist Arthur Beebe im Hotel, bitte?«

»Tut mir Leid«, antwortete Tiny. »Die Beebes wohnen nicht mehr bei uns.«

»Nein, nein«, sagte Love. »Tiny, ich bin es, Love. Ich glaube, du meinst das falsche Zimmer. Die Beebes wohnen in Zimmer 8. Sie reisen erst morgen ab.«

»Oh, Love«, erwiderte Tiny. »Die Zimmermädchen sind vor ungefähr vierzig Minuten zum Saubermachen hineingegangen und haben bemerkt, dass alle Sachen der Beebes fort waren. Also habe ich beim Flughafen angerufen. Der Jet der Beebes ist um fünf Uhr heute Morgen abgeflogen. Sie sind abgehauen, ohne die Rechnung zu bezahlen – zwei feine Herrschaften!« Sie lachte belustigt auf. »Passiert jedes Jahr. Ich bin Leuten gegenüber, die keine Kreditkarte benutzen, immer misstrauisch, aber man denkt natürlich, jemand mit eigenem Flugzeug könnte die Rechnung bestimmt begleichen. Aber nicht diese Leute – sie schleichen sich mitten in der Nacht hier raus, als wären sie auf der Flucht. Was ist los? Hast du diese Leute gekannt? Was wolltest du überhaupt von ihnen?«

Antarktis, dachte Love. Wäre er so grausam, mit seiner Frau in die Antarktis davonzufliegen? Sie hoffte es nicht, trotz der Tatsache, dass sie Arthur Beebe gerade jetzt so weit von sich fort wünschte wie möglich. Heute Morgen um fünf hatte Love im Bett gelegen, den Vögeln gelauscht und an Arthur Beebe gedacht. Hatte sie ein Flugzeug über dem Haus fliegen hören? Nein, nur die Vögel.

»Oh, nichts«, sagte Love. »Ich wollte nichts von ihnen.«

Bis zum nächsten Morgen war Love zu der Überzeugung gelangt, dass sie der Grund dafür war, dass Arthur Beebe das Hotel in der Morgendämmerung verlassen hatte. Vielleicht waren seine Gefühle für sie sprunghaft gestiegen, vielleicht hatte ihn ihre Intensität erschreckt. Vielleicht hatte er Mrs Beebe gestern Abend beim Essen (Straight Wharf) von seiner Verabredung zum Joggen mit Love erzählt – vielleicht war sie wirklich für die frühe Abreise verantwortlich. Love fand viele Entschuldigungen für den Mann, aber das änderte nichts an der Tatsache, dass Arthur sich buchstäblich in Luft aufgelöst und ihre Hoffnungen auf ein Kind mit sich mitgenommen hatte.

Love faltete Hotelprospekte und dachte darüber nach, wie sie Arthur Beebe vielleicht eines Tages in New York überraschen könnte, als Vance den Kopf aus Macks Büro streckte.

»Komm mal her«, sagte er. »Ich will dir was zeigen.«

Das Foyer war leer und so schlich sie in Macks Büro. Mack war im Wäscheraum und reparierte einen Trockner.

»Was denn?«, fragte sie.

»Kennst du die Leute in Zimmer 8, die Drogis, die abgehauen sind, ohne ihre Rechnung zu bezahlen?«, fragte Vance.

»Die Beebes?«, fragte Love. Der Name fühlte sich eigenartig auf ihrer Zunge an.

»Ich habe gestern ihr Zimmer geräumt, und sieh mal, was ich gefunden habe«, sagte er. Er nahm die Hände hinter dem Rücken hervor und zeigte Love eine Pistole.

»Du hast sie in ihrem Zimmer gefunden?«, fragte Love. Es war eine glänzende, silberfarbene Handfeuerwaffe. Sie versuchte, sie sich in Arthur Beebes Hand vorzustellen. Sie versuchte, sich vorzustellen, wie er damit auf jemanden zielte.

»Ich habe dir doch gesagt, dass sie Dealer wären. Ihr eigenes Flugzeug? Mitten in der Nacht abfliegen? Und dann finde ich dieses Ding da zwischen der Matratze und dem Sprungfederrahmen. Komm schon, Love, wir sind doch nicht blöd.«

»Was sollen wir tun?«, fragte Love. »Sollen wir sie anrufen?« Ein Teil von Love wollte noch einmal mit Arthur Beebe reden. Er hatte sie mit einem Gefühl der Leere zurückgelassen. Auch verärgert und gedemütigt, ja, aber überwiegend leer.

»Sie haben nie eine *Telefonnummer* hinterlassen. Tiny hat gestern danach gesucht, aber als Bill die Reservierung annahm, hat er nur eine Faxnummer aufgeschrieben«, antwortete Vance. »Und stell dir vor: Wir können keine Pistole faxen.«

»Aber wir könnten ihnen ein Fax schicken und ihnen mitteilen, dass wir die Pistole haben«, schlug Love vor. Sie hätte sich am liebsten selbst an Arthur Beebe gefaxt.

»Tiny hat ihnen wegen ihrer Rechnung gefaxt, und es kam keine Antwort. Wenn wir die Adresse hätten, könnten wir die Pistole mit der Post schicken, obwohl man das Magazin und die Rechnung nicht zusammen schicken kann«, sagte Vance. Love fragte nicht, woher er das wusste. Vance deutete mit der Pistole aus dem Fenster. »Peng«, sagte er leise. »Hör zu, ich kümmere mich um die Pistole. Sag mir Bescheid, wenn Beebe anruft und danach fragt.«

»Okay«, sagte sie. Es war beängstigend, Vance mit der Pistole zielen zu sehen. *Peng!*

Love kehrte zur Rezeption zurück. Die Pistole schuf Möglichkeiten, die Love gar nicht in Betracht gezogen hatte. Wenn Arthur Beebe Drogendealer war, wenn er sein Flugzeug dazu benutzte, mit illegalen Substanzen zwischen Ländern hin und her zu fliegen, dann konnte sie froh sein, dass nichts zwischen ihnen passiert war. Sie sollte erleichtert sein, dass Arthur *abgereist* war. Aber sie war es nicht.

Jem Crandall machte Fehler. Er vermutete, dass seine Fehler normal waren, Durchschnittsfehler, die jeder Neuling im Job machte. Was er nicht kapierte, war, wie er sie vermeiden konnte, bevor er gefeuert würde. Denn würde er gefeuert, könnte er vielleicht keinen anderen Job mehr finden. Es war bereits Juni, und die College Studenten waren in großer Zahl eingetroffen. Und könnte Jem keinen anderen Job finden, müsste er nach Virginia zurückkehren, in der Bar seines Vaters, dem *Locked Tower*, arbeiten und sich mit seiner verrückten Schwester und ihrer Bulimie auseinander setzen. Er machte sich eine Notiz – mit Seife auf dem Badezimmerspiegel: Keine weiteren Fehler! Jedes Mal, wenn er sich rasierte, war es auf seine Stirn tätowiert.

Jems erster Fehler war auch sein peinlichster: Mrs Worley. Die Worleys waren ein steinreiches Ehepaar auf Atlanta. Er bemerkte, dass sie sich jeden Morgen in der Nähe des Frühstücksbüffets aufhielten, während er es aufbaute. Einmal folgte Mr Worley ihm in die Küche, als Jem mit der Servierplatte voller Muffins davonging. Mr Worley wählte die beiden letzten Mehrfrucht-Muffins, und Jem, der übermäßigen Hunger verstehen konnte, sagte: »Ja, das sind mir auch die liebsten.«

Mehrere Tage später, als Mr Worley die Rechnung bezahlte, sagte Love: »Jem, Zimmer zehn kann geräumt werden. Die Worleys reisen ab.«

Jem leckte sich Puderzucker von den Finger (er durfte die Reste vom Frühstück essen) und sagte: »Okay, ich gehe schon.«

Die Zimmer zu räumen war für ihn der unliebsamste Teil der Arbeit. Die Zimmermädchen rissen Witze über »Liebesflecken«, wenn sie die Betten machten, und obwohl Jem über die Bezeichnung lachte, fühlte er sich doch nicht besser, wenn er die Laken einsammeln musste. Aber Liebesflecken waren nicht so widerwärtig wie manche andere Dinge, die Leute auf den Laken hinterließen. Er hatte schon Blut, Urin, benutzte Kondome, Essen – Guacamole-Flecken, eine Hummerschere – gesehen. Er war auch für die Müllentsorgung verantwortlich und versuchte meist, nicht hinzusehen, was die Leute wegwarfen. Eines furchtbaren Tages fand er auf einer Frisierkommode einen Styroporkopf mit einem strähnigen, langen, dünnen braunen Toupet. Er sammelte außerdem die schmutzigen Handtücher, Badematten und Bademäntel aus den Badezimmern ein. Auch ein hübsche Aufgabe, aber zumindest war das besser, als eklige Haarnester aus der Duschwanne zu entfernen.

Jem machte sich also im Worley-Zimmer an die Arbeit. Der Fernseher lief – ESPN SportsCenter –, und Jem sah sich die Highlights an, wartete auf einen Punkt im Spiel der Orioles, und verrichtete seine Arbeit. Er warf den Überwurf und die Decke vom Bett und zog die Laken ab. Er versuchte, dabei nicht an die sich darin herumrollenden, rundlichen Worleys zu denken. Er nahm den Plastikbeutel aus dem Mülleimer und drehte und band ihn zu. Der Fernsehkommentator zeigte nun einen Ausschnitt aus dem Spiel der Orioles – und Jem dachte an seinen Vater, hinter dessen Bar eine Sammlung Orioles-Denkwürdigkeiten hing.

Jem überprüfte die Schränke auf zurückgelassene Gegenstände. Er kontrollierte auch die Schubladen. Er hatte gehört, wie Vance über irgendetwas Großartiges flüsterte, das er in einem der Räume gefunden hatte. Jem vermutete, dass es Damenwäsche war oder ein schmutziges Männermagazin. Diese Schränke und Schubladen waren Gott sei Dank leer.

Dann öffnete Jem schwungvoll die Tür zum Badezimmer und hörte ein lautes Keuchen. Mrs Worley saß auf der Toilette und las die Fernsehzeitung. Sie sah ihn mit geweiteten, braunen Augen und offenem Mund an. Jem konnte in dem Moment nur denken: *Bitte stehen Sie nicht auf*. Aber es war zu spät. Mrs Worley stand bereits auf und Jem konnte nicht anders als hinzuschauen. Sein Blick wurde von der unteren Hälfte angezogen: ihre Shorts waren um die Knöchel gerutscht, ihr Bauch hing wie ein riesiger Brotteig hinunter.

»Raus … raus!«, stammelte Mrs Worley. Ihr Gesicht war gerötet.

»Es tut mir Leid, Madam«, entgegnete Jem. »Man sagte mir, Sie wären abgereist …« Mrs Worley sprang vor und schlug ihm die Tür vor der Nase zu. Eine Sekunde später hörte er sie weinen. Jem eilte aus der Tür und ließ den Müll und den Haufen schmutziger Laken zurück. Er stolperte in die Sonne hinaus und fühlte sich nackt und beschämt. Er wollte in die Sicherheit seines Mietzimmers fliehen, die Tür abschließen, ins Bett springen und sich unter die Decke verkriechen. Stattdessen floh er in die Kühle des Wäscheraums, der einen tröstlichen, sauberen Duft nach Waschmitteln verströmte. Er blieb fast eine halbe Stunde lang dort und fragte sich, ob Mrs Worley ihn melden würde. Er barg das Gesicht in einem Stapel grüner, flauschiger Handtücher und versuchte, an andere Dinge zu denken, erfreuliche Dinge – ins *Muse* zu gehen und ein kaltes Bier zu trinken, mit einem hübschen Mädchen in einem Sommerkleid zu reden –, aber er konnte das Bild von Mrs Worley, von ihren Oberschenkeln, weiß und mit Grübchen wie Hüttenkäse, nicht abschütteln. Es war noch viel, viel schlimmer als der Styroporkopf mit dem Toupet. Jem verspürte Übelkeit. Dann klingelte das Telefon im Wäscheraum. Es war Mack.

Als Jem Macks Büro betrat, zitterte er immer noch. »Sind sie weg?«, fragte er.

Mack nickte mit grimmigem Gesicht. »Du hast Glück, dass sie nicht an sexuelle Belästigung gedacht hat oder an versuchte Vergewaltigung.«

Erneut tauchte das Bild der von der Toilette aufstehenden Mrs Worley vor Jems geistigem Auge auf, was, wie er befürchtete, sein restliches Leben lang der Fall sein würde. »Keinesfalls«, sagte er, »nicht in einer Million Jahren.«

»Es wäre klug *anzuklopfen*, wenn du eine geschlossene Tür siehst«, mahnte Mack. »Sonst machen wir uns für solche Behauptungen angreifbar. Das willst du doch nicht, oder?«

Jem schüttelte den Kopf. Mack verzog das Gesicht und brach dann in Lachen aus. »Du armer Kerl! Du müsstest dich mal sehen!«

»Es war so peinlich«, entgegnete Jem. Er sah Mack lachen und wünschte sich, er könnte auch lachen. Das wäre tröstlich und erleichternd, aber er konnte es nicht. Es *war* in gewisser Weise komisch, oder? Jem walzte mit der Absicht ins Badezimmer, die Handtücher einzusammeln, als ... rums! Mrs Worley, von fast allen Seiten. Natürlich hatte Mack Mrs Worley nicht schreien hören und er hatte sie nicht weinen hören.

Mack wurde wieder ernst und wischte sich die Augen. »Ich bin nicht böse. Aber ich meine es ernst. Klopf immer an, bevor du die Zimmer räumst. Hörst du?«

»Ich höre«, erwiderte Jem.

»Du wirst dich bei Mrs Worley schriftlich entschuldigen müssen. Es war dein Fehler.«

Jem fragte sich, was er Mrs Worley sagen sollte – *Dieser peinliche Augenblick tut mir sehr Leid? Es tut mir Leid, dass ich hereingeplatzt bin, als Sie auf dem Klo waren?* Er musste fast lächeln, bis er hörte, wie Mack das Wort »Fehler« gebrauchte. Da wurde die Gedankenkette zum ersten Mal in Gang gesetzt: gefeuert werden, im *Locked Tower* arbeiten, seine Schwester Gwennie.

»Okay«, sagte Jem. »Mache ich.«

Drei Tage später reiste ein sehr berühmter Mann für Zimmer 6 an. Der Mann war so berühmt, dass Jem Mühe hatte, eine ausdruckslose Miene beizubehalten, als er ihn an der Rezeption sah. Warum warnte Mack einen nicht vor, wenn Leute wie er kamen? Jems Hemd hätte sauberer sein können. Aber der Beach Club bevorzugte niemanden, und so führte Jem diesen berühmten Mann, ein bedeutender Schauspieler, ein hohes Tier, zu Zimmer 6, als wäre er ein ganz normaler Mensch. Jem konnte an den Mann nur als Mr G denken. So wurde er in den Medien genannt, genauso wie Donald Trump »the Donald« genannt wurde. Mr G hatte eine Aktentasche und einen kleinen schwarzen Samsonite-Koffer bei sich. Jem nahm den Koffer. Er war so leicht, dass Jem sich fragte, ob er wohl leer war. Er ging unmittelbar vor Mr G und sagte seine Sprüche über die Zimmermädchen, die Eismaschine und das kontinentale Frühstück von halb neun bis zehn auf.

»Ich werde zum Frühstück nicht da sein«, verkündete Mr G. »Ich bleibe nur eine Nacht. Ich habe morgen ein äußerst wichtiges Treffen in Washington.«

»Nur eine Nacht?«, fragte Jem. »Zumindest haben Sie sich dafür einen schönen Tag ausgesucht.« Tatsächlich: Die Sonne schien, das Meer war herrlich blau. Jem ging den Plankenweg entlang und die drei Stufen zur Veranda von Zimmer 6 hinauf und hielt dort eine Minute inne, um in seiner Tasche nach dem Schlüssel zu suchen. Er konnte nicht glauben, dass er gleich eine Tür für Mr G öffnen würde.

Mr G räusperte sich und Jem hantierte mit den Schlüsseln. *Mach die Tür auf, du Idiot!*, dachte er. *Das ist Mr G!* Es gelang ihm. »Na also«, sagte er. Er wartete, bis Mr G eingetreten war und seine Aktentasche abstellte. »Mein Name ist Jeremy Crandall. Geben Sie mir einfach Bescheid, wenn Sie etwas brauchen.«

»Ich möchte um 6 Uhr 15 geweckt werden«, sagte Mr G. »Und Sie müssen mir zeigen, wie dieses Telefon funktioniert.«

Jem nahm den Hörer auf. »Das Telefon funktioniert wie jedes normale Telefon, Sir«, erwiderte er. Hatte das abfällig geklungen? Er musste sich zusammennehmen. »Nur, dass Sie die Neun wählen müssen, um eine Verbindung nach draußen zu bekommen. Wenn Sie die Rezeption erreichen wollen, wählen Sie die Null.« Er legte den Hörer wieder auf und trat dann gleich zum Wecker. »Haben Sie sonst noch Wünsche?«

Mr G lächelte. Jem erwiderte das Lächeln. Er und Mr G lächelten einander an.

»Nein«, entgegnete Mr G. »Danke für Ihre Hilfe.« Er

griff in seine Tasche, brachte aber nur wenige Pennys und einen Dime hervor. »Ich sehe Sie später noch.«

Jem winkte ab. »Keine Sorge. Es war mir ein Vergnügen, Ihnen zu helfen und Ihnen zu begegnen. Ich meine, es war nett, Sie kennen zu lernen. Toll!« Jem zog sich durch die Tür auf die Veranda zurück. Er winkte Mr G zu. »Geben Sie mir Bescheid, wenn Sie etwas brauchen.«

Mack war nicht im Büro, aber durch den Türspalt sah Jem, dass Bill lesend an seinem Schreibtisch saß. Bill war ein Fan von Gedichten, und die Hälfte der Zeit, die er in seinem Büro verbrachte, arbeitete er nicht, sondern las, schloss dann die Augen und versuchte, das Gelesene aus dem Gedächtnis zu rezitieren. Es erstaunte Jem, dass Bill über Mr Gs Ankunft überhaupt nicht aufgeregt schien. Vielleicht wusste er es nicht einmal. Jem klopfte an Bills Tür. »Bill? Ich wollte Ihnen nur sagen, dass Mr G eingetroffen ist und ich ihn zu seinem Zimmer gebracht habe.«

Bill zog die Augenbrauen zusammen. »Okay«, sagte er. »Danke, dass du mich auf dem Laufenden hältst.«

Love kam ins Büro. »Er telefoniert, seit er hier ist«, flüsterte sie. Ihre Wangen waren gerötet. Love sprach immer von den hohen Tieren, die sie in Aspen sah – Ed Bradley, Sean Connery, Elle McPherson. Aber selbst Love war von Mr G beeindruckt. Sie stemmte die Hände in die Hüften. »Das sieht nicht sehr nach Urlaub aus«, sagte sie. »Er ist am Nachmittag hier, dann Abendessen mit Freunden, und dann reist er morgen in aller Frühe ab, der arme Kerl.« Love kehrte wieder zu ihrem normalen Selbst zurück. »Ich frage mich, ob er seine Badehose mitgebracht hat. Das würde ich gerne sehen. Mr G – in Badehose.«

Das Faxgerät piepste und warf einige Seiten aus. Love

sah nach. »Natürlich für Mr G«, verkündete sie. Sie trug die Faxinformation in ihr Notizbuch ein und reichte die Seiten dann Jem. »Möchtest du die Honneurs machen?«

Jem ging zu Zimmer 6, die Faxseiten zitterten in seiner Hand. Er fragte sich, was passieren würde, wenn er die Seiten losließ. Was wäre, wenn er dafür verantwortlich wäre, dass Mr Gs Fax verweht würde? Das war eine schreckliche Vorstellung. Er wollte das Fax lesen, aber er war gut genug erzogen, um die Privatsphäre des Mannes zu respektieren. Er widerstand dem Drang, einen Blick auf das Impressum zu erhaschen.

Jem klopfte an die Tür. »Jeremy Crandall hier«, rief er mit fester Stimme.

Die Tür wurde geöffnet. Mr G hatte den Telefonhörer am Ohr. Er trug immer noch seinen Anzug. Er sah Jem fragend an und Jem hielt ihm die Faxseiten hin. Mr G nahm das Fax, warf einen Blick darauf und griff in seine Hosentasche. Er nahm dieselben Münzen wie zuvor erneut heraus, schüttelte den Kopf und reichte sie Jem dann.

»Danke«, sagte Jem. Als er ins Foyer zurückkehrte, sah er nach. Mr G hatte ihm dreizehn Cents gegeben.

An diesem Abend aß Jem drei Sandwiches mit Erdnussbutter, trank zwei Dosen lauwarme Sprite und schrieb den ersten Brief nach Hause. Jems Vater war in Falls Church ein berühmter Mann. Er war der Besitzer des *Locked Tower*, Mitglied im Rotary Club und im Kiwanis Club. Ein Vorzeigebürger. Jem hätte diese Art Ruhm auch erringen können. Aber – und er schämte sich, es zu sagen – er wollte Größeres. Er strebte nach Höherem.

»Mein Job läuft gut«, schrieb Jem, »und ratet mal, wer heute im Hotel angekommen ist. Mr G!« Jem wollte seinen Eltern zeigen, dass er fern von zu Hause leben, einen Job ausüben und gut zurechtkommen konnte. »Er hat mir dreizehn Cents Trinkgeld gegeben.« Wenn Jem seinen Vater mit Neuigkeiten versorgte, die er im *Locked Tower* weitergeben konnte – und Mr G war gewiss eine Neuigkeit –, hätten seine Eltern vielleicht nicht mehr ganz so viel dagegen, wenn er das Thema Kalifornien aufbrachte. Lacey Gardner sagte Jem, er solle nicht beachten, was seine Eltern dachten. Auch wenn er das extrem fand, war eines klar: Er würde nach Kalifornien gehen, ob es seinen Eltern gefiel oder nicht.

Dann dachte Jem an seine Schwester Gwennie. Sie aß das gebratene Hühnchen, die gegrillten Steaks, den Schokoladenkuchen und verschwand dann nach dem Essen ins Badezimmer oben im Haus oder nach draußen – gleichgültig wie streng Jems Eltern sie beobachteten – und erbrach alles wieder. Gwennie hatte die Gesetze der ständigen Bewegung neu erfunden. Wenn sie am Telefon mit ihren Freundinnen sprach, ging sie im Haus auf und ab. Sie ging mitten in der Nacht joggen, während ihre Eltern schliefen. Sie aß im Stehen, und wenn sie im Sitzen essen musste, kreuzte sie unter dem Tisch ständig die Beine und löste sie wieder. Nur der Gedanke daran machte Jem schon erschöpft und traurig.

»Alles in allem geht es mir gut«, schrieb er. »Ich denke, ich werde in diesem Sommer eine Menge lernen.« Das würde seiner Mutter gefallen. »Ich vermisse euch. Herzliche Grüße, Jem.«

Jem schickte den Brief am nächsten Morgen auf seinem Weg zur Arbeit ab. Er hatte noch immer die dreizehn Cents in der Tasche. Er könnte diese dreizehn Cents vielleicht einfach den ganzen Sommer über mit sich herumtragen, als Glücksbringer. Als Jem sich dem Club näherte, sah er Mr G auf der Vordertreppe des Foyers stehen. Jem sah auf seine Uhr. Es war fünf vor acht. Mack stand mit einem Karton Doughnuts neben Mr G.

»Jem!«, rief Mack.

Jem lief zur Vorderveranda des Foyers. Aber etwas stimmte nicht. Sowohl Mack als auch Mr G wirkten aufgebracht.

»Hast du für Mr G den Wecker gestellt – gestern Nachmittag?«, fragte Mack.

Jems Gedanken schwammen durch trübes Wasser zum gestrigen Nachmittag zurück. Er hatte ihn doch gestellt, oder? O Gott, sein Leben war vorbei! Aber er erinnerte sich genau, dass er auf der Bettkante gesessen und die Plastikknöpfe gedrückt hatte. Dass er den Wecker auf sechs Uhr fünfzehn gestellt hatte. Mr G hatte doch sechs Uhr fünfzehn gesagt, oder?

»Er hat nicht geklingelt«, sagte Mr G ruhig. Er schaute gen Himmel. »Ich brauche wohl nicht zu erwähnen, dass ich anrufen und den Termin mit dem Präsidenten absagen musste.«

Mit dem Präsidenten? Der Vereinigten Staaten? Jem griff sich an den Magen. »Oh, Sir«, stammelte er. »Das tut mir Leid.«

»Ihre Reue bringt mich allerdings nicht vor einer Stunde in mein Flugzeug. Ihre Reue entschädigt mich nicht für den Präsidenten.«

Ein Taxi fuhr vor dem Hotel vor. Jem griff nach Mr G's Koffer, doch Mack kam ihm zuvor. »Ich nehme ihn«, sagte er. »Geh und warte in meinem Büro auf mich.«

Wenige Minuten später schlurfte Jem hinter Mack durch den Sand zu Zimmer 6.

»Ich habe dich im Vorstellungsgespräch gefragt, ob

du einen Wecker stellen kannst«, sagte Mack. »Und du hast mir versichert, du könntest es. Erinnerst du dich?«

»Ja«, gab Jem niedergeschlagen zu. Er dachte an den Brief an seine Eltern und wünschte, er hätte ihn nicht abgeschickt. Jem stellte sich seine Mutter im *Giant* vor, wie sie ihren Einkaufswagen durch die Lebensmittelabteilung schob und jedermann erzählte, dass Jem Mr G begegnet sei. Allerdings wusste sie nicht, dass Jem alles total vermasselt hatte, dass er ganz allein Mr G's Treffen mit dem Präsident der Vereinigten Staaten versiebt hatte.

In Zimmer 6 überprüfte Mack den Wecker.

»Er ist auf sechs Uhr fünfzehn gestellt«, sagte Mack und Jem fühlte sich eine Sekunde lang rehabilitiert. Dann fügte Mack hinzu: »Sechs Uhr fünfzehn abends. Der Wecker muss geklingelt haben, während Mr G beim Essen war.«

»Ich werde mich schriftlich entschuldigen«, versicherte Jem. »Ich werde mich sofort hinsetzen und schreiben.«

»Tu das nicht«, erwiderte Mack. »Ich möchte nicht, dass du diesem Mann noch mehr Zeit stiehlst. Okay, Jem? Aber sieh zu, dass du deinen Kopf anstrengst. Sorge dafür, dass ich mir nicht so bescheuert vorkomme, weil ich dich eingestellt habe. Und jetzt geh an deine Arbeit.«

Jem saß auf einer Bank vor dem *Stop & Shop* und aß ein gebratenes Hähnchen. Es war Montag, sein freier Tag, und er hatte wieder ein miserables Wochenende gehabt. Der Vorfall mit Mr G bedrückte ihn so sehr, dass er keine Lust hatte auszugehen. Es war der fünfzehnte Juni, und Jem hatte keine Bar mehr von innen gesehen, seit er und Vance im Mai, bevor das Hotel eröffnete, im *Chicken Box* Billard gespielt hatten. Er vermutete, dass er vielleicht ein paar Mädchen treffen würde, wenn er ausginge, aber er war zu schüchtern, um allein in Bars zu gehen. Sein Vater hatte immer gesagt, dass jemand, der allein in eine Bar ging, zum Trinken dorthin ging, *und du weißt, was das bedeutet.*

War das etwas anderes, als allein vor dem Lebensmittelgeschäft zu sitzen, allein Hähnchen zu essen oder allein an den Strand zu gehen? Jem fühlte sich wie ein Versager – er hatte seinen einfachen Job vermasselt und hatte nach fünf Wochen auf der Insel noch immer keine Freunde gefunden. Wenn es ihm auf Nantucket schon so erging, wie zum Teufel wäre es dann erst in Kalifornien?

Der Parkplatz des *Stop & Shop* war knallvoll: Wagen standen an der Einfahrt Schlange und bogen auch in einer Reihe in die Pleasant Street ein. Das waren vermutlich die Sommergäste, die kamen, um ihre Schränke mit Wassermelonen, Hamburger-Brötchen und Eis am Stiel aufzufüllen.

Jem kaute auf einem Hähnchenbein und beobachtete, wie eine Frau einen Einkaufswagen mit ungefähr fünfzig Tüten und einem kleinen Mädchen zu ihrem Isuzu Trooper schob. Sie lud die Einkäufe ein, die vermutlich so viel gekostet hatten, wie Jem in einer Woche verdiente. Der Einkaufswagen mit dem Baby rollte gerade in dem Moment rückwärts, als ein paar College-Mädels in einem roten Cherokee um die Ecke fuhren. Jem rannte vor dem Cherokee vorbei, so dass der Wagen ruckartig anhalten musste. Jem schob den Einkaufswagen näher zum Isuzu, obwohl er gekränkt erkannte, dass der Einkaufswagen nicht wirklich im Weg gewesen war.

»Passen Sie auf, wo Sie hinfahren«, sagte er zu den Mädchen. »Und fahren Sie langsamer.«

Die Fahrerin erwiderte: »Nur zu Ihrer Information –

ich habe aufgepasst, wo ich hinfuhr. Ich hätte den Einkaufswagen nicht einmal annähernd getroffen.«

Die Mutter des Babys wandte sich um und sah, dass Jem den Einkaufswagen festhielt.

»Was ...?«, fragte sie. Ihr Blick ruhte auf Jems Fingern, die um den Griff des Einkaufswagens geschlossen waren. Jem fing an zu schwitzen. Es waren ungefähr vierzig Grad in der Sonne und sein Gesicht und seine Hände glänzten vor Hähnchenfett. Er stellte sich vor, wie er den Einkaufswagen ergriff, der seinen schmierigen Fingern entglitt und genau vor den Cherokee rollte, wodurch er nicht zum Retter, sondern zum Mörder eines Babys würde. Er musste wirklich achtsamer sein. Achtsamkeit – wie erreichte man sie?

»Es tut mir Leid«, sagte er. »Diese Mädchen hätten beinahe Ihren Einkaufswagen angefahren. Ihr Baby.«

Die Frau sah ihn ausdruckslos an, und Jem spürte das unangenehme Gefühl, das ihn auch befiel, wenn er auf ein Trinkgeld von einem der Hotelgäste wartete. Er ging davon. Er kehrte zu seiner Bank zurück und fand Maribel neben dem unordentlichen Haufen Servietten und Hähnchenknochen sitzend vor.

»Sind Sie gerade damit beschäftigt, die Welt zu retten?«, fragte sie.

»Moment«, sagte Jem. Das war genau das, was er mit der Achtsamkeit gemeint hatte. Wo war Maribel hergekommen? »Haben Sie das gesehen?«

»Mutig und heldenhaft. Diese junge Frau ist beeindruckt.« Sie rückte einen Rucksack zu ihren Füßen zurecht. »Also, was machen Sie hier?«

»Heute ist mein freier Tag«, antwortete Jem. »Ich will zum Strand.«

»Ich auch«, sagte Maribel. »Die Bibliothek hat montags geschlossen.«

Maribel trug Jeans-Shorts und ein gelb geblümtes Bikinitop. Ihr blondes Haar war zu einem Knoten geschlungen. Jem erblickte hellblonde Haare auf der Oberseite ihrer Oberschenkel.

»Treten Sie auf?«, fragte er. »Singen? Tanzen? Jonglieren?«

Maribel lachte. »Nein, warum? Sitzen Sie nur mit Leuten auf Bänken, wenn sie ein spezielles Talent haben?«

»Ich dachte nur, Sie könnten vielleicht meine erste Klientin werden«, sagte Jem. »Wissen Sie, ich dachte, Sie brauchten vielleicht einen Agenten.«

»Ich arbeite als eine Art Bibliothekarin«, sagte Maribel. »Ich bin nicht wirklich Bibliothekarin. Ich bin nicht gescheit oder systematisch genug für eine Bibliothekarin. Ich organisiere nur Wohltätigkeitsveranstaltungen. Ich bitte Menschen um Geld, und wenn ich das Geld bekomme, überlege ich, wie ich es ausgeben kann. Also, brauche ich einen Agenten? Ja, ich brauchen einen. Einen Strandagenten.«

»Ich bin wirklich ein sehr guter Strandagent«, entgegnete Jem.

»Heißt das, dass Sie mir eine kurzweilige Zeit garantieren können, solange ich dort bin?«, fragte Maribel. »Was verlangen Sie?«

»Fünfzig Prozent. Der kurzweiligen Zeit.«

»Okay«, sagte Maribel und warf sich den Rucksack über die Schulter. »Gehen wir.«

Maribel fuhr einen Jeep Wrangler, genau wie der von Mack, nur neuer. Er war schwarz und innen knallheiß. Jems Beine klebten auf dem Vinylsitz.

Maribel fuhr vom Parkplatz und sagte: »Frage ich oder frage ich nicht? Wie gefällt Ihnen die Arbeit?«

»Sie ist großartig«, sagte Jem und versuchte, begeistert zu klingen. Normalerweise fühlte sich Jem in Gegenwart von Frauen wohl, aber bei Maribel würde er aufpassen müssen, was er sagte. Mit ihr zu reden war dasselbe, wie mit Mack zu reden.

»Mögen Sie Bill und Therese?«, fragte Maribel.

»Ich sehe sie fast nie«, erwiderte Jem. »Bill sitzt in seinem Büro und liest, und Therese ist damit beschäftigt, die Zimmermädchen herumzuscheuchen. Sie nimmt die Mädchen hart ran.«

»Therese ist als Sklaventreiberin bekannt«, sagte Maribel.

»Vermutlich haben Sie schon gehört, dass sie mich hasst.«

»Nein, gab Jem zurück. »Das hatte ich noch nicht gehört.«

»Früher war zwischen uns alles in Ordnung, aber seit Cecily auf die High School geht – Cecily ist ihre Tochter, wissen Sie –, ist Therese hartnäckig darauf aus, Cecily und Mack zusammenzubringen. Und er ist zwölf Jahre älter als sie! Es ist lächerlich.«

»Denken Sie, Mack würde je darauf eingehen? Sie wissen schon, um einen Teil des Beach Club zu bekommen und so?«

»Nein«, erwiderte Maribel scharf, »das glaube ich nicht.«

»Tut mir Leid«, sagte Jem. Er sollte einfach den Mund halten! »Ich wollte damit nicht sagen, dass er nachgeben sollte. Verdammt, nein! Sie beide geben ein großartiges Paar ab. Wie lange sind Sie schon zusammen?«

»Sechs Jahre«, antwortete Maribel.

»Haben Sie vor zu heiraten?«

»Nein. Wir haben nicht vor zu heiraten.« Maribel hielt inne. »Wissen Sie, was das Komische mit Cecily ist? Sie und ich sind gute Freundinnen. Alles könnte so schön sein, wenn Therese sich einfach zurückhalten würde.«

»Oh«, sagte Jem.

»Schon gut. Das ist einfach Geschäftspolitik. Sie tun gut daran, sich da rauszuhalten.« Sie bogen an der High School links ab. »Erzählen Sie, haben Sie eine Freundin?«

»Ich?«, frage Jem. »Nein, im Moment nicht.«

»Sind Sie auf der Insel denn noch niemanden begegnet, ein so gut aussehender Bursche wie Sie? Mr November?«

Er hatte den Mund während des Vorstellungsgespräches zu voll genommen, und das würde ihn nun ewig verfolgen. »Ich bin nicht viel aus gewesen.«

»Cecily kommt nächste Woche nach Hause«, sagte Maribel. »Vielleicht werden Sie sie mögen.«

»Ich weiß nicht«, bemerkte Jem. »Ich lasse mich nicht gerne verkuppeln.«

Maribel tätschelte sein Knie. Jem empfand bei der Berührung eine Art Erregung und machte sich sofort Sorgen. Was machte er zusammen mit der Freundin seines Chefs? Maribel bog in einen Sandweg ein. Der Jeep begann heftig auf und ab zu schaukeln.

»Wohin fahren wir?«, fragte er.

»Nach Miacomet«, sagte sie. »Links taucht gerade der Teich auf.«

Jem schaute aus Maribels Fenster. Er sah Rohrkolben und Dünengras um den Teich herum, sowie einige wilde Schwertlilien und eine Amsel mit roten Flügeln.

»Das ist einer meiner Lieblingsplätze«, sagte sie. »Und der Strand ist auch phantastisch – sehr friedlich. Es ist ein FKK-Strand.«

Jem atmete tief durch. Ein *FKK-Strand?* »Moment,

ich bin hier der Strandagent. Ich weiß nicht, ob das im Vertrag steht.«

»Macht es Sie nervös?«, fragte Maribel. »Denn dann können wir auch woanders hingehen.« Aber sie machte keinerlei Anstalten, das Tempo zu drosseln.

»Also …«

»Sie können ihre Badehose anbehalten«, sagte sie. »Das tue ich manchmal auch. Ich sage Ihnen was – ich werde es heute auch tun, wie wäre das?«

Jetzt fühlte sich Jem kindisch. Was war denn schon falsch an einem FKK-Strand?

»Wie Sie wollen«, sagte er.

Maribel zuckte die Achseln. »Okay.«

Sie lenkte den Jeep über die Dünen auf den Strand. Sie hatte Recht – es war friedlich hier. Der Strand war ein lagern Streifen praktisch verlassener Sand – weit zur Linken sah Jem die vielen Menschen an der Surfside, wo er üblicherweise hinging. Die Wellen waren hier gewaltig und das Wasser flaschengrün. Hinter ihnen konnte Jem nur blauen Himmel und Dünengras sehen. Das war die wahre Goldküste. Er begann sich zu entspannen.

Maribel breitete eine Decke aus, streifte die Shorts ab und setzte sich. Sie winkte Jem zu sich. »Kommen Sie«, sagte sie. »Ich habe etwas zum Mittagessen dabei.«

Jem setzte sich zögernd auf den Rand der Decke. Er zog das Hemd aus und betrachtete seine Bauchmuskeln. Er machte jeden Abend vor dem Schlafengehen hundert Sit-ups, was sich allmählich auszahlte. »Danke, aber ich habe bereits Hähnchen gegessen.«

»Ich habe genug für ungefähr sechzig Leute eingepackt«, sagte Maribel. »Und ich bin eine gute Köchin, falls Sie es noch nicht gehört haben.« Sie wickelte eine Sandwich aus und reichte Jem die Hälfte. »Hier, das ist Prosciutto und Feige.«

Das Sandwich war köstlich, so köstlich, wie Jem noch nie vorher eines gegessen hatte.

»Schmeckt es Ihnen?«, fragte Maribel.

Er kaute zu Ende. »Das ist das beste Sandwich, das ich je gegessen habe.«

»Sie können mein Sandwich-Agent sein.«

»Genau!«, sagte Jem. »Genau, Ihr Sandwich-Agent.« Eine alte Frau ging vorbei, nackt. Sie lächelte Maribel und Jem zu und wanderte den Strand hinab.

»Sehen Sie, es ist nichts dabei. Es ist ein freier und ungezwungener Ort.« Maribel nahm noch mehr Essen aus ihrem Rucksack: selbst gemachte Kartoffelchips, kleine, violette Trauben und Brownies.

»Überhaupt nicht mit dem Hähnchen bei *Stop & Shop* zu vergleichen«, stellte Jem fest. »Und es nimmt kein Ende. Wo haben Sie so kochen gelernt?«

»Ich habe es mir selbst beigebracht«, antwortete Maribel. Sie warf den Seemöwen ein Stück Brot zu. »Meine Mutter hat den ganzen Tag gearbeitet, und wenn sie nach Hause kam, war sie zu erschöpft, um noch viel zu tun. Ich hatte meist das Abendessen für sie fertig. Ich habe das Haus geputzt und auch die Wäsche gewaschen. Meine Mutter nannte mich ihre Hausfrau. Und ich habe es als praktische Übung angesehen.«

»Übung?«

»Für den Fall, wenn ich selbst heirate«, präzisierte Maribel.

»Also wollen Sie heiraten«, sagte Jem.

»Was soll das bedeuten?«, fragte sie.

Jem war ins Fettnäpfchen getreten und hatte es nicht einmal bemerkt. »Nichts. Es bedeutete nichts. Tut mir Leid.« Wo war bloß sicherer Boden? Er aß sein Sandwich auf und leckte sich die Finger ab, und dann, bevor er es verhindern konnte, dachte er darüber nach, wie es wäre, selbst mit Maribel verheiratet zu sein, und wie Ehrfurcht gebietend das wäre, viel mehr, als er es sich in seinen wildesten Träumen vorstellen könnte.

»Wissen Sie noch, wie Sie mich vorhin nach der Arbeit gefragt haben?«, fragte Jem. »Ich frage mich gerade, ob Mack jemals etwas darüber sagt, wie ich mich mache?«

»Eigentlich nicht wirklich. Er hat mir nur von Mr G erzählt.«

»Tatsächlich?«

»Ja, und ich verstehe die Aufregung nicht. Der Mann war also eine Stunde zu spät dran. Und er musste dem Präsidenten absagen. So was kommt vor. Ich wette, bis mittags hatte er das alles längst vergessen.«

»Da ist auch noch diese andere Sache passiert«, sagte Jem. »mit dieser Frau, Mrs Worley. Ich bin in ihr Badezimmer spaziert und sie hat angefangen zu weinen.«

Jem hatte erwartet, dass Maribel lachen würde, so wie Mack es getan hatte, aber das tat sie nicht.

»Als ich noch ein kleines Mädchen war, spazierte ich in einem Restaurant in die Herrentoilette, und ich sah die Männer an den Pissoirs stehen. Ich wusste nicht, dass Männer im Stehen pinkeln. Ich habe keine Brüder und mein Vater war nie da. Ich wusste es einfach nicht. *Das* war ein Schock.«

»Also gab es nur Sie und Ihre Mutter?«, fragte Jem.

»Meine Mom war erst neunzehn, als sie mich bekam. Ja – wir waren nur zu zweit.« Maribel ließ sich auf die Decke zurückfallen. »Zeit für ein Nickerchen.« Sie rollte sich auf die Seite und stützte den Kopf mit einem Arm ab. »Ich werde mein Top ausziehen, wenn Sie nichts dagegen haben.«

»Warten Sie. Sie sagten …«

Sie legte eine Hand auf seinen Arm und er verspürte erneut Erregung.

»Wir brauchen Mack nicht zu erzählen, dass wir uns getroffen haben«, sagte sie.

»Nein?« Es gefiel ihm nicht, worauf das hinauslief: Lügen, Heimlichkeit, ein Geheimnis vor seinem Chef. Aber Jem war so glücklich, neben Maribel sitzen zu können, dass es ihn nicht kümmerte. »In Ordnung«, sagte er.

Maribel löste ihr Bikinitop und zog es sich über den Kopf. Jem betrachtete ihre Brüste. Er wusste, dass sie wollte, dass er sie betrachtete und bewunderte, genauso wie er ihr Essen bewundert hatte. Sie waren genau wie alles Übrige an Maribel – heiter, keck, prachtvoll. Sie hatten die Größe von Teetassen mit blassrosafarbenen Brustwarzen. Sie nahm eine Flasche Sonnenmilch aus ihrem Rucksack und rieb sich ein. Innerhalb einer Minute bekam Jem eine schmerzhafte Erektion, die durch seine Badehose drängte. Er drehte sich rasch auf den Bauch.

»Zeit für ein Nickerchen«, sagte er.

Er schloss die Augen und versuchte, an andere Dinge zu denken, die nichts mit Maribel zu tun hatten, und die nicht Maribels Brüste und deren unsägliche rosige Farbe und Weichheit betrafen. Es überraschte ihn selbst, dass er einschlief. Als er wieder aufwachte, war es so, als tauche er aus einem heißen, dunklen Tunnel auf. Er hob den Kopf. Maribel lag auf dem Bauch und las. Das Top fehlte immer noch.

»Was lesen Sie?«, fragte Jem.

Sie zeigte ihm kurz das Cover. »*The Collected Stories of John Cheever*«, antwortete sie. »Und da passieren jede Menge Betrügereien.«

»Wirklich?«, fragte Jem. Was sollte *das* bedeuten? »He, möchten Sie schwimmen gehen?«

»Klar«, entgegnete sie. Er war dankbar, dass sie ihr Top wieder anzog und zuband. Als Jem so weit war, lief er zum Wasser. Maribel jagte ihm nach. Das Wasser war eiskalt, aber das war in Ordnung. Er brauchte eine Abkühlung. Maribel tauchte unter, und als sie wieder auftauchte, kreischte sie.

»Das ist toll!«, rief Jem. Eine Woge rollte über ihn hinweg.

»Nächster Halt, Portugal!«, sagte Maribel. Sie tauchte erneut unter und kam unmittelbar neben ihm wieder hoch. »Die Strömung ist hier gefährlich stark«, erklärte sie. »Ich will nicht zu weit von Ihnen forttreiben.«

»Ich will auch nicht, dass Sie weit forttreiben«, sagte Jem. Er berührte Maribels Stirn. Ihr Haar glänzte. Gott, war sie hübsch! Wäre sie jemand anderes, würde er vielleicht spielerisch ihren Bikini öffnen. Er würde vielleicht untertauchen und mit ihr auf dem Rücken wieder auftauchen. Er würde sie vielleicht einfach halten und in seinen Armen wiegen, während die Wogen über sie hinwegrollten. Aber sie war niemand anderes. Sie war Maribel.

»Möchten Sie nicht einmal sonntags zum Essen kommen?«, fragte Maribel.

Das war genau die Einladung zum Essen, auf die Jem gewartet hatte, und doch fühlte er sich jetzt unbehaglich. »Sonntag ist der Tag, an dem Mack bei Lacey isst«, stellte er fest.

Maribel schaute blinzelnd zum Strand. »Ja.«

»Also wären wir allein?«, fragte Jem.

»Sie dürfen gern in Begleitung kommen«, sagte Maribel.

»Ich habe niemanden zur Begleitung«, entgegnete er. »Würden Sie es Mack sagen, wenn ich zum Essen käme?«

»Möchten Sie, dass ich es ihm sage?«

Er nahm einen Mund voll salziges, grünes Wasser und spuckte es wieder aus. »Ich weiß nicht.«

»Was halten Sie davon, wenn wir das eine Freundschaft nennen«, sagte Maribel. »Es sei denn, Sie wären immer noch entschlossen, mein Agent zu sein, wodurch es eine Geschäftsbeziehung wäre. Würden Sie sich dann besser fühlen?«

»Ja«, sagte Jem.

»Also, kommen Sie irgendwann zum Essen?«, fragte sie.

»Okay«, antwortete Jem.

»Wunderbar!« Sie ließ sich von der nächsten Woge bis zum Strand tragen, wo sie auf Händen und Knien angespült wurde. Jem beobachtete, wie sie sich aufrappelte, den Sand von den Beinen strich und zur Decke zurücklief. In dem Moment hoffte Jem, dass sie Mack nichts von ihrem gemeinsamen Tag erzählen würde. Es war bei weitem Jems bester Tag auf Nantucket – gut genug, um allen Unsinn auszulöschen, der dem vorangegangen war, und Jem wollte die Erinnerung daran ganz für sich behalten.

4

Sommersonnenwende

20. Juni

Lieber S. B. T.,
auf die Gefahr hin, dass es lächerlich stolz klingt, werde ich Ihnen erzählen, dass Therese und ich am 18. Juni nach Concord, Massachusetts, gereist sind, wo wir an der Abschlussfeier unserer Tochter Cecily vom Middlesex-College teilnahmen. Sie schlenderte wie ihre Klassenkameraden über den gepflegten Rasen, stach aber hervor wie ein leuchtender Stern. Cecily ist bereits eine junge Frau, weitaus reife und weltklüger als ihresgleichen. Sie ist unser Stolz und unsere Freude, und ich bin sicher, Sie werden verstehen, dass ich den Beach Club um ihretwillen niemals verkaufen werde. Haben Sie Kinder, S. B. T.? Sie haben noch nie Kinder erwähnt. Die Antwort auf diese Frage würde mich interessieren, wenn Sie bereit sind, es zu verraten.

Herzlich,
Bill Elliott

Am einundzwanzigsten Juni war Sommeranfang. Die Sonne schien länger, die Restaurants öffneten an sieben Abenden pro Woche, und die Bars waren von College-Schülerinnen bevölkert, die, wie Vance bemerkte, dieses

Jahr blau lackierte Zehennägel und Tattoos trugen. Der wöchentlich erscheinende *Inquirer and Mirror* brachte die ersten Beilagenausgabe der Zeitung in dieser Saison heraus. Das *Stop & Shop* war ein solches Tollhaus, dass die Geschäftsleitung den Laden vierundzwanzig Stunden geöffnet hielt, was bedeutete, dass Vance seine Frühstücksflocken und Fleisch für das Mittagessen um drei Uhr nachts kaufen konnte, wenn er wollte. Die gepflasterten Straßen der Stadt waren verstopft mit Autos, die von der Fähre kamen, Fahrradfahrern und Fußgängern sowie Leuten, die Karten studierten und die Straßen überquerten, ohne hinzusehen. Wer waren all diese Menschen? Die Insel wurde von Range Rovern aus Connecticut überschwemmt (das klang wie ein Klischee, aber Vance schwor, dass es stimmte. An diesem Morgen zählte er auf der Main Street nicht weniger als drei Range Rover, alle mit dem besagten blauen Nummernschild). Die Steamship Authority verfügte über sechs Schiffe, die täglich in beide Richtungen fuhren, und auf dem Flughafen von Nantucket war mehr Betrieb als auf dem Logan in Boston. Die blühenden Kletterrosen und Hortensien sorgten für Verkehrsbehinderungen. Vance hörte durchs geöffnete Fenster, wie Frauen ausriefen: »Sieh nur, die hübschen Blumen!«

Es war allgemein üblich, sich über die Touristen zu beklagen, und so beschloss Vance, sie einfach anzunehmen. Er winkte den Menschen in den langen Schlangen vor der *Juice Bar* und dem *Brotherhood* zu und wies einer Familie auf Fahrrädern den Weg – der Mann hantierte chaotisch mit der Landkarte, die Mutter hatte ein Baby auf ihrem Schwinn-Fahrrad in einen Kindersitz gequetscht und drei Kinder dahinter und sagte: »Schatz, warum fragst du nicht jemanden, ob wir auf dem Weg zu einem Strand sind? Hier, frag diesen netten Herrn.«

Touristen bedeuteten für Vance eines: Geld. Er hatte von den Hotelgästen schon hübsche Trinkgelder eingestrichen, besonders seit Jem ständig alles vermasselte. Dadurch stand Vance gut da. Der 21. Juni, die Sommersonnenwende, war auch der Tag, an dem der Beach Club eröffnete. Das bedeutete, dass nun einhundert Beach Club-Mitglieder über das Geländer ausschwärmen würden. Die Mitglieder wollten *ihren* speziellen Sonnenschirm an *ihrem* speziellen Platz am Strand. Einige Mitglieder saßen schon seit vierzig oder fünfzig Jahren am selben Fleck. (Vance hatte ausgerechnet: Wenn jemand fünfzig Jahre lang während der zehn Sommerwochen viermal pro Woche in den Beach Club kam und sechs Stunden pro Tag blieb, dann bedeutete das *zwölftausend Stunden* Sitzen am selben Fleck.) Einer der Vorteile der Eröffnung des Beach Club war, dass Vance zwei weitere Lakaien zum Herumkommandieren hatte. Mack stellte zwei Beach Boys namens Kevin und Bruce ein, die ganz genauso aussahen wie alle anderen Beach Boys, die Vance während der Jahre erlebt hatte – pickelige, schnippische Schüler einer privaten Vorbereitungsschule für die Uni, die mit Glück in den ruhigsten Job auf der Insel hineingerutscht waren. An diesem Morgen wollte Vance die Jungs erschrecken, damit sie nicht nur Respekt vor ihm hätten, sondern auch jedes Mal zusammenzucken würden, wenn sie ihn kommen sahen. Sie warteten um Punkt acht Uhr vor der Eingangshalle. Ein gutes Zeichen. Vance parkte seinen Datsun 300ZX, den die beiden Jungen sich anerkennend ansahen. Ein weiteres gutes Zeichen. Als er ausstieg, starrten sie nervös auf seinen geschorenen Kopf. Ausgezeichnet. Vance biss sich auf die Zunge, um nicht zu grinsen.

»Seid ihr die Beach Boys?«, fragte er.

»Mann, könnten Sie uns anders nennen?«, bat der

größere, dünnere Junge. »Ich möchte nicht mit irgendeiner abgefuckten 60er-Jahre-Band in Verbindung gebracht werden.« Der Junge trug eine South-Carolina-Cocks-Kappe, ein weiteres beliebtes Accessoire. Mit einer blitzschnellen Bewegung traf Vance den Schirm der Kappe und schnipste sie dem Jungen vom Kopf. Der Junge zuckte zurück. Sein Haar war wirr, als hätte er es am Morgen nicht einmal gekämmt.

»Bist du Kevin oder Bruce?«, fragte Vance.

»Bruce.«

»Bruce, ich will dir was sagen: Beach Boy werden schon Beach Boys genannt, seit der Club 1924 eröffnet hat. Und weißt du was, Freundchen? Wir werden es für dich nicht ändern. Kapiert?«

Bruce bückte sich und hob seine Kappe auf, während Kevin, der rundlicher war und mehr Pickel hatte, Vance mit großen Augen ansah. Das war ein guter Start.

Vance führte die Jungen an Lacey Gardners Häuschen vorbei zum Sonnenschirm-Raum.

»Das sind die Strandsonnenschirme«, erklärte er. »Sie kosten einhundertsechzig Dollar pro Stück. Wenn ihr einen Sonnenschirm aus Nachlässigkeit kaputtmacht, wird euch dieser Betrag abgezogen, plus der Summe, die es kostet, die Dinger zur Reparatur zurück nach Südfrankreich zu verschiffen, wo sie gefertigt werden.« Das stimmte nicht, aber Vance hatte festgestellt, dass es nicht so viele beschädigte Sonnenschirme gab, wenn er es behauptete. »Die Sonnenschirme sind in Grün, Blau und Geld unterteilt. Manchmal wollen Mitglieder eine bestimmte Farbe. Ihr werdet euch merken müssen, wer diese Leute sind und welche Farbe sie verlangen. Ich will keine Beschwerden von stinkwütenden Clubmitgliedern hören, weil sie Blau statt Gelb bekommen haben. Kapiert?«

Kevin kratzte sich am Kinn. »Wie erkennen wir, welche welche sind?«

»Ich werde es euch beibringen«, entgegnete Vance. Er hievte sieben Sonnenschirme auf seine Schulter. »Folgt mir.«

Die Sonne schien und verströmte bereits Hitze. Vance hob das Gesicht. Seit Thailand hatte er eine Art verrückte Sonnensucht. Er konnte nicht genug davon bekommen. Aber eigentlich war ein warmer, sonniger Sommeranfang eine üble Geschichte. Der Beach Club wäre dann stark bevölkert, und weil die Beach Boys brandneu waren, würde Vance alle einhundert Sonnenschirme selbst aufstellen müssen.

»Also«, sagte Vance, »so stellt man einen Sonnenschirm auf. Passt genau auf.« Er hielt die Spitze hoch. »Das ist der untere Teil des Sonnenschirms, der Teil, der in den Sand getrieben wird. Er ist scharf, wie ihr sehen könnte, und darum müsst ihr sicherstellen, dass ihr ihn tief genug hineintreibt. Ich will euch nichts über Sonnenschirme erzählen, die der Wind davonweht, weil irgendein Beach Boy Murks gemacht hat. Könnt ihr euch vorstellen, wie es ist, wenn man diese Spitze ins Gesicht bekommt?« Er sprach leiser. »Oder in die Eier?«

Bruce verzog die Lippen, und Kevin wirkte, als würde er gleich sein Frühstück von sich geben. Vance biss sich erneut auf die Zunge. Dann hob er die Spitze an und rammte sie schwungvoll in den Sand.

»Stellt euch vor, der Sand wäre eure Ex-Freundin«, sagte er.

»Oder verdammt – stellt euch vor, ich wäre es.« Sehr häufig stellte sich Vance vor, der Sand wäre Mack. »Dann wackelt mit der Spitze vor und zurück, bis er noch tiefer einsinkt. Wenn ihr das Gefühl habt, dass er sich auch bei Wind in Sturmstärke nicht mehr lösen kann, dann häuft so Sand darum. Dann könnt ihr den Sonnenschirm aufspannen.« Vance ließ die Stange des Sonnenschirms über die Spitze gleiten und einrasten. Er öffnete den Sonnenschirm triumphierend. Er erblühte wie eine riesige marineblaue Blume. »So«, sagte Vance. »So wird's gemacht.«

»Nicht schlecht für einen Pagen«, sagte eine Stimme.

Mack kam durch den Sand auf sie zu. *Nicht schlecht für einen Pagen?* Verdammt, was sollte diese Bemerkung? Alle Bemühungen Vances, diese Rabauken dazu zu bringen, ihn zu respektieren, waren mit dieser Bemerkung zunichte gemacht. Mack schüttelte den beiden Jungs die Hände und legte dann den Arm um Vances Schultern. Vance verkrampfte sich, als wäre Macks Arm eine der Kobras, die er auf der Schlangenfarm in Bangkok gesehen hatte.

»Vance war früher selbst Beach Boy«, sagte Mack. »Also werdet ihr vielleicht eines Tages auch Pagen sein.«

Bruce stöhnte. Vance hätte dem Typ die Kappe am liebsten erneut vom Kopf geschnipst und ihn gezwungen, sie zu essen. Er dachte flüchtig daran, auf der Stelle zu kündigen, und wenn er schon dabei war, könnte er Mack genauso gut vor diesen beiden Clowns zu Brei schlagen. Wenn er nicht so verdammt gut verdienen würde, hätte er es getan. Vance nahm eine weitere Spitze hoch und warf sie, mit der Spitze voran, Bruce zu. »Hier!«, rief Vance. »Versuch du es.«

Bruce hob die Spitze an, wie Vance es getan hatte, und stieß sie mit einem »Umpf!« abwärts. Die Spitze schrammte über den Sand und schoss zwischen Bruces Beinen hindurch wie ein Football. Kevin kicherte.

»Unglaublich!«, sagte Vance.

Mack schlug Vance auf den Rücken. »Mach weiter so, Professor! Übrigens, es kommt ein zwölf Knoten starker Wind aus West-Südwest auf.«

Vance dachte kurz daran, wie herrlich es wäre, alle Sonnenschirme in Ost-Nordost-Richtung aufzustellen, nur damit er zusehen könnte, wie sie aus dem Boden gerissen und den Strand hinabgeweht würden. Er stellte sich vor, wie die Mitglieder des Beach Club gepfählt und blutend im Sand lägen. Aber warum sollte er die Club-Mitglieder bestrafen, wenn es Mack war, den er erwischen wollte? Vance zermalmte knirschend zwei Kautabletten gegen Sodbrennen zwischen den Zähnen. Dann hob er die Spitze wieder auf und warf sie erneut Bruce zu.

»Versuch's noch mal«, sagte er.

Um halb zehn waren alle Sonnenschirme aufgestellt und Vance tat der Arm weh. Bruce war der miserabelste Sonnenschirmaufsteller, den Vance je gesehen hatte. Kevin war nicht übel, nur ein wenig oberflächlich. Vance zeigte den Jungen, wo die Liegestühle aufbewahrt wurden und wie man sie richtig auf- und zuklappte, ohne sich die Finger zu zerquetschen. Dann ließ er sie draußen am Strand zurück, damit sie das Auf- und Zuklappen der Stühle üben konnten wie Dilettanten.

Als Vance ins Büro zurückkam, plauderte Mack im Foyer mit den Gästen. Vance ging in die Gerätekammer und schob sich am Staubsaugerständer vorbei. Dort, an der Rückseite der Kammer, stand Vances verschlossener Werkzeugkasten. Er suchte an seinem Schlüsselbund den Schlüssel und öffnete den Kasten. Darinnen befanden sich ein Hammer, verschiedene Nägel und Schrauben, ein verstellbarer Schraubenschlüssel, eine zerfledderte Kopie von »Die Abwärtsspirale«, Vances veröffentlichter Kurzgeschichte, und Mr Beebes Pistole. Es war eine 38er. Vance hielt sie mit gestreckten Armen. Mack hatte Glück gehabt, dass Vance die Pistole nicht bei sich hatte, als er seine dämliche Bemerkung machte. Mack hatte Glück, das Vance keine Lust hatte, eingesperrt zu werden, sonst hätte er ihn zweifellos als Ersten im Visier.

»Nicht schlecht für einen Pagen«, sagte Vance leise. »Peng.«

In den vierundzwanzig Stunden der Sommersonnenwende trafen zwei wichtige Frauen in Macks Leben auf der Insel ein: Andrea Krane und Cecily Elliott. Cecily traf zuerst ein, Sonntagabend um zehn Uhr. Mack schaute Fernsehen, und Maribel schlief auf seinem Schoß, als das Telefon klingelte.

»Ich bin zu Hause. Mom und Dad sagten, ich soll anrufen. Ich hoffe, ich habe euch nicht geweckt.«

»Cecily?«, fragte Mack. Maribel blinzelte. »Wie geht es dir, Kleine?«

»Ich bin höllisch müde. Ich habe bis heute Morgen um sieben gefeiert und den Tag dann damit verbracht, meine Bude im Wohnheim ausreichend sauber zu bekommen, damit Dad seine Kaution zurückbekommt.«

»Bist du froh, wieder zu Hause zu sein? Wir haben dich vermisst, Kleine.«

»Ich bin keine Kleine. Ich bin achtzehn, Mack.«

»Ich weiß. Wie war deine Abschlussfeier?«

»Langweilig. Heiß. Ich bin auch deswegen verkatert.«

»Wie geht es deinem Freund?«

»Das erzähle ich euch morgen«, antwortete Cecily. »Kann ich bitte mit Maribel sprechen?«

Mack deckte die Sprechmuschel ab. »Es ist Cecily. Sie will mit dir sprechen.«

»Natürlich«, sagte Maribel. Sie nahm Mack den Hörer aus der Hand. »Cecily? He, Freundin, wie geht es dir? Nein, du hast seine Gefühle nicht verletzt. Er versteht es, dass es ein paar Dinge gibt, die sich nur Frauen erzählen können. Und jetzt sag mir alles.« Maribel entschwand ins Schlafzimmer.

Mack lauschte Maribels gedämpftem Lachen durch die Wand. Die Freundschaft zwischen Maribel und Cecily überraschte ihn. Therese versuchte schon seit ein paar Jahren, ihn und Cecily zu verkuppeln. Sie hob stets hervor, dass der Beach Club ihnen beiden übertragen würde, wenn sie heirateten. Mack liebte Cecily wie eine Schwester und vermutete, dass es Cecily umgekehrt genauso ging, obwohl sie ihm gegenüber häufig schnippisch und störrisch war. Sie hatte sich in ihn verknallt, als sie elf oder zwölf war, aber sobald die Verliebtheit schwand, schien es als hätte er sie enttäuscht, als hätte er ihre Erwartungen nicht erfüllt. Danach hatte er das Gefühl, dass er sich besser um sie kümmern müsste, und so versuchte er, über ihre Freunde und die Schule auf dem Laufenden zu bleiben, aber alles, was sie ihm erzählte, klang verdächtig nach kaltem Kaffee oder Lügen.

Cecily bewunderte Maribel sehr, und das aus gutem Grund: Maribel war wunderschön, freundlich, intelligent, ehrlich, und das alles trotz der Tatsache, dass sie von einer allein stehenden Mutter im ländlichen Gebiet von New York aufgezogen wurde. Mack war Maribel begegnet, als sie ihren ersten Sommer auf der Insel verbrachte und die North Beach Road ein Teil ihrer täglichen Laufstrecke war. Mack wartete bereits darauf, dass sie auftauchen würde, die blonde Läuferin. Er fegte gegen zehn Uhr freiwillig den Parkplatz, in der Hoffnung, dass sie ihre Kopfhörer abnehmen und mit ihm reden würde, aber sie blieb nie stehen, nur ganz kurz, um in Sichtweite des Meeres etwas zu trinken. Eines Tages wartete Mack mitten auf der Straße mit einer Flasche Evian. Sie winkte ab, aber ihr Blick ruhte auf der Flasche. Es war, Gott sei Dank, ein sehr heißer Tag, und sie gab nach. Sie goss sich die Hälfte der Flasche über ihr Trikot und trank die andere Hälfte nachlässig, ließ das Wasser das Kinn herabtropfen. Sie keuchte »Danke« und wollte schon weiterlaufen, als er fragte: »Darf ich Sie anrufen?« Sie setzte die Kopfhörer wieder auf und sagte: »Bibliothek, nachmittags.« Mack erinnerte sich daran, als er zum ersten Mal ins Atheneum spaziert war, das mit den weißen Säulen und der abschreckenden Stille so einschüchternd wirkte. Er fand Maribel im Hauptmagazin, wo sie die Taschenbuchausgabe eines Romans las und jedes Mal die Finger anleckte, wenn sie eine Seite umblätterte. Er tippte ihr auf die Schulter und sie fuhr mit verengten blauen Augen herum. Sie konnte ihn nicht gleich einordnen. »Ich manage den Beach Club. Ich sehe Sie immer laufen.« Sie errötete und stellte das Buch rasch wieder ins Regal. »Mögen Sie Romane?«, fragte er.

»Nein«, antwortete sie abweisend.

Aber sie mochte sie doch. Ihre Stelle in der Bibliothek war ein Sommerjob, und als der Herbst kam, blieb sie. Und das seit sechs Jahren.

Am Weihnachtsabend im vergangenen Jahr hatte Maribel eine Magen- und Darmgrippe und bestand dennoch darauf, zur Mitternachtsmette in der Unitarierkirche zu gehen. Der Chor hatte kaum begonnen, »Oh, Come All Ye Faithful« anzustimmen, als ihr übel wurde. Mack begleitete sie hinaus und sie erbrach sich auf die Orange Street. Dann saßen sie in der kalten, stillen Nacht auf der Treppe, der Glockenturm über ihnen, während sie dem Gesang von innen lauschten. »Der wunderbarste Abend des Jahres«, sagte Maribel. »Und ich habe ihn verdorben!« Mack hätte ihr damals beinahe einen Heiratsantrag gemacht, aber er hatte nicht den Mut, wenn es Mut war, was ihm fehlte. Letztendlich hielt er nur Maribels Hand, und als sie sich gut genug fühlte, gingen sie nach Hause. Nach sechs Jahren quälte Maribel ihn nicht mit der Heirat, aber er war nicht dumm. Er wusste, dass er bald eine Entscheidung treffen musste. Zunächst musste er sich wegen der Farm und des Beach Club entscheiden und dann musste er sich wegen Maribel entscheiden.

Eine Stunde später ging Mack zu Bett. Er fand Maribel vollständig angezogen und fest schlafend vor, den Telefonhörer noch in der Hand. Ihre Lippen waren leicht geöffnet und sie bewegte plötzlich beide Beine.

»Du machst wohl einen Kickstart mit deinem Motorrad«, sagte Mack leise. Er küsste sie auf die Stirn. »Träum was Schönes!«

Maribel öffnete ruckartig die Augen. »Was tue ich?«, fragte sie.

»Du läufst auf der Stelle.« Er war sich nicht sicher, ob sie wach war oder nicht. »Worüber hast du mit Cecily gesprochen?«

»Über nichts«, antwortete Maribel. Ihr fielen wieder die Augen zu. »Liebling.«

Mack sah Cecily am nächsten Morgen nach dem Frühstück. Er stand auf der Vorderveranda des Foyers, als sie aus ihrem Haus kam. Sie war barfüßig und trug weite Umbro Shorts und ein Middlesex Hockey-T-Shirt. Cecily war groß und schlaksig und hatte lange rote Locken, zwei Farbnuancen dunkler als die ihrer Mutter. Über den Asphalt und die zerbrochenen Schalen der Einsiedlerkrebse ging sie behutsam auf Mack zu.

»Du musst deine Füße abhärten«, sagte Mack.

»Ich war immer gerne dort, wo es Gras gab, weißt du. Vermisst du das Gras nie, Mack?«

»Wenn wir Gras hätten, müsste ich es mähen«, antwortete er. Er trat Cecily auf der ersten Stufe entgegen und umarmte sie. »Ich habe dich aber vermisst. Und he, gratuliere zur Aufnahme an der Universität von Virginia. Wir haben hier einen Pagen aus Virginia.«

Cecily hob ein Bein an, um die Fußsohle zu prüfen. »Ich weiß. Mom hat es mir erzählt.«

»Wann brichst du also ins College auf?«

»Langsam, Mack. Ich bin gerade erst angekommen. Kannst du einen nicht eine Minute ausspannen lassen? Das College ist eigentlich keine spannende Aussicht für mich. Ich habe gerade erst vier Jahre in einem Wohnheim verbracht, okay? Wir reden später weiter.«

»Tut mir Leid. Ich fand das College ziemlich cool und ich war nur auf dem Cape.«

»College ist College«, sagte Cecily. Sie zwinkerte ihm zu. »Ich kann es nicht glauben, dass du mir noch keinen Heiratsantrag gemach hast.«

»Wie unhöflich von mir.« Er ließ sich auf ein Knie nieder.

»Cecily, willst du mich heiraten?«

Cecily hing herum, eine Hüfte herausgedrückt. »Ich weiß nicht, wie Maribel es mit dir aushält.«

»Dann sind wir schon zu zweit«, entgegnete Mack. »Ich bin unmöglich.«

»Das ist keine Entschuldigung. Wann wirst du sie fragen?«

»Ich weiß nicht«, antwortete Mack. »Vielleicht ungefähr dann, wenn du das College abschließt.«

»Du bist unmöglich!«, sagte Cecily.

»Also«, sagte Mack, »erzähl mir von deinem Freund.«

»Er ist geistreicher als du und sieht wesentlich besser aus«, entgegnete Cecily. »Aber du weichst vom Thema ab. Wann wirst du Maribel bitten, dich zu heiraten?«

»Hat Maribel dich als ihre Kundschafterin ausgeschickt?«, fragte Mack.

»Nein.« Cecily mied seinen Blick, indem sie den anderen Fuß prüfte. »Wir wollen es einfach wissen.«

»Wer ist wir?«, fragte Mack.

»Die Welt«, sagte Cecily. »Wann wirst du sie heiraten, Mack?«

»Ich weiß es nicht«, antwortete Mack. »Eines der Dinge, die du lernen musst, wenn du erwachsen wirst, ist die Tatsache, dass ›Ich weiß es nicht‹ manchmal die einzige Antwort ist, die du bekommen wirst.«

»Bitte erspare mir den Erwachsenwerden-Mist«, konterte Cecily. Sie schaute an ihm vorbei ins Foyer. »Kannst du glauben, dass Mom und Dad mich nicht an der Rezeption arbeiten lassen wollen? Dad steckt mich an den Strand. Aber zumindest werde ich dann braun. Wer ist das da an der Rezeption?«

»Love O'Donnell«, sagte Mack. »Sie ist nett. Du wirst sie mögen.«

»Ich werde sie erst später mögen müssen. Ich gehe wieder ins Bett.«

»Der Beach Club eröffnet heute, Cecily. Das heißt, dass dies dein erster Arbeitstag ist.«

Sie winkte ihm zu und lief durch das Minenfeld der Krebsschalen wieder zu ihrem Haus. »Ich bin die Tochter des Besitzers«, rief sie zurück. »Ich mache, was ich will.«

Andrea Krane und ihr fünfzehnjähriger Sohn James kamen mit der Spätfähre um halb elf abends. Mack arbeitete am Schreibtisch, hatte Tiny die Nacht über freigegeben und Jem früh nach Hause gehen lassen. Das Foyer war ruhig. Von der Vorderveranda aus beobachtete Mack, wie die Lichter der Fähre sich der Insel näherten. Andrea war auf dem Schiff, stand auf dem oberen Deck und versuchte, die Lichter des Hotels an der dunklen Küste auszumachen.

Ich bin genau hier, wo du mich zurückgelassen hast. Im letzten Juli hatte er von diesem Punkt aus beobachtet, wie das Schiff auslief. Es war früh am Morgen, und Mack winkte mit den Armen, obwohl er wusste, dass sie ihn nicht sehen konnte.

Als die Fähre um Brant Point herumfuhr und Mack das lange, tiefe Tuten des Signalhorns hörte, das die Ankunft des Schiffes verkündete, ging er wieder hinein und setze sich hinter den Schreibtisch. Zwanzig Minuten später betrat Andrea das Foyer. Sie trug eine Trainingshose und eine marineblaue Windjacke und hatte das Haar zu einem Pferdeschwanz gebunden. Sie trug einen großen Seesack auf dem Rücken und in jeder Hand einen Handkoffer. Mack sprang auf, um ihr zu helfen.

»Geht schon«, sagte sie gereizt, als er nach ihren Handkoffern griff. »Wenn du mir hilfst, komme ich aus dem Gleichgewicht.« Sie gelangte bis zur Rezeption und ließ alles fallen. »Da bin ich.« Sie atmete tief ein und betrachtete die Quilts, die Korbsessel, den Kamin, die Pflanzen. »Gott, ich liebe diesen Ort! Ich würde ihn gern kaufen. Glaubst du, Bill und Therese würden ihn an mich abtreten? Nein, sag nichts. Lass mich das einfach alles in mich aufnehmen. Gleich werde ich das Gefühl haben, als ob ich nie fort gewesen sei.«

Mack hatte Andrea elf Monate nicht gesehen, er hatte ihr Stimme nicht gehört und ihren Duft nicht gerochen, und nun stand sie hier vor ihm, genau wie sie gewesen war, als er sie zuletzt geküsst hatte.

»Okay«, sagte sie. »Ich bin bereit.«

Mack küsste sie.

»Mach das noch mal«, sagte sie.

Mack küsste sie intensiver, allerdings noch nicht so, wie er wollte. Wäre es keine Verletzung ihrer Regeln gewesen, hätte er sie zu Zimmer 18 gebracht und auf der Stelle geliebt. Stattdessen trat er zurück.

»Wie war die Reise?«, fragte er. »Und wo ist James?«

»Er sitzt im Geländewagen und schaukelt hin und her«, sagte sie. »Das sollte dir Hinweis genug sein, wie die Reise verlaufen ist. Sobald er aus seiner Routine gerissen wird, gerät er in Panik. Ich hatte ihm ein Buch über Flugzeuge gekauft, damit er beschäftigt war. Flugzeuge sind seine neue Leidenschaft. Wir sind jeden Morgen um sechs aufgestanden und zum Flughafen gefahren, um zu sehen, wie sie abheben.«

»Wir sollten ihn reinholen«, schlug Mack vor. »Ich habe ihm wieder seine Decke ins Zimmer gelegt. Vielleicht fühlt er sich dann wohler.«

»Du bist ein Schatz«, sagte sie. »Und denk dran: Lass dich von ihm nicht aus der Fassung bringen.«

Mack kannte James schon, seit er fünf Jahre alt war, als er Angst vor Toilettensitzen hatte und die Hände über die Ohren hielt und mit erstickter Stimme schrie. Jedes Jahr hoffte Mack, James würde von seinem Autismus geheilt. Mit James umzugehen, war frustrierend und sogar ein wenig beängstigend. Mack spürte eine vertraute Furcht, als er Andrea zu ihrem Geländewagen hinaus folgte.

James saß mit gebeugtem Kopf auf dem Beifahrersitz von Andreas grünem Ford Explorer und schaukelte vor und zurück. Andrea öffnete die Tür, aber er machte weiter und schloss dadurch alle anderen Anreize aus. Es war seine Art, sich unter Kontrolle zu halten.

»Steig aus James«, sagte Andrea. Sie wartete einige Sekunden..

»Steig aus!«

James hörte auf zu schaukeln und steig wie ein Roboter aus dem Geländewagen. Er war so ein hübscher Junge, mit dem honigfarbenen Haar und den grau-grünen Augen von Andrea. James war dieses Jahr in die Pubertät gekommen – er war größer, mit schwachen Barthaaren über der Oberlippe.

»Sag Mack hallo«, drängte Andrea.

»Hallo, Mack«, sagte James.

»Hallo, James. Ich bin froh, dass ihr sicher angekommen seid.« Mack sah Andrea an. »Habt ihr noch mehr Gepäck?«

»Ich hole es«, schlug sie vor. »Bring du James zu seinem Zimmer.«

»Komm mit, James«, sagte Mack. Er nahm den Jungen beim Arm, aber James entzog sich ihm. Er öffnete die Tür des Geländewagens und Mack dachte, er würde wieder einsteigen und schaukeln, aber er nahm nur ein Buch heraus.

»*Luftfahrt verstehen*«, sagte James.

»Dreihundertfünfundzwanzig Seiten, illustriert, laminierter Einband. Copyright 1990. 1992 und 1994 neu aufgelegt. Dieses Exemplar gehört James Christopher Krane.« Er klemmte sich das Buch unter den Arm und folgte Mack durch das Foyer, durch die Hintertür und den Plankenweg entlang zu Zimmer 17.

Mack betrat den Raum und James folgte ihm. »Dies ist dein Zimmer, James.«

James setzte sich sofort aufs Bett und strich über die Tagesdecke. »James' Decke.«

»Da ist deine Decke«, sagte Mack. »Niemand benutzt sie außer dir.« Es war eine grüne Chenill-Tagesdecke in der Art, wie die Hotelzimmer sie vor zehn Jahren aufwiesen. Jetzt hatten alle Zimmer handgenähte Quilts, aber Mack hatte in der Gerätekammer eine Chenill-Decke für James aufbewahrt.

Andrea öffnete die Verbindungstür von Zimmer 18. »Moms Zimmer ist gleich hier, erinnerst du dich, James?« James schaltete den Fernseher ein.

»James, bitte räum deine Kleider in die Kommode«, sagte Andrea. »Wir werden drei Wochen hier bleiben.«

»Einundzwanzig Tage«, sagte James.

»Genau. Einundzwanzig Tage, wie immer. Komm, ich zeige dir, wo das Badezimmer ist.« Andrea schaltete das Badezimmerlicht ein. »Es ist gleich hier. Und Mack hat den Toilettensitz abgenommen. Hier drinnen gibt es keinen Toilettensitz, okay?«

James schaute zum Fernseher. »Kein Toilettensitz«, wiederholte er.

»Genau, kein Toilettensitz. Kein Grund, Angst zu haben. Du hast schon viele Male in diesem Zimmer gewohnt. Fühlst du dich wohl?«

James sah zum Fernseher.

»James, ich habe dich gefragt, ob du dich hier wohl fühlst.«

»Fahren wir morgen Früh zum Flughafen?«, fragte James.

»Ja, machen wir. Wir fahren zum Flughafen von Nantucket.«

»Okay«, sagte James.

»Okay. Mom wird auspacken und geht dann schlafen. Klopf an meine Tür, wenn du etwas brauchst.«

Andrea winkte Mack in ihr Zimmer.

»Gute Nacht, James«, sagte Andrea.

»Gute Nacht, James«, sagte Mack.

Andrea schloss die Tür und ließ sich rückwärts aufs

Bett fallen. »Was für ein anstrengender Tag! Jeder Tag mit James ist anstrengend, aber zu reisen laugt mich wirklich aus.« Sie öffnete den Reißverschluss ihrer Windjacke. Darunter trug sie ein rotes T-Shirt. »Bemerkst du an ihm irgendeinen Unterschied?«, fragte sie.

»Das ist nicht fair«, erwiderte Mack, während er sich in den Ledersessel fallen ließ. »Du kennst ihn viel besser als ich.«

»Ich bin ihm so nahe, dass ich keine Veränderungen wahrnehmen kann. Sag mir, was ich seit vorigem Jahr verändert hat. Aber vielleicht sollte ich dich das erst morgen fragen. Er war heute Abend nicht allzu gut drauf.«

»Nun«, sagte Mack. Er dachte nicht an James, sondern an die Eingangshalle, die er offen, und das Telefon, das er unbesetzt gelassen hatte. »Lass mich kurz dein Telefon benutzen.« Mack leitete die Anrufe aus dem Hotel in Andreas Zimmer um. Dann setzte er sich wieder in den Sessel. »Er ist größer«, stellte Mack fest. »Er bekommt einen Bart, hast du das bemerkt?«

»Ich habe es nicht bemerkt«, sagte Andrea. Sie zog die Beine an und legte die Arme um die Knie. »Wirklich, als wäre es nicht schon schwer genug für mich, ein Kind mit besonderen Bedürfnissen allein aufzuziehen, muss ich jetzt auch noch einen Mann aufziehen? Ich habe Eltern, die mich immerzu ausfragen – über die Erziehung zur Sauberkeit und die Schule und welche Vitamine ihre Kinder nehmen sollen, und ich antworte ihnen, aber ich fühle ich dermaßen wie eine Betrügerin. Weil ich sehe, wie James inzwischen erwachsen wird, und nicht weiß, was ich damit anfangen soll. Ich weiß nicht, was ich ihm über das Rasieren oder über Mädchen oder Sex sagen soll. Er masturbiert gerne, und jedes Mal, wenn ich ihn dabei ertappe, verstecke ich mich in meinem begehbaren Kleiderschrank und weine. In ein paar Jahren werde ich ihm helfen müssen, einen Job und einen anderen Platz zum Wohnen zu finden. Vor mir sind Hürden, und ich kann nicht einmal erkennen, wie hoch sie sind.«

»Hörst du ab und zu noch etwas von Raymond?«, fragte Mack.

»Ich habe gehört, dass seine Frau gerade ihr drittes Kind bekommen hat. Er schickt mir große Geldsummen, wirklich enorme Summen, die ich einfach auf den Kopf haue. Aber er will James nicht sehen, daran hat sich nichts geändert. Es ist so, als würde der Junge für Raymond nicht existieren, außer als eine Art Wohltätigkeitsfall, dem man Geld nachwirft. Vom eigenen Vater abgelehnt zu werden, genügt schon, um ein normales Kind zu zerbrechen. Ich weiß nicht, wie es auf James wirkt.«

»Ich kann James beibringen, wie man sich rasiert«, sagte Mack. »Später in der Woche, wenn er sich wieder an mich gewöhnt hat.«

Andrea sah ihn aus ihren grau-grünen Augen an und dann begann sie zu weinen. »Danke«, sagte sie. »Ich hatte gehofft, dass du das anbieten würdest. Es ist schrecklich von mir, mich auf dich zu verlassen, aber weißt du was? Ich mag es, drei von zweiundfünfzig Wochen zu wissen, dass jemand da ist, auf den ich mich verlassen kann. Es ist schön zu wissen, dass ich nicht vollkommen allein bin.«

»Du bist nicht allein«, entgegnete Mack. Er setzte sich neben Andrea aufs Bett. Er legte die Arme um sie und sie presste ihr nasses Gesicht an seine Brust. Mack schloss die Augen und sog den Duft ihres Haars ein. Er liebte Andreas Traurigkeit. Diese Traurigkeit bestand, weil ihr Sohn ein Gehirn voll unergründlicher verwirrter Botschaften hatte und weil es ihr überlassen blieb, ihn allein aufzuziehen. Zugleich war Andreas Traurigkeit so großmütig, dass sie alles umfasste, sogar den achtzehnjährigen Farmerjungen aus Iowa, der gleichzeitig beide Eltern verloren hatte. Irgendwie vermochte sie es, dass ihre Traurigkeit und die aller anderen notwendig und richtig erschienen.

»Ich liebe dich«, sagte Mack.

»Ich weiß«, schniefte sie.

Sie hatten sich nie körperlich geliebt. Das war von Anfang an Andreas Regel gewesen – es würde die Dinge zu sehr verkomplizieren, hatte sie gesagt, und es sei eine Frage der Logistik, wegen James. Es ging immer um James – und vor langer Zeit hatte Mack vermutet, so heftig, wie Andrea James liebte, bliebe nur wenig für jemand anders übrig. Andrea hatte Mack nie gesagt, dass sie ihn liebte – sie antwortete immer nur mit den Worten »Ich weiß«. Sie ließ sich von ihm umarmen und küssen, und ein- oder zweimal in einem Sommer, wenn James im Nebenzimmer schlief, sanken sie aufs Bett, suchten einander, und Mack rieb sich an ihr, schwitzend, wild und wund. Aber sie gab nie nach, sie ließ sich nie gehen. Das Telefon klingelte, und Mack stand auf, um abzunehmen.

»Wer könnte mich anrufen?«, fragte Andrea.

»Das ist Maribel.« Er sah auf seine Uhr. »Es ist fast Mitternacht.« Er nahm den Hörer ab. »Nantucket Beach Club.«

»Mack«, sagte Maribel. »Es ist schon spät.«

»Ich weiß. Es ist sehr spät noch jemand angekommen. Ich bin bald zu Hause.«

»Vielleicht schlafe ich dann schon.«

»Okay.« Mack hielt inne, bevor er auflegte, dachte an Maribel, wie sie in der vorigen Nacht mit dem Hörer in der Hand schlafend da gelegen hatte. Er dachte an die kleinen Tritte und Drehungen, die sie in der Nacht vollführte. Er kannte sie so gut. Sie war wie ein Teil von ihm. Als Mack den Hörer auflegt, dachte er: *Ich liebe sie beide.* Er nahm an, dass das vorkam. Er war nur froh, dass er nicht zwischen ihnen wählen musste, jedenfalls nicht heute Nacht.

»Ich gehe besser«, sagte er zu Andrea.

»Wann wirst du sie heiraten, Mack?«

»Ich weiß es nicht«, antwortete Mack. »Ich wünschte, die Leute würden aufhören, mich das zu fragen.«

Andrea lächelte. »Möchtest du morgen mit James und mir zum Flughafen kommen? Normalerweise brechen wir um sechs Uhr auf, aber da ich jetzt meinen dringend benötigten Urlaub habe, werden wir erst um sieben aufbrechen. Willst du für eine Stunde mitkommen?«

»Sicher«, entgegnete Mack. »Ich treffe euch auf dem Parkplatz, wie wäre das?« Er küsste Andrea und trat dann auf die Veranda hinaus. »Gute Nacht.«

Andrea schloss die Tür hinter ihm und Mack ging über den Plankenweg auf den Sand. Er betrachtete die Sterne und lauschte den Wogen, die auf den Strand brandeten. Er fragte sich, ob seine Eltern ihn sehen könnten, und wenn sie ihn sehen könnten, fragte er sich was sie wohl dachten.

Maribel schlief, als Mack nach Hause kam, und sie schlief noch, als er am nächsten Morgen um halb sieben aufstand. Er überlegte, ob er sie wecken sollte, um ihr zu sagen, dass er früh aufbrach, aber sie wirkte so friedlich, mit einer Strähne des blonden Haars im Mundwinkel und flatternden Augenlidern.

»Wovon träumst du?«, fragte er flüsternd. Aber sie wurde nicht wach, und er stand auf, um sich zu duschen. Bevor er die Wohnung verließ, pflückte er eine gelbe Zinnie im Blumenbeet und legte sie auf sein Kopfkissen. Sie würde sie sehen, wenn sie die Augen öffnete.

Als Mack zum Hotel kam, saß Andrea bereits hinter dem Steuer des Geländewagens. James saß auf dem Beifahrersitz und las in seinem Buch. Mack stieg hinten ein.

»Ich hoffe, ich bin nicht zu spät«, sagte er.

Andrea lächelte müde. »Alte Gewohnheiten sind schwer abzulegen«, bemerkte sie. »Wir warten schon seit sechs Uhr.«

»Seit sechs Uhr«, echote James.

Auf dem Weg zum Flughafen erklärte Andrea: »James, die Flugzeuge auf diesem Flughafen werden kleiner sein als die Maschinen, die wir in Baltimore gewöhnlich sehen.« Sie schaute über den Sitz hinweg zu Mack. »Ich möchte nicht, dass er enttäuscht ist.«

»Vielleicht haben wir Glück und sehen einen Jet«, sagte Mack.

»Ich sehe jeden Tag Jets«, sagte James. Er blätterte sein Buch durch. »Boeing 747, 767, DC-10. Gibt es auf diesem Flughafen einen Tower?«

»Ich weiß es nicht«, erwiderte Mack. »Ich kann mich nicht erinnern.«

James lachte. »*Alle* Flughäfen haben einen Tower. Dort sitzt der Flugverkehrsleiter, damit es keine Zusammenstöße gibt.« James ahmte eine Explosion nach, indem er in die Hände klatschte. Als sie den Flughafen erreichten, parkte Andrea am hinteren Ende des Flughafens, damit sie die Flugzeuge landen sehen konnten. Sie schaltete die Zündung aus, lehnte den Kopf an die Kopfstütze und schloss die Augen. James hingegen wurde äußerst aufmerksam und lebhaft. Er war jetzt völlig anders als in der Nacht zuvor, als Mack ihn vor dem Fernseher gesehen hatte.

»Da kommt eins!«, rief James. Er blätterte hektisch die Seiten seines Buches durch.

Mack beugte sich über den Vordersitz. Er massierte mit einer Hand Andreas Schulter und blickte durch die Windschutzscheibe.

»Was für eins ist es?«

»Das weiß ich noch nicht«, antwortete James. Die Sonne schien hell und James blinzelte. Mack bot ihm seine Sonnenbrille an und James setzte sie glücklich auf.

»Mom, sieh nur!«, rief James aus.

Andrea öffnete eine Sekunde lang die Augen und lächelte. »Sehr schön«, sagte sie.

Das Flugzeug landete und die Reifen rutschten und rauchten auf der Landebahn. James klatschte in die Hände.

»Turboprop«, trug er vor. »Bekommt den meisten Schub durch die Propeller.«

»Haben wir die auch in Baltimore gesehen?«, fragte Andrea.

»Ja, Mom«, sagte James. Etwas an James' Tonfall – (*»Ja, Mom, natürlich, Mom, sei nicht albern«*) – klang wie ein typischer Teenager. Das war es, was den Umgang mit James so frustrierend machte. Er konnte so normal sein – und zu anderen Zeiten so unzugänglich. Andrea hatte Mack einmal erklärt, dass die Botschaften in James' Gehirn ein Code waren, den sie nur zufällig, mit Glück, knacken konnte. Ein Code ohne Schlüssel.

»Da kommt wieder eins!«, verkündete James. Das Flugzeug landete unmittelbar vor ihnen, wie ein Schauspieler, der sich verbeugt, und James applaudierte. »Sicher gelandet!«

Sie beobachten vierzig Minuten lag, wie Flugzeuge

landeten und starteten. James applaudierte in beiden Fällen, blätterte zwischendrin sein Buch durch und deklamierte für Mack Fakten über Flugzeuge.

»Flugzeuge sind schwerer als Luft«, sagte er. »Sie brauchen Flügel, um fliegen zu können. Flugzeuge haben drei Bewegungsabläufe: wenden, rollen und abheben.« Er fuhr mit den Händen durch die Luft und machte mit den Lippen ein Geräusch.

»Du weißt bestimmt eine Menge über Flugzeuge«, sagte Mack.

»Ja«, erwiderte James. »Alles.«

Andrea war still und drehte schließlich den Schlüssel im Zündschloss.

James' Rückgrat erstarrte. »Ist es Zeit?«, fragte er.

»Ja«, sagte sie.

James deutete auf die blauen Ziffern der Digitaluhr. »Es ist noch *nicht* Zeit. Wir haben bis acht Uhr Zeit. Da steht sieben Uhr fünfundvierzig. Gleich hier, Mom, siehst du?«

»Wir haben einen Gast«, sagte Andrea. »Mack muss die Doughnuts holen, damit die Leute, die im Hotel wohnen, ihr Frühstück bekommen.« Sie fuhr los.

»Die Doughnuts holen«, wiederholte James. »Diedoughnutsholendiedoughnutsholendiedoughnutsholen.« Er schaukelte vor und zurück.

»James«, sagte Andrea streng, »wir kommen morgen wieder her. Und morgen werden wir bis acht Uhr bleiben. Bitte reg dich nicht auf.«

»Diedoughnutsholendiedoughnutsholendiedoughnutsholen«, spulte James wieder ab.

Mack beugte sich vor. »Danke, dass ich heute mitkommen durfte.«

»Diedoughnutsholen«, sagte James. »Flughafen, dann duschen.«

»Wir müssen zuerst zum Hotel zurückfahren, James«, sagte Andrea. »Im Auto gibt es nämlich keine Dusche.«

»Flughafen, dann duschen«, sagte James.

»Genau, James. Wenn wir ins Hotel kommen, kannst du duschen.«

James schaukelte vor und zurück und sagte leise: »Doughnuts, duschen, Doughnuts.« Mack sah Andreas Gesicht im Außenspiegel. Sie lächelte schwach und schüttelte den Kopf. Als Andrea auf den Parkplatz des Beach Club fuhr, bemerkte sie: »Danke, Mack, dass du mitgekommen bist. James, würdest du Mack danken?«

»Flughafen. Dann duschen. Danke.«

»Klingt so, als wollte jemand unter die Dusche«, sagte Mack.

»Woher weißt du das?«, fragte Andrea scherzend. Sie stieg aus. James lief bereits zu seinem Zimmer. Mack schaute zum Haus von Bill und Therese hinauf, nahm aber keine Regung wahr und dachte, dass sie wohl noch im Bett seien. Vance war auch noch nicht eingetroffen, Love und die Beach Boys auch nicht. Mack folgte Andrea zu ihrem Zimmer. Andrea schloss James' Tür auf. James zog auf dem Weg zum Badezimmer seine Kleider aus, einschließlich Macks Sonnenbrille, die auf den Boden fiel.

»Ich dachte, du müsstest die Doughnuts holen«, sagte Andrea. »Mach mich nicht zur Lügnerin. James, mach bitte die Tür zu!«

Die Tür ging zu und das Wasser wurde aufgedreht.

»Das muss ich auch«, sagte Mack. »aber ich habe ein ungutes Gefühl, weil ich eure Routine unterbrochen habe.«

»Flexibilität ist nicht James' Stärke«, erklärte Andrea.

»Ich hätte daran denken sollen, bevor ich dich eingeladen habe.«

»Und du warst im Wagen sehr still«, bemerkte Mack. »Ist alles in Ordnung?«

Sie hob Macks Sonnenbrille auf und fingerte daran herum. »Zum Flughafen zu fahren, ist gut für James, aber für mich ist es vielleicht beschissen! Ich muss immer daran denken, dass James nie in der Lage sein wird, sich einfach einen Ort auf der Karte auszusuchen und hinzufahren. Er ist nicht sicher auf der Welt, Mack, und er wird es niemals sein. Ich bin der einzige Mensch, der ihn genug lieben wird.«

Mack umarmte sie. »Das weißt du nicht.«

»Eine Zeit lang war es einfacher, sich um ihn zu kümmern«, sagte sie. »Jetzt wird es schwerer. Und dich zu sehen, macht alles noch schlimmer.«

Mack hielt sie auf Armeslänge von sich. »Schlimmer? Warum?«

»Weil du mich daran erinnerst, dass ich nicht nur Mutter bin, sondern auch eine Frau, mit Bedürfnissen.«

»Du willst damit doch nicht sagen …«

»Nein. Darüber habe ich meine Meinung nicht geändert.« Sie seufzte. »Es fällt mir schwer, mich auf den Urlaub umzustellen. Ich verspreche dir, dass ich versuchen werde, zu entspannen, okay? Ich werde mich unter meinen blauen Strandsonnenschirm setzen, meine Schundromane lesen und James beobachten, wenn er entscheidet, ob es gut ist, ins Wasser zu gehen. Ich werde ein paar Cheeseburger von Joe's Broad Street Grill bestellen und sie einen der reizenden College-Boys bis unmittelbar zu meinem Sonnenschirm bringen lassen. Ich werde versuchen, Spaß zu haben, verdammt!« Sie hob das Gesicht »Sage ich das jedes Jahr?«

»Ja«, bestätigte Mack. »Und es gelingt dir jedes Jahr.«

Er gab ihr einen Kuss. Wenn Maribel eine gelbe Zinnie war, was wäre dann Andrea? Vielleicht eine rote Rose, etwas Melancholischeres, Ernsteres. »Wir sehen uns später.« Er verließ James' Zimmer durch die Hintertür und schaute in beide Richtungen. Es war niemand in der Nähe. Er brauchte einen Sekundenbruchteil, um sich an die Doughnuts zu erinnern und daran, dass er ein Hotel zu führen hatte.

Es gab einen Grund, warum Mack seinen Leuten verbot, sich mit Gästen zu verabreden: Es lenkte ab, wenn man dort arbeitete, wo das Objekt der Zuneigung in der Sonne lag, schwamm, sich duschte, frühstückte und schlief. Natürlich wollte man mit diesem Menschen zusammen sein, alle zehn Minuten nach ihm sehen oder ganz einfach Spaß mit ihm haben – unter seinen Sonnenschirm schlüpfen, ein Nickerchen mit ihm machen, einen Bagel mit ihm essen. Aber das ging nicht, denn man musste ja arbeiten. Also instruierte Mack seine Leute, dass es keine Verabredungen mit Gästen geben dürfe. »Ich erleichtere euch das Leben«, sagte er. »Vertraut mir.«

Nach all den Jahren mit Andrea hatte Mack seine Ablenkungen unter Kontrolle. Sie und James frühstückten auf ihrer Veranda, und Andrea, die treu zu ihrem Wort stand, wich nur selten von ihrem Platz am Strand, so dass Mack sich nie fragen musste, was sie vorhatte. Er übernahm von Tiny einige Nachtschichten mehr als üblich, aber das tat er jedes Jahr im Juni, und Tiny fragte nie, warum.

Mack war jetzt besonders bemüht, Maribel genug Aufmerksamkeit zu schenken. An den Abenden, an denen er zu Hause war, führte er sie zum Essen aus, fuhr mit ihr zum Strand, um den Sonnenuntergang zu beobachten, liebte sie bei geöffneten Fenstern, wenn die Grillen vor ihrem dunklen Schlafzimmer zirpten. Er versuchte, nicht an Andrea zu denken, wenn er mit Maribel zusammen war. Er versuchte, nicht an Andreas traurige, grau-grüne Augen zu denken, aber es war unmöglich. Er fragte sich, ob er sich wie jemand benahm, der ein schlechtes Gewissen hat.

Eines Nachts, als Mack und Maribel im *Le Languedoc* zu Abend aßen, griff Maribel nach Macks Hand.

»Ich möchte dich etwas fragen«, sagte sie.

Mack begann augenblicklich zu schwitzen. »Was denn?«

Maribel beugte sich näher zu ihm. »Bis zum vierten Juli sind es keine zwei Wochen mehr. Der Sommer vergeht wie im Fluge. Und ich möchte wissen, ob du noch einmal über die Gewinnbeteiligung nachgedacht hast.«

Mack atmete tief aus. Sein Körper fühlte sich kühl und angespannt an. »Hmmmm.« Unter anderen Umständen wäre er vielleicht verärgert darüber gewesen, dass Maribel dieses Thema anschnitt, aber nun war Andrea da. Mack hatte ihr von dem Anruf David Pringles und von der Farm erzählt. Er hatte ihr gesagt, dass er Bill vielleicht um eine Gewinnbeteiligung bitten könnte, und Andrea hatte erwidert: »Es überrascht mich, dass er sie dir noch nicht angeboten hat.« Mack empfand es ebenso: dass Bill ihm keine Gewinnbeteiligung *anbieten* sollte.

»Ich habe Bill noch nicht gefragt«, sagte er. »Ich überlege noch.«

»Du musst David wegen der Farm eine Antwort geben, Mack.«

»Das ist mir klar, Maribel«, sagte Mack. »Es ist meine Farm. Ich habe ohnehin noch bis zum Herbst Zeit.«

»Bill nach einer Gewinnbeteiligung zu fragen, sollte dir bei deiner Entscheidung helfen. Wenn er ja sagt, verkaufst du die Farm. Wenn er nein sagte, übernimmst du sie.«

»So einfach ist es nicht«, sagte Mack, obwohl er erkannte, dass es Maribel – oder auch jedem anderen – so scheinen musste. »Ich weiß nicht, ob ich die Farm führen möchte. Und ich weiß nicht, ob ich sie verkaufen möchte.«

Maribel zog ihre Hand zurück. »König der Ich-weiß-nicht-Formeln«, sagte sie.

Sie quälte ihn, aber Mack wollte nicht streiten. Sie hatte Recht. Er wusste vieles nicht, beispielsweise, wie er zwei Frauen lieben konnte. Hatte er letztes Jahr auch schon so empfunden? Und das Jahr davor? Warum machte es ihn dieses Jahr so betroffen? Gehörte das dazu, wenn man dreißig war? Mack dachte, dass er sich Bill anvertrauen könnte, aber für ihn hatte es immer nur Therese gegeben, und egal, wie viel Lyrik er las, würde er doch nicht verstehen, wenn Mack sagte: »Ich liebe sie beide.«

Am Ende der ersten Woche von Andreas Aufenthalt hatte Mack sein übliches Sonntagsdinner mit Lacey Gardner.

»Was möchtest du trinken, mein Lieber?«, fragte Lacey ihn. »Whisky oder ein Bier?«

»Ich mag beides«, antwortete Mack.

Lacey sah ihn an, als hätte er gerade gerülpst. »Möchtest du dann von beidem ein Glas, damit du stereo trinken kannst?«

»Tut mir Leid. Ich nehme ein Bier. Oder besser einen Whisky.«

»Oh, oh«, sagte Lacey. »Haben wir ein Problem?«

»Einige«, erwiderte Mack und setzte sich auf die Couch. Die Sonntagsdinners waren keine formelle Angelegenheit. Mack und Lacey tranken jeweils neun Cocktails, und wenn sie daran dachten, aßen sie ein Sandwich, etwas kalten Hackbraten, oder Lacey wärmte eine Schwertfischpastete auf.

»Wie groß sind diese Probleme?«, fragte Lacey.

»Sehr groß« antwortete Mack. »Liebe und Arbeit.«

»Das sind nicht die größten«, widersprach Lacey. »Gesundheit ist das größte. Wenn wir gesund sind, geht es uns gut. Stimmt's?«

»Stimmt«, gab Mack zu und dachte an James. »Stimmt. Aber sind Liebe und Geld nicht die zweit- und drittgrößten?«

»Definitiv unter den Top Ten«, sagte Lacey, brachte Mack seinen Drink und setzte sich in ihren Lieblingsledersessel. Sie machte sich für die Sonntagsdinner, die keine richtigen Dinners waren, stets zurecht – heute trug sie einen leuchtend blauen Hosenanzug mit einer goldenen Nantucket-Brosche am Revers. Sie war beim Friseur gewesen und ihr weißes Haar war toupiert und gelegt.

»Du siehst heute Abend großartig aus, Gardner«, äußerte Mack bewundernd. »Habe ich dir das schon gesagt?«

Lacey winkte ab. »Du weißt, warum ich dich hierher einlade, oder? Es ist gut fürs Ego. Also, womit fangen wir an?«

Mack nippte an seinem Drink. Whisky pur, ohne Wasser. »Ich überlege, ob ich Bill um eine Gewinnbeteiligung bitten sollte.«

»Du redest mit einer sehr alten Frau. Was bedeutet das, Gewinnbeteiligung? Es klingt wie einer dieser grässlichen Begriffe aus den Achtzigern.«

»Ganz einfach, es bedeutet, dass ich einen Anteil am

Reingewinn bekäme. Dann würde mein Gehalt davon abhängen, wie gut das Hotel läuft. Und wir wissen, dass das Hotel sehr gut läuft.«

Lacey nickte. »Was bekommt Bill im Gegenzug dafür, wenn er dir seine Reingewinne überlässt?«

»Er sorgt dafür, dass ich zufrieden bin und bleibe«, sagte Mack.

»Bist du nicht zufrieden?«, fragte Lacey. »Das ist mir neu. Und es wird bestimmt auch für viele andere Leute neu sein.«

»Ich bin zufrieden und ich bin es nicht. Ich bin dreißig Jahre alt, Lacey.«

»Und ich bin achtundachtzig«, entgegnete Lacey. Sie deutete mit einem manikürten Finger auf ihn und lächelte. »Da hab ich dich drangekriegt, oder?«

»Zu Hause in Iowa passiert einiges«, sagte Mack. »Der Boss auf der Farm meines Vaters geht in den Ruhestand, und mein Anwalt will, dass ich die Farm verkaufe oder zurückgehe und sie selbst führe.«

»Ich dachte, du wärst mit Iowa fertig«, bemerkte Lacey.

»Da sind fünfhundert Morgen auf meinen Namen. Ich muss irgendwann zurückgehen.«

»Das ist das Argument für Iowa«, sagte Lacey. »Was ist das Argument für Nantucket?«

»Ich bin gern hier.«

»Ich bin ganz deiner Meinung. Wo ist man im Sommer besser aufgehoben als auf Nantucket?«, fragte Lacey. »Wenn es einen reizvolleren Ort als diesen gibt, Mack, dann sag's mir.«

»Wenn Bill mir eine Gewinnbeteiligung gäbe, fiele es mir leichter, zu bleiben. Ich hätte das Gefühl, dass der Beach Club zumindest teilweise mir gehört. Ich würde mich dafür verantwortlich fühlen.«

»Ich dachte, dir ist es lieber, wenn du dich nicht dafür verantwortlich fühlst«, sagte Lacey.

»Ich muss irgendwann erwachsen werden.«

»Wenn du Bill um einen Teil der Reingewinne des Hotels bitten willst, dann tu es. Denk daran, dass er einen Grund für seine Antwort haben wird, genauso wie du einen Grund hast zu fragen.«

Mack hatte sich schon häufig vorgestellt, wie Bill reagieren würde. Bill könnte, wie Mack es erhoffte, auf seinen Vorschlag eingehen und sagen: »Natürlich können wir eine Gewinnbeteiligung aushandeln. Ich hätte selbst darauf kommen sollen.« Oder er könnte ihn einfach ablehnen. Oder er könnte entgegnen: »Lass mich darüber nachdenken. Ich werde ein bisschen herumrechnen und wieder auf dich zukommen.« Am schlimmsten wäre es, wenn Bill nichts sagen würde, wenn er die Stirn runzeln und sich in sich selbst zurückziehen würde, verletzt darüber, dass Mack überhaupt nach einer Gewinnbeteiligung gefragt hatte.

»Wir werden sehen«, sagte Mack.

»Tja, und die Liebe?«, fragte Lacey. »Aber vielleicht sollten wir noch einen Drink zu uns nehmen.«

Mack ließ das Eis im Glas kriegen. »Ich werde sie für uns mixen«, sagte er. Er trug die Gläser in die Küche und bereitete zwei Drinks zu, wobei er einen kräftigen Schuss Wasser hinzufügte.

»Mein Problem ist … Andrea ist hier.«

»Mit James?«, fragte Lacey. »Geht es ihm etwas besser?«

»Ein bisschen«, sagte Mack. An diesem Morgen hatte Mack James geholfen, sich zum ersten Mal zu rasieren. Mack hatte die Lektion damit begonnen, dass er sich in den Finger schnitt und das Blut fließen ließ, um James zu zeigen, wie scharf und gefährlich das Rasiermesser sein konnte. Dann seifte Mack erst sein eigenes und anschließend James' Gesicht ein. Als James sich im Spiegel sah, kicherte er unkontrolliert.

»Weihnachtsmann«, sagte James, berührte den Rasierschaum mit den Fingern und probierte ihn. Er verzog das Gesicht und spuckte ins Waschbecken.

»Das stimmt«, erwiderte Mack. »Wenn du dich einseifst, siehst du wie der Weihnachtsmann aus.«

»Einseifen, einseifen!«, rief James.

Mack rasierte auf seiner Wange einen Streifen bis zum Kinn frei. Dann spülte er das Rasiermesser ab. Er legte von hinten die Arme um James und sagte: »Jetzt mache ich das Gleiche bei dir.« Aber James hob die Hände ans Gesicht und verdrückte sich schreiend. »Blut! Blut!«

»Nein«, entgegnete Mack. Andrea war im Nebenraum und lauschte. »Es wird nicht bluten, weil ich dir zeigen werde, wie man es richtig macht.« Mack war klar, dass die Lektion gelaufen wäre, wenn er James auch nur im Geringsten verletzte. Doch Mack rasierte ihn sanft und James kicherte.

»Es kitzelt«, sagte er.

»Gib mir deine Hand.« Mack führte James' Hand mit dem Rasiermesser, bis er fertig rasiert war.

»Diesmal keine Schnitte«, bemerkte Mack. »Aber manchmal gibt es Schnitte. Und das ist okay, weil es nur kleine Schnitte sind.«

Mack brachte seine eigene Rasur zu Ende und zeigte James dann, wie er das Gesicht mit Wasser bespritzen und Rasierlotion auftragen musste.

»Manche Leute benutzen Aftershave«, sagte Mack. »Aber ich nicht.«

»Genau«, bekräftigte James. »Ich auch nicht.«

»Sieh in den Spiegel, Kumpel, du bist fertig rasiert.«

»Fertig rasiert«, wiederholte James. Er berührte sein Gesicht. Sein dünner Schnurrbart war fort.

»In ein paar Tagen machen wir es noch mal«, schlug Mack vor. »Möchtest du das?«

James nickte.

»Willst du es deiner Mom zeigen?«

James stürmte aus dem Badezimmer. »Fertig rasiert, Mom!«, rief er. »Diesmal keine Schnitte.«

Andrea, die auf dem Bett gesessen und vorgegeben hatte, eine Zeitschrift zu lesen, erhob sich. »Du siehst gut aus«, sagte sie. Sie berührte James' Gesicht. »Hat Mack dir beigebracht, wie man sich rasiert?«

James nickte stolz – vielleicht war er so stolz, dass ihm die Worte fehlten, denn er sagte nichts. Er ließ sich von seiner Mutter umarmen, wandte sich dann um und gab Mack einen Kuss auf die Lippen.

»Es geht ihm besser. Und Andrea ist großartig.«

»Also hast du es wieder mit zwei Frauen zu tun«, stellte Lacey fest.

»Ich liebe sie beide«, sagte Mack.

»Du kannst mich für verrückt erklären, aber ich glaube, dass du keine von beiden liebst«, versetzte Lacey.

»O doch«, widersprach Mack. »Ich liebe Maribel bestimmt. Und mit Andrea – nun, Andrea ist was Besonderes. Ich liebe Andrea. Man kann es nicht anders nennen, obwohl ich für sie anders empfinde als für Maribel. Aber beide Empfindungen fühlen sich wie Liebe an, Lacey.«

»Wenn du Maribel heiraten wolltest, hättest du es längst getan. Aber das hast du nicht. Und wer kann es dir verdenken? Schließlich lebst du bereits mit ihr zusammen. Tja, und glaube ich, dass du Andrea heiraten wirst? Nein. Mit ihr spielst du schon länger als mit Maribel.«

»Das ist nicht fair«, entgegnete Mack. Manchmal

dachte er daran, in Baltimore aufzutauchen und mit Andrea zusammenzuleben, sie zu heiraten, ihr die Hälfte ihrer Last abzunehmen und James ein Vater oder ein Onkel zu sein. Aber hatte Lacey nicht Recht? War das bei ihm nicht nur Gedankenspielerei? Er konnte sich sein Leben immer noch nicht ohne Andrea vorstellen, obwohl er Andrea loslassen müsste, wenn er Maribel heiratete. »Es ist ein *Problem*, Lacey, weil ich nicht weiß, was ich tun soll.«

»Ich bleibe dabei – du liebst keine von beiden«, beharrte Lacey. »Wenn ich mit Maximilian zusammen war, wusste ich genau, dass ich bei dem einzigen Mann war, der für mich gut war. Es gab niemals einen anderen Mann, Mack, nicht einmal als Maximilian im Krieg war.«

Mack fuhr sich mit der Hand durchs Haar. »Ich weiß«, sagte er.

Maximilian und Lacey hatten eine Bilderbuchehe geführt, wie seine Eltern, wie Bill und Therese. Füreinander bestimmt, geboren, um zusammen zu sein, jeden Abend vor dem Einschlafen Hand in Hand – es machte Mack verrückt. Sich vorzustellen, dass man fünfundvierzig Jahre lang jede Stunde zufrieden war – bestimmt übertrieb Lacey. »Vielleicht hast du Recht. Vielleicht liebe ich keine von beiden.« Kaum hatte er es ausgesprochen, hörte es sich wie eine Lüge an. Er wusste, dass er sie beide liebte.

Als Mack Lacey an diesem Abend verließ, ging er zu Tiny an die Hotelrezeption.

»Irgendwas Besonders?«, fragte er.

Tiny schaute von ihrem Buch *Hundert Jahre Einsamkeit* auf. Das war der perfekte Buchtitel für Tiny, die immer in Gedanken verloren schien.

»Das Ehepaar in Zimmer 4 hatte Krach und Zimmer

drei wie Zimmer 5 haben angerufen und sich darüber beschwert.«

»Was hast du ihnen gesagt?«

»Was sollte ich ihnen schon sagen?«, fragte Tiny. »Man kann mich nicht für das schlechte Benehmen anderer Leute verantwortlich machen.«

»Du musst ihnen doch irgendwas gesagt haben.«

»Ich habe ihnen gesagt, wenn es anhielte, würde ich den Manager rufen, damit er sich darum kümmert.« Sie lächelte, was selten vorkam. »Und das wärst dann wohl du.«

»Okay«, brummte Mack. Vance steckte den Kopf aus dem rückwärtigen Büro und verzog das Gesicht. »Ich melde mich gleich ab und gehe dann nach Hause.«

Mack ging auf Zehenspitzen den Plankengang entlang, in der unbedingten Absicht, Zimmer 4 zu überprüfen, aber als er zu Andreas Zimmer gelangte, war die Versuchung doch zu groß und er klopfte leise an die Tür. Kurz darauf ließ sie ihn herein. Das Zimmer war dunkel. Andrea hatte bereits geschlafen. Sie trug ein weißes Baumwoll-T-Shirt und einen weißen Slip und das Haar hing ihr offen über die Schultern.

»Es ist spät«, sagte sie und legte ihm die Arme um den Hals. Sie küsste ihn.

»Erst zehn Uhr«, sagte er. Es erregte ihn, ihren Körper durch das T-Shirt zu spüren. Sie war noch bettwarm. Er setzte sich aufs Bett, zog sie auf seinen Schoß und küsste sie.

Normalerweise zog sie sich dann zurück, aber heute Abend erwiderte sie seinen Kuss leidenschaftlich. Sie wand sich genüsslich auf seinem Schoß und ließ beide Hände unter sein Hemd gleiten. Mack sank mit ihr aufs Bett zurück.

»Das wollte ich schon, seit du hier angekommen bist«, sagte er.

Andrea strich mit einer Hand leicht über seine Erektion. Mack stöhnte und lutschte an ihrem Hals. Er legte sich auf Andrea und rieb sich sanft an ihrem weichen Oberschenkel. Es machte ihn wahnsinnig, sich zurückzuhalten, aber er wollte sie nicht erschrecken. Er spürte, wie er schwitzte, und zog sein Hemd aus. Er ließ die Hände unter Andreas T-Shirt gleiten und liebkoste ihre vollen Brüste. Er umspielte mit dem Mund eine Brustwarze, die sich aufrichtete und hart wurde. Andrea drängte ihm ihre Hüften entgegen.

»Lässt du mich in dich?«, fragte Mack. Er umfasste Andreas Pobacken. »Lässt du mich?« Wenn sie ja sagte, würde er nach Hause gehen und es Maribel noch heute Abend sagen, das schwor er.

»Nein«, antwortete Andrea und atmete in sein Ohr. »Ich kann nicht.«

»Du kannst. Ich bitte dich!«

»Es tut mir Leid, Mack«, sagte Andrea. Sie entzog sich ihm und schaltete das Licht an. »Ich konnte mich nicht bremsen. Verzeih mir bitte.«

Mack blinzelte wegen der plötzlichen Helligkeit. Er warf sich auf den Rücken, seine Erektion zeichnete sich durch die Hose ab. »Verzeihen?«, fragte er, bemüht, nicht ärgerlich zu werden. Er blieb eine Sekunde liegen, um wieder zu Atem zu kommen. Das Zimmer drehte sich. Mack griff nach Andreas Hand. »Das tut wirklich weh.«

»Du solltest dich schämen, unangemeldet hier aufzutauchen«, entgegnete sie.

Mack schaute zum Fenster und sah, dass Andrea die Rollos offen gelassen hatte. Eine Gestalt hielt am Fenster inne und stahl sich dann davon.

»Mach das Licht aus«, sagte er. Er trat ans Fenster,

ließ das Rollo herab und zog dann sein Hemd wieder an. »Ich muss gehen. Wir sehen uns morgen.«

»Gib mir einen Gutenachtkuss«, bat sie.

Mack küsste sie.»Ich liebe dich.«

»Ich weiß«, sagte sie.

Mack trat von Andreas Veranda auf den Plankengang. Er hörte das Geräusch des brandenden Meeres und dann schwach das Weinen einer Frau. Er versuchte, sich davon zu überzeugen, dass es eine Seemöwe gewesen sei, aber als er genauer lauschte, hörte er unterdrücktes Schluchzen, eindeutig eine weinende Frau. *Maribel.* Mack rannte um die Ecke zur Goldküste und versuchte sich vorzustellen, was jemand durch das Fenster gesehen haben könnte: ihn, wie er ohne Hemd auf dem Rücken lag und Andreas Hand hielt, die Hose durch seine Erektion gewölbt. *O Gott, Maribel.*

Eine blonde Frau saß auf der Veranda von Zimmer 4. Mack räusperte sich, und sie schaute auf – es war schwer, im Dunkeln etwas zu sehen, aber Mack erkannte sofort, dass es nicht Maribel war. Auf dem Gesicht dieser Frau war Make-up verlaufen. Mack erkannte sie vom Frühstück.

»Mrs Fourchet?«, sagte Mack. Er erinnerte sich, dass sie aus Quebec kam, wo ihr Mann Porsche-Vertragshändler war.

»Mein Mann hasst mich«, sagte sie mit trotziger Stimme.

Eine laute Stimme scholl aus Zimmer 4. »Ich hasse dich nicht, Meredith. Kommst du jetzt bitte rein?«

»Wir bezahlen dafür, das Meer zu sehen, Jean-Marc«, begehrte die Frau auf.

»Es ist zu dunkel, um etwas zu sehen«, sagte der Mann. »Komm jetzt rein.«

»Leute, ich muss euch bitten, die Luft anzuhalten«, sagte Mack. Er war so erleichtert, dass er lächelte, als er das sagte. »Könnten Sie bitte ein wenig leiser sein?«

Die Tür von Zimmer 4 öffnete sich und Mr Fourchet betrat die Veranda. »Ich habe sechshundert Dollar für dieses Zimmer bezahlt. Ich kann eine Blaskapelle auf dieser Veranda spielen lassen, wenn ich will.«

Mack verkniff sich ein Grinsen. »Eine Blaskapelle?«, fragte er. »Fragen Sie mich morgen früh, und ich werde sehen, was ich tun kann. Mögen Sie Tubas?«

Mr Fourchet sah Mack merkwürdig an, zuckte dann die Achseln und sagte mit milderer Stimme zu seiner Frau: »Komm rein, Meredith, bitte.«

»Ich *komme nicht rein!*«, schrie Mrs Fourchet. »Und wenn dieser Typ die Polizei rufen will, dann soll er es tun! Die Nantucket Police Force kann mich wegbringen. Ha! Die Nantucket Police Force – das ist bestimmt eine abschreckende Truppe.«

»Meredith, hör auf, es ihm schwer zu machen«, sagte Mr Fourchet. »Kommst du rein?«

»Nein!«, widersprach Mrs Fourchet. »Ich gehe nirgendwohin, bis ich sehe, dass die Nantucket Police Force mit ihrem Strandbuggy den Strand abfährt.«

Die Tür von Zimmer 3 öffnete sich: Janet Kava mit ihrer dicken Brille betrat ihre Veranda. Sie war Mathematikprofessorin an der Universität von Pennsylvania. Sie und ihre Lebensgefährtin Eleanor hatten ihr gerade adoptiertes Baby mitgebracht.

»Mack«, sagte Janet. »Gott sei Dank, dass Sie da sind. Diese Leute schreien sich schon seit einer halben Stunde an.«

Mrs Fourchet warf Janet einen vernichtenden Blick zu. »Lesbe«, schnaubte sie.

»*Wie* bitte?«, entgegnete Janet Kava und rückte entschlossen ihre Brille zurecht. »*Was* haben Sie gesagt?«

»Ihr Baby schreit die ganze Nacht, aber das ist vermutlich in Ordnung«, höhnte Mrs Fourchet, »weil es das *Kind der Liebe* von Ihnen und Ihrer lesbischen Freundin ist.«

»Stimmt«, bestätigte Janet Kava. »Eleanor und ich lieben uns. Wir lieben uns gefühlsmäßig und körperlich, genau wie Sie und Ihr brutaler Ehemann sich lieben. Aber wir tragen nicht vor der ganzen Welt Streitereien aus.«

»Ich glaube, mir wird schlecht«, sagte Mrs Fourchet.

»Meredith!«, mahnte Mr Fourchet.

»Meine Damen, bitte!«, versuchte Mack zu beschwichtigen.

»Wir sind *Frauen*, Mack«, betonte Janet Kava. »Keine Damen, besonders eine von uns nicht.«

»Ich würde sagen, die Damen, die ich kenne, mögen Männer«, bemerkte Mrs Fourchet.

»Gleich komme ich rüber und fordere eine Entschuldigung«, drohte Janet. »Und das würde nicht sehr damenhaft ausfallen, das kann ich Ihnen versichern.«

Mrs Fourchet wischte sich die Wangen trocken. »Ich muss schrecklich aussehen«, sagte sie arglos. Sie stand auf. »Ich glaube, du hast Recht, Jean-Marc, ich glaube, es ist Zeit, hereinzukommen.«

Janet Kava sah Mrs Fourchet finster an, bis sie verschwand, und schlug dann ihre Schutztür geräuschvoll zu.

»Gute Nacht«, sagte Mack.

Mack lief an den Zimmern mit Seitenveranda vorbei. Er schaute in Andreas Fenster, aber es war dunkel. Sie schlief wahrscheinlich wieder. Alle Lichter in diesen Zimmern waren gelöscht. Auf seinem Weg zum Foyer konnte er kaum etwas erkennen. Als er nach der rückwärtigen Tür griff, spürte er eine starke Hand auf seiner Schulter. Mack fuhr herum. Es war Vance.

»Wie geht's dir, Mann?«, fragte Mack. »Ich habe ein paar Takte mit den Leuten in Zimmer vier geredet. Sie scheinen sich wieder zu beruhigen.«

Vances Gesichtsausdruck war angespannt, als hebe er ein schweres Gewicht.

»Bist du in Ordnung?«, fragte Mack.

»Ich muss dich kurz sprechen«, erwiderte Vance. Seine Hand lag fest auf Macks Schulter.

»Okay«, sagte Mack. Vance benahm sich heute noch seltsamer als sonst. Viele kleine Dinge störten Vance, und sie summierten sich einmal im Sommer so weit, dass er explodierte und Mack ihn mit einem zusätzlichen freien Tag oder einem kleinen Geldbonus beschwichtigen musste.

»Ich muss mit dir über dich und Zimmer 18 reden«, stieß Vance hervor. »Ich habe dich gerade eben da drinnen gesehen, Mann. Ziemlich schlimm.«

Macks Erleichterung darüber, Mrs Fourchet anstatt Maribel vorgefunden zu haben, schwand. Die vier Drinks, die er bei Lacey zu sich genommen hatte, taten ihr Übriges. Sein Kopf fühlte sich benommen an. »Ich weiß, dass es wahrscheinlich schlimm aussah, Mann, aber es ist nicht so, wie du denkst.«

»Wenn es nicht so ist, wie ich denke, wie ist es dann?«

»Wir sind Freunde«, sagte Mack. »Ich kenne diese Dame schon sehr lange.«

»Ich kenne sie genauso lange wie du, aber du siehst mich nicht ohne Hemd auf ihrem Bett liegen, oder?«, fragte Vance. Seine Fingerspitzen gruben sich in Macks

Schulterblatt. »Wie willst du erklären, dass du ihre Hand gehalten hast und sie auch nicht wesentlich mehr anhatte?«

Mack atmete tief ein. Er musste versuchen, Vance loszuwerden. »Ich will, dass du es einfach vergisst, okay? Es ist vollkommen harmlos.«

Vances Nasenflügel bebten. »Du redest einen solchen Scheiß daher!«

Dann hob Vance die Hand. Er hielt eine Pistole.

Macks Schultern erstarrten, bis auf die Stelle, wo Vances Hand lag – diese Stelle brannte heiß. »Was tust du da?«, fragte Mack.

Vance stieß Mack mit der Pistole gegen die Brust, so dass er sich nicht bewegen konnte. Seine Knie waren starr. Er schwitzte. Er spürte die kalte Brise vom Meer.

»Du wirst es Maribel sagen«, drohte Vance. Seine Stimme klang abgehackt. »Du wirst Maribel erzählen, was du getan hast, oder ich erzähle es ihr.«

»Du weißt ja absolut nichts«, entgegnete Mack.

»Ich weiß, was ich gesehen habe«, beharrte Vance. »Ich weiß, wie es ausgesehen hat.«

»Ich sagte dir bereits, dass es nicht so ist«, beteuerte Mack.

»Du wirst es Maribel sagen«, wiederholte Vance. Er presste die Pistole fester gegen Macks Brust. Vances Haut wirkte im schwachen Licht leicht violett. »Du bist so ein Idiot. Du hast eine tolle und perfekte Frau wie Maribel und treibst dich hinter ihrem Rücken herum. Du absolut beschissener Idiot!«

Die Mündung der Pistole stak in Macks Brust. Er dachte an den brennenden, scharfen Schmerz, der entstünde, wenn eine Kugel in sein Herz eindränge. Sein Herz würde explodieren und kleine Teilchen von Maribel und Andrea würden überallhin verstreut. Er *war* ein Idiot mit idiotischen Gedanken.

»Ich könnte dich feuern«, sagte Mack.

»Ich könnte *dich* feuern«, konterte Vance. »Keine Verabredungen mit Gästen, erinnerst du dich? Du brichst nicht nur die Regeln, sondern erweist dich aus als der Heuchler, für den ich dich schon immer gehalten habe.«

»Aber du hast eine Pistole.«

»Stimmt«, erwiderte Vance. »Ich habe eine Pistole. Und daher habe ich die Wahl. Ich kann dich feuern oder ich kann dich töten. Oder ich kann hoffen, dass du klug genug bist, nach Hause zu gehen und Maribel zu sagen, dass du heute Abend im Bett einer anderen Frau gewesen bist.«

Macks Mund war trocken. »Warum bedrohst du mich? Wir arbeiten zusammen. Wir arbeiten schon von Anfang an zusammen. Wir sind sozusagen Kumpel, oder?«

Vance lachte scharf auf. »Du hast keine Ahnung, wie sehr ich dich hasse. Du hast wirklich keine Ahnung. Unglaublich. Du bist diese verdammten dreißig Sekunden vor mir vom Schiff gestiegen, und plötzlich bist du der weiße Prinz und nimmst an, dass jeder dich liebt. Maribel liebt dich, Zimmer 18 liebt dich, Bill und Therese und alle Gäste, bei denen du dich einschleimst, lieben dich. Aber ich nicht, Kumpel. Du treibst mich zum Äußersten, Petersen, und da bin ich imstande, so was wie das hier zu tun. Ich bin imstande, dich wegzuputzen und hinterher zu sagen, es wäre ein Unfall gewesen, ich hätte die Pistole in einem Zimmer gefunden und damit rumgespielt und hoppla – sie ging los. Also schicken sie mich ein oder zwei Jahre nach Walpole. Na und? Das wäre es vielleicht wert, Bruder.«

»Du bist wahnsinnig«, flüsterte Mack.

»Wirst du es Maribel sagen?«, fragte Vance. »Das ist alles, was mich hier und jetzt wirklich interessiert. Wirst du es ihr sagen?«

Mack nickte. »Ja.«

»Okay.« Vance nahm die Pistole von Macks Brust und betrachtete sie. Mack atmete aus und die Muskeln in seinen Beinen begannen zu kribbeln. »Dieses Ding ist voll geladen, schussbereit. Aber wenn du es jemandem verrätst, werde ich einfach sagen, dass ich dir einen Streich gespielt hätte.«

»Um Himmels willen, Vance.«

»He«, sagte Vance und richtete die Pistole auf Macks Gesicht. »Ich meine das mit Maribel ernst. Entweder du sagst ihr, was mit dir und Zimmer 18 vorgeht, oder ich erzähle ihr, was ich gesehen habe. Nämlich dich halb nackt auf dem Bett dieser Frau liegen und sie begrapschen.«

»Ich habe sie nicht *begrapscht*«, sagte Mack.

»Sag es Maribel«, drohte Vance. Er senkte die Pistole. »Ich würde dich erschießen, wenn ich mir sicher wäre, dass ich damit durchkäme.«

»Warum hasst du mich?«, fragte Mack. »Ich habe mich damals dafür entschuldigt, dass ich dir deinen Job weggeschnappt habe. Es hatte nichts mit unserer Hautfarbe zu tun, und du weißt das. Außerdem ist das eine Ewigkeit her, Vance.« Mack griff hinter sich nach dem Türknauf. Er wollte zu Tiny in die warme, helle Eingangshalle, obwohl es nach dem, was er gerade erlebt hatte, durchaus sein konnte, dass sie hinter einer Ecke wartete, um ihn mit einem Brecheisen zu erschlagen.

Vance spuckte neben Mack auf den Boden. »Das glaubst du doch selbst nicht«, stieß er hervor.

Als Mack die Einfahrt hochfuhr, hatte Maribel das Geschirr fertig abgetrocknet und fortgeräumt. Sie hatte ihre weißen Shorts und den hellbeigen Pulli ausgezogen und ein T-Shirt mit Boxer-Shorts angezogen. Sie hatte sich Gesicht und Hals mit Reinigungsseife gewaschen. Als Mack um Mitternacht zur Tür hereinkam – was selbst für einen Lacey-Gardner-Abend spät war –, war sich Maribel ziemlich sicher, dass sie alle Spuren beseitigt hatte, die darauf hindeuten könnten, dass Jem Crandall zum Essen da gewesen war.

Sie hatte es als prickelnd empfunden, sobald sie sich über Zeit und Ort einig waren. Ihr Abenteuer mit Jem. Ein kleines, intimes Sinnenfest.

Zwei Umstände hatten dazu geführt, Jem einzuladen. Zum einen dachte Maribel immer wieder an den Tag, den sie mit Jem am Strand verbracht hatte. Da fühlte sie bereits, es sei ihnen irgendwie vorherbestimmt gewesen, auf dem Parkplatz von *Stop & Shop* aufeinander zu treffen. Und Maribel hatte Jem instinktiv mit zum FKK-Strand in Miacomet genommen. Warum? Sie hätten genauso gut nach Cisco fahren können. Aber Maribel hatte sich Jem zeigen *wollen,* was sie auch tat: nur schauen, nicht berühren. Und diese Blicke konnte Maribel nicht vergessen.

Zum anderen legte Mack seit etwa einer Woche wieder seine alten, christlich-sozialen Manieren aus Iowa an den Tag. Er fragte ständig, wie sie sich fühlte und ob es ihr gut gehe. Dann, im *Le Languedoc,* hatte er ausweichend geantwortet, als sie ihn wegen der Gewinnbeteiligung gefragt hatte. Mack hatte nicht die Absicht, Bill um eine Gewinnbeteiligung zu bitten, und er hatte nicht die Absicht, sie zu heiraten, und diese Freundlichkeit war nur Fassade und ermöglichte ihm, sie leichter im Stich zu lassen. Mack konnte es absolut nicht ausstehen, wenn Dinge tatsächlich *passierten* – etwa als der Sheriff ihm sagte, dass seine Eltern umgekommen seien. Aus dem Grund würde er Bill nicht um eine Gewinnbeteiligung bitten, aber das würde er Maribel nicht sagen. Er würde einfach weiterhin »Bitte« und »Danke« und »Ich weiß nicht, Schatz« sagen, »Ich weiß es einfach nicht« – für alle Zeit.

All das hatte Maribel dazu gebracht, Jem anzurufen und ihn herüberzubitten.

»Am Sonntag«, sagte sie. Sie saß bei verschlossener Tür in ihrem ruhigen und sicheren Büro voller Bücher im Atheneum. »Abendessen bei mir zu Hause. Halb acht?«

»Sonntag?«, fragte Jem. Leichte Unsicherheit schwang in seiner Stimme mit. »Sonntag, meinen Sie, während Mack bei Lacey ist?«

»Genau«, erwiderte Maribel.

Stille. Maribel hörte auf der anderen Seite der Tür das leise Gemurmel von den Stimmen der Bibliotheksbesucher.

»Sie bringen mich in eine unangenehme Lage«, sagte Jem. »Sie bitten mich, meinen Boss zu belügen.«

»Ich bitte Sie zum Essen«, stellte Maribel klar. »Mack wird nicht da sein. Ich werde ihm nicht erzählen, dass Sie kommen, es sei denn, Sie wollen es. Aber ehrlich, Jem, das ist keine große Sache. Ich habe oft Leute hier, Freunde, wissen Sie. Sie ... kommen vorbei.«

»Nun ja, dies ist mehr, als nur vorbeizukommen«, entgegnete Jem. »Sie rufen vorher an. Und bei meiner Glückssträhne in letzter Zeit werden Sie es ihm sagen und ich werde letztendlich gefeuert.«

»Dann verstehe ich das als ein Nein. Vielleicht ein anderes Mal.«

»Nein«, widersprach Jem. »Kein anderes Mal. Sonntag ist in Ordnung. Ich werde Sonntag da sein.«

Maribel spürte, wie ihre Hände schwitzten. Sie rieb ihre Handfläche am Hörer und es quietschte. »Sonntag«, sagte sie. »Abendessen um halb acht. Wissen Sie, wo ich wohne?« Es war ein komisches Gefühl, »ich« anstatt »wir« zu sagen. »Ich wohne in der Pheasant Road 95, die Parterrewohnung auf der Rückseite.«

»Ich werde es finden«, versicherte Jem.

Als Mack am Sonntagabend um fünf, bevor er zu Lacey ging, nach Hause kam, hätte Maribel ihre Pläne zum Abendessen beinahe gestanden. Mack war eine gute Stunde in der Wohnung und Maribel folgte ihm wie ein Schatten von Zimmer zu Zimmer. Zunächst lag sie neben ihm im Bett, als er ein Nickerchen machte. Mack konnte nach Belieben einschlafen, so als ließe er die Schnur eines Drachen los, was Maribel stets erstaunte. Plagten ihn wirklich keine quälenden Gedanken? War sein Geist so unbeschwert, dass er ihn einfach loslassen konnte? Offensichtlich. Maribel lag neben ihm und starrte auf das rotblonde Haar, das sonnengebräunte Gesicht und die aufgesprungenen Lippen. Sie dachte: *Ich werde es ihm sagen, wenn er aufwacht. Ich werde ihm sagen, dass ich eine gute Samariterin bin, die ein hungriges Kind speist. Wenn er sich dann auch nur im Geringsten aufregt, werde ich Jem anrufen und absagen.*

Als Mack duschte, saß Maribel im Dampf auf dem flauschigen Sitzbezug der Toilette und dachte: *Ich werde es ihm sagen, wenn er herauskommt.* Mack drehte das Wasser ab und zog den Duschvorhang zurück, und Maribel reichte ihm ein Handtuch. Er trocknete sich Gesicht, Nacken, Brust, Arme und Hoden ab, trat auf die Badematte und schlang das Handtuch dann um seine Taille. Mack machte sich nie Gedanken über sein Aussehen. Er fühlte sich in seinem Körper vollkommen wohl, als wüsste er, dass er Maribel allein dadurch vollkommen verrückt machen konnte, dass er existierte.

Bevor er das Haus verließ, trank Mack einen Schluck Bier, gab Maribel einen Kuss und sagte: »Warte heute Abend nicht auf mich. Es könnte spät werden.« Dann trat er aus der Tür und trabte zu seinem Jeep. Offensichtlich vertraute er ihr bedingungslos. Maribel fühlte sich einen Moment lang schuldig, doch dann fragte sie sich, ob er ihr gegenüber einfach nur gleichgültig war. Er hatte nicht einmal gefragt, was *sie* vorhatte.

Sobald das Rattern des Jeep-Motors schwächer wurde, rief Maribel ihre Mutter an. Sonntag schlief ihre Mutter lange, machte sich in ihrem kleinen Gemüsegarten zu schaffen, setzte sich dann mit ihrer Freundin Rita Ramone auf die geschützte Veranda und trank Wodka-Cocktails. Maribel wusste, dass Rita träge auf den Chaiselongue neben dem Stuhl ihrer Mutter liegen und jedem Wort lauschen würde, aber sie rief dennoch an.

»Mein kleines Mädchen!«, rief Tina aus. »Was für eine Überraschung! Hast du Neuigkeiten für deine Mama?«

Maribel vermutete, dass ihre Mutter gerade den dritten oder vierten Cocktail zu sich nahm. »Nein«, antwortete sie.

»Ist Mack bei Lacey?«, fragte Tina. »Bist du allein, Schätzchen?«

»Eigentlich nicht«, sagte Maribel. »Ich habe jemanden zum Abendessen eingeladen.«

»Nun, hoffentlich schmecken sie gut!«, sagte Tina. Sie lachte aus vollem Hals, und Maribel konnte hören, wie Rita im Hintergrund fragte »Was ist so witzig?«

»Ich habe einen *Mann* eingeladen«, bemerkte Maribel. »Ein süßer Typ.«

Tina lachte noch immer. »Wie süß?«

»Er war auf irgendeinem Kalender Mister November«, erwiderte Maribel.

»Nicht auf dem Christlichen Kalender«, sagte Tina. »Obwohl ein oder zwei süße Typen den Verkauf vielleicht enorm steigern würden.«

»Mack weiß nichts davon«, eröffnete Maribel.

Tinas Stimme wurde nüchterner. Ach, du meine Güte.« Die Sprechmuschel wurde zugehalten: Tina gab diese Neuigkeit an Rita weiter. »Rita glaubt, die einzige Möglichkeit, einen Mann zu bekommen, ist, so zu tun, als sei man unnahbar. Und, Schätzchen? Bist du unnahbar?«

»Ich weiß es nicht.«

»Nun, dann sind wir schon zu dritt«, versetzte Tina. »Warte, ich gehe rein, damit wir ernsthaft reden können.« Im Hintergrund wurde eine Tür geschlossen. »Okay, erzähl mir, was du meinst.«

»Ich meine, Mack ist ein hoffnungsloser Fall«, sagte Maribel.

»Das hast du schon oft gedacht«, erwiderte Tina. »Ist es dieses Mal anders?«

»Ich habe ihm vorgeschlagen, um eine Gewinnbeteiligung zu bitten, aber er hat Bill nicht gefragt.«

»Vielleicht wartet er auf den richtigen Zeitpunkt«, sagte Tina.

»Vielleicht. Vielleicht denkt er auch, es wäre in Ordnung, mich ewig hinzuhalten. Aber es ist nicht in Ordnung. Es gibt noch andere Männer auf der Welt, die mich attraktiv finden, und zufällig habe ich an einem Abend, an dem Mack nicht zu Hause ist, einen zum Essen eingeladen. Das ist doch kein Verbrechen, oder?«

»Du weißt, dass ich aus Männern nicht schlau werde«, antwortete Tina. »Ich könnte mich wohl kaum die Königin der Gelungenen Beziehung nennen.«

»Mama«, sagte Maribel. Die Sonntagnachmittage ihrer Mutter mit Rita Ramone waren halb mit Klatsch und halb mit Schwelgen in Selbstmitleid ausgefüllt. »Meinst du, es ist in Ordnung, dass ich diesen Mann zum Essen eingeladen habe?«

»Ja«, versicherte Tina. »Wie heißt er?«

»Jem«, erwiderte Maribel. »Jem Crandall.«

»Jem Crandall«, wiederholte Tina. »Gott hat Jem Crandall gesegnet. Weißt du, dass ich dich liebe?«

»Ja«, sagte Maribel.

»Amüsier dich, und wir reden am Mittwoch. Ich muss zu Rita zurück, bevor sie das Haus niederbrennt.«

»Okay, Mama.«

»Gott sei mit dir, Maribel.«

Genau um halb acht erschien Jem mit einer Flasche Chardonnay an der Tür und wirkte genauso nervös, wie Maribel sich fühlte. Sein dunkles Haar war nass. Er trug ein blau gemustertes Baumwollhemd und marineblaue Shorts. Und Birkenstock-Schuhe. Er sah gut aus. Er war groß, breitschultrig, stark und jung. Er hatte welliges dunkles Haar und ein wunderbares Lächeln und neigte kein bisschen zum Eigenlob. Es ist völlig normal, wenn du dich noch zu anderen Menschen außer deinem Partner hingezogen fühlst, redete sich Maribel ein. Sie gab sich einer Schwärmerei hin, die sie aus dem Konzept brachte.

»Sie haben Wein mitgebracht«, stellte Maribel fest und nahm Jem die Flasche so vorsichtig ab, als wäre sie ein Baby. »Sehr aufmerksam.«

»Ich kenne mich mit Wein aus«, sagte Jem. »Mein

Vater besitzt eine Bar.« Er legte seine Hand auf Maribels Arm, beugte sich herüber und küsste sie. Es war nur ein kurzer Kuss. Maribel hielt den Wein noch immer an ihre Brust gedrückt, aber er brachte alles durcheinander.

»Oh«, sagte sie. Sie sahen einander an. Jem hatte blaue Augen, passend zu seinem Hemd. Er war lächerlich, unsinnig gut aussehend, und Maribel sah in seine blauen Augen, bis es wie zu viel Schokoladenkuchen wirkte, und sie wusste, dass es nicht gut für sie wäre, wenn sie ihn auch nur eine Sekunde länger ansah. Sie wandte den Blick ab.

»Ich kann von hier gleich eine Kurzführung durch die Wohnung machen«, sagte sie. »Küche, Esszimmer, Wohnzimmer. Zum Badezimmer geht es durch diese Tür hier, und dann das Schlafzimmer.« Maribel hielt nach dem Wort »Schlafzimmer« inne.

»Hübsch«, bemerkte Jem. »Ich habe mir in einem alten Haus ein Zimmer gemietet. Ich wünschte, ich hätte eine eigene Küche.«

»Ich habe ein paar Knabbereien gemacht«, sagte Maribel. »Setzen wir uns.«

»Okay.« Jem wippte auf den Fußballen und rieb die Hände gegeneinander. »Wollen Sie den Wein öffnen? Ich könnte was zu trinken gebrauchen. Ich muss Ihnen sagen, dass ich ein wenig nervös bin.«

»Nervös?«, fragte Maribel. »Warum?«

»Nicht wegen dem, was Sie denken.«

»Was denke ich denn?«

»Ich mache mir keine Sorgen darüber, dass Mack nach Hause kommen und mich hier vorfinden könnte.«

»Gut«, sagte Maribel. Sie wusste, dass Mack nicht vor halb elf oder elf auftauchen würde, auch wenn ein Teil von ihr gerade jetzt wünschte, er täte es.

»Ich bin einfach nervös, in Ihrer Nähe zu sein«, gestand Jem. »Ich möchte, dass alles richtig läuft. Dieser Tag am Strand ...«

»Der Tag am Stand war wunderschön«, sagte Maribel. Sie nahm die mit Boursin-Käse gefüllten Pilzköpfe aus dem Ofen und legte sie auf eine Servierplatte.

»Es war mehr als wunderschön. Es hat meine gesamte Sicht auf die Insel verändert. Vor diesem Tag gefiel es mir überhaupt nicht hier. Aber nach diesem Tag wurde alles wesentlich besser. Es war unheimlich, wie es passiert ist, als hätten Sie magische Kräfte.«

Maribel nahm den Shrimp-Cocktail aus dem Kühlschrank. »Die wünschte ich mir«, sagte sie. Sie hätte fast hinzugefügt: *Wenn ich sie hätte, würde ich sie zuerst bei Mack anwenden.* Sie reichte Jem den Shrimp-Cocktail. »Sie können das zum Couchtisch bringen. Wir setzen uns aufs Sofa.«

Sie deckten den Couchtisch und Jem goss den Wein ein. Maribel hob ihr Glas.

»Prost«, sagte sie. »Ein Wohl aufs Nervössein!«

Sie nippten an ihrem Wein. »Ich bin wirklich nervös«, entgegnete Jem.

»Essen Sie etwas«, schlug Maribel vor. »Dann werden Sie sich besser fühlen.«

Jem nahm einen pfirsichfarbenen Shrimp und zog ihn durch die Cocktailsauce. Maribel beobachtete, wie seine Kiefermuskeln beim Kauen arbeiteten.

»Köstlich«, bemerkte er. Er probierte einige Pilze.

»Wie alt sind Sie?«, fragte Maribel.

»Dreiundzwanzig«, antwortete er. »Im Grunde bin ich noch im Werden begriffen.«

»Dafür gibt es keinen besseren Ort als Nantucket, glauben Sie mir.«

»Kann schon sein, aber ich habe das Gefühl, als würde ich hier nur den richtigen Augenblick abwarten, als wäre das hier ein Rastplatz für mich, bevor mein wahres Leben beginnt.«

»Ihr wahres Leben?«

»Kalifornien«, sagte Jem. »Ich kann nicht immer Ihr Strandagent bleiben, wissen Sie.« Er leerte sein Glas und sank in die Sofakissen. »Ich gehe im Herbst an die Westküste. Sie sollten mit mir kommen.« Er nahm Maribels Hand und küsste ihre Handfläche.

Maribel schloss die Augen und dachte: *Wie erfrischend – ein Mann, der keine Angst hat zuzugeben, dass er nervös ist, der keine Angst hat, noch im Werden begriffen zu sein, und der keine Angst hat, sich eine Blöße zu geben.*

»Danke für das Angebot«, erwiderte sie.

»Ich meine es ernst. Ich möchte, dass Sie mit mir kommen.«

Maribel zog ihre Hand sanft zurück. »Ich kenne Sie kaum, Jem.«

»Dem können wir abhelfen«, sagte er. »Ich werde Ihnen alles erzählen. Mein Vater besitzt eine Bar, meine Mutter ist zu Hause, und meine Schwester hat eine Essstörung. Ich habe das College mit einem Durchschnitt von 3,1 abgeschlossen und war in der Theta-Chi-Verbindung. Ich habe in der High School Lacrosse gespielt. Ich gehe gern ins Kino. Und wissen Sie, an wen Sie mich erinnern? An Meg Ryan. Das dachte ich schon, als ich Sie zum ersten Mal sah.«

»Danke«, sagte Maribel. »Wahrscheinlich ist was daran.«

»Als ich sechs Jahre alt war, gehörten meine Eltern einem Schwimmclub an. Eines Tages saßen meine Schwester und ich am Rand des Beckens. Meine Eltern drehten ihre Runden, und als sie beide am anderen Ende des Beckens waren, schubste ich meine Schwester hinein. Sie war damals erst drei oder vier und sie sank wie ein Bleigewicht auf den Grund.«

»O Gott!«, rief Maribel aus.

»Ein Bademeister bemerkte Gwennie und rettete sie. Niemand hat jemals erfahren, dass ich sie geschubst hatte. Sie dachten, sie wäre gefallen. Und Gwennie war zu klein, um es zu verstehen. Nur, als sie wegen ihrer Bulimie in Therapie ging, hat sie dem Psychiater erzählt, dass ich sie geschubst hätte.«

»Aber Sie glauben doch nicht, dass das ihre Bulimie ausgelöst hat?«, fragte Maribel.

»Ich habe mich dadurch ziemlich schlecht gefühlt«, gestand er. »Aber auch erleichtert, wissen Sie, weil ich lange der Einzige war, der wusste, dass ich meine Schwester fast ertränkt hätte. Das war bei weitem das Schlimmste, was ich je getan habe. Also wissen Sie das jetzt über mich. Was ist das Schlimmste, was Sie je getan haben?«

Maribel runzelte die Stirn. Sie dachte daran, wie sie in der Oberschule betrunken gewesen war und wie sie eine weiße Maus, die sie in einer Zoohandlung gekauft hatte, mit auf eine Pyjamaparty genommen hatte, um sie in Ursula Cavanaughs Schlafsack zu stecken, und dass sie unverheiratet mit Mack zusammenlebte. Und dies – ihre Sünde mit Jem.

»Ich glaube, das Schlimmste, was ich je getan habe, ist etwas, das ich nicht getan habe – etwas, das ich empfunden habe.« Sie dachte an Tina, die inzwischen vor *Akte X* eingeschlafen wäre. »Manchmal schäme ich mich meiner Mutter.«

»Oh«, sagte Jem.

»Meine Mutter war nie verheiratet. Sie war vermutlich ein Hippie und hatte Sex mit irgendeinem Typen, den sie nicht kannte und niemals wiedersah, und dann wurde ich geboren.«

»Wow!« Jems Augenbrauen schossen in die Höhe. »Und sie hat nie wieder geheiratet oder so?«

»Sie ist manchmal ausgegangen, als ich jünger war, aber es war nichts Ernstes dabei, und dann hat sie das Interesse verloren und aufgegeben.« Maribel trank von ihrem Wein. »Sie arbeitet in einer Kalenderfabrik. In einer *Christlichen* Kalenderfabrik.«

»Gefällt es ihr?«, fragte Jem.

»Ja«, antwortete Maribel. »Sie hat dort die Aufsicht. Aber es ist eigentlich nicht das Leben, das sie sich erträumt hat, und es ist absolut nicht das Leben, das ich mir erträume. Sie lebt ihr Leben durch mich, sie hat all diese Hoffnungen für mich.«

»Dafür muss man sich doch nicht schämen.«

»Ich wünschte nur, sie würde etwas für sich selbst wollen«, sagte Maribel. »Aber das tut sie nicht. Und das macht mich zornig und sogar verlegen. Ich habe so das Gefühl, eine schlechte Tochter zu sein, aber ich kann es nicht ändern. Hin und wieder denke ich: *Diese Frau kann nicht meine Mutter ein.*«

»Ich habe meiner Schwester gegenüber manchmal so empfunden«, gab Jem zu. »Meine Eltern sagen, meine Schwester würde uns allen Lektionen in Liebe und Akzeptanz erteilen.«

»Ich brauche einige solche Lektionen«, sagte Maribel.

»Die brauchen wir alle.« Jem küsste erneut ihre Hand.

Das Abendessen bestand aus gegrilltem Lacks, kaltem Kartoffelsalat mit Kräutern und einigen Blattgemüsen mit Balsamessig. Sie tranken die Flasche Wein aus und Maribel brachte Schokoladenmousse und eins von Macks Bieren für Jem. Er erzählte ihr Geschichten über den Beach Club. Maribel hörte schon jahrelang Geschichten über den Beach Club und sie hatten ihr nicht ein einziges Mal gefallen. Mack nahm seinen Job im Hotel so ernst, dass Maribel nicht erkannt hatte, was für ein ulkiger Ort es sein konnte.

»Da ist ein Gast, Mr Feeney«, erzählte Jem, »der eine Woche im Hotel wohnt. Jeden Tag ruft Mr Feeney bei der Rezeption an, um sich über seine Toilette zu beschweren.«

Maribel kicherte. »Seine Toilette?«

Jem nahm einen Schluck Bier. »Seine Toilette.« Er rülpste. »Entschuldigung. Also, Mr Feeney ruft jeden Tag an. Der Wasserkasten füllt sich nicht schnell genug, er macht Geräusche, die ihn und seine Frau nachts wach halten, jeden Tag etwas anderes. Also überprüfe ich das jeden Morgen, rüttelte am Abzug, ohne zu wissen, was ich tue, aber Mr Feeney merkt es nicht. Er drängt sich mit mir ins Badezimmer und ist verdammt froh darüber, dass jemand seine Toilettenprobleme ernst nimmt. Und ich würde am liebsten zu ihm sagen: ›Mister Feeney, Sie hätten mehr von Ihrem Urlaub, wenn Sie aufhörten, sich Gedanken über Ihre Toilette zu machen, und anfingen, sich mit Ihrer Frau an den Strand zu setzen, mit den Füßen im Meer zu planschen und die salzige Luft zu genießen.‹ Aber ungefähr am vierten Tag bemerke ich etwas sehr Tiefgründiges. Wissen Sie, was?«

»Was?«, fragte Maribel.

»Manche Leute sind nicht gern glücklich. Sie fühlen sich viel wohler, wenn sie ein Problem haben. Und Mr Feeney ist so ein Fall. Der Typ ist mit seiner Frau im Urlaub, in einem Weltklassehotel, aber das genügt nicht. Er *mag* es, sich Gedanken über seine Toilette zu machen. Das macht ihm Spaß. Es ist für ihn wie ein Hobby.«

»Mr Feeney und sein Toilettenhobby«, sagte Maribel.

»Genau. Und ich bin Mr Feeneys Toilettenagent, wie Sie vielleicht schon vermutet haben. Also, am letzten Tag seines Aufenthalts ruft er wieder an. Und ich sage: ›Was stimmt heute mit Ihrer Toilette nicht, Mr Feeney?‹ Und er sagt: ›Nun, Jem, die Spülung funktioniert nicht.‹ Also überprüfe ich es, und es stimmt – die Spülung funktioniert nicht. Wir rütteln am Abzug, wir spielen mit dem Schwimmer herum, nichts. Die Toilettenspülung funktioniert nicht, sie gluckert nicht, nichts. Ich frage ihn, ob er was Besonderes damit gemacht hat. Er sagt nein, und ich kann erkennen, dass er jede Sekunde dieser Geschichte genießt, weil seine Toilette jetzt wirklich kaputt ist.«

»Was machen Sie also?«, fragte Maribel.

»Mack taucht auf, und wir versuchen es mit dem Sauger, und es ist klar, dass das Klo verstopft ist, von etwas Großem, denn der Sauger hilft nicht. Also heben wir das Klo vom Boden hoch, bringen es nach draußen, wo wir es besser bewegen können, und sehen rein, und was glauben Sie, was wir finden?«

»Ich weiß nicht.«

Jem bedeutete Maribel, sich zu ihm zu beugen. Sie stützte die Ellbogen auf die Knie und das Kinn in die Hände, und Jem tat es ihr nach. Ihre Nasen berührten sich praktisch und Maribel konnte seinen scharfen Atem riechen.

»Was haben Sie gefunden?«, flüsterte sie.

»Honigmelonenschalen«, antwortete er. Er beugte sich rasch noch ein wenig weiter vor und küsste Maribel einmal, ganz leicht. »Wir fanden Honigmelonenschalen.« Er küsste Maribel nochmals. Er teilte ihre Lippen und schmeckte sie. Wie ein Junge, der den ganzen Sommer ohne Küche lebt. Wie jemand, der nicht nur hungrig, sondern ausgehungert war. Maribel dachte: *Das fühlt sich gut an, ich fühle mich gut, ich fühle mich herrlich. Der Knabe ist jung, unfertig, er sieht gut aus und ist so süß.* Sie dachte: *Was würde ich tun, wenn Mack genau jetzt hereinspazierte? Wie würde ich das erklären? Als Barmherzigkeit?* Sie dachte: *War es nicht das, worauf ich gehofft hatte, als ich ihn einlud? Aber es ist harmlos, nur ein Kuss, eine Schwärmerei.* Sie dachte: *Wieso Honigmelonenschalen?* Sie dachte: *Ist dies das Schlimmste, was ich je getan habe, oder nur der Anfang vom Schlimmsten?*

Schließlich trennte sich Jem von ihr und schaute auf die Uhr an der Wand hinter ihr. »Ich gehe besser«, sagte er. »Ich möchte nicht gehen, aber es ist besser.«

Maribel begleitete ihn zur Tür. Sie schaltete das Außenlicht an und Motten flogen gegen die Fliegentür.

»Was bedeutet das?«, fragte Jem. »Die ganze Zeit, als ich dich geküsst habe, fragte ich mich, was das bedeuten könnte.«

»Ich weiß es nicht«, sagte Maribel und fühlte sich in diesem Moment wie Mack. Mack und sein »Ich weiß es nicht«, das sie zur Weißglut trieb. Aber es stimmte. Sie wusste nicht, was der Kuss bedeutete.

»Ist es eine Affäre?«, fragte er. Er lachte sarkastisch. »Gott, ich habe eine Affäre mit der Freundin meines Bosses. Das ist großartig.«

»Jem, es ist keine Affäre. Wir haben uns nur geküsst. Über mehr reden wir nicht.«

»Wir haben uns geküsst«, sagte Jem. »Und ich möchte dich irgendwann wieder küssen. Eigentlich würde ich gern mehr als dich nur küssen. Wie wäre das?«.

»Jem«, erwiderte Maribel, »warten wir ab, okay? Lass uns sehen, was kommt.«

»Ich hoffe bei Gott, dass du nicht mit mir spielst. Ich hoffe bei Gott, dass du mich nicht zum Essen einlädst, mir all das Zeug über deine Mutter erzählst und mich so lange küsst, nur um Mack auf die Palme zu bringen. Ich hoffe, dass du mich in nichts hineinziehst, Maribel. Weil das meine Gefühle verletzen würde. Ich hege dir gegenüber Gefühle, das weißt du.«

Maribel nickte.

»Danke fürs Essen«, sagte er rau. Er öffnete die Schutztür und trat hinaus. Seine blauen Augen und das blaue Hemd verschwanden in die dunkle Nacht.

Maribels Lippen fühlten sich gespannt und dumpf an. »Keine Ursache«, sagte sie.

Maribel verwischte die Spuren so gut sie konnte, aber als Mack zur Wohnungstür hereinkam, wirkte er verwirrt und unangenehm berührt. *Er weiß es,* dachte Maribel. Sie lag zusammengerollt auf dem Sofa, aber als Mack hereinkam, setzte sie sich auf. »Was ist los?«, fragte sie.

Mack setzte sich neben Maribel und senkte den Kopf, fuhr sich mit den Händen durchs Haar.

»Mari«, sagte er.

»Was ist?« Sie legte die Arme um seine Schultern und küsste ihn auf die Wange. »Was ist los?«

»Ich muss dir etwas sagen, und ich will nicht, dass du dich aufregst. Hör mir einfach nur zu.«

»Was ist denn?«, fragte sie.

»Ich meine es ernst. Ich möchte, dass du mich sagen lässt, was ich zu sagen habe.«

»Okay«, sagte Maribel. »Ich werde zuhören. Erzähl es mir.«

Mack räusperte sich. »Nachdem ich gestern Abend bei Lacey war, bin ich noch zu einem der Zimmer gegangen, um Andrea Krane zu besuchen. Du erinnerst dich an Andrea? Und an ihren Sohn James?«

»Ich erinnere mich an Andrea«, antwortete Maribel. Andrea war eine hübsche, etwas ältere Frau, und James hatte die wenigen Male, die Maribel ihn gesehen hatte, ihr Herz berührt. Ein autistischer Junge, dessen ganzes Leben nebelhaft war.

Mack sagte: »Nun, ich habe Andrea besucht, und es ist passiert.«

»Was ist passiert?«, fragte Maribel. Sie dachte an James, wie er mit den Armen um sich schlug und schrie. Sie dachte an sein unaufhörliches Wiegen.

»Ich habe sie geküsst. Ich war in ihrem Zimmer, saß auf ihrem Bett und habe sie geküsst.«

Maribel war verwirrt. Das war eine seltsame, grausame Umkehrung. Erzählte Mack ihr gerade, *er* habe jemand anderen geküsst? Ihre Kehle brannte. Er hatte Andrea, James' Mutter, geküsst? Die Gedanken an Jem waren plötzlich aus dem Raum verdrängt. Maribels heimliche Schuld und ihr Vergnügen an Jem waren verschwunden. An deren Stelle trat Entsetzen und Schock. Tränen traten Maribel in die Augen. *Ich bin eine Heuchlerin,* dachte sie. *Mack hat nichts Schlimmeres getan als ich heute Abend.* Nichts Schlimmeres, nur dass er die Wahrheit laut ausgesprochen hatte, was es hundertmal schlimmer erscheinen ließ.

Mack erhob sich und brachte ihr eine Packung Papiertaschentücher. Er wischte Maribel übers Gesicht. »Es tut mir Leid, Mari. Ich kenne sie schon lange, sogar länger als dich. Es war immer etwas zwischen uns. Aber dieses Jahr, ich weiß nicht warum, ist es mehr geworden. Ich glaube, ich liebe sie.«

»Du liebst sie?«, fragte Maribel. Sie atmete tief durch, um zu sprechen, um seinen brutalen Schlag zu erwidern, aber als sie die Worte zu finden versuchte, um ihm von Jem zu erzählen, schnürte es ihr die Kehle zu. Maribel liebte Jem nicht. Das war absolut nicht fair. *O Gott,* dachte sie, *was tut er mir an?* Er *liebt* Andrea? Einen Gast? Nach sechs Jahren ging es überhaupt nicht mehr um die Farm oder seinen Job oder Cecily – es ging um *Andrea Krane?* Maribel dachte an Tina und wie ihr diese Nachricht das Herz brechen würde. Es war vorbei, eine Beziehung vorbei, genau wie Mack seine Eltern verloren hatte. Aus. Vorbei.

»Du musst gehen«, sagte Maribel. »Du musst ausziehen, ins Hotel. Ich will dich hier nicht mehr haben.«

»Nein. Nein, bitte warte, Mari. Maribel, langsam. Ich weiß, dass du aufgebracht bist. Aber bitte wirf mich nicht raus. Ich muss versuchen, es dir zu erklären.«

»Du liebst Andrea«, sagte Maribel. »Was gibt es da noch zu erklären?«

»In diesem Sommer geschieht etwas. Die Welt will, dass ich erwachsen werde. Du willst, dass ich erwachsen werde. Und ich will nicht erwachsen werden. Ich fühle mich so kindisch. Ich liebe Andrea, aber ich liebe dich auch, Maribel. Du weißt es. Andrea ist verletzlich, und ihr Leben ist schwierig, viel schwieriger, als du oder ich es uns jemals vorstellen könnten. Darum empfinde ich etwas für sie, Maribel. Darum und weil sie nicht aufgibt, empfinde ich etwas für sie. Dafür liebe ich sie.«

»Ihr Leben ist schwierig?«, sagte Maribel. »*Mein* Leben ist schwierig! Mein Leben ist sehr, sehr schwierig. Hast du das vergessen? Hast du vergessen, was ich durchgemacht habe, um hierher zu kommen, Mack?«

»Das ist etwas anderes, Maribel. Ich nehme dir nichts weg. Aber du musst dich nicht um Dinge kümmern wie Andrea.«

»Dann geh zu ihr«, sagte Maribel. Und dachte hasserfüllt: *Geh zu ihr und ihrem verdammten Sohn.* »Raus hier!«

»Aber ich liebe dich auch«, erwiderte Mack.

»Scheiß drauf!«, sagte Maribel.

»Ich will nicht gehen.«

»Was willst du *dann?*«, fragte Maribel. »Hast du irgendeine Ahnung? Willst du die Farm verkaufen? Willst du dein ganzes Leben lang dieses verdammte Hotel leiten? Du weißt es nicht. Willst du heiraten und Kinder haben? Du weißt es nicht. Du weißt gar nichts, außer dass du uns beide liebst. Du willst mich hier zu Hause haben und Andrea unten im Hotel. Es tut mir Leid, Mack. Es tut mir sehr Leid.« Jetzt wurde Maribel hysterisch, sie atmete abgehackt, und heiße, salzige Tränen brannten ihr in den Augen. Sie nahm ein Taschentuch und versuchte, sich die Nase zu putzen, aber sie war verstopft. Sie dachte an die defekte Toilette. Ihr Leben war eine Toilette.

»Ich werde etwas für dich tun«, versicherte Mack.

»Das Einzige, was du für mich tun kannst, ist, hier zu verschwinden«, sagte Maribel. Ihre Stimme klang dünn und nasal.

»Ich werde Bill um eine Gewinnbeteiligung bitten. Ich werde ihn direkt nach dem Vierten fragen. Ich schwöre es, Maribel.«

Maribel versuchte erneut, sich zu schnäuzen, aber ihre Nase war immer noch verstopft. Ihr Schnäuzen klang wie ein Blöken. »Ha! Warum jetzt, Mack? Damit du James und Andrea ein gutes Leben bieten kannst? Damit du ihnen zeigen kannst, wie bedeutend du bist? Geh und frag Bill nach der Gewinnbeteiligung. Ich hoffe, er lehnt ab. Ich hoffe, er feuert dich und verlässt diese Insel.«

»Aber ich tue es für dich, Maribel«, entgegnete Mack. »Ich tue es, weil du willst, dass ich es tue.«

»Ich will, dass du *mich heiratest!*«, schrie Maribel. Sie konnte nicht glauben, wie verärgert und aufgebracht sie war. Sie hätte nie im Leben prophezeit, dass die Beziehung so zerbrechen würde, so plötzlich, in einer Nacht. »Ich will, dass du mich heiratest! Ich dachte, das Problem läge bei *dir.* Ich dachte, du wärst einfach noch nicht *erwachsen.* Ich dachte, du hättest immer noch mit deinen Eltern, mit der Farm zu tun. Und ich dachte, wenn du Bill um eine Gewinnbeteiligung bittest, würde dir das Selbstvertrauen geben, würdest du dich gefestigt und *bereit* fühlen. Ich habe nicht erkannt, dass das Problem nicht bei dir liegt, Mack, sondern bei *mir.* Ich bin nicht die Frau, die du willst.«

»Du bist die Frau, die ich will«, erwiderte Mack.

»Dann *bitte mich, dich zu heiraten.*«

Mack streckte erneut die Arme nach ihr aus und sie gab nach. Sie sank an seine Brust und weinte noch stärker. Sein Hemd, sein Geruch, ihr Mack, sie liebte ihn so sehr. Sie wollte nur ihn, alles, was sie brauchte, um die leere Stelle auszufüllen, wo ihr Vater hätte sein sollen. Sie wartete fünf Minuten, zehn Minuten, und er schwieg. Er sprach beruhigend in ihr Haar, aber er bat sie nicht, ihn zu heiraten. Plötzlich war ihr Kopf schwer wie ein Sandsack und ihr Mund trocken und rau vom Wein und von den Tränen.

»Du musst gehen«, sagte Maribel. Sie stand unsicher auf und deutete in Richtung der Tür. »Es tut mir Leid.«

»Maribel, das meinst du nicht ernst.«

»Doch.« Sie ging ins Schlafzimmer und ließ sich aufs Bett fallen. Sie schloss die Augen, als sie Macks Jeep anfahren hörte.

Mack verbrachte den Rest der Nacht in seinem Jeep auf dem Parkplatz des Beach Club. Er überlegte, sich in Lacey Gardners Häuschen zu stehlen und dort auf dem Sofa zu schlafen, aber er wollte sie nicht erschrecken. Und so wickelte sich Mack in seinen Polar Fleece, lehnte den Sitz so weit wie möglich zurück und schloss die Augen.

Er erwachte vom Klang einer Stimme. Er setzte sich auf und sah sich um – es war noch dunkel. In der Nähe des Foyers und am Strand sah er niemanden. Er kletterte leise aus dem Jeep und sah dann, wie Cecily auf der Vordertreppe ihres Elternhauses saß und mit einem Handy telefonierte. Mack sah auf seine Uhr. Es war halb vier.

»Ich liebe dich«, sagte sie gerade. »Ich halte es hier ohne dich nicht aus. Ich liebe dich unsterblich.«

Bitte, Cecily, dachte Mack. *Verliebe dich nicht.* Aber so wie es klang, war es bereits zu spät. Er kletterte wieder in seinen Wagen.

»Ich liebe dich, Gabriel.« Cecilys Stimme klang sanft und bittend. »Kannst du mich hören? Ich liebe dich.«

Scheinbar nur Minuten später hörte Mack ein Klopfen am Fenster des Jeeps und öffnete die Augen. Es waren Andrea und James. Die Sonne war bereits aufgegangen. Mack schaute auf seine Uhr. Es war sechs Uhr. Er öffnete die Wagentür.

»Wieso habe ich das Gefühl, dass du nicht hier bist, um mit uns zum Flughafen zu fahren?«, fragte Andrea.

»Kommt Mack mit zum Flughafen?«, fragte James. »Rasieren wir uns heute, Mack?«

»Wie geht es dir, Kumpel?«, fragte Mack. Er sah Andrea an. »Ich habe es Maribel gesagt.«

»Ihr was gesagt?«, fragte Andrea. Ihre grau-grünen Augen weiteten sich. »Das mit uns? Warum? Oh, Mack, was hast du gesagt?« Sie wandte sich zu James um. »Steig schon ein, James. Mom ist in fünf Minuten da.«

»Es ist drei Minuten nach sechs, Mom. Wir sind schon spät dran.«

»Fünf Minuten«, sagte Andrea.

»Fünf Minuten.« James tippte auf das Glas seiner Armbanduhr. »Mom ist um acht Minuten nach sechs da.«

Andrea wartete, bis James in den Geländewagen gestiegen war, und fragte dann: »Was ist passiert?«

»Ich musste es ihr sagen.« Mack dachte an Vance, der mit der Pistole auf ihn zielte, als wäre sie ein Spielzeug. Aber als es so weit war, hatte Mack es Maribel nicht wegen Vance erzählt. Er hatte es ihr erzählt, weil es an der Zeit war. Er hatte es ihr erzählt, weil er es nicht mehr ertragen konnte zu lügen. Vance verkörperte nur Macks Gewissen, wie aus einem verdammten Stück von Shakespeare. »Ich habe ihr gesagt, dass ich dich liebe.«

»Nein!«, rief Andrea aus. Sie legte eine Hand aufs Herz. »Sie muss ja jetzt völlig fertig sein. Das arme Mädchen.«

»Was ist mit mir?«, fragte Mack. »Sie hat mich rausgeworfen. Ich habe die Nacht hier auf dem Parkplatz verbracht.« Sein Mund fühlte sich pelzig an. Er roch nach den vier Scotch, die er bei Lacey getrunken hatte. Er hatte Kopfschmerzen, und seine Beine würden sich verkrampfen, sobald er aus dem Jeep stieg. Er brauchte noch fünf Stunden Schlaf, eine heiße Dusche und frische Kleidung.

»Du bist ein Mann, Mack. Männer werden immer überleben.«

Mack berührte Andreas Haar. »Du könntest zusehen, wie ich diesen Winter in Baltimore überlebe.«

»Mack«, sagte Andrea und schüttelte traurig den Kopf.

»Was?«, fragte Mack. »Ich könnte dich mit James unterstützen. Ich könnte dir die Hilfe zukommen lassen, die du brauchst.«

»Geh nach Hause und nimm alles zurück«, sagte sie.

»Du willst mich nicht in Baltimore haben?«

»Geh einfach nach Hause. Ich stelle mich nicht zwischen dich und Maribel. Sie ist viel besser für dich als ich.«

»Aber ich liebe dich«, versicherte Mack. »Deswegen bin ich hier gelandet. Ich liebe dich.«

»Vielleicht«, sagte Andrea. »Oder vielleicht hast du Mitleid mit mir. Es ist so, dass du bei Maribel sein solltest. Ich bin nur eine Freundin, Mack, eine Sommerfreundin. Du hast keine Ahnung, wie mein Leben das übrige Jahr verläuft. Du hast keine Ahnung, was passiert, wenn ich erst aufs Festland zurückkehre.«

»Das weiß ich. Ich meine, ich möchte es herausfinden.«

»Ich sollte besser nicht mehr hierher kommen. Ich habe mich zu viel auf dich verlassen, und ich habe dir das Gefühl gegeben, dass du mir helfen könntest. Aber du kannst mir nicht helfen, Mack. Niemand kann mir helfen. James ist mein Schicksal im Leben – er ist mein Segen und meine Last.« Sie versuchte zu lächeln. »Wie auch immer – ich habe gehört, dass Martha's Vineyard auch schön sein soll. Vielleicht fahren wir nächstes Jahr dorthin.«

»Nein«, entgegnete Mack. Das war zu viel: sie beide in einer Nacht zu verlieren. »Unmöglich!«

Andrea ergriff Macks Handgelenk und sah auf seine Uhr. »Meine fünf Minuten sind um. Geh nach Hause.« Er lauschte ihren Schritten, die über die Schalen und den losen Kies knirschten. Er hörte das leise Geräusch der sich öffnenden Wagentür und James' Stimme: »Du bist eine Minute zu spät, Mom.« Dann startete Andrea den Wagen und fuhr davon, aber Mack wandte sich nicht um, um ihr nachzusehen.

Er lehnte sich in seinem Sitz zurück und schaute aufs Meer. Vielleicht sollte er einfach ins Wasser fahren. Dann hörte er eine Stimme, eine leise, vibrierende Stimme. *Zu Hause.* Er beugte den Kopf. *Zu Hause.*

»Das glaube ich nicht«, sagte Mack. Er schloss die Augen.

5

Unabhängigkeitstag

2. Juli

Lieber Bill,
Die Antwort auf Ihre Frage lautet: Ja, ich bin Vater. Sie brauchen nicht zu wissen, wie viele Kinder ich habe oder ob es Söhne oder Töchter sind – es ist unbedeutend und für mich ohnehin zu schmerzlich, darüber zu reden, selbst im Brief. Ich weiß, dass Ihre Tochter recht jung ist – siebzehn? achtzehn? –, und ich weiß, dass sie einen Großteil des Jahres fern von Ihnen lebt. Ich frage mich, Bill, ob Sie eine Ahnung haben, was im Herz und im Kopf Ihrer Tochter vorgeht. Will sie, was Sie wollen? Kann sie sich vorstellen, den Familienbetrieb weiterzuführen? Liebt sie das Hotel ebenso wie Sie, Bill? Haben Sie sie je danach gefragt? Vielleicht sollten Sie es tun, ehe Sie mein Angebot ablehnen.

Mit freundlichen Grüßen
S. B. T.

Cecilys Job bestand in diesem Sommer darin, den Strand zu beaufsichtigen und darauf zu achten, wenn Leute die Schilder *Nantucket Beach Club: Privatgelände* offenkundig übersahen.

Nach vier Jahren Schule in Middlesex, die eine Stange Geld gekostet hatten, gaben ihre Eltern ihr nun diesen Job. Aufseherin. Polizistin. Leiterin der Polizeistreife im Beach Club von Nantucket.

Cecily saß auf den Stufen des Pavillons, vor sich ein Klemmbrett und eine Computer-Liste mit den Namen der Mitglieder des Beach Club. Sollte sie Leute am Strand sichten, die ihr unbekannt waren, musste sie nach deren Namen fragen. Stand der Name auf Cecilys Liste, lächelte sie und wiederholte ihn: »*Ach, hallo,* Mrs Papale!«, als hätte sie denjenigen von Anfang an erkannt. Darum ging es bei einem Club: erkannt zu werden und dazuzugehören.

Stand ihr Name nicht auf der Liste, musste sie sie höflich bitten zu gehen. Cecilys Vater war zu feige, um diesen Job selbst zu übernehmen, obwohl er behauptete, er hätte keine Angst, sondern sei vielmehr zu beschäftigt mit finanziellen Dingen und der Lektüre des Bändchens von Robert Frost.

An einem sehr heißen und belebten Tag unmittelbar vor dem Hauptfeiertag des Sommers stieß Cecily auf ihren ersten Unbefugten. Sie saß mit ausgestreckten Beinen in der Sonne, als ein Paar, das wahrscheinlich nicht hierher gehörte, von rechts heranschlenderte. Der Grund für diesen Eindruck war genau das, warum Cecily ihr Job verhasst war: Sie wirkten arm. Der Preis für die Benutzung eines der Sonnenschirme, die ihre Mutter in Südfrankreich bestellte, betrug fünftausend Dollar für einen Sommer. Das war für fast jedermann unerschwinglich – und entschieden zu viel für das Paar, das seine Handtücher (kleine, weiße Handtücher, wie man sie vielleicht im Holiday Inn findet) unter einem blauen Schirm ausbreitete.

Das Paar sah aus wie Jack Sprat und seine Frau. Der Mann war dünn und blass, mit einem schwarzen

T-Shirt und abgeschnittenen Jeans, und die Frau trug einen riesigen türkisfarbenen Hut sowie eine rote Kühltasche, die sie unten vor die Handtücher stellte.

Cecily hörte ein Klicken hinter sich. Sie wandte sich um und sah, wie ihr Vater mit seinem Kugelschreiber ans Bürofenster klopfte. Er deutete auf das Paar.

Cecily stand widerwillig auf. Sie stapfte durch den heißen Sand und genoss das peinigende Brennen an den Fußsohlen. Der Mann wandte den Kopf von rechts nach links und prüfte buchstäblich, ob die Luft rein war. Die Frau nahm eine grüne Flasche aus der Kühltasche: ein Heineken-Bier. Das beliebteste Bier in Middlesex. Der Mann reichte der Frau ein Taschenmesser aus der vorderen Tasche seiner Shorts und die Frau schnippte den Kronkorken in den Sand.

»Verzeihung«, sagte Cecily. Der Mann wandte ruckartig den Kopf. Er hatte nicht daran gedacht, hinter sich zu schauen. »Ich muss nur Ihren Namen auf der Liste überprüfen.«

Der Mann stand auf. Auf der Vorderseite seines T-Shirts war ein Mandala zu sehen. Er hatte lange, schmutzige, blonde Haare und einen Schnurrbart, den er berührte, während Cecily sprach.

»Der Name ist Cadillac«, sagte er. »Joe Cadillac.«

Joe Cadillac. Es war ein guter Versuch: Vielleicht glaubte er, der Name klänge nach Reichtum. Cecily überprüfte ihre Liste. Sie konnte den bohrenden Blick ihres Vaters im Rücken spüren. Das Brennen an den Fußsohlen wurde unerträglich und sie trat in den Schatten des blauen Sonnenschirms.

»Cadillac, hmm. Wie das Auto, Cadillac?«

Der Mann räusperte sich. »Genau.«

»Ich kann ihn hier nicht finden«, sagte Cecily. Sie sah den Mann nicht an.

»Sind Sie sicher, dass Sie ihn richtig buchstabiert haben?«, fragte er. »Cadillac, mit einem ›C‹? Mit zwei ›C‹?«

»Ja«, antwortete Cecily, »absolut.«

Der Mann schob sein fadenscheiniges Handtuch unter einen Arm. »Okay«, sagte er, »dann gehen wir.«

Die Frau stieß ein langes, schrilles Lachen aus, das klang, als würde eine Hand die Klaviertastatur hinabgleiten. »Du lieber Himmel, Joe!«, sagte sie. Sie hatte lockiges blondes Haar und rot geschminkte Lippen. »Würden Sie uns bitte bleiben lassen, meine Süße?«, fragte sie. »Nur für heute? Ich fürchte, ich werde bei der Sonne bestimmt verschmoren.« Die Frau hatte am oberen Teil ihrer rundlichen Wangen und auf dem Nasenrücken bereits einen schlimmen Sonnenbrand.

»Ich kann Sie nicht bleiben lassen«, erwiderte Cecily. Sie fühlte sich schrecklich. Sie fühlte sich wie ein Kind oder ein zorniger Nachbar, der sagte: »Runter von meinem Eigentum!«

Dic Frau hielt ihr das Bier hin. »Möchten Sie einen Schluck?«, fragte sie. »Es ist eiskalt.«

Cecily betrachtete die perlnasse Flasche. Wie gerne würde sie das Angebot annehmen und ihrem Vater zeigen, dass sie ihre eigene Wahl traf.

»Debra, lass uns gehen«, sagte der Mann.

Die Frau strahlte Cecily an. Mrs Sprat, Mrs Cadillac. Cecily wandte den Blick mühsam ab und schaute zum Nantucket Sound, der sanft auf den Strand ihres Vaters leckte. »Es tut mir Leid«, sagte sie.

Cecily war auch die Oberkellnerin am Strand, die Botschafterin des guten Willens. Sie plauderte mit den Mitgliedern des Beach Club und vergewisserte sich, dass jedermann zufrieden war. Wenn sie die Mitglieder schließlich dem Namen nach kennen und etwas mehr über sie erfahren würde, wäre die Liste unnötig. Cecily hasste es zu plaudern, sie hasste sogar das Wort *plaudern.* Sie wusste nie, was sie sagen sollte, um die Frage, die sie weitaus mehr interessierte, ausreichend zu kaschieren: *Warum geben Sie Ihr Geld auf diese Weise aus? Haben Sie noch nichts vom Hunger in der Welt gehört? Haben Sie kein Gewissen?* Der Beach Club bestand schon seit 1924. Damals kostete der Strandbesuch pro Tag einen Vierteldollar und der Strand war jedermann zugänglich. Ihr Vater besaß sepiafarbene Fotos von Männern und Frauen in altmodischen Badeanzügen, die unter verrückt gestreiften und gepunkteten Sonnenschirmen saßen und Sarsaparilla aus Flaschen tranken. Das gefiel Cecily schon besser. Eins dieser Bilder hatte gerahmt in ihrem Wohnheimzimmer gehangen.

Die Anzahl der Strandbesucher nahm am Vierten Juli stets zu, und dieses Jahr war es sonnig und heiß. Cecily wusste, dass sie am Südstrand plärrende Radios, Volleyballspiele, Picknicks, Bierfässchen, Frisbees und Hunde vorfinden würde. Aber hier im Beach Club war es so lustig wie ein Stapel nasse Badeanzüge, so aufregend wie eine Hand voll Sand. Mr Conroy, der ein Glasauge und zwei schlaffe Altmänner-Brüste hatte, trug eine Badehose mit Stars and Stripes zur Schau. Das war es, was an Aufregung geboten wurde.

Cecily stand im Büro ihres Vaters. »Die absolute Hölle«, rief sie und schaute aus dem Fenster zum Strand.

»Eines Tages wird sie dir gehören«, erwiderte er.

»Was ist, wenn ich sie nicht will?«, fragte Cecily.

»Was gibt es daran nicht zu wollen?«, fragte Bill. »Und jetzt geh raus und zeig ihnen, wer der Boss ist.«

»Du bist der Boss«, widersprach Cecily. »*Du* musst rausgehen.«

Bill lachte, aber dann wurde seine Stimme ernst.

»Geh«, sagte er, »und vergiss nicht, jedem einen frohen Vierten Juli zu wünschen.«

Zu Beginn ihrer Runde musste Cecily an Kevin und Bruce, den Beach Boys, vorbei.

»Hey, sexy!«, rief Bruce. Er war mager, hatte Pickel, trug eine Brille und hielt sich für einen tollen Kerl, weil er im Herbst nach Yale ging.

Cecily zeigte ihm den Stinkefinger. Kevin sagte nie etwas. Er saß einfach nur neben Bruce und kicherte. Sie waren eben nur Jungs. Sie stellten morgens die Sonnenschirme auf und schmissen sich dann wie hässliche Frösche in den Sand, und wenn ein Clubmitglied bei den Stühlen oder Handtüchern Hilfe brauchte, standen sie widerwillig auf. Sie hatten einen noch bequemeren Job als Cecily selbst.

Cecily ging an Mr und Mrs Spoonacre und Mr und Mrs Patterson vorbei und blieb an dem grünen Sonnenschirm stehen, der dem Meer am nächsten war und unter dem Major Crawley saß. Immer der gleiche Platz in größtmöglicher Nähe zum Wasser, immer ein grüner Sonnenschirm und immer allein – weil Mrs Crawley auf den Strand allergisch reagierte. Major Crawley war schon vor Cecilys Geburt aus der Armee ausgeschieden, aber er wirkte immer noch wie ein Major. Er trug militärgrüne Hosen und eine Fliegerbrille und hatte einen silbergrauen Bürstenschnitt.

»Hallo, Freundin«, sagte der Major.

Cecily hockte sich neben dem Liegestuhl des Majors in den Sand. Sie plauderten jeden Tag ein wenig. Cecilys Vater hatte ihr gesagt, dass der Major besonderer Aufmerksamkeit bedurfte. Er war schon seit fast fünfzig Jahren Mitglied des Beach Club. »Hallo, Major! Einen frohen Vierten Juli!«

»Ich möchte Ihnen etwas erzählen«, sagte der Major.

Major Crawley erzählte Cecily gern Geschichten über ihren Großvater. Manchmal, wenn Cecily Glück hatte, sprach er aber auch über seine Zeit bei der letzten Kavallerie in Deutschland, wie sie in der Besatzungszeit durch die Wälder ritten und getürmte Nazis suchten.

»Ihr Großvater, Big Bill Elliott – wir nannten ihn alle Big Bill –, fragte mich um Rat, als er diesen Beach Club kaufte. Wissen Sie, was ich ihm geraten habe?«

»Handtücher bereitzustellen«, antwortete Cecily.

»Stimmt. Und wissen Sie auch warum?«

»Kleine Aufmerksamkeiten zeichnen einen Betrieb aus«, sagte sie.

»Eines Tages wird dies alles Ihnen gehören, und Sie werden dafür sorgen müssen, dass der Club anständig geführt wird. Ich bin dann vielleicht nicht mehr da, um Sie anzuspornen.«

Cecily hatte dieselbe Rede schon unzählige Male gehört. Sie wollte dem Major sagen, dass sie nicht vorhatte, den Beach Club zu führen, weil tiefere, unbekanntere Stimmen nach ihr riefen. Andere Länder, andere Kulturen. »Erzählen Sie mir noch mal von Deutschland.«

»Deutschland?«, fragte der Major. »Sie meinen meine Zeit in den Hügeln? Als ich Liebchen geritten habe? Das war ein gutes Pferd. Eine Stute. Stuten erschrecken sich nicht so leicht wie Hengste, und das war der Grund, warum wir alle Stuten ritten. Weil wir dort in den Hügeln nach unheimlichem Material suchten.«

»Nazis«, sagte Cecily. »Die Mörder.«

»Einer dieser Nazis hat mir einmal eine Pistole an den Kopf gehalten. Ich dachte, ich würde sterben. Ich war erst achtzehn. Und wissen Sie, woran ich genau in diesem Moment gedacht habe?«

»An Mrs Crawley?«

Die Fliegerbrille des Majors rutschte auf seine Nasenspitze. »Da war ich Mrs Crawley noch nicht begegnet. Sie kam später.«

»An Ihre Eltern?«

»Nein.« Er rückte seine Sonnenbrille zurecht. »Ich dachte an Zigaretten und Bier. Das waren die beiden wichtigsten Dinge in meinem Leben. Ich wollte nur Luckies rauchen und Bier trinken. Und ich dachte, wie traurig es war, dass mein ganzes Rauch- und Trinkpotential wegen eines Durchschusses mit dem Gesicht voran in den Schlamm fallen würde.«

»Und was ist dann passiert?«

»Der widerliche Deutsche hielt mir die Pistole an die Schläfe, drückte sie direkt in mein Gehirn, und ich konnte ihn riechen. Er stand wie ein Schwein. Er hatte mich auf die Knie gezwungen und meine Augen waren auf gleicher Höhe mit seinem Schritt. Und dann sah ich, dass der stinkende Bastard in die Hose machte, solche Angst hatte er. Ich schlug ihm die Pistole aus der Hand und der Kerl rannte davon. Jemand aus meiner Kompanie fand ihn später und erschoss ihn.« Major Crawley nahm die Sonnenbrille ab und lehnte sich im Liegestuhl zurück. »Ich denke oft, dass er vielleicht gar kein so schlechter Kerl war. Wie auch immer – wir haben ihn umgebracht. Ich konnte keine Gnade bei jemandem walten lassen, der bereitwillig hinter diesen ganzen Judenmorden stand.«

»In meiner Schule war ein Junge, der Nazi war«, sagte Cecily. Der Major schüttelte den Kopf. »Nein, das ist nicht möglich. Wir haben sie alle gekriegt.« Die Stimme des Majors wurde leise und brummig. »Heute ist der Vierte Juli, und ich bin froh, sagen zu können, dass Sie hier an einem sicheren Ort leben. Hier gibt es keine Nazis.« Er nickte in seinem Stuhl ein. Cecily zog das bereitgestellte Strandtuch über seine Beine, damit sie nicht verbrannten.

Cecily schlängelte sich durch die vorderste Reihe der Sonnenschirme, vorbei an Mrs Minella, den Papales und den Hayes, den einzigen afroamerikanischen Mitgliedern des Beach-Club. Dann hörte sie jemanden nach ihr rufen.

»Miss! Miss!« Ein Mann unter einem kanariengelben Sonnenschirm, winkte ihr zu. Cecily ging langsam auf ihn und seine Frau zu, wobei sie einen Blick auf ihre Liste warf. Es waren neue Mitglieder des Beach Club. Die Curtains? Die Kershners? Der Mann wurde bereits kahl, was er aber mit einem perfekt gepflegten Spitzbart ausglich. Die Frau hatte ebenso rotes Haar wie Cecily, nur dass sie außerdem Millionen von Sommersprossen hatte, während Cecily braun wurde. Cecily lächelte. »Hi, wie kann ich Ihnen helfen?«

»Wir brauchen Sie, um einen Streit zu schlichten«, sagte der Mann.

»Douglas!«, rief die Frau. Sie verschränkte die Arme über dem hachdünnen Oberteil ihres Chanel-Badeanzugs.

Douglas und Mary Beth Kershner. Cecily fand ihre Namen auf der Liste.

»Sie müssen wissen, dass meine Frau ein *gebender* Mensch ist. »Die Wohltäterin *in Person.*«

»Douglas!«, fauchte Mrs Kershner.

»Und unter dem Deckmantel der Nächstenliebe hat sie einen Garten für die Armen gepflanzt, damit die weniger bemittelten Einwohner von Groton, Connecticut, frische Produkte genießen können«, erzählte Douglas Kershner.

An Mrs Kershners Mundwinkeln waren winzige Falten zu erkennen. »Ich wusste nicht, dass es in Groton arme Leute gibt«, entgegnete Cecily. Sie war erst einmal dort gewesen, anlässlich eines Hockeyspiels.

»Es gibt überall arme Leute«, erklärte Mrs Kershner.

»Aber jetzt kommen die Armen von Groton in den Genuss von Rucola, Radicchio und Estragon«, stellte Mr Kershner fest. »Estragon für die Armen!« Er hob die Hände in einer Geste spöttischen Triumphes über den Kopf, wobei Cecily seine behaarten Achselhöhlen sehen konnte. »Haben Sie jemals so was Absurdes gehört?«

»Douglas!«, mahnte Mrs Kershner.

»Warum pflanzen Sie kein Getreide?«, fragte Cecily. »Oder Tomaten?«

»Oder Kartoffeln«, fügte Mr Kershner hinzu. »Etwas Wesentliches.«

Mrs Kershner schniefte. Sie weinte hinter ihrer schwarzen Katzenaugen-Sonnenbrille.

»Du respektierst mich nicht, Douglas«, sagte sie. »Du machst alles lächerlich, was ich unternehme. Und du ziehst vollkommen Fremde mit hinein, damit sie mich auch niedermachen.«

Cecily trat einen Schritt zurück. Sie hatte niemanden niedermachen wollen. Gärten für die Armen waren eine gute Idee. Sie dachte darüber nach, ein Stück Land zu bestellen und Tomaten, Getreide und Paprika anzubauen und zu ernten. Die Produkte in einen Korb zu packen und in der Nähe von Nantuckets Wohnsiedlung zu verteilen, an allein erziehende Mütter, die Taxi fuhren oder im *Stop & Shop* arbeiteten. Sie fragte sich, wie ihr Vater darüber denken würde. Cecily entfernte sich in Gedanken versunken von den Kershners, konnte aber nicht umhin, sich umzudrehen und noch ein letztes Mal zu ihnen zu schauen. Mrs Kershner packte ihre Sachen, um den Strand zu verlassen, Mr Kershner sprach weiter und deutete mit den Armen zum Wasser.

Am äußersten Rand des Geländes fand Cecily Maribel vor, die mit dem Gesicht nach unten schlief, die Bänder ihres Badeanzugs gelöst. Ihr blondes Haar war zu einem unordentlichen Knoten zusammengenommen und ihr Rücken war braun und ölglänzend. Cecily setzte sich vorsichtig neben Maribels Handtuch und schaute nach links zu all den ordentlich in Reihen aufgestellten Sonnenschirmen. Es war wie ein Hindernislauf, den sie absolvieren musste, um an diesen sicheren und guten Platz neben Maribel zu gelangen. Bei Maribel konnte Cecily sie selbst sein. Mit ihr konnte sie über die Liebe reden.

Cecily war schon fast ein Jahr in Gabriel da Silva verliebt, einen Brasilianer, der in der Schule im Wohnheim gegenüber Cecilys auf der anderen Seite des Schulhofs wohnte. Gabriel war ein Jahr älter als die anderen Jungs und größer, muskulöser, weltklüger. Er sprach drei Sprachen – Englisch, Spanisch und das wunderschöne Carioca-Portugiesisch –, und im Gegensatz zu den anderen Jungen hatte er Gefühl. Er erzählte Cecily von den Favelas in Rio, wo Kinder verhungerten. Gabriel hatte dort eine Familie adoptiert – eine Mutter und drei Söhne. Er gab ihnen Geld, und er beaufsichtigte die kleinen Jungen, während die Mutter, Magrite, an einem Stand an der Copacabana Kokosnusseis verkaufte. Gabriel würde die Idee eines Gartens für Arme gefallen. Cecily stellte sich Gabriel ohne Hemd vor, wie er unter der leuchtenden Sonne Brasiliens stand, die Haut dunkel wie Baumrinde, während er fruchtbare, schwarze Erde schaufelte – *ein Garten in den* Favelas.

Cecily wurde ungeduldig, wenn sie an Gabriel dachte. Sie fuhr mit dem Finger Maribels Rückgrat hinab.

Wenn Cecily nicht in Gabriel verliebt wäre, wäre sie wahrscheinlich in Maribel verliebt.

Maribel erwachte schaudernd und hob den Kopf. Ihre Wange war sandverkrustet.

»Mensch, Cecily!«, rief Maribel. »Du hast mich erschreckt.«

»Tut mir Leid, meine Liebe«, sagte Cecily. »Es überrascht mich, dich hier zu sehen. Hast du mit Mack gesprochen?«

»Ich will nicht mit Mack sprechen.«

»Sicher willst du das, sonst wärst du irgendwo anders am Strand.«

»Es ist der Vierte«, sagte Maribel. »Die anderen Strände sind zu belebt.«

»Vermisst du ihn?«, fragte Cecily.

»Natürlich vermisse ich ihn«, erwiderte Maribel.

»Ich vermisse Gabriel.« Sie hatten sich in der Woche vor Ende des Schuljahres genau zehnmal geliebt (wobei sie einmal von der Putzfrau der Schule erwischt wurden). Als Cecilys Eltern zur Abschlussfeier eintrafen, waren die Innenflächen ihrer Oberschenkel wund.

»Das ist nicht dasselbe«, erwiderte Maribel. »Du und Gabriel seid noch zusammen.«

»Ich weiß«, sagte Cecily. Sie wusste allerdings nicht, was zwischen Mack und Maribel vor sich ging. Irgendeine dumme, verdammte *Sache,* die sich so auswirkte, dass sie sich beide elend fühlten. »Ich muss dir was erzählen.«

»Erzähl mir, dass Andrea Krane abgereist ist. Erzähl mir, dass sie *nach Hause gefahren* ist.«

»Nächste Woche«, sagte Cecily. »Aber mach dir keine Sorgen – Mack schläft bei Lacey.«

Maribel barg ihr Gesicht in den Händen. »Ich will nicht einmal darüber nachdenken, wo Mack schläft. Es macht mich krank.«

»Was ich dir erzählen muss, ist ...« Cecily wartete, bis sie Maribels volle Aufmerksamkeit hatte, oder so viel ihrer vollen Aufmerksamkeit, wie sie hoffte, bekommen zu können, wenn Mack in der Nähe herumschlich. »Was ich dir erzählen muss, ist, dass ich im September nicht aufs College gehe.«

Maribel stöhnte. »Doch, du gehst, Cecily.«

»Nein«, entgegnete Cecily. »Ich gehe nicht. Ich verschiebe es um ein Jahr. Ich habe den Antrag dafür bereits unterschrieben. Ich bin achtzehn, ich darf das.«

»Und als Nächstes wirst du mir erzählen, dass du nach Brasilien fliegst.«

»Und nach Argentinien und Ecuador und Venezuela. Ich reise mit Gabriel.«

Maribel befestigte ihre Haare wieder, so dass sie wie ein Knoten auf ihrem Kopf saßen. »Alle haben den Verstand verloren«, sagte sie. »Hast du das deinen Eltern schon gesagt?«

»Nein. Aber ich spare mein Geld. Es ist lächerlich, wie viel ich bei diesem stumpfsinnigen Job verdiene.« Sie wusste, dass sie es ihren Eltern bald sagen musste, obwohl sie sich der Vorstellung hingab, das Flugzeug nach Charlottesville zu besteigen und einfach gen Süden zu fliegen, ohne es ihnen überhaupt zu sagen. Wenn sie regelmäßig anriefe, würden ihre Eltern den Unterschied vielleicht nie merken. »Sie werden mich wahrscheinlich verstoßen. Aber das wäre gut für dich. Der Club ginge dann vielleicht an Mack.«

»Was kümmert es mich jetzt noch?«, fragte Maribel. »Mit Mack ist es vorbei, hab ich dir doch gesagt.«

»Ihr werdet wieder zusammenkommen«, sagte Cecily. Dann hörte sie, wie jemand ihren Namen rief.

»Miss Elliott.« Die Stimme klang leise und drängend. »Verzeihung, Miss Elliott.«

Mrs John Higgens stand mit ihrem vor sich ausgestreckten Stock am Pavillon. Sie trug einen blauen, einteiligen Badeanzug und hatte ein Papiertaschentuch im Ausschnitt. Cecily stand auf, wischte sich die Hände ab und trabte hinüber.

»Kann ich Ihnen helfen, Mrs Higgens?«, fragte sie. Manchmal brauchten ältere Frauen einen Arm zum Festhalten, um durch den Sand zu gelangen.

»Ja, meine Liebe, das hoffe ich.« Mrs Higgens war ein weiteres Mitglied, wie Major Crawley, das schon einhundert Millionen Jahre zum Beach Club gehörte. »Das will ich hoffen. Kommen Sie zu mir und betrachten Sie den Strand. Sehen Sie, was nicht stimmt?«

Die Ränder der Sonnenschirme flatterten im Wind. Mr Conroy, in seiner patriotischen Badehose, schob sich langsam zum Wasser vorwärts.

»Nein, Mrs Higgens.« Es konnte alles sein: Sand werfende Kinder, die Rückkehr von Joe Cadillac, ein Sonnenschirm der falschen Farbe. »Was stimmt nicht?«

»Es sind zwei Schwarze am Strand, meine Liebe«, sagte Mrs Higgens. »Das stimmt nicht.«

Cecily drehte sich der Magen um. Nicht die falsche Sonnenschirmfarbe, sondern die falsche Hautfarbe. Sie beobachtete, wie Mister Hayes aus dem Wasser kam. Mrs Hayes reichte ihm ein bereitgelegtes Strandtuch und er trocknete sich Gesicht und Arme ab.

»Ja, Mrs Higgens. Das sind die Hayes«, erwiderte Cecily. »Sie sind schon seit 1995 Mitglieder.« Die Hayes waren ruhige, normale Leute, die einander respektierten. Mr Hayes besaß ein Geschäft für Büromöbel in New Jersey und Mrs Hayes war in der Zulassungsstelle der Universität von Princeton beschäftigt. Sie hatten drei erwachsene Söhne.

»Ich habe den schwarzen jungen Mann gesehen, der

hier arbeitet – wie heißt er noch? Vance? Er hat meinen Sonnenschirm aufgestellt, und das ist in Ordnung. Aber hier zu arbeiten und hierher zu *gehören,* sind zwei völlig verschiedene Dinge«, erklärte Mrs Higgens. »Vergessen Sie nicht, junge Dame, ich kannte schon Ihren Großvater. Es gab keine *schwarzen Mitglieder,* als er noch die Verantwortung hatte.«

Cecily fragte sich, was passieren würde, wenn sie der alten Mrs Higgens den Schock ihres Lebens verpasste. *Zu Ihrer Information, Mrs Higgens, mein Freund ist schwarz. Ich schlafe mit einem schwarzen Mann, und es ist so wunderschön, wie Sie es bestimmt nie erlebt haben.*

»Wir möchten, dass sie zufrieden sind, Mrs Higgens«, sagte Cecily. Da sprach ihr Vater aus ihr. Es waren genau die Worte, die er sagen würde, wenn sie Mrs Higgens in sein Büro schickte. Genau das sollte sie besser tun: dafür sorgen, dass er sich darum kümmerte. Aber wenn sie anfangen wollte, ihr Leben als Erwachsene zu führen, musste sie mutig sein. »Wie auch immer, wenn Sie sich mit Menschen anderer Rassen am Strand nicht wohl fühlen, dann werden Sie sich vermutlich einen anderen Beach Club suchen müssen.«

Cecily hörte ein gequältes Keuchen, als wäre sie Mrs Higgens mit einem schweren Schuh auf den Fuß getreten, aber sie schaute nicht zurück. Sie marschierte durch den Sand, so wie sie sich vorstellte, dass Major Crawley durch Deutschland marschiert war und Nazis gesucht hatte – stolz und mit etwas, woran man glauben konnte. *Wir haben sie alle gekriegt.* Sie setzte sich wieder neben Maribels Handtuch.

»Was wollte die alte Dame?«, fragte Maribel.

»Nichts«, antwortete Cecily. Sie blickte aufs kalte,

blaue Wasser hinaus. Ihr Gesicht brannte. »Ich werde es meinen Eltern heute Abend sagen. Aber jetzt lass uns über Liebe reden.«

Liebe war so kompliziert. Das war wahrscheinlich der Grund dafür, dass man eine schöne Liebe erst als Teenager erfuhr. Cecilys Liebe zu Gabriel war die wunderbarste Schattierung aus blauem Himmel und Wasser. Ihre Liebe zu Gabriel war eine Herde wilder Pferde, die ungezähmt umhergaloppierten. Und ihre Liebe zu ihren Eltern war ein bohrender Zahnschmerz, den man unmöglich ignorieren und vergessen konnte.

»Du hast absolut das Richtige getan, Schätzchen«, sagte Therese, den Mund voller Tomatensandwich. »Ich hoffe, wir sehen diese Frau nie wieder.«

»Damit sind fünftausend Dollar den Bach runtergegangen«, entgegnete Bill. Er räusperte sich. »Aber wenn man erst mein Alter erreicht hat, versteht man, dass man menschlichen Anstand nicht mit Geld ermessen kann.«

»Die Frau ist ein Rassistenschwein«, sagte Cecily. »Wer weiß, wie viele Mitglieder noch so denken?«

»Hoffentlich niemand«, antwortete Therese. »Aber wenn wir noch jemanden solche Bemerkungen machen hören, setzen wir sie augenblicklich an die Luft.«

Cecily betrachtete ihr Essen: ein Tomatensandwich mit Weißbrot und einige blaue Maischips. Ein rot-weißblaues Essen für den Vierten Juli war das, was ihre Mutter sich unter Spaß vorstellte. Cecily konnte sich nicht überwinden zu essen. Sie hatte ihren Eltern erzählt, was mit Mrs Higgens vorgefallen war, und gedacht, sie würden über ihre Handlungsweise *verärgert* sein. Dann hätte Cecily leicht aufbrausen und sagen können, dass sie fortginge. Aber ihre Eltern standen, sehr zu ihrer Bestürzung, auf ihrer Seite. Sie waren *cool.*

»Du hast keine Erinnerung daran, was dieses Land in den Sechzigern durchgemacht hat«, erzählte Therese. »Aber das war schon was. Mrs Higgens hat in einem Punkt Recht: Damals gab es im Beach Club keine schwarzen Mitglieder, oder, Bill?«

»Es ist mir peinlich, sagen zu müssen, dass die Hayes die ersten schwarzen Mitglieder des Beach Club überhaupt sind. Wartet, das stimmt nicht. Die Krupinskis, sie waren schwarz.«

»Nun, *sie* war schwarz, er war Pole, erinnerst du dich? Sie gehörten – ich glaube, es war '83 und '84 – zum Club. Sie hatten eine kleine Tochter mit dieser wunderbar milchkaffeefarbenen Haut.«

»Um Gottes willen!«, empörte sich Cecily. »Milchkaffeefarben? Du redest über sie, als wären sie eine exotische Speise auf der Menükarte. Du bist genauso schlimm wie Mrs Higgens.«

Therese sah sie befremdet an. »Es ist nur so ein Ausdruck, Liebling. Okay? Gott, bist du empfindlich! Und warum isst du nicht?«

»Die ganze Situation hat mich wirklich aus der Fassung gebracht!«, schnaubte Cecily.

Bill runzelte die Stirn. »Du bist noch so jung. Du hast ja keine Ahnung, wie niederträchtig Menschen sein können, aber du wirst es lernen.«

»Bill, das ist deprimierend«, sagte Therese.

Cecily ging ins Wohnzimmer und trat zu dem Fenster, das auf den Beach Club hinausging. Es wurde bereits dunkel. Die Hotelgäste kamen aus ihren Zimmern und setzten sich an den Strand, um sich das Feuerwerk anzusehen. Cecily und ihre Eltern betrachteten das Feuerwerk jedes Jahr vom *Widow's Walk* aus. Es war unglaublich, von so hoch oben zuzusehen, wo einen nichts mehr vom Himmel trennte. Cecily wandte sich um. Ihre Eltern aßen Sandwiches und knabberten Chips.

»Ich habe Neuigkeiten«, verkündete Cecily.

»Noch mehr Neuigkeiten?«, fragte Therese. »Außer denen mit Mrs Higgens?«

»Wir sind übrigens stolz darauf, wie du das gehandhabt hast«, sagte Bill nahezu rührselig. »Du hast diese Situation selbstsicher gemeistert.«

»Danke«, entgegnete Cecily tonlos. Sie wünschte, ihre Eltern würden aufhören, so nett zu sein. »Okay … hier kommt … sie. Meine Neuigkeit – seid ihr bereit?«

Sie hatte Angst: wie damals, als sie in der Schule vom Sprungturm des Hallenbades sprang, wie in dem Moment, als Gabriel zum ersten Mal ein Kondom auspackte. Sie betete zu Gott, zu ihrem toten Bruder W.T. und zu Gabriel: Bitte lasst es sie verstehen.

»Ich habe beschlossen, ein Jahr auszusetzen, bevor ich aufs College gehe, weil ich in der Weltgeschichte herumreisen möchte. Daher gehe ich im September nicht auf die Uni. Ich fliege nach Rio.«

Cecily wandte ihre Aufmerksamkeit dem Parkplatz zu: zwei BMWs, ein Rover, ein Jaguar. Macks Jeep. Laceys Buick. Tausende Stücke zerbrochener Muschelschalen, Millionen Sandkörner. Als sie sich selbstsicher genug fühlte, sich wieder umzudrehen, sahen ihre Eltern sie beide an. Ihre Mutter hatte Mayonnaise im Mundwinkel. »Liebling, entschuldige, aber ich verstehe nicht, was du uns sagen willst.«

»Ich habe dem Zulassungsbüro der Universität von Virginia schriftlich mitgeteilt, dass ich ein Jahr aussetze. Ich reise mit Gabriel durch Südamerika. Was verstehst du daran nicht?«

Therese wandte sich an Bill. »Bill?«, äußerte sie mit

tränenerstickter Stimme. Bill nahm Thereses Hand. »Cecily, warte mal. Kannst du bitte einen Moment warten? Warum sagst du uns das? Versuchst du uns zu verletzen?«

»Es geht nicht um euch«, antwortete Cecily. »Es geht um mich. Ich muss raus.«

»Aber du musst aufs College«, insistierte Therese. »Darum warst du doch in Middlesex, auf der vorbereitenden Schule – das heißt, sie soll auf ein College vorbereiten.«

»Und du, Mom? Du hast das College nie beendet.« Cecily hatte einen säuerlichen Tomatengeschmack im Mund. »Du hast das Hunter-College nie abgeschlossen.«

»Ich schäme mich dafür«, gestand Therese. »Ich hatte nicht die Möglichkeiten wie du.«

»Hack nicht auf deiner Mutter herum, Cecily. Das wird dir auch nicht helfen.«

»Viele setzen ein Jahr aus«, bemerkte Cecily. »Warum gibt es wohl die Möglichkeit? Weil es dauernd vorkommt. Weil jeder es tut.«

»Es tut *nicht* jeder«, sagte Bill. »Du weißt, dass ich Hyperbeln hasse.«

»Nun, und du weißt, dass ich es hasse, wenn du Worte wie Hyperbel benutzt«, erwiderte Cecily.

»Wenn du nach Südamerika willst, können wir dich in den Weihnachtsferien mitnehmen«, sagte Therese. »Das wird Spaß machen!« Sie kicherte. »Ich wollte schon immer zu den Iguazu-Fällen.«

»Und ich wollte schon immer das *Girl of Ipanema* treffen«, warf Bill ein.

»Ich gehe mit Gabriel«, stellte Cecily klar. »Er ist ein sehr netter Mensch. Ihr könnt das nicht wissen, weil er bei der Graduierung nicht dabei war. Er musste früher zurückfliegen. Aber vertraut mir – er ist nett. Wir lieben uns. Wir lieben uns schon eine ganze Weile.«

»Du kannst nicht mit irgendeinem Jungen, einem *fremden* Jungen, dem wir noch nie begegnet sind, fortgehen. Den Gedanken kannst du gleich vergessen«, sagte Therese. Sie nahm ihren Teller und Cecilys unberührten Teller hoch. »Tut mir Leid.«

»Ich zähle darauf, dass du das Hotel übernimmst, Cecily«, verkündete Bill. »Deine Mutter und ich haben dir nicht alles erzählt, was passiert ist, aber ich muss mich bald zur Ruhe setzen. Du kannst dich nicht einfach auf einen anderen Kontinent davonmachen. Ein Teil dieser Familie zu sein bedeutet, Verantwortung zu übernehmen.«

»Ich will das Hotel nicht«, erwiderte Cecily. »Tut mir leid, dass ich das sagen muss, Daddy, aber ich bin nicht daran interessiert.«

»Das ist lächerlich! Du kannst unmöglich nicht interessiert sein. Es gehörte Großvater Bill, jetzt gehört es mir, und es wird dir gehören.«

»Gib es Mack«, schlug Cecily vor. »Er will es, ich nicht.«

»So funktioniert das nicht. Ich kann es Mack nicht geben.«

»Warum nicht?«, fragte Cecily. »Er würde es besser machen als ich. Außerdem *wolltest* du den Club, als Großvater Bill starb, du wolltest Hotelzimmer bauen. Ich will das nicht. Du kannst mich nicht zwingen, das zu wollen.«

Bill führte eine Hand zum Herzen. »O Gott.«

Therese trat hinter ihn. »Dein Vater ist krank, Cecily. Wir wollten dich nicht beunruhigen, aber er ist krank. Du kannst ihm solche Dinge nicht sagen, sonst bekommt er einen Herzanfall.«

Cecily verdrehte die Augen. »Ihr beide seid zu viel. Wollt ihr mir *Schuldgefühle* einreden, indem ihr mir sagt, dass Daddy *krank* ist? Ihr hättet besser weitere Kinder gehabt. Ihr hättet besser mehr Kinder als nur mich gehabt.«

Therese zuckte zusammen. »Wie kannst du das sagen? Du weißt von W. T.! Wir haben jahrelang versucht, Kinder zu bekommen, *zehn Jahre lang*, und endlich kamst du. Es tut mir Leid, dass dir das nicht gefällt, aber manche haben nicht so viel Glück wie du, dass sie sich ihren Lebensweg aussuchen können. Die meisten von uns müssen das annehmen, was das Leben ihnen bietet, aber ich werde *nicht* hier stehen bleiben und mir anhören, wie du deinem Vater erzählst, dass du die Familientradition nicht fortführen willst, die dich *unterhalten* und dir ein *gutes Leben* ermöglicht hat. Ich werde nicht zuhören, wie du mir erzählst, wo du mit welchem fremden Jungen hingehen willst.« Therese drehte ihre weiße Haarsträhne um den Finger. Ein mütterlicher Trick, um Cecily weitere Schuldgefühle zu vermitteln. »Hast du mit diesem Jungen geschlafen?«

Cecily lachte und schaute erneut aus dem Fenster. Sie erinnerte sich an den überraschten Gesichtsausdruck der Putzfrau.

»Mutter!«

»Was, Mutter? Sollte ich annehmen, dass meine fünfzehnjährige Tochter in der weit entfernten Schule Sex hätte?«

»Ich bin achtzehn, Mutter, okay? Können wir diese Tatsache festhalten?«

»Du wirst nicht nach Brasilien gehen«, konstatierte Bill.

Cecily streckte die Arme aus. »Dann legt mir Handschellen an«, entgegnete sie. »Legt mir Handschellen an und schließt mich in diesem Haus ein, denn das wird nötig sein, wenn ihr mich hier behalten wollt.«

Therese fing an zu weinen. »Ich kann nicht glauben, dass du uns das antust«, jammerte sie. »Ich kann nicht glauben, dass ich nach dem, was ich schon früher erleiden musste, jetzt auch noch das erleiden muss.«

»Es ist ja nicht so, dass ich sterbe«, entgegnete Cecily. Sie überlegte: Wenn sie heute Abend noch gehen müsste – könnte sie es? Sie hatte alle ihre Schecks zur Abschlussfeier sowie bis jetzt zwei Gehaltsschecks von ihrem Vater eingelöst. Doch es genügte noch nicht. Sie würde noch eine Weile länger bleiben müssen. »Ich gehe nur ein Jahr lang fort, okay? Wie klingt das? Ein Jahr ins Ausland. Ich werde im nächsten Sommer wieder da sein.«

»Du gehst nirgendwohin«, stellte Bill fest. »Tut mir Leid, Liebling.«

Plötzlich erklang Lärm, ein so gewaltiges Donnern, dass das Fenster klapperte. Cecily schaute gerade rechtzeitig hinaus, um die ersten Leuchtraketen zu sehen, ein strahlender Sprühregen in Rot und Gelb und Weiß. Dann ertönte noch ein Donnern – Silberfunken.

»Frohen Unabhängigkeitstag!«, verkündete sie und polterte die Treppe hinab. Sie verließ das Haus und schlug die Tür hinter sich zu.

Jem Crandall sah sich das Feuerwerk mit Tausenden anderen Menschen von Jetties Beach aus an. Kinder schwenkten Wunderkerzen, Eltern nickten in Strandstühlen ein, und eine Gruppe College-Studenten saß im Kreis und sang das Titellied aus *Die Partridge Familie*. Es gab für Jem keinen Grund, sich in diesem Chaos aufzuhalten, da er unten im Beach Club doch Frieden und Ruhe hätte genießen können – aber hier, am Jetties

Beach, war er mit Maribel zusammen. Sie saß neben ihm auf einem Strandtuch, trug einen roten Minirock, ein weißes T-Shirt, eine marineblaue Strickjacke, hatte ihr blondes Haar zu einem Pferdeschwanz gebunden und ihre braunen Beine elegant untergeschlagen.

»Bist du in Ordnung?«, fragte Jem sie. Sie pickte still und heimlich Zwiebeln von der unteren Hälfte ihres Sandwiches und warf sie in den Sand. (Als er sie anrief und ein Picknick vorschlug, hatte er gehofft, sie würde kochen, aber sie sagte ihm, jetzt, wo Mack sie verlassen hatte, würde sie nie wieder kochen – also auch keine Sandwiches mehr zubereiten –, und er hatte für sie dummerweise welche mit Zwiebeln bestellt.)

Maribel biss in ihr Sandwich. Er legte eine Hand auf ihr Knie. »Was ist los?«, fragte er. Aber er wusste natürlich, was los war: Mack war vor einer Woche ausgezogen. Als Jem sah, dass Mack in Laceys Haus gezogen war, hatte er zunächst gedacht, Mack hätte von seiner Verabredung mit Maribel erfahren. Jem fragte Vance – vorsichtig, beiläufig –, ob er wisse, was geschehen sei.

»Ladykiller hat bei seinem Schatz ausgeschissen«, antwortete Vance. »Hat mit der Frau in Zimmer 18 rumgemacht.«

Jem rief Maribel sofort an und sie bestätigte es. Mack hatte eine Art Beziehung mit Mrs Krane in Zimmer 18.

»Ich möchte dich nicht sehen, Jem«, sagte Maribel. »Ich bin ein Wrack. Mein Leben ist eine Katastrophe. Ich sortiere gerade den Schutt.«

Sie wollte ihn nicht sehen, aber Jem rief jeden Tag an – manchmal weinte sie nur ins Telefon, und Jem hielt hilflos den Hörer ans Ohr. Nur bei seiner Schwester Gwennie mit ihrer Bulimie hatte er sich jemals so hilflos gefühlt. Aber schließlich willigte Maribel ein, ihn zu sehen – heute Abend, am Vierten Juli, aber nur, wenn sie zu diesem Strand gingen und sich unter all diese Leute mischten. Sie wollte nicht, dass Mack sie zusammen sah.

Maribel wandte sich zu ihm um. »Die vergangenen sechs Jahre hat Mack mich am Vierten Juli geküsst, als das Feuerwerk anfing.« Ihre Augen wirkten glasig. Sie zog ein Taschentuch aus ihrer Jackentasche. »Ich habe einen Teil meines Lebens verloren, Jem.«

»Ich weiß«, entgegnete Jem.

»Weißt du das wirklich?«, fragte sie. »Bist du jemals so verletzt worden? Hast du jemals einen solchen Verlust erlitten?«

»Nein«, gab er zu. Er hatte nie geliebt. Noch nie hatte ihn jemand anders mehr interessiert als er selbst. Maribel gegenüber empfand er jedoch wahre Gefühle, unheimliche Gefühle, die an einem dunklen, unerforschten Ort in ihm lauerten. Er konnte spüren, wie sie stärker wurden. Er wollte, dass Maribel glücklich darüber war, dass sie an diesem Vierten Juli mit ihm zusammensaß, aber sie behandelte ihn wie einen Vizemeister, den Silbermedaillen-Gewinner, einen Ersatzmann.

Ein Donnerschlag, und der Himmel leuchtete farbig auf. Es erklang ein kollektives »Oooooh, aaaaah!« Jemand klatschte. Der Geruch von Verbranntem. Das Feuerwerk hatte begonnen. Jem schaute zu Maribel: Selbst wenn sie weinte, war sie noch sehr hübsch. Er näherte sein Gesicht dem ihren. Sie hob ruckartig die Hand, als wollte sie ihn vielleicht schlagen.

»Nicht«, wehrte sie ab. »Bitte.«

»Ich möchte nur deine Hand halten«, sagte er. Er wischte mit dem Daumen eine Träne unter ihrem Auge fort. »Darf ich das?«

Maribel kapitulierte. Jem hielt während des Feuerwerks ihre Hand, matt und feuchtkalt, die eindeutig nicht begeistert erschien, von Jems Hand gehalten zu werden. Er war ein Vorführmodell, eine Crashtest-Puppe, ein Notbehelf. Aber es kümmerte ihn nicht.

Love saß mit der Arbeit an der Rezeption fest, weil Tiny freihaben wollte. Frei wofür?, fragte sich Love. Sie hatte nicht den Eindruck, dass Tiny patriotisch war.

»Wirst du dir das Feuerwerk ansehen?«, fragte Love.

»Nein.«

»Was machst du dann?« Sie verbrachte während des Schichtwechsels jeden Tag fünfzehn Minuten mit Tiny und doch wusste Love absolut nichts über sie. Und anscheinend auch niemand anders.

»Das klingt nach einer persönlichen Frage«, erwiderte Tiny. »Und ich beantworte keine persönlichen Fragen. Aber da du so neugierig bist, erzähle ich dir, dass ich das Feuerwerk meide. Ich will nichts damit zu tun haben.«

Um halb acht verstand Love, warum. Das Feuerwerk wurde unten von Jetties Beach aus abgebrannt, aber vereinzelt kamen dennoch Leute ins Foyer.

»Könnte meine Tochter bei Ihnen die Toilette benutzen? Sie beeilt sich bestimmt. He ... das sind hübsche Quilts. Schön ist es hier. Wo sind wir?«

Zunächst war Love sehr bemüht – sie ließ vierzehn Leute die Toilette benutzen, schloss aber dann nicht nur die Toilettentür ab, sondern auch die Eingangstür des Foyers. Sie ließ niemand mehr herein! Doch dann trafen die Mitglieder des Beach Club ein, klopften, winkten und riefen: »Ich bin es, ich bin es.« Sie wollten ihre Sonnenschirme und Liegestühle aufgestellt bekommen.

»Ich habe fünftausend Dollar für meine Mitgliedschaft bezahlt«, sagte Mr Cavendish. »Ich will mir das Feuerwerk bequem im Sitzen ansehen.«

Mack tauchte aus dem Nichts auf. Das war ein Vorteil seiner Trennung von Maribel – er war jetzt immer in der Nähe.

»Wir können Stühle aufstellen«, schlug Mack vor. »Ich treffe Sie am Strand.«

Love legte der Stimmung halber Tschaikowskys Ouvertüre *Das Jahr 1812* auf. Vance kam ins Büro.

»Das Feuerwerk beginnt gleich«, verkündete er. »Ich bin gekommen, um dir zu zeigen, wie du aufs Dach gelangst.«

»Aufs Dach?«

»Du willst das Feuerwerk doch sehen, oder?«, fragte Vance. »Dann komm schon, folge mir!«

»Ich kann die Rezeption nicht verlassen«, erwiderte Love. »Was ist, wenn jemand etwas braucht? Was ist, wenn jemand anruft?«

Vance griff um Love herum und legte ihr Telefon lahm. Seine Hand streifte ihre Taille und sie fuhr zusammen.

»Entspann dich«, sagte Vance. Er führte sie durch Macks Büro zur Gerätekammer, den Arm um sie gelegt. Dort war es dunkel, und Vance tastete nach der Strippe fürs Licht, konnte sie aber nicht finden.

»Was tun wir in der Gerätekammer?«, fragte Love. Sie lachte nervös. Dies erinnerte sie an törichte Kussspiele, die sie vor fünfundzwanzig Jahren auf Partys gespielt hatten. Geh mit einem Jungen in den Schrank und bleib da, bis etwas passiert.

»Hier kann man aufs Dach hoch«, sagte Vance. »Hier ist ein Notausstieg und ich habe eine Leiter. Wir klettern einfach hoch.«

»Wird uns niemand sehen?«, fragte Love.

»Ich mache das schon seit Jahren«, versicherte Vance. »Vertraust du mir?« Seine Stimme war näher, als Love erwartet hatte.

»Ja«, antwortete Love.

»Wir müssen nur das Licht finden.« Er stolperte über etwas. »Ich hätte meine Taschenlampe mitbringen sollen. Warte, hier ist es.« Vance schaltete das Licht ein. Sie standen zwischen Staubsaugern, Mopps, Eimern, Verlängerungskabeln und riesigen Kartons mit Toilettenpapier. »Bevor wir hochgehen, möchte ich dir noch etwas zeigen.« Vance öffnete einen Werkzeugkasten und brachte einige zerknitterte Seiten hervor. »Das ist eine Kurzgeschichte, die ich geschrieben habe und die in *Slam!* veröffentlicht wurde. Hast du je von *Slam!* gehört?«

»Nein.«

»Ich sehe dich immer lesen und dachte, du würdest sie dir vielleicht gerne ansehen.«

»Klar!«, erwiderte Love. Die Geschichte trug den Titel *Die Abwärtsspirale*. Genau die Art düsterer Titel, die sie von Vance erwarten würde. Dennoch berührte es sie, dass er sie ihr zeigte. Das Papier wies an den Rändern Schimmelflecken auf. Es lag offensichtlich schon lange Zeit in dieser Werkzeugkiste.

»Ich würde sie gerne lesen. Eine veröffentliche Geschichte! Ich bin beeindruckt. Ich wusste nicht, dass du Schriftsteller bist.«

Vance zuckte die Achseln. »Ich dachte, weil du bei einer Zeitschrift gearbeitet hast ... Lies sie einfach und sag mir, was du davon hältst.«

Er stellte die Leiter auf. »Geh du zuerst. Ich folge dir.«

Love kletterte die Leiter hoch. Sie spürte Vances Atem in ihren Kniekehlen und machte sich Gedanken, ob er ihr unter den Rock sehen könnte.

»Sieh nach oben«, sagte Vance. »Erkennst du den Ausstieg?«

In die staubigen Deckenbalken war eine Metalltür

eingelassen, die wie ein Kühlschrank mit Gummi abgedichtet war. Es entstand ein Sauggeräusch, als Love sie in den Nachthimmel öffnete. Sie schwang sich aufs Dach und Vance tauchte neben ihr auf. Love hob die Arme der kühlen Luft des dunkelblauen Himmels entgegen. »Viel besser, als im Foyer festzusitzen.« Am Strand richteten Hotelgäste und Clubmitglieder ihre Stühle und Decken. Love konnte ganz bis zur Menschenmenge an Jetties Beach hinabsehen.

»Sei vorsichtig«, mahnte Vance. Er setzte sich auf das abschüssige Dach. »Komm her.«

»Wahnsinn! Das Meer!«, rief Love aus. Das Wasser war schimmernd blau, eine Schattierung heller als der Himmel. Eine Fähre lief auf die Insel zu. »Das ist toll! Danke, dass du mich hierher gebracht hast.«

»Es ginge mir besser, wenn du dich hinsetzt«, bemerkte Vance.

»Was ist los, mache ich dich nervös?« Sie rückte langsam zum Rand des abschüssigen Daches. Es war genauso, als würde man auf Skiern eine zweifache Verwerfungslinie hinabfahren.

»Love«, sagte Vance. »Bitte komm her.«

Sie tat so, als wäre sie im Hawden House und würde unter den Sternen tanzen. Sie glitt im Walzerschritt über die Schindeln zu der Stelle, wo Vance saß. Er zog sie so dicht neben sich, dass sich ihre Schultern streiften. Und dann legte Vance plötzlich den Arm um sie und küsste sie auf die Wange. Love erstarrte. Was tat er da? Er küsste sie auf den Mund. Love war sich nicht sicher, was für einen Kuss sie von Vance erwartet hätte, aber sie hätte bestimmt nicht erwartet, dass er so sanft, so warm, so zärtlich wäre.

Es gab einen Knall, als wäre ein Riesenballon explodiert, und dann rieselte ein rot-gold-weißer Funkenregen herab. Das Feuerwerk. Love schloss die Augen und Vance küsste sie erneut. Dann entzog sie sich ihm.

»Vance, was geht hier vor?«

Vances Profil wirkte vollkommen ungerührt.

»Ich mag dich«, verkündete er.

»Du magst mich?« Sie schaute über das Dach des Hotels und erblickte ein riesiges L für Liebe.

»Ja. Ist das ein Verbrechen?«

»Nein«, antwortete Love. »Ich bin nur überrascht.« Es war so seltsam – er war so seltsam, so mürrisch und nörglerisch, wenn er immer im Dunkel lauerte, Mack schlecht machte oder in seinem Datsun vom Parkplatz ausscherte. Er schien besser zu jemandem wie ... nun, wie Tiny zu passen. Tatsächlich hatte Love von Anfang an vermutet, dass Vance und Tiny eine kleine Affäre hätten. Aber nein, Vance liebte Love. Sie konnte nicht umhin, sich geschmeichelt zu fühlen.

»Ich bin viel älter als du«, wandte sie ein. »Weißt du das?«

»Nicht so viel älter.«

»Zehn Jahre älter«, entgegnete sie. »Du bist dreißig, stimmt's?«

Vance nahm ihre Hand und hielt sie fest. »Es kümmert mich nicht, wie alt du bist. Ich finde, du siehst super aus«, sagte er. »Ich finde, du siehst sexy aus.« Er küsste sie erneut. Er konnte phantastisch küssen, soviel stand verdammt noch mal fest. Sein Körper war stark und kerngesund, und sein Gesicht wäre vielleicht hübsch, wenn er jemals lächeln würde. Das waren völlig neue Aussichten und Love änderte ihre Pläne. Könnte es funktionieren? Könnte sie mit *Vance* einen Versuch wagen?

»Ich möchte dich etwas fragen«, hob sie an. »Wie denkst du über Kinder?«

Vance wölbte die Augenbrauen. »Kinder? Was meinst du?«

»Willst du Kinder?«

»Kinder?«, fragte Vance. »Kinder? Verdammt, nein. Ich will dich nur küssen, Love.«

Love hatte das Gefühl, als könnte sie, wenn sie zum Rand des Daches ging, einen Stern vom Himmel pflücken. Ihr Traum rückte näher: ein Kind, das ihr gehören würde, ihr ganz allein. »Dann küss mich«, sagte sie.

Für Mack war der Vierte Juli der geschäftigste Tag der Saison. Dennoch hatte er sich in jedem der vergangenen sechs Jahre fünf Minuten vor Beginn des Feuerwerks davongestohlen, um es mit Maribel anzusehen. Heute Abend tauchte Maribel nicht auf. Eine Woche war vergangen, seit er ihr von Andrea erzählt hatte. Er war nur einmal in die Souterrainwohnung zurückgekehrt – mitten am Tag, als er wusste, dass Maribel arbeiten würde –, um einige Kleidungsstücke und seine Zahnbürste zu holen. Alles war an seinem Platz gewesen und Mack nahm nicht allzu viel mit. Auf dem Rückweg zum Hotel fuhr er an dem Haus auf dem Sunset Hill, ihrem Palast, vorbei. Sie waren in dem Palast so glücklich gewesen. Mack ließ seinen Jeep gemächlich zur Vorderseite rollen, bis ein Wagen hinter ihm hielt. Er wusste nicht, was er tun sollte.

Dieses Jahr sah er sich das Feuerwerk zum ersten Mal mit Andrea und James an. Sie saßen auf den Stufen ihrer Veranda, Andrea mit einem Glas Rotwein.

»Habt ihr was dagegen, wenn ich mich euch anschließe?«, fragte Mack. Er setzte sich zwischen sie. »Wie geht es dir, James?«

»Er hat Watte in den Ohren«, erklärte Andrea. »Das Feuerwerk macht ihm Angst. Zu laut.«

»Wirklich?«, fragte Mack.

»Sicher, du müsstest seine Mutter sein, um das zu wissen.«

»Nun, jetzt weiß ich es, und ich bin nicht seine Mutter«, erwiderte Mack.

»Du bist auch nicht sein Vater«, versetzte Andrea.

Mack sah sie an. Er war am Morgen vorbeigekommen, um James noch einmal beim Rasieren zu helfen, aber Andrea las und schaute kaum auf, als er ins Zimmer kam. Jetzt war ihr honigfarbenes Haar feucht und zu einem strengen Knoten geschlungen. Sie trank hastig ihren Wein. »Was meinst du damit?«, fragte er. »Bist du böse auf mich?«

»Ich möchte jetzt einfach nicht darüber reden«, bat Andrea.

»Warum nicht? James kann uns nicht hören.«

»Er wird intuitiv erfassen, dass etwas nicht stimmt.«

»Stimmt etwas nicht?«

»Oh, Mack«, stammelte sie. »Ich weiß nicht, warum du es Maribel gesagt hast.«

»Ich musste es ihr sagen.«

»Du musstest es ihr nicht sagen. Es war die letzten sechs Sommer auch kein Problem. Du und ich hatten unsere Freundschaft und dann gingst du zu Maribel nach Hause. Und James und ich fuhren heim nach Baltimore. Aber jetzt ist es verdorben, mein Lieber. Die Seifenblase ist zerplatzt. Der Zauber ist gebrochen. Es ist keine Phantasie mehr, es ist Realität, und jemand wurde verletzt. Du schläfst im Haus einer alten Frau, und ich ängstige mich zu Tode, dass du diesen Winter vor unserer Tür stehen könntest.«

»Du hast deutlich gemacht, dass du das nicht willst«, sagte Mack.

»Ich will es nicht, und du willst es auch nicht«, berichtigte Andrea. Sie stellte ihr Weinglas ab und nahm seine Hand. »Du bist verwirrt. Du musst eine Entscheidung über die Farm deines Vaters und deinen Job hier treffen, aber du musstest *keine* Entscheidung zwischen mir und Maribel treffen. Es bestand kein Entscheidungszwang.«

»Weil du mich nicht liebst«, sagte er.

»Wieso ich? Du liebst doch Maribel. Es steht dir deutlich ins Gesicht geschrieben.«

»Ich weiß«, gab Mack zu.

Der Himmel knisterte und fing Feuer. James nahm Macks andere Hand.

»Rot«, sagte James. »Silber. Violett. Grün und Violett.«

»Also los«, schlug Andrea vor. »Lass uns die Farben aufsagen.«

»Blau und Gold. Nur Silber. Pink, Violett, Grün.«

Andrea seufzte. »Er soll in dem Bewusstsein erwachsen werden, dass ich ihn von Geburt an liebe. Dass er bei mir immer an erster Stelle kommt. Glaubst du, das wird er jemals erkennen?«

»Pink und Gold. Weiße Schnörkel.«

Mack drückte James' Hand. »Natürlich wird er wissen, dass du ihn liebst. Er weiß es jetzt, er verlässt sich darauf, er lebt dafür. Ich bin *eifersüchtig* auf James. Er hat deine Liebe gepachtet. Es ist keine mehr für jemand anders übrig.«

»Das ist nicht fair«, wandte Andrea ein.

»Dann ist keine mehr für mich übrig«, stellte Mack klar.

»Silber und Grün«, sagte James. »Blau und Violett.«

»Wirst du James trotzdem noch beim Rasieren helfen?«, fragte Andrea. »Wirst du uns trotzdem noch zum Abschied winken, wenn wir vom Parkplatz fahren?«

»Du weißt verdammt gut, dass ich tun werde, worum immer du mich bittest«, entgegnete Mack.

»Ich möchte, dass du wieder mit Maribel zusammenkommst«, bat Andrea. »Ich kann nicht fahren, bevor du das nicht geregelt hast.«

»Das ist nicht so leicht«, erwiderte Mack. »Ich habe Maribel nicht verlassen – sie hat mich rausgeworfen. Ich bin mir nicht sicher, ob sie mich zurückhaben will.«

»Natürlich will sie dich zurückhaben. Du bist Mack Petersen. Alle wollen was von dir.«

»Rot und Blau und Weiß. Rot, Weiß und Blau, Mom!«, rief James aus.

»Alle außer dir wollen was von mir.«

»Jetzt klingst du erbärmlich«, stellte Andrea fest.

»Wenn du gehst – ist das dann das letzte Mal, dass ich dich sehe?«, fragte Mack. »Kommst du nächstes Jahr wieder?«

»Ich weiß nicht«, antwortete Andrea. Das Feuerwerk beleuchtete ihr Gesicht und dann senkte sich wieder Dunkelheit darüber. »Und du?«

Am nächsten Morgen um halb acht klopfte Mack an die Haustür der Elliotts. Das hatte er bisher noch nie getan. Wenn er etwas in ihrem Haus zu erledigen hatte, ging er stets einfach hinein. Doch heute klopfte er an.

Therese öffnete die Tür. Ihre Augen waren geschwollen. »Mack«, stieß sie hervor. »Was ist los? Ich kann heute nichts von einem Notfall im Hotel hören. Ich kann es einfach nicht. Ich möchte so tun, als gäbe es das Hotel nicht. Ich wollte gerade Elizabeth die Überprüfung der Räume übertragen.«

»Ach ja?«, fragte Mack. Etwas stimmte nicht, aber Therese musste ihre Probleme jemand anderem erzählen. »Ich bin gekommen, um mit Bill zu sprechen.«

Therese machte die Tür weit auf. »Er ist oben. Geh nur hoch. Er kann eine Aufmunterung gebrauchen.«

»Okay«, sagte Mack. Seine Hände waren wie erstarrt. *Ich gehe besser wieder,* dachte er. *Jetzt ist nicht der richtige Zeitpunkt.* Aber Maribel würde ihn nie zurücknehmen, wenn er nicht zumindest *fragte. Es wird schon gut gehen,* dachte er. *Das ist dann die Antwort auf das Chaos in meinem Kopf.*

Er ging die Treppe hinauf und sah Bill am Küchentisch sitzen, sein Buch mit Frost-Gedichten vor sich. »Hallo, Boss«, hob Mack an.

Bill schaute auf. »Mack«, sagte er. »Was ist los?«

»Nichts. Ich muss mit dir über etwas reden. Aber wenn jetzt ein schlechter Zeitpunkt ist …«

»Nein, nein, ist schon in Ordnung«, entgegnete Bill. Sein Gesicht war blass und die durchscheinende Haut unter seinen Augen war von winzigen roten und blauen Linien durchzogen. »Willst du einen Kaffee?«

»Warum nicht?« Er nahm den Becher von Bill entgegen und setzte sich an den Tisch. Er betrachtete den verkehrt herum liegenden Gedichtband und fragte sich, ob es darin irgendwelche Hinweise darauf gäbe, wie man leben sollte.

»Was ist los?«, fragte Bill. »Geht es um Maribel?«

»Nein«, sagte Mack. »Ich möchte eine Möglichkeit mit dir besprechen.«

Bill schwieg.

»Du weißt, dass ich seit zwölf Sommern hier arbeite, und ich würde gerne … Nun, ich würde gerne bleiben.« Mack blies in seinen Kaffee, doch als er ihn probierte, war er lauwarm. »Ich habe mich gefragt, ob du bereit bist, mich am Reingewinn zu beteiligen.«

»Am Reingewinn beteiligen?«

Therese kam in die Küche. »Was willst du?«

Mack fuhr auf seinem Stuhl herum. »Es war nur so ein Gedanke von mir.«

»Was denn?«, fragte Bill.

»Die Gewinnbeteiligung. Ich meine, dass ich auf der Basis bezahlt würde, wie gut das Hotel läuft. Mit dreißig Prozent oder was auch immer.«

»Dreißig Prozent.« Bills Gesicht war ausdruckslos.

»Klingt das unverschämt?«, fragte Mack. »Vielleicht ist es das, aber ich leiste hier eine Menge Arbeit. Und da ist Folgendes passiert: Der Anwalt meiner Eltern rief an, und ich muss mich wegen der Farm entscheiden – ob ich dort leben oder ob ich sie verkaufen will.«

»Du willst mir also damit sagen, dass du gehst?«, fragte Bill.

»Nein«, erwiderte Mack. »Ich erkunde nur meine Möglichkeiten. Anscheinend ist dies ein guter Zeitpunkt, meine Zukunft zu erörtern. Und ich möchte gern am Reingewinn beteiligt werden.«

Therese lachte nicht sehr zufrieden. »Haben wir uns Zielscheiben über unsere Herzen gemalt, Bill? Alle, die wir lieben, nehmen sich wohl die Freiheit, haben es auf uns abgesehen!«

»Das ist nicht meine Absicht«, stellte Mack klar. »Ich muss nur über meine Zukunft nachdenken. Ihr seid meine ... meine Familie. Ihr wisst, dass Maribel und ich Probleme haben. Ich muss etwas *tun*, um sie glücklich zu machen.« Er konnte Thereses unmittelbares Missfallen spüren. Warum hatte er Maribel ins Spiel gebracht? War es leichter, wenn er anklingen ließ, es wäre ihre Idee gewesen? »Aber es geht auch um mich. Ich muss wegen der Farm meiner Familie eine Entscheidung treffen. Entweder verkaufe ich sie, was ich nicht will, oder ich ziehe dorthin und leite sie, was ich nicht will. Es ist eine unmögliche Entscheidung.«

»Willst du uns damit sagen, dass du gehst, wenn wir eine Gewinnbeteiligung ablehnen?«, fragte Bill.

»Ich weiß es nicht«, antwortete Mack. »Wenn ihr der Gewinnbeteiligung zustimmt, wird die Entscheidung leichter sein.«

Bill schaute auf sein geöffnetes Buch. »Ich verstehe, dass du in einer schwierigen Lage bist«, lenkte er ein. Er fuhr mit dem Finger die Zeilen der Seite entlang, als würde er vorlesen. »Du bist ein junger Mann, der eine Wahl treffen muss. Ich kann mich erinnern, als ich in deinem Alter war. Sollte ich ein Risiko auf mich nehmen und die Hotelzimmer bauen? Ich hatte Glück. Ich hatte eine Frau, die mich unterstützt hat.«

»Wir können den Gewinn nicht teilen«, sagte Therese. Sie setzte sich an den Tisch. Ihr rötliches Haar hing in Strähnen um ihr Gesicht, und die weiße Strähne war von Grau durchzogen, wie schmutziger Schnee. »Wir können den Gewinn wegen Cecily nicht teilen.«

»Ich frage nicht, ob ich einen Teil des Hotels bekommen kann, Therese. Ich frage nur nach einem Teil des Reingewinns.«

Therese senkte ihre Stimme. »Cecily hat gedroht fortzugehen«, teilte sie mit. »Sie hat uns gestern Abend informiert, dass sie mit ihrem Freund durch Südamerika reisen will.«

Mack erinnerte sich an Cecilys Telefongespräch mitten in der Nacht: *»Ich sterbe vor Liebe zu dir.«* »Wirklich?«, fragte er.

»Sie will, dass wir dir das Hotel übergeben«, erwiderte Therese. »Sie hat es selbst gesagt. Wenn wir den Gewinn teilen, wird sie *erleichtert* sein. Sie wird denken: ›Okay, es steht mir frei zu gehen. Mack hat die Verantwortung.‹ Sie wird denken, wir hätten aufgegeben.« Therese tippte mit dem Fingernagel auf die Tischplatte.

»Ich werde *nicht* aufgeben. Ich habe bereits ein Kind verloren. Ich werde nicht auch noch Nummer zwei verlieren. Vielleicht geht sie nicht, wenn sie denkt, dass wir sie brauchen. Ich bin die ganze Nacht aufgeblieben und habe darüber nachgedacht. Cecilys schwacher Punkt ist, dass sie uns liebt. Aber wenn sie weiß, dass wir eine neue, offizielle Vereinbarung mit dir haben, wird sie gehen.«

»Das könnt ihr nicht wissen«, warf Mack ein.

»Therese hat Recht«, sagte Bill. »Es tut mir Leid, Mack. Unter anderen Umständen würde ich erwägen ... aber nein, es tut mir Leid.«

Es tut mir Leid: Maribel tat es Leid, aber sie musste ihn rauswerfen; Andrea tat es Leid, aber sie liebte ihn nicht; Bill und Therese tat es Leid, aber sie würden den Gewinn nicht teilen. *Tut mir Leid, Mack, aber hier ist kein Platz für dich.* Der Sommer verwandelte sich in einen großen Kessel Tut-mir-Leid-Eintopf.

Therese schlug vor: »Du könntest immer noch Cecily heiraten.«

Mack war so wütend und verletzt, dass er nur noch das Banalste erwidern konnte. »Ich muss die Doughnuts holen.«

Bill stützte die Ellbogen auf den Tisch, faltete die Hände und senkte den Kopf. »Heißt das, dass du uns verlassen wirst, Mack?«

Mack zuckte die Achseln. »Wir werden sehen.«

6

Die Sommerjungs

10. Juli

Lieber S. B. T.,
wenn ich diese seltsame Korrespondenz weiterführen soll, brauche ich einige Antworten. Wer sind Sie? Womit verdienen Sie Ihren Lebensunterhalt? Warum wollen Sie dieses Hotel? Was könnte es Ihnen möglicherweise bedeuten? Und der entscheidenste Punkt: Welches Recht haben Sie, mir zu sagen, was meine eigene Tochter will oder nicht will? Was wissen Sie wirklich über mich? Sie wissen nur, was ich Ihnen in meinen Briefen erzählt habe und was Sie vielleicht von der Straße aus beobachtet haben. Stimmt's? Oder sind Sie ein Insider? Sind Sie ein Mitglied des Beach Club? Ein Hotelgast? Jemand, der jeden Tag auf dem Gelände ist?
Antworten Sie mir!

Bill Elliot

Mack verbrachte die Tage nach dem Vierten Juli mit Fragen über seine Zukunft. Seine wertvolle Arbeit war letztendlich nicht mehr viel wert – und im Beach Club gab es mehr als genug zu erledigen. Er war von einem seiner Mitarbeiter mit einer Pistole bedroht worden, seine Freundin hatte ihn rausgeworfen, und die Frau, die er liebte, erwiderte seine Liebe nicht. Die Aussicht, die Farm in Iowa zu leiten, wurde immer reizvoller. Es war vielleicht nicht so schlecht – wieder auf einen Mähdrescher zu steigen und zu wissen, dass das Land, so weit das Auge reichte, ihm gehörte. Er war halbwegs entschlossen, David Pringle anzurufen und ihm zu sagen, er solle eine Putzfrau besorgen, weil Mack Petersen zurückkäme. Er hörte die unheimliche, beklemmende Stimme Nantuckets wieder *zu Hause* rufen, aber Mack wusste nicht mehr, was das bedeutete. Er hatte immer angenommen, es bedeutete, dass Nantucket seine Heimat sei, aber neulich nachts schien es ebenso möglich, dass die Stimme ihm sagen wollte, er solle nach Hause nach Iowa gehen. Vielleicht war es ein gutes Gefühl, zurückzugehen, dachte Mack. Vielleicht war es ein ebenso gutes Gefühl wie damals beim Fortgehen.

Aber dann, gerade als Mack sich fast entschieden hatte, kamen die Sommerjungs an.

»How-Baby« Comatis sorgte dafür, dass Mack sich stets besser fühlte, denn wenn Mack How-Baby sah, dachte er an Hot Dogs und kaltes Bier, Unterstände, Extraschläge beim Baseball und Gummiplatte. Er dachte an Baseball: die Welt, die für das übrige Amerika den Sommer ausmachte. Howard Comatis war der Präsident der Texas Rangers und jedes Jahr im Juli verbrachte er die Sommerpause im Beach Club. Er kam mit seiner Frau Tonya und seinen zwei Baseballkumpeln – Roy Silverstein (Marketing-Vizepräsident für die California Angels) und Dominic Saint-Jean (Präsident der Montreal Expos) und ihren Frauen. How-Baby war in jeder Beziehung der Anführer der Gruppe – er war ein großer, muskulöser Grieche mit vollem schwarzen Haar und einem buschigen Schnurrbart. Seine Frau,

Tonya, nannte jedermann Baby, und Howard nannte sie stets How-Baby, ob sie mit ihm oder über ihn sprach, und der Name blieb haften. Mack sah How-Baby zuerst, als er morgens um halb acht die Tür von Lacey Gardners Häuschen öffnete. Er stand auf Laceys kleiner Veranda.

»Howard«, rief Mack überrascht. »Guten Morgen. Schön, dass du wieder da bist!«

How-Baby streckte eine Texas-Ranger-Kappe aus. »Setz sie auf«, sagte er. »Wir haben fünfzig Dollar darauf gewettet, wer dich dazu bringen könnte, seine Kappe zuerst aufzusetzen. Die anderen beiden Kerle warten im Foyer. Sie sind nicht so gute Detektive.«

Mack nahm die Kappe. Er besaß aus früheren Jahren drei ähnliche Kappen, aber er hatte sie bei Maribel in der Wohnung gelassen. Er bog die Krempe um und probierte die Kappe auf: Sie passte perfekt. »In Ordnung. Danke.«

How-Baby legte einen Arm um Macks Schultern. »Bist ein guter Junge. Komm mit mir. Ich will mit dir angeben.«

Natürlich stand Roy Silverstein mit einer California-Angels-Kappe auf der Vorderveranda des Foyers und Dominic St. Jean mit einer Expos-Kappe draußen beim Schild »Nantucket Beach Club and Hotel«.

»Verdammt«, sagte Roy, als Mack und How-Baby um die Ecke kamen. »Ich dachte bestimmt, Dom würde Mack kriegen, als er hier rauffuhr. Wo hast du ihn gefunden, How-Baby?«

»Das geht dich nichts an«, erwiderte How-Baby. »Und jetzt zahlt!«

Roy war klein, kahlköpfig und mager. Er trug eine an der Taille gegürtete, kurze Madras-Badehose. Er griff in die Tasche und nahm fünfundzwanzig Dollar heraus.

»He, Dom«, sagte Roy. »How-Baby hat Mack zuerst gefunden. Frag mich nicht, wie.«

Dominic kam mit knirschenden Schritten über den Parkplatz. Er war der eleganteste der drei Männer. Da er Kanadier war, verfiel er manchmal ins Französische, und er war am besten von allen gekleidet – heute Morgen trug er eine Freizeithose mit Bügelfalte, ein zitronengelbes Polohemd und Mokassins mit Troddeln.

»*Merde!*«, rief Dominic aus. Er ließ seine Kappe um den Zeigefinger kreisen und warf sie dann Mack zu. »Trag sie morgen.«

»Nein, trag meine morgen«, sagte Roy.

»Halt dich an den Front Runner, Mack«, sagte How-Baby. »Halt dich an die Rangers.«

Tonya Comatis, deren kastanienbraunes, bienenstockartig aufgetürmtes Haar wie Zuckerwatte wirkte, streckte den Kopf aus der Tür des Foyers. »Jungs, geht wieder in eure Zimmer. Ich will nicht, dass ihr die ganze Woche miteinander konkurriert.«

Ihre Miene erhellte sich, als sie Mack sah. »Mack, Baby«, rief sie. Sie küsste ihn auf die Wange, und Mack war sich sicher, dass sie einen roten Lippenstiftfleck hinterließ.

»Nun, du siehst völ-lig er-schöpft aus!«

»Es ist noch früh«, erwiderte Mack.

»Nein, ich meine, du siehst wirklich *müde* aus. Du wirkst vollkommen fertig.«

»Gib dem Mann eine Chance, Tonya«, sagte How-Baby. »Nun, Mack, kannst du uns für heute Nachmittag den Kunststoffschläger und ein paar von den Wiffle-Bällen besorgen? Ich will diesen Clowns ein oder zwei Dinge beibringen.«

»Man sollte meinen, sie hätten erst mal genug vom Baseball«, bemerkte Tonya. »Man sollte meinen, sie wollten nicht mehr daran denken. Aber nein. Sie sind versessen darauf, absolut versessen.«

»Wäre Baseball eine Frau, würde ich sie heiraten«, sagte How-Baby.

»Ich würde sie zuerst heiraten«, sagte Roy.

»Sie würde keinen von euch heiraten«, erwiderte Dominic. »Ihr seid beide zu hässlich.«

Um fünf Uhr nachmittags, als die Beach Boys die Sonnenschirme abgebaut hatten, wurde der Strand zum Spielfeld. How-Baby und Roy markierten im Sand die Bases und die Fair-Foul-Linie. Tonya und die beiden anderen Ehefrauen – Dominics Frau Genevieve war eine ruhige Blonde, und Roys Frau trug dieses Jahr einen Pferdeschwanz und wirkte allenfalls wie achtzehn – zogen Shorts über ihre Bikinis und brachten gekühlte Flaschen Evian heran. Es waren gemischte Teams – normalerweise How-Baby und die beiden Frauen gegen Roy, Dominic und Tonya, aber manchmal spielten auch How-Baby und Tonya gegen alle anderen. Eines blieb sich stets gleich: How-Babys Team siegte immer. Er drosch den Wiffle-Ball jedes Mal ins Meer, wenn er an der Reihe war. Die ersten beiden Bälle wurden dadurch verloren. »Das wäre in Wrigley ein Home-Run gewesen«, sagte How-Baby und umrundete die Bases. »Das wäre in Candlestick ein Home-Run gewesen.« Dann stellte Tonya die Regel auf, dass ein Schlag ins Wasser automatisch einen Home-Run bedeutete.

»Ich kenne dich, How-Baby«, sagte sie. »Du würdest beim nächsten Mal im Yankee-Stadion auf die oberen Ränge zielen, und wir würden den einzigen Ball verlieren, den wir noch haben.«

How-Baby war auch auf dem Feld erstaunlich. Er warf den Ball so schnell, dass er wie ein weißer Schatten wirkte. Ray und Dominic und die Frauen schlugen in die Luft, und wenn sie den Ball einmal trafen, war es gewöhnlich ein angeschnittener Hochball, der How-Baby direkt in die Hände fiel. Es war eine gewisse Magie um den Mann, ein Magnetismus, den weder Bill noch Macks Vater ihm beigebracht hatten.

Neun Durchgänge mit How-Baby dauerten ungefähr eine Stunde. Dann verließen die Spieler das Spielfeld und Roy wischte sich seinen kahlen Kopf mit einem Taschentuch ab.

»Der Bastard betrügt nicht einmal«, sagte Roy zu Mack. »Wenn er betrügen würde, könnte ich ihn wenigstens hassen.«

»Ich hasse ihn ohnehin«, erwiderte Dominic. Er versetzte How-Baby einen Schlag auf den Rücken.

»Trink einen Cocktail mit uns«, schlug How-Baby vor. Er schwitzte nicht und war auch nicht außer Atem. Er war so cool wie die Meeresbrise.

»Okay«, sagte Mack. Es war schon nach sechs, und er hatte vorgehabt, den Abend mit Andrea zu verbringen – es war ihre letzte Nacht auf der Insel, und er sollte James beim Rasieren helfen. Dann hatte er auf einen Strandspaziergang mit Andrea und James gehofft, was ihm aber plötzlich niederdrückend erschien. Mack würde vielleicht eine perfekte Kammmuschel oder einen Sanddollar finden und ihn Andrea als Erinnerung geben. Zugleich war ihm klar, dass die Muschel bei Andreas Ankunft in Baltimore zerbrochen oder abhanden gekommen wäre. Er sollte seine Zeit besser mit Menschen verbringen, die ihm ein gutes Gefühl vermittelten.

Mack folgte How-Baby zu Zimmer eins. (How-Baby

buchte stets Zimmer 1 – es bestand kein Zweifel daran, dass er sich wie eine Nummer 1 fühlte.) Sie setzten sich in die Liegestühle. Tonya erschien mit zwei eiskalten Bieren und How-Baby trank seines mit einem großen Schluck halb leer. Der Mann genoss sein Leben in vollen Zügen.

»Dann erzähl mal, Mack – wie war dein Winter?«

»Gut«, antwortete Mack. Eine nichts sagende, wenig enthusiastische Antwort, aber zu mehr war er nicht imstande – und es war keine Lüge. Der Winter *war* gut gewesen. Erst seit Mai waren die Dinge außer Kontrolle geraten. »Maribel und ich haben wieder auf dem Sunset Hill gewohnt, neben dem Oldest House.«

How-Baby strich sich über den Schnurrbart. »Ich wollte dich sowieso nach Maribel fragen. Ich habe mir Sorgen gemacht, als ich hörte, dass du bei einer alten Lady an der Rückseite des Hotels wohnst. Du weißt, dass Tonya und ich dich für einen phantastischen Spieler halten, aber wir mögen Maribel auch sehr.«

»Jeder mag Maribel«, sagte Mack.

Tonya betrat die Veranda. »Also werden wir sie sehen?«, fragte sie. »Wir würden euch gern zum Essen einladen.«

»Ich weiß, dass du viel zu tun hast«, sagte How-Baby. »Aber ich möchte dich etwas fragen. Etwas Wichtiges.«

Tonya versetzte How-Baby einen Schlag auf den Arm. »Jetzt ziehst du ihn auf. Erzähl ihm einfach, worum es geht, How-Baby. Sag es ihm jetzt gleich.«

»Du musst es mir nicht jetzt gleich sagen«, erwiderte Mack. »Denn, weißt du, mit Maribel …«

»Okay, ich werde es ihm jetzt gleich sagen.« How-Baby trank sein Bier mit einem zweiten Schluck aus und rülpste dann kräftig. »Ich habe einen Job für dich.«

»Einen Job?«

»Einen Job. Du könntest für mich arbeiten, für die Rangers. Als sich der Job auftat, dachte ich bei mir: ›Ich weiß genau, wen ich dafür haben will. Mack Petersen ist der Richtige.‹«

Mack lachte. »Wie du weißt, Howard, habe ich bereits einen Job.«

How-Baby wandte sich zu Tonya um und grinste. »Habe ich dir nicht prophezeit, dass Mack genau das sagen würde?«

»Stimmt, How-Baby. Und jetzt erzähl ihm den Rest.«

How-Baby beugte sich vor. »Mack, ich weiß, dass du deinen Job hier im Hotel magst. Und der Job, den ich dir anbiete, hat auch mit Hotels zu tun. Er besteht darin, Reisevorbereitungen für das Team zu treffen – Flüge, Hotelzimmer, Restaurants zu buchen. Er beinhaltet viel Kommunikation mit den Spielern und du bekommst das ganze Land zu sehen.« Er machte eine wirkungsvolle Pause. »Er bedeutet, dass ich dein Gehalt verdreifachen werde. Und du hast trotzdem noch die Winter frei, genau wie hier. Du hast im Winter frei, und im Sommer reist du, hast freundschaftlichen Umgang mit den Größten in dieser Sportart und machst Geld.« How-Baby lehnte sich im Stuhl zurück. »Wie kannst du dir diese Chance entgehen lassen?«

Das erste Wort, was Mack in den Sinn kam, war *lächerlich*. Das zweite Wort war *warum? Warum war es lächerlich?*

»Es klingt verlockend«, gab Mack zu.

»Aber du hast Zweifel«, stellte How-Baby fest. »Du hast Zweifel, weil ich dich bitte, in der obersten Liga mitzumischen. Das verstehe ich. Und darum möchte ich, dass du darüber nachdenkst. Ich möchte, dass du es mit deiner hübschen Maribel besprichst und dir anhörst, was sie zu sagen hat.«

»Wir wissen, dass sie die Vorstellung mögen wird«, sagte Tonya.

»Wir wissen, dass sie die Vorstellung mögen wird, weil diese junge Dame einen klugen Kopf auf den Schultern hat. Sie erkennt einen Gewinner, wenn sie ihn sieht. Immerhin hat sie dich erwählt, oder?«, bemerkte How-Baby und schlug Mack auf die Schulter.

»Gewissermaßen«, antwortete Mack. Er fühlte sich nicht gut bei dem Gedanken, How-Baby die Wahrheit zu gestehen. How-Baby interessierte nicht, was Mack verloren hatte. Er war daran interessiert, zu siegen. »Maribel hat mich aus der Wohnung geworfen. Ich habe einen Fehler gemacht.«

Tonya zog an ihrem Ohrläppchen. »Eine andere Frau?«, flüsterte sie.

Macks Nacken wurde warm. »So was Ähnliches.«

How-Baby schlug ihm aufs Bein. »Ich wusste es«, sagte er. Er stupste Tonya an. »Habe ich dir nicht gesagt, dass Mack in Ungnade gefallen ist und deshalb dort hinten wohnt? Ich wusste es.«

»Es ist schlimmer als das«, verkündete Mack. »Es ist kompliziert.«

How-Baby legte die Hände hinter den Kopf und lehnte sich in seinem Liegestuhl zurück. »Natürlich ist es kompliziert. Es ist Liebe. Liebe ist das Größte auf der Welt. Und du sprichst mit einem Mann, der seit siebenundzwanzig Jahren verheiratet ist.«

»Das stimmt«, sagte Tonya. Sie küsste How-Baby auf die Stirn und hinterließ zwei rote Lippenabdrücke. »Aber Liebe muss auch hart erarbeitet werden.«

»Härter, als mit vier Fingern einen Fehlwurf zu landen«, ergänzte How-Baby. »Härter als bei Bullenhitze im Mittelfeld zu spielen. Das ist verdammt hart.«

»Ja«, sagte Mack.

»Ich möchte dich etwas fragen«, sagte How-Baby. »Liebst du Maribel? Liebst du sie wirklich?«

Mack nickte. »Ja.«

»Nun, dann lass uns hören, wie du es der Welt erzählst. Komm schon, sag es.«

»Ich liebe sie«, sagte Mack.

»Sag es lauter!«, forderte How-Baby ihn auf.

»Ich liebe sie.«

How-Baby rutschte zum Rand seines Stuhls. »Sag es lauter!«

Mack zögerte. So musste How-Baby wohl seine Spieler motivieren, indem er sie dazu brachte, ihr Testosteron freizusetzen. »Ich liebe sie!«

»Sag es laut!«, befahl How-Baby.

Tonya flüsterte: »Lauter, Mack Baby, lauter!«

»Ich liebe sie!«

How-Baby stand auf. »Sag es lauter!«, schrie How-Baby. »Sag es, so laut du kannst. Steh auf und sag es aus dem Bauch heraus!«

Mack wandte sich zum Meer. Es waren immer noch ein paar Nachzügler am Strand, aber was sollte es?

»Ich liebe sie!!!«, schrie er. »Ich ... liebe ... sie!«

How-Baby applaudierte. »So ist es recht«, sagte er. »Du liebst sie. Ich glaube dir. Ich glaube, dass du sie liebst.«

Roy Silverstein trat auf die Veranda von Zimmer 2.

»Also zieht How-Baby wieder seine Baptistenprediger-Nummer ab«, sagte er.

Mack brach in seinem Stuhl zusammen. Zum ersten Mal seit Wochen lachte er wieder richtig. War es verrückt, dass er überhaupt erwog, diesen Job anzunehmen? Er war so in seiner Wahlmöglichkeit zwischen Nantucket und Iowa gefangen, dass er nie auch nur daran gedacht hatte, es könnte vielleicht auch noch eine dritte

Alternative geben. Er hatte herumgesessen und darauf gewartet, dass Nantucket zu ihm sprechen würde – und vielleicht war genau das gerade geschehen. Vielleicht war How-Baby die Stimme, auf die er gewartet hatte. Mack fragte sich, wie das Wasser unten in Texas war. Wenn er Maribel wiederbekäme, würde er es herausfinden.

Bald danach verließ Mack die Veranda, schüttelte How-Baby die Hand, küsste Tonya auf die Wange und sagte ihnen, er würde sich ihr Angebot überlegen.

»Mach dir erst mal Gedanken über das Mädchen«, sagte How-Baby. »Das ist wichtig.«

Mack ging um die Ecke zu den Zimmern mit Seitenveranda. Er klopfte an die Tür von Zimmer 18. Andrea öffnete. Hinter ihr sah Mack ihren halb gepackten Koffer, aber er war nicht so traurig, wie er erwartet hätte.

»Ich bin hier, um James beim Rasieren zu helfen«, sagte er. »Ich habe es ihm versprochen.«

Sie sah ihn prüfend an. »Ich werde dich *wirklich* vermissen, weißt du.«

»Ist James hier?«, fragte Mack. Er rief ins Zimmer: »James, Kumpel, hier ist Mack. Ich bin hier, um dir beim Rasieren zu helfen.«

»He! Ich *sagte,* ich würde dich vermissen.«

»Du musst mich nicht vermissen«, entgegnete Mack. »Du hattest die Wahl. Ist James hier?«

»Natürlich. Wo sollte er sonst sein?« Andrea wandte sich um. »James, komm her, bitte.«

Wenige Sekunden später drückte sich James ins Zimmer.

»Ich will dir beim Rasieren helfen«, sagte Mack.

James machte auf dem Absatz kehrt und lief wortlos zum Badezimmer. Mack folgte ihm. James stand vor dem Spiegel und Mack setzte sich auf die Toilette.

»Dies ist eine Art Abschlussprüfung«, bemerkte Mack. »Weil ihr morgen abreist.« Er fragte sich, ob Andrea das alles schon mit James besprochen hatte. Er fragte sich, ob es wichtig wäre und ob James irgendeine Vorstellung von dem hatte, was um ihn herum vorging.

»Zeit zum Rasieren«, sagte James.

»Ich werde dir zusehen. Du machst es allein. Sag mir, was zuerst kommt.«

»Ich weiß es nicht«, antwortete James.

»Seif dein Gesicht mit Rasierschaum ein. Wie der Weihnachtsmann, erinnerst du dich?«

James sprühte sich den Schaum auf die Finger und strich ihn sich auf die Wangen.

»Und was jetzt?«, fragte Mack. »Was kommt als Nächstes?«

James schwieg. Wie machte How-Baby es? Wie schaffte er es, dass die Menschen genau das antworteten, was er hören wollte? »Nimm die Rasierklinge. Wir haben das schon dreimal gemacht. Jetzt möchte ich, dass du dich rasierst, James.«

»Ich weiß es nicht«, sagte James.

»Was weißt du nicht?«

James sah in den Spiegel. Macks Herz sank, als er den fünfzehnjährigen Jungen mit seinem weißen Schaumbart betrachtete. Er fühlte mit Andrea, die morgen und nächste Woche und vielleicht sogar noch nächstes Jahr aufpassen musste, bis sich James an die Routine gewöhnt hatte und bis er die Aufgabe in Einzelschritte einteilen konnte. Sie hatte natürlich Recht: Niemand sonst würde James genug lieben, um diese Geduld und dieses Durchhaltevermögen aufzubringen, ohne in Wut zu geraten, ohne so frustriert zu werden, dass er ging, wie ihr Ehemann es getan hatte. Nicht einmal Mack.

Mack stand hinter James und nahm die Rasierklinge. Er begann ihn sanft zu rasieren.

»Magst du Baseball, James?«, fragte Mack.

»Ja«, antwortete James automatisch.

»Hasst du Baseball?«, fragte Mack.

»Ja«, erwiderte James.

»Du kannst es nicht mögen *und* hassen«, sagte Mack. »Du kannst nicht beides. Verstehst du das, James? Du kannst Baseball nicht gleichzeitig mögen und hassen.«

»Ich mag es persönlich«, entgegnete James. »Ich hasse es im Fernsehen.«

Mack lächelte, während er James unter dem Kinn rasierte. »Vielleicht kann ich dir Karten für die Orioles besorgen. Wie würde dir das gefallen?«

»Ja«, antwortete James.

Mack rasierte James' Oberlippe. »Wenn du das allein machst, musst du auf deine Lippe achten. Du willst dir doch nicht in die Lippe schneiden und dann stundenlang bluten, oder? Da, du bist fertig.« Mack trat zurück. »Ich möchte, dass du dir das Gesicht abspülst.«

James drehte das Wasser auf, spritzte es sich ins Gesicht und trocknete sich mit einem Handtuch ab.

»Was tun wir, nachdem wir uns das Gesicht abgespült haben, James? Kannst du dich daran erinnern?«

James sah in den Spiegel.

Mack nahm die Rasierlotion und spritzte etwas davon in James' Handfläche. »Reib dir das ins Gesicht ein. Wir benutzen kein Aftershave, oder, James?«

»Nein.«

»Du wirst deine Mom daran erinnern müssen. Kein Aftershave, nur Rasierlotion. Und such es dir selbst aus. Ich möchte mir nicht gern vorstellen, wie du herumläufst und komisch riechst.«

James rieb die Lotion ein. »Fertig rasiert«, sagte er.

»Fertig rasiert. Dann bist du aufbruchsbereit.« Mack griff nach der Klinke der Badezimmertür, hielt aber dann inne. »Magst du mich, James?«, fragte er.

»Nein«, erwiderte James. Seine grün-grauen Augen waren wie ein offenes Buch. »Ich liebe dich.«

Bevor Mack das Zimmer verließ, sah er Andrea beim Packen zu. »Das Gesicht deines Sohnes ist wieder glatt«, verkündete er. »Aber ich glaube nicht, dass ich ihm etwas beibringen konnte. Tut mir Leid.«

Andrea hielt einen Pulli mit dem Kinn fest und faltete die Ärmel. »Mach dir keine Gedanken darüber.«

»Okay, dann gehe ich«, sagte Mack.

»Ich fürchte, ich habe keine Kraft für einen großartigen, gefühlvollen Abschied«, entgegnete sie.

»Ich auch nicht«, erwiderte er.

Andrea verengte die Augen. »Du bist weder mir noch sonst jemandem verpflichtet, Mack. Du bist ein eigenständiger Mensch. Ein guter Mensch. Aber wirst du über das nachdenken, was ich gesagt habe, über Maribel?«

»Das habe ich bereits«, antwortete Mack.

»Es ist vermutlich lächerlich zu glauben, ich würde dich nie wiedersehen.«

»Ich glaube allmählich, dass nichts lächerlich ist«, gab Mack zurück. »Sagen wir einfach für eine Weile tschüss! Du siehst mich vielleicht wieder, aber nicht da, wo du denkst.«

»Du gehst von hier fort?«

»Ich verspreche dir, dass ich nicht vor deiner Tür auftauchen werde«, sagte er.

»Du gehst wirklich von hier fort?«, fragte Andrea.

Mack drückte sie. »Kommt morgen gut nach Hause.« Er sog den Duft ihres Haars ein, aber er war wieder nicht so traurig wie erwartet. Es war ihm wichtig, dass er nicht »Ich liebe dich« sagte, aber Andrea schien es dennoch zu hören.

»Ich weiß«, sagte sie.

Mack fuhr zur Parterrewohnung. Er klopfte zaghaft an die Tür, hörte aber nichts. Dann klopfte er etwas lauter. Eine Sekunde später öffnete Maribel.

»O Gott!«, rief sie aus. Ihr gebräuntes Gesicht wurde blass, als würde ihr übel.

»Mari, es tut mir Leid, aber ich muss mit dir reden.«

»Reden?«, fragte sie.

»Kann ich reinkommen?«, fragte Mack.

Die Haut über ihrem Auge zuckte. »Ich denke schon.« Sie öffnete ihm die Schutztür und er betrat die Wohnung. Jem Crandall saß am Esstisch und aß Pizza aus einem Karton. Auch er wirkte elend, als er Mack sah. Er stand auf.

»Jem«, sagte Mack. »Hi.«

»Ich gehe«, sagte Jem. »Ich bin schon weg.«

Mack versuchte, seine Überraschung zu verbergen. Es war schwer genug, Maribel zu sehen, aber dann auch noch einen seiner Pagen Pizza essend am Tisch vorzufinden?

»Das verstehe ich nicht. Was machst du hier?«, fragte Mack.

»Wir sind Freunde«, antwortete Maribel. »Krieg dich wieder ein. Du weißt nicht mehr, wie mein Leben verläuft.«

»Nein. Offensichtlich nicht.«

Jem ging zur Tür und nahm das Stück Pizza mit, an dem er gerade kaute. »Ich lasse euch beide das regeln«, sagte er. Dann wandte er sich um. »Aber wenn du ihr wehtust, Petersen, wenn du sie anfasst oder sie mit Worten zum Weinen bringst, bringe ich dich um.«

»Na großartig!«, sagte Mack. Jetzt wollten ihn beide Pagen umbringen.

»Ich meine es ernst«, entgegnete Jem. »Und ich sage das trotz der Tatsache, dass du mir gegenüber ziemlich cool warst. Aber du hast Maribel was Schlimmes angetan, und wenn du ihr noch was antust, bist du in Schwierigkeiten.«

»Okay.« Mack unterdrückte den Drang zu lächeln. »Ich werde es in Erinnerung behalten.«

Jem biss in seine Pizza. »Ja«, sagte er mit vollem Mund. »Tu das.«

Nachdem Jem gegangen war, setzte sich Maribel an den Esstisch. »Also hast du dein Revier zurückverlangt«, sagte sie. »Warum sagst du mir nicht, was du willst? Willst du Schluss machen? Das hatte ich kapiert, aber ich hatte gehofft, du würdest vorher anrufen.«

Mack sah sich in der Wohnung um. Er vermisste sie. Sogar den Plüschteppich und den moderigen Geruch nach altem Schwamm. »Ich liebe dich«, sagte er.

»Man betrügt niemanden, den man liebt. Man lässt niemanden, den man liebt, sechs Jahre lang mit einer Lüge leben. Okay, Mack? Erkennst du, wie fadenscheinig deine Glaubwürdigkeit geworden ist?«

»Ja«, antwortete Mack, »aber ich liebe dich.«

»Ha!«

»Ich habe Bill um eine Gewinnbeteiligung gebeten«, sagte er. Maribel wölbte die Augenbrauen. »Wirklich?«

»Er hat abgelehnt«, sagte Mack. »Er und Therese, beide. Sie sagten ... Nun, weißt du, was mit Cecily los ist?«

»Dass sie die Schule um ein Jahr verschiebt, meinst du? Um mit ihrem Freund zusammen zu sein?«

»Das hat sie wirklich aufgeregt. Und sie wollen mir keine Gewinnbeteiligung einräumen, weil sie denken, dass Cecily dann noch leichter gehen wird. Sie denken, sie wäre froh, wenn ich mich für sie um das Hotel kümmerte, und würde sich frei fühlen zu gehen.«

»Da haben sie vollkommen Recht«, erwiderte Maribel. »Und Cecily hat es auch gesagt. Also scheint es, als hätte dich das Glück verlassen.«

Mack schaute auf seine Hände. »Aber ich habe zumindest gefragt.«

Maribel spielte mit der Ecke des Pizzakartons. »Du kommst zu spät, Mack.«

»Wir haben uns erst vor zwei Wochen getrennt. Wie kann ich da zu spät kommen? Außerdem würde ich gerne wissen, was Crandall hier zu suchen hatte.«

»Er mag mich«, entgegnete Maribel. »Ich könnte mich sogar so weit vorwagen zu behaupten, dass er mich liebt.«

»Großartig! Er ist zu jung für dich, weißt du.« Maribel schnaubte. »Das hast du nicht zu entscheiden.«

»Also hast du jetzt ein Techtelmechtel? Du bist auf *Mr November* reingefallen?«

»Ich weiß nicht, was ich tun soll, Mack«, sagte Maribel. Ihre Stimme klang nun traurig und nicht verärgert oder sarkastisch. »Ich denke daran, die Insel zu verlassen.«

»Warum?«, fragte er.

»Weil ich hier fertig bin. Ich habe es versucht, und es hat nicht funktioniert. Vor sechs Jahren hatten wir beide, du und ich, eine Sommerromanze, und ich beschloss zu bleiben. Aber es war immer nur eine Sommerromanze, nicht wahr? Die Art Romanze, die so aufregend ist, weil du weißt, dass sie enden wird.« Sie blitzte ihn mit ihren blauen Augen an. »Und weißt du was? Unser Sommer hat schließlich geendet.«

»Das stimmt. Unser Sommer ist vorbei.«

»Außerdem denke ich, dass Menschen, die auf Inseln leben ... Nun, ich glaube allmählich, dass mit ihnen etwas nicht stimmt. Es ist so, als würden sie sich vor etwas *verstecken*. Es ist so, als hätten sie vor dem Rest der Welt Angst und würden sich deshalb *isolieren*, umgeben von all diesem Wasser.«

»Wovor verstecken wir uns?«, fragte Mack. »Wovor haben wir Angst?«

Maribel riss den Pizzakarton in kleine Stücke. »Ich weiß es nicht«, antwortete sie. »Ich habe Angst, dass du mich nicht genug liebst. Du hast Angst, dass ich dich zu sehr liebe. Oder vielleicht haben wir einfach Angst vor uns selbst.« Sie weinte.

Mack griff über den Tisch nach ihrer Hand. »Ich habe heute ein Jobangebot bekommen«, sagte er. »Und wenn du einverstanden bist, werde ich es annehmen.«

»Was für ein Angebot?«, fragte sie.

»Für How-Baby zu arbeiten. Für die Texas Rangers. Hotels reservieren, Restaurants aussuchen, Flüge buchen. Es bedeutet, dass ich in den Staaten herumreise. Es bedeutet freie Winter. Es bedeutet mehr Geld.«

Maribel ging zur Spüle, riss ein Papierküchentuch von der Rolle und putzte sich die Nase. »How-Baby«, sagte sie. »Ich habe den Mann immer gemocht.«

»Er und Tonya wollen dich sehen. Sie können es kaum erwarten. Und How-Baby sagte, er würde mein Gehalt verdreifachen, Maribel. Verdreifachen.«

»Was wirst du mit der Farm machen?«, fragte Maribel.

Mack dachte einen Moment darüber nach. Er wusste noch immer nicht, was er mit der Farm machen sollte. »Wir werden sehen«, sagte er. »Vielleicht warte ich ein Jahr ab, um zu sehen, wie mir der Job gefällt. Ich werde Pringle bitten, jemanden für die Ernte einzustellen, und wenn es mit dem Job klappt, werde ich die Farm vielleicht verkaufen. Die Sache ist die, dass wir es schaffen werden, du und ich, das weiß ich.«

»Du wirst es allein tun müssen«, entgegnete Maribel und zerknüllte das Papiertuch in der Hand. »Ich werde nicht mit dir gehen.«

»Du musst mit mir kommen.«

Maribel ging in der Küche auf und ab, so dass die Sohlen ihrer Laufschuhe auf dem Linoleum quietschten. »Du *kapierst* es einfach nicht, oder?«

Mack atmete tief durch. Er fühlte sich wie im freien Fall, wie in einem Traum. »Du kapierst es nicht«, sagte er. »Ich bitte dich, mich zu heiraten.«

Zum ersten Mal in ihrer Beziehung hatte er sie überrascht. Nun, vielleicht zum zweiten Mal, denn er wusste, dass die Geschichte mit Andrea sie auch überrascht hatte. Sie nur anzusehen, brachte Macks Blut schon in Wallung. Sie trug ein blassrosafarbenes T-Shirt, Jeansshorts und ihre Laufschuhe. Ihr Haarknoten wurde von einem Bleistift gehalten. In diesem Moment wollte Mack Maribel *sein* – sie würde etwas bekommen, was sie schon so lange wollte.

»Du bittest mich, dich zu heiraten?«, fragte Maribel.

Ich sollte auf ein Knie sinken, dachte er. Es schien albern, hier in der feuchten Mietwohnung, aber Mack zwang sich dazu. Er kniete sich hin.

»Willst du mich heiraten? Willst du meine Frau werden?« Die Worte drangen richtig hervor. Es war leicht. Er würde sie immer wieder sagen. Er würde sie herausschreien. »Bitte heirate mich!«

Maribel blickte über seinen Kopf hinweg, als schwebten seine Gedanken in einem Ballon darüber. *Antworte mir!,* würde der Ballon sagen. Und dann hatte er eine Sekunde lang das Gefühl, sie könnte nein sagen, und das war so, als würde er in ein dunkles Loch ohne Boden blicken.

»Maribel, wirst du mich heiraten?«, fragte Mack ein wenig lauter.

Sie sah ihm ins Gesicht, als wäre sie überrascht, ihn dort, auf einem Knie, vorzufinden, seine Augen auf einer Höhe mit ihren gebräunten Beinen.

»Natürlich«, antwortete sie. »Natürlich werde ich dich heiraten.«

Lacey Gardner konnte es nicht glauben. Zwölf Jahre lang hatte sie mit angesehen, wie Mack erwachsen wurde: Sie hatte ihn beobachtet, wie er das Hotel führte, wie er am Community College auf dem Cape seinen Abschluss gemacht hatte, wie er um seine Eltern getrauert hatte. Sie hatte beobachtet, wie er Mädchen ausgeführt hatte. Und mit Maribel hatte sie ihn besonders sorgfältig beobachtet. Aber das hätte sie in einer Million Jahren nicht vorausgesehen – und Lacey war inzwischen alt genug, um sich nur noch von sehr wenigen Dingen erschüttern zu lassen. Aber das erschütterte sie. Mack brachte ihr wie gewöhnlich ihre Tasse Kaffee und den *Boston Globe* vom Foyer herüber, und bevor sie auch nur die Schlagzeilen überflogen hatte, teilte er ihr die Neuigkeit mit.

»Ich habe Maribel gebeten, mich zu heiraten, und sie hat ja gesagt.«

Der Tonfall seiner Stimme drückte kaum zu verbergende Freude, Stolz und Ehrfurcht aus, und Lacey vermutete, dass es so auch sein sollte. Sie war zunächst überrascht und dann traurig. Also war Mack für sie in gewisser Weise für immer verloren.

»Und ich dachte die ganze Zeit, du würdest dich für mich aufsparen.«

Mack legte ihr den Arm um die Schultern, so dass sie sich beinahe den Kaffee über den Schoß gegossen hätte. Seine Energie erstaunte sie – vielleicht liebte er das Mädchen schließlich doch. »Du bist die Beste, Gardner. Die absolut Beste. Du bist der erste Mensch, dem ich es erzählt habe.«

»Dann ziehst du aus?«, fragte Lacey. Sie blickte zu dem Ledersofa, auf dem Mack die letzten beiden Wochen geschlafen hatte. Normalerweise kam er, wenn sie schon schlief, und stand vor ihr auf, aber zwei Wochen lang hatte sich noch ein Mensch unter ihrem Dach aufgehalten, und das fühlte sich gut an. Sie hörte manchmal Macks Schritte oder mitten in der Nacht die Toilettenspülung, und einmal, als sie nicht schlafen konnte, lief sie auf Zehenspitzen ins Wohnzimmer und sah seine Gestalt unter den Decken, und sie wünschte, er würde nie gehen, er würde einfach bei ihr bleiben, bis sie starb.

»Ich ziehe wieder in die Wohnung«, sagte er. »Aber wir haben immer noch unsere Sonntagsdinners. Ich habe Maribel gesagt, dass das dazugehört. Die Sonntagabende gehören dir, Lacey.«

»Na gut«, erwiderte sie.

Mack würde heiraten.

Lacey erinnerte sich an den September 1941, als sie und Maximilian mit Sam Archibalds Strandbuggy nach Madaket hinausfuhren. Sam Archibald war jenen Sommer nicht auf Nantucket, weil er sich zur Army gemeldet hatte und in einem Ausbildungslager am Mississippi war. Maximilian erhielt eine Postkarte von ihm mit dem Wortlaut: *»Die Hälfte der Kerle hier haben den Atlantik noch nie gesehen, geschweige denn in 'Sconset Crocket gespielt. Fahr das alte Mädchen im Buggy herum und amüsier dich für mich.«* Am 16. September folgten sie der Aufforderung – sie fuhren nach Madaket. Die Stimmung zwischen Lacey und Maximilian war ernster als normal, wegen des Krieges. Alle saßen am Radio und lauschten den Nachrichten über Hitler. Das Militär benutzte Tom Nevers Field als Übungsplatz für das Landen im Nebel. Die Küstenwacht patrouillierte am Strand und hielt nach U-Booten Ausschau. Auf den Straßen der Stadt und überall im Umkreis lagen Berge von Sandsäcken und Männer meldeten sich zum Dienst. Lacey vermutete, dass es nicht lange dauern würde, bis Maximilian auch fortging. Dann müsste sie mit dem Strandbuggy allein zum Strand fahren.

Als sie Madaket erreichten, liefen Lacey und Maximilian barfuß durch den Sand.

Maximilian sagte: »Ich habe dich aus einem bestimmten Grund hierher gebracht.«

Lacey lachte, aber es war so windig, dass ihr Lachen fortgetragen wurde. »Du hast mich hierher gebracht, weil Sam dir geschrieben hat, du solltest es tun. Ihr Männer müsst immer zusammenhalten!«

Maximilians Krawatte wehte im Wind. »Nein, Lacey, das ist nicht der Grund.«

Und dann dachte sie natürlich, er würde ihr eröffnen, er zöge auch in den Krieg. *Ihr Männer,* dachte sie, *müsst immer zusammenhalten.* Kein Wunder, dass die bewaffneten Streitkräfte funktionierten. Männer liebten die Gesellschaft ihresgleichen. Sie waren gern in einer Gruppe, je größer desto besser. Und sie dachte: *Wenn Maximilian fortgeht, werde ich mich auch melden. Ich werde nicht mit den Frauen zurückbleiben, niemals.*

Aber Maximilian sagte: »Lacey, ich habe dich hierher gebracht, weil ich um deine Hand bitten möchte, um beide Hände, und den Rest von dir, wenn du mich haben willst. Ich verspreche dir, dir ein Heim zu schaffen und dir das Leben, das du gewohnt bist, so gut zu ermöglichen, wie ich nur kann …«

Lacey unterbrach ihn, indem sie ihm die Finger auf die Lippen legte. Sie erinnerte sich daran, wie sich seine warmen Lippen unter ihren Fingerspitzen anfühlten. »Ja«, erwiderte sie. »Die Antwort ist ja.«

Sie hielt an dieser Erinnerung fest, und an dem starken Glücksgefühl, das sie begleitete, obwohl Maximilian zwei Monate später den Dienst antrat und drei Jahre von ihr fort war. Das war die Zeit, in der Liebe etwas bedeutete, weil sie mit Leben und Tod einherging. Jene, die überlebten, hatten einen Grund, wehmütig zu sein, und sie, Lacey, hatte überlebt. Mack wartete darauf, dass sie etwas sagen würde. Aber was konnte sie sagen? Die Dinge waren heutzutage so schwierig, dass sie sie kaum verstand. »Du tust das Richtige«, sagte sie schließlich.

Erleichterung überzog sein Gesicht wie ein Lichtstrahl. »Danke. Ich hatte gehofft, dass wir deinen Segen bekämen.«

»Du hast immer meinen Segen, Mack Petersen«, sagte Lacey. Und das war zumindest die Wahrheit.

Als Cecily herausfand, dass Mack und Maribel heiraten würden, überfiel sie der Neid wie ein Schlag ins Gesicht. Sie hörte die Neuigkeit zuerst von Maribel selbst, am Telefon.

»Er wird mich heiraten! Mack und ich werden heiraten! Kannst du das glauben? Heiraten, heiraten, *heiraten!*«

Cecily starrte sich im Spiegel an, eine schlechte Angewohnheit ihrer Mutter. »Du hast so ein verdammtes Glück«, flüsterte sie. Aber Maribel plapperte über Kirche und Blumen und hörte es nicht. Cecily drückte schweigend auf die Gabel und legte den Hörer daneben. Dann fiel sie bäuchlings aufs Bett und weinte. Eigentlich sollte sie *glücklich* sein. Das hatte sie für Mack und Maribel gewollt. Doch die Wahrheit war, dass es ihr besser gefiel, wenn Mack und Maribel Probleme hatten. Es gefiel ihr besser, wenn sie diejenige war, die glücklich verliebt war. Mack und Maribel waren jetzt mehr als glücklich – sie hatten das große Los gezogen. Heiraten! Cecily weinte bittere Tränen der Eifersucht. Sie wusste, dass Maribel versuchen würde, wieder anzurufen, aber es kümmerte sie nicht. Sie war außerstande, mit Maribel zu sprechen, und sie war außerstande, Mack gegenüberzutreten. Es war völlig irrational – ihre guten Neuigkeiten waren für Cecily keine schlechten Neuigkeiten. Viele Menschen konnten sich verlieben und irgendwann heiraten. Aber dieser Gedanke machte es um nichts besser, nicht solange Gabriel Tausende von Meilen entfernt und Cecily hier, auf dieser kleinen, ausweglosen Insel, gestrandet war.

War sie vielleicht so aufgebracht, weil *sie* Mack heiraten wollte? Als Cecily noch jünger war, war sie schrecklich in ihn verknallt gewesen. Sie schrieb jeden Tag in ihr Tagebuch, was Mack zu ihr gesagt hatte: »He, Sonnenschein, was hast du vor?« »Cecily, Baby, zeig mir, wie du Rad schlagen kannst.« Sie schrieb es jedes Mal auf, wenn er an ihren Locken zog oder sie über die Schulter warf wie einen Sack Mehl. Wenn er abends zu Verabredungen ging, blieb sie in ihrem Zimmer, ohne das Radio oder den Fernseher einzuschalten, denn sie war davon überzeugt, wenn sie einen unglücklichen Abend verbrachte, dann würde er auch einen unglücklichen Abend verbringen. Am nächsten Tag ging sie ihm damit auf die Nerven, dass sie nach dem Namen des

Mädchens fragte, und wissen wollte, wie sie aussah und was sie bei ihrer Verabredung gemacht hatten. Essen gehen? Kino? Tanzen? Und dann fragte Cecily schüchtern: »Hast du sie geküsst, Mack?« Und Mack sagte entweder: »Natürlich habe ich sie geküsst, Sonnenschein«, oder »Nein, sie nicht, sie war zu hässlich.« Cecily betete stets um letztere Antwort. Sie betete dafür, dass alle Partnerinnen Macks einen kleinen Schnurrbart oder einen schlechten Atem hätten. Sie hoffte, er würde erkennen, dass kein Mädchen so hübsch war wie Cecily.

Als Cecily alt genug für eigene Rendezvous war und Therese auf die Idee kam, Mack und Cecily zusammenzubringen, war Cecily N. I. – Nicht Interessiert. Zu dem Zeitpunkt war auch Maribel schon auf den Plan getreten und Cecily liebte Maribel fast ebenso wie Mack. Cecily ahmte Maribels Sprechweise, ihre Frisur, ihre Art, sich zu kleiden, nach. Maribel behandelte Cecily von Anfang an ebenbürtig, und das wirkte wie Magie. Cecily war süchtig.

War Cecily so aufgebracht, weil sie Mack liebte, oder weil sie Maribel liebte? Sie hatte in Middlesex Freud und andere tote Europäer gelesen, und einige würden behaupten, sie wolle sie beide heiraten. Geschwafel. Sie wollte Gabriel heiraten, mehr nicht. Aber Mack und Maribel hatten sich von ihr abgesondert. *Wir werden heiraten. Du bleibst allein.*

Im Moment.

Cecily öffnete die Schublade ihres Nachttischs und zählte ihr Geld. Sie kam ihrem Ziel näher, war ihm aber noch nicht nahe genug. Sie schniefte, putzte sich die Nase und ging ins Badezimmer, um sich Wasser ins Gesicht zu spritzen. Sie sollte in einer halben Stunde am Strand sein, und so gern sie sich auch in ihrem Zimmer vergraben hätte, bedeutete ein Tag ohne Arbeit ein Tag fehlendes Gehalt, und Geld war das Einzige, was sie von Gabriel fern hielt.

Sie stapfte ins Wohnzimmer hinauf und traf auf ihren Vater, der aus dem Fenster auf die darunter liegende Geschäftigkeit blickte. Dies war seine Ruhezeit, wenn Cecilys Mutter mit den Zimmermädchen beschäftigt war, und Cecily störte niemals. Außerdem klammerten sich ihre Eltern, wann immer Cecily jetzt mit einem von beiden sprach, an ihre Worte, als würde sie nie wieder etwas sagen. Sie glaubten anscheinend, wenn sie ihr mehr Aufmerksamkeit schenkten, würde sie nicht gehen, aber das war ein verdammter Irrtum ihrerseits.

Cecily räusperte sich. Ihr Vater kam ruckartig zu sich.

»Guten Morgen«, sagte er. »Wie geht es dir heute Morgen?«

»Mack und Maribel werden heiraten«, berichtete Cecily. Ihr Mund war trocken und kreidig.

»Wie bitte?«

»Sie werden heiraten.« Es laut auszusprechen, war die schlimmste Qual – schlimmer als Monatskrämpfe, schlimmer als hinzufallen und sich die Handflächen abzuschürfen. »Hei–raten.«

»Sie werden heiraten?«, fragte Bill. »Weißt du das sicher?«

Cecily konnte sich nicht überwinden, noch mehr zu sagen. Und wenn ihr Vater einen großen Wirbel daraus machte, würde sie sofort gehen, heute Abend, heute. Aber das tat er dankenswerterweise nicht. Er nahm die Neuigkeit ruhig auf und schien dann nachdenklich, aber nicht auf frohe oder glückliche Art.

»Nun«, sagte er. »Wie ist das?«

Bill Elliott wusste in dem Moment, als er die Neuigkeit über Macks und Maribels Heirat hörte, dass Mack gehen würde. Ein Teil von Bill zollte Mack Beifall. Aber dann traf ihn die Realität der Situation und Bill verspürte eine vertraute Enge in der Brust. Er ließ Cecily zurück, die Schranktüren schlug und »In diesem Haus gibt es nie was zu essen!« murmelte, und ging in sein Schlafzimmer, um sich hinzulegen. Wenn Mack ging, bedeutete das für den Beach Club eine Katastrophe. Er war der Manager und er führte den Beach Club wie niemand sonst. Kinder liebten ihn, Erwachsene liebten ihn, die verschrobenen alten Damen des Beach Club liebten ihn. Und was das Wichtigste war – Bill liebte ihn, und wenn er nicht eine Tochter hätte, hätte Bill nicht nur den Gewinn mit Mack geteilt, sondern ihm bedenkenlos das Hotel überlassen. Er legte sich aufs Bett und dachte: *Ich habe schon Schlimmeres überlebt. Ich habe den Verlust meines Sohnes überlebt.* Aber wenn Bill über Mack nachdachte, befiel ihn ein merkwürdig ähnliches Gefühl – leer, traurig, hoffnungslos. Er schloss die Augen. Warum sollte er das Hotel dann nicht verkaufen? Cecily wollte es nicht, und wie konnte Bill es ohne Mack führen? S.B.T.s Gesicht erschien ihm, ein Dämon.

Später wurden seine Befürchtungen bestätigt. Mack sprach im Foyer mit einem Gast, und Bill berührte ihn am Ellbogen und sagte: »Hast du wohl eine Sekunde Zeit?«

Dann setzte sich Bill an seinen Schreibtisch und blickte aus dem Fenster. Der wunderschönste Strand der Welt – das blaue Wasser, die weißen Segel in der Ferne, die bunten Sonnenschirme im Sand. Es war herrlich hier.

Mack klopfte leise und schob die Tür auf. »Du hast es vermutlich gehört?«

»Warum sagst du es mir nicht selbst?«, fragte Bill.

Mack steckte die Hände in die Taschen seiner Khaki-Shorts. »Ich werde sie heiraten.«

»Heiraten war das Beste, was ich je getan habe«, sagte Bill. »Bei weitem das Beste.«

Mack klimperte mit seinem Schlüsselbund. »Ich weiß, dass du es so empfindest. Du und Therese hattet großen Einfluss auf mich. Das weiß ich wirklich zu schätzen. Ihr wart Vorbilder.«

»Das klingt wie ein Abschied. Ist es ein Abschied?«

»Hat dir jemand gesagt, ich würde gehen?«

»Das brauchte mir niemand zu sagen«, erwiderte Bill.

Mack schaute aus dem Fenster, und Bill folgte seinem Blick, wollte, dass er sah, wie wunderschön es war, hoffte, dass er verstehen würde, dass die übrige Welt nicht so schön war.

»Ich werde die Saison über bleiben«, sagte Mack. »Ich würde dich nie mittendrin im Stich lassen.«

»Und nächstes Jahr ...?«

»Nein. Das ist mein letztes Jahr.«

Das Dämonengesicht S.B.T.s schimmerte am Horizont. »Ich kann mir dich einfach nicht als Farmer vorstellen«, sagte Bill. »Aber du sollst wissen, dass ich verstehe, warum du zurückgehst. Letztendlich musst du schützen, was dir und deiner Familie gehört.«

Macks Unterlippe sank herab. »Oh ... nein. Hoppla!« Er lachte. »Nun, du hast es zumindest halbwegs richtig verstanden. Ich gehe, aber ich gehe nicht zurück nach Iowa.«

»Nicht?«, fragte Bill.

»Nein«, antwortete Mack. »Ich werde für Howard Comatis arbeiten. Für die Texas Rangers. Das ist ein Baseball-Team.«

»Ein Baseball-Team?«

»Howard Comatis, Zimmer 1. Er ist der Präsident

der Texas Rangers. Er hat mir gestern einen Job angeboten. Und ich dachte darüber nach, was du mir gesagt hast, dass du Cecily das Hotel geben willst. Also schien es mir ohnehin richtig. Und ich habe die Winter immer noch frei. Es ist also nicht so, als wenn ich dich nie wiedersehen würde. Wir können euch in Aspen besuchen. Du kannst mir endlich Skifahren beibringen.«

»Howard Comatis?«, fragte Bill. »Der große haarige Bursche? Der laute, unangenehme Bursche?«

»Genau.«

»Du wirst für *ihn* arbeiten?«, fragte Bill. Diese Neuigkeit beleidigte ihn. Mack, der auf der Farm seiner Familie arbeitete, war eine Sache, aber ein Gast, der ihn abwarb, war eine andere. Gäste hatten schon seit Jahren versucht, Mack abzuwerben, aber er hatte stets abgelehnt. »Was wirst du tun?«

»Hotelzimmer buchen, Reservierungen in Restaurants machen, Reisepläne erstellen. Das Team von Ort zu Ort bringen, solche Dinge.«

»Wie viel bezahlt er dir?«, fragte Bill.

»Viel. Wir haben noch nicht über tatsächliche Beträge gesprochen, aber es wird viel sein.«

Bill nickte. Es musste viel sein, wenn Mack Nantucket aufgab. »Ich würde alles tun, um dich hier zu behalten, Mack«, sagte Bill. »Ich gebe dir sofort eine Gehaltserhöhung.«

Mack steckte die Schlüssel wieder in seine Tasche. »Nicht diese Art Gehaltserhöhung. Außerdem hast du klar gemacht, dass deine erste Priorität Cecily gilt, und das ist okay.« Er klopfte auf Bills Schreibtisch. »Bill, das ist okay.«

Bill rieb sich die Stirn. »Wenn Cecily nicht damit drohte zu gehen, wenn Therese und ich nicht bereits ein Kind verloren hätten, lägen die Dinge anders.«

»Aber sie liegen nicht anders.«

»Ich weiß nicht, was ich ohne dich tun soll«, erwiderte Bill.

»Wir müssen uns jetzt noch nicht verabschieden. Es ist erst Juli. Wir haben noch viel Zeit.«

Bill schaute wieder zum Strand hinaus. Cecily begann gerade pflichtbewusst ihre Runde entlang der Sonnenschirme. Am Horizont näherte sich eine Fähre.

»Wir haben Zeit«, sagte Bill. »Okay, du hast Recht. Wir haben Zeit.« Er erhob sich und streckte die Hand aus, und als Mack sie ergriff, umarmte Bill ihn. »Gratuliere!«

Vier Brautjungfern in Zimmer 19 hatten den Raum verwüstet. Therese senkte ihr Klemmbrett. Leere Cola-Light-Flaschen rollten auf dem Boden herum, Kartoffelchips waren in den Teppich eingetreten, drei nasse Bikinihosen lagen in feuchten Klumpen auf den Badezimmerfliesen. Das obere Bettlaken war entzweigerissen, Haarschaum klebte auf dem Spiegel, verschütteter Nagellack bildete auf der Frisierkommode eine wie Blut wirkende Pfütze. Diese Mädchen hatten zusätzliche Handtücher gefordert. Zusätzliche Handtücher! Sie hatten Glück, dass sie im Namen der Liebe hier waren. Therese war halbwegs versucht, sie rauszuwerfen.

Elizabeth erschien mit Putzwagen und Staubsauger im Eingang. »Widerlich!«

»Widerlich, da hast du Recht«, sagte Therese. Ein Paar Strümpfe hing über der Messing-Leselampe am Bett und ein aufgedunsener Tampon schwamm in der Toilette. »Das ist das ekelhafteste Zimmer, das ich je gesehen habe.«

»Wirklich?«, fragte Elizabeth. Sie schien von dieser Neuigkeit ermutigt. »Dies ist das schlimmste?«

»Du brauchst hier nicht sauber zu machen«, sagte Therese. »Ich mache das.«

»Sie machen sauber?«, fragte Elizabeth. Sie spähte in den Raum. »Sie haben bestimmt viel Cola-Light getrunken.«

»Geh du zu Zimmer 18«, sagte Therese. »Aber lass mir den Staubsauger hier.«

Elizabeth ging und Therese rollte wütend das Staubsaugerkabel ab. Mack erschien im Eingang. »Igitt!«, rief er aus. »Was für ein Durcheinander! Komm, ich helfe dir.« Er fing an, die Flaschen aufzuheben und in einen leeren Plastikbeutel zu stecken.

»Lass es gut sein«, sagte Therese. »Jeder, der ein solches Durcheinander verursacht, verdient es, in seinem eigenen Dreck zu leben.«

»Aber ich möchte helfen«, entgegnete Mack. »Was kann ich tun?«

Therese sah ihm gerade in die Augen. »Ich ändere meine Meinung über die Gewinnbeteiligung nicht«, sagte sie. »Du weißt, dass ich dich liebe, Mack, aber es geht nicht. Ich habe eine Tochter im Teenageralter, an die ich denken muss. Wenn du erst selbst einen Teenager hast, wirst du verstehen. Junge, dann wirst du verstehen.«

»Es geht nicht um die Gewinnbeteiligung«, erwiderte er. »Ich muss mit dir über etwas anderes sprechen.«

Therese erspähte einen BH, der vom Deckenventilator herabbaumelte. Sie schaltete den Staubsauger ein und saugte nur da, wo der Boden frei war – um Dosen herum, um Chips herum, um Kleider herum. Dazu brauchte sie dreißig Sekunden. Sie schaltete den Staubsauger wieder aus. »Worum geht es also?«, fragte sie.

»Ich werde heiraten.«

Heiraten. Das Wort überraschte sie dermaßen, dass sie die Augen schloss. Als sie sie wieder öffnete, erhaschte sie ihr Abbild in dem verklebten Spiegel. Es wirkte verschwommen, als versuchte jemand, sie auszuradieren. »Du wirst *heiraten?*«

»Ich habe Maribel gefragt und sie hat ja gesagt.«

»Ich dachte, ihr beide wärt auseinander«, bemerkte Therese. Das Zimmer wurde unscharf. Es wirkte wie eine durch ein Mixgerät gedrehte Hochzeit. »Ich dachte, sie hätte dich rausgeworfen.«

»Das ist vorbei. Ich werde sie heiraten, Therese.«

»Das glaube ich nicht«, sagte sie. Sie wollte es nicht glauben. Ihr Traum, dass Cecily Mack heiraten würde – ein sinnloser Traum. Sie stellte sich aufs Bett, löste den BH vom Ventilator und warf ihn zu den übrigen Kleidungsstücken der Mädchen auf den Boden, obwohl – wie wichtig war das jetzt noch? Welche Wichtigkeit hatte ein unordentliches Zimmer jetzt noch, wo alles andere zusammenbrach? Therese fand einen Notizblock. *»Die Eigentümerin hat Ihr Zimmer sauber gemacht!«*, schrieb sie. Sie ließ den Block inmitten des Wirrwarrs auf dem Nachttisch zurück und fragte sich, ob sie ihn überhaupt sehen, ob sie ihn überhaupt bemerken würden. Mack saß auf der Frisierkommode und klopfte mit den Fingern gegen die oberste Schublade.

Ich weiß, was das Beste für dich ist, dachte Therese. *Niemand glaubt es, aber ich weiß es.*

Mussheirat. Heirat mit vorgehaltener Pistole. Gleichgültig, wie man es nannte, hatte Vance Einfluss. Sein Glanzstück mit der Pistole hatte Macks und Maribels Trennung und dann Macks Heiratsantrag bewirkt. Vance hätte vielleicht eifersüchtig sein können – dass Mack jemand so Perfektes wie Maribel heiratete –, aber er verspürte gewaltige Befriedigung. Er hatte Macks Händen die Kontrolle entrissen. Er hatte etwas bewegt.

Und es war seltsamerweise etwas Gutes. Es brachte Vance auf die Idee, Love nachzusteigen. Sie war älter als er, aber sie war hübsch und sportlich und regelte alles. Er mochte es, wie sie mit Gästen sprach. Er mochte es, wie sie zuhörte. Er mochte es, dass sie kein Make-up oder Haarspray trug. Sie war eine natürliche Colorado-Naturschönheit. Sie roch wie ein Kiefernzapfen. Eine erfrischende Abwechslung von den Mädchen, die Vance üblicherweise aus den Bars mit nach Hause brachte. Sie bewirkte, dass ihm leicht ums Herz wurde. Sie bewirkte, dass er lachen wollte. Also würde er endlich auch eine Sommerromanze haben. Und wer wusste schon, ob er nicht vielleicht eines Tages derjenige wäre, der heiraten würde.

Maribel fragte sich, ob sie jemals wieder so glücklich wie vorher sein würde. Als sie schließlich hörte, wie Mack den Heiratsantrag machte, war das eine Antwort auf ihre täglichen Gebete. Gerade als sie die Hoffnung aufgegeben hatte, gerade als sie gedacht hatte, sie müsste sich irgendwie bemühen wegzugehen, fragte er sie. Er fragte sie und sie sagte ja. Mehr als jedem anderen wollte Maribel es ihrem Vater erzählen. Einem Mann, der nicht existierte, außer in ihren Gedanken. *Siehst du, jemand will mich. Jemand will mich heiraten!*

Maribel rief Cecily an, und dann ihre Mutter. Nachdem sie die Neuigkeit einer zu Tränen gerührten, freudig erregten Tina mitgeteilt hatte (»Gott segne dich, Maribel. Gott segne dich und Mack!«), rief Maribel Jem an. Sie rief frühmorgens an – in der Zeitspanne, als Mack zur Arbeit gegangen war und Jem gewöhnlich noch zu Hause war.

Er antwortete verschlafen. »Hallo?«

»Jem, hier ist Maribel.«

»Maribel?« Er klang verwirrt, und dann erschreckt. »Hat Mack dich verletzt?«

Maribel fühlte sich voller Schuldgefühle. »Er hat mich nicht verletzt«, erwiderte sie. »Er hat mir einen Heiratsantrag gemacht.«

Schweigen. Dann leise: »Du machst Scherze.«

Maribel zuckte zusammen. »Nein.«

»O Gott. Wow. Er hat dich gebeten, ihn zu *heiraten?* Der Mann hat Nerven.« Wieder Schweigen. »Aber du hast nein gesagt, oder? Ich meine, dieser Kerl hat dich für eine andere Frau sitzen gelassen. Dieser Kerl hat dich betrogen.«

»Jem ...«

»Du hast doch nein gesagt, oder?«

»Ich habe ja gesagt.«

»Du hast ja gesagt.«

»Es ist kompliziert«, räumte Maribel ein. »Wir sind schon seit sechs Jahren zusammen. Du verstehst das doch.«

»Eigentlich nicht«, sagte Jem.

»Jem, es tut mir Leid. Glaub mir, ich weiß, dass ich das Richtige tue.«

»Weil du ihn liebst?«, fragte Jem.

»Ja«, sagte Maribel.

»Und wie fühlt es sich an zu lieben?«, fragte Jem. »Fühlt es sich so an, dass du in bester Verfassung bist, wenn du mit demjenigen zusammen bist, und dass dein Inneres schmerzt, wenn du nicht mit demjenigen zusammen bist?«

»Ich weiß es nicht, Jem«, erwiderte Maribel sanft. »Es ist für jeden anders.«

»Und wird derjenige zum einzigen Menschen, der zählt, und kannst du nicht aufhören, an ihn zu denken, egal, was passiert? Ist es so, Maribel?«

»Jem …«

»Heißt zu lieben, letztendlich zu erkennen, warum wir auf dieser Welt sind? Ist es der Zeitpunkt, wenn alles beginnt, sinnvoll zu werden?«

»Jem«, entgegnete Maribel. Was konnte sie sonst noch sagen? Er hatte Recht. »Ja, Jem.«

»Ja«, bedauerte Jem, »das dachte ich mir.«

»Du liebst mich nicht, Jem.«

Am anderen Ende der Leitung erklang ein verärgerter Laut. »Ich wünschte, du hättest Recht. Ich wünschte es wirklich.«

»Jem …«

»Ich muss gehen«, sagte Jem. »Ich muss zur Arbeit.« Dann legte er auf, und Maribel, die geglaubt hatte, dass nichts ihr Glück trüben könnte, starrte den schweigenden Hörer an. Sie schloss die Augen und wünschte seinen Schmerz fort. Sie wusste genau, wie er sich fühlte.

Am nächsten Abend gingen Mack und Maribel mit How-Baby und Tonya bei *Kendrick's* an der Centre Street essen. How-Baby hatte das Hinterzimmer nur für sie vier reserviert. Eine Magnum-Flasche Dom Perignon stand gekühlt auf dem Tisch. Mack hatte sehr darauf geachtet, How-Baby gegenüber nichts von seiner Verlobung mit Maribel oder seiner Entscheidung über den Job zu sagen, aber so wie es aussah, wusste How-Baby Bescheid. Oder vielleicht kam hier einfach nur sein übergroßes Selbstvertrauen zum Vorschein: Lebe so, als würde alles nach deiner Nase gehen. Als Mack sich hinsetzte, begann er es jedoch zu genießen: den separaten Raum im Kerzenlicht, und wie der Ober ihm ein Glas Champagner eingoss. Er bekam bereits ein Gefühl dafür, dass sich die Dinge geändert hatten.

How-Baby hob sein Glas. »Ich möchte einen Toast

ausbringen«, verkündete er. »Auf euch reizende junge Leute. Maribel, du strahlst regelrecht, und Mack, das macht dich zu einem glücklichen Mann.« How-Baby zwinkerte.

Sie stießen alle miteinander an und tranken Champagner. Maribel strahlte *tatsächlich* – sie lächelte unaufhörlich, seit Mack ihr den Antrag gemacht hatte. Wenn sie allein zu Hause waren, sprachen sie über nichts anderes als über die Hochzeit. Mack war geschmeichelt, sie so aufgeregt zu sehen, obwohl ihn der Gedanke an eine Heirat deprimierte. Er hatte keine richtige Familie. Er würde Bill, Therese, Cecily und Lacey Gardner einladen. Er hatte Schuldgefühle. Die Menschen, die er am meisten liebte, würde er bald verlassen. Er blickte über den Tisch zu How-Baby und Tonya. Seine Zukunft.

»Ich möchte auch einen Toast ausbringen«, sagte er. How-Baby hob seine buschigen Augenbrauen. Der Mann wusste Bescheid, er *wusste* einfach Bescheid. »Zunächst darf ich mit Stolz verkünden, dass Maribel und ich heiraten werden.«

Tonya kreischte und ergriff How-Babys Arm. »Ihr Schätze!« Ihr Bienenkorb kam der Kerzenflamme gefährlich nahe. »Das ist umwerfend! Wir sind so glücklich. Nicht wahr, How-Baby?«

How-Baby klatschte in die Hände. »Gratuliere! Maribel, aus zuverlässiger Quelle weiß ich, dass du gerade den begehrtesten Junggesellen der Insel eingefangen hast.«

»Natürlich«, erwiderte Maribel. »Er ist die Antwort auf meine Gebete.«

Mack legte die Hände neben seinen Teller. »Und ich habe über deinen Vorschlag nachgedacht, How-Baby.«

»Echt?«, fragte How-Baby.

»Ja«, erwiderte Mack. Er fragte sich, wie es wäre, für

einen Burschen zu arbeiten, der stets obenauf war. Versagte der Mann jemals oder hatte er jemals einen schlechten Tag? Die Rangers hatten gerade heute Nachmittag beide Hälften einer Doppelveranstaltung verloren, aber How-Baby war so ruhig wie immer.

»Wie hast du dich entschieden?«, fragte How-Baby. »Hast du dich entschieden, dem Team beizutreten? Oder wirst du dem Beach Club treu bleiben?«

»Ich habe mich entschieden, dem Team beizutreten«, antwortete Mack. Tonya kreischte erneut. How-Baby kam um den Tisch herum, um Mack die Hand zu schütteln.

»Das ist ja toll, Mack! Ich verspreche dir, dass du nicht enttäuscht sein wirst. Du wirst unser neuer Reise- und PR-Manager, der direkt mir untersteht. Morgen zeigst du mir deine Verdienstbescheinigung von diesem Jahr und ich werde dein Gehalt verdreifachen.« Er umfasste Macks Schulter. »Willkommen in der oberen Liga.«

»Es war schwer, diese Entscheidung zu treffen«, erklärte Mack und griff unter dem Tisch nach Maribels Hand. »Mein Job im Beach Club ist der einzige Job, den ich jemals hatte, es sei denn, man zählt Bauarbeiten oder die Hilfe auf der Farm meines Vaters dazu.«

»Stimmt«, sagte How-Baby. »Ich habe ganz vergessen, dass du aus dem Herzen des Landes kommst. Woher genau? Indiana?«

»Iowa«, erwiderte Mack.

»Betreiben deine Eltern die Farm noch, Mack?«, fragte Tonya.

Mack hielt inne. Ein neuer Job bedeutete, dass er neu anfing, wieder seine Lebensumstände erklärte, wieder zuließ, dass andere Leute ihn kennen lernten. Er wünschte, er könnte einfach ja sagen.

»Meine Eltern kamen bei einem Autounfall ums Leben, als ich achtzehn war«, antwortete er.

Schweigen. Immer, wenn Mack seine Geschichte erzählte, entstand Schweigen. Er sehnte sich nach Bill und Therese, denn bei ihnen brauchte er nichts zu erklären.

How-Baby schaute von seinem Essen auf. »Hattest du eine gute Beziehung zu deinem Vater?«

»Ja«, sagte Mack. »Wir hatten eine sehr gute Beziehung zueinander.«

How-Baby nickte. »Das ist mir klar. Weißt du warum? Weil du ein guter Kerl bist. Ein Teamspieler. Sollte ich das Glück haben, deinem Vater irgendwann im Himmel zu begegnen, werde ich ihm sagen, dass er einen prächtigen jungen Mann großgezogen hat.«

Mack sah Maribel an. Ihre Augen strahlten.

»Danke«, sagte Mack.

»Hast du überlegt, wie dein Vater über den Jobwechsel gedacht hätte?«, fragte How-Baby. »Hast du vielleicht sogar mit ihm darüber gesprochen?«

»Ich könnte mir vorstellen, dass er mir sagen würde, ich sollte das tun, was mich glücklich macht, und dorthin gehen, wo ich gebraucht werde.«

»Du wirst in Texas gebraucht«, verkündete How-Baby. »Wir werden gut auf dich aufpassen.«

7

Die acht Wochen im August

1. August

Lieber Bill,
es soll genügen zu sagen, dass ich ein Mensch bin, der Fehler begangen hat, und versucht, sie mit dem Kauf des Hotels wieder gutzumachen. Vielleicht glauben Sie, ich wollte das Hotel niederreißen und Profitbauten oder Eigentumswohnanlagen errichten. Obwohl es höchst lukrativ wäre, ist das nicht meine Vorstellung. Ich möchte das Hotel führen, wie es ist.
Aus den letzten Entwicklungen schließe ich, dass Ihnen ein erheblicher Personalumschwung bevorsteht. Ich nutze sehr ungern das Missgeschick eines anderen Menschen aus, aber in diesem Falle geht es nicht anders. Ich erhöhe mein Angebot auf 25 Millionen, zusammen mit dem Versprechen, dass das Beach Club and Hotel unangetastet bleiben.
Seien Sie nicht dumm, Bill. Nehmen Sie das Geld.

S. B. T.

Notiz aus dem Rezeptionsbuch (Tinys Handschrift)

Die acht Wochen im August beachten!

Love und Vance lagen nackt nebeneinander auf Loves Doppelbett. Sie hatten sich gerade zum elften Mal geliebt. Spät in der letzten Nacht maß Love ihre Temperatur und verglich sie mit der Temperatur vor einigen Tagen. Sie war um drei Grad gestiegen. Sie hatte einen Eisprung. Jetzt stemmte sie ihre Beine gegen das Fußende des Bettes. Die Empfängnisbücher empfahlen fünfzehn Minuten Ruhe, damit sich die Spermien durchkämpfen konnten.

Love und Vance trafen sich schon seit vier Wochen, seitdem sie am Vierten Juli auf dem Dach des Hotels gesessen hatten. Ihr erstes richtiges Rendezvous fand wenige Tage später statt. Vance borgte sich Macks Jeep aus und nahm Love mit nach Eel Point zum Muschelsammeln. Vance machte sich aus einem Stück PVC-Rohr seinen eigenen Muschelfänger mit Griffen und zwei Löchern, die in das versiegelte Ende gehämmert waren. Er suchte sich eine Stelle im nassen Sand beim Wasser und versenkte das offene Ende des Rohres. Er legte die Daumen über die Löcher und zog das Rohr wieder hoch. Als er die Daumen losließ, fiel eine Sandsäule aus dem Rohr, zusammen mit vier Muscheln. Love hob die Muscheln auf, spülte sie ab und legte sie in den Muschelkorb. Sie fühlte sich, als hätten sie Gold gefunden. »Kann ich es auch versuchen?«, fragte sie.

»Klar«, sagte Vance. Sie gingen weiter den Strand hinab. Es war der perfekte Sommerabend auf Nantucket – ein leichter Wind, singende Regenpfeifer und Austernfischer, die untergehende Sonne.

Vance legte von hinten seine Arme um Love und flüsterte ihr ins Ohr. »Halte deine Hände so und schieb nach unten. So, schieben.« Seine Lippen streiften ihr Ohr und ließen ihren Körper erschauern.

Love brachte sechs Muscheln zutage.

»Zeig es mir noch einmal«, sagte sie. Sie liebte es, seine Arme um sich zu spüren.

Sie sammelten einen Eimer voll Muscheln und dann breitete Vance im Sand eine Decke aus. Er zeigte Love, wie sie die Muscheln halten musste, um sie aufzubrechen. *Öffne die Muschel.* Sie aßen die köstlichen, salzigen Muscheln direkt aus der Schale, tranken eine Flasche Wein und beobachteten den Sonnenuntergang.

Je mehr Love über Vance herausfand, desto beeindruckter war sie von ihm. Während der Arbeit schlich er umher, schnitt Grimassen und strotzte vor Energie. Aber privat war er ernst und lieb. Er hatte Interessen: Er suchte Muscheln und fischte im Herbst. Und er konnte auf dem Klavier Jazzmelodien spielen. Er hatte ganz Südostasien bereist und kannte fünfzig Thai-Wörter. Er brachte Love die Begrüßungsworte bei: *sawadee kah!*

In den ersten beiden Wochen fand kein Sex statt, weil Love sich nicht sicher war, ob sie eine Beziehung eingehen wollte. Vance sagte ihr, dass er keine Kinder wollte, aber Love hatte auf einen vollkommen und gänzlichen Fremden gehofft – jemanden wie Arthur Beebe –, der sie schwängern und dann gehen würde. Eine Beziehung konnte schwierig werden.

Die Nacht, in der sie nachgab, saßen sie nach einem Abend in Mitchell's Book Corner (Vance las gerne; er besaß eine Bücherliste, die er abhakte, wenn er ein Buch beendet hatte, was Love ebenfalls tat) in der Einfahrt von Loves Haus an der Hooper Farm Road. Bevor Love aus dem Wagen ausstieg, bat Vance sie, seinen Kopf zu berühren.

»Du siehst meinen Kopf immer an, als hättest du Angst davor. Darum möchte ich, dass du ihn berührst.« Er senkte das Kinn, und die blanke, braune Fläche seines Schädels deutete auf sie, ein leeres Gesicht. Love zögerte. Vances Kopf ängstigte sie. »Du willst, dass ich deinen Kopf berühre?«, fragte sie.

»Ja.«

Sie erwartete, dass er kühl und glatt sein würde wie Marmor. Aber er war warm und sie spürte zarte Stoppeln. Sie führte ihre Hand darüber, wie man vielleicht den Bauch einer schwangeren Frau streichelte: was war da drinnen? Etwas Geheimnisvolles, etwas, was man nicht wissen konnte. Love bat Vance herein.

Inzwischen waren mehr als zwei Wochen vergangen und sie hatten sich elfmal geliebt. Vance verbrachte häufig die Nacht bei Love. Sie entwickelten eine gewisse Routine, eine Art des Zusammenlebens.

Love lag mit den Füßen am Kopfende und träumte von einem winzigen brauen Baby, als Vance sie bat, seine veröffentlichte Kurzgeschichte zu lesen.

»Komm schon«, sagte er. »Ich möchte wissen, was du denkst.«

»Okay«, willigte Love ein. »Ich werde sie lesen.« Es war noch Zeit, bevor sie zur Arbeit mussten, und die Geschichte lag schon seit dem Vierten Juli auf ihrem Nachttisch. Love war jedoch vorsichtig. Durch ihren Job bei der Zeitschrift in Aspen hatte sie alles über Schriftsteller und ihre Überempfindlichkeit gegenüber möglicher Kritik erfahren.

»Danke.« Vance nahm die Geschichte vom Nachttisch und reichte sie Love. Ein Ring von ihrem Wasserglas markierte die erste Seite.

»Wirst du mich beim Lesen beobachten?«

»Ich werde dich nicht *beobachten*«, erwiderte Vance. »Ich werde auch lesen.« Er nahm eine *Atlantic Monthly* vom Boden hoch.

»Gut«, sagte Love.
»Gut«, sagte Vance.

»Die Abwärtsspirale« von Vance Robbins

Jerome hatte nur noch wenig Hoffnung. Sein Leben begann ihn zu erdrücken wie die Mauern eines engen Tunnels. Jerome musste ausbrechen, bevor die Mauern ihn zermalmten. Aber er wusste, dass das nicht geschehen würde. Er war voller Hass.

Jeromes elendes Leben begann, als seine Mutter Lula seinen Vater aus dem Haus warf und Jerome im Kindergarten war. Sein Vater hatte gerade zum siebten Mal nacheinander seinen Job verloren. Lula selbst hatte ihren Job schon vor Jeromes Geburt gehabt. Sie war Kfz-Mechanikerin. Fiats und MGs waren ihr Spezialgebiet.

Love schaute von der Geschichte auf. Vance blätterte die Seiten des *Atlantic* durch. Er erhaschte über den Rand der Zeitschrift hinweg ihren Blick, wie ein Spion an einer Bushaltestelle.

»Was denkst du bis jetzt?«, fragte er.

»Es ist gut«, sagte Love. »Ich mag es, dass die Mutter Kfz-Mechanikerin ist. Ist *deine* Mutter Kfz-Mechanikerin?« Das war eines, was Love an ihrer neu eingerichteten Routine verwirrte: Vance sprach nie über seine Familie oder sein Zuhause. Er schien keine Vergangenheit zu haben. Als Love fragte, wo er aufgewachsen sei, antwortete er: »Hier und da. Überwiegend im Osten.« Er hatte an der Fairleigh-Dickinson-Universität in New Jersey in amerikanischer Literatur promoviert. Aber er erwähnte weder Eltern, Geschwister oder einen Heimatort. Das eine Mal, als sie in seinem Ferienhaus gewesen war, hatte sie ein Foto von zwei Menschen gesehen, die Arm in Arm vor einem Halbgeschosshaus mit Aluminiumverkleidung standen und von denen sie dachte, dass sie vielleicht Vances Eltern sein könnten. Als sie ihn fragte: »Sind das deine Leute?«, antwortete er nicht. Vance beantwortete auch die Frage nach seiner Mutter nicht. Auch da keine Überraschung.

»Lies weiter«, sagte Vance. »Es passiert eine Menge.«

Er wandte sich wieder dem *Atlantic* zu und Love las weiter.

Lula arbeitete bis sechs Uhr abends in Hal Duares Garage, und dann kehrte sie in JD's Lounge ein, trank ein oder zwei Bloody Marys und ging dann nach Hause, in einer Geruchswolke von Motoröl und Tabascosauce. Jerome fiel die Aufgabe zu, das Abendessen zu machen – meist Bologna-Sandwiches –, und er schlief vor dem Fernseher ein. Manchmal wachte er morgens noch immer in Kleidung auf und hatte von den Bodenbrettern einen steifen Rücken. Jerome brachte aus der Schule stets Einsen mit nach Hause, aber Lula war nicht beeindruckt. Sie warf nur einen kurzen Blick auf seine Arbeiten und ließ sie dann in den Abfalleimer segeln.

Love schaute auf. »Ich kann nicht glauben, wie sich manche Eltern verhalten.«

»Erzähl mir mehr davon.«

Love legte die Blätter auf ihre bloße Brust. »Eltern sein ist eine solch entmutigende Aufgabe«, hob sie an. Sie stellte sich ihr Ei vor: ein Mädchen, das auf ein Date wartete.

Vance klappte seine Zeitschrift zu. »Das kann ich mir gut vorstellen.«

»Wie bitte?«, fragte Love erstaunt. »Du willst doch keine Kinder.«

»Das habe ich nie gesagt.«

»Doch. Ich habe dich gefragt, ob du Kinder haben willst, als wir am Vierten Juli auf dem Dach waren, und du hast nein gesagt.«

Vance manövrierte seine Arme um Love und hielt sie fest. Er hatte muskulöse Arme und schöne Hände mit Handflächen, die so rosa wie Blüten waren. Er küsste ihren Augenwinkel. »Du weißt, dass ich verrückt nach dir bin.«

Loves Haut juckte, als bekäme sie einen Ausschlag. »Ich dachte, du wolltest bestimmt keine Kinder. Die Kinder im Beach Club kannst du nicht ausstehen.«

»Das ist Theater«, entgegnete Vance. »Mein Ruf als missmutiger Mensch muss gewahrt bleiben.«

»Also wünschst du dir schon die ganze Zeit insgeheim eigenen Nachwuchs, und ich dachte, du kannst Kinder nicht ausstehen.«

»Ich könnte mir vorstellen, eines Tages ein Kind zu haben«, gab er zu.

»Dann hast du deine Meinung geändert. Nicht zu glauben! Männer *dürfen* ihre Meinung nicht ändern.«

»Ich denke, es wäre vielleicht schön, eines Tages ein Kind zu haben.«

»Schön?«, fragte Love. »Kinder zu haben, ist nicht schön, Vance. Es ist eine ungeheure Verantwortung, die den Rest deines Lebens anhält.«

»Ich weiß. Pass auf, ich sage nicht, dass ich in neun Monaten ein Baby will.«

»Du willst ein für alle Mal in neun Monaten kein Baby«, stellte Love fest. »Natürlich nicht. Ein lächerlicher Gedanke.« Ihre Stimme wurde höher und schriller. Sie fragte sich, ob er dies für eine erfreuliche Überraschung hielt, wie Ragtime auf dem Klavier. *Überraschung! Ich liebe Kinder!*

»Ich habe gesagt *eines Tages*, Love. Eines Tages ist ein Begriff, den Frauen nicht verstehen. Es bedeutet *möglicherweise, in der Zukunft.* Frauen wollen immer wissen wann, wann, wann. Aber ich habe nur gesagt: eines Tages. Eines Tages möchte ich gern heiraten, eines Tages möchte ich gern Kinder haben. Sieh dir Mack an. Er hat Maribel sechs Jahre lang ›eines Tages‹ geantwortet und jetzt schließen sie den Bund fürs Leben. Du siehst also, das gibt es wirklich: eines Tages.«

»Du willst eines Tages ein Kind, aber nicht bald«, sagte Love. Sie hielt einen Herzschlag lang inne. »Und vielleicht überhaupt nicht.«

»Ich würde nicht so weit gehen zu sagen, überhaupt nicht. Ich hätte gern eines Tages ein Kind. Und ich habe eines Tages gerade definiert. Warum unterhalten wir uns darüber?«

»Worüber?«, fragte Love. Sie schwitzte. Sie konnte Vance nicht sagen, was in ihrem Körper vorging. Er dachte, sie nähme die Pille. Ein Baby zu haben, war ihr wichtiger, als die Wahrheit zu sagen. »Zurück zur Geschichte!«, sagte sie.

Als Jerome älter wurde, fühlte er sich von Frauen angezogen, die ihn an Lula erinnerten. Frauen, die hart arbeiteten und harte Sachen tranken, Frauen, die ihn misshandelten. Zuerst war da Nan. Jerome begegnete Nan, als er vierzehn und sie zwölf war. Sie gab ihm in einer Minute einen Zungenkuss und in der nächsten Minute schlug sie ihm auf den Oberschenkel und beschimpfte ihn als Schwulen. Schon bald verliebte sich Jerome in Nan.

Nach Nan kam Delilah, die wie die Delilah aus der Bibel darauf bestand, dass sich Jerome die Haare schnitt. Jerome war so verrückt nach Delilah, dass er sich nicht nur die Haare schnitt, sondern den Kopf rasierte.

»Moment mal«, sagte Love. »Unser Held hat sich gerade für eine Frau namens Delilah den Kopf kahl geschoren. Ist irgendwas davon wahr? Hast du dir den Kopf für eine Frau kahl geschoren?«

»Ich habe dir erzählt, warum ich mir den Kopf rasiert habe«, antwortete Vance. »Ich spüre gern die Sonne.«

»Jerome rasiert sich den Kopf für eine Frau namens Delilah.«

»Das ist Jerome«, stellte Vance klar. »Eine er-fun-dene Figur.«

»Würdest du dir für mich den Kopf kahl scheren?«, fragte Love.

»Die Frage sollte wohl lauten, ob ich mir die Haare für dich wachsen ließe«, erwiderte Vance. »Und die Antwort ist ja. Ich würde alles für dich tun.«

»Alles?«

»Alles. Eigentlich wollte ich dich fragen, was du davon hältst, wenn ich diesen Winter nach Aspen rauskomme.«

»Aspen?«, fragte Love. Die Situation entglitt ihr. »Wolltest du nicht nach Thailand zurückgehen? Ich dachte, das stünde fest.«

»Das war, bevor ich dir begegnet bin«, erwiderte er.

»Okay, warte«, sagte Love. »Warte, warte. Das geht alles so schnell.«

»Willst du uns nicht eine reelle Chance geben?«, fragte Vance.

»Ich komme nächsten Sommer nicht wieder nach Nantucket«, eröffnete Love. »*Dies* ist eine einmalige Angelegenheit.«

»Mich hält hier auch nichts, weißt du. Wenn Mack gehen kann, kann ich das auch.«

»Ich dachte, du wolltest hier ohne Mack arbeiten. Ich dachte, das sei das Ziel der letzten zwölf Jahre gewesen. Du wirst letztendlich die Verantwortung bekommen.«

»Ich will es mal so ausdrücken: Ich hätte nichts dagegen, nach Colorado zu ziehen.«

Nach Colorado ziehen? Love erstarrte vor Angst. *Nach Colorado ziehen?*

»Lass mich deine Geschichte zu Ende lesen«, bat sie.

»Ich gehe besser duschen«, stellte Vance fest. »Wie kommst du zur Arbeit?«

»Mit den Rollerblades«, antwortete Love. Vance musste früher zur Arbeit als Love, um die Beach Boys zu beaufsichtigen. Er hatte sie abends immer nach Hause gefahren, aber soweit Love bekannt war, wusste niemand im Beach Club, dass sie und Vance sich trafen. Alle waren mit ihrem eigenen verrückten Leben beschäftigt. Jem hatte Vance und Love sogar in der Gerätekammer erwischt – sie küssten sich gerade, als er die Tür öffnete, um nach irgendeinem Bleichmittel zu suchen –, und es kam ihm anscheinend nicht seltsam vor, sie zusammen in der dunklen Kammer vorzufinden. Er stand nur da, sagte bedrückt: »Ich brauche Bleichmittel«, und schloss die Tür, nachdem Love es ihm gereicht hatte.

Als Vance duschte, versuchte Love, die Geschichte zu Ende zu lesen, aber sie merkte, dass sie sich wieder von diesen Furcht erregenden Worten *nach Colorado ziehen* vereinnahmen ließ. Sie schloss die Augen und sah Spermien durch sie hindurch auf das wartende Ei zuschießen. Sie fühlte sich benommen. *Warte! Stopp!*, wollte sie sagen. *Er will nach Colorado ziehen! Stopp!*

Love versuchte, nicht darüber nachzudenken. Sie hatte gelesen, dass eine Empfängnis zu siebzig Prozent willentlich geschah, durch eine positive Einstellung, also würde sie ihren Körper mit ihrem Geist bekämpfen. Sie würde negative, hässliche und traurige Gedanken hegen. Sie hob Vances Geschichte hoch und las die Seiten flüchtig bis zum Ende.

Jerome geht aufs College und macht seinen Abschluss als Hotel- und Restaurantmanager. Er verliebt sich in eine Italienerin namens Mia, die er heiratet, und anschließend gibt es ein großes, prunkvolles Hochzeitsfest mit vielen Onkeln und hausgemachten Gnocchi und Handküssen. Jerome und Mia eröffnen ein italienisches Restaurant namens Mamma Mia. Es ist ein sehr erfolgreiches Unternehmen, bis einige der Gäste krank werden und sterben. Es stellt sich heraus, dass Mia Gift in die Tomatensoße gibt.

Love las den Teil noch einmal. Konnte es stimmen, dass Mia die Tomatensoße vergiftete?

Jerome wird verklagt und sein Geschäft geht ein. Mia wird strafrechtlich verfolgt, und Jerome gibt sein restliches Geld für ihren Anwalt aus, einen Mann namens (verdächtigerweise) Mark Paterson, in den Mia sich auf der Stelle verliebt. Sie will die Scheidung von Jerome, damit sie Mark heiraten kann, wenn sie aus dem Gefängnis kommt. Sie wird zu dreißig Jahren verurteilt.

Pleite und ohne Frau, kehrt Jerome in seine Heimatstadt zurück und findet seine Mutter in JD's Lounge. Sie sitzt auf einem Barhocker und trinkt eine Bloody Mary. Als er sich ihr nähert, gibt sie vor, ihn nicht zu kennen. Er wiederholt ständig: »Ich bin dein Sohn. Ich bin es, Mom, Jerome.« Da lässt sie ihn vom Rausschmeißer an die Luft setzen. Die Geschichte endet damit, dass Jerome eine Flasche Courvoisier kauft und sich anschickt, seinen Datsun gegen die Wand der Browning Elementary School zu fahren. Ohne Frage eine Abwärtsspirale.

Love nahm die Füße vom Fußende und stand auf. Sie hüpfte auf den Fußballen. Ein Strom warme Samenflüssigkeit rann die Innenseite ihres Oberschenkels hinab. Sie zitterte von Kopf bis Fuß, als Vance aus dem Badezimmer kam, ein Handtuch um die Taille gewickelt.

»Was ist los?«, fragte er.

Ich habe empfangen. Wir haben empfangen. Wie leicht auch das eine Abwärtsspirale werden konnte. Vance, der aufs Sorgerecht klagte und ihr das Kind wegnahm, das ihr allein gehören sollte. Der ihren Traum stahl.

»Ich habe deine Geschichte gelesen«, erwiderte Love und brach in Tränen aus.

Vance legte die Arme um sie. Er küsste sie auf den Kopf. »Es ist nur eine Geschichte.« Er ließ seine Hand ihren bloßen Rücken hinabgleiten, was sie zu ihrer Bestürzung erregte.

Sie stieß seine Hände weg. »Du musst gehen«, sagte sie.

»Komm schon. Ich kann mich ruhig etwas verspäten. Die Jungs wissen, was sie tun.«

»Du musst gehen!« Love war so enttäuscht von sich, dass sie alles hatte entgleiten lassen. Zuerst wollte er sie in Colorado besuchen, dann dorthin ziehen, und als Nächstes würde er sie bestimmt bitten, ihn zu heiraten. Er würde Interesse bekunden, dem Kind in ihr, das erst wenige Minuten alt war, ein Vater zu sein. »Raus!«, rief sie und deutete zur Tür.

»Du verabscheust die Geschichte. Du hältst sie für Müll.«

»Nein«, gab Love zurück. »Deine blöde Geschichte hat nichts damit zu tun.«

»Die Geschichte ist nicht blöd. Sie ist veröffentlicht worden. Meine eigene veröffentlichte Geschichte.«

»Hör zu, ich brauche Freiraum, okay?«, sagte Love. »Ich sehe dich jeden Tag bei der Arbeit und ich sehe dich jede Nacht. Kannst du mir ein paar Tage lang Freiraum geben? Bitte?«

Vance ließ das Handtuch fallen und zog verärgert seine Boxer-Shorts an. »Du magst meine Geschichte nicht. Und die Ironie des Ganzen ist, dass ich sie dir zu lesen gegeben habe, weil ich dachte, du würdest verstehen. Ha! Ich hätte wissen sollen, dass ich, Vance Robbins, höchst unverständlich bin. Die Geschichte meines Lebens.« Er zog seine roten Shorts an und streifte sich das Hemd über den Kopf. Als sie seinen Arm berührte, schüttelte er sie ab. »Ich gehe«, verkündete er, als er das Hemd zurechtzog. »Genieße deinen Freiraum.«

Zu allem Unglück fing es auch noch an zu regnen. Wie sollte Love zur Arbeit kommen? Sie konnte weder auf Rollerblades noch mit dem Fahrrad fahren. Sie bestellte sich ein Taxi. Als sie darauf wartete, stellte sie sich vor, wie sie einen Schwangerschaftstest machte und er positiv ausging. Ihr Magen tanzte wie verrückt. Verdammter Vance! Er hatte es kaputtgemacht. Eigentlich sollte der Gedanken an die Schwangerschaft sie in Hochstimmung versetzen und ihr keine Sorgen bereiten.

Loves Taxi kam dreizehn Minuten zu spät. Sie schnaubte vor Wut und nahm auf dem Rücksitz Platz.

»Ich sagte acht Uhr fünfzehn.« Sie sah den Taxifahrer an. Das kurze schwarze Haar, die sieben Ringe am Ohr. Es war Tracey, das Mädchen, das Love an ihrem ersten Tag auf der Insel von der Fähre abgeholt hatte.

»Es regnet, meine Liebe«, entgegnete Tracey. »Sie sind nicht die Einzige auf der Insel, die heute Morgen ein Taxi will.«

»Ich kenne Sie«, sagte Love und beugte sich vor. »Sie

sind Tracey. Sie haben mich im Mai gefahren, erinnern Sie sich? Ich habe Ihnen das Hadwen House und die Old Mill gezeigt.«

Tracey schaute blinzelnd in den Rückspiegel. »O ja!« Sie lachte. »Sie sind die Frau, die ein Baby will. Was ist also passiert? Haben Sie sich ein Kind machen lassen?«

»Ja, ich glaube, heute Morgen.«

»Wow! Gratuliere!«, rief Tracey. »Aber Sie scheinen nicht allzu glücklich. Was ist los, haben Sie mit einem üblen Typ geschlafen?«

Das Mädchen könnte gut ein Buch über Taktlosigkeit schreiben, dachte Love. »Nein«, erwiderte sie. »Schlimmer. Ich habe mit jemandem geschlafen, der jetzt behauptet, er will ein Kind.«

Tracey fuhr rückwärts aus der Einfahrt. »Ja, und?«

»Ich will allein erziehen. Ich will das Baby für mich.«

Tracey stellte das Radio leiser. »Entschuldigen Sie, wenn ich das sage, aber das ist verrückt.«

»Ich erwarte nicht, dass Sie es verstehen«, entgegnete Love. »Sie sind zu jung.«

Tracey nahm die Hände mit emporgehaltenen Handflächen vom Steuer, als wollte sie sagen: *Ich bin, was ich bin.* »Werden Sie dem Kerl sagen, dass Sie schwanger sind?«

»Vielleicht bin ich gar nicht schwanger. Ich glaube es nur.«

»Wenn Sie an das Kind dächten, würden Sie es ihm sagen«, gab Tracey zu bedeuten. »Jedes Kind sollte die Chance auf beide Elternteile haben. Es ist unrecht, dem Kind das zu verweigern. So sehe ich es, wenn es Sie interessiert.«

»Tja, es interessiert mich nicht«, fauchte Love und fühlte sich augenblicklich verlegen. Erst schrie sie Vance an und jetzt Tracey, eine harmlose Taxifahrerin.

Tracey schwieg während der restlichen Fahrt. Als sie den Beach Club erreichten, gab Love ihr fünf Dollar Trinkgeld, obwohl das aus ihrer Sicht eine wuselige Geste war, nach dem Motto: Sei grob und versuche es mit Geld wieder gutzumachen. Aber was konnte sie sonst tun?

»Tut mir leid, dass ich barsch war. Danke für die Fahrt.«

»Sagen Sie es ihm«, mahnte Tracey.

Das Hotelfoyer wirkte infolge des Wetters wie ein Klassenzimmer ohne Lehrer. Die Gäste aßen ihre Muffins, Bagels und Doughnuts und hinterließen auf allem, was sie berührten, Spuren von Puderzucker und schmierige Flecken vom Frischkäse. Jemand hatte auf dem grünen Teppich Kaffee verschüttet und Teile der Zeitungen lagen wild verstreut herum. Kinder rannten schreiend herum und das Telefon klingelte. Vance stand mit zusammengepressten Lippen an der Rezeption.

»Du kommst zu spät«, mahnte er.

»Vance, hör zu, es tut mir Leid«, entgegnete Love.

Er hob eine Hand. »Ich will das nicht hören.«

»Es ging nicht um deine Geschichte«, sagte Love. »Sie hat mir gefallen.«

»Love, der Schaden ist angerichtet, okay? Beleidige mich nicht noch mehr, indem du versuchst, einen Rückzieher zu machen.«

Das Telefon klingelte. Vance machte keine Anstalten abzunehmen. Love eilte durchs Büro und hängte ihre nasse Jacke über den Griff eines Staubsaugers. Sie tauchte an der Rezeption auf und Vance verschwand. Das Telefon setzte ihr zu wie ein schreiendes Baby.

»Nantucket Beach Club and Hotel«, flötete Love.

»Haben Sie für dieses Wochenende noch Zimmer

frei?«, fragte eine Frau. »Die Frau bei Visitor Services sagte uns, Ihr Hotel läge am Strand.«

»Wir sind vollkommen ausgebucht«, antwortete Love. »Wir sind schon seit dem Frühjahr vollkommen ausgebucht.«

»Könnten Sie nachsehen, ob jemand storniert hat?«, fragte die Frau.

»Einen Moment bitte.« Love streckte den Kopf ins Büro. Vance saß an Macks Schreibtisch und starrte aus dem Fenster. Warum mussten sie gerade heute zusammen arbeiten? Warum konnte er nicht Jem sein? »Vance, weißt du, wo Mack ist? Ich habe jemanden in der Leitung, der reservieren will.«

Vance schwieg.

»Vance?«

Nichts.

»Okay, gut«, sagte sie. Sie nahm den Hörer hoch. »Keine Stornierungen. Tut mir Leid.«

Ein Mann mit Hornbrille stand an der Rezeption. Er hatte einen Krümel im Schnurrbart. »Wissen Sie, wann der Himmel aufklaren wird?«, fragte er.

»Ob ich weiß, wann der Himmel aufklaren wird?«, echote Love. »Nein, Sir, das weiß ich nicht. Sie haben einen Fernseher in Ihrem Zimmer. Sie könnten den Wetterkanal einschalten.«

Der Mann wischte sich den Krümel von der Lippe und Love entspannte sich etwas. »Meine Frau hat mir verboten, den Fernseher einzuschalten«, sagte er. »Dies ist ein fernsehfreier Urlaub. Eine wirkliche Versuchung, wenn es weiter regnet. Verstehen Sie?«

»Wie bitte?«, fragte Love.

Eine Schlange bildete sich vor der Rezeption. Das war noch nie zuvor passiert – es war, als wäre allen Leuten gleichzeitig eine Frage an Love eingefallen.

Eine ältere Frau mit zwei Kindern trat heran. »Ich bin Ruthie Soldier, Zimmer 7«, sagte sie. »Was kann man hier mit Kindern unternehmen, wenn es regnet?«

»Es gibt das Walmuseum«, sagte Love. »Es ist direkt die Straße hinunter. Es gibt das Peter-Folger-Museum. Es gibt das Hadwen-House.«

»Kann man nicht irgendwas unternehmen, was den Kindern Spaß macht?«, fragte Ruthie Soldier. »Ich will sie nicht mit Geschichte langweilen.«

»Oma«, sagte das ältere Kind, ein Mädchen mit bunten Zahnspangen. »Wir müssen sowieso in ein paar Wochen wieder in die Schule.«

»Sie könnten ein Eis essen gehen«, schlug Love vor.

»Wir haben gerade Bagels gegessen. Gibt es hier ein Kino mit Frühvorstellungen?«

»Nein«, antwortete Love. Das Telefon klingelte. Sie blickte zum rot blinkenden Licht der Konsole.

»Was ist mit Bowling?«

»Kein Bowling.«

»Haben Sie irgendwelche Brettspiele?«

Love versuchte, das klingelnde Telefon zu ignorieren. »Ich werde nachsehen.« Sie glaubte, in einer der Kammern ein altes, vergammeltes Parchisi-Spiel gesehen zu haben. Im Büro rekelte sich Vance noch immer an Macks Schreibtisch.

»Vance, haben wir irgendwelche Brettspiele?«, fragte Love. »Diese Leute wollen etwas mit ihren Kindern machen.«

Vance lächelte boshaft. Er zeigte wieder seine andere, unheimliche Seite, wie immer bei der Arbeit. Mit so jemandem würde Love nicht ausgehen, nicht ins Bett gehen und erst recht kein Kind großziehen.

Das Telefon klingelte weiter. Love eilte zur Rezeption zurück, um den Anruf entgegenzunehmen. Die Leute, die in der Schlange standen, kreuzten die Arme und wurden unruhig. Ein Mann, der noch seinen Pyjama trug, tippte mit dem knochigen, bloßen Fuß ungeduldig auf. Wo war Mack?

»Nantucket Beach Club and Hotel«, meldete sich Love.

»Hier ist Mrs Russo. Ich rufe an, um zu fragen, ob der Beach Club heute geöffnet hat.«

Love schaute aus dem Fenster. Das Wasser schoss nur so vom spitzen Dach des Pavillons. »Es regnet, Mrs Russo. Heute kein Beach Club.«

»Schade. Wir haben so viel Geld bezahlt.«

Love legte auf. Die Menschenschlange drängte heran und verschwamm vor ihr und dann fiel ihr Mrs Soldier wieder ein. »Es gibt keine Spiele«, sagte Love. »Hätten Sie gerne einen Videorecorder?«

»Das wäre nett«, antwortete Mrs Soldier.

Love ging zu Vance zurück. »Zimmer 7 möchte einen Videorecorder.«

»Sie sind alle vergeben.«

Love kehrte zur Rezeption zurück. »Die Videorecorder sind alle vergeben«, sagte sie. Der Mann im Pyjama hob die Hand. Sie war hier wohl die Lehrerin.

»Ja, bitte.«

»Es ist kein Kaffee mehr da«, brachte er hervor.

»Das ist nicht Ihr Ernst«, erwiderte Love. Mehrere Leute in der Schlange schüttelten bekümmert den Kopf. Normalerweise war der Kaffee erst am späten Nachmittag aus, und bis dahin war stets alles so ruhig geworden, dass Love neuen kochen konnte. Sie streckte den Kopf wieder ins Büro. »Vance«, sagte sie mit ihrer freundlichsten, einschmeichelndsten Stimme, »der Kaffee ist alle. Bist du so nett und kochst neuen?«

»Das ist dein Job«, erwiderte er.

»Ich weiß. Aber hier draußen ist eine Schlange von Menschen, die Hilfe brauchen. Wirklich, eine Schlange.«

Vance lächelte sie erneut an. Er hasste sie. »Ich möchte deinen *Freiraum* nicht *verletzen.*«

»O Gott!«, stieß Love aus. »Bitte hilf mir!«

Vance hatte das Kreuzworträtsel aus dem *Boston Globe* vor sich liegen. Love hatte das Gefühl, schreien zu müssen. Sie trat wieder an die Rezeption. »Der Kaffee dauert noch eine Minute«, sagte sie.

Der Mann im Pyjama deutete mit einem knochigen Finger auf sie. Er wirkte wie ein Skelett mit Haut. »Wir zahlen viel Geld für diese Zimmer«, mäkelte er. Er sah denjenigen an, der in der Schlange hinter ihm stand, als wollte er eine Art Gruppenaufstand organisieren. »Ich hörte, wie Sie sagten, es gäbe keine Videorecorder mehr. Warum nicht? Warum hat nicht jedes Zimmer einen Videorecorder?«

»Ich weiß es nicht«, antwortete Love. »Es ist nicht mein Hotel.«

Das Telefon klingelte. Loves Hand zuckte zum Hörer, aber sie befürchtete, dass die Gäste die Rezeption stürmen würden, wenn sie abnahm. Der Regen hatte die normalerweise verträglichen Menschen in eine Klasse emotional bedürftiger Schüler verwandelt, in eine Schar roter Kommunisten. Wo war Mack?

Ein elegant wirkender Gentleman im Armani-Anzug war der Nächste in der Schlange. Love erinnerte sich, seine Anmeldung angenommen zu haben: Mr Juarez, Zimmer 12. »Mein Flug nach New York geht heute Morgen um zehn Uhr dreißig. Würden Sie bitte anrufen und nachfragen, ob er sich verzögert?«

»Gern«, antwortete Love. Der Mann war zumindest freundlich. Sie mochte seine Stimme. Sie mochte seine ruhige Haltung. Sie wollte ihm die Hand schütteln. Musterschüler.

Love rief beim Flughafen an und erfuhr, dass er aufgrund eines Gewitters vorübergehend geschlossen war.

»Tut mir Leid, Mr Juarez«, erklärte sie. »Der Flughafen ist geschlossen. Es geht kein Flug.«

»Ich habe um ein Uhr eine Verabredung zum Essen, die ich nicht versäumen darf«, sagte er.

»Der Mann am Flughafen sagte ›vorübergehend‹«, berichtete Love. »Vielleicht werden die Flüge also bald wieder aufgenommen.«

»Würden Sie noch einmal anrufen, wenn Sie die Gelegenheit haben?«, fragte Mr Juarez. Er schob einen Fünfzig-Dollar-Schein über das Pult. Love zögerte. Alle Leute hinter Mr Juarez sahen zu.

»Tut mir Leid«, entgegnete sie sanft. »Das darf ich nicht annehmen.«

Mr Juarez steckte den Schein in seine Manteltasche. »Er gehört Ihnen, wenn Sie mir einen Flug besorgen.«

Die Hochzeitsreisenden aus Zimmer 20 traten heran. Hinter ihnen war ein tolles Treiben. »Wir möchten Plätze zum Mittagessen reservieren lassen«, äußerte die Ehefrau. »Irgendwo in der Stadt. Was würden Sie vorschlagen?«

Setzt euch in euer Zimmer und füttert euch gegenseitig mit Trauben, dachte Love. *Dort drüben steht eine große schale Weintrauben* –, aber als Love zum Frühstücksbuffet schaute, sah sie, dass die Weintrauben alle waren.

»Am besten gehen Sie in die Stadt und versuchen Ihr Glück«, schlug Love vor. »Ich kann Ihnen einen Regenschirm ausleihen.«

»Okay«, willigte der Ehemann ein.

»Wir möchten reservieren«, insistierte die Ehefrau.

»Wir sollten unsere Zeit lieber nicht verschwenden.«

Der Ehemann nickte. »Das stimmt.«

»Das *Chanticleer* serviert Mittagessen«, sagte Love. »Ebenso das *Wauwinet.* Welches ziehen Sie vor?«

»Ich trinke lieber Kaffee«, rief das Skelett im Pyjama. »Ich hätte an diesem trübseligen Tag wirklich gern einen dampfenden Becher Kaffee.«

Hinten am Klavier schrien sich zwei Jungen an. Love blickte gerade rechtzeitig hinüber, und sah, wie sie auf den Boden rollten. »Wessen Kinder sind das?«, fragte sie. Niemand antwortete. »Nun, sie müssen jemandem gehören.« Noch immer niemand. Die Jungen zogen einander an den Haaren und begannen sich zu schlagen und zu boxen. »Jungs!«, rief Love. »Hört auf!« Ihre mütterlichen Instinkte überwältigten sie wie Fieber. »Jungs!« Niemand in der Schlange rührte sich, um die beiden aufzuhalten. Love schwang sich über das Pult und lief zu den Jungen. Sie waren ineinander verkeilt, wobei der eine die Haare des anderen fest im Griff hatte. Love zwängte sich zwischen Sie. Dann kamen die Hochzeitsreisenden Love zu Hilfe, die Jungen voneinander fern zu halten, vielleicht weil sie erkannten, dass es keinen weiteren Kaffee oder keine Restaurant-Reservierungen gäbe, bevor diese Angelegenheit nicht bereinigt wäre. Die beiden Hochzeitsreisenden lächelten sich an, als wollten sie sagen: *Ist das nicht süß, eine Balgerei?* Einer der Jungen begann zu weinen und aus der Nase des anderen tropfte überall Blut auf den Teppich. Der Ehemann nahm ein Taschentuch hervor und gab es Mr Blutend.

»Seid ihr Brüder?«, fragte Love.

Mr Weinend schüttelte den Kopf. Er war dicklich und sah niedlich aus und jetzt hatte er zwei auffällige rote Kratzer unter dem Auge. »Nein, wir sind keine Brüder. Wir sind Freunde.«

»Ich bin nicht dein Freund«, versetzte Mr Blutend. Das Taschentuch rötete sich zusehends. »Nicht mehr.«

Love scheuchte die beiden Jungen zum Büro. Die Menschenschlange war immer noch da. Sie sah niemandem in die Augen. An Macks Schreibtisch zählte Vance in seinem Kreuzworträtsel sorgfältig Quadrate. »Du kannst diesen beiden Cowboys helfen, ihre Eltern zu finden«, sagte Love.

»Cowboys?«, entgegnete Mr Blutend. »Wir sind *keine* Cowboys.«

»Ihr seid Monster«, sagte Vance. Er meinte es natürlich abfällig. Love hatte noch nie gehört, dass der Herr, der eines Tages ein Kind wollte, Kinder jemals anders als Monster bezeichnet hätte, aber beide Jungs strahlten.

»Wir sind Monster«, stellte Mr Weinend klar. Er hörte auf zu weinen und stieß Mr Blutend an.

»Ja, wir sind Monster«, bestätigte Mr Blutend. Er warf Love einen vernichtenden Blick zu. »Aber wir sind keine Cowboys.«

»Egal was«, entgegnete Love.

Vance stand widerwillig auf. Love kehrte an die Rezeption zurück, und sie hörte, wie Vance den Jungen einen Witz erzählte, als sie den Gang hinabgingen.

Wieder am Pult, sah Love, wie das Skelett im Pyjama den Kopf schüttelte.

»Wie ist Ihr Name, Sir?«, fragte sie ihn.

Er richtete sich auf und kreuzte die Arme vor der Brust. »Michael Klutch.«

Mr Klutch! Der Mann, der die Zimmer 4, 5 und 6 für sich allein gebucht hatte. Er wohnte in Zimmer 5, und die anderen beiden Räume waren »Pufferzimmer«, damit er nicht hörte, wie seine Nachbarn die Schubladen ihrer Frisierkommoden schlossen oder die Toilettenspülung betätigten.

»Wir werden eine Liste erstellen«, schlug Love vor. »Setzen Sie Ihren Namen auf die Liste und ich komme so rasch wie möglich zu Ihnen. Und jetzt werde ich frischen Kaffee kochen gehen.« Love ging in Macks Büro zurück und das Telefon klingelte. Sie versuchte, es zu ignorieren, aber der Hörer wirkte wie ein Magnet.

»Rezeption«, sagte Love.

»Hier ist Audrey Cohn, Zimmer 17. Mein Sohn ist gerade mit vollkommen blutigem Gesicht hereingekommen! Ich möchte, dass Sie sofort einen Krankenwagen rufen. Überall ist Blut.«

»Er hat sich eine blutige Nase geholt«, erklärte Love. »Er war unbeaufsichtigt hier draußen im Foyer und ist in eine Balgerei geraten. Er braucht nur einen nassen Waschlappen.«

»Bitte rufen Sie einen Krankenwagen«, insistierte Audrey Cohn.

Love war froh, dass bald Sirenen und Lichter auftauchen würden, weil vielleicht *das* Macks Aufmerksamkeit erregen würde. Als Love in den Flur trat, stieß sie gegen Mr Juarez.

»Ich habe mich nicht in die Liste eingetragen, weil Sie mir schon zuvor geholfen haben.« Er nahm den Fünfzig-Dollar-Schein aus der Tasche und zog ihn durch seine schlanken, gebräunten Finger. »Ich hatte gehofft, Sie wären so freundlich, nochmals beim Flughafen anzurufen.«

»Mr Juarez«, erwiderte Love. »Ich muss Kaffee kochen. Bitte tragen Sie sich in die Liste ein.« Sie eilte in die Küche und schloss die Tür. Dort war mit Klebestreifen ein Zettel am Schrank befestigt, der aus dem Rezeptionsbuch gerissen worden war, mit einer Nachricht in Tinys Handschrift. »Die acht Wochen im August beachten!«

Love stellte die Kaffeemaschine an und ging ins Foyer zurück. Die Gäste standen noch immer in der Schlange. Love trat langsam zur Rezeption.

»Also, wer ist der Nächste?«

Bevor jemand antworten konnte, hörte Love Sirenen und sah rote Lichter um die Wände des Foyers herum aufblitzen. Ein Sanitäter in schwarzer Uniform stürmte wichtigtuerisch durch die Türen, wobei sein Funksprechgerät wegen atmosphärischer Störungen rauschte.

»Wer ist verletzt?«, fragte er.

Love rief in Zimmer 17 an. »Ihr Krankenwagen ist da.«

Audrey Cohn lachte. »Jared geht es gut«, entgegnete sie. »Wir haben ihn gewaschen und festgestellt, dass er nur eine blutige Nase hat. Es ist kein Krankenwagen nötig.«

Love zog sich ins Büro zurück und setzte sich in Macks Sessel. Die Vorderseite ihres Kleides klebte an ihrer Haut. Sie hörte Tumult im Foyer, als alle gleichzeitig sprachen. Dann kam Vance herein.

»Was ist mit dem Krankenwagen?«, fragte er.

»Die Lady von Zimmer 17 wollte, dass ich ihn für das Kind mit der blutigen Nase rufe. Jetzt will sie ihn nicht mehr. Was soll ich dem Sanitäter sagen?«

»Sag ihm, dass es dir Leid tut«, riet Vance.

»Ich habe heute Morgen allen gesagt, dass es mir Leid tut«, sagte Love. »Es tut mir Leid, dass es regnet, es tut mir Leid, dass der Flughafen geschlossen hat. Es tut mir Leid, dass wir keine Videorecorder und keinen Kaffee mehr haben. Es tut mir sehr Leid!«

»Und vergiss nicht, dass es dir Leid tut, dass du mich heute Morgen gebeten hast zu gehen«, fügte Vance hinzu. »Es tut dir Leid, dass du meine Gefühle verletzt hast.«

»Natürlich«, erwiderte Love. Sie erhaschte seinen Blick. »Vance, es tut mir *wirklich* Leid.«

»Ich werde im Winter nicht nach Colorado kommen, weil du nur eine Sommerromanze willst, stimmt's? Ohne Bindung!«

»Ja«, antwortete Love. Wartete ihr Ei immer noch auf ein Date? Auf einen Gefährten? »Ist das in Ordnung?«

Vance reib sich den Schädel. Love wusste, wie sich das anfühlte, warm und stoppelig, lebendig. »Klar.« Er umarmte sie. Ihre Füße berührten den Boden nicht, als der Sanitäter ins Büro stürmte.

»Gibt es hier ein Problem oder *nicht?*«, fragte er.

»Nein, Kumpel, es gibt hier kein Problem«, antwortete Vance.

Der Sanitäter machte auf dem Absatz kehrt, verließ das Büro und schlug die Tür hinter sich zu. Love und Vance gaben sich einen langen Versöhnungskuss, und dann kehrte sie zur Rezeption zurück, aber die Schlange hatte sich aufgelöst, bis auf Mr Juarez, der mit gefalteten Händen geduldig vor dem Pult stand.

Love rief beim Flughafen an und erfuhr, dass er wieder geöffnet hatte. »Alles in Ordnung«, teilte Love ihm mit. »Ich werde Ihnen ein Taxi rufen.« Sie dachte voller Unbehagen an Tracey. *Sagen Sie es ihm.*

Mr Juarez gab Love die fünfzig Dollar, die sie in ihre Tasche steckte. Dann goss sie sich eine Tasse Kaffee ein. Draußen ging der Regen in ein Nieseln über. Die Wolken brachen auf. Love hörte Klaviermusik, heiteres Geklimper einer Jazzweise. Auf der anderen Seite des Foyers spielte Vance, ihre Sommerromanze, ein Lied für sie.

Jem war froh, als der August kam, denn das bedeutete, dass er dem Ende seiner Zeit auf Nantucket einen Monat näher war. Sobald er hörte, dass Maribel und Mack heiraten würden, wollte er seine Sachen packen, ein Fährticket kaufen und abfahren. Aber er blieb. Er brauchte das Geld, und darüber hinaus konnte er sich wegen Maribel nicht dazu durchringen, die Insel zu verlassen. Jetzt, wo sie und Mack verlobt waren, kam sie fast jeden Tag zum Hotel, und es war die reine Hölle, sie zu sehen. Das letzte Mal gab sie mit ihrem Diamantring an. Es war ein einzelner, runder Stein, schlicht und schillernd, wie Maribel selbst. Es brachte Jem fast um, den Diamant anzusehen. Er war ein sichtbarer Beweis dafür, dass sie Mack gehörte. So allmählich musste er es wohl akzeptieren.

Es war zwar sehr schmerzlich, Maribel zu sehen, aber Jem war wiederum sicher, dass es noch viel schlimmer wäre, sie nicht zu sehen. Und so fühlte er sich elend wie freudig erregt. Er konnte sich nicht versagen, mit ihr zu reden. »Was macht die Arbeit in der Bibliothek? Wie geht es deiner Mutter? Was macht das Laufen?« Maribel fragte umgekehrt: »Was macht die Arbeit? Warst du oft am Strand? Warst du aus? Hast du jemanden kennen gelernt?« Sie wollte, dass er eine Freundin hätte. Aber diese Befriedigung würde er ihr nicht gönnen. Wenn er ihr Schuldgefühle verursachte, dann sollte es so sein. Zumindest erweckte er noch irgendwelche Gefühle in ihr.

»Nein«, antwortete er. »Ich war nicht aus. Ich habe niemanden kennen gelernt.«

Neil Rosenblum war seit langer Zeit der erste Gast, der Jems Interesse erweckte. Er sah Stephen Spielberg ähnlich. Er hatte schulterlange graue Haare und eine kleine, rahmenlose Brille. Er trug ein Hawaiihemd, das am Hals offen stand, Jeans und Espadrilles. Er wohnte drei Nächte lang allein in Zimmer 5. Er brachte einen Rucksack und einen Kleidersack mit, und als Jem ihm damit helfen wollte, hob er eine Hand und sagte: »Ich packe nie mehr ein, als ich selbst tragen kann. Aber warum zeigen Sie mir nicht den Weg?«

Jem führte Neil Rosenblum den Strand hinunter zu seinem Zimmer und ließ dabei seinen üblichen Sermon über die Zimmermädchen, die Eismaschine und das kontinentale Frühstück ab. Neil hörte nicht zu. Er blickte über den Strand hinweg und schüttelte den Kopf. Jem erklomm die drei Stufen zur Veranda von Zimmer 5 und schloss die Tür auf.

»Da wären wir, Sir«, sagte Jem.

Neil Rosenblum ging an Jem vorbei und betrat den Raum. Jem wartete einen Moment – die übliche Trinkgeld-Pause. Neil setzte seinen Rucksack ab und legte den Kleidersack über den Ledersessel.

»Geben Sie mir Bescheid, wenn Sie etwas brauchen«, sagte Jem und ging rückwärts. Der Rückzug ohne Trinkgeld.

Neil Rosenblum fuhr herum. »Moment«, erwiderte er. »Wie heißen Sie?«

»Jem Crandall.«

Neil Rosenblum streckte die Hand aus. »Ich bin Neil«, sagte er. »Nett, Sie kennen zu lernen.«

Jem schüttelte ihm die Hand. »Ebenso.«

Neil Rosenblum sah sich im Zimmer um. »Ich muss Ihnen sagen, Jem, dass dieser Ort genau das ist, was ein Typ wie ich braucht. Ein Ort, an dem man ein paar Tage lang die Seele baumeln lassen kann.«

»Ja, Sir, ich weiß genau, was Sie meinen.«

»Nennen Sie mich Neil.« Neil öffnete den Reißverschluss seines Rucksacks und nahm ein paar gefaltete Hemden, eine Badehose, ein Paar Sandalen, eine Einweg-Kamera, eine Flasche Wodka und einen kleinen Plastikbeutel voll Gras heraus. Er hielt den Beutel hoch.

»Rauchen Sie, Jem?«, fragte Neil.

Jem versuchte, seine Überraschung zu verbergen. »Nein, Neil, eigentlich nicht.«

Neil öffnete den Beutel und schnupperte. »Zu schade.« Er hielt den Wodka hoch. »Trinken Sie?«

Jem verlagerte sein Gewicht und schaute auf den Digital-Radiowecker des Zimmers. Es war erst 14:45 Uhr. »Ich muss bis fünf Uhr arbeiten.«

»Aber Sie trinken?«, fragte Neil.

»Ja.«

»Mir gehört Rosenblum Reisen. Haben Sie je davon gehört? Haben Sie je den Werbespot gesehen?«

»Ich glaube nicht.«

»Wir sitzen in New York – Manhattan, New Jersey, Connecticut. Es ist ein großes Geschäft. Riesig! Und es bringt mich um.« Neil setzte sich aufs Bett. »Wissen Sie, warum ich hier bin, Jem?«

»Nein«, antwortete Jem.

Neil streifte seine Espadrilles von den Füßen. »Ich bin hier, um Dope zu rauchen, Wodka zu trinken und in der Sonne zu sitzen. Ich bin hier, um meine Füße am Meeresrand zu baden. Ich bin hier, um Dinge zu tun, die mir gefallen. Ich bin nicht hier, um zu telefonieren, zu faxen, mir Nachrichten auf dem Anrufbeantworter anzuhören oder die reiche Mrs Tolstoy oder Mrs Dostoevsky auf eine luxuriöse Kreuzfahrt nach Leningrad zu schicken. Ich reise Dienstagmorgen wieder ab und dann nehme ich meinen Anzug aus diesem Kleidersack und ziehe ihn an. Aber bis dahin will ich keine Anrufe bekommen. Keine Nachrichten. Wenn Sie an meine Tür klopfen, dann nur, weil Sie mit Neil Rosenblum trinken oder mir helfen wollen, etwas von diesem Gras zu rauchen.«

»Okay«, sagte Jem. »Ich verstehe.«

»Er sagt, er versteht. Das hoffe ich. Das hoffe ich

wirklich.« Neil nahm einen Geldschein aus seiner Jeans und reichte ihn Jem. Trinkgeld-Erfolg. »Kommen Sie um fünf wieder her, dann trinken wir etwas zusammen. Sehen Sie zu, ob Sie mir etwas Tonic, ein paar Limonen und etwas Preiselbeersaft besorgen können. Wie klingt das?«

»Tonic, Limonen, Preiselbeersaft«, wiederholte Jem. Er verließ Neil Rosenblums Zimmer und sah auf den Geldschein. Es waren hundert Dollar.

Um zehn nach fünf betrat Jem mit einer Papiertüte mit zwei Flaschen Tonik, zwei Flaschen Preiselbeersaftgetränk und sechs Limonen wieder die Veranda von Zimmer 5. Die Tür war geschlossen. Jem klopfte und wartete. Neil öffnete die Tür. Sein Haar war zerzaust, und er trug sein Hawaiihemd und die Badehose, aber keine Brille. Seine Augen waren gerötet. Er wirkte verwirrt, als er Jem sah. »Ja?«, fragte er.

Jem hielt ihm die Tüte hin. »Ich habe Ihnen etwas Tonic und die anderen Sachen gebracht, um die Sie gebeten hatten …«

»Oh, stimmt, stimmt ja. Gott, ich bin eingeschlafen. Kommen Sie rein, setzen Sie sich. Ich wollte zum Strand, aber ich habe es vermutlich nicht geschafft.« Er nahm den Beutel mit dem Dope hoch. »Der Typ, der mir das gegeben hat, ist ein Fachmann.«

Jem setzte sich auf die Bettkante. Er konnte nicht umhin, die eingedrückte Stelle zu bemerken, wo Neil geschlafen hatte.

»Habe ich Gläser?«, fragte Neil.

»Gläser sind über dem Kühlschrank«, antwortete Jem.

Neil mixte die Drinks. »Wollen wir auf die Veranda gehen?«, fragte er.

»Klar«, erwiderte Jem. Er fühlte sich linkisch, wie bei einem ersten Rendezvous. Jem nahm ein Glas Preiselbeer-Wodka-Cocktail von Neil entgegen und trat auf die Veranda. Er sank in einen der Liegestühle. Es war lange her, seit er einen gemixten Drink zu sich genommen hatte. In den Bars konnte er sich nur Bier leisten.

Neil setzte sich in den anderen Liegestuhl, die Brille an ihrem Platz. Es war wunderschön: das Wasser, die Sonne, der kalte Cocktail, der überraschend bequeme Liegestuhl. Ein Hauch wundervollen Lebens.

»Also, Jem, erzählen Sie. Wie haben Sie auf diese Insel gefunden?«

»Ich habe sie mir einfach auf der Landkarte ausgesucht«, antwortete Jem. »Ich kannte auf dem College Jungs, deren Eltern hier Häuser hatten, und ich dachte, ich könnte gut verdienen.«

»Verdienen Sie gut?«, fragte Neil.

»Nun, ja«, erwiderte Jem. Der Hundert-Dollar-Schein steckte tief in seiner Tasche. »Vermutlich.«

»Und was haben Sie nach Nantucket geplant?«

»Ich gehe nach L. A. Ich möchte Agent werden.«

Neil Rosenblum warf sein zerzaustes graues Haar zurück und lachte. »Oh Jesus!«, rief er aus. »Das ist einfach großartig. Er will Agent werden. Er geht nach L. A. Sie sind zum Totlachen, Junge.«

»Warum?«, fragte Jem. Er mochte es nicht, wenn man über ihn lachte.

»Nach Hollywood gehen und mitmischen? Ich dachte nicht, dass Leute das noch tun. Genauso, wie niemand mehr nach Paris geht, um Schriftsteller zu werden. Das ist vorbei. Mehr als vorbei. Ich kann Ihnen sagen, was passieren wird. Sie werden nach Kalifornien gehen und im *Bel Air* oder *Spago* arbeiten, bis Sie die Schnauze voll haben. Und wissen Sie, was Sie dann tun werden?«

»Was?«, fragte Jem.

»Ich weiß es nicht«, sagte Neil. »Ich weiß nicht, was Sie tun werden. Wieder in den Osten kommen? Sich mit irgendeiner hübscheren älteren Lady wie Nicole Simpson einlassen und sich von ihrem eifersüchtigen Ex-Ehemann in kleine Stücke hacken lassen? Sich einer Sekte anschließen und kollektiven Selbstmord begehen? Ich weiß es nicht.«

Jem trank sein Glas leer. Neil fragte: »Möchten Sie noch einen?«

Jem zuckte die Achseln. »Werden Sie aufhören, sich über mich lustig zu machen?«

»Ooooh«, sagte Neil. »Ich habe seine Gefühle verletzt. Es tut mir Leid.« Er verschwand im Zimmer und überließ Jem dem Anblick des Wassers. Dann kehrte er mit zwei neuen Drinks zurück. »Wissen Sie, was ich gemacht habe, als ich in Ihrem Alter war? Ich bin als Rucksacktourist durch Südostasien gereist. Kathmandu, Bangkok, Koh Samui, Singapur, zwei Monate Bali. Ich habe ein Centstück pro Nacht in den Teehäusern im Himalaya ausgegeben. Vier Dollar pro Nacht für ein Zimmer in Thailand, plus so viel *paad thai*, wie ich essen konnte. Ich habe einen Monat nicht geduscht, und als ich schließlich einen Spiegel sah, erkannte ich mich fast selbst nicht. Und wissen Sie was? Das war meine glücklichste Zeit. Sehen Sie mich jetzt an. ich nehme an, Sie wissen, wie viel ich für dieses Zimmer bezahle – mehr als ich für meine ganze Tour durch Asien bezahlt habe! Und ich bin verdammt nicht glücklicher als damals, als ich am Kuta Beach den Sonnenuntergang beobachtet und Bintang-Bier getrunken habe. Das ist die Wahrheit.«

Jem kaute auf einem Stück Eis. »Ich habe diesen Sommer hart für mein Geld gearbeitet. Ich werde es nicht mit Reisen verschwenden.

»Von wegen, verschwenden!«, entgegnete Neil. »Sie würden es nicht verschwenden, mein Freund. Sie würden sich etwas schenken, was sie mit ins Grab nehmen könnten. Aber ich will Ihnen nichts verkaufen. Sie könnten sich meine Reisen nicht leisten und sie würden Ihnen nicht gefallen. Ich meine, dass Sie auf eigene Faust losziehen sollten, solange Sie jung sind. Fahren Sie zum Taj Mahal, an den Nil oder ins Raffles Hotel.«

»Meine Eltern werden sich wegen Kalifornien schon genug aufregen«, sagte Jem. »Ganz zu schweigen von Timbuktu.«

Neil sah Jem über seine Brille hinweg an. »Sie hören doch bestimmt nicht mehr auf Ihre Eltern.«

»Ich will sie nicht verärgern«, erwiderte Jem. »Das klingt für Sie vielleicht kindisch, aber so empfinde ich es.« Jem beobachtete, wie die Sonne hinter einer Wolkenbank unterging.

»Ich gehe jetzt besser«, sagte er.

»Er sagt, er geht besser. Ja, unbedingt, gehen Sie nach Hause. Gehen Sie weg von dem komischen alten Kauz, der Ihnen Flöhe ins Ohr setzt.«

Am nächsten Morgen stand Jem draußen und goss die Rosen, als Maribel mit schweißglänzendem Körper vorbeijoggte.

»Spritz mich mit dem Schlauch ab«, rief sie.

Jem spritzte einen leichten Sprühregen in ihre Richtung.

»Mir ist heiß, Jem«, sagte sie. »Ich meine es ernst. Spritz mich nass.«

»Okay«, sagte Jem. Er stellte den Schlauch anders ein, und das Wasser traf auf ihre Brüste, ihren nackten Bauch und ihre Beine. Sie drehte sich um, und er spritzte ihr die Schultern, den Rücken und den Hintern ab, bis sie vollkommen nass war und Jem eine Erektion hatte.

»Wie wär's, wenn ich dich mit auf eine Tour durch Südostasien nehmen wollte? Würdest du mitkommen? Wir könnten im Raffles Hotel wohnen.«

Wasser tropfte von Maribels Pferdeschwanz. »Du bist lieb«, sagte sie. »Danke für die Dusche.« Sie joggte davon. Maribel wollte ihn wahrscheinlich nicht quälen, aber jedes Mal, wenn er sie sah, kam Hoffnung auf, und dann wurde die Hoffnung zunichte gemacht. Es war genau wie bei seiner Schwester Gwennie. Sie aß eine Mahlzeit und half Jems Mutter mit dem Geschirr, trocknete mit einem Geschirrtuch die Teller ab und stellte sie ineinander. Aber dann zog sie sich ins Badezimmer im ersten Stock zurück und stellte den lauten Lüfter an. »Ich gehe mich schminken«, sagte sie. Wenn sie zehn, fünfzehn Minuten später wieder auftauchte, roch das Badezimmer auffällig nach Raumspray mit Duftnote Kiefer.

Jem rollte den Schlauch auf und ging ins Foyer. Love sagte: »Hier ist eine Nachricht für dich. Ich kann es nicht glauben. Da wohnt mal ein gut aussehender, allein stehender Mann im Hotel und dann ist er hinter dir her.« Sie reichte Jem einen blassroten Zettel, auf dem stand: »Happy Hour? NR.« »Und da du da rübergehst, könntest du ihm auch sagen, dass er zwei Nachrichten hat. Ich habe schon vor längerer Zeit sein Ruflicht eingeschaltet, aber er hat nicht geantwortet.«

»Er will keine Nachrichten«, entgegnete Jem. »Aber was soll's, ich nehme sie mit.«

Love reichte Jem zwei Notizzettel und er steckte sie in seine Hosentasche. Dann verließ er das Foyer eilig durch den Seiteneingang und las die Nachrichten. Es war so, als würde er fremde Post lesen, aber Jem wollte ein wenig mehr über den Typ wissen, bevor er wieder etwas mit ihm trank. Die erste Nachricht lautete: »Ihre Freundin hat um 11:05 angerufen«, und das Kästchen »Bitte um Rückruf« war angekreuzt. Die zweite Nachricht war von einem Dr. Kenton. Dr. Kenton war vermutlich sein Psychiater. Seit Jem nach Nantucket gekommen war, wusste er, dass jedermann in New York einen Psychiater aufsuchte. Oder vielleicht war Dr. Kenton auch ein Kunde, der bei Neil einen Golfurlaub auf Tahiti buchen wollte. Jem faltete beide Zettel und steckte sie wieder in die Tasche.

Nach der Arbeit klopfte Jem an die Tür von Zimmer 5. Dieses Mal war Neil wach und rauchte gerade einen Joint.

»Möchten Sie rauchen?«, fragte Neil.

»Klar«, antwortete Jem. Aber zunächst setzte er sich in den Ledersessel. Er hatte dieses Zimmer schon mindestens zwanzigmal ausgeräumt und jedes Mal hätte er sich gern in den Sessel sinken lassen. Er fühlte sich wie eine riesige Hand an. Er klemmte sich den Joint zwischen Daumen und Zeigefinger und nahm einen Lungenzug. Er hielt den Rauch, solange er konnte, und reichte den Joint dann zurück.

»Haben Sie noch mal übers Reisen nachgedacht?«, fragte Neil. »Ich habe nämlich darüber nachgedacht, nachdem Sie gestern gegangen waren. Wenn Sie nach Kalifornien wollen, ist das in Ordnung, aber Sie sollten zuerst reisen.«

»Was kümmert es Sie?«, fragte Jem. »Ich meine, ich will nicht unverschämt sein, aber welchen Unterschied macht es für Sie, ob ich reise oder nicht? Sie sagten, ich könnte mir Ihre Reisen nicht leisten, und Sie haben sicher Recht.«

»Es kümmert mich als Mitmensch«, erwiderte Neil. »Wenn ich Sie anschaue, sehe ich einen Menschen, der noch sein ganzes Leben vor sich hat, und ich sage mir: ›Mann, wenn ich noch einmal anfangen könnte, würde ich wieder zurückgehen. Diese Tour ist eines der Dinge in meinem Leben, die ich nicht bereue.‹«

»Und weil Sie es nicht bereuen, muss ich reisen?«, fragte Jem.

Neil rauchte den Joint zu Ende. »Wenn Sie reisen würden, könnte ich Ihnen versprechen, dass Sie es mir danken würden. Garantiert.«

»Hätten Sie etwas dagegen, wenn ich Ihnen eine Frage stelle?« Jem ging zur Frisierkommode hinüber, die zu einer Behelfsbar geworden war, und goss sich einen Wodka ein.

»Nur zu«, sagte Neil.

»Warum sind Sie allein hierher gekommen? Offensichtlich wollen Sie nicht allein sein, sonst würden Sie mich nicht dauernd einladen.«

»Warum ich allein gekommen bin? Warum ich Sie dauernd einlade?« Neil warf die Hände über den Kopf, fiel aufs Bett zurück und sagte, an die Dachsparren gewandt: »Ich habe Probleme. Einige kleine und ein großes, und ich bin hierher gekommen, um darüber nachzudenken. Nun, manchmal möchte man Dinge allein überdenken, aber manchmal möchte man andere Impulse bekommen. Unvoreingenommene Impulse. Sie kennen mich nicht. Ich kenne Sie nicht. Sie müssen nicht hier sitzen und mit mir trinken, aber Sie haben zugestimmt. Vielleicht deshalb, weil Sie noch mal ein Trinkgeld von hundert Dollar erwarten. Vielleicht tun Sie es aus Selbstlosigkeit. Ich kenne nicht den Grund, warum Sie hier sind. Ich habe Sie hierher gebeten, weil ich einen unbefangenen Dritten brauche. Okay, gut. Glauben Sie, dass ich verheiratet bin?«

»Nein«, antwortete Jem. Er erinnerte sich an den gefalteten Zettel in seiner Tasche. *Ihre Freundin.* Jetzt wäre der richtige Zeitpunkt, den Zettel hervorzuholen und ihn Neil zu zeigen, aber er tat es nicht.

»Warum nicht?«

»Sie kommen mir nicht wie ein verheirateter Mann vor«, erwiderte Jem. »Sie scheinen zu frei und ungebunden.«

»Ich bin nicht verheiratet«, bestätigte Neil. »Ich lebe in New York mit einer Frau zusammen. Ihr Name ist Desirée.« Er schwankte ein wenig, als er sich erhob, um sich einen Drink zu mixen. »Wir haben ein Kind zusammen, ein kleines Mädchen.«

»Schön«, sagte Jem. Er lachte, obwohl nichts lustig war.

»Desirée ist keine Jüdin und will nicht konvertieren. Das bedeutet, dass meine Tochter, mein einziges Kind, nicht im jüdischen Glauben erzogen wird.«

»Ist das ein großes Problem?«, fragte Jem.

»Das ist ein kleines Problem«, antwortete Neil. »Ein weiteres kleines Problem ist, ob ich Desirée heiraten soll oder nicht. Ich begehre sie, ja, aber liebe ich sie? Liebe ich sie genug, um sie zu heiraten? Oder will ich sie nur meiner Tochter zuliebe heiraten?«

Jem schossen nebelhafte Gedanken durch den Kopf, wirre Gedanken, die nicht den Weg von seinem Verstand zu seiner Zunge fanden. Er konnte sie nicht ausdrücken. Er erinnerte sich wieder an Maribel: *Du bist lieb.* Und dann stellte er fest, dass sie auf den Parkplatz kam und davonfuhr, ohne Mack gesehen zu haben. »Ich liebe eine Frau namens Maribel«, sagte Jem. »Ich liebe sie wie verrückt. Aber sie ist mit jemand anders verlobt. Sie ist mit meinem verdammten *Boss* verlobt.«

»Sie lieben sie?«, fragte Neil. »Ist sie das Erste, woran Sie beim Aufwachen denken?«

»Sie kommt vor dem Ersten, woran ich denke«, sagte Jem. »Ich habe mich zwei Wochen lang mit ihr getroffen. Ich habe sie geküsst und ihre Hand gehalten, und ich habe ihre Brüste gesehen.« Er lehnte den Kopf an den Stuhl zurück. »Diese Frau hat sich mir *eingebrannt.*«

»Ich werde noch einen Joint rollen«, sagte Neil. Er fand im Radiowecker einen Sender mit Jazzmusik. »Das Erste, woran ich beim Aufwachen denke, ist ein Bild meines Lieblingsplatzes – Pangboche, Nepal – im Himalaya. Dieser Ort bedeutet für mich Frieden, Mann. So stelle ich mir den Himmel vor.« Neil drehte den Joint, leckte ihn an und entzündete ihn. Jem konnte nichts anderes mehr riechen. Er wedelte den Rauch fort. Neil nahm einen Zug und sprach mit beengter Stimme, während er den Atem anhielt. »Das Zweite, woran ich denke, ist mein kleines Mädchen, Zoe.« Er atmete aus. »Es gibt nichts Besseres, als eine Tochter zu haben. Ich bin zweiundvierzig, und ich hatte, genau wie jeder andere, meine Probleme mit Frauen. Und dann bin ich plötzlich Vater einer Tochter. Endlich eine Frau, die mich bedingungslos liebt. Das ist ein großartiges Gefühl.« Neil nahm noch einen Zug von dem Joint. Jem wurde allein vom Zusehen schwindelig. »Das dritte oder vierte, woran ich denke, ist vielleicht Desirée, wenn ich Glück habe. Wenn man eine Frau gefunden hat, an die man als Erstes denkt, Mann, dann sollte man dranbleiben.«

»Ich habe es versucht«, sagte Jem.

»Haben Sie versucht, sie zu ignorieren?«, fragte Neil. »Das funktioniert traumhaft.«

»Ich kann sie nicht ignorieren«, erwiderte Jem. »Das wäre unmöglich.«

»Sie müssen es!«, insistierte Neil. »Wenn Sie sie wollen, müssen Sie sich von ihr fern halten.«

»Sie will, dass ich mich von ihr fern halte«, entgegnete Jem. »Weil sie mit jemand anders verlobt ist. Sie trägt einen Diamantring.«

»Verlobungen werden jeden Tag gelöst. Ringe werden zurückgegeben.«

»Das wird nie passieren«, widersprach Jem.

»Sie müssen sie ignorieren. Ab sofort.« Er drückte den Joint an der Sohle seiner Sandale aus. »Gehen wir.«

Sie spazierten die eine Meile bis in die Stadt und Neil ersann einen einfachen Plan: Sie würden mit dem Trinken in den Bars anfangen, die am nächsten zum Hafen gelegen waren, und sich die Main Street hocharbeiten. Und so geschah es: ein Bier im *Rope Walk,* ein Cocktail im *Straight Wharf,* ein Cap'n Cooler in der *Bamboo Bar,* Preiselbeer-Wodkas im *Club Car.* Neil hatte seine Einmalkamera dabei, und in jeder Bar fotografierte er sich und Jem, indem er die Kamera ausstreckte und auf den Auslöser drückte. Jem wünschte, er trüge nicht seine närrische Uniform. Er wollte eigentlich nicht daran erinnert werden, dass er so aussah, als arbeitete er auf dem *Love Boat.*

Als sie aus dem *Club Car* traten, war es dunkel. Jem hatte Neil von seinem Durcheinander mit Mr G erzählt und tischte ihm dann die Mr-Feeney-Toilettengeschichte auf. Witzige Geschichten konnte er knochentrocken wiedergeben, bis auf diejenige mit Mrs Worley, die erst jetzt, nach fünf Drinks, annähernd witzig schien. Sie gingen ins Gasthaus gegenüber, um Martinis zu trinken, und Jem erzählte Neil von Mrs Worley, von dem Moment des Erschreckens und Entsetzens, als er die Tür öffnete und sie dort vorfand, die Shorts um die Knöchel gerutscht, den verzweifelten Ausdruck auf ihrem Gesicht, als sie nach der Tür griff. Sie lachten, bis sie sich mit Schluckauf auf ihren Barhockern krümmten.

»Wir brauchen was zu essen«, bemerkte Neil.

Sie bestellten im *Languedoc* Steaks, und als Jems Essen kam, wurde ihm klar, dass er den ganzen Abend kaum an Maribel gedacht hatte.

»Ich finde, was Desirée betrifft, sollten Sie Folgendes tun«, sagte Jem. Er war so betrunken, dass er nicht wusste, was er als Nächstes sagen wollte. Es klang, als wollte er Neil Rosenblum einen Rat für sein Frauenproblem geben, und dafür war er lächerlich ungeeignet. »Ich finde, Sie sollten sie bitten, Zoe im jüdischen Glauben zu erziehen – sie nett bitten –, und wenn sie sich weigert, dann finde ich, dass Sie Zoe selbst im jüdischen Glauben erziehen sollten.«

»Das kann ich nicht. Die Mutter muss Jüdin sein. So funktioniert es.«

»Oh, das ist schlecht.«

»Ja«, sagte Neil. »Ich würde das Problem wirklich gern lösen. Man möchte schließlich wissen, dass es den Kindern gut geht.« Seine Miene wurde ernst, und Jem spürte, dass der Abend zu misslingen drohte, als ob all das Trinken und Rauchen sie auf unangenehme Art einholen könnte. Aber dann fing sich Neil wieder. Er lächelte. »Gehen wir tanzen«, schlug er vor.

Sie erwischten auf der Water Street ein Taxi und fuhren zum *Muse,* einer düsteren, verrauchten Club-Bar mit Live-Musik. Sobald sie durch die Tür traten, erblickte Jem eine Gruppe Frauen in seinem Alter. Neil stieß ihn an. »Auf geht's!«, sagte er. »*Goodbye, Maribel.*«

Die Mädchen sahen Jem an. Er suchte sich die Hübscheste aus – eine Brünette, die eine umgedrehte Baseballkappe, ein einfaches, weißes Männer-T-Shirt, Jeans und Birkenstock-Sandalen trug. Jem näherte sich ihr. »Ich brauche ein Glas Wasser«, sagte er. »Wie ist es mit Ihnen? Darf ich Ihnen ein Glas Wasser spendieren?«

»Ich trinke Rolling Rock«, antwortete sie und hielt ihre Bierflasche hoch.

»Ich brauche ein Glas Wasser. Mein Mund fühlt sich wie ein Pelzmantel an.«

Das Mädchen lächelte matt, nahm einen Schluck von ihrem Bier und sagte etwas zu einer ihrer Freundinnen. Wahrscheinlich: *Hilf mir!* Neil sprach mit zwei Blondinen, die beide schwarze Kleider trugen. Oder vielleicht sah Jem doppelt. Neil beugte sich, mit einem Zwanzig-Dollar-Schein winkend, über die Theke, nahm dann drei Bier und reichte jeder der Blondinen eines. Es waren definitiv zwei Mädchen. Jem fühlte sich plötzlich allein. Er legte eine Hand auf die Schulter der Brünetten.

»Wie heißen Sie?«, fragte er.

»Dee Dee.«

»Ich bin Jem. Möchten Sie tanzen?«

»Nein, ich möchte sitzen bleiben und reden.«

Jem starrte auf seine Schuhe. Sie waren in den Bars schmutzig geworden. Er fragte sich, was die Leute morgen bei der Arbeit denken würden.

Dee Dee stellte ihr Bier ab. »Das war nur Spaß«, sagte sie. »Ich möchte tanzen.«

Sie bahnten sich ihren Weg durch die Menge. Die Band war laut und fetzig – es war Musik ohne Worte. Das war gut. Jem litt bereits an einer Überlastung der sinne. All diese Leute! Er drängte sich dicht an Dee Dee und begann, seine Arme und Beine zu bewegen. Er glaubte zu tanzen. Bald tanzte Neil mit den Blondinen neben ihm und machte mit seiner Einwegkamera ein Foto von Jem und Dee Dee.

Goodbye, Maribel, dachte Jem. Er wollte mehr als alles andere aus dieser Bar heraus und zu Maribel gelangen. Er wollte sie nur sehen.

Er rief Dee Dee ins Ohr: »Ich muss gehen«, und stolperte von der Tanzfläche und auf den Parkplatz, wo Leute herumhingen und rauchten und verwischt redeten. Ein Polizist wartete in einem Wagen auf der anderen Straßenseite.

Tu nichts Dummes, dachte Jem. Er fand zehn Dollar in der Hose seiner roten Shorts: ein weiterer Trinkgeld-Erfolg. Das würde genügen, um zu Maribels oder seinem eigenen Haus zu gelangen, aber nicht für beides.

Ein Fahrer von Atlantic Cab saß müßig in seinem Wagen vor der Bar, rauchte eine Zigarette und las den *Inquirer & Mirror.* »Ich werde sie sehen, egal, was Sie sagen«, erklärte er dem Fahrer. »Pheasant Street 95.«

»He, Mann, ich werde Sie nicht aufhalten«, entgegnete der Fahrer. »Steigen Sie ein.« Er stellte sein Radio leiser. »Ich bin am *Muse* und fahre jetzt zur Pheasant Street 95. Ein Fahrgast.«

»Zwei Fahrgäste.«

Jem wandte sich um. Neil stand neben ihm.

»Zwei Fahrgäste«, verbesserte der Fahrer. »Auf geht's!«

Sie stiegen ein und das Taxi bog vom Parkplatz ab.

»Was stimmte nicht mit dem Mädchen mit der Baseball-Kappe?«, fragte Neil.

Jem sank in das Polster des Taxis. »Ich werde Maribel besuchen. Ich muss sie sehen, Mann.«

»Nein, das werden Sie nicht«, widersprach Neil. Er gab dem Taxifahrer etwas Geld. »Bringen Sie uns bitte zum Nantucket Beach Club.«

»Wir werden Maribel besuchen«, sagte Jem. Ihm wurde übel. »Fahrer, können Sie ranfahren?«

Er musste schon geklungen haben, als wollte er sich übergeben, denn der Taxifahrer reagierte sofort.

»Ich fahre ran.«

Jem erbrach sich am Straßenrand. Schotter, ein wenig Gras, sein klumpiges Erbrochenes.

»Sind Sie in Ordnung, Kumpel?«, fragte Neil und tätschelte ihm den Rücken.

»Das passiert jede Nacht«, berichtete der Taxifahrer. »Glauben Sie mir, das hier ist noch besser als bei manchem anderen. Letzte Woche hatte ich eine Tussi als Fahrgast, die mir das Essen in den Nacken gereihert hat.«

Neil zog Jem wieder ins Taxi. »Sie können Maribel heute Nacht nicht besuchen, mein Freund. Sie sind am Boden. Ich bringe Sie zum Club zurück. Sie können eine Runde Schwimmen gebrauchen. Sie müssen sich abkühlen.«

»Okay«, sagte Jem. Er hatte einen sauren und klebrigen Geschmack im Mund. Wasser klang gut.

Jem zog sich bis auf die Boxer-Shorts aus und watete ins kühle Wasser des Nantucket Sound. Wasser, das er nicht trinken konnte. Er tauchte ganz ein, und das Wasser um ihn herum leuchtete auf, blasses, leuchtendes Grün. Es war wie Magie. Er hatte eine Aura, einen Glorienschein um den Körper.

»Nachleuchten«, sagte Neil. Er watete hinter Jem hinein und tauchte in das flache Wasser. Es leuchtete auch um ihn auf wie ein Kraftfeld. Neil kam wieder an die Oberfläche. »Im Wasser gibt es lebende Organismen, und wenn wir sie stören, glühen sie. Vor der Küste von Puerto Rico gibt es viel Nachleuchten. Ich habe jedes Jahr Hunderte von Leuten hingeschickt, um es sich anzusehen.«

Jem ließ sich auf dem Rücken treiben und blickte in den Himmel, zu den Sternen, zum Mond. Sein Magen beruhigte sich und seine Schultern lockerten sich. Alles würde in Ordnung kommen, sagte er sich. Er stellte sich vor, wie er an Maribels Tür pochte, bis er sie und Mack weckte. Jem würde etwas Törichtes und Blödes zu Maribel sagen, und Mack würde ihm einen Schlag ins Gesicht versetzen, wodurch er seinen Job verloren hätte. Und als krönenden Abschluss würde er sich über die Stufen erbrechen.

Jem fand mit den Füßen Halt und stellte sich auf den sandigen Boden. Neil war ungefähr zwanzig Meter entfernt, zog die Hände durchs Wasser wie Flossen und beobachtete, wie sie leuchteten.

»Danke, dass Sie mich hierher zurückgebracht haben«, sagte Jem. »Sie haben mich vor einer peinlichen Lage bewahrt.«

»Kann sein«, entgegnete Neil. Er tauchte unter und tauchte näher bei Jem wieder auf. Er wirkte mit nassen Haaren und ohne seine Brille wie ein anderer Mensch. »Sie haben auf der Tanzfläche des *Muse* ein hübsches Mädchen sitzen lassen und uber die ganze Prospect Street gebrüllt.«

»Ja, aber Sie haben dafür gesorgt, dass ich nicht zu Maribel gefahren bin. Danke.«

»Sie lieben Sie«, bemerkte Neil. »Ihr sturzbetrunkenes Verhalten beweist das. Sie lieben sie. Wahre Liebe siegt immer. Das klingt wie vollkommener Blödsinn, aber zufällig glaube ich daran. Sie werden sie bekommen.«

»Sie haben zu viel Dope geraucht«, erwiderte Jem.

Neil stieß sich ab und ließ sich auf dem Rücken treiben. »Als ich Ihnen sagte, dass der Mann, der mir das Gras gegeben hat, ein Fachmann ist, meinte ich das ernst«, sagte er. »Er ist Arzt.«

»Arzt?«, fragte Jem.

»Ich habe Bauchspeicheldrüsenkrebs«, gestand Neil. »Ich werde sterben.« Er sagte es so, wie man vielleicht verkündet, dass man Vegetarier ist oder Wehrdienstverweigerer. Er sagte es so, als glaubte er von ganzem Herzen daran.

Das Wasser wurde kalt und Jem begann zu zittern. Er schwamm mit einem Zug zum Strand. Er kroch auf den Sand und irgendetwas Scharfes schnitt ihm in den Zeh. Er setzte sich hin und untersuchte die Verletzung im Mondlicht. Unmittelbar unter dem Zehennagel war ein tiefer Schnitt. Er blutete.

»Ich habe mich geschnitten«, sagte er leise. Tränen traten ihm in die Augen. Er war erstaunlicherweise traurig und durstig. Er brauchte Wasser. Er wischte sich einen Tropfen Blut vom Zeh und probierte es – metallisch und süß. War es ekelhaft, sein eigenes Blut zu probieren? Er blickte aufs Wasser hinaus. Neil trieb auf dem Rücken. »He, verdammt«, rief Jem. »Sie Mistkerl! Sie halten mich zum Narren!« Er schrie, aber es kümmerte ihn nicht. Es kümmerte ihn nicht, wenn er das ganze Hotel aufweckte. »Sie Mistkerl! Sie machen ja bloß Jux!«

Jem hörte ein Platschen und Sekunden später setzte sich Neil neben ihn auf den Strand. Er war ziemlich dünn, bemerkte Jem jetzt, aber er wirkte nicht krank. Er wirkte nicht wie jemand, der sterben würde.

»Ich wollte Sie nicht zum Narren halten«, sagte Neil. »Ich mache keinen Jux.«

Jem wischte sich zornig die Tränen fort. Warum zum Teufel heulte er? Um Himmels willen! Er hatte Neil erst gestern kennen gelernt! Er kannte den Typ kaum. Er würde also sterben, na und? Alle würden sterben, jeder Einzelne, niemand würde dem entkommen. Jem würde sterben, Maribel, Mack, das Mädchen, das Jem im *Muse* sitzen gelassen hatte, der Taxifahrer, Jems Eltern,

Gwennie, Mr G, Mrs Worley. Jeder. Warum also die Tränen? Vielleicht weil sich das Leben gut anfühlte – auch wenn ihm wegen Maribel elend zumute war, fühlte es sich gut an, Schmerz zu empfinden, sich zu sehnen, Verlangen zu verspüren. Es fühlte sich gut an, zwölf Drinks an einem Abend zu sich zu nehmen, es fühlte sich gut an, seinen Magen am Straßenrand zu entleeren, es fühlte sich gut an, seinen Körper ins kühle Wasser zu tauchen und zu beobachten, wie es um ihn herum leuchtete und funkelte.

»Das ist also das große Problem?«, fragte Jem. »Ich hoffe es, denn wenn Sie noch größere Probleme haben, will ich nichts darüber hören.«

»Genau.«

»Okay«, sagte Jem. Er grub seinen verletzten Zeh in den Sand, griff nach seinem weißen Hemd und zog es sich über den Kopf. Es roch nach Rauch. Er sah sich nach seinen Shorts um, und als er sie fand, sagte er: »Sie haben zwei Nachrichten, und als er sie fand, sagte er: »Sie hatten zwei Nachrichten, und ich habe sie Ihnen nicht gegeben, weil Sie sagten, Sie wollten sie nicht. Aber eine war von Dr. Kenton. Ich hätte es Ihnen sagen sollen.«

»Nein, Sie haben meinem Wunsch entsprochen. Dr. Kenton hat angerufen, um mir zu sagen, dass es mir nicht besser geht.«

»Das können Sie nicht wissen.«

»Ich weiß es«, erwiderte Neil. »Von wem war die andere Nachricht?«

»Von Desirée.«

»Meine Freundin Desirée. Sie wird es vermutlich als Nächste erfahren.«

»Mann, sagen Sie mir nicht, dass ich es als Einziger weiß.«

»Sie und Dr. Kenton.«

Jem brauchte ein großes Glas Wasser mit Eis. »Warum ich?«

»Haben Sie irgendjemand anders erzählt, was Sie für Maribel empfinden?«

»Ich habe es Maribel erzählt und sonst niemandem«, antwortete Jem.

»Nun, warum haben Sie es mir dann erzählt?«, fragte Neil.

»Weil Sie da waren.«

»Genau«, sagte Neil.

Jem saß eine Weile schweigend da und beobachtete, wie das Wasser an den Strand schwappte. Er wandte sich um. Im Hotel waren alle Lichter gelöscht. Tiny war schon lange zu Hause. Er versuchte, sich Neil tot vorzustellen, in einem Sarg, in einem Loch im Boden begraben oder zu Asche verbrannt. Es war unmöglich. Wenn Neil das Hotel verließ, würde Jem ihn nie wiedersehen – aber das galt für alle Gäste, die im Hotel wohnten. Jem kannte sie eine Zeit lang und dann reisten sie ab. Sollten sie im nächsten Sommer zurückkehren, wäre Jem fort. Das war das Niederdrückende daran, in einem Hotel zu arbeiten. Niemand blieb da. Wie hielten Mack und Vance das Jahr für Jahr aus, Menschen kennen zu lernen und sie dann wieder ziehen zu lassen und manchmal nie wiederzusehen?

»Ich denke, Sie sollten Desirée heiraten«, sagte Jem. »Ihrer Tochter zuliebe. Wenn sie erfährt, dass Sie ... Sie wissen schon, krank sind, wird sie vielleicht zum Judentum übertreten.«

»Vielleicht ist es gar nicht wichtig«, entgegnete Neil. »Ich werde es nur allzu bald wissen.«

Nur allzu bald. Jem fragte sich, wie viel Zeit Neil

noch blieb. Monate? Wochen? Weitere Tränen liefen ihm die Wangen hinab und er ließ sie fließen.

»Glauben Sie wirklich, dass ich Maribel bekomme?«, fragte Jem.

»Nein«, antwortete Neil. »Ja. Ich weiß es nicht.«

Jem ließ sich in den Sand zurückfallen. Er könnte auf der Stelle einschlafen. »Ich sollte besser nach Hause gehen«, verkündete er. Er fühlte sich schlecht, Neil im Stich zu lassen, aber er musste in sein kleines Mietzimmer zurückgelangen. Er musste etwas Wasser trinken. Er schaffte es aufzustehen, und Neil erhob sich ebenfalls, und sie sahen einander durch die Dunkelheit an. Dann streckte Neil die Hand aus, als begegneten sie sich zum ersten Mal, und Jem schüttelte sie.

Als Jem am nächsten Tag zur Arbeit ging, dachte er: *Ich lebe!* Er konnte seine Füße bewegen, mit den Armen schwingen, den Klang seiner eigenen Stimme hören. *Hallo! Ich lebe!* Er hatte seinen Zeh mit Mycitracin eingerieben und ihn verbunden. Er pochte beim Gehen. *Ich lebe.*

Jem hatte halbwegs erwartet, dass Neil abgereist wäre, als er ins Hotel kam. Oder vielleicht hatte Jem das gehofft – dass Neil in die Nacht verschwunden wäre. Jem hielt zur Frühstückszeit nach ihm Ausschau, aber er kam nicht. Dann war Jem in seine täglichen Pflichten eingebunden – Zimmer räumen, Muscheln auf dem Parkplatz aufkehren, den Schmutz aus den Bars von seinen Schuhen entfernen. Er kaufte am Getränkeautomaten zwei Flaschen Energydrink, trank sie aus und dachte, das würde gegen seinen Kater helfen. Er aß einen Bagel mit Frischkäse, der vom Frühstück übrig geblieben war, und dann fragte er Love: »Hat sich Neil Rosenblum schon abgemeldet?«

»Nein«, antwortete Love. Sie sah in ihrem Notizbuch nach, als ob sie die Bibel zu Rate zöge. »Er reist morgen ab. Du müsstest das doch wissen. Er ist dein Freund. Hattet ihr beide letzte Nacht Spaß?«

»Ja.«

Um die Mittagszeit klopfte Jem an Neils Tür, aber niemand antwortete. Jem blickte prüfend über den Strand: kein Neil. Vielleicht war er in die Stadt gegangen oder vielleicht schlief er noch. Jem kehrte zur Rezeption zurück.

»Bist du *sicher*, das Neil Rosenblum sich nicht schon abgemeldet hat?«, fragte er Love. »Haben die Zimmermädchen in seinem Zimmer sauber gemacht? Haben sie gesagt, seine Sachen wären noch da?«

»Er ist noch hier«, antwortete sie. »Ich habe ihn gerade auf dem Parkplatz gesehen.«

Jem eilte durch das Foyer und schaute aus der Eingangstür. Tatsächlich stand Neil dort zwischen einem Mercedes und einem Range Rover und sprach mit einer Blondine. Eines der Mädchen aus dem *Muse?* Jem schlenderte hinüber und erkannte sehr zu seinem Entsetzen, dass es Maribel war. Er zögerte. Er wollte davonlaufen, aber Maribel sah ihn und winkte. Jem näherte sich ihnen langsam. Neil konnte Maribel alles Mögliche erzählen – was kümmerte es ihn, wenn er in Jems Beziehung herumpfuschte? Er glaubte wahrscheinlich, dass sein bevorstehender Tod ihm das Recht gab, zu sagen oder zu tun, was immer er wollte.

»Da ist er ja«, sagte Maribel. Jem lächelte matt. »Mr Rosenblum hat mir gerade erzählt, dass er in dein Geschäft in Kalifornien investieren will. Er sagt, er ist noch nie jemand viel Versprechenderem begegnet.«

Neil spielte nachdenklich mit seiner Brille.

»Ich kann nicht glauben, wie viel Glück diesen Sommer alle haben«, sagte Maribel. »Zuerst bekommt Mack einen Job bei den Texas Rangers und jetzt eröffnest du dein eigenes Geschäft in Kalifornien. Bist du nicht aufgeregt, Jem?«

Neil schlug Jem auf den Rücken. »Natürlich ist er aufgeregt. Wir sind beide aufgeregt. Das ist ein Bursche, dem man nur einmal im Leben begegnet.«

Maribel errötete und nickte nachdrücklich. »Das stimmt.«

»Wer auch immer diesen Burschen bekommt, hat Glück. Glück!«

Neil sah Maribel an. »Sie hätten *sehen* sollen, wie die Frauen gestern Abend in den Bars hinter ihm her waren.«

Jem starrte aufs Pflaster. Er trat eine Krebsschale gegen den Reifen des Rover. »Es waren keine Frauen hinter mir her.«

»Ich wette doch«, entgegnete Maribel. Jem hob den Blick und ließ seine Augen nur ein paar Sekunden auf ihr ruhen. Sie trug frische Leinenshorts und einen weißen Pulli. Ihre Zehennägel waren silbern angemalt. Sie glitzerten wie Glimmer.

»Kommst du gerade von der Arbeit?«, fragte er sie.

»Eigentlich bin ich hergekommen, um dich zu fragen, ob du mit mir zum Mittagessen gehen willst.«

»Ich?«, fragte Jem. »Was ist mit Mack?«

»Es ist August«, antwortete Maribel. »Er ist beschäftigt. Möchtest du?«

»Wir hatten bereits Pläne zum Mittagessen«, stellte Neil klar. »Zwei von den Frauen, von denen ich sprach, warten in der Stadt auf uns.«

Jem sah Neil mit verengten Augen an. *Halt den Mund! Sie bittet mich, mit ihr essen zu gehen!*

Maribels Lächeln schwand. »Sie treffen Frauen zum Essen?«

»Nein«, sagte Jem. »Zumindest ich nicht.«

»Doch«, widersprach Neil. »Diese Frauen sind nicht an mir interessiert. Ich könnte ihr Großvater sein. Sie sind hinter Ihnen her, Kumpel. Sie werden am Boden zerstört sein, wenn Sie nicht kommen.«

»Dann solltest du besser gehen«, sagte Maribel. Sie begegnete Jems Blick und er wäre fast auf dem Pflaster zerschmolzen. *Ich liebe dich, Maribel!,* rief er lautlos aus. *Ich liebe dich wirklich!* Maribel wandte sich zum Gehen. »Bis später, Jem. Es war nett, Sie kennen zu lernen, Mr Rosenblum.«

»Es war nett, *Sie* kennen zu lernen, Maribel«, erwiderte Neil. Er legte seinen Arm um Jem und wandte ihn zum Foyer um. »Ich weiß, dass das wehtut, Kumpel, aber es ist zu Ihrem eigenen Besten. Haben Sie gesehen, wie geknickt sie war, als sie hörte, dass Sie bereits eine Verabredung haben? Ich erkenne eine eifersüchtige Frau, und glauben Sie mir, sie war eifersüchtig.«

»Sie sind ein Dummkopf! Ich könnte genau jetzt mit Maribel beim Mittagessen sein!«

»Aber Sie sind hier bei mir«, entgegnete Neil. »Und Ihre Zeit mit mir ist begrenzt. Sie können den Rest Ihres Lebens mit Maribel verbringen.«

»Und was war das mit Ihrer Investition in mein *Geschäft?«,* fragte Jem. »Das war eine Lüge.«

»Genau!«, antwortete Neil. »Ich habe versucht zu helfen.«

»Hören Sie bitte auf damit.«

»Möchten Sie auf einen Drink mit in mein Zimmer kommen?«, fragte Neil.

Jem lockerte sein Hemd. »Ich arbeite, wie Sie sehen.«

»Kommen Sie schon. Machen Sie Mittagspause.«

»Ich hätte mit Maribel Mittagspause machen können«, erwiderte Jem. »Aber Sie haben es vermasselt.«

»Ich hoffe, dass ich noch lebe, wenn es an der Zeit ist, dass Sie mir danken«, bemerkte Neil.

An diesem Abend rief Neil Desirée an und machte ihr einen Heiratsantrag. Er tat dies, als Jem auf der Veranda saß, und Jem konnte die Freudenschreie aus New York hören. Neil hielt den Hörer vom Ohr weg. »Sie sagt ja«, flüsterte er. Jem musste einfach Mitgefühl mit Desirée empfinden, denn er wusste, es kam der Augenblick, wo ihre Freude in Erschrecken und Entsetzen umschlagen würde. Es erschien ihm unfair, dass er, Jem, schon wusste, was ihr bevorstand, wohingegen sie selbst noch nichts ahnte.

Jem brachte es nicht übers Herz, viel zu trinken. Neil ebenso wenig. Er rauchte seinen Joint. So drängte er seine Schmerzen in den Hintergrund. Ohne Dope, sagte er, waren die Schmerzen so, als würde jemand mit einem Ziegelstein an die Eingangstür hämmern.

Zum Abendessen bestellten sie Hummer mit Folienkartoffeln, Mais, Kohlsalat und weiche Brötchen. Es war Jems erster – und wahrscheinlich einziger – Hummer in diesem Sommer und er hatte dabei Gedanken an Todeszelle und Henkersmahlzeit. Sie aßen auf Neils Veranda und betrachteten den Sonnenuntergang. Es war so schön draußen und so herrlich, dass es genau wie ein Abschluss schien.

»Morgen ziehe ich wieder den Anzug an«, verkündete Neil. »Ich werde heiraten, ein Treuhandvermögen für meine Tochter einrichten und dann zum Sterben nach Nepal fliegen.«

»Nach Nepal?«

»Wenn es wirklich schlimm wird, gehe ich nach Pangboche. Ich werde bis zum Ende in einem der Teehäuser bleiben. Die Nepalesen werden mich sofort einäschern und meine Asche in den Bergen verstreuen.«

Jem löste die Scheren von seinem Hummer. »Wissen Sie, was mich ankotzt?«

»Was?« Neil bohrte seine Gabel in eine Folienkartoffel. »Sie haben uns keinen Sauerrahm gegeben.«

»Sie geben auf. Und das ist Scheiße. Sie scheren sich um niemand sonst, oder? Nicht um Ihre Tochter und nicht um Desirée und um mich schon gar nicht. Wenn Sie sich darum scherten, würden Sie nicht aufgeben.«

Neil schaute nicht von seinem Essen auf, aber seine Stimme klang leise und ernst. »Ich habe Krebs, Jem. Er ist überall in meinem Körper. Ich habe keine Wahl, Kumpel.«

Jem stand jäh auf, so dass zerlaufene Butter auf sein Bein tropfte. »Sie sind nicht zornig genug! Sie haben die Tatsache akzeptiert, dass Sie sterben werden, und das ist für Sie in Ordnung. Aber was ist, wenn es für die anderen nicht in Ordnung ist?«

»Setzen Sie sich hin und genießen Sie Ihren Hummer«, befahl Neil. »Und lassen Sie uns noch was trinken. Ich werde heiraten, wissen Sie. Wir sollten einen Toast aussprechen.«

Jem stürmte in Neils Zimmer. Der Kleidersack war geöffnet und Neils Anzug lag ordentlich auf dem Bett ausgebreitet. Der leere Anzug wirkte fast gespenstisch, prophetisch. Jem nahm die Flasche Wodka hoch und trank daraus. Er schnappte nach Luft. Das brannte entsetzlich. Er machte einen schweren Fehler. *Ich gebe nicht auf*, dachte Jem. *Ich werde bis zum Schluss um Maribel kämpfen.* Er sank in den Ledersessel.

Kurz darauf kam Neil herein, schob den Anzug beiseite und setzte sich aufs Bett. Er nahm seine Brille ab, hauchte auf die Gläser, wischte sie mit seinem Hemd sauber und setzte die Brille wieder auf. Sein Gesicht hatte sich verändert. Es war aller Zuversicht beraubt. Ein menschliches Gesicht, ein angstvolles Gesicht.

»Was soll ich tun?«, fragte Neil.

»Am Leben bleiben«, antwortete Jem.

»Am Leben bleiben«, wiederholte Neil, als hätte er daran noch nie zuvor gedacht. »Am Leben bleiben.«

Jem hätte sich am nächsten Tag beinahe krankgemeldet. Er erwachte mit der Hand um sein steifes Geschlecht und Gedanken an Maribel. Dann erinnerte er sich an Neil und sein Inneres wurde von tiefster Traurigkeit erfüllt. Er konnte kaum aus dem Bett steigen. Neils Flug ging um neun, und Jem wusste, dass er rechtzeitig im Hotel sein musste, um sich zu verabschieden. Er zog seine roten Shorts, sein letztes sauberes weißes Hemd und seine schmutzigen Schuhe an und verließ das Haus. Normalerweise ging er gerne die North Liberty Street hinunter – dort war es schattig, die Häuser waren gut gepflegt, und er kam an Brombeersträuchern vorbei, deren Beeren jetzt reif waren und von denen er eine Hand voll pflückte und aß. Dann ging er die Cobblestone Road hinab. Hier sann er gewöhnlich über seinen Tag nach: Würde etwas Interessantes passieren? Was würde beim Frühstück übrig bleiben? Würde er Maribel sehen? Heute dachte er über Neil nach und darüber, wie Neil nach nur drei Tagen sein Freund geworden war.

Unmittelbar bevor er in die North Beach Road einbog, um die letzten hundert Meter zum Beach Club zurückzulegen, hörte er eine Autohupe. Jem sah Neil in seinem Anzug, wie er sich mit dem ganzen Oberkörper aus dem Taxifenster lehnte, aber das Taxi fuhr nicht langsamer. Neil fuhr ab.

»Halt!«, schrie Jem. »Warten Sie!«

Neil wölbte die Hände um den Mund und rief: »Ich bin auf dem Weg, Kumpel!« Neils Krawatte winkte zum Abschied im Wind und das Taxi verschwand um eine Biegung. Einfach so.

Jem blieb stehen. Er lauschte den Möwen. Die North Beach Road war sonnig und ruhig. *Okay*, dachte Jem. *Es ist also vorbei. Er ist fort.* Jem erwartete, dass es ihn jeden Moment umhauen würde. Er ging in kleinen Schritten vorwärts und wartete darauf. Er dachte daran, ein Taxi zum Flughafen zu nehmen oder sogar Mack zu fragen, ob er sich seinen Jeep ausleihen könnte, um selbst zum Flughafen zu fahren und sich zu verabschieden. Aber die Straße war ruhig und sonnig und die Möwen schrien. Neil war fort, und eine Sekunde lang empfand Jem ein bisher unbekanntes Gefühl, das vielleicht so etwas wie Frieden war.

An der Rezeption lag ein Umschlag mit seinem Namen darauf.

»Dieser Mann sah so gut aus«, sagte Love. »Besonders im Anzug. Er war allein stehend, stimmt's?«

»Verlobt«, antwortete Jem. Er hielt den Umschlag ins Licht am Fenster. Es war mit Sicherheit kein Geld darin. Wahrscheinlich ein Brief. Jem dachte an Neil in seinem Anzug, der nach New York zurückfuhr, um zu heiraten und die Dinge für seine Tochter zu regeln – es machte Jem froh. Er wollte keinen Brief lesen, der dieses Gefühl vielleicht zunichte machen würde.

Jem aß zwei Muffins und ein Schokoladen-Doughnut, warf den Umschlag dann in den Mülleimer und bedeckte ihn mit schmutzigen Servietten, Bananenschalen und nur halb aufgegessenen Toastscheiben, einfach um sicherzugehen, dass er nicht in Versuchung käme, ihn wieder hervorzuziehen. Es war eine sehr männliche Tat, den Brief wegzuwerfen, beschloss er. Eine Frau würde niemals einen ungeöffneten Briefumschlag wegwerfen.

Jem sah Maribel unmittelbar vor Dienstschluss. Sie trug ihr gelbes Bikinitop und ihre Jeans-Shorts – genau dieselben Kleider, die sie bei ihrem ersten Treffen am Miacomet Beach getragen hatte. Jem goss Thereses Pflanzen auf der Veranda des Foyers, und Maribel kam mit ihren Sandalen geräuschvoll die drei Stufen herauf, ein feuchtes Strandtuch über der Schulter.

»Zu viel des Guten heute: die Augustsonne. Wie war deine Verabredung zum Essen gestern?«

Jem hätte beinahe gesagt: »Ich bin nicht hingegangen. Es war alles erfunden.« Aber er wollte Neil gegenüber nicht unloyal sein. »Es hat Spaß gemacht«, erwiderte er.

»Tatsächlich?«, fragte Maribel. Jem betrachtete sie genau. Schien sie eifersüchtig? »Mr Rosenblum war so nett. Ist er noch da?«

»Ist heute abgereist.«

»Er mochte dich anscheinend wirklich«, bemerkte Maribel. »Er glaubte anscheinend an dich.«

Jem hörte auf, die Blumen zu gießen, und sah Maribel an. »Er mochte mich. Er glaubte an mich.«

»Jem, was ist los?«

»Was meinst du?«

»Du wirkst seltsam«, sagte sie. »Du wirkst bestürzt. Bist du in Ordnung?«

»Jetzt, wo du es sagst, bin ich mir nicht sicher.« Er stellte die Gießkanne ab und ging an Maribel vorbei durch das Foyer zur Küche. Er hielt den Atem an und durchsuchte den Müll, bis er den Umschlag hervorzog.

Er war voller Kaffeeflecken und mit Erdbeermarmelade verschmiert. Innen drin lag ein Scheck für fünfzehntausend Dollar und zwei einfache Tickets nach Los Angeles, freundlicherweise zur Verfügung gestellt von Rosenblum Reisen. Die darangeheftete Notiz lautete: »Nimm sie dir. NR.«

8

Hitzewelle

14. August (nicht abgeschickt)

Lieber S. B. T.,
Ich habe die Behörden über Ihre Belästigung per Post informiert. Aus Ihren Briefen – die ich alle aufbewahrt habe – wird deutlich, dass sie mich verfolgt haben, mich ausspioniert haben, das Hotel ausspioniert haben. Die Polizei wird Ihre Identität aufdecken und Ihrer Jagd nach mir und dem Hotel wird ein Ende gesetzt werden. Lassen Sie mich in Ruhe!

Bill Elliott

15. August (abgeschickt)

Lieber S. B. T.,
Lesen Sie Gedichte?

Bill Elliott

Mitte August wurde Nantucket von einer Hitzewelle heimgesucht, wie es sie, soweit Nancy Gardner sich erinnern konnte, noch keine gegeben hatte, und sie verbrachte die Sommer schon fast ein Jahrhundert lang auf Nantucket. Im Allgemeinen war Nantucket ein Ort, an dem man der Hitze wegen der Meeresbrise entfliehen konnte. Es konnten in Boston und New York um die 34 Grad sein und Nantucket hätte immer noch angenehme 26 Grad. Lacey hatte die Hitze nur einmal zuvor bemerkt – 1975, an dem Tag, den die Inselbewohner den Heißen Samstag nannten, weil das Thermometer auf 39 Grad anstieg. Lacey und Maximilian waren im Haus geblieben, hatten die Ventilatoren voll aufgedreht und im Gästezimmer ihres Hauses an der Cliff Road Karten gespielt, weil dieser Raum den größten Teil des Tages schattig blieb. Sie tranken drei Krüge Zitronenlimonade und begannen um vier Uhr mit Barbados-Rum mit Tonic und viel Eis. Lacey hatte das Gefühl, als wäre sie im Urlaub – sie hielten sich in dem Raum des Hauses auf, den sie nie benutzten, und legten Asse und Königinnen auf der gesteppten Tagesdecke ab. Als es dunkel wurde, zogen sie und Maximilian ihre Badesachen an und gingen zum abendlichen Schwimmen an den Stepps Beach. Sie fühlten sich wie Teenager, die in der Nacht herumschleichen, obwohl sie auch 1975 schon Senioren waren und sich am Geländer festhalten mussten, als sie die Stufen zum Sand hinunterstiegen.

Als sie am Strand ankamen, war er so überfüllt wie um die Mittagszeit. Ein Flickwerk von Strandtüchern und Decken bedeckte den Strand, Zitronellenkerzen flackerten, und Lacey sah im Mondlicht, wie Männer mit Koteletten und Mädchen, die oben ohne gingen, Händchen hielten. Ein Radio spielte den Beatles-Song »The Long and Winding Road«. Einige der Jüngeren hatten Picknicksachen dabei – Würstchen, Käse, Geflügelsalat und kaltes Bier. Max und Lacey aßen und tranken und planschten im Wasser, als wäre sie vierzig Jahre jünger. Lacey beobachtete, wie Maximilian mit einem Mann namens Cedar zum ersten Mal Marihuana rauchte. Sie betrachtete eingehend all die jungen Leute, deren schlanke Körper durch die heiße Nacht schwebten, und sie verspürte erneut den Wunsch nach Kindern. Sie beschloss, Max auf dem Heimweg davon zu erzählen. Es war fast Mitternacht und der Heiße Samstag wurde zum Schwülen Sonntag. Sie fragte: »Maximilian, hast du dir je gewünscht, dass wir Kinder hätten?«

Max antwortete nicht. Vielleicht lag es an dem Marihuana, das seinen Verstand benebelte, vielleicht war es seine ewige alte Sturheit bei diesem Thema. Er würde niemals zugeben, dass er sich möglicherweise geirrt hatte.

In diesem August herrschte die schlimmste Hitze, die es je gegeben hatte. In der Sonne war es glühend heiß und im Schatten fiel das Atmen schwer. Die Fahne vor dem Beach Club hing so schlaff herab wie ein alter Nylonstrumpf. In der ersten heißen Nacht warf sich Lacey im Bett herum, stieß die Laken von sich und entledigte sich ihres Kissens. Schließlich suchte sie nach dem Lichtschalter, ging zur Klimaanlage und drehte sie so hoch wie möglich. Das genügte für die Nacht, aber als sich Lacey morgens in den Flur wagte, musste sie fast würgen. Die Luft war dick und klebrig, wie in einem türkischen Dampfbad. Sie öffnete alle Fenster und schaltete die beiden uralten Ventilatoren ein. Sie hielt die Schlafzimmertür geschlossen und ließ die Klimaanlage eingeschaltet. Wenn es ganz schlimm käme, könnte sie sich den ganzen Tag aufs Bett legen, ihren Krimi lesen und sich weigern, hinauszugehen.

Mack erschien wie üblich. Statt Kaffee brachte er ihr eine eisgekühlte Coca-Cola.

»Du bist ein Schatz, Mack Petersen«, sagte sie. Es war

halb neun, Macks rotblondes Haar war um die Ohren bereits nass, und er roch, als hätte er bereits den ganzen Tag gearbeitet.

»Es sind im Moment 29 Grad«, verkündete er. »Im Radio sagen sie, bis zehn Uhr würden 33 Grad überschritten.«

Lacey nahm einen Schluck Cola. Sie war so kalt und frisch, dass sie in der Kehle brannte und ihr Tränen in die Augen trieb. Sie hustete.

»Sei bei dieser Hitze vorsichtig«, warnte Mack. »Versprich mir bitte, dass du dich nicht anstrengen wirst.«

»Weil ein solches Wetter alte Damen umbringt, meinst du das?«, fragte Lacey. »Nun, mich wird es nicht umbringen. Ich habe schon Schlimmeres überlebt. Aber nur um sicherzugehen, begebe ich mich wieder ins Schlafzimmer, wo es kühl ist. Klopf heute Abend noch mal an und sieh nach mir, ja, mein Lieber? Aber nur klopfen. Ich hätte beinahe Lust, nackt dort drinnen zu sitzen.«

Mack lachte. »Recht hast du, Lacey.«

Er ging winkend davon. Lacey nahm noch einen Schluck Cola und stieß dann kräftig auf.

»Was soll ich tun, wenn du fort bist?«, äußerte sie laut. »Wer wird sich um mich kümmern?« Sie klang wehleidiger als beabsichtigt, aber es war eine berechtigte Frage. Was würde sie tun, wenn der gut aussehende Bote, den Maximilian ihr geschickt hatte, sie verließ? Sie vermutete, dass entweder ein anderer Junge käme oder ihre Zeit mit Ersatzmännern schließlich vorbei wäre und sie wieder mit Maximilian zusammenkäme, egal, was als Nächstes kommen würde. Der Gedanke, sterben zu müssen, war nicht ganz so beängstigend, wenn sie es so betrachtete – es war der Ort, wo Maximilian auf sie wartete.

Es war so heiß, dass Mack und Maribel nackt unter einem dünnen Laken schliefen. Maribel bereitete kalte Speisen zu – eiskalte Gurkensuppe, Caesar-Salat, Melonenkugeln. Sie trug kühle Worte vor: Silber, Glas, Minze, Schatten, grün, blau, trinken, Flötenglas, Eis, ein Bett voller Eis, eine Welt voller Eis. Sie nahm F. Scott Fitzgeralds *Der Eispalast* vom Regal in der Bibliothek, und dann *Schnee auf dem Kilimandscharo*, Ann Beatties *Chilly Scenes of Winter*, David Gutersons *Schnee, der auf Zedern fällt* und sogar Richard Russos *The Risk Pool*. Sie stapelte die Bücher auf ihrem Schreibtisch und sah sie sich so oft an, dass sie die kühlen Titel auswendig wiederholen konnte. Maribel und Mack stritten fast jede Nacht. Wegen der Hitze und der verrückten Dinge, die sie mit dem Hotelpersonal und den Gästen anstellte, hielt Mack sich bedeckt. Er kam nach Hause, zog sich aus, aß, was Maribel ihm vorsetzte, und saß dann schwitzend und zusammengesunken vor dem Fernseher, bis es Zeit wurde, schlafen zu gehen. Wenn er und Maribel überhaupt miteinander redeten, fauchten sie sich nur gegenseitig an. Mack sprach nie wieder vom Heiraten. Sie sprachen nicht mehr über die Hochzeit und sie machten keine Pläne. Nun befürchtete Maribel, sie könnte wie eine dieser Frauen enden, die fünfzehn Jahre lang verlobt waren. Eines Nachts sprach sie Mack darauf an.

»Werden wir diesen Herbst auf der Insel heiraten? Denn wenn ja, dann müssen wir planen.«

»Ich weiß es nicht«, antwortete er und war auf die Baseball-Ergebnisse konzentriert. »Ich kann nicht nachdenken.«

»Du kannst nicht nachdenken?«, fragte sie. »Ich frage dich nach unserer *Hochzeit* und du kannst nicht nachdenken?«

»Es ist heiß, Maribel«, beschwichtigte er. »Ich habe bei der Arbeit den ganzen Tag mit Leuten zu tun, die sich beklagen. Der Strand ist heiß, der Sand ist heiß, das Wasser ist zu warm. Ein Beach Boy hat heute einen Sonnenstich bekommen und musste ins Krankenhaus. Ich sehe alle zwei Stunden nach Lacey, weil ich Angst habe, dass sie zusammenbricht. Ich habe Jem mit dem Arsch in der Eismaschine erwischt. Er *saß* in der Eismaschine. Ich habe keine Zeit, über eine Hochzeit nachzudenken.«

»Gut. Dann werden wir vielleicht nicht heiraten.«

»Spiel nicht mit mir, Maribel«, erwiderte Mack. »Im Moment ist nämlich nichts spaßig. Einschließlich dieser Bemerkung.«

Maribel spürte Tränen aufkommen und ging ins Schlafzimmer, wo zumindest der Ventilator eingeschaltet war. Sie legte sich quer übers Bett, strich sich alles Haar aus dem Nacken und schlang es zu einem Knoten. Sie setzte sich so zurecht, dass die Luft vom Ventilator auf ihren bloßen Nacken traf. Sie war noch nie imstande gewesen, Glück zu genießen, weil sie sich immerzu fragte: *Wann wird es enden? Wann wird etwas Schlimmes passieren?* Sie wollte ihre Mutter anrufen, aber das Telefon war im anderen Zimmer. Und außerdem – was sollte sie ihr schon sagen? Dass sie Mack im Moment hasste? Dass der Gedanke an ein ganzes Leben mit ihm zurzeit trist und niederdrückend war? Dass sie möglicherweise so sehr den Wunsch hatte zu heiraten, dass sie gewisse Kompromisse einging. So wie die Tatsache, dass sie eingewilligt hatte, Mack zu heiraten, obwohl er ihr nur Wochen vorher gestanden hatte, dass er eine andere Frau liebte. Maribel versuchte zu vergessen, und beschloss zu glauben, dass Macks Gefühle für Andrea Krane schwänden, wenn sie die Insel verließe. Und da

Mack vorhatte, seinen Job im Hotel aufzugeben, bestand keine Gefahr, dass er Andrea wiedersah. Aber empfand er noch immer etwas für sie? Maribel war so begeistert gewesen – zuerst über den Heiratsantrag und dann über den Ring –, dass sie diese Frage verdrängt hatte. Doch jetzt erkannte Maribel, dass Mack natürlich Andrea liebte. Man hörte nicht innerhalb von wenigen Wochen auf, jemanden zu lieben. Mack hatte wahrscheinlich zuerst Andrea einen Heiratsantrag gemacht, und als sie nein sagte, kam er zu Maribel. Sie war seine zweite Wahl. Kein Wunder, dass Mack nicht über die Hochzeit nachdenken konnte. Er wollte sie überhaupt nicht heiraten. Diese Szene vor wenigen Wochen mit all seiner Aufrichtigkeit und seinen süßen Versprechungen war eine Lüge gewesen.

Maribel marschierte ins Wohnzimmer hinüber. Motten flogen ziellos gegen die Schutztür.

»Liebst du Andrea noch?«, fragte Maribel.

»Was?« Mack trug nur seine Boxer-Shorts. Er hatte Iowa vor zwölf Jahren verlassen, aber er wirkte noch immer wie ein Farmer: gebräunter Nacken und Arme, käsig weißer Oberkörper. »Was hast du mich gerade gefragt?«

»Liebst du Andrea Krane noch? Ich will es wissen.«

»Du machst dich lächerlich«, erwiderte Mack. »Ich habe gerade ein kleines Vermögen dafür ausgegeben, dir einen Diamanten an den Finger zu stecken, und du wagst es, mich das zu fragen! Was ist in dich gefahren?«

»Du hast meine Frage nicht beantwortet«, stellte Maribel fest.

»Deine Frage ist widerwärtig. Ich habe dich gebeten, mich zu heiraten, und du hast ja gesagt. Ich habe dir einen Ring geschenkt. Also, warum sollte ich das tun, wenn ich Andrea noch liebte?«

Maribel zuckte bei dem Wort »noch« zusammen, weil es eine Tatsache bestätigte: Er hatte sie geliebt. »Das klingt wie eine Antwort auf meine Frage, ist es aber nicht. Du sagst mir nicht, dass du sie nicht liebst.«

»Was ist los mit dir?« Mack schrie jetzt und stand auf. Schweiß tropfte von seinem Gesicht. Die Temperatur im Zimmer stieg an. Der Raum kochte über. Maribel atmete tief ein und versuchte, sich an den Stapel Bücher auf ihrem Pult zu erinnern, an die kühlen Titel. Wie lauteten sie noch? Ihr fiel nur *The Risk Pool* ein. Ein Teich voller Risiken, darin befand sie sich im Moment, schwamm darin herum. Die Motten prallten gegen die Schutztür. Wäre es nicht so unheimlich heiß, hätte Maribel die Tür geschlossen, um das schreckliche Geräusch auszusperren.

»Willst du Andrea heiraten?«, fragte Maribel.

Macks blaue Augen funkelten. »Ich will niemanden heiraten«, entgegnete er.

Den Bruchteil einer Sekunde herrschte Schweigen, gerade genug Zeit für einen Gedanken. *O Gott!*

Mack sagte: »Außer dir.«

Doch da war es zu spät, denn in diesem Augenblick des Schweigens hatte Mack die Wahrheit gesagt. Dieses kurze, minimale Schweigen verriet ihn. *Ich will niemanden heiraten.*

Er kam auf Maribel zu, beruhigte sich wieder, funktionierte wie ein Motor und legte ganz sanft die Arme um sie, um sie nicht zu ersticken. »Ich will niemanden außer dir heiraten.«

Er konnte sagen, was immer er wollte, weil er ihr die Wahrheit gesagt hatte. Einen kurzen Moment lang flammte die Wahrheit auf und Maribel erkannte sie. Sie hatte es schon die ganze Zeit gewusst: Mack wollte niemanden heiraten.

Sie senkte das Kinn auf die Brust und Mack küsste sie auf die Stirn.

»Bist du in Ordnung?«, fragte er.

Sie entzog sich ihm. »Mir ist nur heiß«, antwortete sie. »Tut mir Leid.«

Sie zog sich ins Schlafzimmer zurück, warf sich mit dem Gesicht nach unten aufs Bett und weinte. Sie hatte kein Talent für die Liebe – wenn das für die Liebe nötig war –, so, wie man Talent zum Malen hatte, oder zum Klavierspielen. Talent für die Liebe war in ihrer Familie nicht vorhanden. Also hatte sich Maribel auf ihre Ausdauer verlassen, hatte die Zähne zusammengebissen und sich auf die Hinterbeine gestellt und war mit dem Kopf gegen die Wand gelaufen, bis diese nachgab. Die Tränen kühlten auf ihren Wangen ab. Weher Kopf, wehes Herz, dachte sie.

Cecily war mit ihrem Vater im Büro, als er seinen großen Fehler bemerkte. Es war so heiß, dass Cecily sich nicht draußen am Strand aufhalten konnte. Sie hätte sich Blasen an den Fußsohlen geholt. Die Hitze befreite sie Gott sei Dank vom Plaudern und Schöntun, aber ihr Vater bestand darauf, dass sie mit ins Büro kam, damit sie besser verstünde, wie er das Hotel führte. Denn er würde nicht ewig leben, sagte er, und sie müsste es vielleicht eher übernehmen, als sie dachte.

Bill bewegte seinen Drehstuhl. »Ich kann es nicht glauben«, sagte er. Er sah einige Papiere durch, fuhr mit den Fingerspitzen eine Seite hinab und dann eine weitere. Er wischte sich mit einem Taschentuch die Stirn. »Es muss diese Hitze sein«, sagte er. »Das ist mir in zwanzig Jahren noch nicht einmal passiert! Nie!«

»Was denn?«, fragte Cecily. Das Quecksilber stieg in Rio üblicherweise auf 38 Grad. Cecily würde bald neben Gabriel im Bett schwitzen. Sie brauchte nur noch fünfhundert Dollar, bevor sie aufbrechen konnte. Ihr Vater hatte bei der Uni angerufen und versucht, ihren Aufschub rückgängig zu machen, aber es war zu spät gewesen. Nun wollten ihre Eltern, dass sie mit nach Aspen käme, wo sie mit ihr Ski laufen und ihr das Hotelwesen beibringen wollten. Es war, als wären sie blind, taub und stumm. »Was hast du gemacht?«, fragte sie.

»Ich kann es nicht glauben«, wiederholte Bill. Er blätterte das Buch mit Robert-Frost-Gedichten durch. Er tat es immer wieder, bis Cecily erkannte, dass er eine Art Panikattacke hatte.

Sie setzte sich in ihrem Sessel auf. Bei dieser Hitze war sogar das anstrengend. »Dad, was hast du gemacht?«

»Ich habe ein Zimmer zweimal reserviert«, antwortete er. »Ich habe hier eine Buchungsbestätigung für die Reeses, eine vierköpfige Familie, für Zimmer 14, vom 24. bis zum 27. August. Und ich habe eine Buchungsbestätigung für eine Mrs Jane Hassiter für dasselbe Zimmer zur gleichen Zeit.«

Cecily sank im Sessel zurück. »Gib jemandem ein anderes Zimmer.«

Er öffnete das Reservierungsbuch und Cecily starrte darauf. Der ganze Monat war mit neongrünem Textmarker hervorgehoben.

»Wir sind ausgebucht«, verkündete er.

So kam es, dass Mrs Jane Hassiter während der Hitzewelle in Cecilys Elternhaus logierte. Zunächst riefen Cecily und ihr Vater jedoch bei allen Pensionen und Fremdenzimmern aus dem Telefonbuch an. Keine freien Zimmer. Es war auf der Insel nicht einmal mehr ein

Platz für eine Einzelperson, eine einsame Witwe, zu bekommen. So beschrieb Cecilys Mutter Mrs Hassiter, als einsame Witwe. Cecilys Vater hoffte inständig auf Stornierung, aber es kam keine. Ihre Mutter versuchte, ihn zu beruhigen.

»Mrs Hassiter kann bei uns wohnen. Wir haben das besondere Zimmer, vergiss das nicht.«

»Das besondere Zimmer« befand sich vorn im ersten Stock des Hauses und hatte ein Fenster zum Parkplatz am Strand. Es hatte sogar ein eigenes Badezimmer. Aber in den achtzehn Jahren, die Cecily auf der Welt war, hatte nie jemand in dem Zimmer gewohnt. Es war als Schlafzimmer für Cecilys toten Bruder W. T. gedacht gewesen, aber er hatte nie darin geschlafen, denn er war ja nicht aus dem Krankenhaus nach Hause gekommen. Er war eine Totgeburt. Cecilys Eltern beließen das Zimmer jedoch für das Geisterbaby, ihren toten Sohn.

»Ich halte das für keine gute Idee«, sagte Bill.

Cecily verdrehte die Augen. Bei ihren Eltern wusste man entsetzlich genau, wie sie reagierten.

»*Du* hast das Zimmer zweimal reserviert, Bill«, entgegnete Therese. »Mrs Hassiter ist bereits unterwegs. Es gibt kein freies Zimmer auf der Insel. Wir haben keine Wahl. Wir haben einen Fehler gemacht und müssen dafür geradestehen.«

»Es wird alles gut gehen, Dad«, sagte Cecily. Beide Eltern sahen sie an, als hätte sie Portugiesisch gesprochen. Das waren die nettesten Worte, die sie seit dem Vierten Juli geäußert hatte.

Bill atmete aus. Seine Schultern entspannten sich. »Ich hoffe, du hast Recht.«

Cecily stand an der Rezeption und unterhielt sich mit Love, als Jane Hassiter ins Foyer kam. Hotelgäste waren eine bunte Mischung von Menschen, aber eines hatten sie gemeinsam – sie wirkten alle reich. Ihre Armbanduhren verrieten sie, ihre italienischen Schuhe, ihre Haarschnitte. Selten betrat jemand das Foyer, der wie Jane Hassiter aussah.

Es war schrecklich, das sagen zu müssen – entsetzlich, furchtbar –, aber Mrs Hassiter erinnerte Cecily sofort an die Frau, die die Zimmer in Middlesex sauber machte. Mrs Hassiter betrat das Foyer auf die gleiche Art, wie diese Frau in den Studentenzimmern herumschlich – als gehörte sie nicht an einen so feinen und hübschen Ort. Und dann, als Mrs Hassiter näher kam, konzentrierte sich Cecily fest auf sie, die stahlgrauen, von Nadeln gehaltenen Kringellöckchen, ihre wässerig blauen Augen, und heiße Angst erfüllte sie. Mrs Hassiter war tatsächlich die Frau, die in Middlesex sauber machte. Sie war die Haushälterin, die Aufseherin, direkt hier im Foyer des Hotels. Jane – ja, ihr Name war Jane. Cecily hatte gesagt: »Guten Morgen, Jane«, wenn sie die Flure mit ihrem breiten Besen kehrte, und »Danke, Jane«, wenn sie das Badezimmer sauber machte und den Müll ausleerte. Die Mädchen in Cecilys Flur kaufen Jane jedes Jahr ein Weihnachtsgeschenk – einen Seidenblumenstrauß oder ein Abonnement für *Reader's Digest*. Cecily erschauderte trotz der Hitze. In der letzten Schulwoche hatte Jane die Tür zu Cecilys Zimmer mit ihrem großen Schlüsselring aufgeschlossen und hatte Cecily und Gabriel erwischt, wie sie sich liebten. Cecily saß auf Gabriels Schoß, ihm zugewandt, ihre Beine um seinen Rücken geschlungen, und er bewegte sie auf seinem wundervollen Geschlecht auf und ab. Eigentlich sollten sie beim Frühstück sein, aber sie hatten es ausfallen lassen, damit sie sich noch einmal lieben konnten. Cecily hörte das Klimpern von Janes Schlüsseln, und bevor sie reagieren konnte, trat Jane ein und glotzte sie an. Cecily zog Gabriels Gesicht an ihre Brust, als wäre er ein Kind, das beschützt werden musste, und schrie: »Raus hier! Raus hier, Jane!«

Was hatte Jane nur gedacht? Sie wirkte verletzt, erinnerte sich Cecily. Sie sagte sanft: »Es tut mir Leid, sehr Leid«, und schloss die Tür.

Cecily löste sich von Gabriel und weinte. Sie weinte, weil Gabriel nach Brasilien abfuhr und eine ihrer letzten Gelegenheiten, sich zu lieben, verdorben wurde. Sie weinte, weil jetzt die Gefahr bestand, dass sie, unmittelbar vor dem Abschluss rausgeworfen wurden. Und sie weinte, weil sie Jane angeschrien, erschreckt und verletzt hatte. Niemand schrie Jane an. Niemand außer Cecily.

Jane meldete sie nicht. Natürlich nicht, sagte Gabriel, wer war sie denn schon? Eine alte Frau, die hinter einer Horde Teenagern herräumte. Cecily verdrängte den Zwischenfall und konzentrierte sich auf die Wodkapartys, die Abschlussfeier und darauf, ein Album für Gabriel zu gestalten. Sie senkte den Blick, wenn sie im Flur an Jane vorüberging. Es war der schlimmste Zufall der Welt, dass Jane, die Putzfrau, die Cecily niemals wiederzusehen gehofft hatte, der einzige Gast in der Geschichte des Hotels war, der jemals in Cecilys Elternhaus wohnen würde. Cecily dachte flüchtig daran, sich im rückwärtigen Büro zu verstecken. Aber das wäre das Verhalten der alten Cecily. Die neue Cecily, die nach Südamerika wollte, stellte sich einem Missgeschick, wenn es eintraf.

Jane trug eine karierte Bluse, einen blauen Jeans-Overall, der an den Knöcheln umgeschlagen war, und glänzende AirMax-Laufschuhe. Sie kam mit gesenktem Kopf heran und erlaubte sich nur hin und wieder einen flüchtigen Blick auf einen Quilt oder ein Gemälde, wobei sie leise seufzte. Sie wirkte so schrecklich fehl am Platz, dass Cecily sich am liebsten hundertmal entschuldigt hätte.

Vance kam mit zwei braunen Papiertüten, wie man sie auch im *Stop & Shop* benutzte, hinter Jane heran. Er stellte die Tüten an der Rezeption ab, praktisch vor Cecilys Füße. *Das sind ihre Tüten*, dachte Cecily. *Das ist ihr Gepäck.* Sie hätte am liebsten geweint. Gelegentlich hatte sie im Laufe der Jahre Menschen wie Jane Hassiter erlebt, aber bisher war Cecily zu jung gewesen, als dass es sie gekümmert oder dass sie verstanden hätte: Es waren Leute, die ihr ganzes Leben lang sparten, um es sich nur einmal gut gehen zu lassen.

»Ich bin Jane Hassiter«, sagte sie zu Love. »Ich habe ein Zimmer reservieren lassen.« Es war Janes Stimme. *Es tut mir Leid. So Leid.*

»In der Tat, Mrs Hassiter«, entgegnete Love. Sie wünschten ein Zimmer mit Seitenveranda, aber ich darf Sie mit Freuden darüber informieren, dass Ihnen ein besseres Zimmer zugewiesen wurde, ohne zusätzliche Kosten. Sie werden in der Suite des Besitzers wohnen.«

»In der Suite des Besitzers?«, fragte Jane. Sie schaute auf ihre Schuhe. »Das ist wunderbar!«

»Vance wird Sie hinbringen.«

»Ich mache das«, fuhr Cecily dazwischen.

»Okay, Mrs Hassiter. Cecily, die Tochter des Besitzers, wird Sie zu Ihrem Zimmer bringen.«

Jane hob den Kopf und sah Cecily an. Cecilys Wangen brannten. Jane lächelte schüchtern. »Nett, Sie kennen zu lernen, Cecily.« Sie verstellte sich. Cecily war erleichtert wie enttäuscht. Während der letzten fünf Minuten war Cecilys Schuldgefühl angewachsen wie eine Blase, die mit scharfen, anklagenden Worten zum

Platzen gebracht werden musste. *Du kleine Schlampe! Du undankbares, verdorbenes Kind!*

Als Cecily ihre Stimme wiederfand, klang sie sehr kleinlaut. »Willkommen auf Nantucket!«

»Danke«, erwiderte Jane. »Gehört dieses Hotel hier Ihnen? Sie glückliches Mädchen!«

Cecily hätte das Gelände in diesem Augenblick mit Freuden Jane überschrieben. Ich will es nicht. Ich will es ganz und gar nicht. »Es gehört meinen Eltern.« Sie nahm die Papiertüten auf und erlaubte sich einen flüchtigen Blick auf den Inhalt. Eine Tüte enthielt Kleidung und die andere enthielt eine zweite Papiertüte, die oben zusammengedrückt war. Cecily ging langsam durch die Eingangshalle, damit Jane es genießen konnte. Es gab hier eine Klimaanlage, aber vom Asphalt draußen auf dem Parkplatz stiegen Hitzewellen auf. Es war wie in einem Backofen. Sie ging durch die Türen voran. »Sie wohnen in dem großen Haus dort drüben.«

»Verzeihen Sie, wenn ich frage, aber womit habe ich das verdient? Die Suite des Besitzers, mein Gott!«

»Es hat sich einfach so ergeben«, antwortete Cecily. Ihr Vater stand am oberen Fenster und beobachtete, wie sie durch die Hitzewogen aufs Haus zuschwammen. Ein paar Stunden vorher hatte er Janes Reservierungsbestätigung laut vorgelesen. »›Wir freuen uns darauf, Sie bei uns begrüßen zu dürfen.‹ Ha! Wir wussten kaum, was wir damit gemeint haben.«

Cecily betrat das besondere Zimmer nicht sehr oft. Es gehörten nur ein Doppelbett, eine leere Frisierkommode und ein normales Badezimmer dazu. Als Cecily schwungvoll die Tür öffnete, sah sie, dass ihre Mutter es für Jane hergerichtet hatte – ein Quilt auf dem Bett, zwei von diesen idiotischen Miniaturfahrrädern auf der Frisierkommode, frische Blumen und eine Schachtel

Pralinen, die inzwischen wahrscheinlich alle miteinander verschmolzen waren. Im leeren Schrank hing ein flauschiger weißer Bademantel.

Cecily schloss die Tür, für den Fall, dass ihr Vater zufällig herunterkommen würde. Jetzt wo sie allein waren, wollte Cecily etwas loswerden, sonst würde sie bald platzen.

»Das ist einfach wunderbar!«, rief Jane aus. »Wunderbar! Ich kann mein Glück kaum fassen.«

»Jane«, hob Cecily an, »Mrs Hassiter, Jane ...«

Es klopfte an der Tür und Therese trat ein.

»Hallo, Mrs Hassiter, willkommen.«

Jane und Therese schüttelten sich die Hand. »Danke. Dieses Zimmer ist so vornehm.«

»Ich bin froh, dass es Ihnen gefällt«, entgegnete Therese.

»Es ist das Zimmer meines toten Bruders«, erklärte Cecily. Sowohl ihre Mutter als auch Jane sahen sie an. Sie wäre am liebsten im Boden versunken. Warum hatte sie das gesagt?

»Cecily!«, mahnte Therese.

»Ihres toten Bruders?«, fragte Jane. »Es tut mir Leid, das zu hören.«

Therese räusperte sich. »Geh und such deinen Vater. Geh jetzt, ich werde mit Mrs Hassiter sprechen.«

Cecily stapfte die Treppe hinauf, wo ihr Vater an dem Fenster stand, das zur Bucht hinausging, und Mitglieder des Beach Club beobachtete, die mit ihren Range Rovern auf den Parkplatz einbogen und Strandtaschen, Eimer, Schaufeln und Picknickkörbe ausluden.

»Ich denke, wir sollten Mrs Hassiter umsonst wohnen lassen«, schlug Cecily vor. »Sie ist nicht einmal im eigentlichen Hotel untergebracht. Und das Zimmer liegt nicht am Strand.«

»Hat sie sich beschwert?«, fragte Bill.

»Nein, sie ist glücklich. Aber du kannst ihr nichts berechnen. Das wäre nicht fair.« Cecily senkte ihre Stimme. »Außerdem glaube ich nicht, dass sie viel Geld hat.«

»Wir haben fünfzig Prozent Anzahlung. Ich würde es gern dabei belassen.«

»Nein«, widersprach Cecily. »Du solltest ihr alles zurückgeben.«

»Würdest du das tun, wenn du das Hotel leiten würdest?«, fragte Bill.

Offensichtlich eine Falle. Cecily rümpfte die Nase. »Ich sage nur, was ich denke, was du tun solltest, als anständiger Mensch.«

»Als anständiger Mensch, hm?«, entgegnete ihr Vater. Er blickte wieder aus dem Fenster. »Ich kann nicht fassen, dass es so heiß ist. Es kommt an nichts heran, was ich bisher erlebt habe.«

»Dad?«

»Okay, wir werden ihr nichts berechnen. Wir werden einfach so tun, als wäre sie eine alte Freundin.«

Cecily versuchte, einen Moment mit Jane allein zu sein – um sich zu entschuldigen und ihr das zu präsentieren – ihren kostenlosen Aufenthalt im Beach Club. Aber Jane kam nicht aus ihrem Zimmer, und Cecily war zu schüchtern, um anzuklopfen. Jeden Tag verbrachte Cecily eine Stunde am Strand im Gespräch mit Major Crawley, den Hayes und Mrs Papale, die sich allmählich in ein Brathähnchen verwandelte. Dabei behielt sie die Eingangstür ihres Elternhauses im Auge, um zu sehen, wenn Jane herauskäme, aber sie tauchte nicht auf. Vielleicht hatte sie keinen Badeanzug mitgebracht. Cecily verfluchte ihr Schuldgefühl, die schlimmste aller

Empfindungen, schlimmer als Hass und Liebeskummer zusammen. Sie empfand nicht nur Schuld darüber, dass sie Jane angeschrien hatte und Sex mit Gabriel gehabt hatte, obwohl sie im Speisesaal hätte sein sollen, sondern fühlte sich jetzt auch noch schuldig, dass sie Jane erzählt hatte, sie wohne im Zimmer eines toten Jungen. Es entsprach genau genommen nicht einmal der Wahrheit.

Um elf Uhr an diesem Abend, der üblichen Zeit, in der Cecily Gabriel anrief, widerstand sie der Versuchung, den Hörer abzunehmen. Sie lag schon seit zwei Stunden auf ihrem Bett und lauschte auf jegliche Regung in Janes Zimmer. Sie hörte das Wasser (beim Duschen), das Wasser (beim Zähneputzen) und zweimal die Toilettenspülung. Alle fünfzehn Minuten schaute Cecily den Flur hinab, um zu sehen, ob bei Jane das Licht noch brannte. Wenn es um Mitternacht immer noch brannte, würde Cecily dort hinübergehen. Sie konnte mit diesem Schuldgefühl, das ihr wie ein Mühlstein im Nacken hing, unmöglich schlafen. Cecily ließ diesen schrecklichen Moment in ihrem Zimmer in Middlesex in Gedanken immer wieder ablaufen und wünschte, sie könnte den Ausgang irgendwie ändern, ihn so ändern, dass nicht Jane sie während des Frühstücks beim Vögeln erwischt hätte, ihn so ändern, dass Cecily zumindest nicht *Raus hier!* geschrien und nicht Janes Namen benutzt hätte: *Raus hier, Jane!*

Und dann hörte Cecily schließlich, wie sich Janes Tür öffnete, und sie hörte Schritte im Flur. Cecily sprang vom Bett und öffnete ihre Schlafzimmertür. Jane stand in einem hochgeschlossenen Nachthemd vor ihr.

»Ich glaube, Ihr Bruder versucht, Kontakt mit mir aufzunehmen«, sagte sie.

»Wie bitte?«, fragte Cecily.

»Er versucht, Kontakt mit mir aufzunehmen. Er macht Lärm.« Cecily folgte Jane den Flur hinunter in das besondere Zimmer. Tatsächlich war ein leichtes Klopfen am Fenster zu hören. »Schalten Sie das Licht aus«, sagte Cecily. Sie trat zum Fenster und spähte in die Dunkelheit hinaus, um zu sehen, ob der Wind einen Zweig gegen die Scheibe schlug. Aber da war kein Wind. Die amerikanische Flagge hing im Scheinwerferlicht schlaff und kraftlos herab. Draußen war niemand, und doch hörte Cecily das Klopfen, so sanft, so schwach, dass sie sich gewaltsam von der Vorstellung einer Babyfaust von der Größe eines Eis lösen musste, die ans Glas klopfte und Einlass forderte. »Ich muss hier raus.«

»In diesem Zimmer spukt es«, bemerkte Jane.

Cecily setzte sich auf die Kante von Janes Bett. »Es könnte sein. Hier drinnen hat nie zuvor jemand geschlafen.«

»Warum ich?«

»Mein Vater hat zweimal reserviert«, gestand Cecily. Sie vergaß das geisterhafte Klopfen und wurde aufgeregt, weil sie endlich die Chance bekam, sich bei Jane zu entschuldigen. »Hören Sie, ich weiß, dass Sie mich erkannt haben. Cecily Elliott, Zimmer 217, Darwin House. Sie haben mich und meinen Freund gesehen … Und ich habe Sie angeschrien, obwohl ich das nicht hätte tun sollen. Ich fühle mich schrecklich deswegen, aber ich liebe ihn so sehr. Es ist die Art Liebe, die praktisch bei jedem Atemzug wehtut, weil er in Südamerika lebt, und ich habe mein Geld gespart, um ihn zu besuchen.«

»Ich kenne Sie, Sie sind jemand, den man nur schwer vergisst. Und Ihr Freund, so gut aussehend!«

»Ja«, bestätigte Cecily. Die Sehnsucht nach Gabriel

stieg ihr in die Kehle wie ein Lied, das sie nicht singen konnte. »Wie dem auch sei, ich wollte, dass Sie wissen, dass es mir Leid tut. Außerdem habe ich mit meinem Vater gesprochen und er wird Ihnen für das Zimmer nichts berechnen.«

»Oh, bitte, meine Liebe«, stammelte Jane. »Ich möchte, dass er mir etwas berechnet.«

»Was?«

Das Klopfen begann erneut, und Cecily fragte sich, ob es alles einfach nur ein sonderbarer Traum war oder ein Trugbild, von der unaufhörlichen Hitze heraufbeschworen.

»Ich möchte, dass er mir etwas berechnet«, insistierte Jane. »Ich muss mein Geld loswerden.« Sie öffnete die oberste Schublade der Frisierkommode und nahm die oben zusammengedrückte Papiertüte heraus. Sie schüttete den Inhalt aufs Bett.

Geld fiel aus der Tüte, Geld, wie es in Filmen auftauchte, in sauberen Stapeln in der Größe von Ziegelsteinen. Cecily keuchte: Hunderter und Fünfziger und Zwanziger.

»Woher haben Sie das Geld?«, fragte sie. Sie hätte Jane beinahe gefragt: *Haben Sie es gestohlen?* Jane, die Haushälterin, war ekelhaft reich.

»Es war das Geld meines Ehemannes. Er besaß in Lawrence Mietshäuser, und das da sind zwanzig Jahre Miete. Mein Sohn sollte es bekommen, aber er hat sich geweigert, es anzunehmen. Mein Sohn dachte, Jerry hätte Vorurteile, weil er nicht an Schwarze oder Puerto-Ricaner vermietete.«

»*Hatte* er Vorurteile?«, fragte Cecily.

»Ja«, antwortete Jane traurig. »Jemand mit dunkler Haut, wie Ihr Freund, hätte bei Jerry keine Wohnung bekommen.«

»Das ist wirklich beschissen. Ich habe diesen Sommer einer Frau Bescheid gestoßen, weil sie keine Schwarzen am Strand haben wollte.«

Jane wrang ihre runzligen Hände. »Ich kann nicht entschuldigen, was Jerry getan hat. Aber ich möchte nicht, dass das Geld vergeudet wird.«

»Warum sind Sie hierher gekommen?«, fragte Cecily. »Warum haben Sie sich unser Hotel ausgesucht?«

»Ich habe dies gefunden«, erwiderte Jane. Sie öffnete die zweite Schublade, in die sie ihre Kleidung gelegt hatte, und zog ein Prospekt des Nantucket Beach Club and Hotel mit dem Bild des Pavillons und der fünf blauen Sitzmöbel hervor und reichte ihn Cecily. »Ich habe den Prospekt gefunden, als ich die Abschlussreinigung in der Schule gemacht habe.«

»Haben Sie ihn in meinem Zimmer gefunden?«, fragte Cecily.

»Dort muss es gewesen sein«, antwortete Jane. »Ich war mir ziemlich sicher, dass ich hier jemanden erkennen würde, aber ich wusste nicht, dass Sie es wären.« Jane tätschelte Cecilys Hand. »Ich bin froh, dass Sie es sind.«

»Ich auch.«

»Wie viel Geld brauchen Sie, um Ihren jungen Mann zu besuchen?«, fragte Jane.

»Fünfhundert Dollar.«

Jane zählte zehn Fünfziger ab und drückte sie Cecily in die Hand. »Da«, sagte sie, »ein kleines Abschlussgeschenk von der alten Jane.«

Es klopfte erneut. Cecily schloss die Augen und lauschte. Vielleicht war es gar nicht W. T. Vielleicht klopfte Gabriel und winkte ihr von weit her zu.

»Ich kann das nicht annehmen. Ich möchte es wirklich gern, aber ich kann nicht.«

Jane runzelte die Stirn. »Also empfinden Sie wie mein Sohn, ja? Sie wollen das Geld nicht annehmen, weil es mit einem Makel behaftet ist?«

»Gewissermaßen, ja.« Cecily dachte an Mrs John Higgens und ließ die Banknoten wieder aufs Bett flattern.

Jane trat wieder zur Frisierkommode und nahm ihre Brieftasche hervor. »Ich habe hier vierhundertsechsundachtzig Dollar von meinem letzten Gehaltsscheck in Middlesex«, sagte sie. »Werden Sie die annehmen?«

Janes Gehaltsscheck, den sie sich verdient hatte, indem sie hinter Cecily und ihren Klassenkameraden hergeräumt hatte? Es schien auch bei diesem Geld merkwürdig, es anzunehmen, aber es wäre zumindest nicht unethisch. Cecily könnte gleich morgen früh nach New York fliegen, und sie wäre schon auf dem Weg nach Rio, bevor ihre Eltern auch nur bemerkten, dass sie fort war. Es war verführerisch und entschieden Furcht erregend. Fürchterlich! Sie konnte es nicht. Aber dann dachte Cecily an Gabriel, wie er ihr Gesicht umschloss, wenn er sie küsste, wie sich langsam ein Lächeln auf seinem Gesicht ausbreitete wie ein Sonnenaufgang.

»Danke, Jane.«

»Wohin wollen Sie noch mal?«, fragte Jane.

»Nach Rio de Janeiro.«

Und mit diesen Worten war sie frei.

Therese wusste, in welcher Sekunde der kleine Junge in ihr gestorben war, und sie wusste, dass Cecily fort war, sobald ihre Füße an diesem Morgen den Boden berührten. Das Haus klang hohl unter ihren Füßen. Es klang wie ein Haus ohne Kinder. Sie erlaubte sich jedoch nicht, in Panik zu geraten, bis sie in Cecilys Schlafzimmer nachgesehen hätte, denn bei dieser Hitze konnten sich ihre Instinkte irren. Therese schlich auf Zehenspitzen die Treppe hinunter, um Mrs Hassiter, ihren Gast, nicht aufzuwecken. Sie klopfte leise an Cecilys Tür und sagte: »Liebling, bist du da drinnen?«

Keine Antwort, aber das bedeutete nichts. Cecily schlief wahrscheinlich noch. Sie musste erst um zehn Uhr am Strand sein.

Therese befand sich auf halbem Weg die Treppe hinauf, als sie ihr Abbild im Spiegel sah. *Du machst dir was vor*, sagte ihr Abbild. Sie marschierte zu Cecilys Zimmer zurück und öffnete die Tür.

Cecilys Bett war gemacht, das Zimmer ordentlich und sauber. Es war ein Traumzimmer für einen Teenager: ein großes Bett, Fernseher, Stereoanlage und eingebaute Bücherregale, auf denen Cecilys Schulbücher und ihre Hockey-Trophäen standen. Es gab einen spartanischen Schreibtisch, nach Cecilys Angaben gebaut: eine alte Hoteltür auf zwei Aktenschränken. Über Cecilys Bett hing ein gerahmtes Schwarz-Weiß-Foto vom Beach Club von etwa 1928. Auf dem Nachttisch lag ein Briefumschlag vom Hotel wie diejenigen, in denen Gäste Trinkgelder für die Zimmermädchen hinterließen. Auf der Vorderseite stand in Cecilys jugendlicher Handschrift: »Mom und Dad«.

Therese setzte sich auf Cecilys Bett, nahm den Umschlag hoch und hielt ihn auf dem Schoß. Ihre Hände zitterten.

Therese wusste, wie es ist, davonzulaufen. Sie hatte an ihrem achtzehnten Geburtstag praktisch dasselbe gemacht, als sie die Long Island Railroad von Bilbo zur Grand Central Station nahm, den Armeerucksack ihres Vaters aus dem Zweiten Weltkrieg über die Schulter geworfen. Sie war erst sechzehn Meilen von zu Hause fort, aber es hätte genauso gut ein anderer Kontinent sein können – sie hatte ihre wohl geordnete Nachbarschaft zugunsten von Manhattan verlassen. Sie würde es Bill gegenüber nie zugeben, aber sie verstand, warum Cecily mehr wollte. Cecily war die Tochter ihrer Mutter. Vor vierzig Jahren hatte sich Therese auf die Suche nach Schönheit begeben und hatte die Liebe gefunden. Cecily war jetzt auf der Suche nach Liebe – vielleicht hätte sie das Glück, die Schönheit zu finden, wenn sie nicht umgebracht würde, im Gefängnis endete oder sich irgendeine entsetzliche Krankheit zuzog.

Therese öffnete den Umschlag.

Liebe Mom und lieber Dad,
bestimmt seid ihr beide so sauer wie nie zuvor, und es tut mir Leid. Ihr seid wunderbare Eltern, und ich verstehe, warum ihr mich nicht gehen lassen wolltet. Aber ich musste meinem Gefühl nachgeben, weil es das beste Gefühl ist, was ich jemals hatte. Ihr beide liebt einander, darum stellt euch das Leben vor, wie es ohne diese Liebe wäre, dann werdet ihr verstehen, warum ich gegangen bin. Ich werde anrufen, um euch wissen zu lassen, dass es mir gut geht, aber sucht mich nicht, denn es wäre eine unmögliche Suche. Ich liebe euch beide, und ich bin sicher, ihr glaubt, es fiele mir leicht zu gehen, aber glaubt mir, so ist es nicht.

In Liebe, Cecily

Therese suchte Cecilys Bücherregale nach ihrem Jahrbuch ab, und als sie es herausnahm, öffnete es sich genau an der Stelle, wo Gabriels Bild war. Gabriel da Silva: Er stand unter S. Therese betrachtete sein Bild mit einem misstönenden, schrillen Laut in den Ohren, wie wenn sich etwas im Staubsauger verfängt. Gabriel sah erstaunlich gut aus. Gebräunte Haut, schwarzes Haar, ein Diamant im linken Ohr. Vollkommen regelmäßige weiße Zähne und ein Lächeln, zum Dahinschmelzen. Er hatte etwas neben sein Bild geschrieben – etwas in einer anderen Sprache, Portugiesisch? – und dann: »Ich liebe jeden Zentimeter an dir. Gabriel da Silva.« Therese starrte auf die Worte. Ich liebe jeden Zentimeter an dir. Die Worte eines Liebhabers, die Therese zwangen, sich die geheimen, sanften Zentimeter Cecilys vorzustellen, die Gabriel liebte. Aber dann, nach dieser Vertrautheit, unterzeichnete er mit vollem Namen. Therese ließ das Buch geöffnet und fügte Worte und Bild zusammen. *Ich liebe jeden Zentimeter an dir. Gabriel da Silva.*

Therese sagte Bill nicht, wohin sie ging – er frühstückte gerade in der Küche. Sie verließ das Haus winkend und sagte: »Ich muss rasch eine Besorgung machen. Bin bald zurück.« Mrs Hassiter hatte sich noch nicht geregt und Therese war erleichtert darüber. Ihr war nicht danach, jetzt schon Erklärungen abzugeben.

Die Luft draußen war vollkommen drückend. Therese schaltete in ihrem Wagen die Klimaanlage ein und öffnete auf dem Weg zum Flughafen alle Fenster. Sie konnte sich nicht erinnern, wann sie das Gelände zuletzt an einem Sommermorgen verlassen hatte. Ihre erste Sorge galt stets den Zimmern, den Zimmermädchen und Gästen mit drängenderen Problemen als ihren eigenen. Aber nun genoss Therese den Morgen, auch wenn es heiß war, die Rasenflächen braun wurden und die Hortensien vollkommen vertrocknet waren. Es war schön, dem Gelände entflohen zu sein. Eine einsame, schweißtropfende Joggerin trottete die North Beach Road hinab. Es war Maribel. Therese hätte am liebsten angehalten und gefragt: »Haben Sie Cecily gesehen?«, aber sie klappte den Sonnenschutz herunter und beschleunigte.

Am Flughafen suchte Therese Cecily in der Damentoilette, im Geschenkeladen und im Restaurant. Sie war nicht da. Dann fragte Therese bei den örtlichen Transportunternehmen nach. Als sie bei Colgan fragte: »Waren heute Morgen irgendwelche jungen Rotschöpfe auf einem Flug nach New York?«, rief die dreiste Bedienstete: »Sie *müssen* die Mutter sein. Sie beide sehen sich ähnlich wie eineiige Zwillinge! Ich meine, Sie haben dasselbe Haar. Das erzählen Ihnen die Leute vermutlich ständig.«

»Also hat sie ihr Flugzeug bekommen?«, fragte Therese. »Gut. Wann ist sie abgeflogen?«

Das Mädchen überprüfte die Tafel hinter sich. »Sie war auf dem ersten Flug. Der um sechs Uhr fünf. Es war früh, ich erinnere mich daran!«

»Und dieser Flug ging nach New York?«

Das Mädchen nickte heftig. »La Guardia. Ich glaube jedoch, sie hatte eine Umbuchung zum JFK.«

»Danke für Ihre Hilfe«, sagte Therese.

»Wohin wollte sie überhaupt?«, fragte das Mädchen. »Was war ihr endgültiges Ziel?«

Ihr endgültiges Ziel? Therese schluckte. »Brasilien.«

Therese bestellte im Restaurant Frühstück. Während sie die Eier aß, überlegte sie, was wohl andere Mütter täten. *Steige ich in ein Flugzeug und folge ihr oder lasse ich sie gehen?* Therese dachte an all die Gäste zurück, die sie bei ihren persönlichen Problemen beraten hatte, Gäste wie Leo Hearn. *Nein, Leo*, dachte sie, *es gibt kein Handbuch für Eltern. Ich habe mir alles selbst ausgedacht.* Sie biss eine Ecke von ihrem Toast ab und sah Cecily mit eineinhalb Jahren vor sich, wie sie allein durch den Sand watschelte und vornüber auf die Hände fiel. Cecily mit dreizehn, in der Nacht, als sie zum ersten Mal geküsst hatte und zu Therese ins Bett stieg, um ihr alles darüber zu erzählen. Sie waren sich so nahe, eineiige Zwillinge, Muttertochter. Und doch lag innerhalb nur weniger Stunden so viel Entfernung zwischen ihnen. Wo war Cecily? In einem anderen Land. Sie schlief mit dem dunklen Prinz.

Vor dem Fenster machte sich ein kleines Propellerflugzeug zum Abflug bereit. Die Propeller drehten sich, das Flugzeug ruckte, rollte dann vorwärts und nahm Geschwindigkeit auf, bis es einfach die Nase hob und immer weiter emporstrebte. Es gab unzählige Metaphern für Kindheit, und hier, unmittelbar vor dem Fenster, sah sie eine. Was konnte Therese anderes tun, als hoffen, dass Cecily irgendwo emporstrebte?

»Willst du mich veralbern?«, brüllte Bill. Sie befanden sich oben im Wohnzimmer, und soweit Therese wusste, hatte sich Mrs Hassiter noch immer nicht geregt. Bill wedelte mit dem Brief herum. Sein Gesicht war knallrot und sein Haar changierte von Silber zu Weiß. Er alterte vor ihren Augen.

»Dein Herz, Bill, bitte! Ich kann dich nicht auch noch verlieren.«

»Warum wirkst du so ruhig?«, fragte er. Misstrauen überzog sein Gesicht. »Du wusstest es, oder? Sie ist deine Tochter, Therese. Sie war schon immer deine Tochter. Sie hat sich dir anvertraut und du hast sie gehen lassen.«

»Das stimmt nicht«, entgegnete Therese. Aber sie fühlte sich außergewöhnlich ruhig, so als hätte jemand sie unter Drogen gesetzt. *Ich liebe jeden Zentimeter an dir.* Therese hatte niemals Geheimnisse vor Bill, aber das Jahrbuch zeigte sie ihm nicht. »Ich hatte keine Ahnung! Ich bin gerade zum Flughafen gefahren, um zu sehen, ob ich sie noch einholen könnte.«

Bill schaute auf seine Armbanduhr. »Wir fahren sofort wieder hin. Sie kann New York noch keinesfalls verlassen haben. Internationale Flüge gehen nachts. Wir haben den ganzen Tag Zeit, den Flughafen auf den Kopf zu stellen.«

»Du denkst an West-Ost-Flüge«, wandte Therese ein. »Die gehen abends. Nord-Süd-Flüge gehen morgens.« Sie hatte keine Ahnung, ob das stimmte. Sie wusste nicht einmal, wie sie auf diesen Gedanken gekommen war.

»Wir fahren trotzdem. Wir wären verantwortungslose Eltern, wenn wir es nicht tun. Ich bin sicher, sie will, dass wir ihr folgen.«

»Bill, komm her und setz dich.« Therese führte ihn zur Couch, und er setzte sich verzagt hin, die Hände im Schoß. Dann sprang er in einem plötzlichen Ausbruch von Energie wieder auf.

»Wir haben keine Zeit, uns hinzusetzen!«, rief er.

»Wir fliegen nicht nach New York.«

»Cecily *erwartet* uns«, mahnte Bill. »Wahrscheinlich zögert sie am Flugsteig und wartet darauf, dass wir die Halle hinabmarschieren. Das kann man ihr mit achtzehn nicht durchgehen lassen!«

»Sie will nur einen Menschen sehen«, sagte Therese traurig. »Nicht dich und nicht mich.«

»Ich darf nicht einmal an diesen Jungen *denken*«, stöhnte Bill. »Sonst verliere ich den Verstand.«

»Sie lebt ihr Leben, Bill.«

»Du steckst mit ihr unter einer Decke«, gab er zurück.

»Nein, es ist nur …« Wie sollte man dieses Gefühl erklären? Therese machte sich Sorgen, aber es hatte sie auch erregt, das Bild von Gabriel da Silva zu betrachten. Damit hatte sie nicht gerechnet. Ihre Tochter war lebendig und *lebte*. Als Therese ihr Elternhaus verließ, geschahen wundervolle Dinge. Sie war hier gelandet. »Ich dachte, wenn Cecily ginge, würde ich mich umbringen. Aber ich fühle mich okay. Es ist so, als wäre die Erwartung, dass sie weggeht, zehnmal schlimmer gewesen als ihr tatsächlicher Aufbruch. Sie ist *fort*, Bill. Wir brauchen uns keine Gedanken mehr darum zu machen, wie wir sie hier behalten können. Wir sind in gewisser Weise *befreit*.«

»Du bist verrückt. Cecily ist nicht über Nacht fort, meine Liebe. Sie ist nicht ins College gefahren oder an einen anderen relativ sicheren Ort, wo wir sie erreichen können. Sie ist nach *Brasilien* geflogen, um mit einem Jungen zu schlafen, den wir noch nie gesehen haben.«

»Ich wollte vermutlich sagen, ich weiß, dass sie wiederkommt«, erklärte Therese. »Anders als W. T. kommt Cecily wieder.«

Bill sank auf dem Sofa in sich zusammen. »O Gott«, stieß er hervor. Therese hörte leise Schritte auf der Treppe und dann platzte Mrs Hassiter ins Wohnzimmer. Sie sah Therese erwartungsvoll an.

»Frühstück gibt es in dem Hotelfoyer, Mrs Hassiter«, sagte Therese. »Auf unsere Empfehlung. Gehen Sie nur hinüber und bedienen Sie sich.«

»Ich habe bereits gefrühstückt«, entgegnete Mrs Hassiter. »Ich möchte über etwas anderes mit Ihnen sprechen.«

Also hatte sie sie belauscht. »Wir haben ein kleines Familienproblem«, gestand Therese. »Dadurch geht es im Moment ein wenig hektisch zu. Verzeihen Sie.«

»Ich verstehe.« Mrs Hassiter betrachtete ihre Hände. »Ich verstehe, weil ich selbst ein Kind habe.«

Therese verspürte ein seltsames Ziehen im Magen. »Haben Sie meine Tochter heute Morgen getroffen, Mrs Hassiter? Haben Sie sie gestern Abend getroffen?«

Mrs Hassiters blassblaue Augen suchten hilflos Thereses Blick und dann Bills. *Oh, lieber Gott*, dachte Therese. *Sie hat irgendwie damit zu tun.* Aber bevor Mrs Hassiter antworten konnte, deutete Bill mit einem Finger auf sie, und seine Stimme klang angespannt und barsch.

»Wissen Sie, wo unsere Tochter ist?«, fragte er. »Wissen Sie es?«

Mrs Hassiter nickte zögerlich. »Ich habe gestern Abend nicht als Elternteil gedacht. Aber die Kinder heute wirken so erwachsen. Viel älter als mein Sohn in diesem Alter.«

»Was haben Sie getan?«, fragte Bill. Therese grub ihre Fingernägel in das weiche Leder der Couch. »Was haben Sie Cecily angetan?«

Mrs Hassiter atmete tief durch. »Ich habe ihr Geld gegeben, damit sie fahren konnte.« Therese spürte, wie all ihre bisherige Ruhe sie verließ, als wiche die Seele aus ihrem Körper. Sie hatte Cecily Geld gegeben! Sie ließen die Frau in ihr Haus, und sie störte das gefährdete Gleichgewicht, das sie so schwer erkämpft hatten. Sie bewegte die Waagschale zu Cecilys Gunsten, und fort war sie nach Brasilien – mit dem Geld einer Fremden in der Tasche.

Bill sprach zuerst. »Sie haben vielleicht Nerven! Es stand Ihnen nicht zu, das zu tun.«

»Ich weiß«, entgegnete Mrs Hassiter. »Das habe ich heute Morgen erkannt. Ich hätte die Dinge einfach auf sich beruhen lassen sollen. Aber ich war voller Stolz.«

»Voller Stolz, Mrs Hassiter? Was soll *das* bedeuten?«

Mrs Hassiter sah beide an und betrachtete dann den übrigen Raum: die Ledercouch, den türkischen Teppich. »Ich bin an der Privatschule Ihrer Tochter Hausmeisterin«, sagte sie. »In Middlesex. Ich mache die

Räume sauber. Das mache ich schon seit einundzwanzig Jahren.«

»Sie kennen Cecily von Middlesex?«, fragte Therese.

»Wir haben uns nicht gut gekannt«, antwortete Mrs Hassiter. »Und ich wusste nicht, dass Ihnen das Hotel gehört. Aber als ich Ihre Tochter hier sah, konnte ich nicht anders. Die Kinder dort haben nie viel von mir gehalten. Sie waren immer höflich, aber sie betrachteten mich eben nur als die Putzfrau. Und sie waren alle so jung, so schön und so reich. Ich wollte beweisen, dass ich noch zu etwas anderem gut bin, als nur die Bettwäsche Ihrer Tochter zu wechseln und die Toiletten zu säubern. Also gab ich ihr vierhundertundsechsundachtzig Dollar. Es war Geld, das ich mir verdient habe.«

»Nun, ich hoffe, Sie sind *glücklich*!«, schrie Bill. »Den wir sitzen hier ohne unsere Tochter. Uns wurden alle Entscheidungen aus der Hand genommen, Mrs Hassiter, vielen Dank!«

»Es tut mir Leid«, entgegnete Mrs Hassiter.

»Das macht verdammt nichts wieder gut!«

»Bill«, sagte Therese. Sie drückte seine Hand. Sie hatte ihn noch nie zuvor so verärgert gesehen. Therese sah Mrs Hassiter an – ihre gebeugten Schultern, ihre hellen Füße, die unpassenderweise in einem Paar bunten Turnschuhen steckten. Der Gedanke daran, dass eine Frau in diesem Alter das Gefühl hatte, Cecily etwas beweisen zu müssen, brach Therese das Herz. Sie bemühte sich, Mrs Hassiter gegenüber nicht zu milde gestimmt zu werden, aber sie konnte nicht anders. Die Frau gab Cecily das Geld und letztendlich beschleunigte sie nur das Unausweichliche. »Es ist nichts falsch daran, Putzfrau zu sein. Ich bin selbst eine. Es ist ein Beruf, den ich respektiere.«

Mrs Hassiter betrachtete erneut ihre Hände, als

schämte sie sich dafür. »Das ist nicht dasselbe. Sie besitzen dieses wundervolle Hotel.«

»Es ist dasselbe«, widersprach Therese. »Eigentlich könnten Sie mir einen Gefallen tun.«

»Was denn?«, fragte Mrs Hassiter.

»Ich könnte Sie heute Morgen zur Beaufsichtigung meiner Zimmermädchen brauchen, während ich meinen Mann zum Essen ausführe. Dann werden Sie sehen, wie ähnlich sich unsere Berufe sind. Und nur damit Sie es wissen – ich würde diese Aufgabe immer nur einer Fachfrau anvertrauen.«

Mrs Hassiter krempelte die Ärmel hoch. »Das würde ich gern tun. Ich gehe sofort.«

Therese schwieg, bis Bill und sie im Wagen saßen und Mrs Hassiter sicher das Foyer erreicht hatte. Therese drehte den Schlüssel im Zündschloss, schaltete die Klimaanlage ein und richtete die Lüftung so aus, dass sie direkt auf sie und Bill blies. »Ich weiß, dass du böse auf mich bist«, sagte sie, als sie rückwärts aus dem Parkplatz fuhr. »Aber ich konnte dieser armen Frau keine Vorwürfe machen.«

»Ich mache der Frau keine Vorwürfe«, entgegnete Bill. »Ich mache mir selbst Vorwürfe, dass ich das Zimmer zweimal reserviert habe. Es hat seinen Grund, warum wir keine Fremden in unserem Haus übernachten lassen, Therese. Sie gehören nicht dorthin.«

»Sei Mrs Hassiter nicht böse.«

»Sie erzählt eine rührselige Geschichte und mehr brauchst du nicht zu hören! Für dich ist sie jetzt eine Heilige und Märtyrerin.«

»Ich habe Mitgefühl mit den Menschen, Bill.«

»Wenn du Mitgefühl mit den Menschen hast, wie wäre es dann, wenn du mit Cecily und mir anfängst?«

»Ihr wart mir immer am wichtigsten«, erwiderte Therese. »Jeden Tag seit dreißig Jahren bist du mir am wichtigsten, und das weißt du.« Sie bog in die Main Street ein, in der reger Verkehr herrschte, und sie war dankbar für die Ablenkung. »Ich kann mich nicht erinnern, wann wir beide zuletzt an einem Sommertag auf der Main Street waren«, bemerkte Therese. Sie deutete auf den Lastwagen der Bartlett Farm, dessen unterteilte Ladefläche überfüllt war mit roten und gelben Tomaten, Zucchini und Kürbissen, Gartenbohnen, Kopfsalat und einem bunten Angebot an Blumen, die trotz der Hitze blühten.

»Es war für mich kein reicher Sommer«, sagte Bill. »Zuerst verliere ich Mack und dann mein eigenes Kind.«

Therese umfasste das Steuer mit beiden Händen, als sie über die Pflastersteine holperten. »Sie kommt wieder.«

»Wohin fahren wir?«, fragte Bill. »Wie ich sehe, fährst du nicht zum Flughafen.«

»Nein.«

Sie erreichten den Somerset-Road-Friedhof, und Therese fuhr die sandigen Pfade entlang, bis sie zu W. T.s Grab kamen. Bill stöhnte leise und ließ den Kopf auf den Sitz sinken. »Du willst mich quälen.«

»Nein«, entgegnete sie. »Ich will dich nur daran erinnern, wie sich ein wahrer Verlust anfühlt.«

Sie standen zusammen auf dem Flecken mit trockenem Gras vor dem Grabstein. Therese las die Inschrift laut vor. »W. T. Elliott, geliebter Sohn, 7. April 1970.« Dann begannen sie beide zu weinen, als hätte sie ihnen gerade die Erlaubnis dazu erteilt. Bill zog sein Taschentuch hervor und hielt es sich an die Nase. Sein Körper wurde von Schluchzen geschüttelt. Therese weinte in

Bills Armbeuge. Zwischendrin gewann sie ausreichend Klarheit und fragte sich, wie sie wohl aussahen: zwei Leute mittleren Alters, die in der heißesten Sonne aller Zeiten in der Öffentlichkeit standen und um jemanden weinten, der schon vor so langer Zeit gestorben war, jemand, den sie nie auch nur gekannt hatten.

Kurz darauf ließ Therese Bill los. Sie zupfte den Blusenstoff von ihrem schweißdurchtränkten Körper und schlug mit den Armen, als wäre sie ein Vogel und könnte fliegen. Dann tat sie einen zögernden Schritt auf den Wagen zu. Schweiß rann ihren Rücken hinab, und ihr Sichtfeld verschwamm an den Rändern vor Tränen, vor Kummer und davon, zu lange in der Hitze gestanden zu haben. Sie fragte sich: Würde Cecily *wirklich* zurückkommen? Oder würden sie nur noch auf Friedhöfen weinen müssen? Als niemandes Eltern.

»Weißt du, was ich mir am meisten wünsche?«, fragte Therese.

»Was?«

»Regen.«

In Loves Haus an der Hooper Farm Road war es so heiß, dass sie den Schwangerschaftstest dreimal machen musste. In der Dämmerung pinkelte sie in einen Plastikbecher und bereitete sich darauf vor, den Teststreifen einzutauchen, um zu sehen, ob er sich verfärbte. Der erste Streifen klebte an ihren verschwitzten Fingern wie ein Fliegenfänger, und als sie ihn zu lösen versuchte, riss er entzwei.

»Gut, dass man mehr als eine Chance hat«, sagte Love. Sie führte schon Selbstgespräche, seit sie heute Morgen aufgestanden war. Mit dem zweiten Teststreifen ging sie vorsichtiger um. Er sollte sich rötlich färben (positiv) oder blau (negativ), wenn sie ihn in den Urin tauchte. Aber der zweite Streifen wurde grün, sobald sie ihn aufgenommen hatte. Grün! Sie tauchte ihn behutsam in den Urin und hoffte, die grüne Farbe würde sich auf magische Weise verändern, wie ein Frosch, der sich in einen Prinz verwandelte. Aber nein – es blieb zu ihrer Enttäuschung ein widerliches Grün.

Love schwang sich auf ihr Fahrrad und fuhr zum *Stop & Shop* zurück – dem einzigen Geschäft, das Schwangerschaftstests führte und um halb sieben morgens geöffnet hatte – und nahm einen weiteren Test aus dem Regal. Unglücklicherweise war der einzige Kassierer derselbe junge Mann, der Love schon vor einer Stunde abkassiert hatte, als sie den ersten Test gekauft hatte.

»Das stimmt!«, sagte sie. »Ich brauche noch einen.«

Vielleicht sah der Kassierer sie verständnisvoll an, oder vielleicht machte er ein komisches Gesicht, als wollte er sagen: *Zu viel Information, Madam.* Love konnte ihn nicht ansehen, um es herauszufinden. *Ich könnte schwanger sein!*, hätte sie fast gesagt. Aber das hätte er natürlich bemerkt. Love gelang es, den Mund zu halten, bis sie nochmals achtzehn Dollar bezahlt hatte und aus dem Laden eilte.

Bevor Love den dritten Streifen eintauchte, wusch sie sich die Hände und trocknete sie sorgfältig ab. Dann hielt sie den Streifen mit den Fingernägeln fest, tunkte ihn wie einen Doughnut ein und legte ihn auf die beigefügte Ablage. Nun musste sie warten – fünf Minuten, hieß es in der Gebrauchsanweisung.

Sie musste warten.

Love ging in den Flur und durch die Küche in das kleine, zur Straße gelegene Wohnzimmer. Sie setzte sich auf das schäbige Sofa und starrte auf die kahle Wand vor ihr. Ihre Mitbewohner, Randy und Alison, schliefen noch.

»Ich habe tatsächlich noch nie vorher in diesem Zimmer gesessen«, flüsterte Love. »Wahrscheinlich gut so.« Sie hatten das Zimmer möbliert gemietet – ein hässliches Sofa mit steinharten Kissen, ein geflochtener Teppich, ein nicht funktionierender Fernseher – wie fürs Warten geschaffen. Es war so steril wie ein Wartezimmer beim Arzt – nichts Aufregendes oder Beunruhigendes, perfekt zum Nachdenken.

Loves letzte Periode war ausgeblieben. Zunächst dachte sie, sie sei zu spät dran, was bei ihr normal war, weil sie so viel trainierte. Nach einer Woche wurde die Verspätung zum Ausbleiben. Aber Love wollte sich erst freuen, wenn sie es sicher wusste. Ihre anderen Symptome hätten leicht durch die Hitze bedingt sein können. Sie ging häufiger zur Toilette – aber sie trank auch den ganzen Tag Wasser, um nicht auszutrocknen. Sie fühlte sich schwindelig und müde, aber wem würde das nicht so gehen, wenn er bei 36 Grad und hundert Prozent Luftfeuchtigkeit Rollschuh gelaufen wäre? Sie hatte sich einmal übergeben – aber das war, nachdem sie Sushi gegessen hatte, und bei der Hitze war der Fisch wahrscheinlich verdorben. Love wusste nicht, ob sie schwanger war oder ob sie nur wie alle anderen unter der Hitze litt.

Sie schaute auf ihre Armbanduhr. Vier Minuten, sechsundzwanzig Sekunden. Sie zwang sich aufzustehen.

»Auf Wiedersehen, Wohnzimmer«, sagte sie.

Dann wurde ihr Blick von etwas angezogen. An der Wand hinter dem Sofa hing ein Bild von der Größe einer Baseball-Karte. Love trat näher, um es sich anzusehen und schrak dann zurück. Es war das Foto eines indischen Meisters, eines braunhäutigen Mannes mit einem weißen Turban, die Hände zum Gebet gefaltet, mit einer bösartig aussehenden Schlange um den Hals. Unter dem Bild stand: *»Bete mit Meister Jeff.«*

Meister Jeff? Vielleicht hatten Alison oder Randy das Foto als eine Art Scherz an die Wand gepinnt. Die dunklen Augen des Mannes durchdrangen Love und sie erschauderte. Er machte ihr Angst. Sie nahm das Bild von der Wand und hielt es in Händen. Sie wollte es wegwerfen, aber stattdessen hob Love das Bild vors Gesicht und küsste Meister Jeff genau auf die Lippen. *Du willst, dass ich mit dir bete, und das werde ich. Ich will ein Baby, Meister Jeff. Bitte, ich will ein Baby!* Sie legte das Foto mit der Vorderseite nach unten zu Dosenöffnern und Messlöffeln in eine Küchenschublade und ging dann mutig in ihr Zimmer.

Der Streifen war rötlich. Positiv.

Love nahm die Ablage rasch hoch. Der Streifen war rötlich, kräftig rötlich, die Farbe eines gesunden Körperorgans. Es bestand kein Zweifel. Love war schwanger. Sie wollte schreien und brüllen und tanzen. Sie wollte Randy und Alison wecken und ihnen die gute Nachricht erzählen. Und was könnte eine bessere Nachricht als diese sein: Ein neuer Mensch kam auf die Welt! Ein Ziel war erreicht. Ein Traum wahr geworden. Sie war schwanger!

Dann erfüllte Love nur eine Sekunde lang reines Entsetzen. Was brachte sie zu dem Glauben, sie wäre auch nur im Entferntesten dazu geeignet oder bereit, Mutter zu sein? Sie war vierzig Jahre alt, na und? Man müsste fünfzig oder sechzig sein, um die Kenntnisse zu besitzen, ein anderes menschliches Wesen zu erziehen. Was sie gerade getan hatte, war endgültig. Es gab kein Zurück.

Sie setzte sich auf ihr Bett und dachte an Vance, der dort oft mit ihr geschlafen hatte. Letzte Nacht hatte er es wegen der Hitze abgelehnt. Was sollte sie mit Vance machen? Love ging wieder in die Küche. Sie öffnete die Schublade, in die sie das Foto von Meister Jeff gelegt hatte. Ihre Knie gaben nach und sie atmete scharf ein. Durch die Löcher der Käsereibe sah sie Meister Jeffs eindringliche schwarze Augen. Das Bild lag *mit der Vorderseite nach oben* in der Schublade. Meister Jeff starrte sie an. Love schloss die Schublade. Sie war sicher, dass sie das Bild mit der Vorderseite nach unten in die Schublade gelegt hatte. Love öffnete die Schublade erneut und nahm das Bild heraus. Sie nahm Meister Jeff mit in ihr Schlafzimmer. *Okay, Meister, was soll ich mit Vance machen? Soll ich es ihm sagen oder nicht?* Sie blickte Meister Jeff ins Gesicht und versuchte, die Schlange, die um seinen Hals zusammengerollt war und ihre Giftzähne zeigte, zu ignorieren. Sie schloss die Augen und presste das Bild an ihre Stirn.

Was hoffte sie zu sehen? Vielleicht eine Vision – eine Szene aus der Zukunft, wie einen Filmausschnitt: Love, wie sie die Durant Street in Aspen hinunterging und einen Kinderwagen schob. War Vance mit in dem Bild? Das war es, was sie wissen wollte. Aber da war keine Szene, überhaupt keine Vision. Love hielt das Foto von Meister Jeff vor sich und riss es sauber entzwei, durchtrennte ihn zwischen den Augen.

Vance begegnete Love auf dem Parkplatz des Beach Club, als sie ihr Fahrrad abschloss.

»Wie hast du letzte Nacht geschlafen?«, fragte er. »Ich habe an dich gedacht.«

»Ereignislos«, antwortete Love. »Absolut langweilig. Heiß und langweilig.«

»Ich habe Neuigkeiten«, sagte Vance. »Großartige Neuigkeiten.«

»Großartige Neuigkeiten?« Love hoffte, er würde nicht wieder vorschlagen, nach Colorado zu kommen. Sie hoffte, er würde gar nichts vorschlagen. Sie schloss die Augen, sah aber nichts. »Was denn?«

»Cecily ist fort. Sie ist in ein Flugzeug gestiegen und nach Brasilien geflogen, ohne es einer Menschenseele zu sagen. Bill sagte, er und Therese wären gestern aufgewacht und bums, fort war Cecily. Sie hat ihnen eine Nachricht dagelassen. Der Bursche ist wirklich ein Mistkerl.«

»Armer Bill«, bemerkte Love.

Vance zuckte die Achseln. »Ich finde, das ist nur natürlich. Du hast Kinder und dann verlassen sie irgendwann das Nest. Was will man machen?«

Love berührte instinktiv ihren Bauch. »Vielleicht würdest du anders empfinden, wenn du selbst ein Kind hättest.«

»Meine Kinder gehen mit achtzehn aus dem Haus«, entgegnete Vance. Er nahm ein marineblaues Taschentuch hervor und wischte sich damit den Kopf. »Aber hör zu, ich will jetzt noch nicht übers Kinderkriegen reden.«

Ich will jetzt noch nicht übers Kinderkriegen reden.

Love traf eine Entscheidung: Sie würde Vance von dem Baby erzählen, wenn sie nach Hause käme und das Bild von Meister Jeff wieder vollständig vorfände.

»Ich auch nicht«, sagte sie.

Auf ihrem Weg zur Rezeption warf Love einen Blick in Bills Büro. Er saß mit geschlossenen Augen am Schreibtisch, die Hände vor sich gefaltet. Der Gedichtband von Robert Frost war nirgendwo zu sehen. *Wir stehen an verschiedenen Enden der Elternschaft,* dachte

Love. *Ich habe gerade angefangen, festzuhalten, und Bill lässt los.* Sie fragte sich, wie sich ein solcher Schmerz anfühlen musste. Sie konnte es nicht ermessen.

Als Mack hörte, dass Cecily fort war, juckte es ihn in den Fingern, How-Baby anzurufen und seinen brandneuen Job rückgängig zu machen. Bill war beraubt, ein Mensch in Seenot, dessen Herz auf einem Flüchtlingsfloß irgendwo zwischen Nantucket und Rio de Janeiro trieb. Bill, sein Beinahe-Vater. Mack bewunderte Cecilys Mut zu gehen. Er war einmal davongelaufen, vor zwölf Jahren, aber da war er vor der Leere geflüchtet. Cecily lief vor einem Zuhause davon, wo Menschen sie liebten. Mack fragte sich, ob er mutig genug wäre zu gehen, wenn es für ihn so weit wäre.

Jem rief Maribel in der Bibliothek an.

»Wenn du nicht nach Südostasien willst, wie wäre es dann mit Brasilien?«

Das Witzige war, dass Maribel die Regale gerade nach Romanen über Brasilien durchsucht und schließlich einen von Jorge Amado mit dem Titel *Gabriela wie Zimt und Nelken* gefunden hatte. Sie versteckte sich hinter Bücherregalen, las einige Seiten und dachte: *Das klingt nicht schlecht. Das klingt überhaupt nicht schlecht.*

»In Brasilien ist es noch heißer als hier!«, rief Lacey aus, als Mack ihr von Cecilys Flucht erzählte. »Was hat sich das Mädchen dabei gedacht?«

Doch insgeheim war Lacey begeistert. Sie war unbedingt dafür, einem Traum nachzujagen. Sie war unbedingt dafür, der Liebe nachzujagen.

Bill stellte seine Ausgabe von Robert Frost wieder ins Regal in seinem Schlafzimmer. Die Gedichte hatten ihm nichts genützt. Seine Tochter war fort, Mack ging weg, Bills Gesundheit schwand, und was wollte seine Frau mehr als alles andere? Regen. Letztendlich entschied Bill, dass Thereses Wunsch sehr dem Universum von Frost entsprach: all dieser gefühlsmäßigen Qual gegenüberzustehen und nichts mehr zu wollen – einfach nur Regen.

9

September

4. September

Lieber Bill,
Ich bin niemand, der sagen würde: »Ich habe es Ihnen ja gesagt«, aber ich denke, dass Ihnen die plötzliche Abreise Ihrer Tochter eine klare Botschaft sein sollte. Wie ich vermutet hatte, ist sie nicht an dem Hotel interessiert. Sie hat es im Stich gelassen, und Sie auch. Ihr Manager, Mack, wird als Nächster gehen, wenn Sie nichts dagegen unternehmen. Es gab nie einen besseren Zeitpunkt für Sie, zu verkaufen. Worauf warten Sie? Auf ein Zeichen von Gott?

S. B. T.

Der September war immer Bills Lieblingsmonat. Nach dem Labour-Day-Wochenende schloss der Beach Club und das Gelände wurde still und ruhig. Doch Bill konnte den September nicht ohne Cecily genießen. Er konnte es nicht ertragen, auch nur noch eine Werbung für den Schulanfang im Radio zu hören, mit dem Wissen, dass Cecily sich diesen Herbst nicht an der University of Virginia einschrieb. Bill wusste nicht, wo Cecily war oder was sie tat. Er hatte ein entsetzliches, immer wiederkehrendes Bild vor Augen: Cecily, wie sie durch die Straßen von Rio lief, verfolgt von einer Horde braunhäutiger brasilianischer Jungen in grauer Tarnung, mit Schnappmessern und Rasierklingen, die sie vergewaltigen und umbringen wollten.

Er las den letzten Brief von S. B. T. immer wieder. Wer zum Teufel war dieser Kerl, eine Art Spion? Dieser Schwachkopf von Comatis, der Mack abgeworben hatte? Bill sah die Liste der Mitglieder des Beach Club durch, fand aber keinen Hinweis. Eines war sicher: Die Briefe von S. B. T. zermürbten ihn. *Worauf warten Sie? Auf ein Zeichen Gottes?* Ja, dachte er. Genau.

Bill verlor alle Energie, und noch schlimmer war, dass seine Brustschmerzen wieder auftraten, ein dumpfer Schmerz um das Herz herum. Er vermisste seine Tochter und er fürchtete um die Zukunft des Hotels. Das Einzige, was er mühelos tun konnte, war, mit der Fernbedienung im Bett zu liegen und durch die Kanäle zu zappen, um sich zu versichern, dass keine neuen Geschichten über junge amerikanische Mädchen gebracht wurden, die im Ausland vergewaltigt und umgebracht wurden. Es war weitaus leichter, fernzusehen, als Poesie zu lesen. Das Fernsehen war bunt, voller Gelächter und Melodramatik. Im Gegensatz zum Fernsehen wirkte Robert Frost so aufregend wie ein Haufen trockener Zweige. An den Vormittagen nach Cecilys Weggang hatte Bill sich vom Fernsehen vereinnahmen lassen.

So hörte er zum ersten Mal von Freida.

Am 8. September, dem Dienstag nach dem Labour Day, erwachte Freida auf den Westindischen Inseln zum Leben. Das National Hurricane Center in Miami gab bekannt, Freida sei ein schlimmer Sturm. Die Nachrichtensprecher auf dem Wetterkanal zeigten merkwürdige Grafiken – Freida, ein umherwirbelndes, vielfarbiges Auge, 210 Meilen breit mit anhaltendem Wind von

93 Meilen in der Stunde, zog die Ostküste herauf. Man erwartete, dass er um Cape Hatteras ins Land einfiel, aber auch weitere Gebiete könnten Schwierigkeiten durch Freida erwarten: die Chesapeake Bay, der Long Island Sound, Nantucket. *Nantucket.* Der Nachrichtensprecher nannte den Namen der Insel, und Bill fühlte sich plötzlich erkannt, so als wäre sein Name im nationalen Fernsehen laut ausgesprochen worden. Er fragte sich, ob Cecily das auch hörte.

»Nantucket?«, wiederholte Bill.

»Natürlich könnte der Sturm Nantucket auch aussparen und nordöstlich aufs Meer ziehen«, sagte der Nachrichtensprecher.

Als Bill ins Foyer hinunterkam, herrschte wegen Freidas Ankunft schon große Aufregung. Love sprach mit einem Ehepaar darüber, wo die Experten Freida lokalisiert hatten und wie der Hurrikan wohl weiterzöge, oder ob er sich abschwächte, sich zerstreute, verschwand. Sie diskutierten über den Hurrikan Freida, als wäre er ein Mensch. War er organisiert? Hatte er Schwachstellen?

Mack wartete in Bills Büro, angespannt, aufgeputscht, bereit loszustürmen. »Hast du es gehört?«, fragte er. »Wir werden fertig gemacht.«

Bei einem Blick aus dem Fenster offenbarte sich ein perfekter Septembertag, obwohl es immer noch 30 Grad heiß war. Der Himmel war blau, das Wasser glatt. Keine Wolken.

»Wir werden sehen. Sie sagten, der Sturm könnte vielleicht in den Nordatlantik abziehen. Das passiert gewöhnlich. Diese Insel hat seit 1954 keinen echten Hurrikan mehr erlebt.«

»Wie sieht unser Aktionsplan aus?«, fragte Mack.

Eine Woge der Erschöpfung überschwemmte Bill. Es

war halb elf und er hätte am liebsten den Kopf auf den Schreibtisch gelegt und geschlafen. »Wir werden nichts unternehmen.«

»Wie bitte?«, fragte Mack. »Wir müssen uns absichern. Wir müssen alles Bewegliche reinholen. Es ist ein Hurrikan, Bill.«

Bill atmete tief ein und schloss die Augen. Die brasilianischen Jungen holten Cecily allmählich ein und kamen näher. Sie waren hinter seiner Tochter her. Bill musste dieses Bild irgendwie loswerden.

»Bill, Freida wird von Westen auf die Insel treffen. Der Sturm ist zweihundert Meilen breit. Ist dir klar, wie groß das ist?«

»Es klingt so, als *wolltest* du, dass dieser Hurrikan kommt«, antwortete Bill. »Es klingt, als wolltest du vielleicht zusehen, wie das Gelände überflutet wird. Das würde dir Spaß machen, oder? Zuzusehen, wie das Gelände fortgespült wird, und dann nach Fenwey Park aufzubrechen.«

»Das meinst du nicht im Ernst«, erwiderte Mack. »Ich *will* nicht, dass der Hurrikan kommt. Aber ich möchte vorbereitet sein. Es sind Menschen in den Zimmern am Wasser.«

»Was kümmert es dich, wenn das Hotel zerstört wird? Du gehst zum Ende der Saison.« Bill war kurzatmig. »Also, ich wüsste es wirklich gern. Was geht es dich an?«

»Es geht mich was an«, antwortete Mack. »Ich arbeite hier seit zwölf Jahren. Glaub mir, es geht mich was an.«

»Offensichtlich nicht genug.« Bills Brust brannte. »Geh!« Er deutete zur Tür. »Ich will nicht über den Sturm sprechen. Und jetzt raus!«

Macks Augen weiteten sich. Er presste die Lippen zusammen und verließ das Büro.

Bill lehnte sich auf seinem Drehstuhl zurück und versuchte, mehrere Male tief durchzuatmen. Ein, aus. Ein, aus. Er hörte sein Herz wie wild in den Ohren pochen. Er nahm das Bild von Cecily hoch, das auf dem Schreibtisch stand. Cecily mit fünfzehn, mit ihrem Middlesex-Hockey-T-Shirt über dem Badeanzug, wie sie im Pavillon in einem der Sitzmöbel saß, ihre bloßen Beine untergeschlagen (Schorf auf einem Knie), das rote Haar wirr und lockig um ihr Gesicht. Eine Erbin auf dem Thron. Wo war sie?

Bis zum Donnerstag hatte der Sturm Freida die Bahamas verwüstet und bewegte sich nun entlang der Ostküste Floridas, wo er sich mit einem örtlichen Tiefdrucksystem zusammenschloss und an Größe und Geschwindigkeit noch zunahm. Klasse vier, 230 Meilen breit, ausdauernder Wind mit 101 Meilen in der Stunde. Der Nachrichtensprecher hatte Nantucket seit vierundzwanzig Stunden nicht mehr erwähnt. Stattdessen zeigte man Szenen aus der Karibik: Palmen mit abgebrochenen Spitzen, unterspülte Brücken, ganze Häuser, die davontrieben. Fünfzehn Minuten nach jeder vollen Stunde wurde die internationale Wettervorhersage gebracht. In Rio war es sonnig, bis dreiunddreißig Grad Celsius.

Bill quälte seinen Körper aus dem Bett und ging direkt an den Strand hinunter. Menschen rekelten sich unter den Sonnenschirmen, ein Mann schwamm. Kein Hurrikan. Dann hörte Bill jemanden husten, wandte sich um und sah Clarissa Ford rauchend auf der Veranda vor Zimmer 7 stehen. Sie winkte ihm zu. Er winkte zurück. Sie winkte ihn zu sich. Bill stöhnte innerlich. Clarissa war siebzig Jahre alt und Witwe. Ihr Mann, sehr vermögend, war vor Jahren durch eine halbe Million Zigaretten umgekommen. Dennoch rauchte Clarissa weiter. Sie wohnte den ganzen September im Hotel und gab dafür über sechzehntausend Dollar aus. Das entsprach dem Betrag für ein Studienjahr am College, den Bill der University of Virginia nicht zahlen würde. Er schleppte sich durch den Sand, bis er nur noch wenige Meter von ihrer Veranda entfernt war.

Clarissa Fords Gesicht war gebräunt und runzelig. Sie wirkte wie getrockneter Tabak. »Bill, wie geht es Ihnen, mein Lieber?«

»Mir geht's gut, Clarissa, und Ihnen?«

»Gut, mein Lieber, wunderbar.« Sie zog an ihrer Zigarette. »Wie Sie sehen, beachte ich die kleine Regel, die Ihre Frau dieses Jahr für mich aufgestellt hat. Ich habe nicht ein einziges Mal im Zimmer geraucht.«

»Es fällt mir schwer, das zu glauben, Clarissa«, entgegnete Bill. Letztes Jahr mussten sie das Zimmer drei Tage lang lüften, nachdem sie abgereist war. Und Zimmer 7 roch noch immer leicht nach Aschenbecher.

»Es *stimmt* aber. Ich bin morgens, mittags und abends hier draußen.«

»Danke«, sagte Bill. »Wir wissen es zu schatzen.«

Clarissa schnippte die Asche in den Sand unmittelbar vor der Veranda. Dort war bereits ein grauer Fleck von der Größe einer Untertasse zu sehen. »Wie geht es meiner lieben Cecily?«

Bill schaute aufs Wasser. Eine Fähre näherte sich von Hyannis. »Ich weiß es nicht. Sie ist nach Südamerika abgehauen.«

Clarissas Lachen klang wie Wagenräder, die auf Kies fahren. Es klang, als würde jemand eine Zellophantüte platzen lassen. »Sagen Sie ihr, sie soll rüberkommen und mich besuchen, wenn sie eine Sekunde frei hat«, gab Clarissa zurück. »Ich habe sie schon seit Ewigkeiten nicht mehr gesehen. Sie muss inzwischen erwachsen sein! Wird sie aufs College gehen?«

»Ich sagte es Ihnen, Clarissa. Sie ist nach Südamerika abgehauen.«

»Im Ernst, Bill. Werden Sie sie mir rüberschicken? Ich habe einige kostbare Weisheiten kundzutun.«

»Tun Sie sie mir kund«, erwiderte Bill. »Ich könnte sie gebrauchen.«

»Sie nehmen sich so ernst, Bill.« Sie bewegte ihre Zigarette wie einen Zauberstab. »Werden Sie heiterer!«

»Wissen Sie, dass ein Hurrikan auf uns zukommt?«, fragte Bill. »Das Hotel könnte fortgespült werden.«

Clarissa drückte ihre Zigarette auf dem Verandageländer aus. Bill zuckte zusammen. »Pah!«, rief sie aus. »Das ist genau das, was ich mit zu ernst meine, Bill. Es wird kein Hurrikan sein! Es wird hier im Paradies nur ein bisschen regnen!«

Am Freitag kam ein Anruf ins Haus. Es war Anthony Mazzaco, der Leiter der Feuerwehr von Nantucket.

»Wir bekommen hier ein Unwetter, Bill. Es ist kein schöner Anblick. Soll ich Ihnen Hilfe schicken? Mack sagte mir, dass Sie noch nichts unternommen haben. Nun, es sind Menschen in Ihren Zimmern, Bill. Sie müssen etwas unternehmen.«

»Schauen Sie nach draußen, Tony«, erwiderte Bill. »Sehen Sie Regen? Sehen Sie einen Sturm?«

»Er kommt.« Tony Mazzaco klang aufgeregt. »Er kommt.«

Am Samstag brach Freida in Norfolk, Virginia, ein. Der Nachrichtensprecher auf dem Wetterkanal zeichnete vor der Küste von Long Island einen gelben Pfeil ein, der in Richtung auf den Nordatlantik zeigte. *Gut*, dachte Bill, *soll Long Island den Schlag abkriegen.* Aber aus einem unbestimmten Grund sagte der Mann: »Nantucket liegt so, dass es Freidas Zorn abbekommen wird. Nantucket liegt ihr im Weg.« Wieder Nantucket. Bill setzte sich auf und erkannte, wie der Wirbelsturm Freida Nantucket seitlich streifen würde, wenn sie auf die kalten Nordatlanikgewässer zog. Er war gewaltig, mehr als zweihundert Meilen breit. Die Insel war dreizehn mal vier Meilen groß. Freida könnte sie verschlingen.

Freida, die böse Frau. Nur in Bills Phantasie war Freida cin Mädchen mit widerspenstigem roten Haar – sie war ein zorniger Teenager, der einen Wutanfall bekam. Das Zimmer verschwamm.

Bill setzte sich aufs Bett und versuchte, sich zu sammeln. Er hatte seit zwei Tagen nicht mehr geduscht. Die Bettlaken rochen. Er versuchte, sich um den Sturm, um das Hotel, um sich selbst zu kümmern. Er versuchte, sich zu kümmern, aber er konnte nicht. Er würde den Sturm kommen lassen.

Es kam überall im Fernsehen und im Radio. Jeder in der Stadt sprach darüber. Touristen buchten Flüge oder nahmen die Fähre. Der Parkplatz vom *Stop & Shop* war übervoll mit Menschen, die Wasser in Flaschen, Brot, Kerzen und Holzscheite für den Kamin kauften. Boote wurden aus dem Wasser gezogen, Häuser verrammelt, Verandamöbel gelagert. Die Polizei und die Feuerwehr von Nantucket beantworteten besorgte Anrufe. Es gab einen zusätzlichen Wetterbericht für kleine Boote und ab Sonntagmorgen fuhren keine Fähren mehr. Das National Hurricane Center gab für die Insel Nantucket Hurrikan-Beobachtungen und Küstenflutwarnungen aus. Es folgte die Hurrikan-Warnung.

Und Bill wollte nichts dagegen tun. Mack hatte ihn noch nie so erlebt. Seit Cecilys Weggang war der Mann zerfallen, eingesunken. Er beschuldigte Mack, diesen Sturm zu wollen, ihn zu *wollen*! Aber nichts konnte der Wahrheit ferner sein. Mack liebte das Hotel und würde tun, was immer er konnte, um es zu beschützen.

Selbst wenn das bedeutete, dass er über Bills Kopf hinweg handeln müsste.

Mack traf Therese dabei an, wie sie ihre Pflanzen von der Veranda hereinbrachte. Ein gutes Zeichen – vielleicht glaubte sie an Freida, auch wenn Bill es nicht tat.

Mack trat die Schale eines Einsiedlerkrebses über den Parkplatz. »Ich werde Vance und Jem holen und anfangen, alles abzusichern, wenn es dir recht ist.«

Therese fuhr mit der Hand durch ihr rötliches Haar. Sie wirkte müde und traurig. »Was sagt Bill?«

»Er sagt, wir sollten nichts unternehmen. Es scheint ihn nicht zu kümmern, wie schwer es uns trifft.«

»Du hast Recht. Es kümmert ihn nicht. Warum sollte es ihn kümmern?«

»Therese, wenn Cecily zurückkommt, wäre es vielleicht schön, wenn noch ein Hotel zum Weitergeben da wäre.«

Sie berührte die Blätter ihrer Geranien. »Ich wünschte, du hättest sie gefragt, ob sie dich heiraten will ... nur *gefragt*, verstehst du?«

»Therese«, erwiderte Mack. »Kann ich bitte meine Arbeit tun?«

»Nur zu. Tu, was du tun musst!«

Mack machte sich an die zeitaufwändige Aufgabe, Holzläden über alle Fenster zu schrauben. Es dauerte nur zwei oder drei Minuten, einen Fensterladen anzubringen, aber es waren so viele Fenster. Er beeilte sich, um auch das Foyer und das Büro fertig zu bekommen, bevor es zum Arbeiten zu dunkel wurde. Er wuchtete die Holzläden aus dem Lagerraum, ergriff jeweils eine Hand voll Schrauben und klemmte zwei oder drei zwischen die Lippen, während er arbeitete. Gerade als er die Fenster des Foyers, die zum Wasser hinausgingen, fertig hatte, roch er Zigarettenrauch. Er sah sich um. Clarissa Ford stand hinter ihm im Sand, die allgegenwärtige Zigarette in den Fingern.

»Sie werden an meinen Fenstern doch keine Läden anbringen, oder?«

»Morgen«, entgegnete er. »Heute Abend nicht mehr.«

»Auch morgen nicht«, insistierte Clarissa.

»Doch, morgen. Tut mir Leid, aber es kommt ein Sturm auf.«

»Ich möchte nicht, dass Sie meine Fenster vernageln. Und bestimmt nicht meine Tür.«

»Ich werde die Hintertür freilassen«, sagte Mack. »Ich will Sie nicht einsperren. Aber ich sichere die Vorderseite. Besonders Ihr Zimmer, Mrs Ford. Es liegt zum Wasser raus.«

»Ich möchte das nicht. Ich werde unterschreiben, was auch immer nötig ist, dass ich für meine Sicherheit selbst verantwortlich bin.«

»Ihre Sicherheit ist uns wichtig, Mrs Ford.« Mack bewegte die Füße in den Stiefeln. Das Gespräch mit ihr kostete ihn Zeit. »Aber wir sorgen uns auch um das Hotelzimmer.«

»Ich werde mit Bill sprechen«, wandte Clarissa ein. »Er wird anordnen, mein Zimmer auszulassen, das garantiere ich Ihnen.«

Mack zuckte die Achseln. »Sie haben Recht.« Er wandte sich wieder dem Fensterladen in seiner Hand zu. »Also gut. Sie bekommen keine Fensterläden.«

In der Dämmerung kamen Jem und Vance schwitzend vom Strand. Sie hatten Schneezäune aufgestellt und die Verandamöbel aller Zimmer eingelagert. Mack beendete die Fenster des Foyers und machte dann Schluss. Er schaute zum Haus von Bill und Therese hinüber, bevor er vom Parkplatz fuhr. Es war dunkel und still, als lebte dort niemand mehr.

Zu Hause bereitete Maribel eine große Portion Lasagne zu. »Wir können sie in den nächsten Tagen abends essen«, schlug sie vor.

»Ich muss morgen Abend vielleicht unten im Hotel bleiben«, erwiderte Mack.

»Im Hotel *bleiben*? Machst du Witze?«

»Im Moment sind noch vierzig Fenster zum Wasser hin total ungeschützt. Eines davon könnte bersten. Jemand könnte verletzt werden. Ich wäre wahrscheinlich heute Abend besser nicht gegangen. Ich hätte dort unten bleiben sollen.«

»Und im *Dunkeln* arbeiten?«, fragte Maribel. Sie nahm einen Bissen Lasagne. Sie war in letzter Zeit streitlustig, als glaubte sie ihm kein Wort mehr. »Wenn du im Club bleibst, bleibe ich auch dort.«

»Du bist hier sicherer«, entgegnete Mack.

Sie stach mit der Gabel in ein Salatblatt. »Ich bleibe nicht ohne dich hier.«

»Maribel, du bist hier sicherer. Das ist das einzig Gute daran, mitten auf der Insel zu wohnen. So weit vom Wasser weg bist du gut aufgehoben.«

»Gut aufgehoben?« Maribel legte ihre Gabel geräuschvoll hin und sah ihn an. »Ich soll hier während des stärksten Sturms, den die Insel seit vierzig Jahren erlebt hat, allein gut aufgehoben sein? Was ist, wenn ein Baum umfällt? Was ist, wenn der Strom ausfällt?«

»Der Strom wird wahrscheinlich ausfallen«, erwiderte Mack. »Aber du hast Kerzen und eine Taschenlampe.«

»Großartig. Also verbringe ich drei Tage allein im Dunkeln. Wir sind *verlobt*, Mack.« Sie hielt ihm den Diamant vors Gesicht. »Siehst du das? Es bedeutet, dass wir Teil eines Teams sind. Und ich komme mit dir ins Hotel.«

»Nein, du kommst nicht mit.«

»Du willst mich nicht in der Nähe haben«, gab sie zurück. »Du willst überhaupt nichts mit mir zu tun haben.«

»Ich denke an deine Sicherheit.«

»Du denkst an dich selbst, wie immer.«

»Was soll das heißen?«, fragte er.

»Was *glaubst* du, was es heißt?«, erwiderte sie. Ihr Mund verzog sich auf hässliche Art. »Es bedeutet, dass du nur an dich selbst und deinen verdammten Job denkst.«

Mack versuchte, ruhig zu sprechen. »Du bleibst nicht im Hotel, Maribel. Und jetzt hör auf, dich wie eine Fünfjährige zu benehmen.«

Maribel erhob sich. Sie stieß Mack gegen die Schulter und wollte ihn dann schlagen. Er hob die Hände, um sein Gesicht zu schützen. »Was machst du?« Sie krallte sich so fest in seinen Arm, dass er blutete. »Was ist *los* mit dir?«, fragte er. Er trat zum Spülbecken und wusch sich den Arm. Maribel sank auf ihren Stuhl und weinte. Mack hatte Angst, sie anzusehen. Er untersuchte den Kratzer. Dann hörte er ein Klappern und sah, dass Maribel die bloßen Ellbogen in ihr Essen stützte, während sie in ihre Hände weinte.

»Maribel, was geht hier vor?«

Sie nahm ihren Teller hoch und warf ihn quer durchs

Zimmer. Er krachte gegen den Couchtisch. Der Teller zerbrach. Lasagne und Salat wurden überall verstreut. »Was ist los mit dir?«, fragte Mack. »Du hast mich gekratzt. Siehst du das? Du hast mich blutig gekratzt. Bist du verrückt?«

Sie nickte. Ihre Ellbogen waren mit Lasagne und Salatsauce verschmiert. »Du liebst mich nicht. Du hast mich nie geliebt.«

»Ich liebe dich«, versicherte Mack. »Ich habe dich gebeten, mich zu heiraten. Das wolltest du doch, oder? Ich habe dir gegeben, was du wolltest.«

Maribel stand so plötzlich auf, dass sie ihren Stuhl umwarf. »Ich möchte, dass *du* es willst!«, rief sie. »Ich möchte, dass du es genauso sehr willst wie ich. Aber das tust du nicht.«

Mack versuchte, sie festzuhalten, aber sie schubste ihn aus dem Weg. Ihr Gesicht war puterrot, und sie weinte so heftig, dass er nicht einmal mehr ihre Augen sehen konnte. »Maribel, die Menschen sind verschieden. Ich kann nicht so empfinden wie du, weil ich nicht du bin. Ich bin ich. Und ich gebe mein Bestes.«

»Es ist nicht gut genug!«, schrie sie. »Du liebst mich nicht genug!« Sie schlug sich mit den Handflächen ins Gesicht. »Mit mir stimmt was nicht! Du liebst mich nicht genug! Nein, du liebst mich nicht genug!«

Mack ergriff ihre Arme und sie wehrte sich gegen ihn. Sie fuhr ihn wütend an, schrie ihm ins Gesicht, und er roch ihren warmen Knoblauchatem. Er hielt sie an den Handgelenken fest. »Ich liebe dich genug«, stellte er klar. Die Stelle, an der sie sich geschlagen hatte, wurde rot. Wie konnte er sie genug lieben, wenn sie immer mehr wollte?

»Du tust mir weh!« Mack ließ ihre Handgelenke los. Er hatte sie so fest gehalten, dass weiße Male zurückblieben. Sie rannte ins Schlafzimmer, warf die Tür hinter sich zu und schloss ab. Mack klopfte an die Tür. »Maribel? Bitte mach auf. Mari, ich weiß nicht, was los ist.« Von der anderen Seite der Tür hörte er nur ihr gedämpftes Weinen. Irgendwie hatte er selbst mit seinen besten Absichten, mit dem Besten, was er zu geben hatte, versagt. Mack lauschte eine Minute lang, und dann räumte er den zersprungenen Teller und das verstreute Essen auf, wickelte das Servierbrett mit der Lasagne in Folie und stellte es in den Kühlschrank. Er wusch sich erneut die blutigen Kratzer ab und drückte ein sauberes Küchenhandtuch darauf. Dann klopfte er wieder an die Tür. »Mari, bitte! Sag mir, was nicht in Ordnung ist.«

»Du bist nicht in Ordnung!«, schrie sie. »Ich bin nicht in Ordnung. Nichts ist in Ordnung!«

»Maribel, mach die Tür auf, bitte. Bitte!«

»Lass mich *in Ruhe*!«, brüllte sie.

Er versuchte, den Türknauf zu drehen. Er könnte ihn mit einem Werkzeug öffnen, aber warum? Worum ging es? Nichts war in Ordnung.

Mack trat zum Sofa, um den Wetterkanal einzuschalten.

Freida war jetzt vor der Küste von Jersey.

Lacey Gardner konnte sich nicht auf den Sturm konzentrieren, weil etwas anderes sie quälte. Sie hatte vergessen, wie Maximilian ausgesehen hatte. Das war das Merkwürdigste überhaupt. Sie schloss die Augen und konzentrierte sich auf Dinge, die Max zu tun pflegte – in seinem Sessel lesen, einen raffinierten Putt beim Golf anbringen. Aber sie konnte sein Bild überhaupt nicht hinaufbeschwören. Sie konnte ihn sich nicht vorstellen.

Sie nahm alle ihre Fotos von Maximilian und breitete sie auf dem Couchtisch aus. Einundzwanzig Fotos von

Max – angefangen von dem Bild, das ihn mit dreiunddreißig in seiner Soldatenuniform zeigt, bis zu dem Foto von Max auf der Veranda des Hauses an der Cliff Road in seinem letzten Sommer. Lacey betrachtete jedes Bild genau und dann lehnte sie sich auf dem Sofa zurück und schloss die Augen.

Nichts.

Er war verschwunden. Sie konnte seinen Namen denken, an hunderttausend Momente mit ihm denken, noch bis zu dem Moment in der letzten Nacht im Bett, als er ihre Hand nahm. Aber sie konnte sein Gesicht nicht vor sich sehen. Sie öffnete die Augen, und da waren einundzwanzig Bilder von Maximilian, der sie anlächelte. Sie schloss die Augen und da war Dunkelheit. Lacey weinte. Es war vielleicht nur eine vorübergehende Phase, durch all den Stress, die Hitze, den drohenden Sturm bedingt. Oder vielleicht entglitt sie jetzt, im Alter von achtundachtzig. Ihr bester Teil – der Teil, der sich an Maximilian erinnerte und ihn lebendig erhielt – war fort. Es klopfte an der Tür. Lacey wischte sich mit ihrem Taschentuch rasch übers Gesicht, aber Mack hatte sie schon gesehen.

»Du weinst«, bemerkte er.

»Nein, ich weine nicht.«

Mack wartete einen Moment und sagte dann: »Wenn dich etwas quält, kannst du es mir erzählen. Du musst nicht immer stark und weise sein.«

»Mich quält nichts.« Sie deutete mit dem Kopf auf den Couchtisch. »Ich sehe mir nur alte Bilder an.«

Mack schaute auf den Tisch. »Maximilian war ein gut aussehender Mann.« Er deutete auf das Bild mit Max in Uniform. »Auf diesem Bild sieht er wie ich aus, findest du nicht?«

»Ja«, flüsterte Lacey. Ihr Max, ihr Mack. Sie nahm

Macks Hand. »Ich liebe dich. Weißt du das? Habe ich dir das je gesagt? Ich liebe dich.«

Mack kniete sich neben sie. »Lacey, was ist los?«

Sie weinte erneut, hatte sich nicht mehr unter Kontrolle. »Ich vermisse ihn«, schluchzte sie.

»Ich weiß, Lacey. Ich weiß, dass du ihn vermisst.«

Sie weinte stärker, Tränen, von denen sie geglaubt hatte, sie seien schon lange vertrocknet. Mack hielt schweigend ihre Hand. Nach mehreren Minuten putzte sie sich die Nase. »Ich bin wieder okay.« Sie bemerkte den Verband um Macks Arm. »Was ist mit dir passiert?«

»Eine raue Nacht zu Hause«, sagte Mack. »Eigentlich bin ich gekommen, um dich um einen Gefallen zu bitten. Ich würde heute Nacht gerne hier bleiben, wenn das geht.«

Erleichterung durchflutete Lacey und ersetzte fast die Leere, die Trostlosigkeit. »Um Gottes willen, natürlich. Bleib hier, bitte.«

Mack drückte ihre Hand. »Okay. Danke.«

Sie musste also nicht allein sein. Maximilian war nicht hier, aber stattdessen würde Mack hier sein, um ihr zu helfen, die entsetzliche Dunkelheit abzuwehren. Zumindest für eine weitere Nacht.

Der Montag begann als milder, sonniger Tag und Mack beeilte sich mit den verbliebenen achtzig Fensterläden. Um die Mittagszeit drehte der Wind von Südwest nach West, und als die Zimmermädchen die Zimmer um ein Uhr fertig hatten, hing der Himmel tief und war metallisch grau.

Bill ließ sich wieder nicht im Büro blicken. Therese rannte aufgeregt hinter den Zimmermädchen her, aber als ihre Arbeit beendet war, zog auch sie sich ins Haus zurück. Mack schraubte Fensterläden fest. Der Wind frischte auf und blies Mack den Sand in Gesicht und Nacken, wie tausend kleine Nadeln. Ein Windstoß hob ihm die Texas-Rangers-Kappe vom Kopf, und er konnte sich nur noch umwenden und sehen, wie sie den Strand hinuntergeweht wurde. Es war irgendwie unheimlich. Der Strand war plötzlich verwaist. Bill und Therese hatten die Zukunft des Hotels in Macks Hände gegeben.

Um drei Uhr prallten Wogen auf den Strand zu, so dass Mack die Vibrationen durch die Sohlen seiner Arbeitsstiefel spüren konnte, als er eilends die letzten Fensterläden anbrachte. Er ließ Zimmer 7, Clarissa Fords Zimmer, aus, und als er zu Zimmer 2 gelangte, betrat sie mit einer angezündeten Zigarette ihre Veranda. Der Wind riss ihr die Zigarette sofort aus den Fingern. Sie war schon halbwegs zu Jetties Beach gelangt, bevor Clarissa überhaupt registrierte, dass sie fort war. Um 3:45 fielen die ersten Regentropfen. Mack schraubte den letzten Fensterladen an. Der Wind stöhnte. Macks rechtes Ohr füllte sich mit Sand. Dann wurde der Regen stärker. Sand trieb bis zur Hälfte des Schneezauns hinauf. Mack steckte den Bohrer in seine Jacke, hob den Arm, um seine Augen abzuschirmen und lief auf die Hintertür des Foyers zu. Als er es erreichte, war er durchnässt, und seine Stiefel waren voller Sand. Er stellte sich unter den Dachvorsprung und betrachtete das aufgewühlte schwarze Meer. Mack dachte an Maribel, die zu Hause auf dem Sofa lag und las, ihre Füße in eine Decke gewickelt. Sie hatte kein Wort zu ihm gesagt, als er am Morgen ging. Keine Entschuldigung, keine Erklärung – nichts als die schweigende Versicherung, dass nichts genügte, was auch immer er tat. Mack beobachtete, wie sich die Wellen aufbauten und auf den Strand krachten. Eine kam halbwegs den Strand hinauf. Die nächste sogar noch weiter. Er verstand sie nicht.

Im Foyer spielten Vance und Love an der Rezeption Rommé. Jem lag in einem der Korbsessel und schlief.

»Ihr könnt alle nach Hause gehen«, verkündete Mack. »Ich übernachte heute bei Lacey. Ich werde mich um alles kümmern, bis dieses Miststück vorüberzieht.« Er rüttelte Jem an der Schulter. »Du kannst gehen, Jem. Warum nimmst du nicht meinen Jeep? Du kannst so nicht nach Hause gehen.«

Jem öffnete die Augen. »Den Jeep? Womit wirst du fahren?«

»Ich fahre heute Nacht nicht nach Hause.« Und dann, bevor er darüber nachdenken konnte, sagte er: »Nimm den Jeep und sieh nach Maribel. Sie ist ganz allein. Sie will sicher Gesellschaft haben.«

Jem setzte sich auf. »Soll das ein Witz sein?«

Macks Magen rebellierte vor Eifersucht und vor Angst. Er stellte sich Maribel weinend vor, er stellte sich vor, wie er ihre Handgelenke ergriff und weiße Male hinterließ. »Es ist kein Witz, Mann. Ich kann heute Nacht nicht nach Hause fahren. Du tätest mir einen Gefallen, wenn du nach ihr siehst.«

»Ich täte dir einen *Gefallen*? Wirklich?«, fragte Jem.

»Geh einfach!« Mack warf Jem seine Schlüssel zu.

Jem zögerte nicht. Er nahm die Schlüssel und lief los, folgte Vance und Love aus der Tür. Weil die Fenster vernagelt waren, konnte Mack nicht sehen, wie sie davonfuhren. Und nur das hielt ihn davon ab, hinter Jem herzurufen und ihm zu sagen, alles sei ein Irrtum gewesen.

Sobald es zu regnen begann, stieg Bill aus dem Bett und lief ans Wohnzimmerfenster. Das Meer war hoch, die höchsten Wellen, die Bill je gesehen hatte. Das Foyer war vernagelt wie auch die Zimmer – Macks Werk. Bill konnte sich nicht dazu bringen, etwas zu empfinden. Er verspürte nur diese verrückte Sehnsucht, diese verrückte Traurigkeit.

Therese kam die Treppe herauf. »Du bist auf«, bemerkte sie. Sie stellte sich zu ihm ans Fenster. »Unser Reich. Ich hoffe, es wird nicht fortgespült.«

»Was macht das schon?«, fragte Bill.

»Bill, sie kommt zurück.«

»Sie kommt nicht zurück!«, entgegnete Bill. »Hör auf, das zu behaupten, Therese. Cecily *kommt nicht zurück*!«

Therese erwiderte ruhig: »Doch.«

»Nein«, sagte Bill. Die brasilianischen Jungen jagten Cecily jetzt. Ein Junge – Gabriel – ergriff Cecilys leuchtend rotes Haar. Er hielt ihr eine Rasierklinge an den Hals.

Bill ging zum Schrank und zog einen Regenmantel über seinen Schlafanzug. »Ich gehe zum Plateau hinauf.«

»Was?« Therese sank aufs Ledersofa. »Du hast den Verstand verloren.«

»Was macht das schon?« Bill marschierte durchs Schlafzimmer und öffnete die Tür zum Dachgeschoss. Dort gab es eine Treppe, die zu einer Luke führte, die sich zum Aussichtsplateau öffnen ließ. Bill hatte Probleme, die Luke zu öffnen. Er presste die Hände flach dagegen und stieß mit aller Macht. Dann öffnete sich die Luke ruckartig und Wind und Regen stießen Bill beinahe die Treppe hinunter. Er kniete sich auf die Stufen und umklammerte das Geländer. Er würde dort hinaufsteigen und sich aufs Aussichtsplateau setzen. Es könnte ihn umbringen, aber was machte das schon? Er war der Vater zweier Kinder: ein totes und ein vermisstes. Dann hörte er eine Stimme und Schritte. Therese kletterte hinter ihm herauf.

»Ich komme mit dir dort hoch.« Sie war knapp zwei Meter entfernt, aber es klang, als riefe sie ihm vom Ende eines langen Tunnels zu. Der Wind hob ihr hellrotes Haar an. Sie wirkte wie ein Geist oder eine Hexe, aber sie sah auch wunderschön aus – seine Braut, seine Frau, die er liebte. Bill ergriff mit einer Hand das Geländer und streckte ihr die andere entgegen. Der Wind war unglaublich stark. Romantisch stark – wenn es ihnen gelänge, aufs Aussichtsplateau zu klettern, würde der Wind sie vielleicht aufnehmen und davontragen, zu ihrem Sohn, zu ihrer Tochter.

Regen trieb durch die Luke. Bill war bis auf die Haut durchnässt. Er war barfuß.

»Komm her!« Er streckte den Kopf durch die Öffnung. Der Himmel brüllte ihm in die Ohren, die Welt regnete auf ihn herab. Er sah nur Weiß. Bill versuchte, sich umzusehen, aber er konnte das Meer nicht finden, er konnte das Hotel nicht finden. Der Himmel war leer und hatte die Farbe des Windes. Wind erfüllte seine Augen, seine Ohren, seine Nase – er ertrank im Wind. *Worauf warten Sie? Auf ein Zeichen von Gott?* »Sie können es haben!«, schrie Bill dem Himmel zu. Er war sich sicher, dass S.B.T. ihn irgendwie hören konnte. »Sie ... können ... es ... haben!« Er verlor das Gleichgewicht und fast den Halt, aber Therese stützte ihn. Er zog den Kopf wieder ein. Die Stufen waren jetzt nass und rutschig. Thereses Bluse klebte ihr an der Haut. Maskara lief ihr Gesicht herab, ihr rotes Haar war nass und kürbisfarben.

»Er kann es haben«, brachte Bill hervor. »Ich gebe auf. Er kann es haben.«

Therese hielt ihn fest. »Wer kann was haben?«, fragte sie. »Wovon redest du? Wen schreist du an?«

Bill hatte die Hoffnung verloren. Er hatte nicht mehr das Zeug zu kämpfen. Unter der Haut und den Knochen und dem Knorpel war er ausgetrocknet, ein leerer Flaschenkürbis. Es gelang ihm, die Luke wieder zu schließen, angespornt von dem, was jetzt sein Hass auf den Sturm war. Als die Luke geschlossen und verriegelt war, folgte Bill Therese ins Badezimmer. Er übergab sich in die Toilette. Er würgte die brasilianischen Jungen mit ihren Rasierklingen hoch und die vor Angst schreiende Cecily. Er würgte S. B. T. hoch, der ihm den Beach Club fortnahm. Er würgte Tod und Vermissen hoch. Er würgte, bis alles fort war und sich das Innere seines Mundes vor Säure zusammenzog.

Therese ließ ihm ein Bad ein und er glitt sachte ins warme Wasser. Therese setzte sich neben ihn auf den Boden. Er war der Besitzer eines Strandhotels, das einen Hurrikan aushalten musste. Hilflos. Er war der Vater einer Tochter im Teenageralter. Hilflos.

Maribel telefonierte gerade mit Tina, als der Strom ausfiel und die Leitung tot war. Vielleicht war es gut so. Tina hatte fast gleich zu weinen begonnen, als Maribel sprach.

»Mama, ich werde die Verlobung lösen.«

»Was?«

»Es soll nicht sein, Mama. Es wird nicht funktionieren.« Maribel hatte die vorige Nacht im Geiste hundertmal rekapituliert. Etwas war in ihr zerbrochen und sie verlor die Kontrolle. Sie hatte Mack verletzt, sie hatte ihn blutig gekratzt. Und er hätte ihr beinahe die Hände gebrochen. Sie fanden neue Möglichkeiten, einander wehzutun. Es musste aufhören.

Tina schniefte und schluchzte. »Du bist nur verärgert, Mari. Du bist jetzt böse auf Mack, aber du warst auch früher schon böse auf Mack. Du wirst darüber hinwegkommen.«

»Ich bin nicht mehr verärgert, Mama. Ich bin darüber hinaus. Wir machen einander nicht glücklich. Wir wollen nicht dasselbe.«

»Warum gibst du auf?«, fragte Tina. »Warum nach so langer Zeit?«

Maribel hörte den verzweifelten Unterton in der Stimme ihrer Mutter und sie verschloss die Augen davor. *Ich will das für sie*, dachte Maribel. *Ich will heiraten, weil ich weiß, dass es sie glücklich machen wird. Es wird die Dämonen ihrer Einsamkeit vertreiben, dass zumindest ich mein Leben nicht allein verbringen muss.*

»Wirst du mich trotzdem noch lieben?«, fragte Maribel. »Wirst du mich auch ohne Mack lieben?«

Noch mehr Tränen. »Du weißt, dass ich dich mehr liebe als jeden anderen Menschen auf der Welt. Du weißt, dass du an allererster Stelle kommst. Wenn du diese Entscheidung getroffen hast, dann muss es Gottes Wille sein.«

»Es ist mein Wille«, erwiderte Maribel. »Mama, es ist mein Wille.«

Und dann fiel der Strom aus.

Maribel hatte Kerzen und Streichhölzer bereitgelegt und innerhalb von Sekunden erstrahlte die Wohnung im Kerzenschein. Sie ging ins Badezimmer und spritzte sich Wasser ins Gesicht und dann öffnete sie eine Flasche Rotwein.

Maribel sprach einen Toast in die Luft. »Verdammt seist du, Freida!« Sie trank den Wein. Sie würde sich vollkommen betrinken.

Im Fenster tauchten Scheinwerferlichter auf. Maribel sah, wie der Jeep auf die Einfahrt bog. Ihr Herz tat einen freudigen Satz. Mack hatte sie nach allem doch nicht allein gelassen. Er war nach Hause gekommen.

Maribels Verstand versuchte verzweifelt nach Worten der Entschuldigung.

Seltsamerweise klopfte es an der Tür. Ein Klopfen? Maribel riss die Tür auf, und da, im Regen, stand Jem.

Als Jem mit dem Jeep zu Maribels Wohnung fuhr, dachte er über die Worte nach, die Neil Rosenblum ihm hinterlassen hatte: *Nimm sie dir.* Der wehte so stark, dass Jem das Steuer mit beiden Händen festhalten musste, nur um den Jeep auf der Straße zu halten. Die Scheibenwischer huschten hin und her, und in jeder Senke fuhr Jem durch tiefe Pfützen, die über die Motorhaube schwappten. Es regnete höllisch, und Jem hätte wahrscheinlich einen Unfall gebaut, wenn noch andere Autos auf der Straße gewesen wären. Aber so wie es aussah, war Jem als Einziger draußen. Er war auf dem Weg, um Maribel zu sehen, mit Macks Erlaubnis.

Jem bog in Maribels Einfahrt ein und schaltete die Zündung aus. Die Bäume auf dem Hinterhof bogen sich im Wind und ein Teppich aus gefallenem Laub bedeckte das Gras. Ein schwerer Ast krachte zu Boden. Jem rannte wie der Teufel den schräg abfallenden Seitenhof zur Wohnung hinab. Der Gasgrill war umgekippt. Jem klopfte an die Tür. *Sei zu Hause*, dachte er. Vielleicht war das alles nur ein Spaß – vielleicht hatte Maribel die Insel verlassen.

Doch dann öffnete sie die Tür. Die Wohnung war von Kerzen erleuchtet.

»Jem«, sagte sie. »Ich dachte, du wärst Mack.«

Jems Herz sank. Hier stand er inmitten eines Hurrikans und was sagte sie? *Ich dachte, du wärst Mack*.

»Mack ist im Hotel. Er hat mich hierher geschickt, um dir Gesellschaft zu leisten. Kann ich reinkommen?«

»Er hat dich hierher *geschickt*?«, fragte Maribel. Sie

runzelte die Stirn so stark, dass die Falten ein M bildeten. M für Maribel. Oder wahrscheinlicher ein verärgertes M für Mack. Dann kam es Jem in den Sinn, dass es Maribel vielleicht nicht gefiele, wie ein Staffelstab weitergegeben zu werden.

»Kann ich reinkommen?«, bat Jem. Seine Schuhe liefen voll Wasser. Der Wind blies von der Seite gegen ihn. Ein weiterer Ast fiel in den Hof.

»Kurz«, antwortete sie. Sie drängte ihn herein und schlug die Tür hinter ihm zu. »Also hat Mack dich hierher geschickt. Er hat dich hierher *geschickt.*«

»Gewissermaßen.« Jem hatte Angst, weiter hineinzugehen. Er tropfte auf die Fußmatte am Eingang. »Kann ich meine Schuhe ausziehen?«

»Du bleibst nur so lange, wie es dauert, mir genau zu erzählen, was Mack gesagt hat.«

Jem sah sich um, er wollte Zeit schinden. »Der Strom ist ausgefallen«, stellte er fest. Er musste nachdenken. Er zögerte, Mack in Schwierigkeiten zu bringen, da er derjenige war, der seine Einwilligung gegeben hatte, dass Jem hierher kam. Aber darum ging es ja. Mack war ein Scheißtyp. Er gab seine Freundin weg.

»Was hat Mack gesagt?« Maribel nahm ihr Glas Wein vom Couchtisch.

»Er sagte, eh ... Er sagte, du wärst allein, und dass ich dir Gesellschaft leisten sollte. Und er gab mir die Schlüssel für den Jeep.«

Maribel trank etwas Wein. »Also verkuppelt er mich.«

»Wie bitte?« Jem gefiel der Klang dieser Worte im Zusammenhang mit Maribel nicht.

»Er hat dich hier herüber geschickt, weil er will, dass wir Sex haben. Das ist sein Weg aus der Beziehung.« Sie trank ihren Wein aus und riss dann ihre Strickjacke in der Mitte auf, so dass alle Knöpfe abplatzten und im zottigen Teppich verschwanden. Unter der Jacke trug sie einen glänzenden blauen BH, den sie öffnete und aufs Sofa warf. Jem war verwirrt, aber er konnte sich nicht zurückhalten, ihre Brüste anzustarren. Sie schienen voller als an jenem Tag am Strand.

»Was tust du?«, fragte er.

Sie knöpfte ihre Jeans-Shorts auf und ließ sie auf die Knöchel fallen. Sie ließ die Hände in ihren Slip mit Blumenmuster gleiten und zog ihn ebenfalls aus. Sie stand im Kerzenschein vor ihm, vollkommen nackt. Jem dachte, er würde ohnmächtig. »Du kannst deine Schuhe ausziehen«, sagte sie. »Und übrigens auch deine übrigen Kleider.«

»Was ist los?«, fragte er. Sein Körper schrie nach ihr. Ihr Po, die Wölbung unter ihrem Kinn, ihre Kniekehlen. Aber etwas stimmte nicht. Sie dampfte wie ein Teekessel, und das nicht vor Verlangen nach ihm.

»Du bist sauer auf Mack«, sagte er.

»Du hast verdammt Recht damit, dass ich sauer bin! Er hat das alles arrangiert. Bestimmt denkt er, er täte uns beiden einen Gefallen! Aber er manipuliert unsere Gefühle. Und weißt du, was? Es schert mich nicht. Er will, dass wir Sex haben, also werden wir Sex haben.«

Es haute Jem fast um, allein diese Worte von Maribel zu hören. Die Vorderseite seiner Shorts stand hervor wie eine Zeltspitze. Aber das stimmte nicht, nichts stimmte.

»Ich liebe dich, Maribel«, sagte Jem. »Und ich habe noch nie jemanden geliebt, aber ich will nicht, dass du mit mir schläfst, weil du böse auf Mack bist. Ich gehe nach Hause.« Er öffnete die Tür, hatte Angst, sich umzuwenden und zu sehen, was sie tat. Er glaubte zu hören, wie sie sich ein weiteres Glas Wein eingoss. Er machte sich bereit, zum Jeep zu laufen, und dachte, er könnte zwischen zwei Windstößen hingelangen, wenn er den richtigen Zeitpunkt abpasste.

Ein weiterer Ast fiel herab und Jem nahm das als Zeichen. Er lief von Maribels Haus fort, so schnell er konnte.

Erst als er sicher im Jeep saß, erlaubte er sich, zu weinen oder zu schreien oder sonst was zu tun, um seine wirren, benommenen Gefühle loszulassen. Der Regen prasselte auf das Dach des Jeeps. Es war so, als säße er in einer Blechdose. Er drehte den Schlüssel im Zündschloss und betete, dass er den Motor nicht ruiniert hatte, als er durch die riesigen Pfützen gefahren war. Glücklicherweise startete der Motor und Jem fuhr rückwärts aus der Einfahrt. Er konnte nicht sehen, wohin er fuhr, aber das war unwichtig. Er fuhr auf das, was wie die Straße aussah, und gab Gas.

Er war ungefähr hundert Meter weit gekommen, als er Rotlicht und Blaulicht sah – ein Polizeiwagen blockierte die Bartlett Road, die Straße, die in alle Richtungen führte. Ein Polizist in einem leuchtend orangefarbenen Regenmantel winkte mit den Armen. Jem kurbelte das Fenster herunter. »Alle Straßen sind gesperrt. Sie werden dorthin zurückkehren müssen, woher Sie gekommen sind.«

»Ich kann nicht«, entgegnete Jem.

Der Polizist zuckte die Achseln. »Ich kann Sie nicht weiterfahren lassen. Sie müssen umkehren.«

»Ich kann nicht umkehren. Ich wohne an der Liberty Street.«

Jem konnte nur die hellblauen Augen des Polizisten und seine Nase und Lippen sehen, die durch die fest zugezogene Kapuze zusammengedrückt wirkten. »Die Straßen sind unpassierbar.«

»Werden Sie mich ins Gefängnis stecken, wenn ich es versuche?«, fragte Jem. Das Gefängnis war weitaus verlockender, als zu Maribel zurückzukehren.

»Nein, ich stecke Sie nicht ins Gefängnis! Ich sage nur, Sie können nicht weiterfahren. Tut mir Leid. Und jetzt kehren Sie um!«

Jem gelang es, den Jeep zu wenden und wieder die Pheasant Road hinabzufahren. Er erwog, in irgendeinen Seitenweg zu fahren und die Nacht im Wagen zu verbringen. Aber sollte er die Nacht ohne Nahrung und Wasser in nasser Kleidung in einem kalten, nassen Wagen verbringen, wenn die Frau, die er liebte, nur hundert Meter entfernt war? Jem stellte sich vor, wie Neil Rosenblum ihm zurief: *Nimm sie dir!*

Jem fuhr zu Maribels Haus zurück, blieb im Jeep sitzen und überlegte sich, was er sagen könnte. Dann rannte er zum Haus und klopfte erneut an die Tür.

Maribel hatte sich wieder angezogen, nur ihre Jacke stand offen.

»Ich liebe dich«, sagte er.

»Hältst du mich fest?«, fragte sie.

Er nickte und trat ein.

Mack blieb allein an der Rezeption. Um sieben Uhr, als der Strom ausgefallen war, lief er an der Rückseite des Hotels entlang und klopfte an die Hintertüren der Zimmer, um sich zu vergewissern, dass alles in Ordnung war. Es herrschte gute Stimmung. Die Gäste hatten Kerzen angezündet, tranken Wein, aßen Sandwiches, lasen Romane. Als Mack sicher war, dass alle es überstehen würden, kehrte er zur Rezeption zurück. Er saß beim Licht von drei Votivkerzen und lauschte. Der Wind war wie eine Oper – ein baritonartiges Rollen und ein sopranartiges Pfeifen im Gleichklang. Mack hörte, wie Sand auf die Wand des Foyers traf, aber kein Wasser. Noch nicht.

Mack fragte sich, was mit Jem und Maribel war. Er wollte nach Hause eilen und verhindern, was immer vor sich ging, aber nach der Szene von gestern Abend wusste er, dass er keine andere Wahl hatte, als Maribel gehen zu lassen. *Sie gehen lassen?* Er nahm vorsichtig den Verband an seinem Arm ab und untersuchte die Wunde. Er konnte nicht glauben, dass sie ihn so gekratzt hatte. Er konnte nicht glauben, dass er sie so unglücklich gemacht hatte. Nichts ist in Ordnung. Ein sechs Jahre alter Fehler.

Um zehn Uhr war Mack das Denken leid. Er trat zur Seitentür hinaus und lief durch einen Windstoß, der Sand aufwarf, zu Laceys Ferienhaus.

Sie saß in ihrem Lehnstuhl, Bienenwachskerzen brannten, und neben ihr auf dem Tisch stand ein Whisky. Sie trug ihr Nachthemd, einen pinkfarbenen Seidenmorgenmantel und pinkfarbene Samtpantoffeln. Die Fotos von Maximilian waren jetzt zu einem ordentlichen Stapel zusammengelegt.

»Max?«, fragte sie, als er hereinkam. »Maximilian?«

Mack schüttete das Wasser von sich wie ein Hund. »Ich bin es, Lacey, Mack.«

Lacey zuckte zusammen. Er fragte sich, ob er sie geweckt hatte. »Mack, mein Lieber, hallo! Wie steht's?«

»Keine Überflutung. Das ist das einzig Wichtige. Auf dem Parkplatz liegt knöcheltief Sand, aber Sand kann man fortschaufeln. Hast du Lust zu reden?«

»Himmel, ja. Du kennst mich, ich habe immer Lust zu reden.«

Mack sank aufs Sofa. »Worüber sollen wir reden?«

»Lass uns über deine Hochzeit sprechen«, schlug sie vor. »Ich möchte mir ein neues Kleid kaufen. Ein hellrotes Kleid. Ich will, dass die Leute mich Hure nennen! Weißt du, dass Maximilian und ich tatsächlich zweimal geheiratet haben? Habe ich dir das erzählt? Das erste Mal haben wir im November '41 geheiratet, unmittelbar bevor Max in den Krieg zog. Richter Alcott vollzog die Zeremonie am Madaket Beach und Isabel und Ed Tolliver waren die Trauzeugen. Nach der Zeremonie sind wir zum Essen zum Skipper gegangen. Max ist zehn Tage später zur Grundausbildung nach Maryland gefahren. Dann, wenige Monate danach, wurde Max per Schiff zu den Philippinen gebracht. Es waren grauenhafte Zeiten, weil die Japaner Pearl Habor bombardiert hatten und Maximilian dort war, also praktisch in Japan selbst. Als Max auf den Philippinen war, starb unser Freund Sam Archibald drüben in Europa, und ich musste Max schreiben und es ihm erzählen.« Lacey nahm einen Schluck und blickte in die Kerzen. »Was wollte ich erzählen? Ach ja, unsere beiden Hochzeiten. Als Maximilian zurückkehrte, haben wir kirchlich geheiratet. Wir haben das Geld meines Vaters verschwendet. Wir waren ja bereits verheiratet!« Lacey trank ihr Glas leer. »Sprechen wir über deine Hochzeit. Ich möchte nur über Dinge reden, die in unserer Zukunft liegen. Ich verbringe viel zu viel Zeit damit, über die Vergangenheit zu reden. Und damit höre ich auf, hier und genau jetzt. Ein Hoch auf die Zukunft!« Sie hob ihm ihr leeres Glas entgegen.

»Ich werde Maribel nicht heiraten«, sagte Mack.

»Nein?«

»Nein.«

»Hast du Maribel das gesagt?«, fragte Lacey.

»Nicht mit so vielen Worten«, antwortete Mack. Er fühlte sich schon unwohl, wenn er nur daran dachte, dass Jem Maribel berührte. »Aber ich glaube, sie ahnt es. Ich weiß nicht, wie ich es erklären soll. Ich kann sie einfach nicht heiraten.«

»Du musst es mir nicht erklären«, entgegnete Lacey. »Ich habe lange nach der Redensart gelebt: ›Liebe kommt, Liebe geht.‹ Liebe ergibt meist keinen Sinn, und das ist so wunderbar.«

Beide schwiegen. Auch Freida beruhigte sich, aber nur eine Sekunde lang.

Lacey stemmte sich aus dem Sessel hoch und tat einige Schritte auf Mack zu. »An manchen Tagen fühle ich mich alt und weise und an anderen Tagen einfach nur alt. Ich gehe zu Bett. Du musst heute Nacht vermutlich häufiger raus?«

»Ich versuche, leise zu sein.«

»Mach dir keine Sorgen. Denk nur daran, die Kerzen auszublasen. Wir wollen doch nicht das Häuschen niederbrennen, das Big Bill mir hinterlassen hat.«

Mack umfasste Laceys Schultern. »Also denkst du nicht, dass ich verrückt bin, die Verlobung zu lösen?«

Lacey legte ihre kühlen Hände um sein Gesicht. »Du musst wissen, mein Lieber, dass ich dich immer lieben werde, egal, was du beschließt. Das ist die Definition von Liebe.« Sie nahm eine Kerze hoch und ging den dunklen Flur entlang. Mack blieb stehen, um sicherzugehen, dass sie ihre Schlafzimmertür sicher erreichte. Bevor sie sie öffnete, wandte sie sich noch einmal zu ihm um. Die Kerze erhellte ihr Lächeln.

»Du bist mein Junge«, sagte sie.

Als Mack ins Foyer zurückkehrte, war es fast elf Uhr. Freida schüttelte das Hotel, wie ein Spieler einen Würfelbecher schüttelt, als versuche sie, es aus seinen

Grundmauern zu heben. Mack nahm Ersatzkissen und -decke aus der Gerätekammer und sank auf dem Boden hinter der Rezeption in den Schlaf. Ein lautes Krachen weckte ihn. Er leuchtete mit der Taschenlampe die Wände des Foyers ab. Dann hörte er noch ein Krachen. Er ging in die Mitte des Raumes und lauschte. Ein weiteres Krachen. Rhythmisches Krachen. Wellen.

Es klopfte an der Hintertür des Foyers. Norris Williams, Zimmer 3.

»Auf den Veranden steht Wasser«, sagte er. Er trug den weißen Hotelbademantel. Sein Haar war vollkommen nass, als käme er gerade aus der Dusche. »Ich kann die Wellen krachen hören.«

»Dringt Wasser in Ihr Zimmer?«, fragte Mack. Er wusste nicht, was von ihm erwartet wurde. Wohin konnten die Gäste gehen? Zum Haus von Bill und Therese? Zu Laceys Haus?

»Noch nicht«, antwortete Mr Williams. Er war der belesene Typ Mensch mit zarten Händen, ein Rechtsanwalt für Erbschaftsangelegenheiten. Der Typ, der mit Notfällen solcher Art nicht gut umgehen konnte. »Meine Frau und ich würden gerne ins Foyer kommen, wenn Sie nichts dagegen haben. Wir würden uns sicherer fühlen.«

»In Ordnung«, erwiderte Mack. Kaum war Mr Williams gegangen, klopfte es erneut an der Hintertür. Mrs Frammer aus Dänemark, Zimmer 6.

»Das Wasser dringt ein. Der Teppich an der Vordertür ist schon nass«, meldete sie. »Müssen wir auf diesem Schiff ausharren, bis es untergeht? Ich habe *Titanic* gesehen. Wir alle.«

»Sie können ins Foyer kommen.« Mack schloss den Reißverschluss seiner Jacke. Regen prasselte durch die geöffnete Tür wie Maschinengewehrfeuer. Mrs Frammer drängte sich an ihm vorbei herein und Mack rannte in den Regen und klopfte an die Hintertüren. »Kommen Sie ins Foyer!«, rief er.

Die Gäste ergriffen Jacken und Taschenlampen und liefen an Mack vorbei zum Foyer. Mack klopfte an jede Tür, und alle Gäste waren sofort zum Gehen bereit, bis auf Clarissa Ford. Sie kam zur Hintertür, sah alle davonlaufen und sagte: »Gott helfe uns!«

»Ich mache dieses Mal keinen Spaß, Clarissa. Es ist Zeit zu gehen.«

»Ich sagte Ihnen bereits, Mack, dass ich nirgendwohin gehe.«

Mack drängte sich an Clarissa vorbei in ihr Zimmer. Ein Fenster war geborsten. Mack ergriff den Knauf der Vordertür mit beiden Händen und riss sie auf.

Die Wellen krachten über die Stufen der Veranda. Eine Welle lief direkt über Macks Füße auf den grünen Teppich. Aber der Teppich war vielleicht ihre geringste Sorge. Die Goldküste könnte abbrechen und ganz fortgespült werden. Mack schlug die Tür zu und verriegelte sie. Dann stopfte er zwei Badetücher in den Spalt am Fuß der Tür.

Er nahm Clarissa am Arm. »Wir müssen hier raus«, sagte er.

Sie entzog ihm ihren Arm. Mack dachte an Maribel. »Ich sagte bereits, dass ich nicht gehe.«

In der Ferne, über den heulenden Wind hinweg, hörte Mack Sirenen.

»Gut«, sagte er.

Ein Löschfahrzeug und zwei Rettungsfahrzeuge bogen in die North Beach Road ein. Der Parkplatz war so voller Sand, dass sie nicht darauf fahren konnten. Aber das war unwichtig. Mack war erleichtert, überhaupt irgendwelche Hilfe zu sehen. Vier Männer in leuchtend orangefarbenen Mänteln betraten das Foyer durch den Seiteneingang. »Jemand hat von seinem Handy aus angerufen und gesagt, hier müsste evakuiert werden«, verkündete einer der Feuerwehrleute. Er hatte breite Schultern und wirkte fähig, der Typ, der bei dieser Art von Notfällen aufblühte. »Also sind wir gekommen, um alle zur High School zu bringen. Dort läuft ein Generator. Dort gibt es Lebensmittel, Wasser und Schlafplätze.«

»Ich habe angerufen«, gestand Norris Williams und schwang sein Handy, als wäre es ein Siegeslos der Lotterie. Er trug noch immer den Morgenmantel. »Ich bin aufbruchbereit. Gehen Sie vor!«

Mack postierte sich am Seiteneingang und drängte die Gäste hinaus, übergab sie dem Feuerwehrmann mit den breiten Schultern, der ihnen half, über die Dünen zu den Rettungsfahrzeugen zu gelangen. Mack zählte die Gäste. Mr Sikahama aus Hawaii, Zimmer 14, sagte, er bezahle keine sechshundert Dollar, um die Nacht im Flur vor einem Klassenzimmer zu verbringen, und er hoffte, voll entschädigt zu werden. Mrs Frammer küsste Mack auf die Wange, als erwartete sie, ihn nie wiederzusehen. Nachdem alle in die Rettungsfahrzeuge gelangt waren, kam der Feuerwehrmann zu Mack zurück. »Sind das alle?«

»So ungefähr. Ich bleibe hier.«

»Sonst noch jemand?«

Mack sah den Strahl einer Taschenlampe aus Bills und Thereses Hauseingang leuchten. »Moment«, sagte er. Der Strahl hüpfte und wackelte, und dann sah Mack Therese, die Cecilys Middlesex-Hockey-Anorak über ihrem Nachthemd trug. Sie war barfüßig.

»Ich fahre mit diesen Leuten«, verkündete sie. »Ich denke, jemand sollte bei ihnen sein, und Bill weigert sich zu gehen.«

»Okay. Fahr mit.«

»Ist Lacey schon im Rettungswagen?«, fragte Therese.

»Lacey«, sagte Mack. Er lief zu Laceys Ferienhaus, riss die Tür auf und rannte den Flur hinab zu ihrem Schlafzimmer. Er klopfte an ihre Tür.

»Gardner?«

Er hörte einen gedämpften Laut, ein raues Atmen. Er stürzte in den Raum. Lacey schlief und schnarchte leise. »Gardner«, sagte Mack. »Wach auf.«

Laceys Gesicht war im Strahl seiner Taschenlampe geisterhaft weiß. Mack rüttelte sie an der Schulter. »Lacey, ich bin es.«

Ihre Lider flatterten. »Max?« Sie blinzelte.

»Wir evakuieren das Hotel, Lacey. Es ist Zeit zu gehen.«

»Ich wusste, dass es bald so weit wäre«, entgegnete sie. »Aber ich bin nicht bereit.«

»Lacey, wir fahren zur High School. Die Feuerwehrleute sind hier.«

Sie öffnete die Augen. Blaue Augen, sehr konzentriert. »High School?«

»Wasser läuft auf die Veranden. Es ist Zeit, alle fortzubringen.«

»Es wird mehr als nur ein bisschen Wasser nötig sein, um mich fortzubewegen«, sagte Lacey. »Fährst du mit zur High School?«

»Nein. Ich bleibe hier.«

»Ich auch«, erwiderte sie. »Wenn wir ertrinken, ertrinken wir.« Sie ließ den Kopf tiefer ins Federkissen sinken. »Weck mich bitte, wenn es Morgen ist. Bitte.«

Der Sand auf dem Parkplatz war zu Dünen aufgeworfen, von denen einige das Wasser stauten. Der Wind trommelte und heulte. Mack kletterte über die Sandhügel zur Veranda des Foyers. Er postierte sich hinter einer Säule der Veranda, um den umherwehenden Sand abzuwehren, und richtete den Strahl seiner Taschenlampe auf den Strand.

Die Wellen krachten über den Pavillon, als wäre er nicht vorhanden, und brachen ungefähr drei Meter vor dem Foyer – drei Meter, die Länge eines Kompaktwagens. Mack war wie gelähmt, als er beobachtete, wie der Nantucket Sound tobte. Wie er angriff.

Mack hörte, wie jemand seinen Namen rief und sah erneut den Strahl einer Taschenlampe aus Bills Haus kommen. Er erblickte Bill, der über die Sanddünen kletterte und Pfützen von der Größe eines Kinder-Swimmingpools umrundete. Er hielt einen gelben Regenmantel am Hals fest geschlossen. Darunter trug er einen Pyjama und Gummischuhe.

»Was ist los?«, schrie Bill.

Mack konnte nichts sagen. Er war wütend. *Was los war?* Mack richtete seine Taschenlampe erneut auf den Strand. *Das, was los ist, nennt man einen Hurrikan. Eine Naturkatastrophe. Ein verdammter Notstand.*

Mack entgegnete aber nur: »Es sind alle evakuiert, außer Clarissa und Lacey.«

»Wie schlimm steht es mit dem Wasser?«, fragte Bill.

»Ziemlich schlimm.« So verärgert Mack auch war, wollte er doch nicht die Nachricht überbringen: Wasser in den Zimmern, der Untergang von Bills Schiff.

Bill schaltete seine Taschenlampe aus und Mack tat es ihm gleich. Sie standen zusammen in der Dunkelheit. Alles, was Mack sehen konnte, war der weiße Schaum, der dem Foyer immer näher kam.

Bill nahm Macks Hand und hielt sie fest.

Er hat schreckliche Angst, dachte Mack. *Zuerst verliert er mich, dann seine Tochter, dann sein Hotel.*

Mack war sich nicht sicher, was er tun würde, wenn Bill anfinge zu weinen. Mack warf ihm heimlich einen Blick zu. Bill lächelte. *Der Bursche hat den Verstand verloren*, dachte Mack. *Er ist verrückt geworden.*

»Ich werde es verkaufen«, sagte Bill.

»Was?«

»Ich werde das Hotel für fünfundzwanzig Millionen Dollar verkaufen. Ich habe einen Käufer, und ich habe beschlossen, es zu verkaufen.«

Mack schaltete die Taschenlampe ein und richtete den Strahl auf den Rand des Wassers. Eine Wolle rollte heran und brach und der weiße Schaum tanzte den Strand herauf.

»Ich glaube dir nicht«, erwiderte Mack.

»Was gibt es da nicht zu glauben? Cecily ist fort, du gehst weg, mein kleiner Sohn ist tot. Für mich war das Hotel nie nur ein Gebäude, Mack. Es ging mir um die Leute in diesem Gebäude.«

Mack hielt den Strahl seiner Taschenlampe aufs Wasser gerichtet und merkte sich im Geiste die Wasserlinie. Er merkte sich Welle auf Welle, bis er in eine Art Erstarrung verfiel. Die Wellen rollten weiter heran und krachten auf den Strand und Macks Lider sanken herab. Er stand da in einem Zustand von Traumschlaf, und jede Welle, die über ihn hinwegspülte, hatte einen Namen. David Pringle: *Lass dich dort im Osten nicht unterkriegen.* Vance und sein Knurren. Maribel schweißglänzend, die bat und bettelte: *Warum wollte sie immer mehr?* Lacey mit ihren pinkfarbenen, flaumigen Pantoffeln: *Du bist mein Junge.* Andrea und James mit ihren gleichermaßen grau-grünen Augen. Therese mit der weißen Strähne für ihr totes Kind im Haar. Der allzu gut aussehende Jem, Mr November, der verlegen und zufrieden aus dem Foyer lief. Cecily, die ins Telefon rief: *Ich liebe dich. Gabriel, ich liebe dich wirklich.* Macks Eltern, in Vergessenheit geraten. Als wäre das alles nicht wichtig. Die Wellen wiegten Mack zum Mai zurück, zu der Zeit vor Mai, vor Andrea und How-Baby und David Pringles Anruf, zurück zu der Zeit, als alles normal war, als alles leicht war. Was hatte ihn glücklich gemacht? Das Hotel – die Rezeption, das klingelnde Telefon, der Strand. Die Gäste, das Personal. Bill, Therese, Cecily, Lacey. Der Beach Club machte ihn glücklich. Natürlich war das Hotel mehr als nur ein Gebäude. Für Mack war es eine Lebensart. Selbst inmitten eines wütenden Hurrikans wollte er hier sein. Genau hier.

Mack kaum ruckartig zu sich. Seine Beine waren starr. Der Wind brüllte wie eine gebärende Frau, aber das Wasser kam nicht näher. Mack schaute nach rechts. Er war überrascht, als er sah, dass Bill noch dort stand und die Lippen bewegte. Er rezitierte Gedichte. Er betete.

»Du kannst das Hotel nicht verkaufen«, sagte Mack. »Du hast dein ganzes Leben reingesteckt.«

»Ich kann ein neues Leben beginnen. Therese nehmen und nach Hawaii ziehen, oder nach Saipan, wo auch immer das ist.«

»Bill, du kannst das Hotel nicht verkaufen. Ich werde es nicht zulassen.«

»Du kannst es nicht verhindern«, erwiderte Bill.

»Ich kann dich davon abhalten«, sagte Mack.

»Wie?«

»Ich kann bleiben.«

Bill nickte gemächlich.

»Habe ich Recht?«, fragte Mack. »Wird das dich davon abhalten?«

»Wirst du bleiben?«

»Wird das dich davon abhalten?«

Bill wandte sich zu ihm um. »Hast du mir die Briefe geschrieben?«, fragte er. »Bist *du* S. B. T.?«

»Nein«, antwortete Mack.

Bill schüttelte den Kopf. »Nein, das habe ich auch nicht geglaubt.«

»Ich werde bleiben«, verkündete Mack.

»Okay.« Bill ließ den Lichtstrahl seiner Taschenlampe über den Parkplatz schweifen, und Mack folgte dem Strahl – ein Toyota 4-Runner stand bis über die Reifen im Sand, und die Fahrräder im Fahrradständer waren bis zu den Lenkern begraben. Der Wind ließ nicht nach.

Dann hörte Mack ein Geräusch, eine Stimme. Die Stimme. *Zu Hause. Zu Hause.* Es war das Summen, über dem Heulen des Windes laut und deutlich. *Zu Hause.* Mack griff nach Bills Arm. »Hörst du das?«

»Was?«, fragte Bill.

»Diese Stimme. Die Stimme sagt ›Zu Hause‹. Hörst du es? Bitte sag mir, dass du es hörst. Hörst du es? Da – da ist es wieder. Zu Hause. Sag mir einfach, dass du es hörst.«

Bill kletterte über einen Sandwall und strebte den sicheren Gefilden seines Hauses zu. »Ich weiß nicht, wovon du redest.«

Mack erwachte zuerst vom Duft frischen Kaffees und dem Versprechen der Helligkeit. Er fürchtete sich, die Augen zu öffnen. Er wollte nicht enttäuscht werden. Dann hörte er Flüstern – Kichern, Lachen. Mack ließ sich an die Oberfläche des Schlafs treiben, weit genug, um zu erkennen, dass sein Rücken, die Arme und die Füße schmerzten. Er öffnete die Augen. Vance und Love standen über ihm. Vance trug zwei Kartons Doughnuts und Love ein Papptablett mit Kaffee.

Mack hob den Kopf einen Zentimeter. »Ist es vorbei?«

»Ja«, erwiderte Vance. »Aber es sieht nicht gut aus. Steh auf und sieh es dir selbst an.«

Mack gelang es, sich allein aufzusetzen, und mit Hilfe von Vances Hand stand er auf. Licht drang rund um die Fensterläden überall in das Foyer.

»Ich kann es nicht glauben«, rief Mack. »Das sieht nach Sonne aus.«

»Vielleicht solltest du besser eine Weile warten, bevor du rausschaust«, bemerkte Vance. »Ich gebe dir einen Hinweis. Ich musste den Datsun eine Viertelmeile die North Beach Road hinauf parken.«

»Wir sind über den Sand marschiert«, erklärte Love. »Dank meiner Erfahrung im Querfeldein-Skifahren habe ich den Kaffee hierher geschafft, ohne einen Tropfen zu verschütten.«

Vance warf Love einen Arm um den Hals und küsste sie. »Du bist klasse!«

Mack dachte an Maribel. Plötzlich schmerzte nicht mehr nur sein Körper. »Hat jemand Jem gesehen?«, fragte er hoffnungsvoll. »Oder meinen Jeep?«

Vance und Love schüttelten den Kopf. Love schaute zu Boden. »Trink deinen Kaffee.« Vance reichte Mack einen Becher. »Warst du die ganze Nacht auf?«

»So ungefähr«, antwortete Mack. »Haben wir Strom?«

»Noch nicht.«

»Wir haben alle Gäste evakuiert«, berichtete Mack. »Die Lastwagen der Feuerwehr haben alle zur High School gebracht. Ich wollte das Hotel nicht verlassen.«

»Du bist so loyal«, sagte Love.

»Er ist verrückt«, widersprach Vance. »Bist du sicher, dass du bereit bist, rauszugehen? Wappne dich, Mann! Ich warne dich!«

»Ich bin bereit«, sagte Mack. »Es war schon in der Nacht ziemlich schlimm.«

»Dann los!«, sagte Vance. »Ich will dein Gesicht sehen.«

Mack und Vance verließen das Foyer durch die Seitentür. Zunächst fiel Mack auf, dass es ein wundervoller Tag war. Die Hitze und Feuchtigkeit der vorangegangenen Wochen waren verschwunden. Es war frisch und der Himmel war erstaunlicherweise strahlend blau.

Der Beach Club wirkte wie die Sahara. Der Sand auf dem Parkplatz lag an manchen Stellen brusthoch. Die Veranda des Foyers, wo Bill und Mack in der Nacht zuvor gestanden hatten, war verschüttet – Sandverwehungen lagen bis auf halbe Höhe der Türen. Der Pavillon war vollkommen verschüttet, ausgenommen das Spitzdach, das hervorsah – ein Kopf ohne Körper. Der Strand war mit Tang, toten Seemöwen und Steinen übersät.

Das Hotel stand noch, obwohl die Veranden unter dem Sand begraben waren. Mack und Vance gingen herum und betraten alle Zimmer durch die Hintertür. In allen Veranda-Zimmern waren die Teppiche durchtränkt – Macks Schuhe quatschten beim Gehen. Die Säume der Bettüberwürfe waren nass und an einigen Frisierkommoden hatte das Wasser Spuren hinterlassen. »Wenn wir alle Teppiche rausnehmen und ein großes Loch in den Boden schneiden, könnten wir diese Zimmer vielleicht eines Tages trockenlegen«, schlug Vance vor.

»Die Teppiche müssen auf jeden Fall erneuert werden«, entgegnete Mack. »Das wird eine gewaltige Aufgabe.«

»Ich wette, du bist froh, dass du gehst«, höhnte Vance. »Du hast dir den richtigen Zeitpunkt dafür ausgesucht.«

Mack schwieg.

Er eilte zu Zimmer 7. Clarissa Ford stand an der Hintertür und rauchte.

»Sie haben überlebt«, stellte Mack fest. »Wie sieht es in Ihrem Zimmer aus?«

»Verwüstet«, sagte sie. Sie senkte den Blick. »Ich habe die ganze Nacht in der Badewanne verbracht.« Mack schaute in Zimmer 7 hinein. Clarissa hatte all ihre Kleidungsstücke auf dem Bett gestapelt, aber sie waren dennoch durchtränkt. Die Lampen waren geborsten, der Fernseher zerschmettert, der Ledersessel ruiniert.

»O Gott!«, rief Mack aus. »Es ist erstaunlich, dass Sie das überlebt haben.«

Clarissa stieß eine Rauchwolke aus. »Ich werde dafür bezahlen, das versteht sich von selbst. Ich frage mich, ob Therese zulässt, dass ich beim Renovieren helfe. Dann wird es wirklich wie ein Zuhause sein, wenn ich nächsten September wiederkomme.«

»Rechnen Sie nicht damit«, entgegnete Vance. »Aber das Wichtigste ist, dass Sie jetzt sicher sind. Es war eine heftige Nacht.«

»Oh, Schätzchen«, sagte Clarissa. »Ich war dabei.«

Mack fasste Vance am Ellbogen, bevor sie die Hintertür des Foyers erreichten. »Rufst du bitte bei mir zu Hause an? Wenn Jem da ist, sag ihm, er soll seinen Arsch hierher bewegen.«

»Ich kann nicht glauben, was du gestern getan hast. Du hast sie weggegeben, Mann. Warum zum Teufel hast du das gemacht?«

»Ich habe meine Gründe«, antwortete Mack. Er rieb mit den Händen über Vances geschorenen Schädel. »Rufst du für mich an, Mann?«

Vance schlug Macks Hände fort. »Ich werde anrufen,

wenn du aufhörst, mich anzufassen. Ich liebe dich nämlich nicht, Petersen.«

»Ich weiß«, entgegnete Mack. »Danke.«

Als Mack zur Vorderseite des Foyers herumging, kam ein Schulbus die North Beach Road herauf, und die Hotelgäste stiegen aus: Mrs Frammer, Mr Sikahama, Mr Williams im Bademantel. Sie kamen über die Dünen auf das Foyer zu. Therese, Cecilys Anorak bis zum Kinn hochgezogen, schleppte sich erschöpft zu Mack, wie ein Soldat, der aus dem Krieg heimkehrt. Sie schirmte ihre Augen vor der Sonne ab.

»Wie war es?«, fragte Mack.

»Hat Cecily angerufen?«, fragte Therese.

Er hasste den verzweifelten Unterton in ihrer Stimme. Sie war nur acht Stunden fort gewesen. »Nicht, dass ich wüsste. Die Telefone sind die ganze Nacht ausgefallen.«

»Ich dachte, wenn sie die Nachrichten sieht oder so ...« Sie grub einen Zeh in den Sand. »Unser Reich ist zerstört. Ich dachte, wenn sie es erführe, würde sie vielleicht anrufen.«

»Es ist nicht zerstört, Therese. Wir hatten Glück. Nur Zimmer 7 ist hin. In den übrigen Vorderveranden sind die Teppiche und ein paar andere unbedeutsame Sachen beschädigt. Vance arbeitet gerade daran. Heute Nachmittag können die Gäste wieder in ihre Zimmer.«

Therese blinzelte. »Wirklich?«

»Es wird nicht großartig, aber okay.«

»Nicht ruiniert?«

»Nicht ruiniert.«

»Dann können sich die Gäste so lange an den Strand setzen. Wir haben in der Schule gefrühstückt. Hast du Bill gesehen?«

»Seit letzter Nacht nicht mehr«, antwortete Mack.

Therese schaute zum Fenster hinauf, das zur Bucht

hinausging. »Er steht vermutlich da oben und beobachtet uns. Wenn er nicht durch einen Herzanfall umgekippt ist. Ich mag dir nicht einmal erzählen, was er letzte Nacht durchgemacht hat.«

»Ich habe ihn gesehen, unmittelbar bevor er zu Bett ging«, erwiderte Mack. »Er wirkte in Ordnung.«

Thereses Augen wurden feucht und sie blinzelte gegen die Tränen an. Mack konnte sich nicht erinnern, dass er Therese jemals hatte weinen sehen. Sie wirkte wie ein Kind, in ihrem Nachthemd, dem schlecht sitzenden Anorak, mit bloßen Füßen und ihrem hinter die Ohren geschobenen, pfirsichfarbenen Haar. Er hatte bei Cecily im Laufe der Jahre eine unheimliche Ähnlichkeit mit Therese bemerkt, und jetzt wurde er Zeuge des Gegenteils: Therese stand nachlässig vor ihm und wirkte für alle Welt wie ihre Tochter im Teenageralter.

Sie schniefte und richtete sich auf. »Ich sollte lieber zu Bill gehen. Gib mir Bescheid, wenn Vance fertig ist, dann schicke ich die Zimmermädchen rüber.«

»Mach ich«, entgegnete Mack.

Therese wandte sich noch einmal um, bevor sie ihr Haus betrat. »Wie geht es Lacey?«, fragte sie.

Mack brachte einen Becher Kaffee zu Laceys Ferienhaus. Ihre Wohnung war düster, Licht drang nur an den Rändern der Fensterläden ein und hinterließ Streifen auf den Orientteppichen. »Gardner?«, rief er. Mack ging auf Zehenspitzen zu Laceys Schlafzimmer und klopfte an die Tür. »Lacey, du kannst getrost aufstehen. Die böse Freida ist vorübergezogen.«

Er lauschte, hörte aber nichts. Sie schlief noch. Sie hatte ihn gebeten, sie zu wecken, wenn der Morgen käme. *Bitte.* Mack öffnete Laceys Schlafzimmertür und spähte hinein.

Lacey hatte die Augen geschlossen. Eine Hand lag zur Faust geballt über ihrem Herzen und ihr anderer Arm baumelte von der Bettkante. Auf dem Boden lag eine durchgebrochene Bienenwachskerze. War sie schon in der Nacht da gewesen? Er konnte sich nicht daran erinnern.

»Lacey?«, rief Mack. Er lauschte auf ihren Atem, auf ihr leises Schnarchen. Er lauschte und wartete darauf, dass sie die Augen öffnen würde. Wartete darauf, dass sie ihn wieder mit Maximilian verwechseln würde. Er wartete, bis er nicht mehr warten konnte, und dann berührte er ihre Wange – sie war kalt. Lacey war tot.

Maribel wusste, dass der Strom wieder da war, als sie das Telefon klingeln hörte. Sie öffnete die Augen und war sich sofort bewusst, dass Jems Arm über ihrer Taille lag. Sie stand nicht auf, um ans Telefon zu gehen. Es war entweder Mack oder Tina und sie wollte mit keinem von beiden sprechen. Das Telefon klingelte viermal, aber der Anrufbeantworter schaltete sich nicht ein – das Band musste beim Stromausfall gelöscht worden sein.

Maribel rollte sich zu Jem herum. Er lag mit dem Gesicht nach unten auf Macks Kissen. Seine jungen, starken Schultern waren nackt, er hielt einen Arm gebeugt unter dem Kopf und der andere berührte Maribels Seite. Maribel verspürte eine Woge von Verlangen. Sie hob die Decken an. Jem trug nur seine Boxer-Shorts.

Sie legte sich zurück und erwog sorgsam ihre Möglichkeiten. Sie könnte Jem die Boxer-Shorts ausziehen und mit ihm schlafen, oder sie konnte ihn in Ruhe lassen. Maribel schaute aus dem kleinen Schlafzimmerfenster. Sie sah tatsächlich Sonnenschein, immerhin ein gutes Zeichen.

Bevor Maribel auch nur einen Muskel bewegte, erklärte sie Mack die Dinge im Geiste. *Ich tue das nicht, weil ich sauer bin. Ich bin nicht sauer. Ich bin verletzt und enttäuscht, weil ich dich auf so viele Arten geliebt habe, wie ich konnte, und es letztendlich nie richtig war. Also bin ich jetzt hier und schicke mich an, es zu tun, weil ich glaube, dass es mir helfen wird, glücklich zu sein, wenn auch nur vorübergehend. Obwohl ich allmählich lerne, dass alles Glück nur vorübergehend ist.*

Maribel presste die Lippen auf Jems Schulter. Sie bewegte ihren Mund den Bruchteil eines Zentimeters weiter abwärts und küsste ihn nochmals. Sie wartete, aber er regte sich nicht. Sie wählte eine Stelle an der Wölbung, die seitlich seines Halses zur Schulter verlief und drückte ihm dort einen dicken, feuchten Kuss auf.

Das Telefon klingelte wieder. Maribel zählte die Klingeltöne. Sie schaute hoffnungsvoll auf Jem. Er atmete schwer, ungerührt. *Warum schlief er ausgerechnet jetzt?* Maribel glitt aus dem Bett und lief ins Wohnzimmer ans Telefon.

»Maribel?« Es war die Stimme eines Mannes, aber nicht Macks Stimme.

»Ja?«

»Ich bin es. Vance.«

»Hi, Vance. Mack ist nicht hier. Ich dachte, er wäre unten im Hotel.«

»Er ist hier«, entgegnete Vance. »Ich bin, eh ... Eigentlich suche ich Jem. Ist er da?«

Maribel sank aufs Sofa. »Warum glaubst du, dass er hier wäre?«, fragte sie. Ihr Herz pochte wie schwere, unheimliche Schritte. »Hat Mack gesagt, er wäre hier?«

»Mack wollte letzte Nacht, dass Jem nach dir sieht. Aber ich bin froh, dass er es nicht getan hat. Er wäre bei dem Wetter besser nicht draußen gewesen. Ich sag dir was, ich versuche, Jem zu Hause zu erreichen.«

»Mach dir keine Mühe«, erwiderte Maribel. »Er ist hier.«

»Echt?«

»Ja. Wozu brauchst du ihn?«

»Eh ...« Pause. »Wir brauchen ihn hier zum Arbeiten.«

»Ich sage es ihm«, erklärte Maribel. »Ich werde ihn runterschicken, wenn er aufwacht.«

»Okay.« Am Klang von Vances Stimme konnte sie erkennen, dass es für ihn alles andere als okay war. »Danke, Maribel.«

»Schon gut«, sagte sie.

Maribel legte den Hörer auf und trat nach draußen, um den Schaden zu begutachten. Der Hinterhof war ein Katastrophengebiet. Die Bäume hatten Blätter und Äste verloren, die über den ganzen Hof verstreut lagen – Zweige in der Größe von Bleistiften, Äste vom Umfang eines Männerarms. Ein großer Ast war in Maribels Garten gefallen und hatte die Zinnien und das Springkraut zerdrückt. Auf dem Rasen standen knietiefe Pfützen. Aber die Sonne schien und fühlte sich auf Maribels bloßen Armen und Beinen gut an.

Sie schloss die Tür und ging zurück ins Schlafzimmer. Jem war wach und hatte sich aufgesetzt. Sein dunkles Haar war verwuschelt und er hatte Abdrücke vom Kissen auf dem Gesicht. Maribel setzte sich neben ihn auf die Bettkante.

»Wer hat angerufen?«, fragte er.

Sie legte ihm einen Finger auf die Lippen, wählte eine

Stelle unmittelbar unter seinem Schlüsselbein und küsste sie. Wenn Gerüchte entstünden, dachte sie, könnten sie vielleicht ebenso gut wahr sein.

Das Telefon klingelte noch fünfmal, während sich Maribel und Jem liebten, aber Jem schien es nicht zu bemerken. Er konzentrierte sich darauf, sie zu küssen und zu streicheln. Er war stark und jung und sexy, und er liebte sie. Er sagte es immer wieder: »Ich liebe dich, Maribel. Ich liebe dich.« Als er kam, schrie er auf. Er war von Liebe überwältigt, und Maribel wusste genau, wie er sich fühlte. Hier war eine Blume, deren Blütenblätter alle dasselbe sagten: *Er liebt mich*.

Jem drückte sie fest an sich und küsste ihre Haar. »Ich möchte, dass du mit mir nach Kalifornien kommst.«

»Oh, Jem.«

»Ja, das möchte ich wirklich. Ich habe dich schon einmal darum gebeten, als ich zum Abendessen kam. Erinnerst du dich?«

»Ich erinnere mich.« Das Telefon läutete wieder – und wieder schien Jem es nicht zu hören. »Ich weiß nicht, was ich sagen soll. Ich bin nicht sicher, ob ich nach Kalifornien gehen will.«

»Wohin willst du denn gehen?«, fragte Jem. »Sag mir, wohin, und ich bringe dich dorthin.«

Maribel lächelte. »Ich möchte nach Unadilla gehen.« Sie wollte ihre Mutter sehen. Sie wollte in Tinas Armen gewiegt werden.

»Ich gehe nach Unadilla. Ich gehe dorthin, das schwöre ich!«, sagte er.

Es war überhaupt nicht schwer, so sehr geliebt zu werden. Das war die Liebe, die Maribel brauchte – bedingungslos, blind, hingebungsvoll. Es war die Liebe, die sie durch den fehlenden Vater entbehrt hatte.

Später, als Jem duschte, klingelte das Telefon erneut, und Maribel nahm ab. *Ich habe meine Entscheidung getroffen*, dachte sie, *und wer auch immer am anderen Ende ist, wird es sich anhören müssen.* »Hallo?«

»Mari?« Es war Mack, aber er klang bestürzt. Es klang, als weinte er.

»Was ist los?«, fragte sie. Er schluchzte ins Telefon. Maribel verengte die Augen. Hatte sie ihm das angetan? »Mack, was ist los?«

»Lacey ist tot«, sagte er.

Die Worte sanken in Maribel ein wie Münzen in einen Brunnen. »Lacey ist tot«, wiederholte sie. Lacey war tot. »O Gott, Mack. Es tut mir Leid. Das tut mir sehr Leid.«

Er weinte ins Telefon wie ein kleiner Junge. Sie würde gern hören, wie er so um sie weinte.

»Sie war meine beste Freundin«, erklärte Mack.

»Ich weiß«, erwiderte Maribel und empfand einen stechenden Schmerz. Lacey Gardner hatte die Rolle der besten Freundin ausgefüllt, und Maribel hatte so verzweifelt versucht, die Rolle der Ehefrau auszufüllen. Maribel hatte das Wichtigste versäumt. Sie hörte sich Macks Weinen an, tröstete ihn hin und wieder und staunte darüber, wie sehr ihre Liebe zu ihm etwas ähnelte, das man unter Wasser drückte – sobald man es losließ, gelangte es an die Oberfläche. Sie wollte ständig wiederholen: »Ich werde deine Freundin sein, Mack, ich werde deine Freundin sein«, aber sie fragte sich, ob es dafür nicht zu spät war. Lacey war tot. Die Welt, wie sie sie kannten, war zu Ende.

Bill dankte Gott für Therese. Menschen in Not waren ihre Spezialität, ihre Domäne. Kaum war sie mit den Gästen zum Hotel zurückgekehrt, klopfte Mack an die Tür, um ihnen die Nachricht von Lacey zu überbringen.

Therese führte Mack herein und gab ihm ein Glas Wasser, setzte sich neben ihn aufs Sofa und hielt seine Hand. Sie weinte ein wenig mit ihm und sagte: »Lacey ist da, wo sie sein will, Mack. Sie ist endlich bei ihrem Mann.«

»Aber was ist, wenn das Schwachsinn ist«, wandte Mack ein. »Was ist, wenn es gar keinen Treffpunkt im Himmel gibt?«

Bill wartete, um zu hören, was Therese sagen würde. Er fragte sich auch selbst – jedes Mal, wenn er Brustschmerzen hatte, und letzten Winter, als der Krankenwagen ihn ins Krankenhaus brachte –, *was als Nächstes kam*. Es war eine Frage ohne Antwort. Niemand wusste das, nicht einmal Robert Frost. Bill hatte immer an etwas Größeres geglaubt. Achtundzwanzig Jahre lang, seit W. T. gestorben war, hatte sich *etwas Größeres* in seinen Geist eingegraben. Ein Grund. Lacey Gardner, gestern hier, heute tot. Warum?

Therese sagte zu Mack: »Wir müssen hoffen. Wenn ich im Sterben liege und bereit bin zu gehen, weißt du, was ich dann tun werde? Ich werde mit ganzem Herzen hoffen. Und dann werde ich loslassen. Ich hoffe, ich verschwinde nicht. Ich hoffe, ich lande sicher irgendwo.«

Bills Fingerspitzen kribbelten. Er liebte seine Frau. Wenn er im Sterben läge und bereit wäre zu gehen, würde er ebenfalls hoffen. Er würde hoffen, dass der Tod sie nicht trennte.

Therese ließ den Leichenbestatter kommen und brachte Laceys Ferienhaus persönlich von oben bis unten in Ordnung. Sie fand auch Laceys Testament. Sie rief bei der Zeitung an und gab die Todesanzeige auf. Sie trat mit Father Eckerly von St. Mary's in Kontakt und arrangierte die Beisetzung, die am Freitag stattfinden sollte.

Als sie und Bill im Bett lagen, sagte Therese: »Ich habe Laceys Testament gelesen, bevor ich es ihrem Anwalt geschickt habe. Sie hat Mack ihr Ferienhaus hinterlassen.«

»Tatsächlich?«

»Hättest du etwas anderes erwartet?«

»Ich habe nie darüber nachgedacht«, antwortete Bill. Das war die Wahrheit: Therese hatte Mack und das übrige Personal bemuttert, die bestürzt waren – Vance, Jem, Love –, aber niemand hatte gefragt, wie Bill sich fühlte. Und er hatte Lacey Gardner länger als alle anderen gekannt. Er war ihr begegnet, als er acht Jahre alt war, ein widerspenstiger, mürrischer, kleiner Junge. Lacey und ihr Mann Maximilian waren Mitglieder des Beach Club und sie hielten sich nach Kriegsende an jedem Sommertag auf dem Gelände auf. Lacey pflegte Bill die Hand zu schütteln wie einem Erwachsenen und zu fragen: »Wie geht es dir?« Bill kreuzte dann die Arme über der Brust und sah sie mit vernichtendem Blick an. Dann versprach Lacey, ihm zwei Pennies zu schenken, wenn er lächeln würde. »Nein«, sagte er. »Ich lächele nicht für Geld.« Bill konnte sich erinnern, wie Lacey als junge Frau ausgesehen hatte (blondes, zu einem Chignon geschlungenes Haar und an der Taille gegürtete Kleider), wie sie den Kopf zurückwarf und lachte und sich die Augenwinkel mit einem bestickten Taschentuch wischte. Sie erinnerte ihn in den darauf folgenden Jahren sehr oft an diesen Moment. Es war ihre gemeinsame Pointe. *Ich lächele nicht für Geld.* Er hatte vermutlich gemeint, dass man seine Zuneigung nicht erkaufen konnte. Sie musste verdient werden. Und Lacey Gardner hatte sie sich verdient.

Er hatte nie daran gedacht, dass Lacey sterben könnte – sie schien übermenschlich, der einzige Mensch aus der Generation seiner Eltern, der ewig leben würde. Aber nun war sie tot. Bill war nicht nur todtraurig über den Verlust, er wusste auch, was das bedeutete: Er war der Nächste.

»Sie hat also Mack ihr Ferienhaus hinterlassen«, sagte Bill. Er erinnerte sich an seine Unterhaltung mit Mack während des Sturms. »Er hat versprochen zu bleiben.« Er nahm seine Frau in die Arme und sprach in ihr duftendes Haar. »Ich möchte einfach, dass irgendjemand bleibt.«

Mack holte seine Sachen aus der Parterrewohnung, als Maribel arbeiten war. Er stopfte seine Kleidung in Müllbeutel und sah die CDs durch. Er packte seine Schecknachweise und die Fotos seiner Eltern ein. Der Fernseher gehörte ihm, aber er überließ ihn Maribel. Die Küchensachen gehörten alle ihr, bis auf einen Flaschenöffner in Walform, der Maximilian gehört hatte. Mack nahm ihn mit. Den Gasgrill hatten sie zusammen gekauft, aber er ließ ihn da. Er packte seine ganze Habe auf den Rücksitz des Jeeps und dann saß er in der Einfahrt. Er überlegte, ob er eine Nachricht hinterlassen sollte. Was für eine Nachricht?

Als er wieder in den Club kam, wurde die Arbeit nicht weniger. Mack schaufelte Sand – es war, als müsste man einen gigantischen Teller Spaghetti leeren – und schien nicht voranzukommen. Aber es hielt seinen Körper in Bewegung und bereitete ihm Schmerzen. Er versuchte, sich auf den körperlichen und nicht auf den anderen Schmerz zu konzentrieren. Lacey war fort. Maribel war fort.

Nach der Arbeit trug Mack seine Beutel in Laceys Ferienhaus. Er kramte den walförmigen Flaschenöffner hervor und öffnete damit ein Bier. Er machte es sich in Laceys Sessel bequem. Er musste zwei Anrufe erledigen.

Der erste galt How-Baby.

Eine aus dem Süden stammende Sekretärin mit zuckersüßer Stimme nahm den Anruf entgegen. »Sind Sie *der* Mack Petersen, unser neuer Vizepräsident für Reise und Gastlichkeit?«

»Ja«, antwortete Mack schwach. »Kann ich bitte Howard sprechen?«

How-Baby kam an den Apparat, seine Stimme dröhnte, als säße er nur einen Meter entfernt. »Ich habe mir Sorgen um dich gemacht! Wir haben gesehen, dass Freida euch richtig erwischt hat. Haben es in den Nationalnachrichten gesehen. Wie steht es um das Hotel?«

»Es kommt wieder in Ordnung«, erwiderte Mack. »Aber es gibt viel zu tun.«

»Also kannst du wohl nicht so leicht dort weggehen«, stellte How-Baby fest.

»Ich werde überhaupt nicht hier weggehen. Das ist der Grund, warum ich anrufe.«

How-Baby schwieg.

»Ich rufe an, um dein Angebot abzulehnen, Howard. Ich muss hier bleiben. Es ist nichts Persönliches und es hat auch nichts mit Geld zu tun. Glaub mir, alles, was du mir angeboten hast, ist prima. Das ist einfach eine Entscheidung aus dem Bauch heraus.«

How-Baby schwieg immer noch.

»Howard, bist du noch da?«

How-Baby hustete. Mack versuchte, ihn sich durcheinander, aufgeregt, aus der Fassung gebracht vorzustellen. Unvorbereitet erwischt. Es schien nicht möglich.

»Ich bin hier«, sagte How-Baby. »Weißt du, gerade gestern Abend hat Tonya mit gefragt, was wir nächsten Sommer machen, wenn wir nach Nantucket kämen und du nicht da wärst. Sie sagte, das könnte sie sich nicht vorstellen.«

»Sie wird es sich nicht vorstellen müssen«, erwiderte Mack. *Der neue Job war weg.*

»Nein. Vermutlich nicht.«

Der zweite Anruf galt David Pringle. Mack nahm einen großen Schluck Bier, bevor er dessen Nummer wählte.

»David, hier ist Mack. Mack Petersen.«

David kicherte. »Es ist erst September, Mack. Ich dachte, du würdest diesen Anruf noch mindestens einen Monat aufschieben.«

»Nein!«

»Wie sieht es aus?«, fragte David. »Du hattest den ganzen Sommer Zeit, darüber nachzudenken. Bist du zu einem Entschluss gekommen?«

»Hat Wendell seine Meinung geändert?«, fragte Mack.

David stieß einen Pfiff aus. Mack stellte sich vor, wie er zurückgelehnt in seinem Ledersessel saß, die Hemdsärmel aufgerollt. »Nein, er hat seine Meinung nicht geändert. Er hat für seine Ruhestandsfeier eine Halle gemietet.«

»Oh.«

»Also wirst du verkaufen?«

»Hat sich niemand sonst als viel versprechend erwiesen?«, fragte Mack. »Diesen Sommer, niemand …«

»Mack, ich habe dir erklärt, wie die Dinge liegen. Niemand wird sich weiter um die Farm bemühen, dem sie nicht gehört. Wendell hat es aus Liebe zu deinem Vater getan, ganz einfach. Es gibt niemanden sonst.«

»Okay«, entgegnete Mack. »Verkaufen Sie sie.« *Die Farm war fort.*

»Ich werde sie gleich morgen früh anbieten«, sagte David. »Wir werden dadurch nicht reich werden.«

»Ich weiß.«

»Was soll ich mit dem Haus machen?«

»Gar nichts«, antwortete Mack. »Ich komme zurück. Ich werde es selbst ausräumen.«

»Du kommst zurück?«

»Wenn das Hotel schließt, werde ich rausfahren. Ich werde mir ein oder zwei Wochen freinehmen.«

»Ruf mich an, wenn du hier bist«, sagte David. »Du kannst einige Papiere unterzeichnen. Und, tja ... Ich würde dich gerne sehen, Mack. Ich wette, du bist ganz erwachsen geworden.«

»Stimmt.«

Am nächsten Tag stand Mack in einer grauen Nadelstreifenhose, die zu einem Anzug gehörte, den er nie trug, auf der Vordertreppe der St. Mary's Church an der Federal Street und begrüßte Menschen, die zu Laceys Beerdigung kamen. Es war tatsächlich nichts anderes als sein Job im Hotel – Leute begrüßen und ihnen das Gefühl geben, ein willkommener Gast zu sein. Portier der Beerdigung. Verwalter des Kummers. Vance und Love und Bill und Therese liefen in den Seitenschiffen der Kirche umher und führten die Leute zu ihren Plätzen, aber Mack wollte nicht länger drinnen sein als nötig. Er hatte Clarissa Ford »angeheuert«, die Rezeption des Hotels zu übernehmen und Anrufe anzunehmen.

(Sie tauchte in einem hellblauen Anzug auf und durfte nach Maiglöckchen. »Im Foyer ist Rauchen verboten«, sagte er. »In Ordnung«, sagte sie. »Ich höre auf.«)

Tiny kam bei der Kirche an, natürlich mit einem Mann, einem jungen Mann mit Pferdeschwanz und Schnurrbart.

»Mack, das ist Stephen Rook.« Sie sah Stephen an. »Das ist Mack.«

Mack schüttelte Stephen Rook die Hand. Er fragte sich, ob das Tinys Freund war.

Tiny verkündete: »Stephen ist mein Ehemann.«

»Dein Ehemann?«, fragte Mack. »Ich wusste nicht, dass du verheiratet bist, Tiny.« Er lächelte Stephen Rook entschuldigend zu. »Sie erzählt uns nie etwas über ihr Privatleben.«

Stephen Rook hob die Hand, als wollte er sagen: *He, das ist cool*, und Tiny sagte: »Stephen ist taub, Mack.«

»Huch. Tut mir Leid. Sag ihm, dass es mir Leid tut.«

»Er kann von den Lippen lesen«, erklärte sie.

»Danke, dass ihr gekommen seid«, sagte Mack.

Stephen hob nochmals die Hand und begleitete Tiny dann in die Kirche.

Viele der Menschen, die den Gottesdienst besuchten, waren ältere Freunde von Lacey aus frühen Zeiten. Sie schüttelten Mack die Hand, erklärten, dass sie Lacey von Sankaty oder dem Yacht Club kannten oder dass sie in Laceys Hutladen zu kaufen pflegten. Laceys Arzt und ihr Zahnarzt kamen von Boston, wie auch der iranische Portier von ihrem Bostoner Mietshaus, ein schmächtiger, dunkelhäutiger Mann namens Rom. Rom zückte ein Polaroid-Foto von Lacey, auf dem sie mit seinen Kindern vor dem Charles River stand. »Sie hat immer gesagt, dass sie Nantucket am meisten liebte«, bemerkte Rom. »Jetzt wo ich hier bin, verstehe ich, warum.«

Die gegenwärtige Schulsprecherin von Radcliffe traf mit einer Freundin ein – Meaghan und Meredith. Mack konnte sie nicht auseinander halten, als sie sich zunächst vorstellten. Sie nannten Lacey »Ms. Gardner« und sagten, sie planten eine Wohltätigkeitsfahrt, um ein Lacey-Gardner-Stipendium für junge Geschäftsbesitzerinnen zu gründen. Mack war erstaunt. Hier stand er in dem sicheren Glauben, Lacey besser gekannt zu haben als jeder andere, und doch war er der Hälfte dieser Leute noch nie begegnet.

Gerade als Mack hineineilen wollte, kamen Jem und Maribel heran. Maribel trug ein schwarzes Leinenkleid. Sie hatte ihr blondes Haar mit einer Spange zurückgenommen und war ungeschminkt. Sie sah wunderschön aus. Jem trug einen marineblauen zweireihigen Blazer wie ein Schiffskapitän.

»Mack«, sagte Maribel. Sie lächelte traurig und umarmte ihn, und Mack schloss die Augen, drückte sie und dachte daran, wie sie vielleicht zu dieser Kirche gekommen wäre, um ihn zu heiraten, wenn die Dinge anders verlaufen wären.

»Es tut mir Leid«, flüsterte er ihr ins Ohr. »Es tut mir Leid.«

Als sie sich trennten, waren Maribels Augen rot vom Weinen. »Mir auch«, erwiderte sie.

Mack schüttelte Jem die Hand. Er wollte ihm danken und er wollte ihn von den Kirchenstufen werfen. Aber bevor er sich zwischen diesen beiden Möglichkeiten entscheiden konnte, läuteten die Kirchenglocken, und sie betraten die heilige Stätte.

Mack hasste Orgelmusik, er hasste den widerlichen Geruch von Trauerblumen. Er hasste Särge und Sargträger, obwohl er Laceys Sarg auch auf dem Rücken getragen hätte, wenn sie ihn darum gebeten hätte. Glücklicherweise wollte Lacey jedoch verbrannt werden und Therese trug die Urne mit Laceys Asche neben ihrer Handtasche unter dem Arm. Nach dem Gottesdienst würden sie die Asche am Altar Rock verstreuen. Mack saß neben Bill und Therese in der vordersten Reihe der Kirchenbänke. Hinter sich konnte er hören, wie Menschen weinten. Der Priester, Father Eckerly, sprach über Laceys Leben: ihre Zeit in Radcliffe, ihre Anstellung beim State Health Departement, ihre Hochzeit mit Maximilian, ihr Laden auf der Main Street. Ihr vorbildliches Leben als Katholikin und als arbeitende Frau, die auch eine aufopfernde Ehefrau war. »Lacey hat uns viele Lektionen über das Leben erteilt«, sagte Father Eckerly.

Mack regte sich auf seinem Platz. Er hasste Beerdigungen, weil sie ihn an die Beerdigung seiner Mutter und seines Vaters erinnerten. Seine Eltern waren in gleichen Särgen das Kirchenschiff der Swisher-Presbyterianer-Kirche hinabgerollt worden. Wendell hielt die Grabrede. Er sprach darüber, welch eine Tragödie es war, wie ungerecht, Mack, erst achtzehn, seiner Eltern beraubt. Die Kirche war überfüllt – Familie, Freunde, Nachbarn, Kinder aus der Schule, sogar Farmer aus Davenport und Katonah. Sie waren gekommen, um ihre Aufwartung zu machen, aber irgendwie überschattete die Tragödie die einfache, gutherzige Art seiner Eltern. Irgendwie gingen seine Eltern in all der Traurigkeit verloren.

Nach der Zeremonie wurden Macks Eltern auf dem Friedhof hinter der Kirche begraben. Mack beobachtete mit versteinerter Miene, wie seine Eltern in die Erde hinabgelassen wurden. Als der Pfarrer eine Hand voll Erde auf die Särge warf, drängte sich Mack durch die Menge und lief zu seinem Elternhaus zurück, das über eine Meile entfernt war. Er setzte sich allein in sein

Schlafzimmer, bis sein Onkel kam und ihn holte. »Sie wollen dich beim Mittagessen sehen.« Mack ging mit zum Haus seiner Tante, wo alle sagten, dies sei das Traurigste, wovon sie je gehört hätten, und es sei die traurigste Beerdigung gewesen, an der sie jemals teilgenommen hätten.

Das Problem mit Beerdigungen war, dass sie niemals jemandem gerecht wurden, beschloss Mack. Father Eckerly konnte den ganzen Tag eintönig über Laceys Balanceakt zwischen Karriere und Heim reden – eine Frau, die ihrer Zeit voraus war –, aber das kam an die wahre Lacey nicht heran. Die wahre Lacey trank von Punkt fünf Uhr bis zum Zubettgehen Whisky, sie hörte stundenlang zu, ohne zu urteilen, sie verteidigte die Liebe und die Kraft des menschlichen Geistes.

Mack schloss die Augen. Er wusste nicht, was er ohne sie tun würde.

Als sie zum Altar Rock aufbrachen, fühlte sich Mack besser. Er fuhr mit Love und Vance in seinem Jeep, Bill und Therese und Tiny und Stephen folgten im Cherokee, und Rom und die beiden Frauen aus Radcliffe wollten ebenfalls mitkommen – also schlug Mack vor, dass sie Laceys Buick nehmen sollten. Die drei Wagen wanden sich durch die Heidelandschaft, die gerade eine rote Färbung annahm. Der Herbst war nur noch eine knappe Woche entfernt. Mack fuhr den steilen Hang zum Altar Rock hinauf, den höchsten Punkt auf der Insel. Er parkte, nahm die Urne mit Laceys Asche vom Vordersitz. (Therese hatte ihm die Urne nach der Zeremonie gegeben und gesagt: »Ich glaube, Lacey würde mit dir fahren wollen.«) und stieg aus.

Als Mack Laceys Testament zum ersten Mal las, fragte er sich, warum sie ihre Asche am Altar Rock verstreut haben wollte – warum sie nicht beim Beach Club ins Wasser streuen? Aber sobald er aus dem Wagen stieg, begriff er, warum. Das Panorama war atemberaubend – von hier aus konnte er Sankaty Lighthouse, Nantucket Harbor und in der Ferne Great Point Light sehen. Wenn sie Laceys Asche am Beach Club verstreut hätten, hätte das Wasser sie vielleicht davongetragen. Aber hier würde sie eins mit Nantucket.

Mack wartete, bis sich die Gruppe zu einem Halbkreis aufgestellt hatte, dann öffnete er die Urne. Er erwartete Asche wie von einer Zigarette – er dachte flüchtig an Clarissa Ford –, aber diese Asche war klumpig und hart, wie Korallenstücke. Er nahm eine Hand voll und reichte die Urne nach links weiter, zu Bill. Bill nahm ebenfalls eine Hand voll und gab die Urne an Therese weiter, und so fort, bis die Urne Rom erreichte, und Rom musste sie umdrehen, so dass die letzten wenigen Stücke von Laceys Überresten lose in seine Hand fielen.

Mack wandte sich an Bill. »Möchtest du ein Gedicht aufsagen?«, flüsterte Mack. »Oder sollten wir, ich weiß nicht … sollten wir alle etwas sagen?«

Therese beugte sich herüber. »Warum suchen wir uns nicht jeder eine Stelle aus und sagen etwas Persönliches, bevor wir die Asche verstreuen?«

Mack erhob seine Stimme. »Okay, eh … jeder kann sich eine Stelle aussuchen und etwas Persönliches sagen und dann, ich weiß nicht … die Asche vermutlich verstreuen.«

Love und Vance wandten sich Sankaty Light zu, Bill und Therese schauten nach Süden zum Flughafen, die Frauen aus Radcliffe wandten sich dem Hafen zu. Tiny und Stephen Rook streuten ihre Asche über die Heide aus. Rom warf seine wie einen Baseball in die Luft.

Mack hielt seine Asche fest. Er schwitzte an den Händen und die Asche hinterließ einen weißen, kalkigen Rückstand. Er stand neben der steinernen Gedenktafel des Altar Rock und fragte sich, was er wohl zu Lacey oder zu Gott sagen könnte. Lacey hatte keine Enkel, Bill und Therese hatten keinen Sohn, Cecily hatte keinen Bruder, Maribel hatte keinen Vater, Andrea hatte keinen Ehemann – und Mack hatte sich zwischen diesen Menschen niedergelassen wie ein Teil in einem Puzzle. Er füllte ihre Lücken aus und sie füllten seine aus. Aber nun waren einige der Teile verschwunden, so dass Mack ungeschützt war. Lacey war fort. Was auch immer Mack in der Hand hielt – die Asche ihrer Knochen, ihres Herzens, ihres Gehirns –, wollte er behalten, in einem Glas oder in einer Zuckerdose oder sonst wo. Er wollte diesen letzten kleinen Teil von ihr bei sich behalten. Allmählich wurde er sich bewusst, dass alle anderen fertig waren, und obwohl ihn niemand ansah, hatte er das unbestimmte Gefühl, dass sie warteten. Er konnte Laceys Asche jetzt nicht in die Hosentasche stecken.

Er schloss fest die Augen. *Ich liebe dich auch, Gardner,* sagte er. *Danke, dass du meine Freundin warst.*

Er ließ Lacey los.

Die Gruppe blieb noch einige Augenblicke schweigend um den Altar Rock stehen. Dann sagte Stephen Rook etwas in der Zeichensprache.

»Es ist ein wunderschöner Tag«, übersetzte Tiny.

Alle nickten zustimmend und gingen dann auf ihre Wagen zu. Sie fuhren zum Mittagessen zu Laceys Ferienhaus zurück. Nachdem später alle nach Hause gegangen waren, wollte Mack sich in Laceys Lehnstuhl setzen, in Laceys Ferienhaus – nun sein Lehnstuhl in seinem Ferienhaus – und einen starken Whisky trinken.

Er stieg auf den Fahrersitz des Jeeps und Love und Vance stiegen hinten ein, obwohl Laceys Asche nicht mehr auf dem Vordersitz stand. Die leere Urne rollte auf dem Boden herum. »Ich fühle mich wie euer Chauffeur«, sagte Mack.

»Wir wollen zusammen sein«, teilte Love mit.

»Genau«, bestätigte Vance. Mack beobachtete im Rückspiegel, wie er den Arm um Loves Schultern legte. Mack dachte an Maribel, und er fragte sich, ob das Gefühl, der dümmste Mensch auf Erden zu sein, vergehen würde.

Mack fuhr den Wagen den Hang wieder hinunter in das dichte Heidemoor. Er war tief in Gedanken – über Lacey, über seine Eltern und über Maribel –, aber er bemerkte dennoch, wie Love sich plötzlich räusperte.

»Ich bin schwanger«, verkündete sie.

10

Der Wind springt um

3. Oktober

Lieber S. B. T.,
ich hätte Ihnen beinahe nachgegeben. Ich hätte beinahe auf das Hotel verzichtet – nicht aus Liebe zum Geld, sondern aus Enttäuschung. Meine Tochter ist fort, das ist wahr. Ich weiß nicht, ob oder wann sie wiederkommen wird. Ihr Verschwinden hat in mir eine Leere hinterlassen. Nach langem Überlegen habe ich erkannt, dass auch Sie eine Leere in sich spüren müssen – denn was sonst treibt einen Menschen dazu, etwas zu begehren, was ein anderer besitzt? Ich hoffe, dass Sie etwas finden werden, um die Leere in sich zu füllen – aber es wird nicht mein Hotel sein.
Ich habe dieser Korrespondenz hauptsächlich zum Vergnügen nachgegeben – es war ein Stück Detektivarbeit, zu versuchen, Ihre Identität aufzudecken. Ich habe von Mack über Therese bis zu meiner alten, guten Freundin Lacey Gardner, Gott sei Ihrer Seele gnädig, alle im Verdacht gehabt. Ich habe Hotelgäste und Mitglieder des Beach Club im Verdacht gehabt. Aber jetzt vermute ich eher, dass Sie jemand vollkommen anderer sind – jemand, der von außen Einblick nimmt –, möglicherweise sogar ein Gauner ohne ei-

nen Pfennig auf der hohen Kante. Es ist unwichtig, S.B.T. Ich möchte Ihnen danken, dass Sie mir gezeigt haben, wie wertvoll das Hotel ist – es ist viel wert, viel mehr als fünfundzwanzig Millionen Dollar. Liebe kennt keinen Preis.

Und so beende ich mit diesem Brief offiziell unsere Korrespondenz. Ich wünsche Ihnen Glück bei allem, was Sie erstreben wollen.

Hochachtungvoll
Bill Elliott

Mit dem Herbst wurde die Rezeption ein friedlicher Ort. Love hielt den Holzofen während des Tages befeuert und hatte einen Becher heißen Kräutertee am Telefon stehen. Sie trug weite Pullover und die Fleece-Kleidung, die sie seit Anfang Mai nicht mehr angerührt hatte. Normalerweise bewirkten Winterkleidung und flackerndes Feuer, dass Love sich auf den Winter freute. Sie hatte ein Flugticket zurück nach Aspen, wenn das Hotel nach dem Columbus Day schloss, und auch wenn sie es benutzen würde, bliebe sie nicht in Aspen. Es war wirklich erstaunlich, wie sehr sich ihr Leben in den letzten sechs Monaten verändert hatte. Nicht nur ihre Lebensumstände, sondern auch ihre Einstellung. Bevor sie auf diese Insel kam, war ihr ganzes Leben entworfen, geplant und durchdacht gewesen. Nun erkannte sie, dass es viel mehr Spaß machte, sich vom Leben sagen zu lassen, wie die Dinge verliefen.

Man sehe sich nur an, wie sie ihre Schwangerschaft verkündet hatte. Sie hatte beschlossen, sie geheim zu halten, aber dann starb Lacey, und obwohl Love Lacey nicht so gut gekannt hatte, hatte sie auf dem Altar Rock etwas empfunden, eine Art Bewegung, eine Anwandlung, was Vance ein »Bauchgefühl« nennen würde, dass

Laceys Tod und die Empfängnis ihres Kindes nicht ohne Zusammenhang waren. Sie waren Teil eines Kreises, sie waren Teil dessen, wie das große Ganze funktionierte. Und als sie in die Heide hinauffuhren – die atemberaubende, grün-rot-goldene Heide Nantuckets, platzte Love mit der Neuigkeit heraus.

Sie hatte Vance und Mack verblüfft, so viel war sicher. Vances Miene blieb einen Sekundenbruchteil unverändert, dann öffnete er den Mund und lachte. Kein komisches Lachen, sondern ein glückliches Lachen. Er drückte und küsste sie und er lachte. Er schlug Mack auf die Schulter, und Mack ließ den Schaltknüppel lange genug los, um Vances Hand zu drücken.

»Das ist phantastisch, ihr beiden!«, sagte Mack. »Mann, das ist großartig! Gratuliere.«

»Ich werde ein Dad sein«, sagte Vance. Seine Stimme war von Ehrfurcht erfüllt, vermutete Love, und vielleicht auch von Angst, aber sie klang nicht zögernd. »Ich werde Vater sein.« Die Worte erschreckten sie überhaupt nicht. Als sie die sandige, holprige Straße hinabfuhren, war sie sicher, dass sie Vance liebte. Es schien ihr völlig falsch – er war zehn Jahre zu jung, zu mürrisch und launisch und äußerst mysteriös –, und doch liebte sie ihn. Sie wollte bei ihm sein, sie wollte ihn kennen lernen, und sie wollte, dass er der Vater ihres Kindes war, in jeder Beziehung. Auf dem Altar Rock hatte sie gespürt, wie sich ihr Herz öffnete, um andere Menschen einzuschließen. Sie spürte, wie ihr Leben über ihr bloßes Selbst hinauswuchs. Das war ein Geschenk, das sie von einer Schwangerschaft niemals erwartet oder gewollt hätte. Sie war vierzig Jahre alt und sie wurde erwachsen.

Love und Vance sprachen darüber, was sie tun würden. Zuerst erwogen sie, dass Vance nach Aspen ziehen sollte. Er könnte im Hotel Jerome oder im Little Nell einen Job bekommen. Nachdem das Baby im Mai geboren war, könnten sie nach Nantucket zurückkehren. Dieser Plan hatte seinen Reiz, aber als Love darüber nachdachte, erkannte sie, dass sie nicht länger in Aspen leben wollte. »Können wir hier bleiben?«, fragte sie ihn. »Können wir auf Nantucket bleiben?«

Er lächelte. Sie war nicht daran gewöhnt – dass er jetzt die ganze Zeit lächelte. »Klar«, antwortete er.

Vance stellte fest, dass das Haus, das Mack und Maribel im Winter immer gemietet hatten, leer stehen würde. Also würde das Haus auf dem Sunset Hill – das Haus, das Mack den Palast nannten – ihnen gehören. Es war ein Haus, das aus dem Rahmen von Loves Buch *Vintage Nantucket* fiel. Die unebenen Holzböden könnten ihren schwangeren Körper aus dem Gleichgewicht bringen, aber die Decken und Eingänge waren niedrig genug, so dass sie viel Platz hatte, sich abzustützen.

Also würden sie auf Nantucket bleiben, und dies schien das letzte Stück von Loves Glück zu sein. Sie war schwanger, sie liebte Vance, und sie hatte sich während der letzten fünf Monate in Nantucket verliebt. Sie blieb.

Ein Ehepaar in Pullovern und Handschuhen und Wanderstiefeln kam ins Foyer, die Wangen vor Kälte gerötet. Es waren die Gäste aus Zimmer 15, die Hendersons. Sie waren jung und ruhig, die Art Ehepaar, von denen Mack in Aussicht gestellt hatte, dass sie im Herbst auftauchen würden.

»Wir sind gerade auf den Wegen an der Sanford Farm gewandert«, sagte Mrs Henderson. Sie hatte graue Augen und dichte schwarze Wimpern. »Es ist großartig dort. Es ist wie eine Phantasiewelt. Die Häuser in der

Stadt, die Geschäfte, die Restaurants. Und dann, kaum ist man aus der Stadt herausgelangt, die erstaunliche Schönheit der Natur.«

»Die Insel ist magisch«, stimmte Love ihr zu.

Mr Henderson trat an die Rezeption, eine Hand in einer vorderen Jeanstasche, und eine Hand um einen Becher Kaffee gelegt. »Wir sind Lehrer in Vermont«, sagte er. »Und Vermont ist wunderschön. Aber nicht so. Es muss etwas damit zu tun haben, dass man sich auf einer Insel befindet, all das Wasser, wissen Sie.« Er sah Love an. »Leben Sie hier?«

Hier – Nantucket –, das Land der Sterne und Muscheln, üppig sauerstoffhaltiger Luft und der Romanzen?

»Ja«, entgegnete sie.

Jem rief seine Eltern von Maribels Wohnung aus an. Er wusste, dass seine Familie darauf wartete, von ihm zu hören. Darauf wartete, dass er nach Hause käme.

Seine Schwester Gwennie nahm ab.

»Ich bin es«, sagte er. »Sind Mom und Dad da?«

»Das ist einfach toll!«, rief Gwennie aus. »Wir hören sechs Monate lang nichts von dir und dann kannst du nicht einmal wie ein normaler Mensch hallo sagen? Das ist einfach toll, Jem.«

»Gwen, bitte, sind Mom und Dad da? Das Gespräch kostet Geld.«

»Willst du nicht wissen, wie es mir geht?«

»Klar«, antwortete er.

»Ich bin nur noch Haut und Knochen. Aber ich habe sechs Pfund zugenommen.«

»Hervorragend. Kein Spucken mehr?«

»Nicht mehr so viel. Wann kommst du nach Hause?«

»Ich muss mit Mom oder Dad sprechen«, insistierte Jem. »Gib mir denjenigen, der in der Nähe ist.«

Gwennie machte sich nicht die Mühe, die Sprechmuschel zuzuhalten. »*Mom! Dad!*«, schrie sie. »*Jem* ist am Telefon!«

Seine Mutter kam dran. »Jem! Danke, dass du anrufst, Liebling.«

»Hi, Mom.«

»Wie geht es dir?«

»Es geht mir großartig. Es war ein guter Sommer.«

»Klingt so. Ich habe deine Briefe für meinen Bridge-Club fotokopiert. Du hast doch nicht dagegen, oder? Wenn etwas Privates drin stand, habe ich es abgedeckt. Aber eigentlich hast du nichts Privates erzählt. Alle wollten wissen, wem du alles begegnet bist. Es klingt, als wäre diese Insel wirklich großartig.«

»Stimmt.« Er stellte sich vor, wie seine Briefe am Bridge-Tisch herumgereicht wurden wie Nüsse in einer geschliffenen Glasschale.

»Wann kommst du nach Hause? Daddy und ich wollen dich am Flughafen abholen.«

Jems Vater nahm den anderen Hörer ab. »Hi, Junge! Wir vermissen dich hier unten. Scheint, als wärst du schon ewig fort.«

»Was gibt's Neues, Dad?«

»Ich sehe zu, wie die Redskins verlieren, und deine Mutter bereitet Chili zu.«

»Gwennie geht es allmählich besser«, flüsterte seine Mutter. »Sie bricht nicht mehr annähernd so oft.«

»Sie sagte, sie hätte sechs Pfund zugenommen«, sagte Jem. »Das ist großartig.«

»Ich habe mit Bob Beller darüber gesprochen, um für dich eine Praktikumsstelle bei Brookings zu bekommen«, erzählte sein Vater. »Wie wäre das? Brookings – nun, das ist ein Ort der Hochleistungen.«

Jem atmete tief ein. Er hörte die Stimmen seiner Eltern und vermisste sie – er stellte sich sein Zuhause vor, die Küche mit den aufgehängten Kupfertöpfen, sein Bett mit den Daunenkissen, das Arbeitszimmer mit dem Billardtisch und der Orgel, die Gwennie nicht mehr angerührt hatte, seit sie neun Jahre alt war. Er vermisste sie – und er fragte sich, ob ihn das den ganzen Sommer davon abgehalten hatte, anzurufen. Er wollte sie nicht zu sehr vermissen.

»Ich komme nicht nach Hause«, verkündete Jem. »Ich fahre für ein paar Wochen in den Staat New York und dann gehe ich nach Kalifornien.« Er hustete. »Übrigens ziehe ich nach Kalifornien.«

Gwennie musste an einem dritten Telefon gelauscht haben, weil sie aufschrie: »Er kommt nicht nach Hause! Ich habe euch gesagt, dass er nicht nach Hause kommt, und ich hatte Recht!«

»Du ziehst nirgendwohin«, stellte sein Vater fest.

»Paul«, sagte Jems Mutter. »Wir können ihm nicht die Flügel beschneiden.« Sie fuhr mit sanfterer Stimme fort: »Warum willst du nach Kalifornien ziehen, Jem? Das ist so weit weg.«

»Ich will Agent werden«, antwortete Jem. »Ich möchte meine eigene Talent-Agentur eröffnen.«

»Du brauchst Kapital, um ein Geschäft aufzubauen«, sagte sein Vater. »Ein Geschäft zu eröffnen, ist nicht einfach etwas, was man im Jahr nach dem College-Abschluss macht.«

»Ich weiß«, erwiderte Jem. »Ich werde zunächst für jemand anders arbeiten und mein Geld sparen.« Er dachte an die fünfzehntausend Dollar, die auf seinen Namen auf der Bank von Nantucket lagen. Davon hatte er *nichts* nach Hause geschrieben – seine Eltern würden es für falsch halten, dass er Neils Geld angenommen hatte. Sie würden sich fragen, was er getan hatte, um es zu verdienen. »Wie auch immer, ich muss in Kalifornien sein, um in das Geschäft reinzukommen.«

»Ich hatte Recht!«, schrie Gwennie. »Ich habe es euch gesagt!«

»Was hast du diesen Sommer dort oben gelernt?«, fragte sein Vater. »Dass du deine Familie nicht mehr brauchst?«

»Bist du einem Mädchen begegnet?«, fragte seine Mutter. »Hast du ... hast du irgendein Mädchen in Schwierigkeiten gebracht?«

Mit Ausnahme von Gwennies Bulimie schien seine Familie in eine andere Zeit zu gehören. *Hast du irgendein Mädchen in Schwierigkeiten gebracht?* Seine Mutter konnte nicht einmal das Wort *schwanger* aussprechen.

»Nein«, antwortete er. »Niemand ist in Schwierigkeiten.«

»Außer dir«, ergänzte sein Vater. »Wenn du nicht bis Ende des Monats zu Hause bist.«

»Ich möchte nicht bei Brookings arbeiten, Dad«, sagte Jem. »Und ich möchte nicht die Bar übernehmen.« Das Locked Tower: Jetzt verursachte ihm allein schon der Name der Bar eine Gänsehaut.

»Du gehst nicht nach Kalifornien«, befahl sein Vater. »Ich verbiete es dir.«

»Paul!«, rief Jems Mutter. »Wir haben darüber gesprochen. Wenn Jem nach Kalifornien gehen will – wie können wir ihn dann aufhalten? Er ist dreiundzwanzig.«

»Das gefällt mir nicht, Jeremy. Und ich schicke dir kein Geld. Also hoffe ich, dass du dort oben viel verdient hast. Ich werde Bob anrufen und ihm sagen, er soll die Praktikumsstelle vergessen. Willst du, dass ich das tue?«

»Ja«, antwortete Jem.

»Also gut.« Sein Vater legte auf.

»Mom, bist du noch da?«, fragte Jem.

»Ja«, sagte sie.

»Ihr Name ist Maribel Cox. Sie ist blond und hübsch und nett und unglaublich klug. Sie arbeitet in der Bibliothek, und sie läuft, und sie ist eine phantastische Köchin. Ich liebe sie, Mom.«

»Wen liebst du?«

»Maribel Cox«, sagte er. »Du solltest dich für mich freuen, denn das ist wahrscheinlich das Beste, was mir abgesehen von meiner Geburt je passiert ist.«

»Du liebst Maribel Cox.« Seine Mutter seufzte. »Es sollte mich wahrscheinlich nicht überraschen, aber das tut es. Du warst in Bezug auf Mädchen immer so vernünftig.«

»Ich bin auch jetzt vernünftig«, versicherte Jem. »Ganz bestimmt.«

»Wirst du uns anrufen, wenn du in Kalifornien bist? Wirst du uns sagen, wo du leben wirst?«

»Glaubst du, Dad wird je wieder mit mir sprechen?«

»Er ist enttäuscht, und ich muss dir sagen, dass ich auch enttäuscht bin, am Boden zerstört, um die Wahrheit zu sagen. Also wirst du, wenn du auflegst, Maribel Cox – wer auch immer sie ist – sagen, dass du die Gefühle deiner Mutter verletzt hast.«

»Ich werde euch anrufen und euch mitteilen, wo ich bin. Das alles tut mir Leid. Ich bin froh, dass es Gwennie besser geht, und …«

»Das genügt, Jeremy. Wir lieben dich.«

Sie legte auf.

»Brrr!«, sagte Jem. Er warf das schnurlose Telefon beiseite und ließ sich in die Sofakissen fallen. »Brrr!« Er dachte daran zurück, wie Lacey Gardner ihm gesagt hatte, dass Kinder aufhören sollten, auf das Einverständnis ihrer Eltern zu warten, und einfach ihr Leben leben sollten. Das bestärkte ihn einen Moment, aber dann erkannte er, dass allein die Tatsache, dass Lacey tot war, nicht bedeuten musste, dass sie Recht gehabt hatte.

Maribel kam ins Wohnzimmer. »Wie war es?«, fragte sie leise.

»Wir gehen«, sagte er.

Von allen Gästen, die im Hotel wohnten, war Cal West Therese der liebste. Sie kannte ihn nicht besonders gut. Er war nicht das, was sie einen Freund nennen würde. Er war weder gut aussehend noch charmant, und er hatte keine ungeheuren persönlichen Probleme, die sie lösen musste – keine Scheidung, kein frühzeitiger Tod, keine emotionalen oder psychologischen Zustände. Nichts an Cal West war auffallend. Er war langweilig.

Cal West kam aus Ohio, einer Gegend, die Therese sich noch trübsinniger und wohl geordneter und einfarbiger vorstellte als die Stadt, in der sie auf Long Island aufgewachsen war. Ohio – der Name des Staates klang täuschend vollkommen. Therese stellte sich darunter ein Quadrat aus grau-braunem Teppichfilz vor, flach und reizlos. Was taten die Menschen in Ohio? Cal West arbeitete im Büro des Rektors der Ohio State University. Er bearbeitete Papiere, die mit dem Universitätsleben zu tun hatten.

Cal hatte ein dreieckiges Gesicht – seine Stirn war breit und sein Kinn schmal, und seine Wangen waren gerade Kanten. Er hatte dünnes braunes Haar, das er mit Wasser am Kopf anlegte, ein paar schwache Aknenarben und braune Augen. Er war einzweiundsiebzig groß und trug Strickwesten und Mokassins. Er kam seit sechs oder sieben Jahren jeweils vor dem Columbus-

Day-Wochenende ins Hotel. Therese hätte ihn vielleicht überhaupt nie bemerkt, wenn nicht im ersten Jahr etwas Merkwürdiges passiert wäre. Als sie in Cal Wests Zimmer ging, um sauber zu machen, war es tadellos in Ordnung. Das Badezimmer blitzte, das Bett war sogar an den Ecken perfekt gemacht. Zuerst dachte Therese, sie hätte ein freies Zimmer betreten, aber Cal Wests Koffer standen im Schrank, und seine Hemden und Hosen hingen ordentlich auf Bügeln. Therese sah auch am nächsten und übernächsten Tag in dem Zimmer nach. Es war wie unberührt. Therese hätte Staub saugen und das Bett neu machen können, aber warum? Sie hatte endlich einen Menschen entdeckt, der genauso reinlich war wie sie.

Cal West verbrachte Stunden damit, vor dem Holzofen im Foyer zu lesen. In einem Jahr las er die Bibel, in einem Jahr Shakespeare, in einem Jahr jedes Buch, das den Pulitzerpreis gewonnen hatte, in chronologischer Reihenfolge. An den Abenden nahm Cal seine Lesebrille ab, lehnte sich im Schaukelstuhl zurück und lauschte der Musik – Haydn, Schubert, Billie Holiday. Cal West schien ein ruhiges, zufriedenes Leben zu führen und Therese beneidete ihn darum. Sie dachte, Cal West müsse sehr weise sein. Er hatte etwas richtig gemacht.

Als Cal West in diesem Jahr ins Foyer kam, war er ebenso ruhig und bescheiden wie immer. Er hatte einen einfachen schwarzen Koffer mit einem passenden Kleidersack dabei. Er trug eine kastanienbraune Strickweste und ein Tweed-Jackett.

»Therese«, sagte Cal. »Hallo.« Er schüttelte ihr die Hand. Sie schüttelten sich immer herzlich die Hände, wenn Cal ankam und wieder abfuhr. Nicht mehr, nicht weniger.

»Hallo, Cal. Willkommen zu Hause.«

Cal nickte. Er nahm alles ernst. »Danke«, erwiderte er. »Es tut gut, zu Hause zu sein.«

»Wie war Ihr Jahr?«, fragte Therese.

»Gut, einfach gut.«

Einfach gut: die typische Cal-West-Antwort. Aber dieses Jahr wollte Therese mehr wissen. Sicher gab es etwas Schrilles, Verwirrendes oder Unschönes in seinem Leben. »Was macht die Arbeit?«, fragte sie.

»Gut«, sagte er.

»Was machen Sie noch mal?«, fragte sie. »Sie arbeiten an einer Universität, aber was *machen* Sie dort genau?«

»Ich arbeite im Büro des Rektors. Ich bearbeite Beschwerden.«

»Wirklich? Welche Art Beschwerden?«

»Professoren beschweren sich über Geldmangel und Studenten beschweren sich über die Professoren.«

»Haben Sie viel Kontakt mit den Studenten?«, fragte Therese.

»Sehr wenig«, sagte Cal. Er verlagerte sein Gewicht. Er hielt immer noch beide Gepäckstücke umfasst. Sie abzustellen, könnte ihn dauerhaft in seiner Unterhaltung mit Therese festnageln – etwas, was er eindeutig nicht wollte. »Ich bearbeite nur schriftliche Beschwerden.« Er lachte. »Mein Gott, wenn ich mündliche Beschwerden bearbeiten würde, dann wäre mein Job ... nun, er wäre ein Chaos.«

Therese betrachtete lächelnd seine Strickweste. »Irgendwelche besonderen Frauen in Ihrem Leben, Cal?«

»Nein.« Die Antwort kam angespannt und knapp. Er deutete mit dem Kopf zur Rezeption. »Ich glaube, ich werde mich jetzt anmelden.«

Cal ging auf die Rezeption zu, als wäre sie ein Home Base, ein Ort, an dem er sicher wäre. Therese kümmerte sich um ihre Pflanzen, überprüfte die wachsige Konsistenz der Blätter und die Feuchtigkeit der Erde. Sie betrachtete Cal Wests Rücken, als er an der Rezeption stand. Wie wäre es wohl, mit Cal West verheiratet zu sein? Zu erleben, wie sich das Leben gleichförmig entfaltete, ohne Stolpersteine, ohne unangenehme Überraschungen, dass ein Baby in einem starb oder man aufwachte und feststellte, dass die Tochter im Teenageralter verschwunden war? Therese würde es niemals erfahren. Sie hatte Nantucket gewählt, und das Hotel, wo sich Dinge ständig änderten. Sie hatte Bill gewählt. Bill, der während des schlimmsten Sturms seit vierzig Jahren aus inniger Zuneigung zu ihrer Tochter auf das Aussichtsplateau klettern wollte.

Bevor Cal den Flur hinab und nach draußen zu seinem Zimmer eilen konnte, rief Therese ihn. »Cal!«

Cal drehte sich um. Seine Miene war ebenso besorgt wie verärgert.

»Ich möchte Sie zu Ihrem Zimmer bringen«, sagte sie.

Er stand regungslos da, bis sie neben ihn gelangt war. Sie dachte verrückterweise und grausamerweise daran, Cal in sein Zimmer zu folgen und zu versuchen, ihn zu verführen. Der Gedanke daran stand so vollkommen außer Frage, dass Therese lachte, um sich nicht hassen zu müssen. Sie mochte Cal West. Was war ihr Problem? Warum verspürte sie den Drang, ihn zu erschüttern?

»Wissen Sie«, hob sie an, als sie zur Hintertür des Foyers gingen, »ich möchte eine Beschwerde einreichen. Oder vielleicht hat meine Tochter die Beschwerde bereits eingereicht. Sie ist abgehauen.«

»Wirklich?«, fragte Cal. »Abgehauen?«

»Sie ist nach Brasilien abgehauen«, antwortete Therese. »Zu einem sehr gut aussehenden Jungen.« Sie traten auf den Plankenweg hinaus. Cal West mietete immer

Zimmer 20, das nur ein Zimmer vom Foyer entfernt war. Sobald sie hinaustraten, waren sie schon bei seiner Veranda.

»Tut mir Leid, das zu hören.«

»Schon gut«, erwiderte Therese. Cal ergriff seinen Schlüssel fest mit der rechten Hand. Er wollte zweifellos, dass sie endlich ginge, damit er das Hotel genießen könnte. »Nein, es ist noch nicht gut. Ich bin neugierig, Cal. Ich bin neugierig zu erfahren, wie Sie darüber denken. Sie arbeiten mit jungen Menschen. Was denken Sie über eine Achtzehnjährige, die abhaut?«

»Wir haben nicht viele Kids, die vom College abhauen«, sagte Cal. »Besonders im Staat Ohio nicht. Die Kids sind gern da. Es ist für sie das Paradies.«

»Sie wollen also damit sagen, dass niemand abhaut.«

»Niemand, von dem ich wüsste.« Er deutete mit dem Schlüssel auf seine Zimmertür. »Aber ich bearbeite Beschwerden über Zensuren und Ähnliches. Über schlechtes Essen im Speisesaal. Tut mir Leid, dass ich nicht helfen kann.«

»Okay. Betrachten Sie es so: Was würden Sie tun, wenn Ihre Tochter – Ihr einziges Kind – wegen irgendeines Jungen in ein anderes Land abgehauen wäre?«

Cal leckte sich nervös die Lippen und blickte auf seine Füße. Sie quälte ihn, indem sie ihm solche Fragen stellte, indem sie ihn zwang, sich vorzustellen, dass ihm so etwas passieren könnte.

»Ich ... ich habe keine Kinder. Ich weiß wirklich nicht, was ich tun würde.«

»Was wäre, wenn Sie Kinder hätten?«, fragte Therese.

»Nun, dann wäre ich ein völlig anderer Mensch.«

»Cal!« Thereses Stimme wurde streitlustig, das konnte sie hören. Sie misshandelte ihren Vorzugsgast verbal, ihren Bruder im Geiste der Reinlichkeit – aber sie sehnte sich nach einer Antwort. »Was denken Sie, was ich tun sollte?«

»Ich weiß es nicht, Therese. Sie stellen mir eine Frage, die unmöglich zu beantworten ist.«

Therese berührte seine Schulter. »Wissen Sie, Cal, manchmal wünschte ich, ich könnte ein paar Tage lang Sie sein.«

Er nickte. »Ich empfinde in Bezug auf Sie dasselbe.«

»Tatsächlich?«, fragte Therese.

»Natürlich.« Cal schloss die Tür zu Zimmer 20 auf und schaffte es irgendwie, sich selbst und sein Gepäck hineinzumanövrieren und sich dann umzuwenden, so dass er auf der anderen Seite der Tür stand, als wolle er sich von Therese verabschieden. »Sie haben das Risiko auf sich genommen.«

»Das Risiko?«

»Das größte Risiko, das es gibt. Das Risiko der Elternschaft. Sie sind Mutter. Und wer bin ich? Ein Niemand.«

»Sie sind kein Niemand, Cal. Sie sind ein Mann mit einem friedlichen Leben.«

Er lächelte matt und schloss die Tür, ließ Therese auf den Stufen seiner Veranda stehen. Sie dachte, das sei vielleicht der Grund dafür, dass Cal West ihr Lieblingsgast war – nicht weil er der sauberste, der ruhigste oder auch der letzte Gast der Saison war, sondern weil ihr etwas an seinem ruhigen, sicheren Leben das Gefühl vermittelte, auffallend und wagemutig und tapfer zu sein. Wie eine Mutter.

Vance säuberte sein Haus, sprichwörtlich und im übertragenen Sinne. Er hatte den ganzen Sommer in einem gemieteten Ferienhaus hinter einer riesigen Villa gewohnt, die Frank Purdues wichtigstem Finanzdirektor gehörte. Das riesige Haus wurde die Henne genannt und Vances Ferienhaus das Ei. Allein diese Tatsache hatte genügt, Vance davon abzuhalten, jemandem zu erzählen, wo er wohnte. Er wollte keine Witze darüber hören, ein Eierkopf zu sein, ein Ei zu legen oder was zuerst kam, die Henne oder das Ei – oder auch irgendwelche anderen dummen Hinweise, mit denen Leute wie Mack und Jem aufwarten könnten. Love war in seinem Ferienhaus gewesen, aber nur ein paar Mal und nicht sehr lange. Es war kein guter Ort, um Frauen mitzubringen. Vance machte nicht oft Ordnung und so hatte sich ein Durcheinander von CDs, Büchern und Gerätschaften angesammelt.

Das würde sich jetzt alles ändern, denn Vance wurde Vater. Endlich, nach zwölf Jahren, hatte Vance zwei Dinge, die Mack nicht hatte – eine Frau und ein Kind, das unterwegs war. Endlich, nach zwölf Jahren, war Vance befreit von dem bösen Zauber, den Mack ihm auferlegt hatte. Er konnte sein neues Leben als Geliebter und Vater frei beginnen.

Vance sah sorgfältig alles in seinem Ferienhaus durch. Er packte die Bücher ordentlich in Kartons, faltete seine saubere Kleidung und gab die schmutzige auf einen Stapel zum Waschen. Er warf sein Poster von Vanessa Williams weg, wie auch seine Autozeitschriften, Bierflaschen und Verpackungen von tiefgefrorenen Burritos. In zwei Wochen zogen er und Love in das Haus auf dem Sunset Hill – es war die Chance für einen sauberen und geordneten Neuanfang.

Als er die Küchenschränke durchforstete und alles Geschirr wegwarf, das fehlende Ecken oder Sprünge hatte, fand Vance Mr Beebes Pistole. Er hatte sie in der Nacht, nachdem er sie auf Mack gerichtet hatte, mit nach Hause genommen und in einem Keramikkrug versteckt. Als Vance den Krug jetzt vom Regal nahm, hörte er das Klappern und erinnerte sich sofort an die Pistole, eine vernickelte 38er. Vance hielt sie auf der Handfläche und wunderte sich über sich selbst. Wie hatte er jemals den Mut aufbringen können, sie auf jemanden zu richten? Es war abscheulich und kriminell, und Vance schämte sich – für das Klischee: ein Schwarzer mit Pistole. Er hatte Mack die Pistole an den Kopf gehalten, hatte sie ihm in die Brust gestoßen. Noch schlimmer fühlte sich Vance bei dem Gedanken, dass Love nicht wusste, dass er die Pistole behalten hatte. Sie dachte, er hätte sie diesem Scheißtypen, Mr Beebe, zurückgeschickt.

Vance musste die Pistole loswerden.

Es war nichts, was er einfach mit dem beschädigten Geschirr in einem Müllbeutel wegwerfen konnte. Was wäre, wenn jemand sie fand und durch das Geschirr auf ihn kam? Nein, er konnte sie nicht einfach *wegwerfen*. Er musste sie beseitigen. Vance wickelte die Pistole in eine seiner schäbigen alten Unterhosen und stieg in den Datsun. Er fuhr zu dem als Fat Ladies' Beach bekannten Strand, der nur auf ungepflasterten Straßen erreichbar war. Vance fuhr bis an den Strand heran (das einzige Problem mit dem Datsun war, dass er ihn nicht auf Sand fahren konnte). Er nahm die Unterhose und stieg aus. Es war ein grauer, nebliger Tag und graue Wellen prallten auf den Strand. Vance stapfte durch den Sand zum Rand des Wassers. Er schaute nach links und nach rechts, um sicherzugehen, dass niemand angelte oder nach Muscheln suchte. Als er ganz sicher war, allein zu sein, wischte er die Pistole mit der Unterhose ab, um Fingerabdrücke zu entfernen, und warf die Pistole ins Wasser. Er stopfte die schäbige Unterhose in seine Jackentasche und setzte sich einen Moment auf die Motorhaube seines Wagens, um sich davon zu überzeugen, dass die Pistole nicht wieder angespült würde.

Der Oktober war ein toller Monat. Er könnte den ganzen Tag auf diesem Strandstreifen sitzen, ohne eine andere Menschenseele zu sehen. Vance mochte Nebel, er mochte das kühle, feuchte Nieselwetter, besonders jetzt, wo er Love hatte. Diesen Winter würde er ihr jeden Tag das Meer zeigen. Vance stieg in seinen Wagen und setzte zurück. Er wandte sich um und schaute ein letztes Mal aufs Wasser – und sah, wie etwas Glänzendes an den Strand gespült wurde. Vance blinzelte. Er spürte Sodbrennen aufkommen und griff in der Konsole nach einem *Rolaid*. Dann zog er die Handbremse an und lief auf den Strand hinaus. Die Pistole lag da, glänzend und nass.

Er hob sie auf, wickelte sie wieder in seine Unterhose und lief zum Wagen zurück. Er fuhr vom Fat Ladies' Beach fort und fragte sich, was er tun sollte.

Die Müllhalde.

Die Müllhalde war von den zum Saisonende üblichen Kipplastern mit dem zum Saisonende üblichen Müll überfüllt. Leute schleppten aufgeblähte schwarze Müllsäcke, Milchkisten mit Flaschen und Dosen und altersschwache Möbelstücke zu den Kipplastern und zum Recycling Center. Die in die Unterhose eingewickelte Pistole lag auf dem Beifahrersitz, ein unerwünschter Fahrgast. Jetzt wünschte Vance, er hätte irgendeine Art Beutel mitgebracht, um die Pistole darin anstatt in seiner Unterhose zu verstecken. Eine weiße Unterhose von B.V.D., mit dem verräterisch gestreiften Hosenbund. Eher grau als weiß.

Vance erwog die Möglichkeiten für die Pistole. Er könnte sie entweder in einen Kipplaster von der Größe eines Wohnmobils werfen, der für Hausmüll gedacht war, oder er könnte die Pistole beim Metall recyceln. Vance entschied sich sofort gegen den Haushaltsmüll. Da gehörte eine Pistole nicht hin. Er recycelte sie.

Er versuchte es zumindest. Er klemmte sich die umwickelte Pistole unter den Arm und ging mit gesenktem Kopf auf die Recyclingstelle zu.

»Vance?«

Vance hob den Blick. Hellrotes Haar. Die weiße Strähne. Wie ein Skunk, hatte Vance immer gedacht.

»Hi, Therese.«

Sie schien durcheinander, so als hätte sie geweint. Seit Cecily gegangen war, hatte sie viel geweint.

»Ich bin hergekommen, um einige von Laceys alten Sachen wegzuwerfen«, sagte sie. »Dinge, die niemand haben wollte.«

»Das ist zu schade«, erwiderte Vance.

»Ein vollkommen erfülltes Leben – und so vieles landet hier auf der Müllhalde.« Thereses wogender Rock wirkte an diesem Ort fremdartig. Zu fremdartig für die Entsorgung von Lebensmüll.

»Ja«, sagte Vance. »Nun, man sieht sich.«

Aber Therese hatte Augen wie niemand sonst. Augen, die nach Schmutz Ausschau hielten.

Sie zog am Schritt der Unterhose, der unter seinem Arm hervorsah.

»Was ist das?«, fragte sie.

»Eine alte Unterhose.«

»Du bist hierher gekommen, um ein Paar alte Unterhosen wegzuwerfen?«

»Genau.«

Sie lächelte. »Ihr Männer seid so drollig. Ich sag dir was. Gib mir deine Unterhose. Ich werde sie als Lappen gebrauchen. Das mache ich auch mit Bills Unterhosen.«

Vance festigte seinen Griff um die Pistole. »Tut mir Leid. Das kann ich nicht machen.«

Therese zog weiterhin am Schritt seiner Unterhose. »Komm schon!«

»Nein.« Vance wich zurück, bis er die Motorhaube seines Datsun an seinen Beinen spürte. Er öffnete die Tür und stieg ein, die Pistole an sich gedrückt. Therese betrachtete ihn so, wie er es gewohnt war – als wäre er irre, seltsam, verrückt. Sie konnte nicht ahnen, dass er sich bessern wollte.

Vance fuhr in die Stadt und parkte an der Steamship Wharf. Die Mittagsfähre war am Horizont kaum zu sehen. Die Männer, die bei der Dampfschiffgesellschaft arbeiteten, machten gerade Mittagspause. Vance ging hinter das Fahrkartenbüro, wo man von einigen Bänken aus den Hafen überschauen konnte, für Touristen, die schlau genug waren, sie zu finden. Einige Kammmuschelsucher machten ihre Boote bereit, aber Kai und Hafen waren zum größten Teil verlassen. Vance stellte sich nahe an den Rand des Kais und blickte ins Wasser hinab. Es wirkte tief und still. Vance zog die Unterhose hervor, wischte die Pistole erneut ab und ließ sie ins Wasser fallen. Sie versank mit einem satten Plumps.

Vance beruhigte seinen Atem. Kein Polizist näherte sich, um einen Strafzettel wegen Umweltverschmutzung auszustellen, und der Dampfer lag noch nicht an seinem Ankerplatz, mit siebenhundert Augenzeugen an Bord, die gesehen hätten, was er getan hatte. Es war Oktober, Vance war Vater eines Lebewesens, und er brachte sein Haus in Ordnung.

Er wartete noch einige Minuten, um sicherzugehen, dass die verdammte Pistole nicht wieder an die Oberfläche kam, und als er zuversichtlich war, dass sie für immer fort wäre, ging er zu seinem Wagen zurück.

Steamship Wharf: der Ort, wo er vor zwölf Jahren dreißig Sekunden nach Mack vom Schiff gestiegen war, dreißig Sekunden zu spät. Er hatte während der Jahre viel Zeit damit verbracht, diese Tatsache zu beklagen. Aber jetzt erkannte er, dass es unwichtig war. Er war im Begriff, Vater zu werden. Vater! Vance stieg in seinen Wagen und fuhr vom Kai herunter. Das kam einem Neustart so nahe, wie er es je erhofft hatte.

In ihrer letzten Woche auf der Insel lief Maribel. So wollte sie sich verabschieden – indem sie schnell und lang lief. Es war jetzt richtig Herbst, die beste Jahreszeit auf Nantucket. Die Farben pulsierten – die dunklen Rottöne der Lorbeerbäume in der Heide, das Rot-Orange des Flammenbuschs, die Gelbtöne des Dünengrases. An manchen Tagen war sie froh darüber, dass sie Nantucket verließ, wenn es am schönsten war. Sie konnte es so in Erinnerung behalten. An anderen Tagen fragte sie sich: *Wie kann ich überhaupt fortgehen?*

Maribel lief durch die Straßen der Stadt. Nicht nur über die Straßen, die die Touristen kannten, sondern auch durch die schmalen, gewundenen, versteckteren Straßen. Sie betrachtete die uralten Häuser, die briefmarkengroßen Gärten und *Freundschaftstreppen*, die geschützten Veranden und Aussichtsplateaus und Fensterblenden. Sie liebte die Namen der Häuser – Fair Isle, Left Bank, A Seperate Peace, Captain's Daughter, Beach Plum, Aloft, Nana-tucket, Molly's Folly, Hunky Dory, Independence Day, Life Savour. *Auf Wiedersehen.*

Maribel lief zum Surfside Beach und durch den State

Forest zum Flughafen. Sie lief die Polpis Road entlang bis Shimmo, Quaise, Quidnet. Sie lief die Cliff Road am alten Golfplatz bei Tupancy Links hinauf und die Eel Point Road an den wirklich riesigen Sommerhäuschen am Dionis Beach wieder hinab. Sie lief zum Makadet Harbor.

An einem perfekten Herbstmorgen – zweiundzwanzig Grad, heller Sonnenschein, strahlend blauer Himmel – lief sie nach Miacomet. Sie lief die Miacomet Road hinab, die an beiden Seiten von Kiefern bestanden war, bis sich die Landschaft beim Teich öffnete. Stockenten schwammen am Ufer entlang und drei Schwäne glitten durchs Wasser. Drei weiße Schwäne, wie aus einem Märchen, mit graziös geschwungenen Hälsen und weißen, büscheligen, tüllartig aufgebauschten Federn am Sterz. Die Schwäne sahen wie Frauen in kunstvollen Gewändern aus. Wie Frauen in Hochzeitskleidern.

Am Ende des Miacomet-Teichs, wo sie über die Dünen hinweg gerade eben das Meer sehen konnte, hielt Maribel inne. Sie setzte sich ans sumpfige Ufer des Teichs und weinte. In den Wochen seit dem Hurrikan hatte Maribel sich gesagt, dass die Wende der Ereignisse unausweichlich war. Mit Mack zu brechen, mit Jem zusammenzukommen, die Insel zu verlassen – all das war Teil eines größeren Lebensplan für sie. Aber es war nicht leicht. Sie erinnerte sich an die Fahrten, die sie im offenen Jeep mit Mack unternommen hatte, an all die Spaziergänge im Winter durch die Stadt, Hand in Hand. Mack und Nantucket waren austauschbar, ein und dasselbe, und das war der Grund, warum sie gehen musste.

Sie wollte der Liebe nicht mehr nachjagen, sie wollte keinen nutzlosen Traum mehr verfolgen. Sie konnte Mack nicht eher dazu zwingen, sie zu lieben, wie sie ihren Vater dazu zwingen konnte, wer auch immer er war, wo auch immer er war. Sie fragte sich, warum Gott diese Art besonderen Schmerz geschaffen hatte, einen so schrecklichen und komplizierten Schmerz, dass er seine eigene Bezeichnung hatte – unerwiderte Liebe. Sie handelte unerwiderte Liebe gegen erwiderte Liebe ein, gegen die Möglichkeit, geliebt zu *werden*, auf die Art festgehalten und umsorgt zu werden, wie sie es verdiente. Mit Jem, sagte sie sich, würde sie mehr geliebt und weniger verletzt werden. Zudem hatte Maribel das Gefühl, dass die einzige Möglichkeit, Mack jemals zu bekommen, darin bestand, ihn zu verlassen. Sie glaubte nicht, dass er seine Meinung sofort ändern würde – aber vielleicht irgendwann. Vielleicht würde irgendwann, wenn sie Schulbibliothekarin in irgendeinem Vorort von Los Angeles war, ein großer Strauß gelber Zinnien mit einer Karte von Mack eintreffen. Oder vielleicht müsste sie warten, bis sie so alt war die Lacey Gardner. Sie stellte sich vor, wie sie und Mack in fünfzig Jahren in Schaukelstühlen auf einer Veranda saßen und sich unterhielten – nicht über das, was in ihrer Beziehung schief gelaufen war, denn bis dahin hätten sie es bestimmt vergessen. Nein, sie würden sich an glückliche Zeiten erinnern. An das Leben im Palast, daran, wie sie die Seehunde am Cisco Beach gesehen hatten und vor der Unitarian Church den Weihnachtsliedern gelauscht hatten. Sie würden sich an all das Gute erinnern, als sie jung und gesund und zusammen auf Nantucket waren. Wenn Mack sie noch einmal bitten würde, ihn zu heiraten, wenn sie in den Achtzigern wären, würde sie wieder ja sagen. Und es würde sich lohnen, zu warten.

Am Tag bevor sie und Jem abreisen sollten, bemerkte Maribel, dass sie den vertrauten Weg zum Hotel hinunterlief. Sie redete sich ein, sie wolle dorthin, um Jem zu sehen – er musste bis ganz zum Schluss arbeiten, das Gepäck für den letzten Gast tragen und das letzte Zimmer ausräumen. Doch sie merkte, dass sie in Wahrheit zum Beach Club lief, um Mack zu sehen. So waren sie sich vor sechs Jahren begegnet. Er hatte jeden Morgen auf dem Parkplatz auf sie gewartet, hatte vorgegeben zu kehren, und hatte dann eines Tages den Mut aufgebracht, ihr Wasser anzubieten. Sie konnte nicht umhin, sich zu fragen: *Was wäre gewesen, wenn ich es nicht angenommen hätte? Was wäre gewesen, wenn ich eine andere Strecke gelaufen und Mack nie begegnet wäre?* Ihr Leben hätte eine andere Form, andere Farben angenommen. Man konnte viele Stunden auf diese Art verschwenden: darüber nachzudenken, wie es vielleicht hätte sein können.

Mack musste sie gespürt haben, denn er war allein vor dem Hotel, nahm gerade das »Nantucket Beach Club and Hotel«-Schild ab. Er wandte sich um, sobald er Schritte hörte, und als er sie sah, überzog ein Strahlen sein Gesicht, wenn auch nur kurzzeitig.

Maribel hatte Angst. Ihr Herz behielt seinen Acht-Minuten-pro-Meile-Takt auch noch bei, als sie stehen blieb, um mit Mack zu reden. Sie hatte Probleme, zu Atem zu kommen. Es war lächerlich!, wollte sie ausrufen. Wie konnte sie sich verabschieden?

Mack sprach zuerst. »Mit welcher Fähre reist du morgen ab?«, fragte er.

Sie schluckte. »Mit der Mittagsfähre.«

Er streckte das sperrige Holzschild vor sich aus. »Wieder eine Saison fast vorbei«, sagte er. »Nur Cal West ist noch da.«

»Bleibst du den Winter über?«, fragte sie. »Und nächstes Jahr?«

»Ja. Ich habe How-Baby angerufen und den Job abgelehnt. Ich glaube, du hattest in Bezug auf mich Recht. Ich glaube, ich sitze hier fest.«

Sie schaute über den Strand aufs Wasser hinaus, zur Fähre nach Hyannis. Morgen würde es ihre Fähre sein. »Du könntest an schlimmeren Orten festsitzen«, sagte sie.

»Möchtest du, dass ich dich verabschiede?«, fragte er.

»Würdest du das tun?«

Er trat die Schale eines Einsiedlerkrebses über die Straße. »Ich werde da sein.«

Maribel biss sich auf die Lippen. Sie würde weinen, aber das brauchte er nicht zu wissen. Sie winkte, wandte sich in Richtung ihres Heims und lief wie der Teufel.

Bill hatte wieder eine Saison überlebt. Knapp. Und nicht ohne erhebliche Verluste. Seine Tochter war fort, und am Hotel musste unheimlich viel getan werden – die Böden und Teppiche an der Goldküste mussten erneuert werden, Teile des Dachs mussten repariert werden, und Clarissa Fords Zimmer mit der Glückszahl 7 musste vollkommen renoviert werden. Bill ließ diese Vorhaben bis zum Frühjahr ruhen, wenn er hoffentlich mehr Begeisterung empfände als jetzt.

Bill konnte das Hotel nicht ohne Macks Hilfe führen, das stand fest. Bill beobachtete von seinem Fenster zur Bucht aus, wie Mack zu Lacey Gardners Ferienhaus ging. Mack würde den Winter über hier bleiben – er hatte bereits zugestimmt, Bill die Heizkosten zu bezahlen.

Bill folgte ihm zu Laceys Ferienhaus. Das Innere des Häuschens wirkte kahl, obwohl das Schild von Laceys Hutladen noch immer da hing, wie auch ihr Radcliffe-Diplom. Aber das verzierte Porzellan und die Blumenbilder aus Nantucket waren verschwunden. Es wirkte nun weniger wie das Haus einer alten Dame, sondern eher wie ein Kloster.

Mack kam mit zwei leeren Kartons den Flur herab.

»Du brauchst ein paar Sachen für die Wände«, stellte Bill fest. »Therese kann sicher einiges aus dem Hotel entbehren.«

»Alle Bilder in unserer Wohnung gehörten Maribel. Sie nimmt sie mit. Aber das ist okay. Ich werde ein paar Sachen von zu Hause mitbringen.«

»Von zu Hause?«, fragte Bill.

»Ich fahre Ende des Monats nach Iowa zurück. Zur Ernte.«

»Du fährst nach Iowa?«

»Ich verkaufe die Farm«, erklärte Mack. »Ich muss mich mit meinem Anwalt treffen. Ich muss das Haus meiner Eltern leer räumen. Also habe ich mir gedacht, ich bringe einen Anhänger an meinem Jeep an und hole alles hierher.«

»Das ist ein gewaltiger Schritt, deine Farm zu verkaufen.« Bill schämte sich. Bei all der anderen Aufregung hatte er vergessen, dass Mack diese Entscheidung über seine Farm treffen musste. Wenn er achtsam gewesen wäre, hätte er vielleicht irgendwie helfen können. Aber vielleicht auch nicht.

Mack stellte die leeren Kartons ab. »Ich habe es in den letzten zwölf Jahren nicht geschafft, nach Iowa zurückzufahren, also sehe ich nicht, dass ich in den nächsten zwölf Jahren wieder dorthin ziehe. Hier ist meine Heimat.«

»Also, wir haben noch einmal über deinen Vorschlag der Beteiligung am Reingewinn nachgedacht.«

»Vergiss es«, erwiderte Mack. »Das war Maribels Idee, nicht meine.«

»Ich möchte dir etwas geben«, sagte Bill. »Ich möchte

dir dafür danken, dass du bleibst.« Dann hatte Bill eine Idee – eine so verrückte, brillante Idee, dass er errötete und sich das Herz in seiner Brust bewegte, als wollte es fliehen. Wie kam er auf die Idee? Weil er W. T. verloren hatte, und dann Cecily, weil Mack das Haus seiner Eltern ausräumen wollte, weil sie hier in Laceys Häuschen standen – all das traf auf den leeren Fleck in ihm. Natürlich wäre es besser, er würde zuerst mit Therese darüber sprechen. Sie bräuchte Zeit, um gründlich über diese Idee nachzudenken, und Zeit, sie anzunehmen, zu verwerfen und erneut anzunehmen. Aber Bill konnte nicht warten. Mack stand vor ihm, mit seinem rotblonden Haar, dem geröteten Gesicht, gut aussehend, und sagte, er würde bleiben. Der Sohn, den Bill immer gewollt hatte.

Mack schob die Hände in die Tasche seiner Jeans. »Du musst mir nichts geben«, entgegnete er. »Du hast mir schon so viel gegeben.«

»Ich möchte dich adoptieren«, sagte Bill.

»Mich adoptieren?« Mack runzelte die Stirn und Bill fühlte sich wie ein Narr. Nur weil er sich nach einem Sohn sehnte, bedeutete das noch lange nicht, dass Mack Eltern wollte. Er hatte vollkommen phantastische Eltern gehabt – das war offensichtlich, wenn man sich ansah, was aus dem Jungen geworden war. »Du willst mich adoptieren?«, fragte Mack.

Bill nickte, und dann überkam ihn Angst, dass Mack ja sagen könnte.

Mack lächelte. »Ich fühle mich geschmeichelt, Bill. Ich bin … ich bin gerührt. Aber ich bin mir da nicht so sicher.«

Bill atmete aus. Er hatte nicht bemerkt, dass er den Atem angehalten hatte. »Ich bin mir auch nicht so sicher. Es war nur so eine Idee. Du bedeutest Therese und mir eine Menge. Wir wollen etwas für dich tun.«

»Wie wäre es mit einer Gehaltserhöhung?«, fragte Mack. »Ich spare, um ein Stück Land zu kaufen.«

»Ich gebe dir gern eine Gehaltserhöhung«, antwortete Bill. »Eine dicke Gehaltserhöhung.«

»Und vollkommene Kontrolle, wenn wieder ein Sturm ausbricht?«

»Klar.«

»Und einen Nachmittag in der Woche frei«, sagte Mack. »Wenn ich jemals wieder eine Freundin haben sollte, möchte ich etwas Zeit mit ihr verbringen können.«

»Einverstanden. Willst du das alles schriftlich?«

»Nein«, erwiderte Mack. »Ich vertraue dir ... Dad.« Mack grinste, lachte dann und streckte Bill die Hand hin, und Bill umarmte ihn. *Dad.* Also wäre das von jetzt an ein Scherz zwischen ihnen, das war gut. Aber Bill wünschte sich dennoch, dass Mack irgendwann in den nächsten zwölf Jahren auf sein Angebot zurückkäme und sein Sohn würde.

Als Bill zum Haus zurückkehrte, telefonierte Therese gerade mit dem Immobilienmakler in Aspen und traf Vereinbarungen für ihr Winterhaus.

»Wir werden am vierten Dezember da sein«, sagte Therese.

Nachdem sie aufgelegt hatte, sagte Bill: »Vielleicht sollten wir dieses Jahr nicht wieder nach Aspen fahren. Ich kann immerhin nicht mehr Ski laufen. Vielleicht sollten wir nach ... Hawaii fahren.«

Therese warf ihm einen entrüsteten Blick zu. »Wir können nicht nach Hawaii fahren.«

»Warum nicht? Dort wird es warm sein. Wir nehmen uns eine Eigentumswohnung mit einem Dienstmädchen und einem Koch. Wir können am Strand spazieren gehen ...«

Therese unterbrach ihn. »Wir können nicht nach Hawaii fahren, weil Cecily nicht weiß, dass wir dort wären. Der einzige Ort, wo sie uns finden wird, ist unser Haus in Aspen.«

»Oh«, sagte Bill. Zwei gute Ideen an einem Tag.

»Kannst du dir nicht vorstellen, wie es geschehen wird?«, fragte Therese. »Eines Morgens werden wir auf dem Sofa sitzen und Kaffee trinken und aus dem rückwärtigen Fenster auf den Berg schauen, und wir werden einen hellen Fleck sehen. Cecilys Haar. Sie wird mit ihrem Rucksack die Straße von der Stadt heraufstapfen und wir werden ihr wunderschönes Haar sehen. So wird es geschehen. So wird es sein.«

Therese redete gebieterisch. Sie war natürlich verrückt, so verblendet, wie Bill während des Sturms gewesen war. Sie wechselten sich im Verrücktsein ab. *So wird es sein.* Bill bewunderte ihre Zuversicht. Er schloss die Augen und sah die von ihr ausgemalte Szene schemenhaft vor sich. Die kühlen, spitzen Nadelbäume, die die Straße zum Independence Pass säumten, die meterhohen Schneeverwehungen – und so auffallend, dass sie es nicht übersehen konnten, Cecilys rotes Haar. Es war bestimmt nicht unmöglich. Wenn sie sich mechanisch jeden Morgen mit ihrem Kaffee aufs Sofa setzten, würde Gott ihre Qual vielleicht erkennen und, noch wichtiger, ihre Hingabe, wenn sie beide dort wie in einer Art Gebet säßen, und dann würde Er diesen Wunsch wahr werden lassen. Dann würden sie also nach Aspen gehen und aus dem Fenster blicken und darauf warten, dass ihre Tochter heimkäme.

Bill nickte, um Therese wissen zu lassen, dass er einverstanden war, dann nahm er ihre Hand und führte sie ins Schlafzimmer. Sie war lebendig und warm und sie blieb, wie sie immer geblieben war und immer bleiben würde. Sie war seit dreißig Jahren seine Frau. Bill schlief mit Therese, obwohl es erst drei Uhr nachmittags war.

Als Mack auf halbem Weg zur Steamship Wharf war, fragte er sich, warum er angeboten hatte, Maribel zu verabschieden. Er vermutete, dass er es ihr schuldete – man traf sich sechs Jahre lang mit einer Frau und lebte drei Jahre mit ihr zusammen, und es fühlte sich verdächtigerweise so an, als würde ein Teil von einem selbst auf das Schiff steigen und davonfahren. Mack wünschte, er hätte einen Hund. Mit einem Hund könnte er alles besprechen, ohne sich um die Antwort zu sorgen. Er brauchte jemanden, dem er seine Ideen aufdrängen konnte. Er war sich selbst leid. In Iowa würde er einen Labrador oder einen Schäferhund von einem großen Wurf auf einer Farm übernehmen. Ein neuer bester Freund.

Mack beschäftigte seinen Geist mit Gedanken über seinen neuen Hund, bis er den Parkplatz am Kai erreichte. Es war zehn vor zwölf. Maribels Jeep stand nicht auf dem Parkplatz. Vielleicht hatte er falsch verstanden, zu welchem Zeitpunkt sie Nantucket offiziell verlassen würde. Mack fuhr seinen Jeep in eine Parklücke und sprang heraus. Touristen zogen Koffer auf Rädern hinter sich her und die üblichen Arbeiter der Dampfschiffgesellschaft in ihren leuchtenden Westen liefen herum. Aber keine Maribel. Sie hatte wahrscheinlich beschlossen, auf den Abschied zu verzichten, sie fand es wahrscheinlich zu schwierig.

Dann tippte jemand Mack auf die Schulter und da war sie. »Jem ist mit dem Wagen weitergefahren«, erklärte sie. »Ich habe ihm gesagt, dass ich auf dich warte.«

»Du hast viel Zeit damit verbracht, auf mich zu warten.«

Sie brach sofort in Tränen aus und nahm ein Papiertaschentuch aus ihrer Wildlederjacke. »Ich bin eigentlich gefasst hierher gekommen.«

»Du wirst ohne mich glücklicher sein«, bemerkte Mack. »Darum habe ich getan, was ich getan habe.«

»Du hast aufgegeben«, entgegnete sie.

»Du verdienst etwas Besseres.«

»Es hilft mir nicht, wenn ich höre, wie du das sagst. Weil ich dich liebe und an dich glaube.«

»Ich weiß.« Mack streckte die Arme aus und legte sie um sie. Er hatte genug Filme gesehen, um zu wissen, dass es zwei mögliche Ausgänge gab – denjenigen, bei dem Maribel im letzten Moment beschloss, trotz allem bei ihm zu bleiben, und denjenigen, bei dem sie aufs Schiff stieg und davonfuhr. Mack wusste nicht, welcher Ausgang ihm lieber wäre, das sprach für sich. Vielleicht hatte er eine verzerrte Vorstellung davon, was Liebe sein sollte, aber er glaubte, dass wahre Liebe frei wäre – ohne das konfuse, verworrene Hin und Her, das er mit Maribel gehabt hatte. Dennoch dachte er, als er sie festhielt und sie in seinen Pullover weinte: Ich werde sie nie wieder im Schlaf laufen sehen. Ich werde sie nie wieder auf mich zujoggen sehen, mit schwingendem Pferdeschwanz. Ich werde sie nie wieder zum Lächeln bringen. Es war jetzt seine Aufgabe, das gleichgültige Scheusal zu spielen, damit sie gehen und ihr Glück woanders finden konnte. Das schuldete er ihr. Doch was war mit seinem Glück? Wo würde er es finden? Wo würde er nur danach suchen, wenn Maribel ging?

Über den Lautsprecher erklang die verschwommene Ankündigung, dass die Mittagsfähre nach Hyannis abfahrbereit war. Maribel hob das Gesicht von seiner Brust, mit verlaufener Maskara und zitternder Oberlippe. Aber sie schwieg. Mack war an der Reihe zu sprechen.

»Ich kann es nicht glauben«, sagte er. »Werde ich dich je wiedersehen?«

»Ist das wichtig?«

»Natürlich«, erwiderte er. »Maribel, ich liebe dich.«

»Du liebst mich?«, fragte sie.

»Ja.« Er war sich sicher, dass es sie mehr verletzte, das zu hören als alles andere, was er hätte sagen können, aber was konnte er tun? Es war die Wahrheit.

Maribel blinzelte mit ihren blauen Augen und weitere Tränen strömten.

»Ich möchte, dass du bleibst«, sagte er. »Bitte bleib.«

Sie lächelte, und eine Sekunde lang sah Mack sie so, wie sie gewesen war, als alles begann: Maribel, wie sie im Nantucket Atheneum hinter Bücherstapeln saß und heimlich einen Liebesroman las. Sechs Jahre jünger und voller Hoffnung.

»Ich möchte, dass du bleibst«, wiederholte er.

»Du lügst«, entgegnete sie. »Aber ich danke dir.« Dann wandte sie sich um und lief vor ihm davon.

Ein Taschentuch fiel aus ihrer Tasche und wehte auf Mack zu. Er hob es auf – es war nass und voller schwarzer Flecke. Er steckte es in die Tasche und stieg in seinen Jeep. Wenn ein Hund neben ihm säße, wäre er vielleicht imstande, das Schiff von seinem Ankerplatz laufen zu sehen und dem einsamen Wehklagen seines Signalhorns zu lauschen. Aber allein konnte er es nicht, und so fuhr er davon.

Im Hotel war alles ruhig. Der Wind sang ein wenig, und Mack hörte, wie eine Möwe eine Einsiedlerkrebsschale auf den Asphalt fallen ließ. Das war ein Vorgeschmack darauf, wie der Winter wäre – nachdem Bill und Therese nach Aspen aufgebrochen waren und er allein war, allein in Laceys Häuschen. Er hoffte, dass er lernen würde, seine Einsamkeit zu schätzen. Das war es, was Mack wollte – diese Stille zu hören und imstande zu sein, sie Frieden zu nennen.

Ein Mann joggte auf den Parkplatz. Er war Anfang fünfzig, mit dichtem blonden Haar, und trug ein Nantucket-Sweatshirt und marineblaue Nylonshorts. Seine Beine waren rot vor Kälte. Er wirkte vertraut und Mack ging im Geiste die Sommergäste durch. Ein Mitglied des Beach Club? Ein Hotelgast?

»Sie sind Mack«, sagte der Mann.

Mack lächelte. Verwalter bis zum bitteren Ende. »Stimmt. Kann ich Ihnen helfen?«

Der Mann kam zu Mack. Schweiß tropfte seine Schläfen herab. Er hatte klare blaue Augen. »Ich wollte mich schon lange vorstellen. Mein Name ist Stephen Bigelow Tyler.«

Er sprach den Namen auf eine Art aus, dass Mack das Gefühl hatte, er müsste ihm bekannt sein. Stephen Bigelow Tyler? Der Bursche wirkte vertraut, aber es fiel ihm nicht ein. Mack streckte die Hand aus. »Freut mich.«

Stephen Tyler schaute zu Bills und Thereses Haus. »Ich laufe immer hier hinunter. Normalerweise in der Dämmerung, wenn es ruhig ist, aber manchmal auch nach Einbruch der Dunkelheit.«

»Es ist ein wunderschöner Fleck«, erwiderte Mack.

»Ich versuche schon seit Jahren, Ihrem Boss das Hotel abzukaufen.« Tyler lachte und wischte sich die Stirn an der Schulter ab. »Ein eigensinniger Mann, für den Sie da arbeiten. Er will nicht verkaufen. Obwohl ich vermutlich froh darüber sein sollte. Ich habe ihm fünfundzwanzig Millionen Dollar geboten.«

»Sie sind derjenige, der versucht hat, den Beach Club zu kaufen?«, fragte Mack.

»Mit recht wenig Erfolg. Zu schade, denn ich wollte es Ihnen geben.«

»Mir was geben?«

»Das Hotel. Ich wollte das Hotel kaufen und es Ihnen geben.«

»Mir das Hotel geben?« Mack wich einen Schritt zurück. Seit die Saison vorbei war, konnte jeder Verrückte hier herkommen. Dieser Bursche schien nicht sonderlich gefährlich – gefährlich schien nur die Tatsache, dass Mack spürte, dass er die Wahrheit sagte. Tyler wollte *ihm* den Beach Club geben? Mack dachte an How-Baby, David Pringle, Vance, wie er mitten in der Nacht die Pistole auf ihn richtete. Wer steckte dahinter?

»Wer sind Sie?«, fragte Mack.

»Ich bin Maribels Vater.«

Eine Mischung aus Angst und Aufregung durchströmte Mack, als er die roten Beine des Mannes betrachtete, die sauberen weißen Socken, seine Nike Air-Max-Laufschuhe, dieselbe Marke, die Maribel trug. Maribels Vater. Ihr *Vater*, um Gottes willen! Dann wanderte Macks Blick zum Gesicht des Mannes zurück. Es bestand kein Zweifel. Das Haar, die Augen und etwas Unbeschreibliches in seinem Gesicht, das Mack während der vergangenen sechs Jahre jeden Tag in einem anderen Gesicht gesehen hatte.

»Weiß sie, dass Sie hier sind?«, fragte Mack. »Weiß sie überhaupt, dass es Sie gibt?«

Tyler schüttelte den Kopf. »Ich habe sie vor Jahren gefunden, zufällig, als ich sie mit ihrer Mutter in einem Einkaufscenter sah, das ich gerade im Hinterland von New York sanierte. Ich habe ihre Mutter erkannt, und als ich Maribel sah, ließ ich jemanden ein wenig nachforschen. Ich bin ihr all die Jahre auf den Fersen geblieben, obwohl ich ihr nie gesagt habe, wer ich bin. Weil ich noch andere Kinder und eine Frau habe, in Wellesley. Ich wollte die Dinge für mich oder für sie oder für ihre Mutter nicht verkomplizieren.« Er atmete tief ein. »Ich wollte ihr einfach etwas Wundervolles schenken, etwas Gewaltiges, damit sie ein glückliches Leben führen könnte.«

»Und Sie erzählen es mir jetzt, weil sie fort ist.«

Tyler schob die Ärmel seines Sweatshirts hoch, als wollte er sich auf einen Kampf vorbereiten, aber dann sackten seine Schultern zusammen. »Ich habe euch beide vor ein paar Minuten beobachtet, an der Fähre. Ich dachte daran, mich in dem Moment vorzustellen, um Maribel einen Grund zum Bleiben zu geben. Aber wie ich bereits sagte – ich wollte ihr Leben nicht verkomplizieren, ich wollte es ihr erleichtern. Also ist sie jetzt fort und sie weiß es nicht. Es ist besser so.«

Mack missfiel der Gedanke, dass jemand seine letzten Minuten mit Maribel beobachtet hatte. »Vielleicht«, sagte er verärgert. »Allerdings verstehe ich nicht, warum. Ich weiß viel zu viel über abwesende Eltern. Wenn sie mich jemals anruft oder hierher zurückkommt, werde ich es ihr sagen.«

Tyler runzelte die Stirn. »Ich sage das nicht gern, aber ich glaube nicht, dass sie zurückkommt.« Er trat etwas Schotter fort. »Wir haben sie beide verloren. Aber vielleicht irre ich mich. Lassen Sie mich Ihnen auf jeden Fall meine Karte geben. Ich glaube, ich kann Ihnen beim Verkauf Ihrer Farm helfen.«

»Meine Farm? Sie wissen von meiner Farm? Was sind Sie, eine Art Spion?«

Tyler zuckte die Achseln. »Ich bin nur ihr Vater, das ist alles. Ich habe auf sie aufgepasst.« Er nahm seine Visitenkarte aus der Hosentasche und reichte sie Mack, und bevor Mack auch nur die gedruckte Aufschrift: *S.B.T. Enterprises, Boston, Nevis, Nantucket* lesen konnte, joggte Tyler schon davon.

Mack stand im Wind, bis Tyler die North Beach Road hinab verschwand und Macks Traum mit sich nahm: den Beach Club zu besitzen, ihn mit Maribel zu führen. Nun war es nur noch eine großartige Geschichte, die man erzählen konnte.

Aber wem?

Mack ging ins Büro. Ein Fehler, erkannte er, denn aus dem Fenster sah er die Fähre am Horizont verschwinden.

Das Telefon klingelte und erschreckte ihn, obwohl es ihn auch tröstete, der vertraute Klang, die Erinnerung daran, dass das Ende des Sommers nur vorübergehend und kein wahres Ende war. Es wollte immer jemand für den *nächsten* Juli oder August buchen.

Mack nahm den Hörer ab. »Nantucket Beach Club and Hotel.«

»Mack?«

Eine weibliche Stimme, die weit entfernt klang, wie jemand, der von dem anderen Ende eines langen Tunnels aus anrief. Mack schaute wieder aus dem Fenster und tastete nach dem Taschentuch in seiner Tasche. Maribel, die von der Fähre aus anrief? Es klang nicht wie Maribel. Es klang eher wie eine Frau, die erwartete, dass er sich freute, von ihr zu hören. Andrea, in Baltimore?

»Ja«, antwortete Mack.

»Mack, ich bin's«, sagte die Stimme. »Komm schon, ich bin noch nicht *so* lange fort.«

»Cecily?«, fragte Mack. Er hielt sich das andere Ohr zu. »Cecily, wo bist du?«

»In Rio. Am Flughafen.«

»Kommst du nach Hause, Kleine? Gott, deine Eltern sind krank vor Sorge.«

»Ich komme nach Hause.«

»Was ist passiert?«, fragte Mack. »Ist alles in Ordnung?«

»Es ist vorbei zwischen Gabriel und mir. Ich habe das Gefühl, als wäre jeder Knochen in meinem Körper gebrochen, so weh tut es.«

»Ich weiß, wovon du redest«, erwiderte Mack.

»Ich erzähle dir alles, wenn ich nach Hause komme. Eigentlich muss ich wirklich mit Maribel reden.«

Mack könnte ihr von Maribel erzählen, und von Lacey, aber das waren Themen, die man persönlich und in Ruhe besprechen sollte. Cecily glaubte, Schmerz zu empfinden, und es wartete noch mehr auf sie.

»Hör zu, soll ich dich zu eurem Haus durchstellen? Ich weiß, dass deine Eltern gern deine Stimme hören würden.«

»Ich fliege in wenigen Stunden ab. Voraussichtlich bin ich morgen früh auf der Insel. Ich möchte sie überraschen, Mack, okay? Also sag es ihnen nicht.«

»Okay. Ich werde nichts sagen.« Er erinnerte sich an Bills schwaches Herz, aber ein Herz würde nicht bei zu vielen guten Nachrichten oder Erleichterung versagen.

»Ich habe dich vermisst, Mack«, sagte Cecily.

»Ich dich auch, Kleine.«

»Ich bin keine Kleine«, widersprach sie.

»Komm nach Hause und beweise es.«

»Also gut, das werde ich!« Mack hörte ihren alten Schwung, und er wusste genau, wie sie dastand, eine Hüfte wie gewöhnlich vorgestreckt. Die nachlässige, rothaarige Prinzessin vom Beach-Club-Reich kam nach Hause.

»Also sehe ich dich dann morgen?«, fragte sie.

Was war ein Zuhause in Wahrheit anderes als der Ort, wo ein stimmiger und passender Platz auf einen wartete? Hier, auf der Insel, in diesem Beach Club, gab es einen Platz für Mack und einen Platz für Cecily.

»Ich werde hier sein«, sagte er.